Una pregunta para Elena

Marga Durá

Una pregunta para Elena

Marga Durá

Ediciones Destino
Colección Áncora y Delfín
Volumen 1618

Ediciones Destino, un sello editorial de Editorial Planeta, S. A.
Avda. Diagonal, 662-664, 08034 Barcelona (España)
www.planetadelibros.com
www.edestino.es

Primera edición: octubre de 2023
ISBN: 978-84-233-6395-7
Depósito legal: B. 15.152-2023
Composición: Realización Planeta
Impresión y encuadernación: CPI Black Print
Printed in Spain - Impreso en España

Lo que enloquece a la gente es tratar de vivir fuera de la realidad. La realidad es terrible. Puede matarte. Si le das tiempo, te matará sin ninguna duda. La realidad es dolor... Pero las mentiras, las evasiones de la realidad, todo eso te enloquece. Las mentiras hacen que pienses en matarte.

Ursula K. Le Guin,
Los desposeídos

Primera parte

I

Mañana del miércoles 21 de mayo de 1952

Rojo. El vestido, el carmín y la gota de sangre que asoma por la comisura del labio de Elvira.

—Límpiate —ordena Antonio mientras le tiende un pañuelo, arrepentido por no haber calculado la fuerza de la bofetada que le ha asestado.

Ella lloriquea más fuerte que antes del golpe y él desliza la mano por sus entradas engominadas, ladeando la cabeza.

—Elvira, es que me pones de los nervios —se disculpa crispado.

—Perdona. Es que no sé qué vamos a hacer si no puedo trabajar.

Él tampoco lo sabe, pero no quiere volver a la cárcel. Y el inspector Soto Mayor ha sido muy claro: tiene que retirar a sus chicas de la calle. ¿Por cuánto tiempo? Ni se sabe. De momento, hasta que acabe el XXXV Congreso Eucarístico. Todo el mundo anda loco con esa celebración del catolicismo, que marcará una nueva etapa para Barcelona y para España y que acabará con los sinsabores del pasado. Incluso los menos devotos se enorgullecen de que el clero internacional haya escogido su ciudad. La decisión de suprimir las cartillas de racionamiento ha convencido a los más reticentes. Se habla de milagro, de progreso, de moralidad, de patriotismo y de oportunidad de negocio.

Para Antonio todo eso son paparruchas. Aún falta una semana para que se celebre y durará otra más. Quince días sin un duro. Además Soto Mayor tampoco le ha dado garantías de que después la cosa mejore, pero se lo calla, no vaya a ser que las chicas vuelvan a sus casas o se busquen un trabajo decente. Aunque eso sí que sería un milagro.

Antonio se ha mordido la lengua ante el policía, pero Cosme, el dueño de la pensión por horas, ha relinchado cuando Soto Mayor le ha informado de que tendrá que ceder las habitaciones a los curas sin percibir compensación alguna.

—Y las quiero bien limpias —ha rubricado el inspector antes de irse—, que no quede ni rastro de sus antiguas... inquilinas.

Soto Mayor tenía la orden de limpiar la ciudad antes del Congreso Eucarístico. O lo que es lo mismo: meter en la cárcel a la gente de mal vivir. Pero como Antonio y Cosme le caen bien, se han librado. Y como si no tuviera bastante trabajo, sus superiores le han encargado a última hora que encuentre alojamiento para los curas. Las pensiones por horas y los prostíbulos han sido la única alternativa en una ciudad que no va sobrada de hospedaje.

Al inspector esos bichos vestidos de negro le recuerdan a las cucarachas de su casa: se multiplican por encima de cualquier lógica matemática.

—Pero no entiendo... —le ha comentado su mujer—. ¿No habían construido las Viviendas del Congreso Eucarístico para hospedar a la curia?

—No han llegado a tiempo de acabarlas. Ya sabes cómo van las cosas en este país. Y ya me ves a mí vaciando pensiones y burdeles para alojar a las sotanas que vienen de quién sabe dónde. Porque por los nuestros, lo que sea. Pero los de fuera no tendrían que ser asunto mío.

La esposa ha resoplado.

—No me gusta que tengas trato con esas mujerzuelas —ha protestado haciendo un mohín.

—Ya sabes que yo solo tengo ojos para ti —ha contestado él zalamero.

Pero miente. Porque sus ojos se empachan cada semana de la abundante carne de Elvira. Por esa razón, la chica, tras reponerse de la bofetada, le ha propuesto a su chulo:

—¿Y si hablo yo con Soto Mayor y le pido que haga la vista gorda? Ya sabes que soy su ojito derecho y tal vez me haga caso...

La mano de Antonio ha contestado por partida doble: una del derecho y la otra del revés. Pero no muy fuerte porque está cansado. Elvira no ha llorado, pero se ha repetido para adentro lo de siempre: que a la que pueda se larga bien lejos.

Dos horas después, Antonio, Elvira y cinco muchachas más inician su peregrinación desde las Ramblas. Él va delante y ellas detrás, desplegadas como la cola de un pavo real. Los rayos del sol de media tarde les agrietan el maquillaje, resaltan los zurcidos y descubren los michelines. El día es mucho menos benévolo con sus defectos que la noche.

—¿Adónde vamos? —le pregunta Ana a Elvira.

—Creo que Antonio nos lleva a casa de su tía, en Mataró —contesta ella con desgana, disgustada porque detesta que la saquen de su hábitat natural.

—Menos cháchara, que perdemos el tren —atruena Antonio, y todas renquean más rápido sobre sus tacones.

~

Eleonora, Ramona y Berta nunca han llevado tacones ni han pisado Barcelona ni han cogido un tren. Si no fuera por el Congreso Eucarístico, difícilmente hubieran abandonado la fría planicie de su pueblo aragonés. Cuando bajan del vagón y se cruzan con Antonio y sus acompañantes, dan un respingo al mismo tiempo y entierran la vista en el pavimento de la estación de Francia. Ellas también han salido de su hábitat y resultan exóticas para el resto de los pasajeros, que las identifican al primer vistazo como pueblerinas. Aunque lucen sus vestidos de domingo, su ropa es tosca, y sus andares precavidos desentonan con la prisa de la ciudad. Algunos las observan con curiosidad, otros con desdén y la mayoría con una chispa de indulgencia, que se consume rápidamente, pues tienen cosas más importantes que hacer.

Berta lo mira todo y a todos: un niño llorón vestido de marinero al que su madre arrastra por los pasillos, un mozo muy bajito —que resulta aún más bajito al compararlo con el carro de maletas que empuja—, señores con traje, señores con boina, señoras con mantilla, señoras con sombrero, tres jóvenes de su edad que caminan cogidas del brazo. La chica se queda inmóvil, con la boca ligeramente entreabierta, contemplando el imponente arco de la estación, un prodigio de hierro y cristal, y le recorre un escalofrío de solemnidad hasta que Eleonora le tira del brazo camino al vestíbulo. Allí tampoco le permite detenerse, y ella mueve la cabeza de un lado a otro, fotografiando con la mirada el lugar más lujoso que ha visto en su vida mientras Eleonora les dice:

—En casa de mi prima os tenéis que comportar como buenas chicas católicas para que vea lo bien que os he educado. Ya os he dicho que ella es una persona muy importante, que trabaja en la radio..., ya sabéis con quién. —Levanta la ceja con complicidad—. Ha hecho mucho acogiéndonos y no quiero que le ocasionéis ninguna molestia. Y sed respetuosas con su hija Gabriela, que, pese a ser muy joven, es una reconocida locutora de radio. Dicen que es muy piadosa..., un ejemplo a seguir.

Ramona, que tiene doce años, asiente obediente, y Berta, de veinte, lo hace cansada, pues esa es la letanía que lleva repitiéndoles durante semanas y se la sabe de memoria. Eleonora se repite mucho. No mires así, que pareces descarada; no preguntes tanto, que la curiosidad es un defecto muy feo en una jovencita; no hables con esa persona, que mis razones tengo para prohibírtelo; y, sobre todo: el pasado no se debe remover. Esta es la frase que más detesta. Porque Eleonora no es su madre; ella es huérfana, y cada vez que pregunta qué pasó con sus padres, cómo murieron, cómo eran, por qué la adoptaron, se topa con la muralla de esas seis palabras que no significan nada, pero que de tanto repetirlas parecen contener una respuesta. El pasado no se debe remover. Ella quiere removerlo. En su casa, en el pueblo, en todas partes, nunca se habla del pasado. Eso lo ha aprendido desde pequeña, pero cada vez le irrita más ese silencio y le cuesta más callar y no preguntar.

—¿Crees que tía Úrsula podrá presentárnosla? —pregunta.

Eleonora suspira.

—Ojalá, Berta, pero déjame a mí que lo hable con ella y sobre todo no preguntes, que parecerás una descarada.

Eleonora y Berta han acudido al congreso guiadas por su fervor religioso, sí, pero tras él se esconde un deseo más mundano: las dos tienen una intención oculta que nació cuando supieron que Úrsula, la prima de Eleonora, trabaja con la doctora Elena Francis, la protagonista del consultorio femenino con más audiencia de España, y eso es tanto como decir que conoce a la mujer más famosa del país.

No hay día en que no escuchen su programa, comenten las cartas en las que las oyentes plantean sus dudas, elogien las respuestas y las conviertan en el tema de conversación con sus conocidas. Al principio, las consultas solo trataban temas de belleza, ya que su admirada doctora dirige un gabinete estético, un centro puntero que promociona desde la emisora. Además de hablar de los tratamientos, también brinda trucos caseros para las que no pueden permitirse acudir a su consulta. Pero después la cosa se puso más interesante. Las preguntas fueron evolucionando, y de cómo librarse del vello facial se pasó a cómo reconquistar a un marido infiel, y de cómo hacerse un cardado perfecto a la mejor forma de enderezar a una hija díscola. La belleza perdió el pulso ante los deshilachados que las muñecas de trapo de toda España querían remendarse.

Eleonora y Berta no lo dicen, pero llevan semanas ensayando mentalmente un encuentro con la famosa mujer en el que le plantearían sus preocupaciones y en el que ella arreglaría milagrosamente sus problemas, porque la fe que le profesan a la doctora Francis a ratos supera a la que depositan en el Congreso Eucarístico.

~

A Úrsula no le apetece demasiado recibir a sus familiares del pueblo, pero es mucho mejor eso que tener que acoger a cualquier congresista desconocido, como les ha tocado hacer a la mayoría de sus amigas; y es que cualquier barcelonés tiene el deber moral de alojar a los congresistas que acuden desde todas partes del mundo. Ha aceptado la obligación como buena cristiana e imposta alegría cuando las abraza en la puerta de su lujoso piso del paseo de Gracia.

Conserva recuerdos nítidos de su niñez con Eleonora, cuando veraneaba en el pueblo de la abuela y eran inseparables. Úrsula, entonces, era el blanco de las burlas de los críos del pueblo: una repipi de ciudad que no corría por la orilla del río para no ensuciarse los zapatos. Su prima le enseñó a correr descalza, a trepar a los árboles, a ordeñar vacas. La primera vez que el chorro lechoso repiqueteó contra el balde se rio como si le estuvieran haciendo cosquillas. Eleonora fue su guía en aquellos veranos vivos y salvajes.

Hace más de veinticinco años que no la ve. La correspondencia en fechas señaladas ha sido el único nexo entre ambas. Y también algunas cartas más personales que le envía Eleonora para pedirle consejo cuando anda un poco perdida, porque confía ciegamente en el criterio de su prima. Así fue como supo que había adoptado a Berta, pese a que ella le recomendó que no lo hiciera. Esa fue de las pocas ocasiones en las que Eleonora no siguió sus recomendaciones.

Le cuesta reconocer a su prima, que había sido una niña vivaz y traviesa, en la piel apergaminada por el sol de la mujer que tiene enfrente. Fija sus ojos en Berta y no le gusta lo que ve: una belleza explícita y vulgar que solo puede acarrear problemas, concluye.

—¿Y Berta está comprometida? —pregunta a su prima cuando se quedan a solas en la habitación de invitados que ha preparado para Eleonora y su esposo, Sebastián, que llegará el martes.

Después de charlar de trivialidades, la anfitriona la ha conducido allí, y la invitada se ha quedado boquiabierta admirando la lujosa estancia. Nunca había visto un armario tan imponente como el de madera de nogal que cruza la pared y tampoco se acaba de creer que esa noche vaya a dormir en una cama con dosel. De hecho, le da un poco de miedo que se le caiga encima. Todo le parece tan irreal que a ratos se marea como si navegara en alta mar. Sin el frío adherido al cuerpo y sin el olor rancio de su hogar, ha perdido el rumbo y zozobra. Si al menos Sebastián estuviera allí...

Traga saliva antes de responder y se encoge un poquito. A Eleonora no le gusta hablar, porque odia ser el centro de atención y, sobre todo, porque tiene una voz que la avergüenza. Es aguda y hace gallos, como si estuviera permanentemente afónica. Está convencida de que no es una manía suya, por cómo la miran cuando abre la boca en público. Con sorna, incluso con desdén. Por eso lo evita a no ser que esté con su familia, pero ahora no le queda otro remedio.

—No, bueno, tiene un pretendiente, pero, no sé, no la veo muy convencida —musita muy bajito intentando definir una situación que desconoce.

—La reputación es muy importante. Y en el caso

de Berta, con su historial familiar, aún más, ya sabes... —carraspea Úrsula incómoda porque su prima la mira sin entender.

La mujer es menuda, nerviosa y empieza las frases a medias. Le molesta que sus interlocutores no sigan el hilo de sus pensamientos, y a modo de protesta frunce los labios hacia afuera como un pato. Eleonora interpreta por el gesto que ha importunado a su prima y se apresura a responder:

—Sí, por supuesto, prima. Su pretendiente, Roque, es el hijo del propietario del quiosco del pueblo y lleva intenciones formales. Pero no veo que Berta muestre mucho interés, sospecho que ha pasado algo entre ellos últimamente...

Úrsula mueve la cabeza de lado a lado con desaprobación.

—¿Y qué espera esa chica? Es muy buen partido para ella.

Eleonora se encoge de hombros.

—Pues no sé. Berta aún es joven y, además, tiene algo..., no sé cómo explicarlo. Es muy lista, y a veces parece que el pueblo le quede chico.

Lo dice con cariño, pensando en la madre de Berta y en todo lo que pasó. Hay algo que la joven comparte con su madre y no es solo la belleza. Es una cualidad etérea que la hace planear sobre los demás sin que ella sea consciente. A Eleonora le provoca el deseo de impulsarla para que vuele más alto, pero sabe que es peligroso, como lo fue para su madre.

Úrsula frunce los labios de nuevo.

—¡Tú eres una buenaza! —espeta sin asomo de halago—. Las mujeres tenemos que obedecer la voluntad del Señor. Si él nos ha colocado en un lugar, es pecado contradecir sus designios. Y si esta chica no es capaz de aceptarlo, tendremos que ayudarla enderezándola.

—No, prima, no me malinterpretes, por favor —responde Eleonora azorada—. Ella nunca ha dicho nada, son solo ideas mías; no me hagas caso.

Pero Úrsula ya le ha hecho mucho caso:

—A veces hay que tomar decisiones... porque, aunque nos resulten difíciles, son las correctas —dice siguiendo de nuevo el hilo de unos pensamientos que no ha verbalizado—. Te lo digo porque yo en el Patronato de Protección a la Mujer cada día veo a chicas que han arruinado su vida.

—¿Trabajas también ahí? —interrumpe la otra, impresionada.

Eleonora conoce el Patronato de Protección a la Mujer, una institución muy prestigiosa, que dirige la mismísima Carmen Polo de Franco, la esposa de Francisco Franco, y que ayuda a que las mujeres no caigan en la degeneración moral. Sabía que Úrsula colaboraba con asociaciones caritativas, pero no contaba con que lo hiciera con una de tanta categoría.

—Sí, de voluntaria. Alguien tiene que hacer algo por esas desdichadas, y tenemos la suerte de contar con esta organización para ayudarlas. A muchas no nos queda otra que recluirlas en conventos para apartarlas del mal camino. Son manzanas podridas y si no arrancamos esa podredumbre, infectarán al resto.

Eleonora asiente.

—¡Cuánta razón tienes! ¡Hablas tan bien como la doctora Elena Francis! —elogia maldiciendo el gallo que le ha salido al concluir la frase.

Úrsula sonríe:

—Esa mujer está haciendo mucho por todas. Es nuestra guía moral —asevera con orgullo.

—Es cierto. Nunca nos perdemos su programa. ¿Crees... —titubea Eleonora—, crees que sería posible conocerla en persona?

La mirada de Úrsula fulmina a Eleonora.

—¡Por favor, prima! —exclama contrariada—. Es una mujer ocupadísima. Dirige su propio instituto de belleza, contesta diariamente siete cartas en su consultorio de la radio y, además, responde personalmente a todas esas almas perdidas que le escriben porque necesitan que alguien les indique el camino correcto... ¿Tú sabes el trabajo que significa eso? Llegan centenares de cartas, y ella les envía una respuesta personal a cada una de ellas. ¿Cómo va a perder el tiempo atendiéndote?

—Disculpa —sisea Eleonora decepcionada.

Su desgracia se espesa con la vergüenza y le deja la boca tan pastosa que de nada sirve que trague tres veces saliva. No sabe qué hará si no puede conseguir el consejo que tanto necesita, porque ella no va a escribir una carta. Si la radiaran o le enviaran una respuesta a su domicilio, todo el mundo sabría que tiene un problema. A saber qué dirían, y a ella no le ha gustado nunca dar que hablar. Pero ahí está el problema y es acuciante.

2

Tarde del miércoles 21 de mayo de 1952

La tía de Antonio tarda en abrir la puerta porque no ha oído el timbre hasta la tercera vez, y además de la sordera padece artritis en la rodilla y anda despacio, apoyada en el bastón de su difunto marido. Antonio la saluda sin efusividad y le presenta a las chicas, pero ella no presta atención a los nombres, solo a los billetes que minutos después le tiende su sobrino y que la mujer recuenta decepcionada. La cantidad es inferior a la acordada, pero tampoco le apetece afinar el oído para escuchar excusas. Puntualiza que les cobrará por utilizar la cocina y el agua del baño. Él resopla, aunque aun así ha salido ganando con el trato.

Antonio siempre sale ganando, piensa Elvira, atenta al regateo. No se siente a gusto y no es por el piso, que es más amplio de lo que imaginaba e igual de húmedo y deprimente que todos los que ha conocido. Añora el barrio chino y no le gusta nada esa mirada turbia que se le ha puesto a Antonio desde que han salido de la ciudad. Elvira se fía de sus intuiciones, sabe que tiene algo de bruja. También confía en el horóscopo, que lee religiosamente cada día, y hoy le advertía que evitara los desplazamientos. Todo eso la tiene tan inquieta que ni interviene en la pelea de sus compañeras por decidir cómo se repartirán las dos habitaciones en las que se van a alojar. Le da igual.

A las siete menos diez, Elvira y sus compañeras se presentan en el oscuro salón con una petición: encender la radio para escuchar el consultorio de Elena Francis. En eso es en lo único en lo que están de acuerdo las muchachas: les encanta el programa. Poco importa que la doctora hable de moralidad y decencia, mientras dura el consultorio se olvidan de su oficio y vuelven a ser niñas a la espera del consejo o la regañina de su madre. La tía de Antonio sonríe por primera vez, pues ella tampoco se pierde el programa, y se dispone a encender el transistor, situado al lado de su butaca. Ellas se sientan en corro en el suelo y suspiran con los primeros acordes de la sintonía, *Indian Summer*, que les produce un efecto catártico: «Consúltale a Francis. Sé la amiga de Francis, Francis, Francis. El consejo es de Francis. Francis, Francis. La belleza es de Francis. Francis. Francis».

Elvira tararea «Francis» muy bajito y navega por las sílabas alargadas. La música sinuosa la envuelve como un abrigo de astracán y unos guantes de piel.

~

En el estudio de Radio Barcelona, Gabriela bebe un sorbito de agua y espera la señal del técnico. Cuando empezó a locutar las cartas que las lectoras envían a la doctora Elena Francis se ponía muy nerviosa. Su madre, Úrsula, la principal guionista del programa, la reprendía por la importancia que concedía a sus temores. Al cabo de unos meses, la punzada de los nervios se volvió excitante. El silencio previo al inicio de la locución dejó de precipitarla para encumbrarla. El corazón se le aceleraba ahora por el júbilo de ser el centro de atención, de que toda la emisora la viera y la mirara, la oyera y la escuchara. A Úrsula aquello también le había molestado: el orgullo, además de pecado, es un defecto deleznable en una mujer, le recalcó. Por eso cuando sus compañeros admiran su profesionalidad o la felicitan la chica se incomoda y mira hacia otro lado.

De hecho, Gabriela se incomoda hasta aborrecerse varias veces al día. Y le duelen los muslos por ello. Ahora que está a punto de entrar en directo, la combinación de la falda le irrita la piel, marcada por los profundos pellizcos que ella misma se practica para calmar esa ansiedad. Porque Gabriela, tan perfecta a los ojos de todos, tan delicada en sus rasgos, que sin ser llamativos son armónicos, tan correcta y modesta en el trato, se siente una impostora porque oculta un pecado que la atormenta. Y solo cuando el fino viso castiga los cardenales disminuye su culpa.

El técnico le indica que debe empezar; en ese momento se olvida de todo y se deja cautivar por su propia voz.

> Querida señora, hace algún tiempo que escucho su programa y como me encuentro necesitada de sus sabios consejos, le expongo mi caso. Mire, yo soy una mujer de treinta y cinco años y tengo tres hijos. A mi marido le gusta divertirse y salir con los amigos. A mí me gustaba mucho el cine y digo me gustaba porque he dejado de ir. Verá usted, hará cosa de un año mi marido empezó a venir a deshoras por la noche. Y yo, naturalmente, sospechaba de él, porque me dejaba el dinero para que me fuera con mis hijos al cine. Una noche le seguí sin que se diera cuenta y vi que entraba en un bar

cercano a casa. Para no estar parada en medio de la calle, me volví a mi casa, y por el camino me encontré a un amigo de mi marido que me preguntó de dónde venía. Le respondí que de buscar a uno de mis hijos. Ese caballero me vio tan descompuesta que no se lo creyó, y en cuanto empecé a hacerle preguntas sobre mi marido intentó desviar el tema, pero tanto y tanto le rogué que me contó que mi esposo no andaba por buen camino, lo cual yo ya recelaba. Y entonces me dijo que si quería saber lo que ocurría, podía ir a cierto lugar a las diez de la noche. Con los nervios destrozados me dirigí a aquel sitio y efectivamente lo vi ahí. Claro que no estaba haciendo nada aparentemente malo, sino bebiéndose una cerveza con otro hombre. Pero, según me contó el amigo de mi marido, aquel era un bar de hombres de conducta desviada. Yo creí que iba a desmayarme. Cuando mi marido me vio, se acercó y me dijo: Vamos a casa. Entonces me contó que solo había ido a tomarse una copa. Pero yo ahora ya no me fío. Nada más ver que se arregla y se va de casa, ya imagino que va al mismo sitio. Yo creo que una cerveza se la podría tomar en cualquier lugar. ¿No lo cree usted así? Señora, espero su consejo. Yo ahora no sé si debo irme al cine como antes, reprocharle lo que ha hecho o callarme como si nada hubiera ocurrido. Así es que esperando su respuesta se despide con sincero cariño María.

~

—¡El marido de esta señora es más palomo cojo que el Paquito! —espeta Ana, pero acto seguido se tapa la boca al darse cuenta de que la tía de Antonio está allí. Aunque ella también parece haberse olvidado de las chicas.

Elvira le dedica una mirada asesina, pero Ana ni se entera.

—¿Y tú qué sabes si el Paquito es maricón? A mí me hace un buen descuento en la fruta y me guiña el ojo —replica Marisol.

—Tú no te enteras de nada, que eres medio lela —responde la otra elevando la voz.

—¡Lela tú! ¡Idiota! —grita Marisol, que se ha encarado a Ana y calcula los movimientos para tirarle del pelo.

—¡Callaos! Quiero oír la respuesta. Y esta señora —Elvira ladea la cabeza hacia la tía de Antonio— no tiene por qué aguantar vuestras groserías.

La miran con rabia y solo callan cuando su anfitriona sube el volumen de la radio. Elvira detesta a sus compañeras y disfruta atormentándolas con pequeñas ruindades. A Ana, por ejemplo, le esconde el carmín y sonríe para sus adentros cuando se vuelve loca buscándolo. A Marisol le cambia los zapatos de sitio para que se retrase cuando tiene que salir a trabajar y Antonio la regañe.

Ahora Elvira suspira aliviada por el silencio. Le encantan las pausas musicales del programa, tan elegantes como un viaje lejos de su vida.

~

Eleonora, Ramona y Berta esperan la respuesta de la doctora Elena Francis en el comedor, sentadas en un sofá Chester y replegadas sobre sí mismas ocupando el mínimo espacio por miedo a manchar ese aire tan señorial que aspiran a sorbos entrecortados. Encima de la alfombra persa, sus zapatos parecen aún más raídos, y sienten una vergüenza desconocida. Hasta el momento su pobreza las consolaba: no alcanzaba la miseria de otros habitantes del pueblo, pero contenía un espíritu de sacrificio que las engrandecía. Ahora solo son mujeres diminutas y pobres en una casa grande y rica. No pueden desviar la vista del transistor que preside el salón encima de la chimenea: un imponente Telefunken Radiotécnica Ibérica que además es tocadiscos. Nunca han visto un prodigio similar. Nada que ver con la Askar de tercera mano que compró Sebastián. Sus buenas perras le costó, y lo hizo para complacer a Eleonora, que andaba loca por poseer una radio propia y no tener que ir a casa de la vecina para escuchar su programa preferido.

El sonido del transistor es tan nítido y envolvente que si cerrasen los ojos se convencerían de que tienen ante ellas a la mismísima Elena Francis. Su voz pausada, pero enérgica, responde.

~

Griselda Rodrigo se acerca al micrófono y Gabriela la observa, como siempre, admirada. Aquella mujer bajita de cara redonda y con una diminuta nariz que sostiene unas gafas demasiado grandes contiene todos los registros que una voz puede tener. La seriedad que adopta cuando se mete en la piel de la doctora contrasta con su costumbre de tararear las canciones de moda cuando repasa los guiones. Cuentan que la propia doctora la escogió para que la representara, y algunos aseguran que ella es la propia Elena Francis.

> Querida amiga, el problema que me plantea es delicado, pero no imposible de resolver. Debe tener mucho tacto y delicadeza para saber atraer a su marido de una forma amable y sin que él se dé cuenta. Ya tiene la cer-

teza de que acude a ese bar de mala nota, pues le ha sorprendido en él, pero no haga mucho caso de los rumores que oiga porque posiblemente sean exagerados y malintencionados. Usted debe comportarse como si no hubiera ocurrido nada, sin darle importancia al hecho, con el fin de que su esposo recobre la confianza perdida. Así que extreme sus atenciones con él, pero de una forma natural para que no sospeche. Cree un grato ambiente para que él no sienta necesidad de salir de su hogar. Sí, ya sé que esto es difícil, porque si está acostumbrado a hacerlo, se le va a hacer muy cuesta arriba renunciar a esa costumbre, pero usted debe intentarlo poco a poco para recuperarlo definitivamente. Sea cariñosa con él, hágale confidencias y dele la impresión, que además debe ser verdadera, de que usted le necesita. De este modo halagará su vanidad de hombre y a mí me parece que poco a poco se irá olvidando de sus amigos. Solamente con esa táctica de suave atracción creo que conseguiremos algo positivo, ya que en el momento en el que le reprochara su supuesta conducta desviada, yo le puedo asegurar que el problema adquiriría caracteres más graves y él continuaría en sus trece, quizá con más afición aún que antes. Así que es cuestión de sacrificarse un poquitín para salvar el matrimonio. También la felicito por su decisión de no ir al cine, pues en esas salas en las que se proyectan películas extranjeras no hallará un ambiente edificante ni para usted ni para sus hijos. Si quiere ver películas, opte por las que proyectan en su parroquia o por las que hayan sido filmadas en nuestro país, con nuestros valores morales. Yo espero que todo se resuelva favorablemente y si lo precisara, vuelva a escribirme. Me agradará mucho recibir noticias suyas, y ojalá sean buenas. Reciba un fuerte abrazo. Elena Francis.

~

—¿Qué es una conducta desviada? —pregunta Ramona juntando unas cejas muy negras y pobladas para una niña.

—No preguntes, hija, que la curiosidad es un defecto muy feo en una jovencita —ataja Eleonora.

—Yo no acabo de entender que, si el problema es del marido, su esposa tenga encima que complacerle en todo —comenta Berta.

—Parece mentira que con la edad que tienes no sepas que la mujer debe cuidar de su esposo. —La hebra de voz de la madre transmite más cansancio que enojo—. Tienes que aprender muchas cosas antes de casarte con Roque. —Lanza el nombre con una esperanza que muere al instante.

—No vuelvas con eso, por favor te lo ruego. Yo no me voy a casar con Roque Escartín —responde ella con más enojo que cansancio.

—Hija mía, si el Señor te ha colocado en un lugar, es pecado contravenir sus designios —parafrasea.

—El Señor es suficientemente misericordioso para no colocarme al lado de Roque Escartín.

—No entiendo por qué hablas así de él, con lo atento que es el chico y con lo contenta que parecías tú hace unos meses...

Berta calla y desvía la mirada. No quiere dar detalles, pero algo tiene claro: ella, después de lo que ha descubierto, no se va a casar con Roque Escartín.

Sin embargo, diecisiete días después se arrepentirá de no haber aceptado la propuesta.

3

Noche del miércoles 21 de mayo de 1952

A Eleonora le cuesta dormir. El dosel despliega la sombra de un gigantesco murciélago dispuesto a atacarla a la que cierre los ojos. Y Sebastián no está. Su esposo no podrá protegerla del embate del bicho hasta el martes. Ni de la incomodidad de vivir en una casa ajena, que por muy bonita y confortable que sea no es la suya. Ella no quiere estar ahí. Pero al hombre se le ha metido entre ceja y ceja que se merecen unas vacaciones como las de los ricos y que es bueno que las niñas conozcan la ciudad. Que ya le gustaría a él no tener tanto trabajo para acompañarlas. ¿Y por qué no ir todos juntos cuando empiece el congreso?, lleva días pensando Eleonora sin abrir la boca para no contrariarle.

La envidia de sus vecinas la ha convencido de callar. Anda, qué suerte tienes, no te puedes quejar. Tu Sebastián es un mirlo blanco, ya lo puedes tratar bien. A ver si se te suben los aires cuando vuelvas de la ciudad y nos miras por encima del hombro.

Tienen razón y debería sentirse afortunada por el detalle, pero ella no quiere unas vacaciones como las de los ricos porque está de prestado y sola en una cama enorme y con un murciélago malcarado en el techo.

Cuenta, otra vez, los días que quedan para reunirse con su esposo: seis. Una eternidad. Y los que faltan para regresar: doce. Demasiadas jornadas en un mundo que no es el suyo. Solo una cosa la reconfortaría: hablar con la doctora Elena Francis y obtener el consejo que necesita. Aunque Úrsula lo crea imposible, ella no pierde la esperanza.

~

Ramona y Berta no tienen sueño. Están con Gabriela, que tiene veintidós años y la habitación más enorme y más repleta de objetos peculiares que han visto nunca. La pequeña Ramona se fija en unas caracolas de mar que adornan una estantería con libros. Coge una y se la acerca al oído, a ver si es verdad que se puede oír el mar. Y se queda absorta en el ruido del vacío, que debe de ser el del mar, aunque ella no lo sepa porque no conoce el mar. Berta contempla los cuadernos, los lápices y las plumas de su nueva amiga, dispuestos ordenadamente en un secreter de madera. No ha visto tantos juntos ni en el economato del pueblo.

Gabriela ha dispuesto dos colchones con unas bonitas sábanas floreadas y Ramona y Berta se han mirado extrañadas. Siempre han compartido el mismo jergón porque no hay otro y porque así pasan menos frío. Pero todo esto son detalles: lo que de verdad les despierta curiosidad y las hinche de orgullo es que aquella joven que se muestra tan afectuosa con ellas sea locutora de radio y conozca a la mujer más famosa de España.

—¿Cómo es la doctora Francis? —le pregunta Berta.

Gabriela se muerde el labio inferior. Los tiene muy delgados y los resalta con un carmín rosa palo.

—Es una mujer increíble. Pero no le gusta que hablemos de ella porque es muy modesta, sabe dónde está su lugar.

—Pero ¿está casada? ¿Tiene hijos? —insiste Berta.

Gabriela se encoge de hombros.

—No comenta su vida privada. Habitualmente le entrega los guiones a mi madre y yo no tengo trato con ella.

—Estoy tan orgullosa de que trabajes en su programa... —exclama Ramona abrazándola sin dejar de pensar en la envidia que despertará en sus compañeras de clase cuando lo sepan.

—Yo también —admite Gabriela—. Pero no es nada excepcional, como bien dice mi madre, yo simplemente soy un instrumento: una voz al servicio del Señor y de un mensaje que ayudará a muchas mujeres. —La joven acaba la frase con un imperceptible gesto de dolor, porque ha cruzado las piernas rozando los cardenales.

Su voz es cálida y jovial, muy diferente de la que se escucha en la radio, seria y afectada. Transmite un desenfado que le sorprende hasta a ella misma. Nunca ha tenido invitadas en su casa. De hecho, nunca ha tenido amigas. Es hija única y su madre la ha advertido sobre los peligros de confiar en las amigas. Solo puedes confiar en tu familia, que nunca te fallará, le ha recitado como una letanía desde que tiene uso de razón. Las amigas no saben guardar secretos. Las amigas son interesadas. Las amigas traicionan y te pueden robar al novio. Las amigas son malas influencias.

Pero ahora es diferente, porque sus invitadas son familia y lo que más desea en el mundo es que se sientan cómodas.

—Gabriela, no quisiera abusar de tu confianza, pero hay una cosa que me haría mucha ilusión...

—dice Berta por un instante—. Perdóname, igual estoy abusando de tu confianza.

—No, por favor, dímelo.

—No sé si sería posible que nos invitaras al estudio de radio. Sería un sueño para mí ver cómo se hace el programa...

—Sí, sí —aplaude Ramona—, a mí también me gustaría.

—Pues claro. Estaré encantada de mostraros la emisora.

—¿Y crees que podremos conocer a la doctora? —pregunta Berta con entusiasmo.

—No, ella no estará mañana, pero os gustará mucho visitar la radio, estoy segura.

—Me muero de ganas de ir —exclama Berta.

—¡Y yo! —corea Ramona.

La risa de Gabriela es cristalina.

—Pues no se hable más; mañana por la tarde venís al programa.

Ramona se siente extraña en una cama solo para ella, y sin decir nada se cuela en la de Berta y se abraza a ella. La joven le acaricia la cabeza unos segundos y le comenta:

—Cariño, vete a tu cama, que esta noche podemos dormir más anchas.

Ramona cumple la orden y se da media vuelta, fingiendo sueño para ocultar su decepción.

Gabriela y Berta, que están recostadas la una enfrente de la otra, bajan la voz.

—Debe de ser increíble vivir aquí, en una ciudad como Barcelona —comenta Berta.

—Pues a mí me parece que debe de ser mucho más bonito vivir en un lugar más pequeño, con tanta naturaleza alrededor.

—¡Qué va! ¡Es un aburrimiento!

El enfado de Ramona aumenta y se pone la almohada por encima de la cabeza para ignorar la conversación.

—¿Tienes amigas? —interroga Gabriela.

Demasiadas, según Eleonora. Ya de pequeña, Berta era un terremoto que charlaba con adultos y niños. El día que la llevaron al circo acabó en el camerino de los payasos, que le pintaron la cara de blanco y le regalaron una nariz roja mientras sus padres la buscaban alarmados. La facilidad con que la joven entabla relaciones preocupa a su madre, que la acusa de carecer de criterio de selección. Hasta del tonto del pueblo se hizo amiga. A Berta le divierte la gente, sus historias, las vidas diferentes a la suya, y posee una habilidad innata para ganarse la confianza de cualquiera. Su madre la llama defecto y le ruega que lo corrija. Últimamente le ha concedido el gusto; no por ganas, sino porque ninguna historia del pueblo la sorprende.

—Sí, algunas tengo —contesta a Gabriela.

—¡Qué suerte!

Las chicas siguen hablando. Ninguna de las dos había estado nunca despierta a esas horas hasta hoy.

~

Antonio está de un humor de perros. No sabe cómo sobrevivirá quince días encerrado con estas cotorras. Lleva unas pocas horas allí y ya envidia la sordera de su tía. Las chicas no han sido capaces de escuchar el programa radiofónico sin pelearse a grito pelado. Después de cenar las ha enviado a la cama y se ha quedado en el comedor, donde lleva media hora quieto, pero con la rabia embistiéndole por dentro como un toro desbocado. El corazón se le acelera y, sin más, rompe a llorar como un niño.

Justo entonces le interrumpe Elvira con no sabe qué sandez de las suyas. El hombre baja la cabeza mientras se sirve un whisky.

—Pero al menos, ¿me dejarás bajar a Barcelona para ver algún acto del Congreso Eucarístico? —insiste Elvira.

—No. De aquí no sales —ruge—. Ya me dirás qué va a hacer una puta como tú en un acto religioso —ríe sarcástico.

—Pues Jesús también cuida de las putas —replica.

—Vete a la habitación y déjame en paz —ordena—. Y que te quede claro que de aquí no te mueves hasta que yo lo diga.

Elvira se acerca a él y apoya la mano en su hombro.

—¿Estabas llorando? —susurra con suavidad.

El empujón de Antonio hace que se tambalee.

—Déjame en paz. Y, por cierto, mañana voy a hablar contigo y con las chicas. Mi tía no encuentra unos pendientes y aquí no se roba. ¿No habrás sido tú? ¡Te juro que, si lo has hecho, te mato! ¡Te mato!

—¿Por qué siempre piensas mal de mí? Esa vieja no sabe dónde deja sus cosas y mañana te tendrás que tragar tus palabras.

Antonio explota y le da una bofetada.

—¿Por qué no puedes estarte callada como las demás?

Le mira desafiante:

—Diles a las demás que trabajen tanto como yo y te hagan ganar tanto dinero...

Esta vez un puñetazo le alcanza la cara y al caer al suelo se golpea con el respaldo del raído sofá.

—Por favor, Antonio, no... —implora en vano antes de que le caigan un par de patadas.

—Como hayas robado los pendientes a mi tía, esto no va a ser nada. Te mando al hospital. Te mato, ladrona, puta, escoria —grita mientras le asesta la última patada.

Se dirige a su habitación con el vaso temblándole entre las manos y cierra de un portazo. Los golpes dejan a Elvira aturdida, pero la rabia la empuja como un aguijón. Siente un miedo espantoso a continuar en aquella casa, a que al día siguiente Antonio cumpla su promesa y la mate. Si quiere huir, nunca tendrá mejor ocasión. Él no regresará a la ciudad hasta después del Congreso Eucarístico. Ese don suyo de bruja le dice que es el momento.

Espera a que todos duerman y se escabulle de la casa. Tiene la suerte de coger el último tren a Barcelona. Recorre temerosa las calles adyacentes a las Ramblas obviando las señales de dolor de su cuerpo, intentando silenciar con torpeza su taconeo. No quiere encontrarse a ningún policía porque sabe que los miércoles Soto Mayor libra y no podrá ayudarla. La silueta de una mujer magullada, con un vestido verde que más que ajustado parece encogido, dando zancadas que se pretenden sigilosas, arrastrando una maleta, resultaría tragicómica si contara con público. Pero la calle está inquietantemente desierta. Soto Mayor ha sido muy eficiente y el barrio chino parece un remanso de paz. O una tumba. Solo se oyen voces y risas en un piso, que es a donde se dirige Elvira.

—¿Qué haces aquí? —pregunta Carmen cuando abre la puerta. Y después suspira al observar los cardenales del rostro de la joven—. Pasa, pero mañana te vas, que yo no quiero líos con Antonio.

Del pequeño recibidor se dirige a una diminuta sala repleta de abigarrados muebles: un tresillo, un sofá, una estantería, una mesa de comedor y muchas sillas, todas distintas. Sentados en el sofá estampado, dos hombres toman una copa. Al verla aparecer, bajan la mirada y se separan un poco.

—Esta es Elvira. Estos son mi hermano y su amigo don Rafael —comenta con desgana Carmen antes de servirse un vino. El pulso le tiembla y unas gotas aterrizan en las baldosas.

Se ha hecho un silencio incómodo.

—Será mejor que vayas a dormir y mañana ya hablaremos —ordena la dueña de la casa dirigiéndose hacia un cuartito.

Elvira la sigue y agradece que le tienda una manta rasposa antes de desaparecer. Se mete en la cama dolorida, excitada y triste. Intenta no pensar en el futuro. Y si lo hace, prefiere fabularlo, imaginarlo diferente. Como el de Carmen. ¡Ella sí que tiene una buena vida! Sobrevive sin aguantar palizas. Y cuenta con su buena clientela, no como esos gañanes que Elvira caza en la calle. Caballeros distinguidos que la invitan a sitios caros. Claro que Carmen tiene mucha clase. Pese a sus cuarenta y pico, es tan guapa como las actrices de cine. Antes de dormir, recuerda a los dos hombres de la sala, uno de los cuales es su hermano. ¡Es que incluso se lleva bien con su familia! Entonces piensa en su tía Juana y en qué estará haciendo. Es la única de su familia a la que cualquier día se pasa a visitar.

~

Dormir de pie es muy difícil, por no decir imposible. Una cabezadita se sostiene, pero una noche entera nadie la aguanta. A Juana hoy le toca dormir de pie, porque eso es lo que ocurre cuando llega la última al minúsculo piso en el que se hacina su familia junto con otra, los García, a los que apenas conoce y con los que las autoridades los han obligado a convivir. No ha podido llegar antes y ya no tendrá tiempo de contarle a su marido, al que intuye en la negrura por sus ronquidos, la única buena noticia que ha tenido en mucho tiempo.

Lleva dieciséis días en ese piso, y lo que debía suponer una mejora ha sido justo lo contrario. Desde entonces las noches son una lucha: la de su esposo, su hija, su yerno, su nieto y ella contra los García, que son seis y se organizan mejor. Antes vivía en las chabolas, tenía su jergón y dormía en horizontal. Pero llegó el camión al que los obligaron a subir llevándose lo mínimo, y las excavadoras acabaron con lo que había sido su hogar durante años. El Gobierno los ha instalado en este edificio a medio acabar en una casa que deben compartir. Y a eso lo llaman una mejora.

Hace un par de días volvió a pasar por el asentamiento que había sido su casa en la avenida del Generalísimo y no quedaba ni rastro de las chabolas. Estaban construyendo un altar gigante y pomposo para el congreso, y caminó deprisa apretando los puños, mascando la rabia.

Un pacto no escrito entre los García y su familia reza que los que se acuestan primero pueden hacerlo en la pequeña habitación. A los que llegan más tarde les queda un jergón en el comedor. Los siguientes cuentan con el suelo y con suerte alguna manta, pero cuando los veinticinco metros cuadrados del piso están repletos de cuerpos, solo te queda la pared para apoyar la espalda, hasta que las piernas se rinden y acabas sentada en cuclillas, muchas veces con la cabeza de un vecino clavada como una estaca en el hombro y algún pie arañándote la espinilla. Ese es el problema principal, aunque no el único.

Los sonidos de los que ya duermen son exasperantes por su mezcla de cadencias y volúmenes, pero sobre todo por la expectativa de que en algún momento se extinguirán: cada pausa es interpretada como el principio de un descanso que nace muerto por el siguiente ronquido o respiración cavernosa. Es entonces cuando Juana sabe que no pegará ojo porque los pensamientos se le enmarañan y ninguno es plácido.

Mañana las cosas podrían cambiar. No mucho, pero algo sí, y eso es suficiente cuando no tienes nada. A las diez tiene una entrevista para un trabajo que parece incluso cualificado. Hace una semana respondió a un anuncio que simplemente rezaba: «¿Sabes escribir? Te ofrecemos un trabajo». Se lo había guardado doña Enriqueta, que siempre le da algo de la comida que le sobra y, cuando puede, algunas moneditas. Ella la animó a que se postulara para aquel puesto, pero Juana se negó, porque tenía miedo de que comprobaran sus antecedentes. Doña Enriqueta urdió un plan: ella le escribiría una carta de recomendación inventando que había sido la institutriz de sus hijos y dando fe de que era una persona de una moralidad intachable.

—Pero como comprueben mis antecedentes, a mí

me llevan presa y usted se mete en un buen lío —replicó.

—Juana, pon tu nombre de casada, hazme el favor, y cuando vean que te recomienda la esposa del almirante Olmos, nadie va a comprobar nada. Y yo no me voy a meter en ningún lío —soltó—. Siento que te lo debo.

Al ruido exasperante de la gente dormida se le suma el olor. El olfato es un sentido que solo ocasiona serios disgustos a los ricos. Los pobres ya no distinguen buena parte de lo que los otros calificarían como pestilencias. Aun así, hay un umbral de tolerancia que la noche rebasa. El bloque de pisos en el que se aloja Juana está a medio construir. Carece de alcantarillado y por supuesto agua corriente. Es imposible mantener una higiene corporal, y de noche los cuerpos ya sucios expelen un vaho agrio y pegajoso que inunda el piso como vapor de azufre.

—Pero ¿cómo me van a coger con esta ropa de pobre y oliendo a rayos? —le ha preguntado aquella misma tarde a doña Enriqueta cuando le ha anunciado que al día siguiente la entrevistarían para el trabajo y que contaba con muchas posibilidades de que se lo concedieran.

—Mañana te vienes a las ocho a casa y te das un baño en la habitación de servicio. Mi hija tiene una blusa y un traje chaqueta que ya no se pone que te vendrán de perlas. No te ofrezco ropa mía porque con lo flaca que estás te iba a sobrar por todas partes. Te arreglas y te vas para la entrevista —ha resuelto sonriente.

—Gracias —ha respondido flojito Juana mirando al suelo.

Las piernas ceden, se ovilla en el suelo frío, pero la comisura del labio esboza un amago de sonrisa.

4

Mañana del jueves 22 de mayo de 1952

En el número 53 de la calle Pelayo se ubica el Instituto de Belleza Francis, y Juana no entiende por qué la han citado ahí. El ambientador de jazmín le cosquillea la nariz y le recuerda a Málaga, al jardín de su casa y al nena, cuídate y al nena, no vuelvas tarde que le repetía su madre antes de que saliera de romería. Pero allí no hay jolgorio, ni gritos de floristas, ni guitarras rasgadas con mayor o menor tino, solo un hilo musical y una señora de piel sonrosada que le pregunta qué desea. Por su expresión entiende que su disfraz no oculta una pobreza que la inhabilita como clienta de aquel establecimiento tan fino. Cuando responde, la recepcionista la conduce por la escalera de servicio hasta el despacho de doña Milagros, la gerente del centro.

—Por las referencias que nos han dado, estoy convencida de que podrá llevar a cabo este trabajo sin ningún problema. Sabe escribir a máquina, ¿verdad? —le pregunta esa mujer briosa que pese a su buena posición no tiene nada de estirada.

Juana asiente. Tomó clases de mecanografía en Málaga. La excusa que empleó para que sus padres le costearan el curso fue que así podría trabajar en alguna oficina, pero la verdad era otra. Deseaba ser periodista, tal vez escritora, pues el tiempo se le pasaba volando cuando escribía su diario o los cuentos que escondía en una carpeta debajo de la cama. Sus padres le permitieron estudiar mecanografía, pero cuando habló de ser periodista, la miraron como si hubiera perdido la razón. Su madre la convenció de que estudiara para comadrona, que era una carrera más adecuada para ella. Aceptó, porque ya era mucho que la dejaran estudiar, y con el tiempo les dio la razón a sus padres y disfrutó de su profesión, aunque a escondidas siguió llevando su diario y escribiendo cuentos. Ahora no tiene tiempo, pero piensa su vida como si la escribiera.

Milagros le pide máxima discreción, anota la dirección del lugar en el que la están esperando y apunta el itinerario: una sucesión de tranvías y autobuses que demorarán su llegada no menos de una hora y pico. De hecho, no llega a su destino hasta dos horas más tarde.

~

—Vamos a desayunar —ordena Úrsula.

Eleonora, Berta y Ramona no saben qué se espera de ellas en ese momento y siguen a su anfitriona y a Gabriela hasta el comedor. Cohibidas, toman asiento alrededor de la mesa de mantel de lino mientras la criada les sirve café y tostadas. Al hincar el diente, Ramona da un gritito de alegría.

—¡Está buenísimo! —comenta la niña, que solo ha probado pan negro y duro en toda su vida—. Gracias, tía Úrsula.

—Eres una niña muy educada —la halaga Úrsula.

A medio desayuno, Gabriela anuncia que visitarán la radio y el gesto de Úrsula se tuerce.

—No acabo de entender qué haréis allí —comenta frunciendo los labios.

—Les hace ilusión y a mí me apetece mucho enseñarles las instalaciones —justifica Gabriela.

—Si es lo que queréis... —añade contrariada.

~

Carmen se levanta con la cara abotargada y procede a su particular tratamiento de belleza, el que se puede permitir y que practica los días de resaca, que son casi todos. Coloca el tapón en el lavamanos del baño, abre el grifo hasta que el agua helada lo llena y sumerge el rostro en ella. El frío le sacude el embotamiento y aguanta hasta que no puede más. Respira y repite la operación. Intuye una presencia, levanta la cara y se gira alarmada.

—Dios mío, casi me matas del susto —le espeta a Elvira, que al ver que la puerta del baño estaba abierta se la ha quedado observando.

La chica se ha levantado temprano y, como Carmen dormía en el sofá, ha arreglado con sigilo la cocina. Después ha oído pasos y voces en el dormitorio y ha corrido a su cuartito. Un portazo le ha indicado que alguien, probablemente el hermano de Carmen, había salido, y ha vuelto a la cocina para dejarla como los chorros del oro.

—Lo siento... no quería... —balbucea tímida.

Con un gesto de cabeza Carmen le quita importancia y coge la toalla para secarse con el corazón todavía acelerado, pues se había olvidado completamente de que Elvira estaba ahí. A menudo no recuerda cómo acaban sus noches.

—Aprovecha el agua fría, te irá bien para que se te deshinchen los morados, que tienes la cara hecha un cromo. Y después te vienes al comedor, que tenemos que hablar —espeta con sequedad.

Elvira sumerge la cabeza y, cuando la levanta y el espejo le devuelve su imagen, le entran ganas de llorar. El párpado está azul y a media asta. El pómulo, que lleva toda la mañana molestándole, está tan rojo que eso no hay maquillaje que lo disimule. Y el labio inferior tiene una herida cubierta de sangre reseca. Por eso no ha querido mirarse antes en el espejo, porque le entran la pena y el miedo. Sobre todo el miedo. Que Antonio cuando bebe no se controla, y circulan historias sobre él que avalan su temor. Se rumorea que una de sus chicas se escapó para casarse con un cliente que se había enamorado de ella y Antonio le dio tal paliza que la dejó coja y sin un diente. El novio, al verla de esa guisa, la plantó, y cuentan que la muchacha acabó prostituyéndose en las chabolas por cuatro perras y durmiendo al raso. Y ella no sabe si creérselo, pues Antonio tiene una parte dulce. Pero es verdad que cuando se emborracha se ofusca, se le juntan las cejas y se le pone un gesto fiero. Él normalmente no es así. Tiene mal carácter, eso no lo niega nadie, porque es un aries guerrero, y ya se sabe que cuando los aries explotan tienen muy mala gaita. Pero también tiene sus cosas buenas, y es que el pobre lo ha pasado muy mal. Nunca habla del tema, pero estuvo en la cárcel y a saber qué le hicieron ahí. Alguna noche en la que han dormido juntos, él se ha despertado gritando y ella le ha acariciado la frente hasta que se ha quedado dormido como un bebé. Al día siguiente nunca recuerda nada. O finge que no se acuerda. A saber.

—No te puedes quedar aquí —sentencia Carmen.

—¡Pero si no molesto! —protesta—. Te prometo que será como si no estuviera. Limpiaré la casa, y si es necesario duermo en el suelo. Si vuelvo con Antonio..., me va a moler a palos.

Carmen Gascón sabe que es verdad y también sabe que la única forma de salir adelante es que no le importe. Así ha conseguido tener una vida que no cambiaría por la de nadie. El secreto es no preocuparse por ninguna persona que no sea ella misma. Pero en una semana ha tenido que romper esa saludable costumbre, primero por su hermano y ahora por Elvira.

La chica le cae bien y ella detesta a Antonio, pero esa no es la cuestión. La joven la mira con los ojos acuosos y con un brillo casi ingenuo. Carmen no le echa más de veinticinco años. En el barrio chino todo el mundo se conoce de vista, y Carmen intimó con ella un día en el que volvía de una fiesta a la que había acompañado a un generoso hombre de negocios. Una vez rematado el trabajo, se fue a la taberna del Toño a tomar unos vinos. A Carmen Gascón le pierden el vino y la jarana. Estaba eufórica por el buen dinero que se había ganado. Iba bien disfrazada de dama, con un abrigo de imitación de piel de conejo que daba el pego. Elvira se le acercó como una luciérnaga a la luz, no dejó de hacerle preguntas y de deslizar la mano sobre la manga del chaquetón, que era muy suavecito. También se quedaba embobada mirando sus joyas, pues Carmen siempre lleva muchas y de las buenas, nada de baratijas. Antonio, desde la barra, ladeaba la cabeza indicándole que volviera a la calle. Pero era una noche muy fría y Elvira simulaba no verle y se acercaba aún más a Carmen, que olía a un perfume muy bueno, no a aquel tufo dulzón que le regalaba Antonio cuando estaba de buenas. Y entonces vio a aquel tipo que, haciéndose el borracho, trastabillaba contra el asiento de Carmen y metía mano en su bolso.

La joven se levantó como por un resorte y gritó: ¡Al ladrón! El hombre corrió todo lo que pudo, pero no lo suficiente: tras salir del local le cayó una lluvia de golpes y patadas de chulos y prostitutas que le dejaron inconsciente sobre un charco de sangre. Elvira, que había arengado a la turba, regresó, triunfante, con el monedero de Carmen como bandera. Y ella invitó a una ronda a todos los del bar, que la jalearon y bebieron satisfechos porque se había cumplido la ley no escrita del chino: no se roba a ninguna prostituta. El único que no compartía aquel entusiasmo era Antonio, y Carmen siempre ha sospechado que estaba compinchado con el ratero.

Pasadas unas semanas, uno de sus clientes habituales la invitó a una fiesta y le pidió que fuera con una amiga. Eligió a Elvira y tras negociar con Antonio la instruyó sobre cómo debía comportarse y se fueron juntas a una torre de la zona alta con mucho militar, político y empresario. A partir de ese día, cuando la ocasión lo requería, le proponía que la acompañara. Elvira encajaba bien en aquellos ambientes por razones muy diferentes a las de su mentora, que era esbelta y estilosa. La joven tenía un aire inocente, pero lo que más llamaba la atención eran sus kilos de más, que le daban un aire distinguido. El hambre provocaba que la mayoría de sus compañeras de oficio y de las mujeres de clase baja lucieran esqueléticas. En cambio ella, que también sentía los calambres del estómago vacío, por algún extraño capricho de su anatomía poseía un cuerpo rollizo y opulento que la hacía más exótica.

En ocasiones, cuando no había trabajo, Carmen y Elvira se tomaban unos vinos. Elvira siempre preguntaba mucho y contaba poco, pero como a Carmen le encantaba hablar, eso no suponía ningún problema.

—Seis días, ¿me oyes bien? Ni uno más —concede Carmen.

—Gracias, gracias, gracias... ¡No te arrepentirás! —exclama antes de abrazarla.

A Carmen le molesta tanta efusividad.

~

A Úrsula le ha molestado que Gabriela haya invitado a sus parientas aquella tarde a la radio. Esa hija suya confunde el deber cristiano con una generosidad que no viene al caso. Antes de entrar al despacho del padre Cebrián en Radio Barcelona repasa las cartas de las lectoras del consultorio de Elena Francis y se convence de que pasarán la censura del cura.

—¡Qué poco trabajo me das, querida Úrsula! —comenta el hombre tras leerlas—. A este paso me van a despedir porque pasas mejor la censura tú que yo.

El padre Cebrián y ella son amigos desde hace mucho tiempo y se tutean.

—No digas eso, ¡por Dios! Que sin la censura y el criterio moral de la Iglesia este país se volvía a ir a pique.

—Eso ya no ocurrirá, gracias a Dios. El Congreso Eucarístico va a devolver a la Iglesia su papel de guía espiritual, eso te lo puedo asegurar. Y Franco nos va a conceder los privilegios que merecemos, porque nosotros legitimamos su labor y nos lo deben, con todo lo que sufrimos. —Siempre repite el mismo discurso, pero aun así siempre se sulfura cuando lo pronuncia—. Pero no recordemos el pasado... que ahora se trata de construir el futuro. El consultorio de Elena

Francis está siendo un éxito. ¿Quién nos lo iba a decir? Debo confesarte que cuando me dijeron que un instituto de belleza quería apadrinar un programa de radio no me dio muy buena espina. Pero me equivocaba... Este programa está haciendo mucho por la moral de las mujeres de este país. Y tu trabajo ha sido excelente...

Úrsula esboza una sonrisa.

—Yo solo soy una guionista, una pieza más del engranaje.

El padre asiente.

—Pero me temo que ya va siendo hora de buscarte un sustituto.

El giro abrupto de la conversación deja a Úrsula desconcertada y la sonrisa del cura no la tranquiliza.

—Tú, querida, estás llamada a misiones más altas. Y me ha dicho un pajarito —prosigue con tono cómplice— que te van a proponer un cargo de gran prestigio en el Patronato de Protección a la Mujer.

Se queda callada hasta que el silencio es demasiado pesado.

—Si allí puedo ser de utilidad, me sentiré honrada —murmura ella, disimulando la decepción.

—¡Claro que serás de utilidad, querida mía! ¿Quién mejor que tú? Pero eso nos lleva a pensar en quién podrá sustituirte en la radio.

Úrsula aún no ha digerido la noticia, pero el padre Cebrián ya sugiere nombres y le pide su opinión. Participa en la conversación, convencida de que más que un sustituto buscan a un ayudante, porque dejar la radio no entra en sus planes.

Táchalo de la lista que su padre es rojo. Esta tampoco me gusta, se rumorea que no va a misa los domingos. Ni hablar, su hermana fue madre soltera. Finalmente, los dos coinciden en un nombre, que no es el que más requisitos reúne, pero sí el que menos defectos presenta: Carlos Santamaría.

Aunque parezca una elección al azar, no lo es. Úrsula lo observa desde hace tiempo y no únicamente para valorar su profesionalidad, sino para sopesar sus virtudes para otro puesto: el de yerno. Gabriela tiene ya veintidós años y su reputación es intachable. Pero eso, que antes tanto la enorgullecía, ahora la inquieta. Su hija, además de trabajar en la radio, está todo el día pasando el rosario, asistiendo a misa, haciendo obras de caridad con los pobres... y pensando poco en su futuro. Cuando Úrsula habla de la importancia de encontrar un buen marido, Gabriela pone una expresión ausente, como si el tema no fuera con ella, y eso la exaspera.

Ha compartido alguna vez esa preocupación con Joaquín, su marido, y él le ha sugerido el nombre de alguno de los hijos de sus socios, que no la han complacido. Joaquín posee una empresa a la que se dedica en cuerpo y alma y todo lo que se escapa de sus obligaciones laborales lo deja en manos de Úrsula. Es más cómodo así, y además sabe que con lo mandona que es su esposa es mejor dejarla hacer y no discutir por nimiedades domésticas.

Úrsula sale confundida del despacho del padre Cebrián. No puede alegrarse como debería por el nuevo cargo que la apartará de la radio, pero sí por haber arreglado la situación de Carlos Santamaría, que ahora se ha convertido en un yerno aún más idóneo. Ella está convencida de que sabe qué le conviene a su hija, aunque no tiene ni idea de la razón por la que ella no quiere ni oír hablar de matrimonio.

5

Tarde del jueves 22 de mayo de 1952

En un desangelado polígono del extrarradio, Juana se entrevista con tres personas, dos mujeres y un hombre, vestidos de azul marino, gris y marrón respectivamente; trajes de confección barata que no llevan, que los llevan a ellos y que podría ocupar cualquier otra persona sin que nadie advirtiera la diferencia. Juana fantasea con que le hablan los atuendos, que se pretenden personas pero son fantasmas.

Educados, eso sí, henchidos de orgullo por su labor, que contagian felicitando a Juana por formar parte del equipo, familia, lo llaman en algún momento, con sonrisas cálidas que le hielan la sangre. Extremadamente competentes, eso también, exponiendo los aspectos que les atañen: sueldo, horario y normas de conducta de la oficina. El entusiasmo de las voces de los fantasmas se contrapone al contenido de sus palabras, el escaso sueldo contrasta con la abundancia de horas de trabajo y las normas de conducta pivotan entre las de un internado para señoritas y las de una prisión para criminales irredentos.

Pero nada de esto es comparable a la tozudez con la que se resisten a definir su trabajo. Detallan minuciosamente cómo se debe llevar a cabo, pero no le aportan ni una pista de en qué consiste, como si ella tuviera que saberlo y fuera de mal gusto ahondar en la cuestión.

El último fantasma la conduce a la oficina, una especie de aula de colegio para niños huérfanos con dos filas de pupitres dispuestas horizontalmente en las que once chicas teclean frenéticamente frente a una máquina de escribir. Preside la estancia un escritorio acompañado de la única silla con respaldo, que ocupa don Paco, un hombre voluminoso de piel porcina que se ha despojado de la americana y luce dos redondeles oscuros en las axilas. El hombre desvela el misterio y detalla el trabajo, sonriente y firme.

La monstruosidad de la revelación justifica el secretismo. Juana ya no puede disimular su estupor. Entreabre la boca y respira hondo para contener la náusea.

—No se lo esperaba, ¿verdad? —comenta el hombre con complicidad—. Por supuesto, la discreción es un requisito indispensable. Ni su propia familia debe conocer la naturaleza de su trabajo. Yo le aconsejo que les cuente que ha sido contratada por una empresa de importación y exportación —sonríe mostrando unos dientes de ratón—. Y ahora, a trabajar. En cuanto concluya su primera tarea, yo la repasaré y le daré las indicaciones precisas.

Juana Alarcón, que años atrás hubiera muerto por sus ideales, no reconoce los brazos que se extienden sobre la máquina, los dedos que teclean, ni las piernas que se levantan y le tienden una hoja a don Paco. Observa esos movimientos como si hubiera salido de su propio cuerpo, como si se hubiera convertido ella en un fantasma más.

~

En las instalaciones de Radio Barcelona Berta disfruta de un espectáculo de danza: los trabajadores entran y salen, avanzan juntos, se separan, se reencuentran a un ritmo vibrante y con una cadencia de movimientos hipnótica. Pero no es una representación, es algo mejor.

La chica se olvida de sí misma, de su ropa de pobretona e incluso del dolor que le producen los sabañones en el pie. Las mujeres que desfilan seguro que no los tienen, porque, si no, no podrían pasear tan garbosas sobre sus zapatos de medio tacón. Siempre aprisa, ocupadas, haciendo algo importante. La mezcla de los colores de sus trajes chaqueta, el ir y venir de papeles, los gestos de las manos la hechizan. Fantasea con asaltarlas en el camino, formularles preguntas que la acerquen a sus vidas y que la alejen de la suya.

Una señorita muy amable que sostiene un portafolios en la mano las lleva a una sala de espera y les ofrece un café. Berta se impacienta, porque no quiere un café ni sentarse en aquellas cómodas sillas, sino seguir paseando por los estudios, observando cada uno de los detalles para sentirse parte de aquello, aunque sea por un ratito. Al cabo de unos minutos, aparece de nuevo Gabriela.

—¿Queréis acompañarme al estudio? —invita.

—¡Sí! —exclama Berta, como una niña pequeña a la que invitan a un parque de atracciones.

Eleonora la mira casi asustada.

—Mejor te esperamos aquí, que no queremos molestar —responde apurada poniendo un brazo en el hombro de Ramona para que no la siga.

—No es molestia, pero como prefiráis. Tú, Berta, acompáñame.

Y Berta la sigue sin volver la vista, notando el reproche de Eleonora y la decepción de Ramona clavados en el cogote. Y le importa más bien poco, porque su prima la conduce por los estudios y se queda embobada mirando a un señor muy serio que junta las dos mitades de un coco vacío como si tocara unos platillos ante el micrófono.

—Así se produce el sonido del trote de los caballos para los seriales —le aclara Gabriela.

Berta cierra los ojos y por un instante siente que un corcel se le acerca, después los vuelve a abrir sonriente.

—¡Es mágico! —exclama.

—Me encanta que te guste —responde Gabriela—. Acompáñame al estudio dos, que tengo que preparar mi locución.

La sigue como una sombra, y cuando Gabriela se sienta a repasar los papeles, Berta lo hace a su lado recorriendo con la vista una ventana de cristal que da a una sala con muchos aparatos. Le gustaría meterse ahí y apretar todos esos botones, pero desea aún más acariciar el micrófono plateado que tiene enfrente. Su mano, tímida, está a punto de lograrlo cuando se abre la puerta de la sala y aparece un hombre alto y bien parecido.

—Te estaba buscando, Gabriela. Disculpa si te interrumpo. —Ha clavado los ojos en Berta y es la primera persona de la radio que no la mira con condescendencia.

—¡Qué va, no interrumpes! Esta es Berta, mi prima, que ha venido desde Aragón para el congreso. Él es Carlos Santamaría, locutor y guionista.

—Encantada —exclama Berta entornando los ojos.

—Un placer —responde él sin apartar la mirada

de ella—. Te traigo la pregunta cinco. Al padre Cebrián no le gustaba y la ha sustituido por otra.

Gabriela coge el papel y arruga otro que tiene sobre la mesa. Berta y Carlos cruzan la mirada y después la desvían. Él se encamina a la puerta, pero justo antes de salir se da la vuelta.

—Estaba pensando que me han encargado unas entrevistas a jóvenes que han acudido al Congreso Eucarístico desde diferentes partes de España y tal vez, señorita Berta, podría hacerme el favor de permitir que la entrevistara.

—¿Yo? —responde ella estirando el cuello y abriendo mucho los ojos.

Carlos y Gabriela sonríen porque la joven ha puesto una expresión muy cómica.

—Si no es molestia, naturalmente.

—No, no es molestia. Es que no sé si lo haré bien —responde sincera.

—Claro que lo vas a hacer bien. —Gabriela le envuelve la mano con cariño para girarse luego hacia Carlos—. Cuando tengas el horario de la entrevista, nos avisas.

—Así lo haré. Muchas gracias, señorita Berta. No sabe el favor que me hace —dice el joven antes de desaparecer por la puerta.

—De nada —musita Berta.

Su mente dispara fogonazos: ella frente a un micro, ella hablando de sí misma, gente escuchándola, preguntas, risas, felicitaciones... Recuerda la emoción que de niña sintió cuando le dieron el papel de Virgen María en la función de Navidad. Deseó que los aplausos nunca acabaran, que duraran días, porque después de aquello lo último que quería era volver a su casa. Ahora es diferente, pero tampoco quiere volver a casa. El pueblo se ha difuminado; quiere quedarse ahí, en la radio, en Barcelona, y por eso le urge más que nunca recibir el consejo de Elena Francis.

~

—Elvira, deja de limpiar ya, por Dios, que me tienes loca con tanto ruido.

La joven, que estaba fregando la habitación de Carmen, se presenta en el salón y se la encuentra recostada en el sofá.

—Es que quiero que estés bien contenta de tenerme en casa.

En ese momento llaman a la puerta.

—Pues ve a abrir, que no sé quién será.

Al cabo de unos segundos, reaparece Elvira con cara de estupefacción.

—Era un chófer y ha traído esta caja —dice abrazando un paquete pesado.

Carmen sonríe.

—¡Qué bien! Es un regalo de Maximiliano. Déjala en la mesa.

—¿Y te envía a su chófer con un regalo? —pregunta entre confundida y admirada.

—¡Claro! Eso son muy buenas noticias para mí y para ti —responde sonriente mientras se levanta y abre la caja—. *Champagne*. Del bueno. —Le muestra una botella—. Y ahora mismo vamos a brindar tú y yo. Trae un par de copas de la cocina.

Elvira cumple la orden aún aturdida porque va a probar el *champagne* por primera vez en su vida y porque le parece inaudito que a Carmen le envíen regalos tan caros. Rellena las dos copas y Elvira contempla absorta el oleaje de las burbujas. Su amiga le da un buen trago y lee la tarjeta que venía con el paquete mientras sonríe de medio lado.

—¡Este Maximiliano es de lo que no hay! —comenta.

Elvira ha visto al tal Maximiliano alguna vez por el chino, siempre acompañado de un enorme perro lobo, que luce un collar de diamantes valorado, según dicen, en una fortuna. Y siempre bien cogido al brazo de Carmen. Un hombre altísimo y enjuto del que se rumorea que es un rico estraperlista y que bebe los vientos por su amiga. Las habladurías van más allá, y hay quien asegura que tiene una perversión que comparte con Carmen y que por eso la tiene en tan alta estima. Ella duda de que su amiga sea capaz de algo... tan repugnante. Pero mejor no pregunta, que igual le responde.

—¿Qué te parece el *champagne*? —pregunta Carmen.

—Está riquísimo. ¡Qué suerte! Nunca he tenido a un cliente que tuviera tantas atenciones conmigo.

Carmen suelta una carcajada.

—Maximiliano es un tipo muy especial.

—¿Estás enamorada de él? —pregunta Elvira.

Carmen mezcla la risa con un suspiro.

—¡Qué romántica eres para ser una puta! —espeta—. Enamorada... ¡Qué cursi! Claro que no, pero es el primer hombre que me gusta de verdad en mucho tiempo. Aunque me gusta más mi vida tal y como está.

Las dos copas que Carmen le ha servido a su amiga le están haciendo efecto. Tiene las mejillas sonrosadas cuando le sirve la tercera.

—¡Qué suerte! —bisbisea—. A mí no me gusta nada mi vida. —Espesa las sílabas—. No sé qué voy a hacer. No debería haber dejado a Antonio —suspira—. Es que aunque sea un poco bruto, yo lo quiero. Y a su manera, él me quiere.

Elvira se pone a llorar y Carmen, sobrepasada por la situación, le sirve otra copa.

—No, no, niña, las lágrimas no te van a servir de nada y no le van a hacer ningún bien a ese ojo tan hinchado que te ha dejado ese hombre que te quiere... a su manera. Cuando peor van las cosas, más fría debes tener la cabeza para decidir.

—Ya me gustaría —solloza Elvira—. No debería haberlo abandonado..., soy demasiado impulsiva.

—Da igual lo que tendrías que haber hecho —resopla—. No entiendo por qué la gente dedica tanto tiempo a arrepentirse de las cosas. Lo hecho hecho está. Y a apechugar. Ahora tienes que pensar en qué vas a hacer. Porque todos los chulos del barrio saben que has dejado a Antonio y se están rifando quién te pega la paliza.

Se tapa la boca.

—¿De verdad? ¿Crees que Antonio se lo ha pedido? Yo no lo veo capaz.

—Yo sí. Pero da igual si ha sido él o se han enterado y quieren darte un escarmiento para que sus chicas no se envalentonen y sigan tu ejemplo. Sea como sea, estás jodida. Y sea como sea, tienes que hacer algo ya —afirma con firmeza, pero sin regañarla.

—Es que no lo sé... A mí me gustaría llevar una vida como la tuya. ¿Cómo has conseguido no tener que aguantar las palizas de ningún chulo? —pregunta amusgando los ojos—. Gonzalo nunca te pega, no tiene a otras chicas y todo el mundo le teme porque mataría a quien te tocara un pelo. ¿Cómo lo has logrado?

Esta es la pregunta que se hacen en el chino y a la

que Carmen, por muy borracha que ande, nunca responde. Gonzalo, que vive en el piso de abajo, tampoco suelta prenda porque apenas habla con nadie. Es un gigante silencioso, altísimo, fortísimo, con unas manos desmesuradas, como las raíces de un árbol muy viejo, con las que estuvo a punto de estrangular a un cliente que le dio una paliza a Carmen. Salió como un perro de presa tras él y lo atrapó a la altura de la taberna del Toño. Los parroquianos acudieron en masa a ver el espectáculo, que se prometía sangriento. El gigante, que habitualmente es lento y torpe en sus gestos, asestaba puñetazos y patadas a una velocidad demasiado rápida para el ojo humano, como un dibujo animado enajenado. Cuando el hombre perdió el sentido, Gonzalo se cernió sobre él, con su sombra gigantesca, le agarró por el cuello y lo incorporó, sosteniéndolo con una única mano. O eso es lo que se cuenta en el barrio.

—Mátalo, mátalo, mátalo, mátalo... —coreaban.

Y en ese momento apareció Carmen, magullada, pero con los andares felinos intactos, le puso la mano en el hombro y dijo sin gritar:

—Basta ya, Gonzalo. No merece la pena ir a la cárcel por este desgraciado.

Inmediatamente el gigante soltó a su presa, que se desplomó. Carmen solo despegó la mano del hombro de su protector para darle una patada a la entrepierna del despojo.

—Jódete, cabrón —gritó—. Para que no pegues a ninguna otra.

Elvira se lo perdió, pero la leyenda le llegó por varias amigas —en cada versión más magnificada— y nunca se cansa de escucharla.

—Ahora en serio... —Elvira levanta el dedo y lo

observa sorprendida de que esté ahí—. ¿Cómo has conseguido un chulo que no te dé palizas?

—Echándole huevos, hija, echándole huevos.

—¿No me lo vas a contar?

—No.

~

Al salir de la radio, Berta no entiende que los coches sigan circulando, que la gente apriete el paso dirigiéndose a quién sabe qué cita importante, le extraña incluso que los árboles continúen en el lugar en el que los dejó. Nada en ella permanece en el mismo lugar que unas horas antes. Y no le inquieta el caos, porque no hay caos, porque caos era lo de antes, el mundo ordenado que ahora se revela como una habitación diminuta y oscura. Nada en ella permanece en el mismo lugar que antes de cruzar el espejo de la radio.

Berta siempre ha sospechado que es especial, que posee un salvoconducto para hacer cosas únicas que la diferencian del resto de sus amigas. A ninguna le pintaron la cara de blanco los payasos, ni atravesó a pie el túnel de la bruja con la hija de los feriantes, ni una gitana le leyó la mano sin cobrarle, ni Tomasina, la niña más rica del colegio, le regaló su peonza. Solo a las chicas especiales les ocurren cosas especiales que demuestran lo especiales que son. Visitar la radio, presenciar el consultorio de la doctora Francis, que la vayan a entrevistar. Pruebas de que su salvoconducto también funciona en la ciudad, donde lo especial es extraordinario.

—¿Por qué no has pedido que me dejaran ir contigo al estudio? —le reprocha Ramona mientras caminan por el paseo de Gracia rumbo a casa. Se han adelantado y de cerca las siguen Eleonora, Gabriela y Úrsula.

—Tendrías que haber venido conmigo —responde con sequedad.

—A mamá no le hacía gracia. Cree que no tendríamos que haber visitado la radio, porque a tía Úrsula no le parecía bien —contesta bajando la voz.

—¡Me da igual lo que piensen!

A Ramona le molesta que su hermana se rebele porque desordena su mundo, y ella odia los cambios. Ya se encargará de contárselo a Eleonora para que le baje los humos.

6

Noche del jueves 22 de mayo de 1952

El enfado de Ramona se diluye con el primer bocado de la cena. La comida despierta en ella un impulso primitivo que inhibe cualquier otra consideración. Es algo rabioso e incontrolable. Se esfuerza por no abalanzarse sobre los alimentos y arrancarlos de los platos del resto de los comensales. La sopa no se parece en nada al líquido aguado que sirven en su casa, es contundente, apabullante como una compleja sinfonía que ensordece lo demás. Le acaricia el paladar con un sabor salado y penetrante, regalándole un placer que querría repetir una y otra vez hasta ahogarse en ella. Pero aquello no es nada comparado con el plato principal: cordero con patatas. Al principio engulle los bocados, pero cuando está a punto de acabar el plato le invade la melancolía del inminente final. Deja que la carne se diluya en su boca y la succiona suavemente como un caramelo.

Berta y Eleonora no han descubierto ahora esos sabores, pero los han recordado con nostalgia furiosa. Como la niña, ambas han refrenado el instinto de arrojarse sobre la bandeja y comer los alimentos con las manos. El hambre que han vivido las tres provoca que aquella cena no sea una experiencia grata sino una excepción que las llena de ansiedad, y luchan por domesticarla.

Carlos Santamaría es el único del resto de los invitados que experimenta algo similar, aunque a menor escala. Él no ha pasado hambre durante la posguerra, pero han sido años de comida monocorde, sin matices. Los alimentos que ha probado esta noche han despertado en él un placer sensual. Pero no han sido únicamente los alimentos. Ha observado a Berta, cada uno de cuyos gestos le ha sacudido. Los carnosos labios de la joven estampados de gotitas de grasa o su mirada extasiada han encendido el interruptor de los impulsos primarios.

—Señorita Berta, finalmente la entrevista será mañana; si no tiene inconveniente, por supuesto —anuncia en el momento en que ella acaba el último bocado de cordero y cierra los ojos durante una fracción de segundo.

—¿Estás seguro, Carlos, de que el testimonio de una chica como Berta resultará interesante? Les hemos ofrecido ya a nuestros oyentes otros de gran valor. Me encantó, por ejemplo, la entrevista que le hiciste a aquel anciano ciego que había venido desde Galicia para acudir al congreso —interrumpe Úrsula—. No es por desmerecer a Berta —ni siquiera la mira—, entiéndeme, pero no acabo de ver claro qué puede aportar una joven que resulte relevante.

Carlos traga saliva y mide las palabras ante su jefa.

—Entiendo lo que dice, doña Úrsula, pero creo que ella puede aportarnos algo que aún no hemos tratado: el punto de vista de los jóvenes.

—Eso es muy importante, querida Úrsula —interviene el padre Cebrián mientras vuelve a llenar la copa de vino—. El Congreso Eucarístico debe alcanzar de lleno a nuestra juventud. Ellos transmitirán nuestros valores en el futuro —afirma categórico.

—Si lo veis tan claro... —concede resignada.

—¿A qué hora debería presentarme en la radio? —pregunta Berta clavando sus ojos en los de Carlos.

Los abre mucho, tanto que su mirada parece un poco loca, pero también la más viva que Carlos ha visto nunca.

—Hacia las cuatro —responde él—. Y hay otra cosa que les quería proponer. Si a don Joaquín —mira al padre de Gabriela—, a doña Úrsula y a doña Eleonora les pareciera bien, me gustaría invitar a Berta y a Gabriela a un guateque que organiza doña Jacqueline en su casa este sábado, justo después de la entrevista.

—Por mí no hay ningún problema. Está bien que los jóvenes se diviertan —dice Joaquín mientras su mujer se revuelve en el asiento.

—Sí, por supuesto, querido, pero tengo dudas de que la casa de doña Jacqueline les ofrezca un ambiente edificante —apostilla Úrsula—. No me malentiendan, que no tengo nada contra ella, pero es que ya se sabe que los extranjeros tienen otras costumbres.

—Bueno, aquí tenemos a un representante de la Iglesia: que nos diga el padre Cebrián qué opina —resuelve sonriente don Joaquín, que en contadas ocasiones experimenta un placer malicioso poniendo nerviosa a su esposa.

El cura se limpia la boca, le da un sorbo a la copa y sentencia:

—Mientras no beban y su conducta sea decorosa, no le veo mayor problema. Entiendo tu inquietud, Úrsula, pero doña Jacqueline está muy vinculada con obras de caridad y, aunque su cultura difiera un poco de la nuestra, es muy bondadosa con los que más lo necesitan. Eso siempre es un buen ejemplo para los jóvenes.

Úrsula estira la sonrisa, celosa del halago a la que considera su rival en las simpatías del cura. Jacqueline Allen es una adinerada viuda estadounidense afincada en Barcelona cuya forma de vida suscita críticas que ella acalla con generosas donaciones a la parroquia del padre Cebrián y a proyectos de beneficencia. Además de contar con una considerable fortuna, es la directora general de la empresa de su difunto marido, de la que apenas se ocupa y que ha dejado en manos de gestores de confianza para dedicarse a trabajar de fotógrafa. Una decisión estrafalaria que ha sido aceptada como todas sus excentricidades.

El hecho de que con treinta y siete años no sea madre, no se haya vuelto a casar y trabaje resulta una anomalía que a ella se le permite por ser extranjera, rica y tener contactos en la alta sociedad. Cuesta más hacer la vista gorda con su errática vida sentimental. Se rumorea que desde hace un tiempo vive con Ernesto Vila, un joven al que presenta como su inquilino y que se encarga de algunos de los negocios de su difunto marido.

—Un guateque... —dice Berta como si pensara en alto—. Nunca he ido a ninguno. Me hace mucha ilusión.

Todos obvian su comentario menos Carlos, que le sonríe antes de decir:

—Le va a encantar. —Hace una pausa—. Si les parece bien, las acompañaré de vuelta a casa.

—Perfecto, Carlos, se lo agradezco mucho —responde Joaquín.

Gabriela, que ha estado callada durante toda la cena, comenta con un hilo de voz:

—Yo me había comprometido a ir a casa de tío Hans a leer, como todos los sábados por la tarde.

—Llámale y cambia el día. Seguro que puedes ir el domingo. Tampoco tiene mucho que hacer —zanja Joaquín.

El hombre está disgustado con Hans, que aunque Gabriela lo llame tío es solo un amigo de la familia. Más bien es un amigo suyo, un alemán con quien combatió codo con codo en la División Azul y al que él ayudó a establecerse en Barcelona tras la Segunda Guerra Mundial. Hans empezó a perder vista hace unos seis años y Úrsula y Gabriela se ofrecieron a ir a su casa para leerle. Muchas veces, la mayoría para ser exactos, Úrsula está demasiado atareada para visitarle y es Gabriela la que cumple con el compromiso. Es algo habitual en la madre, que se compromete a más cosas de las que puede asumir y que acaba delegando en su hija, que nunca protesta.

Joaquín se siente desplazado en esa relación que han monopolizado su esposa y su hija y que Hans tampoco ha hecho demasiados esfuerzos por mantener. Siempre que le ha propuesto que se vieran ha declinado el ofrecimiento excusándose en alguna dolencia. El hombre se siente defraudado porque ha perdido a su compinche, a la persona con la que se divertía en los prostíbulos y a la que le confesaba cosas que con nadie más puede compartir.

~

Juana llega tarde a casa y le toca de nuevo dormir de pie. Después de pasarse el día encerrada en la oficina se siente atrapada en ese comedor infestado de cuerpos sudorosos que roncan estentóreamente. Prefiere dormir al raso. Coge una manta raída, baja las escaleras del edificio y la extiende en el suelo de la entrada. Se sienta con la espalda apoyada contra la pared. Respira hondo, la brisa le cosquillea la cara y se queda ensimismada mirando las estrellas. De repente la sorprende el tacto de una mano sobre su hombro. Se gira alarmada.

—¡Dios mío, Asun! Casi me matas del susto.

—Perdona —responde su hija mientras se sienta a su lado en el suelo—. Te he oído entrar y quería saber qué ha pasado con el trabajo.

—Me lo han dado. Ha bastado con la recomendación de doña Enriqueta, no han comprobado nada más. —Su hija la escruta, pero no encuentra ilusión en su expresión.

—¡Qué bien! ¡Cuéntame qué haces!

—Es que no puedo, hija, me han hecho prometer que no lo diría.

—¡Por Dios, soy tu hija! —exclama—. Y nosotras siempre nos lo contamos todo.

Juana no sabe si quiere callar porque se lo han mandado, porque siente vergüenza o por la decepción que le causará a su hija. Finalmente cede a las súplicas de Asun y se lo susurra. La joven se tapa la boca con la mano y la mira con una profunda tristeza.

—No puede ser. Entonces... eso también es mentira —musita.

Madre e hija se abrazan en silencio.

~

—¿Qué es un guateque? —pregunta Ramona.

—Es un encuentro entre jóvenes, en casa de alguien, en el que se acostumbra a poner música, a bailar y a comer algo —responde Gabriela.

—¡Aún no me creo que vaya a ir a uno! —exclama Berta.

Las tres jóvenes, en la habitación de Gabriela, se sientan en el borde de la cama alargando el momento de irse a dormir.

—¿Y yo no puedo ir? Prometo que me portaré muy bien. —Ramona junta las manos en un gesto de súplica.

Gabriela le acaricia cariñosamente la cabeza.

—Es una cosa de mayores. Pero no te pierdes nada. Si yo pudiera, no iría.

—¿De verdad? ¿Y por qué no? Si yo tuviera la oportunidad de hacerlo, no me perdería ni uno —asegura Berta.

Gabriela se encoge de hombros y entorna los ojos.

—Pues yo me los saltaría todos. Además, mi tío Hans se molestará conmigo por no ir a leer a su casa. —Traga saliva—. Yo no me siento cómoda en las fiestas, me intimida hablar con la gente, tengo la sensación de que solo digo tonterías. Lo único que me gusta es bailar, eso sí —confiesa Gabriela.

—Pero si eres encantadora. ¡Y siempre sabes decir lo apropiado! —replica Berta—. Yo, en cambio, siempre meto la pata...

—No digas tonterías, que no es así. Pero cambiemos de tema; he pensado que te podría dejar algún vestido para la fiesta. No es que los tuyos no sean bonitos, es que he imaginado que tal vez te apetecería cambiar y lucir algo diferente.

Berta se pone a reír.

—¿Lo ves como siempre sabes decir lo apropiado? Mis vestidos no son bonitos... y menos aquí, en la ciudad. Sería un sueño que me prestaras uno. ¿De verdad quieres hacerlo? —La coge del brazo excitada.

Las dos jóvenes abren el armario, y Berta se acerca unos cuantos modelos al cuerpo sujetándolos por la percha y comprobando cómo le quedan. Se mueve coqueta, dando vueltas, y entre las tres deciden que se pondrá uno de color azul cobalto, entallado y con una falda con vuelo. Después se acuestan e intentan dormir. Pero Ramona no puede. Mira aquel vestido, que sí, que es bonito, pero teme que el vuelo de la falda lleve a Berta lejos y ella deba intentar cogerla y bajarla a la tierra como un globo que se le escapa.

—¿No te gustaría que te viera Roque así vestida? —le susurra de cama a cama.

—Anda, duérmete —ordena Berta.

La mención de Roque enturbia el momento. La agota que Eleonora o Ramona entonen largos panegíricos a aquel chico de piel morena y ojos tímidos que tanto le gustaba hace un año y medio, cuando acudía al quiosco de sus padres y fingía que consultaba las revistas para comprar alguna. No tenía dinero, pero necesitaba sumergirse en las fotos, practicar un escrutinio atento de los vestidos, ovillarse en los titulares.

Por aquel entonces ya estaba en el taller de doña Remedios, la modista del pueblo, que desde los bajos en los que vivía adiestraba a las jóvenes en el arte de la aguja. Le había costado lo suyo conseguir una silla desde la que aguantar las regañinas de aquella viuda de guerra que era tan dulce con sus clientas como implacable con las aprendizas. Muchas eran las que optaban a ser sus pupilas pagando, ya fuera con dinero o con productos del campo. Eleonora, que es bastante tacaña aunque se define como ahorradora, no le veía sentido a que la joven aprendiera el oficio, ya cosía suficientemente bien gracias a las clases del colegio y del Servicio Social. ¿Para qué más?, decía, lo importante ahora es que encuentres un buen marido.

Ahí había jugado un papel Sebastián. Como era representante de tejidos y conocía bien a la modista, le ofreció un descuento en las telas a cambio de que la admitiera en el taller. Doña Remedios aceptó con la condición de que solo la instruiría como costurera: se dedicaría a la ropa de cama, a las cortinas y, a lo sumo, a hilvanar algún vestido. Pero nada de patrones ni de prendas finas, que la mujer no quería perder tiempo con una chica que colgaría la aguja a la que se enfundara el vestido de novia.

La jerarquía entre costureras y modistas era tan férrea como la militar. Las costureras se atrincheraban en una habitación interior, angosta y fría, separada por una cortina marrón claro de terciopelo desgastado del comedor amplio y luminoso en el que maniobraban las modistas. La cortina era una frontera infranqueable tras la cual se custodiaban los secretos de Estado del oficio. Ninguna oficiala, que era el grado que alcanzaban las que ya podían cortar tela, revelaría su técnica a una costurera.

Pero antes de volver a casa Berta espiaba los patrones y trazaba su evolución a lo largo de los días. Se ofreció a ayudar a Manolita, una aprendiza de modista bastante torpe que sucumbió a su habilidad para ganarse la confianza de la gente y aceptó su papel de doble agente que vendía secretos al enemigo.

En poco menos de medio año no había mejor costurera que Berta y doña Remedios le ofreció que enseñara a las recién llegadas a cambio de unos céntimos.

La joven se dispuso a asaltar la cortina y a tomar el salón soleado, siguiendo un minucioso plan.

—Por supuesto, doña Remedios, lo haré con mucho gusto. Pero me gustaría que en vez de pagarme, me permitiera pasar unas horas en el salón de las modistas.

Doña Remedios torció el gesto molesta por la osadía de la joven:

—Sabes que eso no es posible. El resto de las modistas se ofendería. Para ellas esto es un trabajo, no un entretenimiento, y te verían como competencia. Si no estás de acuerdo con lo que te propongo, puedes volver a tu casa, ya has aprendido todo lo que tiene que saber una costurera.

—¿Y si me enseñara antes de que ellas llegaran? Usted ya está en pie dos horas antes de abrir el taller. —Doña Remedios levantó la ceja, sorprendida—. Yo podría venir entonces para aprender. La ayudaría sin que nadie se enterara.

La modista caviló la propuesta. Tenía mucho trabajo y no podía pagarles más horas a sus oficialas. Esa niña era arrogante, de eso no cabía duda, porque otra no se hubiera atrevido a replicar, pero tenía muy buenas manos y si quería trabajar sin cobrar, era cosa suya.

—Te espero a las seis, pero a las ocho menos diez te vuelves al cuarto de las costureras y les enseñas todo lo que sabes. Y que sepas que por eso no cobrarás ni un céntimo —dijo antes de dirigirse al maniquí para colocar unas mangas de organdí sin despedirse.

Berta había vuelto a su casa silbando, pese a que Eleonora se lo tenía prohibido. Su estrategia había funcionado y saboreó un triunfo que, por otra parte, siempre tuvo claro que lograría. Desde que había entrado en el taller no dudó de que ella conseguiría zafarse de aquella férrea jerarquía. Sus compañeras se conformarían con destrozarse las manos hilando gruesas cortinas, pero ella no, ella quería algo más, porque ella era especial.

Coser ni siquiera le gustaba demasiado. Nunca había sido especialmente habilidosa para ninguno de los trabajos del hogar, que desempeñaba sin mucho esmero, primando la rapidez y aguantando las reprimendas sobre lo descuidada que era. Las puntadas eran igual de monótonas, pero le fascinaba el proceso por el cual un pedazo de tela inerte adquiría el volumen de un cuerpo.

Durante aquellos seis meses se había esforzado a conciencia para que sus impacientes manos interiorizaran la danza precisa de las puntadas. Convertirse en la mejor costurera tuvo más que ver con la voluntad sostenida por su plan que con un don innato. Sentada al lado de las costureras más avezadas, mimetizaba los movimientos e incluso acompasaba la respiración con la suya. Antes de ir a dormir practicaba ahuyentando el cansancio en pos de la victoria. El botín de guerra prometía un oficio con el que ganarse la vida, pero también había algo más: la posibilidad de confeccionar su propia ropa, algo que la desmarcara del pelotón de uniformes del pueblo. Porque ella era diferente y había llegado a una edad en que no le bastaba con saberlo, quería que se viera.

El primer día que entró en el quiosco, hojeó las revistas analizando los vestidos de las famosas y ordenando los pasos que se sucedían para estructurarlos. Y, a ratos, imaginándose cómo sería caminar envuelta en ellos.

—¿Va a comprar algo, señorita? Porque ya es la hora de cerrar —dijo impaciente el propietario del establecimiento, arrancándola de su ensoñación.

—No, disculpe, ya volveré otro día —respondió avergonzada.

En ese momento, un joven de estatura media, cabello castaño muy claro y ojos achinados se le acercó recogiendo algunas revistas y le susurró:

—Si quieres hojear las revistas, pásate los sábados por la mañana, que mi padre no está. —Y le guiñó el ojo.

El corazón le dio un vuelco y aquella noche se durmió reconstruyendo cada uno de los detalles del rostro del joven con la precisión de un pintor: el hoyuelo que se le marcaba en la barbilla, las pobladas patillas, el apunte de sonrisa, las arrugas del contorno de los ojos cuando había fijado su mirada en ella. No dejó de pensar en él hasta aquel sábado, y durante meses siguió haciéndolo con una intensidad similar. Hasta que todo cambió.

No quiere pensar en Roque. En quien sí está pensando es en Carlos Santamaría. En su mirada directa, en su sonrisa franca, en la seguridad de sus movimientos, precisos sin ser bruscos. Y justo después de hacerlo siente un nudo en el estómago porque teme quedarse en blanco en la entrevista o decir cualquier cosa que la deje en mal lugar. No sabe qué va a contar ella de por qué ha ido al Congreso Eucarístico. Porque la razón verdadera no la puede confesar.

7

Mañana del viernes 23 de mayo de 1952

—Me voy a matar con estos zapatos —asegura Berta plantada en mitad de la estancia, muerta de la risa, mirándose los pies.

—No quiero que me acusen de asesinato —bromea Gabriela.

Llevan más de tres horas despiertas. Berta la ha acompañado a misa de ocho y después del oficio han regresado a casa, justo cuando Úrsula, Eleonora y Ramona salían por la puerta para acudir a la de las diez. En el salón Berta intenta caminar, o más bien se tambalea, con los zapatos que le ha prestado su prima. Los sabañones le muerden a cada paso pero se aguanta.

—Cada vez lo haces mejor —la anima Gabriela sin mentir demasiado.

—Esto es un sueño —exclama Berta antes de dejarse caer en el sofá en el que está sentada Gabriela—. ¡No me quiero ir nunca de aquí!

—Pues quédate. A mí me encantaría —susurra Gabriela.

—¿Te imaginas?

Y empieza a imaginar. Ella trabajaría también en la radio y ambas se convertirían en las locutoras más famosas de España. Solo pensarlo, se le escapa una risita. Gabriela protesta sin mucha convicción, argumentando que no es bueno dejarse llevar por el orgullo. Le toma el relevo fantaseando con que volverían a casa juntas, pasarían el rosario y serían tan piadosas que la Virgen se les acabaría apareciendo. A Berta le asusta esa idea, ella saldría corriendo, porque quién le dice que es la Virgen y no un fantasma. Ella preferiría ir a los guateques y hacerse pasar por una espía. Las dos no pueden parar de reír.

—Por momentos tengo el presentimiento de que no me voy a ir de Barcelona. Y ya no sé si es un presentimiento o es que me convenzo de que podría pasar —reconoce Berta, y traga saliva—. Hay algo que no te he contado. Algo que quería consultarle a la doctora Francis porque no sé cómo hacerlo, pero quizá..., no sé, olvídalo.

Se arrepiente al momento, pero Gabriela la acribilla a preguntas hasta que musita que tiene que ver con su verdadera madre.

—Yo no quería preguntarte por ella para no incomodarte, pero ¿quieres hablar de lo que pasó? No quiero parecerte curiosa —se disculpa.

—No te preocupes, a mí me gusta la gente curiosa —sonríe Berta, y al momento frunce las cejas—. Pero es que yo tampoco lo sé. Eleonora me contó que mi padre murió en la guerra y que mi madre lo hizo poco después, pero nunca me ha explicado de qué ni cómo. Yo no me acuerdo de nada. Eso es lo que más rabia me da, porque ya podría tener aunque fuera un recuerdo de su cara o de su voz... Además, es que no tienen ni una foto de ellos... Ni siquiera la típica de la boda que todas las familias conservan. Eleonora repite que el pasado no se debe remover. Siempre lo mismo, esa frasecita me pone de los nervios. Y... —Amusga los ojos y los fija en su interlocutora—. Yo tengo una intuición, algo que no me he atrevido a decirle nunca a nadie.

—¿Qué crees que pasó?

—Igual es una locura, pero tengo la sospecha de que mi madre podría estar viva. Sospecho de una persona que vive en Barcelona.

—Pero ¿por qué te iban a decir que está muerta? ¿Y cómo iba a dejarte tu madre con Eleonora en vez de quedarse a tu lado?

—Podrían haber pasado muchas cosas...

—Pero ¿quién podría separar a una madre de su hija?

—Ahora no quiero hablar más de ello —zanja Berta para no contagiarse de la incredulidad de su prima—. Lo que necesito es aprender a caminar con estos zapatos sin matarme —ríe, esta vez por compromiso.

Gabriela le sujeta el hombro para que no se levante y seguir hablando.

—Pero ¿quién sospechas que es?

—Dejémoslo, te lo ruego.

—¿Te puedo ayudar?

Berta se levanta y camina, esta vez con más soltura.

—Tal vez podrías acompañarme a verla. Pero tendrías que prometerme que no se lo dirías absolutamente a nadie —comenta mientras pasea erguida.

—Te lo prometo —responde Gabriela con decisión—. Cuenta conmigo.

~

Eleonora también estrena zapatos: unas manoletinas negras mucho más bonitas que las alpargatas desgastadas que llevaba. Se las ha dado su prima, que también le ha prestado una mantilla de encajes muy finos.

La mujer se siente elegante y fantasea imaginando cómo reaccionará Sebastián al verla de esa guisa. Ya lo dice la doctora Francis, que una mujer debe arreglarse para su esposo.

Durante la misa, a Ramona no le quitan el ojo un niño y una niña que están sentados en el banco de al lado junto a un señor mayor. Son hermanos y los tiene vistos porque viven en el mismo edificio.

Al salir de la iglesia, el señor que acompaña a los pequeños saluda a Úrsula, que le presenta a sus parientes. Él mantiene la mano de Eleonora entre la suya mientras acaricia la cabeza de Ramona.

—Se me ha ocurrido que si su hija lo desea puede venir a jugar con mis nietos mañana por la tarde.

—Es muy buena idea —interviene Úrsula sin esperar la respuesta de Eleonora—. Se lo agradezco mucho, don Martín.

Sus nietos, que han saludado educadamente, le sacan la lengua cuando nadie los mira. Martín se sitúa al lado de Eleonora en el camino de regreso a casa.

—¿Y qué le parece Barcelona? ¿La había visitado con anterioridad?

La mujer carraspea antes de responder, pero eso no evita que le salga un gallo.

—No, es la primera vez y me está gustando mucho —responde.

—¿Ha paseado ya por las Ramblas?

—Todavía no —responde con otro gallo.

—Yo quería llevar a mis nietos el domingo por la tarde. Tal vez podrían acompañarnos.

—Pues sería muy buena idea —decide animada Úrsula—, porque yo ando muy ocupada, como siempre, y si usted tuviera la amabilidad de acompañarlas, le estaría infinitamente agradecida.

Mientras ultiman los detalles, Martín y Eleonora caminan cada vez más juntos. Ramona anda cerca de los dos niños. La pequeña le susurra:

—Cuando vengas a casa, mi hermano y yo te vamos a cortar el cuello. —Y suelta una carcajada.

Ella camina rápido hasta cogerle la mano a su madre. Antes de despedirse, en el ascensor, cuando nadie lo ve, el niño le clava la mirada mientras se recorre con el pulgar el cuello. Al llegar a casa, Ramona corre a la cocina, coge un cuchillo y lo esconde en el bolsillo.

No se le pasa el miedo hasta que una media hora después suena el teléfono. Le encanta cogerlo y Úrsula le da permiso para hacerlo. Se dirige saltarina a la habitación de su hermana.

—Tienes una llamada —canturrea—. Es Roque, que no puede vivir sin ti...

—Ramona, dile que no estoy en casa.

—Pero ¿por qué?

—Te lo pido por favor. Invéntate que he salido. No entiendo por qué me llama. Haz lo que te digo, por amor de Dios.

La niña obedece la orden no sin antes responder:

—Pobre Roque. No se lo merece.

Berta no responde.

~

El primer sábado que acudió a la librería de Roque sabiendo que su padre no estaría allí disfrutó como una niña en una tienda de golosinas, pero los dulces eran páginas satinadas de las que solo se despegaba para observar al chico de reojo. A veces sus miradas se cruzaban y él le sonreía mientras atendía a los clientes. Al cabo de un rato, la tienda se vació y se le aceleró el corazón al oír sus pasos acercándose. No se atrevió a levantar la cabeza hasta que él le rozó suavemente el brazo.

—Escoge una revista que te guste y te la regalo. Pero no le digas nada a mi padre. —Tenía una sonrisa discreta y dulce.

—¿De verdad? ¡Gracias! No sabes la ilusión que me hace. Es que yo quiero ser modista y para mi profesión es muy importante que esté al día de las tendencias de moda.

El chico volvió a sonreír no porque le hiciera gracia lo que decía, sino porque le hacía gracia ella en conjunto: las guedejas deshilachadas de su moño, la blancura de su nuca cuando la inclinaba, la cadencia con la que pasaba las páginas o cómo torcía el pie derecho estando de pie.

—Podemos hacer una cosa —propuso él—. Cada jueves preparamos la devolución de los ejemplares que nos han sobrado para el día siguiente. Puedes venir a eso de las ocho de la noche y llevarte alguno.

Le gustó que la tuteara, que le regalara una revista y que le propusiera que se volvieran a ver. Poco sabía de él y eso le daba un halo de misterio inusual en un pueblo en el que todos se conocían.

Al día siguiente, en el taller, dejó caer su nombre con una excusa peregrina para que sus compañeras, siempre dispuestas a cotillear, soltaran lo que sabían.

—Esa familia es más rara que un perro verde. ¿No os habéis fijado en que en misa siempre se sientan al final y alguna vez alguno de ellos sale corriendo de la iglesia? ¡Deben de estar endemoniados!

—Los hijos no han ido al colegio. Sus padres les

enseñaron a leer en casa. Y de pequeños nunca salían a jugar con los chicos del vecindario.

—Es muy extraña esa familia, nunca se los ve en otro sitio que no sea el quiosco.

—Son buenos españoles, eso sí, porque el padre combatió en la guerra con los nacionales.

—Combatir es mucho decir... Se cuenta que pagó una buena cantidad para quedarse en las oficinas.

—Es que son unos estirados y por eso no quieren mezclarse con el resto.

—Pues la madre bien que se mezcla, que esa mujer se pasa el día en la calle cotorreando. Para mí que está medio loca.

—Sí, a ella nunca se la ve con el marido, siempre con amigas.

—Dicen que al esposo no le importa, pero por decencia no debería andar por ahí sin su marido.

—Pues mi madre dice que lo que pasa es que son masones y que llevan a cabo rituales secretos.

Aquellas opiniones no la condicionaron, al revés: encumbraron más a Roque con la distinción de una diferencia que tan atractiva se le hacía. Los jueves y los sábados visitaba el quiosco y respondía a las preguntas del muchacho, que se interesaba por sus progresos en el taller y recordaba con milimétrica precisión cada palabra que ella había pronunciado.

El interés era obvio, el chico era tímido, pero tarde o temprano se inventaría una excusa para que salieran de aquellas cuatro paredes, pensaba Berta. La resolución se alargaba y empezó a visitarlo los domingos con Ramona. Roque era muy cariñoso con la niña y siempre le regalaba un dulce. Un día Ramona tenía pipí y quería volver a casa y le ofreció el baño de la trastienda. No era habitual que un quiosco contara con un lavabo y aún menos tan grande y reluciente, que hasta una cómoda tenía. Berta no pudo resistir la tentación de abrir los cajones, en los que descubrió dos camisas, dos pantalones y dos calzoncillos perfectamente doblados. Aquello era aún más inexplicable.

Al llegar la primavera, Berta le comentó que los almendros habían florecido y que el prado que rodeaba el pueblo estaba precioso. Roque no mostró mucho interés y la joven insistió.

—¿No te gustaría ir a verlos? Yo saldré a pasear con Ramona el sábado por la tarde.

—Es que yo no paseo por el campo.

Berta esperó que acompañara aquella frase con un *porque...* que nunca llegó. Y nunca llegaría. Roque tenía tendencia a soltar sentencias sobre cosas que no podía hacer como si fueran una verdad incontestable que no requería explicación.

Es que yo no veo películas. No era un desplante, aquellas aseveraciones contenían una tristeza conmovedora. Es que yo no quedo con amigos. Si preguntaba por qué, repetía exactamente las mismas palabras: es que yo no quedo con amigos. Es que yo no voy al baile. Por aquella época ya se podía decir que festejaban, aunque siempre en el quiosco. Berta se plantó: Yo voy al baile. Él la animó a que lo hiciera, repitiendo que él no iba al baile. Es que yo no hago excursiones. Roque había dispuesto una silla para que Berta estuviera cómoda en el quiosco y siempre le obsequiaba un refresco. Por entonces se cogían la mano, él le acariciaba la cara y se habían dado cinco besos en los labios cuando nadie miraba.

Es que yo no voy a la feria. Por aquello Berta ya no quiso pasar. La feria venía una única vez al año y era su acontecimiento preferido. Llevaban catorce meses viéndose en el quiosco. Eleonora y Sebastián trataban con la familia de Roque, bueno, más bien con la madre, doña Amelia, que daba por hecho que sus hijos se iban a casar.

Berta había hecho suyo el discurso de Roque, y cuando su madre le sugería que lo invitara a casa ella respondía: Es que él no va a otras casas; o cuando sus compañeras querían quedar para las fiestas mayores, les contestaba: Es que él no sale durante las fiestas. Y cuando le preguntaban por qué, se encogía de hombros. Es que él es así.

El Es que yo no voy a la feria marcó un antes y un después. El interés de Berta por Roque se había estancado en las paredes del quiosco y la curiosidad no bastaba para librarla del aburrimiento. Ella salía con sus amigas a esos lugares prohibidos para Roque, donde encontraba a otros mozos del pueblo que podían ir al cine, bailar y que, además, le dedicaban miradas no tan tiernas como las de Roque pero más animadas. Más directas. Y empezaron a parecerle más estimulantes. Hasta que su madre le ordenó que no saliera sin su prometido, que tenía que cuidar de su reputación.

—Roque, pero ¿por qué no te animas por una vez? ¿De verdad no has ido nunca a la feria? Es tan divertido y me hace tanta ilusión... —Arqueó las cejas en un mohín suplicante. El chico suspiró, mirando a ambos lados con preocupación.

—Bueno, iremos, pero solo un ratito —respondió apretando las mandíbulas.

Berta se arregló un vestido que Eleonora llevaba de joven. Era marrón, muy largo y holgado, pero consiguió estrechar las hechuras para que se adaptara a su figura. Se maquilló con unos polvos de arroz y un carmín rosado. Estás preciosa, repitió más de tres veces

Roque camino a la feria. Los acompañaba Ramona, a la que obsequió con la piruleta más grande que la cría había sostenido en sus manos. La feria era realmente pequeña, una parada de tiro, un tiovivo, el tren de la bruja, una noria y muchas casuchas de vendedores ambulantes que gritaban tanto que no se oía la música.

—Os voy a regalar ese peluche gigante —aseguró señalando el premio de la cabaña de tiro.

—Muchos lo intentan y pocos lo consiguen —ironizó el hombre de piel cetrina con muchos anillos en los dedos que le tendió la escopeta de balines.

Roque fue la excepción, dos certeros tiros acertaron en la diana, y cuando le tendió un oso gigante a Berta, ella rio, se abrazó a él y después a Roque. Paseó con el peluche como si fuera una bandera llena de significado. La belleza del joven relucía lejos de la luz mortecina del quiosco y la brisa removía su cabello castaño claro dándole un aire más desenfadado. Berta lo observaba como si descubriera a otra persona y se cogía a su brazo deseando encontrarse a alguna de sus compañeras costureras.

—Vamos a la noria —dijo tirando de su brazo, pero encontró resistencia.

—Se ha hecho tarde. Y es que yo no subo a la noria.

—¡Pero si no llevamos ni media hora! ¡Por favor! Ya verás lo divertido que es. Se ve el pueblo muy pequeñito y cualquier preocupación que tengas se achica tanto que ni la sientes —prometió.

—¡Subamos! ¡Por favor, Roque! —suplicó Ramona juntando las manos como si rezara.

Roque asintió de mala gana, compró las entradas y, mientras hacían cola, apenas habló. Tampoco soltó prenda cuando subieron a la cesta, pero sonrió ante los comentarios animados de las dos chicas. De repente, cuando estaban a punto de alcanzar la cúspide, percibieron un olor fétido.

—¡Qué asco! ¡Huele fatal! —comentó la niña.

—¡Ay, sí! Deben de estar fertilizando otra vez el campo. —Berta señaló a lo lejos—. Fíjate, Roque, ahí está el quiosco. Se ve tan diminuto que parece que desde aquí se pudiera coger con la mano.

Roque asintió sin ganas, y cuando bajaron de la noria emprendieron el camino de vuelta a casa en absoluto silencio. Su piel ya no resplandecía y su sonrisa se había diluido en un gesto áspero, en un apretar de mandíbulas y en una mirada rasposa.

Aquella noche Berta intentó revivir la emoción, pero se le escapaba. Miró el peluche, que había colocado sobre el armario, y lo cogió. Se sentó en el suelo y lo abrazó, luchando por despertar una ilusión de la que no quedaba ni un rescoldo. Recordó el hediondo olor y supo que había algo que se estaba pudriendo en su relación y que acabaría pudriéndola a ella. Sintió pena por Roque, por ella, por todos los habitantes del pueblo que se descomponían día a día sin oponer resistencia. Se quedó abrazada al peluche llorando buena parte de la noche. Ella no quería estar allí. Ella era diferente.

8

Tarde del viernes 23 de mayo de 1952

De la Berta enfundada en un bonito vestido azul cobalto que respondería con soltura a las preguntas de la entrevista y hechizaría a la audiencia solo queda el vestido. La fantasía de la chica se ha estrellado contra la realidad y ahora es un manojo de nervios con ganas de correr tan rápido como pueda sobre sus zapatos de tacón de vuelta al pueblo. No tiene ni idea de lo que va a hacer cuando la entrevisten y únicamente ha compartido esos temores con una desconocida.

—Invéntatelo —espeta Jacqueline sonriente.

Desde que se la han presentado a Berta, unos minutos antes, la mujer no ha dejado de sonreír de medio lado como si su propia sonrisa no fuera con ella. Tampoco ha parado de moverse de un lado a otro del estudio de radio, porque es de esas mujeres que no pasa mucho tiempo en ningún lugar ni con ella misma.

—Pero eso sería mentir —dice Ramona flojito, que está a su lado en un estudio mientras esperan el momento de la grabación.

A Ramona le ha costado mucho que la dejaran ir a la radio. Pretendían que se quedara en casa con su madre, y ella no podía estar ni un segundo más ahí, porque temía que sus vecinos, a los que ha apodado los niños asesinos, se descolgaran por la ventana de su habitación y acabaran con su vida. Ha decidido que al día siguiente fingirá estar enferma y que si la obligan a ir, tendrá el cuchillo bien a mano.

—No, no es mentir, es otra cosa —responde Jacqueline a la niña—. La radio es espectáculo y entretenimiento. Y la vida es aburrida. Por eso no pasa nada si Berta cuenta cualquier historia.

—Pero es que, como le comentaba, Jacqueline, no sé qué puedo contar, tengo miedo de quedarme en blanco —insiste con una hebra de voz.

—Para empezar, ni se te ocurra llamarme de usted. En mi idioma no existe ese tratamiento y me cuesta traducirlo. —Habla tan aprisa que si no fuera por la contundencia que imprime a las pes y las tes nadie sospecharía que es norteamericana—. Y ahora cierra los ojos e imagina algo bonito, interesante, divertido o dramático que te hubiera gustado vivir.

Berta obedece, baja los párpados, su imaginación se desborda y se le escapa una sonrisa maliciosa.

—Bien, ahora ábrelos —ordena—. Y abre también la boca.

Berta la mira sorprendida y Jacqueline le sujeta la barbilla con dos dedos haciendo pinza y la tira hacia abajo. Después le introduce un lápiz en posición horizontal y le cierra la boca.

—Ahora intenta hablar así todo el rato que puedas antes de que te hagan la entrevista. Toda la musculatura de la boca se forzará para pronunciar mejor y cuando te lo quites vocalizarás perfectamente —asegura mientras se encamina a la puerta. Antes de salir se gira de nuevo y ordena—: Pero, vamos, ¡habla con tu hermana! ¡Tienes que practicar!

Cuando Jacqueline se va, Berta empieza a hablar con Ramona sujetando el lápiz con la boca y articulando torpemente las palabras.

—No sé qué decirte. Se supone que tengo que seguir hablando —comenta, sujetando el lápiz como un perro haría con un hueso.

—¡Ay, Berta! No tendrías que haberle pedido ayuda a esa señora. No la conocemos de nada.

—Es que estoy nerviosa y me ha parecido amable. Además, es la que me ha invitado al guateque... —Respira profundamente por la nariz—. Parezco estúpida hablando con este lápiz en la boca.

—Un poco sí, pero si tiene que funcionar, vamos a hablar —anima la niña—. ¿Hacemos nuestro juego?

—¿Ahora?

—Aquí nadie nos oye y así hablarás, que es lo que te ha dicho la señora extranjera que tienes que hacer. ¡Va! ¡Hace mucho que no jugamos!

La idea del juego se le ocurrió a Berta durante las vacaciones en las que su padre las había castigado sin bañarse en la poza porque Ramona había sacado malas calificaciones. Los castigos de Ramona recaían también en su hermana, pues se suponía que ella era la responsable. Aquel verano el aburrimiento fue tan sofocante como el calor. Y ahí fue cuando, para matar las horas, Berta inventó el juego de proponer dos alternativas terribles, dos escenarios macabros para que tuvieran que escoger uno. Al principio la niña se escandalizó, pero después descubrió lo divertido que era, y ahora estaba totalmente entregada a aquella diversión que compartían en secreto para que no las regañaran.

—Vale. ¿Quién empieza? —pregunta Berta.

—Yo. ¿Qué preferirías, que cayera una granizada

tan fuerte que nos rompiera el techo de casa o que yo estuviera una semana enferma?

Berta piensa un instante.

—Hombre, si no fuera algo muy grave, sería mejor que te pusieras enferma. Sin techo en casa, acabarías enfermando tú y todos los demás. —Pese al tope del lápiz, las palabras salen cada vez más fluidas. Jacqueline tenía razón, el truco funciona—. Pero si estuvieras en peligro y pudieras morir, pues no, claro, que se caiga el techo. Ahora me toca. ¿Qué preferirías, romperte una pierna o romperte una mano?

Ramona se queda pensativa.

—Mejor la mano, que así no haría los deberes, pero podría moverme. Aunque me tendrías que dar la comida. —Se queda pensativa—. Pero es mejor eso que no poder caminar. Sí, prefiero una mano rota. Ahora me vuelve a tocar: ¿qué preferirías, que te mataran o matar tú a quien intentara matarte?

—Pues matar a quien intentara matarme. Esa es muy fácil —responde Berta.

—No creas. Es un pecado mortal. Te condenarías al infierno. En cambio, si te mataran, irías directa al cielo —responde enseguida la niña.

—No, en defensa propia no es un pecado. —En un arrebato se quita el lápiz de la boca—. ¡No puedo más con esto!

—¿Estás segura?

—¿De que no es pecado o de que no puedo más con el lápiz en la boca? —pregunta divertida.

—De que no es pecado matar en defensa propia.

—Pues claro.

~

A Carmen le gusta hacer las cosas a deshoras. Dormir de día. Comer de madrugada. Bailar al mediodía. Y le gusta el sexo a media tarde. Maximiliano lo sabe y la ha invitado a su casa. Ella ha protestado porque preferiría un hotel caro, pero sabe que ni él podría conseguirlo en esos días, pues todos han colgado el cartel de completo. Rulfo, el perro lobo de Maximiliano, se revuelve entre las sábanas que han caído a los pies de la cama tras el arrebato de pasión.

—¿Cuándo te vas a casar conmigo? —pregunta Maximiliano con impaciencia mientras le da una calada a un puro.

Carmen le acaricia la cara. Resigue los pómulos puntiagudos y los ojos hundidos para pasar a cosquillear la perilla. Su delgadez le confiere un aire severo, pero la luz que se filtra por la ventana lo difumina y hay una dulzura en él. De repente, el hechizo se rompe y recupera la expresión rígida.

—¡Es que ni siquiera me contestas! —espeta molesto.

—¡Ay, Max! Es que no lo sé. —Junta los labios en un mohín caprichoso—. Estamos bien así... ¿Qué prisa tienes?

Maximiliano resopla con impotencia.

—¡Es que hay que joderse! —exclama—. Deberías ser tú la que me insistiera para que nos casáramos. Estoy forrado y tú eres... —duda.

—Yo soy puta, sí —responde—. Y seguro que cualquier puta se moriría por que hicieran de ella una mujer decente. —Remarca las últimas dos palabras con retintín—. Pero tú tampoco quieres que sea una mujer decente, ¿verdad? —pregunta provocativa mientras se abalanza sobre él. Su cuerpo encaja como una manta en la extremada delgadez del hombre—.

Tú solo quieres que nos casemos por esas cositas perversas que solo puedes hacer conmigo...

Maximiliano la detiene en su avance y le sujeta cariñosamente la barbilla.

—Eso ayuda, no hay muchas mujeres con quienes compartir algo así, pero no es lo único —responde pícaro—. Y lo sabes.

Carmen se tumba de nuevo y lo mira de lado.

—¿Qué ibas a hacer tú, en esos ambientes de alto copete, llevando a una mujerzuela como yo del brazo? —pregunta sonriendo con ironía.

—Me da igual lo que piensen; de hecho, me gusta que piensen mal de mí. Esa gentuza que nació entre algodones no tiene más remedio que aguantar al niño pobre que tiene más dinero que todos ellos juntos. Ya pueden murmurar lo que les dé la gana.

Carmen se levanta y rellena con *champagne* las dos copas que están en la mesita de noche. Le tiende una a Maximiliano, le da un sorbo a la suya y mira la ventana.

—A veces pienso que solo quieres casarte conmigo para provocarlos.

—También hay algo de eso, pero de nuevo no es lo único, Carmen. Yo he conseguido ser libre, hacer lo que me dé la gana. Y la única mujer que he encontrado en mi vida que es tan libre como yo eres tú. —Carmen se ha sentado en la cama, de cara a él con las piernas cruzadas.

—¿No te das cuenta de la contradicción que supone eso? Lo que te atrae de mí es que soy libre y si me caso contigo, dejaré de serlo... —reflexiona.

—Entonces, ¿no nos casamos? —pregunta ya con sorna.

—Algún día, ahora tenemos asuntos más importantes que atender —concluye tumbándose encima de él.

Rulfo gruñe y se lleva las sábanas. Los dos ríen antes de abrazarse muy fuerte.

~

Gabriela bebe un vaso de agua antes de que el técnico le dé la señal para empezar.

Distinguida señora, confiando en la amabilidad que tiene para dar consejos, me atrevo a hacerle la siguiente confidencia. Soy una joven de constitución física normal y ordenada, pero a pesar de que tengo veinte años no se me han desarrollado las glándulas femeninas que tanto adornan la silueta de una mujer. Este defecto me ha creado un complejo de inferioridad. Temo que sin este atributo me sea difícil encontrar marido o que, si finalmente lo consiguiera, él nunca dejaría de ver en mí ese defecto que no tienen otras mujeres. ¿Es pecado preocuparse por este asunto? ¿Existe algún remedio para la cuestión que le planteo? Una infeliz.

Griselda Rodrigo se cala las gafas bifocales, aparta un poco la hoja de papel, traga saliva y empieza:

Querida amiga Infeliz, no tiene que atormentarse creyendo que su preocupación no es cristiana. El orgullo y la coquetería, enfocados a llamar la atención de los hombres, a adquirir un protagonismo que no le corresponde a la mujer, van, sin duda, contra los principios que nos enseñó Nuestro Señor. En cambio, lo que usted plantea es algo muy diferente. Una mujer debe arreglarse, en los límites de la decencia, por supuesto, para agradar a su marido, como será su caso, querida mía, en un futuro próximo si tiene fe y una buena conducta. Hay remedios que la pueden ayudar que con mucho gusto le relataré. Para fortalecer el busto le recomendaría nuestras duchas frías a presión de anhídrido carbónico y un fármaco con hormonas galactógenas que le recetaría un médico. Podemos ofrecerle sueros por fricción, electricidad médica de alta frecuencia y pulverización de ozono a cuatrocientas pesetas por sesión. Pero primero tendría que pasar por nuestro consultorio para valorar su caso. También hay un sistema casero que consiste en el siguiente ejercicio: levantar codos a la altura del pecho. Hacer un fuerte y rápido movimiento, acercando las yemas de los dedos sin juntar las palmas cincuenta veces al día. Espero que mi consejo le sea de utilidad, querida amiga, y no dude en hacerme cualquier otra consulta que con mucho gusto le responderé.

~

—Cuatrocientas pesetas por sesión. ¡Qué barbaridad! —exclama Carmen, que ha convencido a Maximiliano para que escuche con ella el programa—. No hay persona y menos mujer que pueda pagar eso...

Siguen echados en la cama. Ella recostada en su hombro y él acariciándole el pecho.

—Te sorprendería la de gente que tiene ese dinero, Carmen. Piensa siempre que cuantos más pobres hay en este país, más ricos son los ricos. Solo tienes que escoger en qué lado quieres estar. De todos modos, tus pechos son preciosos, tú no necesitas ningún tratamiento de esos.

—¿Tú crees? Muy grandes no son.

—¡Pero bonitos, un rato! —Las yemas de sus dedos recorren su pezón rosado, sin apenas aureola—.

Fíjate, esa pobre chica quiere hacerse vete a saber tú qué en las tetas para cazar un marido y tú, que tienes la posibilidad de casarte, no le das valor.

—Sí.

—¿Qué quieres decir?

—Que sí, que para ti la perra gorda, que nos casaremos, pero ahora no me hagas decidir cuándo, que tenemos cosas más divertidas que hacer.

~

Berta no puede acabar de escuchar el programa porque la avisan de que tiene que grabar la entrevista y se dirige, guiada por Carlos, hacia otro estudio. Todo va muy rápido, el piloto rojo se enciende, la mano del técnico hace una señal y todo da vueltas alrededor de Berta hasta que oye la voz del locutor con el corazón desbocado.

—Tenemos con nosotros a la señorita Berta, que ha venido desde un bonito pueblo aragonés para asistir al Congreso Eucarístico. —La voz de Carlos envuelve a la chica casi con tanta seguridad como la mirada que clava en sus ojos con la intención de que se tranquilice. Lo consigue a medias—. Bienvenida a la radio. Me gustaría preguntarle: ¿cuál ha sido su motivación para emprender este viaje?

El silencio expectante asusta a Berta por unos segundos hasta que arranca:

—La fe. La fe en un nuevo futuro, en una nueva etapa que se abre para todos los jóvenes.

—Si me lo permite, ¿le puedo preguntar con quién ha acudido al Congreso Eucarístico?

—Con mis padres y mi hermana. —Duda por un momento—. Bueno, siéndole sincera no son ni mis padres ni mi hermana, al menos de sangre: ellos me adoptaron porque yo soy huérfana...

Berta duda y Carlos interviene con profesionalidad.

—Lo lamento muchísimo. Tristemente, la guerra dejó muchos huérfanos en este país. Usted tuvo suerte de encontrar una familia piadosa que la acogiera. ¿Fueron ellos quienes le inculcaron esa fe? ¿Quiere hablarnos de lo que sucedió? Si resulta demasiado doloroso para usted, la audiencia lo entenderá. —La profesionalidad de su voz y la intimidad de su mirada no se corresponden, como dos piezas que parece que encajan pero que solo están muy juntas.

Berta siente un poder infinito, embriagador, malévolo... Solo tiene que abrir la boca y dejarse llevar por él. Y es justo lo que hace.

—Es doloroso, pero también me están brindando una oportunidad única de honrar a mis padres. Él fue un valiente soldado nacional, que murió en la batalla del Ebro. —Mira a Carlos, que asiente para que siga por ahí—. Conservo la medalla al valor que recibió y una foto, que miro a menudo. Le parecerá una tontería.

Berta traga saliva. Su voz imita a la perfección la entonación de las que durante tanto tiempo ha escuchado en la radio y es consciente de ello, por lo que a cada palabra gana seguridad.

—No es ninguna tontería, es un gesto muy bonito —la anima Carlos—. ¿Y podría hablarnos de su madre?

Berta se está emborrachando de sus propias palabras. Lo que se dice en la radio se convierte en verdad y ahora tiene la posibilidad de reescribir su historia. Y ya no puede parar: por fin es otra persona y sabe qué teclas tocar para que la quieran.

—La historia de mi madre es realmente triste. Durante un bombardeo corrió conmigo en brazos a un refugio, pero... nos alcanzó una bomba. Quedamos enterradas las dos entre los escombros y cuando nos pudieron rescatar, ella estaba muerta. Su último acto fue protegerme con su cuerpo, salvar mi vida. Si no, yo no estaría aquí.

—Lo lamento mucho, señorita Berta, es una historia realmente desoladora. Una historia que haría que otras personas hubieran perdido su fe; en cambio, en su caso, ha sido justamente lo contrario.

—Por supuesto, es la única forma de honrar a mis padres y a la familia que me acogió. Fíjese que el lema del Congreso Eucarístico no puede ser más esperanzador: «La Eucaristía y la Paz». Esa paz se la debemos a hombres y mujeres como mis padres, que dieron su vida por ella. Su ejemplo es lo que me da la fe para seguir adelante. Como también lo hace el de la familia que me acogió, sin la que no sería nada. Gracias a los que considero mis padres, Eleonora y Sebastián, y a mi hermana Ramona, tuve una oportunidad y sería una desagradecida si la desaprovechara. Espero con todo mi corazón que el Congreso Eucarístico renueve aún más mi fe, que sirva para que todos los jóvenes de nuestro país no desfallezcan, resistan la tentación de la degeneración moral y demuestren que el esfuerzo de nuestros padres y abuelos ha merecido la pena. Es nuestra responsabilidad y debemos cumplirla con orgullo. Es un regalo, el regalo que le han hecho a nuestra generación.

~

—¡Vaya pánfila! —espeta Carmen.

—Ni que lo digas. Como vuelva a oír a la ñoña de

la Francis o a alguna pánfila más, me va a estallar la cabeza.

Maximiliano se levanta, apaga el transistor y se acurruca entre los pechos de Carmen.

—¿Te apetece que ponga algo de música?

Asiente, pensando en el discurso de la chica de la radio. Los nombres de sus padres. No puede ser casualidad.

9

Noche del viernes 23 de mayo de 1952

Úrsula cuelga el teléfono y se dirige al comedor, donde la esperan sus invitadas, sentadas muy tiesas para no ocupar demasiado espacio en el sofá. Úrsula lo hace en la butaca de enfrente.

—Estimada Berta, me acaba de llamar el padre Cebrián y me ha rogado que te haga llegar sus felicitaciones. Tu entrevista ha transmitido un discurso de esperanza a los jóvenes. Se ha colapsado la centralita de la radio de felicitaciones y de mensajes de apoyo. Y yo que no confiaba en esta entrevista... —Ladea una sonrisa—. Y mira por dónde, ha sido justo lo que necesitábamos... No imaginaba que fueras capaz.

—Gracias, tía Úrsula. Al principio me mataban los nervios, pero después... no sé, es como si estuviera en estado de gracia y las palabras brotaran solas —responde con espontaneidad.

Hay algo en sus gestos y en su belleza vulgar que siempre incomoda a Úrsula por mucho que hoy se haya propuesto ignorarlo. Es superior a ella.

—Sin duda estabas en un estado de gracia que debemos agradecer al Altísimo —responde señalando al cielo—. Te ha elegido como instrumento para su mensaje y debes sentirte honrada por ello. Pero no vanagloriarte, recuérdalo. Ahora debo pedirte algo: mañana por la mañana Carlos Santamaría volverá a entrevistarte. Si la entrevista tiene la misma acogida, podría convertirse en una sección diaria durante el Congreso Eucarístico.

—¿Quiere decir que trabajaría en la radio? —pregunta Berta, juntando las manos y abriendo la boca.

Su tía niega con la cabeza y puntualiza:

—Sería una colaboración puntual. Simplemente te harían una entrevista al día para que contaras las impresiones de la juventud en el Congreso. Pero no te hagas ilusiones, que depende de la reacción de los oyentes. Lo de hoy puede haber sido un golpe de suerte. Si la acogida de la siguiente es buena y se convierte en una sección, la radio podría retribuirte con una pequeña cantidad. El padre Cebrián te aleccionará sobre cuál tiene que ser tu mensaje en la próxima entrevista.

—Muchas gracias, intentaré estar a la altura.

—Seguro que lo estarás —comenta Gabriela—. Lo has hecho muy bien.

—¿De verdad? —pregunta sabiendo que sí, que lo ha hecho muy bien, pero que toca hacerse la modesta.

Aun así, no se esperaba que esa fuera la reacción. De hecho, cuando cerraron los micrófonos, temió las consecuencias. Ramona se había lanzado a sus brazos conmovida sin recriminarle su mentira, emocionada porque había mencionado su nombre. Gabriela le había sujetado las manos confesándole que había estado a punto de llorar sin aludir al engaño. A Eleonora, en cambio, el sortilegio de la radio no le había borrado la memoria. La abrazó y musitó: Ha sido impresionante, pero... No acabó la frase, y desde entonces Berta la ha estado rehuyendo, pues teme que la concluya. Pero no podrá seguir haciéndolo por mucho más tiempo.

Mientras recibía las felicitaciones, no dejó de pensar en las que le había dedicado Carlos justo al acabar la entrevista.

—Señorita Berta —había dicho sujetando su mano entre las suyas por unos segundos—, esto ha sido pura magia. Llevo mucho tiempo trabajando en la radio, pero usted ha conseguido hablar como una locutora sin tener ninguna preparación. No he visto algo así en toda mi carrera —comentó admirado—. ¿Cómo lo ha hecho?

—Ni yo misma lo sé... He intentado imitarlos a ustedes, los profesionales, a los que he escuchado durante toda una vida. Y he esperado que eso fuera lo que el público deseaba escuchar.

—¡Por supuesto que lo es! —Carlos había sonreído—. Y me ha sorprendido también que el micrófono no la intimidara.

—Eso es porque en el pueblo leo las Sagradas Escrituras en las misas de los sábados.

—¿De verdad? —Se la había quedado mirando como si hubiera dicho algo que no pudiera creer.

—¿Le extraña?

—No, por Dios, no lo digo porque no la vea capaz. Lo que me sorprende es lo similares que son nuestras vidas. Yo, de niño, también leía en la misa de la escuela.

—¡Qué coincidencia! Yo me sé de memoria todas las cartas de san Pablo a los corintios.

Berta había entornado los ojos. Siempre hay algo espontáneo y genuino en sus expresiones, pero también algo buscado, aprendido, a partir del interés que siempre han causado en los demás. En especial, en los hombres. Y aquel gesto había sido una mezcla perfecta entre lo natural y lo premeditado.

—Yo también. Es increíble. Nunca había encontrado a alguien que hubiera vivido lo mismo. —La euforia había eliminado la gravedad estudiada de su voz—. Esos son los mejores momentos de mi adolescencia. Al principio me temblaban las piernas, pero después, cuando mi voz retumbaba en la iglesia, quería que nunca se acabara.

—Es justo lo que yo sentía. Nunca tanta gente me había escuchado.

—Ahora la ha escuchado mucha más.

—Sí, y me parece algo increíble.

—Cuénteme más de usted. ¿Cómo la escogieron para leer en misa?

—A mí siempre me ha gustado leer. —Había abierto mucho los ojos y la mirada tenía algo de locura, algo muy vivo que había acelerado la respiración de Carlos—. Algunas tardes, al salir del colegio, pasaba por la iglesia, porque el padre Miguel es también un gran lector y me dejaba quedarme allí, leyendo algunos libros, porque prestármelos no me los prestaba. Yo creo que era porque no quería que en el pueblo se supiera que leía otras cosas que no eran la Biblia. El caso es que, a veces, en la parroquia se quedaban algunos niños que esperaban a que sus madres los recogieran después del trabajo. Y eran muy revoltosos. El padre Miguel no sabía qué hacer con ellos y me pidió que les leyera. Los niños dejaron de hacer travesuras e, incluso, no querían irse con sus madres hasta que acababa la lectura. Por eso, cuando la catequista que habitualmente leía en misa se mudó a la ciudad, me pidió que la sustituyera.

Carlos se había callado, sumergido en esa mirada y en esa historia que es también la suya propia, la de otras niñas de las que no recuerda el nombre que escuchaban cómo él les leía durante la guerra. Quería bucear en qué tienen en común y nadar a contracorriente en lo que los diferencia, sumergirse en cada una de sus manías, cada una de sus debilidades, cada uno de sus defectos y preguntarse de dónde vienen y por qué no le molestan y le resultan encantadores. Todo eso quería, y le angustiaba porque nada de eso encajaba con la vida que se había trazado.

~

Antes de cenar, Eleonora se las ha ingeniado para abordar a Berta y concluir su frase. La muchacha se ha asomado al balcón para contemplar los coches, los tranvías y la gente que pasea, porque aquí, a diferencia del pueblo, todo está en movimiento constante e hipnótico. Eleonora la ha seguido al balcón y se ha situado a su lado y ella ha asumido que no podía escapar.

—Berta, estoy muy orgullosa de ti y estoy segura de que tus padres desde el cielo también lo estarán. Pero... —hace una pausa que la incomoda más a ella— algunas de las cosas que has dicho me han confundido.

En ese momento Berta tiene una revelación. Entiende que ni siquiera Eleonora la va a acusar de haber mentido abiertamente porque lo que se dice en la radio, lo que escuchan miles de oyentes, es la verdad.

—Es que no acabo de entender —prosigue Eleonora con su voz permanentemente afónica— quién te contó eso sobre tus padres.

La frase no ha sido: por qué te lo has inventado, y la mentira que ha sedimentado la envalentona.

—La gente dice muchas cosas, madre. —Berta siempre los llama *madre* o *padre*, porque la familiaridad de *mamá* y *papá* es coto exclusivo de Ramona—.

Y de todo lo que he oído, esta es la historia que más me han repetido. —Miente sin mala conciencia y con cierto resentimiento porque ella nunca le ha contado lo que ocurrió—. Pero a veces pienso otra cosa..., imagino que mi madre sigue viva... Y me gustaría tanto conocerla...

El cuerpo de Eleonora se tensa y retrocede un poco, levantando una muralla invisible entre ellas.

—Berta, ojalá te pudiera decir lo contrario, pero tu madre murió.

—¿Y cómo murió? ¿Por qué no me cuentas lo que pasó?

—Berta, no se ha de remover el pasado. Es mejor mirar al futuro, como tan bien has dicho en la radio. Y tú tienes uno muy bonito. Voy dentro, que me ha entrado frío.

~

La voz de Úrsula hace que rápidamente olvide la incómoda conversación.

—¡Berta, te llama Roque! Puedes emplear el supletorio de la cocina para tener más intimidad.

No tiene escapatoria y arrastra los pies hacia la cocina.

—Se nota que ese chico tiene interés —le comenta Úrsula a su prima, que como siempre asiente—. Ha llamado más de tres veces ya y no se ha rendido.

—Sí, es un chico muy formal.

—¿Y a qué esperan para prometerse?

—Él tiene intención de hacerlo en cuanto regresemos. Si Berta acepta, claro, porque ahora está muy ocupada aprendiendo costura.

—Pues quítale esos pájaros de la cabeza, que con

que sepa arreglar la ropa de su esposo y de sus hijos hay más que suficiente. Y ya va teniendo edad de casarse.

Hace medio año, Berta espació sus visitas al quiosco de Roque. Y cuando Eleonora preguntaba, siempre ponía la excusa de que tenía que coser para practicar lo que aprendía en el taller de doña Remedios.

—Pero, hija, eres joven, tienes que divertirte. ¿Por qué no sales a dar una vuelta y vas a visitar a Roque? —la animaba a menudo.

Tras varios resoplidos y excusas, un día Berta respondió a la pregunta.

—Porque estar todo el día en el quiosco sin salir es aburrido. Y tampoco puedo quedar con mis amigas, porque todos me decís que no está bien que lo haga teniendo un pretendiente, que qué van a pensar de mí. Así que prefiero quedarme en casa aburriéndome también, pero al menos aprendo a coser.

Eleonora no contestó. Poco tenía que aportar, porque Roque era un buen chico, se le veía enamorado, un buen partido, sin lugar a dudas... pero la niña tenía razón; no era normal que no aprovechara la juventud para salir más. De todas formas, aunque su hija no soltaba prenda, doña Amelia, la madre de Roque, le aseguraba que se habían reconciliado. Esa mujer que hablaba por los codos y que la trataba con una familiaridad impropia la había asaltado en el mercado poco antes del viaje a Barcelona.

—Esto está hecho. Pronto seremos consuegras. —Y soltó una carcajada—. Yo creo que a vuestro regreso mi hijo os pedirá la mano de Berta.

—Eso es una gran noticia.

Le comentó a Berta lo que le habían dicho y ella simplemente espetó:

—Ya no puedo más. —Y se fue a su habitación—. En esa familia están todos locos.

Después de aquello, no se había atrevido a sacar de nuevo el tema.

~

—Estoy tan orgulloso de ti, Berta —asegura Roque—. En todo el pueblo no se habla de otra cosa.

—¿De verdad? ¿Y qué dicen? —responde en un tono neutro.

—Que hay que ver lo bien que te expresas y las cosas interesantes que dices. Y mi madre es la que está más contenta diciendo que su futura nuera es famosa. ¿Estás ahí, Berta?

—Sí, estoy aquí —contesta ella, enroscando el cable del teléfono de la cocina con el dedo índice.

—Que te decía...

—Que sí, Roque, que ya lo he oído, pero creo que debes sacar a tu madre de su error, ya te lo dije antes de irme.

—Lo sé, Berta, pero es que yo sigo sintiendo algo muy especial hacia ti y quiero que hablemos de ello a tu vuelta. Todo tiene menos luz desde que no estás. Y es que aunque últimamente no nos veíamos, con solo saber que estás en el pueblo yo me levanto feliz.

No quiere oír todo eso. Hace cuatro meses ya pasó por el mal trago de decirle que no estaba preparada para comprometerse y le pidió que se lo comunicara a su familia, en especial a su madre. El chico no pareció entenderla y ella le dejó claro que ya no eran novios. Roque le insistió en que al menos fueran amigos y ella se lo concedió, pero no volvió a visitarlo. ¿Cómo puede seguir hablando como si fuera su novio cuando hace tanto tiempo que no se han visto?

—Pero cuéntame tú, ¿cómo es Barcelona?

—Es preciosa, Roque —comenta cansada—. Es un ir y venir de gente que no te puedes ni imaginar. Y todos diferentes, nadie se parece a nadie del pueblo. Y eso me gusta. Porque, Roque, a mí me gusta que pasen cosas, no estar encerrada, y esa es una de las razones...

—Lo sé, Berta, ya hablaremos —no la deja continuar—. Tú puedes hacer lo que quieras. Pero es que yo no salgo.

~

Ahora sabe la razón del pero es que yo no... —básicamente, todo—, pero nunca lo han hablado. Y no lo harán. La revelación le llegó por doña Amelia el primer y último día que la invitaron a pasar la tarde del domingo en familia.

La casa de los Escartín era más amplia y luminosa que la suya, pero más deprimente. Los muebles no eran feos ni bonitos, y había demasiados: cajoneras, armarios, secreteres por todas partes. Estuvieron jugando al dominó toda la tarde y ella, por sacar un tema de conversación, habló de la visita a la feria. Doña Amelia simplemente comentó:

—Está muy bien la feria, yo voy cada año con mis amigas. El próximo, apúntate con nosotras, que los Escartín no van a la feria. —Y sonrió.

Continuaron jugando al siete y medio y cuando el padre, que apenas hablaba, les ganó la partida, un olor repugnante inundó la estancia.

—Cariño, es hora de ir al baño —le dijo doña Amelia a su marido con la entonación que hubiera empleado con un niño de tres años.

El hombre se levantó cabizbajo, y cuando se giró para enfilar el pasillo, Berta observó una mancha marrón en su trasero y arrugó la boca con un gesto de asco que no pudo reprimir.

—Berta, ven a echarme una mano en la cocina —propuso doña Amelia cogiéndola del brazo con esa euforia suya tan fuera de lugar.

Cerró las ventanas y dispuso dos sillas bajas para sentarse. Sujetó la mano a la joven con solemnidad y aspiró aire tan profundamente que le aleteó la nariz.

—Querida, como vas a formar parte de esta familia, hay algo que debes saber.

—Dígame, doña Amelia.

—Mira, los Escartín son excelentes maridos, trabajadores, cariñosos... pero tienen un defecto... —dudó—. Es que, siento el lenguaje, pero no hay otra forma de decirlo: los Escartín se cagan.

—¿Cómo?

—Ya, hija, a mí se me quedó la misma cara cuando me lo dijo mi suegra. Y, seguramente, ella debió de poner la misma expresión cuando se lo contó la suya. Entiendo que al principio te sorprenda e, incluso, te produzca un poquito de asco, pero con el tiempo te aseguro que se pasa. Ni te darás cuenta, confía en mí. Es algo que no se sabe de qué viene, pero les lleva pasando desde hace generaciones. Y solo a los hombres, porque a mi hija no le pasa. Yo fui al médico para intentar que a Roque no le ocurriera, pero nada... No se ha podido evitar, así que esto es lo que hay. —Apuntó con las palmas de las manos al cielo frunciendo la boca—. La otra cosa que debes saber es que de ese tema no se habla nunca con ellos.

—Pero, pero... —balbuceó abrumada—. ¿Por eso Roque no quiere salir?

Doña Amelia le acarició la mano de arriba abajo como si estuviera untando mantequilla.

—Sí, hija, sí. Hemos dispuesto un aseo en el quiosco y ahí siempre tienen una muda, por lo que pudiera pasar. No quieren, como puedes imaginar, que el resto de los vecinos se entere. Así que lo mejor es que estén tranquilos en casa o en el trabajo. Ya están acostumbrados y lo llevan bien. —El tono alegre de la mujer hacía que la revelación sonara aún más siniestra—. Mis hijos no fueron ni al colegio, los educamos en casa, y tendrás que hacer lo mismo con los tuyos. Es que ellos, cuando, ya sabes... —hace un gesto con el codo levantado y una pedorreta con los labios que a Berta le estremece por su vulgaridad—, ni se dan cuenta. Para mí que tienen el olfato un poco atrofiado y ni huelen la peste. —Echó una carcajada que a Berta no le hizo ninguna gracia—. No me mires con esa cara, ¡que hay cosas mucho peores en la vida, chica! Mira, yo salgo mucho con mis amigas y me lo paso muy bien. En casa tengo un hombre dulce que me quiere y que no me niega nada. ¿Qué más se puede pedir?

De aquella confesión pendía un contrato matrimonial con dos cláusulas inamovibles, mierda y silencio, que doña Amelia daba por hecho que ella había firmado. La primera cláusula era de una repugnancia que no resistía al tono cantarín que la mujer le imprimía. La segunda, el silencio, era más aberrante porque la despojaba de cualquier complicidad con quien se daba por hecho que sería su futuro marido. Por no hablar de la condena que supondría para sus futuros hijos.

Se llenó de rabia. Primero contra los Escartín, después contra sí misma. Le habían advertido que aquella familia era extraña y ella prefirió creer que eran diferentes, especiales y únicos, pues esa era la forma de sentirse también ella diferente, especial y única, pero resultaba que solo era una estúpida.

Aquello fue lo que pensó mientras pegaba la espalda a la fría pared de la cocina, escuchando el incesante parloteo de doña Amelia, cada vez más convencida de que aquella mujer estaba completamente loca.

—También te quería pedir otro favor. Sé que Roque algunas veces te acompaña a casa, porque quiere ser caballeroso, pero es mejor que te inventes alguna excusa para que no lo haga. Así no corremos riesgos innecesarios. —Volvió a soltar una risotada mientras se levantaba cogiendo de la mano a Berta para llevarla al salón.

Solo entrar dijo que se había hecho tarde y debía irse.

—No hace falta que me acompañes, Roque, que estoy aquí al lado —dijo como despedida.

~

Berta respira hondo.

—Roque, siento si no he sido lo suficientemente clara contigo, pensaba que me habías entendido. Llevamos cuatro meses sin vernos. No quiero mantener ninguna relación contigo y te agradeceré que no vuelvas a llamarme mientras estoy aquí.

—Pero, Berta, espera, cuando vuelvas hablaremos otra vez de todo esto.

La insistencia la crispa.

—No hay nada de que hablar —espeta antes de colgar el teléfono.

10

Mañana del sábado 24 de mayo de 1952

Ramona se dirige a la casa de los niños asesinos de la mano de Eleonora y Úrsula. De nada ha servido que se inventara una gripe. Su tía le ha tomado la temperatura y, como no tenía fiebre, ha concluido que el malestar se le pasaría jugando.

—Pero ¿os quedaréis en la casa? —ha preguntado al ser consciente de que no podía eludir su sentencia de muerte.

—Yo no puedo, tengo que ir a la radio, pero tu madre sí. Don Martín es un señor muy agradable. ¿A ti te gusta jugar a las cartas, Eleonora?

—Me encantaba de joven, pero hace años que no juego porque Sebastián nunca tiene ganas.

—Pues quédate a jugar con don Martín y su hija. No hacen otra cosa en todo el día. Es que esa chica, pobre, es viuda de guerra y, claro, quién va a querer cargar con dos niños. Así que no le queda otra que vivir con su padre.

Al llegar a la casa, Martín y los niños asesinos salen a recibirlas. Los pequeños, detrás de su abuelo, ríen. La casa es idéntica a la de Úrsula, pero los muebles son más antiguos.

—Estos diablillos están contentísimos de tener una nueva amiga con quien jugar —comenta Martín.

—Y ella de poder hacerlo con niños de su edad —se apresura a responder Eleonora.

Ramona no cree ni al uno ni a la otra.

—Pues nada, niños, ya podéis ir a hacer de las vuestras. Y ustedes están invitadas a desayunar. Mi hija llegará más tarde.

—Me temo que yo no voy a poder, pero aquí se queda mi prima, que es una gran jugadora de cartas. Eso sí, ni se les ocurra apostar, que es pecado —ordena Úrsula antes de irse.

Pese a que los niños han corrido por el pasillo, Ramona se ha quedado petrificada confiando en que así, con un poco de suerte, se haría invisible. Pero su fantasía se hace añicos cuando su madre ordena:

—Anda, Ramona, vete a jugar con tus nuevos amiguitos.

La niña enfila el largo pasillo como quien se dirige al cadalso. Intuye que está al final, pues solo hay una habitación con la luz encendida. Pero a medio camino se abre una puerta y aparece la niña, que grita y levanta los brazos agarrotando los dedos como si fueran garras. Sin pensar, Ramona le da un empujón y la pequeña choca contra la pared. En ese momento, el abuelo pregunta:

—¿Qué está pasando ahí?

—Nada, abuelo, estábamos jugando —responde mientras se toca la cabeza dolorida.

A Ramona le sorprende que no la haya delatado, y aún más que le coja la mano con familiaridad y la lleve corriendo hasta la habitación donde las espera su hermano.

—¿Ya has rezado tus oraciones antes de morir? —le pregunta el crío muy serio.

Ramona contiene el llanto, pero entonces ve que la niña se está desternillando de risa delante de ella.

—Va, Mario, para ya, que se lo está creyendo.

—Es que se lo tiene que creer, Alicia. Este va a ser su último día sobre la tierra —proclama ceremoniosamente el niño mientras coge una espada de madera y coloca la punta en su cuello.

~

La navaja que Andrés coloca rozando el cuello de Elvira no es de madera y está afilada. El chulo la ha sorprendido a pocos metros de la casa de Carmen. Su amiga tenía razón, los proxenetas del chino se la tienen jurada y se siente estúpida por no haber ido con más cuidado. Andrés es el peor. Se ha autoproclamado el jefe de los proxenetas y todos le rinden pleitesía. No es respeto, es miedo, porque es el más violento y el más sádico.

—¿Sabes qué les pasa a las putas desagradecidas? ¿A las que dejan a sus chulos? —pregunta él, retorciéndole el brazo.

—Por favor, Andrés, que yo voy a volver con Antonio, que solo necesitaba salir de aquella casa, pero yo nunca le abandonaría.

El hombre se sitúa delante de ella con la navaja raspándole el cuello y contempla complacido que aún luce algunos cardenales de la última paliza que le ha dado su amigo.

—Por lo visto no tuviste suficiente y necesitas que te recuerden quién manda.

Aparta la navaja y le asesta un puñetazo en el estómago que la dobla. Elvira grita y Andrés le tira del pelo con fuerza:

—¿Crees que a alguien le importa lo que le pase a una puta como tú?

~

Ramona aparta al niño.

—Dejadme en paz. Estáis locos. —Acaricia el mango del cuchillo que lleva en el bolsillo de la chaqueta.

—Mario, te has pasado —le regaña Alicia.

—Pero es la única forma de saber si es digna de entrar en el club.

—¿Qué club? —pregunta Ramona.

—Es un juego que nos hemos inventado mi hermano y yo —aclara la niña más rubia que Ramona ha visto en su vida. Tiene una voz cantarina y le pone la mano en el hombro a su invitada con cariño—. Les decimos a los niños que nos encontramos que vamos a matarlos. Y los que lloran o se lo cuentan a sus padres tienen la entrada prohibida en nuestro club —asegura Alicia sonriente—. Hace mucho tiempo que no encontrábamos a nadie que superara la primera prueba. Anda, ven. —La coge de la mano y se sienta con ella en la cama.

Ramona, aún aturdida, saca la mano del bolsillo.

—¿Y cómo se llama vuestro club? —pregunta.

—Todavía no tiene nombre, pero aunque no hayas pasado la prueba definitiva que te permitiría entrar, aceptamos sugerencias —comenta Mario, que ya se ha desprendido de la espada.

—Yo, cuando os conocí, mentalmente os llamé los niños asesinos.

—¡Uy, parece muy sangriento! —opina Alicia.

—A mí me gusta. Da miedo, que es lo importante.
—Está claro que Mario es el que toma las decisiones, y Ramona se siente halagada de que haya aprobado su idea—. Desde ahora será el nombre de nuestro club, pero de momento no puedes pertenecer a él.

—¿Por qué? ¿Qué tengo que hacer para que me admitáis?

—Te falta otra prueba, la más peligrosa y difícil. Te informaremos cuando estés preparada. Y entonces podrás hacer el juramento para ingresar en el club.

~

—Te juro que iba a volver. Si yo quiero a Antonio. Pero tampoco hacía nada en aquella casa, ahora no se puede ni trabajar —se justifica Elvira mientras Andrés le sigue tirando del pelo. Están en un callejón estrecho y poco transitado que huele a orines.

—Te repites y no has contestado a mi pregunta —dice con una calma siniestra—. ¿Crees que a alguien le importa lo que le pase a una puta como tú?

Elvira, con la cabeza ladeada por la fuerza con la que le tira del pelo Andrés, mira a ambos lados de la calle. Nadie. Y si hubiera alguien, tampoco la ayudaría. Tal vez Carmen, pero desde el viernes por la tarde no ha vuelto a casa. No tiene escapatoria. Andrés, el jefe de los proxenetas, no tiene piedad ni con sus chicas ni con las de sus compañeros. Se cuenta que le pisoteó la mano a una hasta romperle los huesos y que a otra le tiró café hirviendo en la mano.

—Por favor, déjame, te lo suplico. Te prometo que volveré con Antonio.

Andrés le asesta una patada en el vientre.

—Es que aún no has contestado a mi pregunta: ¿Crees que a alguien le importa lo que le pase a una puta como tú?

—No, por favor, Andrés, sé que no. Ten piedad de mí.

Pero el brillo excitado de su mirada denota que no tiene ninguna intención de apiadarse de ella.

~

—Ahora que has superado la primera prueba, ya te podemos enseñar nuestros juguetes —anuncia Alicia abriendo un armario en el que se distingue una muñeca que deja con la boca abierta a Ramona. Se acerca lentamente y alarga la mano para tocarla, para cerciorarse de que está ahí, que su nueva amiga tiene una Mariquita Pérez.

—¿Es tuya? —pregunta Ramona boquiabierta.

—Claro, no va a ser mía —resopla Mario.

Alicia saca la muñeca y Ramona se acerca reverencialmente.

—¿Y yo qué hago mientras jugáis con la muñeca? —pregunta el niño—. Me estoy aburriendo.

—¿Por qué no te vas a tu cuarto a jugar con los coches?

—Eso lo hago todos los días —protesta—. ¿Por qué no venís a jugar a las carreras de coches conmigo?

—Yo nunca he jugado a los coches —dice Ramona, que no puede apartar los ojos de la muñeca, pero también quiere descubrir todos los juguetes que hay en aquella casa.

—Pues cuando acabéis de hacer vuestras tonterías con la muñeca esa que no sé qué le veis, os espero en mi cuarto para echar unas carreras.

Cuando se quedan a solas las dos niñas, Alicia baja la voz.

—Ramona, la otra prueba es muy peligrosa. Si no te ves capaz de hacerla, por favor, no dejes que mi hermano te obligue.

~

—Bien, al menos has contestado. Ya sabes que a nadie le importa lo que le pase a una puta como tú —repite Andrés.

Unos pasos contundentes le interrumpen; tras ellos se oye una voz pausada, pero firme.

—Andrés, deja ya a la chica. Porque tengo el calabozo muy lleno, que si no, te metía allí.

La voz ronca del inspector Soto Mayor es inconfundible, y a Elvira le suena como un canto angelical.

—Inspector, esto es un asunto privado, ya sabe..., esta desgraciada ha dejado a su chulo y nosotros arreglamos estas cosas a nuestra manera —contesta el hombre.

—Andrés, se me está acabando la paciencia. Ya os lo he dicho por activa y por pasiva: durante los días del Congreso Eucarístico no quiero ni un alboroto. ¿Estamos? Diles a tus amigos que dejen en paz a esta chica hasta que acabe la celebración o se las verán conmigo. ¿Te queda claro? No podéis actuar hasta que finalice el congreso. Y ahora, lárgate.

—Me las pagarás tarde o temprano —amenaza Andrés a Elvira antes de escupirle en la cara.

Cuando se va, Soto Mayor se acerca a la chica.

—No sé qué hubiera pasado si no llegas a aparecer —le dice colgándose de su cuello para levantarse.

Él le aparta el pelo de la cara con dulzura.

—Hija mía, ¿en qué lío te has metido? ¿Cómo se te ocurre dejar a Antonio? —la reprende el hombre mientras la ayuda a levantarse.

Ella lo vuelve a abrazar.

—Es que me amenazó de muerte —musita temblando—. Está cada día más loco.

Soto Mayor se encoge de hombros, la sujeta por la cintura y la acompaña hasta la esquina de la casa de Carmen.

—¿Crees que puedes caminar hasta allí tú sola? No quiero que me vean ayudándote, que me van a tomar por un blando y tengo una reputación —se excusa.

—La mejor reputación del mundo —responde Elvira dándole un beso—. Claro que puedo llegar yo sola, no te preocupes. Gracias.

Antes de que se vaya, Soto Mayor le susurra:

—El lunes, que estarás mejor, nos vemos a las cinco en la pensión del Cosme.

La chica asiente, porque los favores se pagan.

~

Berta nunca ha imaginado que pudieran pasar tantas cosas en una escasa hora y media. Entre las once y las doce y media no ha parado de recibir encargos, consejos, órdenes.

—Señorita Berta, es básico que tratemos en su intervención ciertos temas de vital importancia para la moral de nuestra juventud; las guionistas se encargarán de ello, pero usted le ha de poner mucho sentimiento a todo lo que diga —le ha pedido el padre Cebrián nada más llegar a la radio—. En el guion que le pasaremos hay varias menciones a la labor que la Sección Femenina de la Falange está haciendo por las jóvenes españolas. Le ruego que haga hincapié siempre que pueda en esta idea.

—Es usted la señorita Berta, supongo. Este es el guion que tendrá que locutar —le ha comentado poco después una chica morena, con un flequillo muy corto, tendiéndole un papel.

—¿Tengo que leer o responder preguntas? Yo pensaba que era otra entrevista... —ha repetido Berta tres veces sin obtener respuesta hasta que Carlos le ha contestado:

—Esta vez tendrá que leer, porque el texto ha pasado la censura. Pero no se apure: leer es más fácil que improvisar. Lo va a hacer muy bien.

—Le hemos marcado las pausas dramáticas y subrayado las palabras que tiene que enfatizar —le ha señalado un rato después una joven rubia platino marcándolas con un bolígrafo.

—¿Y cómo lo hago? —ha respondido la joven.

—Fernando, llama a alguien para que le eche una mano a la señorita Berta, que yo tengo que ir a informativos ahora mismo —ha contestado sin mirarla.

—Berta, me han dicho que necesitas ayuda. —Gabriela se ha presentado unos minutos más tarde—. Mira, en las pausas tienes que quedarte callada. Las palabras subrayadas son las que debes pronunciar con más emoción. Y tienes que vigilar la respiración. Apoya tu mano en el vientre e intenta notar que se eleva cuando respiras. Eso es lo que tienes que hacer para que no te falte el aire. ¡Ah! ¡Y vuelve a practicar con el bolígrafo en la boca!

Imbuida de ese ritmo frenético, la intervención se le ha hecho corta. Apenas diez minutos. Las felicitaciones le entristecen, porque significan el final de aquel frenesí tan vivo, tan adictivo. Ahora está desconcertada, como si hubiera bajado de una montaña rusa y se hubiera olvidado de caminar.

—Déjame hacerte unas fotos, que he tenido una idea. Después te cuento —dice Jacqueline, que aparece de la nada con su cámara fotográfica.

Berta la mira desconcertada sin atreverse a preguntar.

—No —dice de repente la norteamericana, y se queda pensativa—. Tenemos que cambiar tu imagen.

—No quedo bien en las fotos, ¿verdad?

—No es que no quedes bien, es que puedes quedar mejor —comenta distraídamente—. Vamos a hacer una cosa. ¿Tienes algo que hacer ahora?

—Me espera mi familia para comer.

—Olvídate de eso. Yo hablaré con Gabriela para que los avise de que no llegarás. Vamos a ir a la peluquería de una conocida y te va a hacer un corte de pelo que no te vas a reconocer ni tú misma.

—Pero...

—No te preocupes, no nos va a cobrar nada, que es amiga mía —afirma leyéndole el pensamiento—. Y, después, nos vamos directamente a mi casa, y antes del guateque te hago una sesión de fotos y una entrevista. Te las quiero hacer porque colaboro con un diario y les voy a ofrecer un artículo sobre la chica de pueblo que ha revolucionado las ondas. Les va a encantar.

Jacqueline arrasa como un torbellino allí donde va y Berta no se atreve a replicar. Pero no es solo por respeto, también es porque le encanta ser el foco de atención. La idea de aparecer en un diario le parece irreal. Siente que está en otro mundo con otras reglas que solo Jacqueline, aún no sabe por qué, está dispuesta a explicarle. Tal vez porque ella es especial y puede llevar una vida diferente.

II

Tarde del sábado 24 de mayo de 1952

Jacqueline no mentía: a Berta le cuesta reconocerse en el espejo. Antes de pasarse por la peluquería llevaba el cabello largo y castaño y solía recogérselo en un moño bajo o en una trenza. Ahora luce media melena ondulada con mechas rubias que realzan su rostro. Berta es guapa, muy guapa, pero no es una guapa al uso. Ojos, boca y nariz son demasiado grandes; sin embargo, el conjunto es espectacular. Es más Ava Gardner que Audrey Hepburn, ha diagnosticado Jacqueline.

La peluquera también la ha maquillado: el carmín rojo de los labios contrasta con la blancura de su piel y el rímel y la sombra azul iluminan sus ojos almendrados. Es ella misma, pero no es la misma. Hay un aire de sofisticación que la chica subraya con nuevos gestos de las manos. La manicura francesa hace que a ratos le cueste identificarlas como propias y por ello las mueve con una gracilidad nueva.

La casa de Jacqueline es la más impresionante que ha visto en su vida. Supera con creces a la de Úrsula, no solo por sus dimensiones, sino por una decoración ligera, atrevida, chocante. Muebles de sencillas líneas, pero con una personalidad marcada, como la de su dueña. Está apenas a cinco minutos de la de su tía, en el paseo de Gracia. ¿Cuánto puede medir aquel piso? No menos de ciento cincuenta metros, calculando por encima, pues no ha entrado en todas las habitaciones que asoman a lado y lado de un pasillo enorme iluminado por la luz que se filtra por la terraza, que es a donde la ha conducido la anfitriona. Berta nunca ha visto tampoco un lugar así: es más grande que el bar del pueblo, con mesas y toldos dispuestos en diferentes rincones y con un balancín cubierto del que no puede despegar la vista.

—Hice que lo trajeran de Estados Unidos —se anticipa Jacqueline, que cambia rápidamente de tema—. Ponte aquí. —Señala la barandilla—. Ahora mira a la calle; no, no tan de perfil —indica.

Desde las alturas, la chica tiene la sensación de estar en una noria porque todo queda muy chiquito y la cabeza le da vueltas por momentos.

—Estas fotos están quedando muy bien —comenta satisfecha la anfitriona—. Si estás de acuerdo, se las enseñaré a un amigo que trabaja en una agencia de publicidad. Estoy prácticamente convencida de que te puede conseguir algún trabajo de modelo.

—¿De modelo? —pregunta como si no lo hubiera oído bien.

Jacqueline asiente sin darle importancia.

—Repite ese gesto, por favor.

—¿Cuál?

—El de levantar la ceja izquierda, como cuando me has hecho la pregunta.

Berta lo hace complacida. Eleonora siempre se lo reprocha porque dice que es un gesto desafiante, pero ella, por mucho que se esfuerce, no lo puede evitar.

—Muy bien —musita Jacqueline—. Creo que por

hoy hemos acabado. Realmente tienes madera de modelo. Ahora tendría que hacerte la entrevista para acompañar las fotos. Pero no te preocupes, son preguntas muy fáciles, y ya te ayudaré yo a responderlas, que ya me conozco lo que esperan en el diario.

Durante veinte minutos, Jacqueline, más que preguntar, le comenta lo que escribirá como si ella lo hubiera dicho. Están en la cocina, que debe de ser tan grande como el piso en el que Berta vive con su familia. Dos chicas del servicio preparan en silencio la comida que se servirá en el guateque y de vez en cuando hacen alguna pregunta a Jacqueline, que responde, educada y precisa, con una orden.

Justo cuando están a punto de acabar aparece un hombre alto, de rostro cetrino, hombros hundidos, con unas enormes gafas que sostiene una nariz no menos enorme. Camina con seguridad indolente, como si el mundo hubiera acabado, él fuera el único superviviente y le trajera sin cuidado. A Berta le cuesta calcular su edad. Eso es algo que le ocurre con la gente de la ciudad, que siempre parece más joven de lo que es. Rondará los cuarenta y muy pocos, concluye.

—Jackie, acaban de traer esa bebida que encargaste.

—¡Qué bien, Ernesto! —exclama—. No pensé que llegaría a tiempo para la fiesta. —Se gira hacia su invitada—. He conseguido que me trajeran las primeras botellas de un refresco de mi país que pronto empezará a venderse también en España; aquí se llamará Coca-Cola.

Berta asiente por compromiso.

—¡Ay! Perdonad, que no os he presentado. Esta es la señorita Berta, que tiene revolucionados a los oyentes de la radio con sus intervenciones. Y este es el señor Ernesto Vila, mi inquilino.

El hombre se acerca y le da la mano a Berta, que

aún está intentando entender por qué una mujer tan rica necesita alquilar una habitación.

—He oído su intervención en la radio —comenta el hombre.

—¿Y qué le ha parecido? —pregunta orgullosa de que la reconozcan.

Él se encoge de hombros y resopla.

—Ha dicho lo que le han dicho que diga y lo que la gente cree que quiere escuchar. Pero con una voz bonita.

Los ojos de Berta se encienden de rabia y sus hombros se repliegan de vergüenza.

—¡Ay, Ernesto, cómo eres! —exclama cantarina la fotógrafa—. No le hagas caso, que a veces se pone un poco amargo.

—Digo las cosas como son y eso parece pecado —responde el hombre sin resentimiento, como con resignación, asumiendo que es algo inevitable.

—Sois tan curiosos, los españoles —comenta contemplándolos como si fueran animales exóticos en un zoológico—. Pero ahora vamos a probar los refrescos, porque os vaticino que cuando se comercialice, esta bebida va a ser un éxito.

Berta observa a la norteamericana dando las últimas indicaciones a las criadas para el guateque. En la peluquería le han hecho un sofisticado peinado: una gran onda que le nace en la frente y muere en la coronilla y unos perfectos y grandes rizos que planean en cascada encima de los hombros. Imita a las actrices de Hollywood, pero sus ojos saltones y sus andares atléticos carecen de glamur y en cambio contienen otra clase de atractivo que no tiene que ver con la belleza, sino con una firmeza poco común y poco femenina.

~

—¡Dios mío, Berta, estás guapísima! —exclama Gabriela mirándola boquiabierta.

Carlos Santamaría también se ha quedado con la boca abierta y los ojos más complacidos que sorprendidos.

—Realmente, su prima no miente. No puedo estar más de acuerdo.

Están en la terraza, en la que se han dispuesto unas mesas con bocadillos, de un pan que es solo miga y que a Berta se le deshace en la boca como la hostia de la eucaristía, provocándole un estado de éxtasis muy superior al de la comunión, aunque no se atreva a admitirlo.

Gabriela, en cambio, no ha probado ni uno y se parapeta en una esquina del balcón echando un vistazo al horizonte sin verlo porque solo mira en su interior. Y ahí todo está muy oscuro. Solo se tranquiliza cuando aprieta los muslos y siente una punzada de dolor al castigar los cardenales.

—Señorita Berta, su nueva intervención ha sido tan espléndida que ya me han confirmado que quieren que la entreviste durante todos los días del Congreso Eucarístico.

—Eso es fantástico, señor… don Carlos —responde dudando.

—Si le parece adecuado, ahora que somos compañeros de trabajo, podríamos tutearnos, como hacemos Gabriela y yo —sugiere.

—Si a usted…, digo, a ti, te parece bien…

—Empezamos mal —bromea él.

Ambos ríen buscándose con la mirada, para después apartarla por miedo a algo que les cosquillea y que no se atreven a definir.

Carlos observa a Berta, que con su nueva imagen le parece más segura y más vulnerable a la vez. Experimenta una gran placidez por el hecho de estar a su lado, como si todas las cualidades que le encuentra fueran un poco suyas por la proximidad con ella; como si él fuera mejor por ser capaz de atraer a una mujer así a su lado, aunque sea un ratito. Más allá de la belleza, se fija en sus gestos: en cómo achina los ojos cuando sonríe o en cómo esquina la boca cuando no entiende algo. Y sobre todo en su forma de comer, con un ansia casi primitiva en la búsqueda del placer que disimula a duras penas. Es la confirmación de una sospecha excitante. Contempla sus andares, ahora más seguros, pero que esconden cierta fragilidad que solo percibe él, que es el único que podría sostenerla para que no cayera.

Carlos se considera un buen partido y sabe que con veintiocho años ha llegado la hora de sentar la cabeza, pero alarga perezosamente el momento huyendo de las decisiones definitivas. Durante un tiempo, la pulsión que despertaba en él una mujer era tan intensa que de su boca brotaban promesas de futuro que en ese momento eran absolutamente sinceras. Pero después la luz que le deslumbraba menguaba y los defectos que había querido pasar por alto en esas jóvenes se engrandecían hasta hacerse insoportables. Siempre encontraba una costura en ellas, una construcción falsa para atraerlo que acababa por repelerle. Ahora, con la experiencia, contiene sus promesas porque detesta traicionarlas. Con Berta la sensación es diferente. Juraría que aquella chica no tiene costuras y le atraen tanto su inocencia como una sabiduría rebelde e innata en la que se reconoce.

—Ahora que nos tuteamos, tengo que hacerte una pregunta un poco comprometedora.

Berta levanta la ceja confundida.

—¿De qué se trata?

Él con el dedo índice hace el gesto de negación.

—No, no, no; antes tengo que estar convencido de que no me delatarás.

—Lo prometo.

Entonces se acerca con parsimonia a su oreja y le susurra unas cosquilleantes palabras:

—¿Te parece tan horrible como a mí la bebida que tan gentilmente nos ofrece nuestra anfitriona?

Berta suelta una carcajada y acto seguido se tapa la boca. Entorna los ojos al responder con coquetería.

—Totalmente. Me ha costado mucho acabarla.

Al momento, Carlos coloca el índice sobre sus labios.

—¡Shhhhh! Nadie puede conocer nuestro secreto. Si lo contaras, no me quedaría más remedio que matarte.

Berta suelta otra carcajada.

—¡Así que estoy hablando con un asesino! —bromea.

—¡Shhhh! No reveles mi identidad secreta.

Berta le da un codazo a Gabriela, que está asomada a la barandilla, ausente. Como si despertara de una ensoñación, se gira para ver qué está pasando a su alrededor.

—No me habías dicho que Carlos Santamaría es un asesino —comenta mirándole con complicidad.

El joven responde con un teatral gesto de ponerse las manos en la cabeza y Gabriela los mira sin comprender.

—Pero ¿cómo va a ser un asesino?

—Es una broma, Gabriela. Ya sabes que yo no mataría ni a una mosca —responde él.

En ese momento, al fondo de la terraza Jacqueline

se dirige decidida al tocadiscos, da un par de palmadas para atraer la atención de sus invitados y levanta la voz:

—Creo que ya hemos hablado suficiente. Ahora toca bailar un poco. Y tengo música de mi país para hacerlo.

Carlos tiende las manos para invitar a las dos jóvenes a bailar. Gabriela da un paso adelante y Berta uno atrás.

—Prefiero esperar un poco —comenta, pues no tiene ni idea de cómo se baila aquella música desordenada que burbujea en el tocadiscos.

Gabriela, en cambio, avanza segura porque la música y el baile le producen un efecto hipnótico. Las notas vibran más fuerte que sus pensamientos y el vaivén de su cuerpo la abstrae de todo lo demás.

Suena la voz de Ella Fitzgerald entonando los acordes de *The Dipsy Doodle* y Berta duda de lo que está viendo. De los treinta invitados, más de la mitad empieza a moverse a un ritmo espasmódico que nada tiene que ver con los bailes tradicionales que conoce. Ahora entiende las palabras del párroco, que advertía de las danzas extranjeras por las que campa el diablo y los conminaba a mostrar recato. Hay una desinhibición en los pasos sincopados y una alegría contagiosa y algo convulsa en el ambiente. El único que no parece compartirla es Ernesto Vila, que se acerca a ella con aire cansado.

—A usted tampoco le gusta bailar —dice apurando el vaso de Coca-Cola.

—Es que no sé bailar así... Y no sé si estaría bien —musita.

Ernesto sonríe de medio lado y se recoloca las gruesas gafas de pasta negra.

—¿No tendrá miedo de condenarse al infierno? —espeta mordaz.

—No se trata de eso —responde incómoda porque intuye que cualquier cosa que diga solo servirá para que se mofe de ella—. Nunca he bailado algo así y no sabría cómo moverme.

—Las fiestas de Jackie son famosas porque siempre cuenta con la mejor música, discos que no se encuentran en España y que le traen sus amigos de Estados Unidos. Aquí, todos estos ricachones que condenan en público la música extranjera y los bailes inmorales se vuelven locos moviéndose como chimpancés —sentencia con desdén.

Berta querría chasquear los dedos y que aquel individuo desagradable, que acaba de llamar chimpancés a sus amigos y que parece permanentemente enfadado, desapareciera de su vista.

—¿Usted no se divierte en las fiestas, o es que se mantiene al margen porque tal vez tiene miedo a condenarse? —pregunta irónica.

Ernesto sonríe por primera vez y suspira.

—Yo y todos nosotros estamos ya en el infierno. Pero en este infierno, solo algunos pueden divertirse. ¿Usted lo hace?

La joven resopla molesta.

—Perdóneme, Jackie tiene razón, a veces me pongo un poco sombrío y voy a amargarle a usted la fiesta. Quería disculparme por el comentario que le hice sobre su entrevista en la radio. Usted no tiene la culpa de que la utilicen, al fin y al cabo es lo que hace todo el mundo.

A Berta le suben los colores de la rabia pero no tiene tiempo de contestar porque llega Gabriela, sudorosa, con el moño ya no tan perfecto, la coge de la mano y la arrastra al centro de la terraza, donde los jóvenes bailan con una coreografía que ella intenta imitar como puede.

—Siente la música. Da igual cómo te muevas —le insta su amiga para después susurrarle al oído—. Pero, por favor, no le digas a mi madre que me has visto bailar swing.

Berta asiente y Carlos aparece, la coge de la mano y le da una vuelta, ríe y se deja llevar por la música. Salen a su encuentro improvisados maestros de baile, chicos y chicas que le enseñan los pasos, que ella repite entre risas. Casi hacia el final de la fiesta, Jackie fuerza a Ernesto a salir a bailar, de modo que se topa con Carlos, que está bailando con Berta. Los dos hombres se quedan petrificados.

—No esperaba volverte a ver —espeta Carlos.

Ernesto baja la cabeza.

—Yo tampoco. Me ha parecido de lejos que eras tú, pero no estaba seguro... —Su voz metálica tiene una cualidad inquietantemente dulce.

De forma natural, los bailarines se han apartado de ellos y Jackie y Berta se han quedado al lado de los dos hombres sin saber muy bien qué hacer.

—No tenía ni idea de que os conocierais —comenta la anfitriona.

—Pues sí, nos conocemos —responde Carlos con un tono desafiante.

—¿Y cómo te va la vida? —pregunta Ernesto.

—Por favor, Ernesto...

No dice nada más, pero los dos entienden que ha dicho mucho. Berta y Jacqueline observan con incomodidad la escena hasta que la norteamericana interviene.

—Ernesto, algunos invitados se están yendo, tendrías que acompañarme a despedirlos. —Y tira de su brazo para sacarlo de ahí.

De camino a casa, Gabriela le pregunta a Carlos de qué conoce a Ernesto.

—De hace mucho tiempo..., tanto que no recuerdo ni la última vez que lo vi —contesta el joven con aire despreocupado.

Miente. No ha podido olvidar la última vez que lo vio.

12

Noche del sábado 24 de mayo de 1952

Maximiliano vive en una espaciosa torre del acomodado barrio de Pedralbes que compró a una familia arruinada a un precio más que asequible. En ella recibe a sus clientes de confianza, almacena parte de la mercancía que vende de estraperlo y ofrece fiestas de dos índoles. En unas invita a la flor y nata de la sociedad barcelonesa y en otras organiza orgías.

El lugar es muy agradable. Tanto que a Carmen, por primera vez desde que se conocen, no le ha importado pasar más de un día seguido con él. Habitualmente no suelen encontrarse en su casa y si lo hacen es por un periodo corto de tiempo, previamente acordado y posteriormente remunerado. En esta ocasión han roto el pacto tácito y llevan juntos desde el viernes al mediodía. Carmen quiere irse siempre de cualquier sitio. Es como un pájaro que solo apoya las patas para darse impulso y volar a otro lugar. Pero se ha sentido a gusto allí y Maximiliano también.

El sexo, y en concreto las inclinaciones poco usuales de él, que siempre son bien recibidas por ella, han ocupado parte del tiempo que han compartido. En beber también han invertido sus buenas horas. Pero lo que más recordarán los dos de aquellos días serán las conversaciones.

Carmen es de mente ágil, le saca punta a todo. Gesticula mucho con las manos y pone unas caras muy graciosas.

—He decidido secuestrarte otra noche. Y no creo que ni esa amiga tuya ni tu hermano puedan permitirse pagar el rescate.

—Entonces no podré hacer otra cosa que ser tu prisionera.

—Así me gusta. Por cierto, ¿cuándo piensas presentarme a tu hermano?

—Nunca, cariño. Hacía años que no lo veía y está de paso. Es una historia muy larga...

En ese momento llaman a la puerta. A partir de las diez de la noche, el servicio tiene orden de retirarse a sus habitaciones, que están en una parcela anexa. Maximiliano se asoma al balcón.

—Es Jacqueline con no sé quién. Le tengo dicho que no venga sin avisar...

—Anda, no te enfades, Max. Cada uno tiene sus vicios y esa al menos no es una estirada. Me cae bien.

Ambos bajan la escalera y Rulfo los sigue. Ella se queda en el salón acariciando al perro y mirando el collar de brillantes que lleva. Es casi más grueso que una de sus pulseras preferidas. Él se dirige a la puerta.

~

Juana habla en sueños, aunque Enrique nunca la entiende, pero le pasa suavemente la mano por la cabeza para tranquilizarla. Hoy el matrimonio ha ido a comer a casa de la hermana de ella, Piedad, y de su cuñado, Ramiro. Desde que ha puesto un pie en su chabola del Campo de la Bota, Juana solo ha pensado en irse. Es algo que le ocurre a menudo en ese lugar, pero esta vez ha sido por razones diferentes a las habituales.

Juana es una atea convencida que cree en los espíritus. Cuando visita a Piedad los siente por todas partes, quejándose, pidiendo ayuda, iracundos o sedientos de venganza. Y sabe perfectamente quiénes son, pobrecillos. Tampoco hace falta tener poderes para imaginar de dónde provienen esas almas en pena, pues mientras comen se oyen disparos.

—Ahí va otro —suele comentar su cuñado.

Al cabo del día van unos cuantos, pues en la playa cercana la Guardia Civil fusila a los presos, y los habitantes de las chabolas ya no se sorprenden de los disparos. Sin embargo, hoy reinaba un silencio sepulcral.

—Es que causa mal efecto que estén ejecutando a los presos con el Congreso Eucarístico a punto de empezar. Pero no creáis que por eso han parado, que estos no perdonan —aseguró Piedad—. Se los han llevado a Valencia y allí seguirán pum, pum. —Junta el dedo índice y el corazón como si tuviera un arma y acto seguido suelta una risotada.

Piedad es cinco años menor que Juana y ambas llegaron a Barcelona después de que Juana saliera de la cárcel. Tres años le cayeron. En casa le esperaban su hermana Piedad, un tío cojo y mucha hambre. Su madre había muerto durante la guerra, su padre había huido a Francia y su hermano mayor se había mudado a Barcelona, al barrio de chabolas del Somorrostro, delante de la playa de la Barceloneta. Les ofreció que fueran a vivir allí, pero como no tenían el salvoconducto tuvieron que saltar del tren justo en el momento en que aminoraba la marcha y caminar de noche hasta la ciudad. Estuvieron un año en casa de Arturo y le ayudaron con sus trapicheos en el estraperlo. Primero se fue Juana, que se casó con Enrique, y unos meses después Piedad, que lo hizo con Ramiro.

Los tres hermanos intentan verse al menos una vez al mes, pero Arturo lleva mucho faltando a las citas, que al final se han convertido en encuentros entre Piedad y ella y sus respectivas familias.

Juana ha sentido que los espíritus de los ajusticiados siguen vagando por ahí, pero eso no es lo que ha hecho que apenas acabar la comida le haya pedido a Enrique que regresaran. Deseaba más que nada en el mundo dormir en horizontal.

Solo traspasar la puerta de su casa han tenido una trifulca con el señor García, que se negaba a ceder el dormitorio. Enrique, que es más de hechos que de palabras, ha entrado en la habitación y con un movimiento de baile ha arrastrado a Juana al dormitorio.

—Lo hemos conseguido. Es lo que querías, ¿verdad? —le ha dicho él sin soltarle la mano mientras García bramaba que el colchón de la habitación era suyo.

—¡Pues duerman ustedes en el nuestro! —ha respondido el otro mientras daba un salto para echarse en el colchón de los García.

Juana se ha lanzado a la cama como a una piscina. Enrique la ha seguido.

—Te tengo muchas ganas —le ha susurrado.

Juana no tenía muchas ganas, ni siquiera unas pocas, pero le ha besado. Sabía que la cosa tampoco iba a durar mucho. Ahora habla entre sueños y Enrique nunca entiende lo que dice.

~

—Jackie, ya te he dicho muchas veces que es mejor que no vengas de improviso, que puedes levantar sospechas y yo no quiero líos. Sería mejor que fueras a ver a alguno de mis... distribuidores —comenta Maximiliano.

—Lo sé. —Pone un mohín de niña arrepentida—. Pero es que hoy he montado un guateque en casa y al acabar, no sé, me han entrado ganas de ser un poco mala. Y tus distribuidores están lejos... Llevo mucho tiempo portándome bien. —Mira de reojo a Ernesto, que ha intentado sin éxito sacarle la idea de la cabeza.

—Y con la de contactos que tienes, ¿no conoces a un médico que te pueda hacer una receta? —insiste Maximiliano molesto.

—Sí, pero a estas horas... —sonríe.

—Sí, a estas horas solo te atreves a llamar a mi puerta —comenta con frialdad—. Espera un momento, que voy a buscar lo tuyo —dice encaminándose hacia el estudio, pero antes de abrir la puerta se gira—. ¿Quieres uno o dos?

Ella baja la cabeza y musita que dos mientras Ernesto le lanza una mirada de reprobación. A Carmen le divierte la pareja: él tan serio, ella tan expansiva y los dos tan perdidos sin saberlo. Sin preguntarles les tiende dos copas y las rellena con *champagne*.

—¿Qué tal su trabajo? —le pregunta a ella.

—Estos días están siendo una auténtica locura. Me han encargado la campaña de promoción de la radio para los diarios y, además, tengo mucho trabajo para cubrir el Congreso Eucarístico...

—Tengo una curiosidad, ¿usted conoce a la doctora Elena Francis?

Jacqueline sonríe.

—Esa es la pregunta que me hace todo el mundo. Y la triste respuesta es que no. Pero en breve la conoceré. Estoy en negociaciones para que me conceda una entrevista..., estoy segura de que sería un éxito.

—Yo me la leería, se lo aseguro —concluye Carmen, que tiene siempre unos modales exquisitos.

Cuando Maximiliano regresa al salón, los tres están riendo. Hay algo que le fascina de Carmen: ella, que es tan individualista, recuerda cada nombre, cada detalle, cada afición y consigue que incluso la persona más antipática se sienta cómoda a su lado. Se lo ha visto hacer incluso con mujeres remilgadas que la miraban por encima del hombro y que han acabado riendo y reconociendo en voz alta el encanto de su acompañante. Ha logrado que incluso el hosco de Ernesto sonría.

—Aquí está. —Le tiende un botecito minúsculo de cristal a Jacqueline—. Pero por favor, la próxima vez avísame antes de venir.

—Te prometo que así lo haré —dice rebuscando en su bolso hasta encontrar unos billetes que le entrega.

—Pero ¡no os vayáis aún, que nos queda *champagne*! —suplica Carmen, y todos tienden su copa para que la rellene con la botella que lleva en la mano.

Tras brindar, Jacqueline le pregunta ansiosa a Maximiliano:

—¿Te importa si lo hago aquí?

—Mientras no tomes fotos... —responde por él Carmen y todos ríen.

—¿Querréis?

Ernesto y Carmen niegan con la cabeza y Maximiliano asiente, así que vierte parte del contenido del botecito y prepara dos rayas de cocaína, que rápidamente esnifan.

Dos copas de *champagne* y dos rayas de cocaína después la pareja se despide.

—Pensaba que no iban a irse nunca —comenta Maximiliano después de despedir a los invitados inesperados.

—A mí me caen bien. La gente me divierte, ya lo sabes.

—¡Eres tan contradictoria! —comenta sujetándola por la cintura—. Odias a las personas y te encanta rodearte de ellas...

—No digas eso. —Le da un manotazo cariñoso—. Yo no odio a las personas, simplemente me cansan si estoy demasiado rato con ellas. Todos siempre tan preocupados por su imagen, por lo que opinen los demás, definiéndose una y otra vez sin conocerse ni un ápice... —pone una voz teatral—: Y con sus problemas. Todos los tenemos, pero cuando alguien te confía los suyos parece que sean los más tremendos del mundo. ¡Oh, vamos a morir de lo que nos duele la vida! —satiriza levantando las manos—. ¿Es que no han aprendido ya que al final todo pasará? En cambio, esas mismas personas, cuando son gente y están en grupo, ríen, cuentan chistes, viven en vez de darle vueltas a su vida...

—Son más superficiales —apunta él.

—¡Pues que lo sean! Es por eso por lo que no me gustan las relaciones cuando se vuelven íntimas —dice rellenándose la copa—. La comedia se convierte en drama.

Maximiliano se acerca a ella, coge su copa y la deja en la mesilla, la aúpa y la sienta sobre ella.

—¡Estás loco! —ríe.

—Tú más —responde levantándole la falda y bajando la cabeza.

13

Mañana del domingo 25 de mayo de 1952

Con los primeros rayos del amanecer, Jackie vierte los últimos restos de cocaína. Ernesto hace rato que no quiere más y bebe whisky mientras ella parlotea, pasando de un tema a otro y haciéndole preguntas que ni siquiera espera que responda. Por primera vez formula una que no es retórica.

—Por cierto, ¿cómo es que conoces a Carlos Santamaría? No te pega, es mucho más joven que tú...

—Lo conocí cuando él era un crío, durante la guerra —comenta él sin ganas de continuar.

—¿Qué pasó? Os vi muy incómodos —insiste ella.

—Jackie, se ha hecho muy tarde, está saliendo el sol. Va siendo hora de ir a dormir.

—Un cigarrillo más y a la cama.

—Eso has dicho hace una hora. A la cama ¡ya!

La levanta y se la carga en el hombro. Ella patalea divertida hasta que la arroja en la cama. Su mirada se vuelve ávida. Lo que sucede no es una costumbre, pero pasa a menudo, sobre todo cuando las noches se alargan emborronando la mente y el cuerpo les pide algo que los dos desean sin realmente quererlo demasiado.

~

A primera hora de la mañana Berta se ha confesado, pero cuando le tocaba el turno a Gabriela se le ha torcido la expresión y ha dicho que ya lo haría en otro momento.

Tras el oficio, han caminado hasta la calle Caspe, donde se encuentran los estudios de Radio Barcelona, y solo entrar Berta una chica le ha pasado el texto con las respuestas a las preguntas de la entrevista que le hará Carlos. Inmediatamente ha recordado la desagradable frase del cenutrio de Ernesto Vila. Ha dicho lo que le han dicho que diga y lo que la gente cree que quiere escuchar. Pero con una voz bonita. ¡Qué sabrá él! Ya le gustaría estar en su piel.

—Gabriela, ¿tú crees que me dan las respuestas a las preguntas porque no me ven capaz de contestarlas?

—¡Qué va, Berta, no pienses eso! Es porque todo lo que se dice en la radio tiene que pasar por la censura, el otro día fue una excepción, porque fue todo muy rápido. Ten en cuenta que te van a escuchar cientos o miles de personas. Hay gente que puede malinterpretarlo o no encontrar la guía moral que necesitan.

—¿Tú crees? Pero ¿eso no es tratar a los oyentes como si fueran tontos?

Gabriela sonríe. Su cabeza está en otro lugar y tiene que esforzarse por seguir la conversación, pero la espontaneidad de Berta le ha hecho gracia, porque su amiga carece de filtro y tiene suerte de que sea ella quien la escucha, pues cualquier otra persona de la radio se habría ofendido.

—Deja de hacerte preguntas y concéntrate en el texto —aconseja con dulzura—. Lo importante es que no se note que estás leyendo. El micrófono lo detecta todo, tienes que sentir el texto. Haz una prueba. Contesta a la primera pregunta.

—Gracias a los principios de la Sección Femenina, jóvenes como yo hemos encontrado una guía espiritual, una manera de aprender lo que se espera de nosotras en el futuro. Nos preparamos para ser buenas esposas y pacientes madres, ocupando siempre un segundo lugar, lejos del protagonismo reservado a los hombres...

—Se nota que estás leyendo —interrumpe Gabriela—. Lee más despacio, sin ser tan enérgica, dando un toque más dulce a cada frase...

Berta sigue las indicaciones de su amiga, que la aplaude complacida. No se cree las palabras, pero está aprendiendo a modularlas como si lo hiciera.

Cuando Carlos aparece para avisarla de que debe entrar en el estudio, Berta siente una punzada en el estómago. Y no solo por la emoción que le producen el micrófono, el cristal transparente a través del que el técnico indica que están en directo, la luz roja que señala que están en antena... Esas cosas le gustan, pero la cercanía de Carlos le provoca otras sensaciones muy diferentes. Los dos se sientan y ella le pregunta algo que le ronda la cabeza desde hace días:

—¿Crees que la doctora Elena Francis me ha escuchado?

—No es que lo crea, es que lo sé —responde sonriente—. El otro día hablé con ella. No sé si sabes que voy a trabajar en su programa después del Congreso Eucarístico. Hasta ahora solo colaboraba ocasionalmente, pero ahora voy a ser el principal guionista del consultorio.

—¿De verdad? ¡No tenía ni idea! ¡Es increíble! —suelta Berta excitada.

—Estoy muy contento. Pues, como te decía, el otro día me comentó por teléfono que había escuchado tu intervención y que le pareciste una chica muy centrada y sensata. Eso es lo que necesita la juventud hoy en día: ejemplos como el tuyo, me aseguró. —Ahora parece que Carlos lea un texto.

Berta se queda sin palabras, le sujeta la mano para contener la emoción como una niña pequeña. El técnico les pregunta si están preparados y respira hondo para leer con el tono que Gabriela le ha enseñado.

~

—Date prisa, que no vamos a llegar a misa —le ruega Elvira a Nuria, que acaba de tirarle las cartas del tarot.

La adivina y amiga se queja por las prisas, que esto de la videncia requiere su tiempo y al fin y al cabo es ella la que ha ido a su casa y le ha rogado que se las leyera. Elvira se disculpa y da un respingo cuando aparecen la torre y el ermitaño.

—¡Qué mala espina! —exclama.

—Espera, que aún no he acabado.

Dispone las últimas dos cartas y observa la última, que ha quedado en el mazo.

—Lo tengo muy mal, ya te lo he dicho —se lamenta.

—Lo que tienes fatal es la paciencia. Déjame a mí decirte lo que veo y no te anticipes, que aunque seas un poco bruja, aquí la vidente soy yo —responde mirando una y otra vez las cartas y cerrando por un instante los ojos—. Recibirás la ayuda de una o de más mujeres.

—Pues como sea Carmen lo tengo negro, que esa se fue por un día y de eso hace tres.

—¡Shhhh! ¡Calla, hija, que no dejas que me concentre!

Nuria tiene unos cincuenta años mal llevados. Hace tiempo que no se tiñe el pelo y las raíces blancas le llegan hasta la oreja, donde su cabello se vuelve de un rojo bermellón. Lleva unas gafas para ver de cerca con uno de los cristales pegado con celo a la montura.

Las dos se conocen desde hace cinco años, cuando Nuria también hacía la calle, pero la edad no perdona y ahora intenta ganarse la vida leyendo el tarot. Sin embargo, entre que el párroco de la iglesia se dedica en sus sermones a recordar que la astrología y el tarot son prácticas satánicas y que la mayoría de las clientas son prostitutas amigas a las que no les cobra, el negocio es muy poco rentable.

Nuria aprecia a Elvira porque, ya sea por sus poderes o por su capacidad de observación, ve en ella, como tantas veces le ha dicho, un alma pura y lastimada. Por eso intenta buscar las palabras menos alarmantes para comunicar lo que le indican las cartas, que bueno no es.

—Escucha bien. Hay mujeres que te ayudarán a salir del embrollo en el que andas metida. Porque eso está claro, el embrollo lo tienes, que las cartas lo dejan bien clarito. Pero tú tienes que tomar una decisión porque así no puedes seguir.

—Sí, eso ya lo sé, ¡vaya novedad!, pero ¿no me dicen cuál? Podrían ser un poco más claras las cartas, porque yo no tengo ni idea de cómo salir de esta.

Levanta la mano indicando que se calle para concentrarse en la lectura.

—Tienes que dejar de ser ingenua y encontrar tu fuerza interior. Tal vez tengas que irte a otro lugar y empezar de cero. Las cartas no dicen mucho más. ¿Quieres que te haga otra tirada?

Elvira suspira.

—Es que no vamos a llegar a misa y quiero ponerle una vela a santa Rita, la patrona de los imposibles, a ver si ella es más eficaz que el tarot.

~

Maximiliano pasea a Rulfo y Carmen se revuelve en la cama. No puede quitarse de la cabeza a su hermano. Es curioso, tanto tiempo sin pensar en él y ahora no hay forma de dejar de hacerlo.

No se veían desde hacía veinte años y el miércoles se presentó sin más y con una historia que ya no sabe si quería compartir con ella o quería repetir en voz alta para revivirla. Vaya hombre más curioso. Es cierto que ella le debía un favor, pero después de tantos años ya no esperaba que se lo cobrara.

Parecía un penitente en busca de la absolución. La satisfacción de que su hermano, el perfecto padre de familia, solo pudiera confesarle a ella, la puta, sus faltas no dejaba de tener cierta gracia. El vicio que le atormentaba tenía su origen en el servicio militar, pocos años después de que dejaran de verse. Su madre tenía razón cuando decía que tenía un hijo tan inoportuno que nació en mitad de la comida de Navidad, y que escogió también mal día para licenciarse: justo el del alzamiento militar. Como estaba en Cáceres, zona nacional, le tocó combatir con el ejército sublevado. Tenía veinticinco años, había pospuesto la mili por unos estudios que había dejado a medias y un matrimonio que no le había librado de su deber con la patria. Los jóvenes reclutas no tuvieron piedad con aquel hombre que los superaba en edad y al que hasta un niño superaba en destreza. Porque torpón lo era un rato. Y en esas apareció Rafael, un alférez que, según él, lo apadrinó. Este término le resultó gracioso. Pero hizo algo más que apadrinarle. Porque el aguerrido alférez Rafael *comosellamara* no despertó únicamente su ardor guerrero, sino una pulsión más carnal que llevaba años combatiendo.

Sin saber si al día siguiente estarían vivos o no, se dejó llevar por sus instintos, que definía como un amor noble, masculino y leal. Un eufemismo que a Carmen le provocó una sonora carcajada. Pero algo de amor había, porque cuando Rafael cayó en una emboscada, él arriesgó su vida y a saber qué debió de hacer, porque Carmen no confiaba en su capacidad para el combate, pero el caso es que resultó herido e incluso condecorado, lo que le granjeó una posición privilegiada. Como siempre, no la supo aprovechar.

Con una medalla y una leve lesión en el pie regresó a casa, donde le esperaba su esposa, cariñosa y entregada, demasiado cariñosa y demasiado entregada para él, junto a la que se impuso olvidar el fragor de sus deseos contra natura.

—Eso nunca funciona —había sentenciado Carmen—. Lo que hay dentro de uno tiene que salir o se pudre y es aún peor.

Él respondió que amaba a su mujer y que haría cualquier cosa por ella.

—Menos lo que tendrías que hacerle —espetó—. A mí todo me parece muy bien, que conste. Lo que no entiendo es que tanto tiempo después vengas a contármelo.

Pronto descubrió que no se trataba únicamente de liberarse de su culpa compartiéndola con la única persona de probada inmoralidad que conocía. La historia proseguía con unas cartas que Rafael le había enviado recientemente, en las que le agradecía de nuevo que le hubiera salvado la vida y hacía una alusión velada, con muchas metáforas cursis que provocaron una nueva carcajada en la mujer, a los momentos compartidos. Aquellas palabras perforaron su presa de contención. Y ya se sabe que un pequeño orificio que libere el agua es suficiente para derribar muros. Rafael acabó invitándole a Barcelona, y el Congreso Eucarístico le había proporcionado la excusa perfecta para reunirse con su antiguo amante. Pero necesitaba un lugar en el que hospedarse, porque Rafael también estaba casado. A Carmen le gustó la historia y quien la contaba. Era inoportuno, como siempre, pero qué se le iba a hacer.

Lo más gracioso era que el firme propósito de su hermano se repetía: viviría su amor durante aquellos días para volver después a ser un marido y padre ejemplar durante el resto de su vida. Carmen lo miró con sorna, callando lo descabellado que resultaba que tras catar la libertad aspirara a regresar al corral.

—Son solo seis días que le pido a la vida. No es tanto. Pero necesito hacer algo una vez en la vida por mí —le confesó a Carmen o se repitió a sí mismo para convencerse.

Ella aceptó, le cedió su habitación y se acomodó en un palco a contemplar el combate entre el vicio y la virtud en el que se dirimía su hermano. Apostó secretamente y por puro idealismo a que vencería el vicio y a que su hermano no podría volver a su Ítaca de cartón piedra. Y escuchó divertida las descripciones que le ofrecía de sus noches con Rafael en las tabernas del puerto, en las que el vicio siempre ganaba la partida.

—Esos antros son diabólicos —comentó no sin cierta admiración el hombre la primera vez que volvió de su excursión nocturna, provocándole una sonrisa a su hermana.

¿Cómo no iban a ser diabólicos los antros del puerto repletos de jóvenes que subastaban su cuerpo a hombres que querían regalar el propio? Cuando le contó que Rafael le había llevado a aquellas tabernas imaginó a su cándido hermano, que tanto idolatraba su amor al alférez, descompuesto por los celos. Pero se equivocó totalmente.

El día en el que Elvira llegó a su casa, le había presentado al tal Rafael, que, lejos del gallardo militar que le había pintado, resultó ser un anodino señor con algunos kilos de más y algunos sueños de menos. Entonces Carmen recapituló: su hermano no iba a ser pasto de los celos. La mujer trazó el mapa de la distancia entre los dos hombres con milimétrica precisión y no halló resquicio de amor, pero sí mucha tristeza, mucha humanidad y mucha soledad.

El antiguo mentor de su hermano lo había buscado para experimentar de nuevo la admiración que le profesaba. En un error de cálculo lo condujo como a un pupilo por aquellas tabernas desgranándole los secretos para impresionarle, para encumbrarse de nuevo como su maestro. Le salió el tiro por la culata. Aquellos locales que destilaban una alegría pocha pero fieramente lúbrica desplazaron su atención. Su hermano era un turista del pecado que con la excusa de que aquella no era su patria podía permitirse dar rienda suelta a su egoísmo y cambiar las tornas de su relación. Y en esos momentos, Rafael le molestaba y quería sustituir su cuerpo por cualquier otro.

—Ya sería hora de irnos a casa —le rogaba Rafael,

obteniendo como respuesta un gesto de la mano similar al de espantar una mosca.

Y su mirada se perdía en los zumbidos de torsos desnudos, de bigotes, de barbas, de vello, de sudor, de pecado y de libertad.

—Es que no es culpa mía —se disculpó ante su hermana, aunquc probablemente lo estaba haciendo ante sí mismo—. Él ya no es el mismo... me aburre. Y ya que me he concedido seis días, quiero aprovecharlos.

Carmen le respondió con una risita traviesa.

—Hoy se ha enfadado y me ha dejado plantado allí —le dijo al día siguiente—. Pero he conocido a un chico encantador.

—Comprueba si llevas la cartera.

La llevaba, pero vacía. Rompió a llorar y se abrazó a su hermana, que cansada aprovechó el movimiento, como si fuera un paso de baile, para guiarlo a su habitación.

—Anda, duerme un poco, que ya veremos cómo arreglamos esto.

—Nada está saliendo como lo había imaginado —musitó.

Esta es una frase que repite mucho su hermano. Nada está saliendo como lo había imaginado. ¿Por qué las cosas tendrían que ser como uno las imagina? Eso es lo que piensa ahora Carmen, que se ríe de la frase, pero dos días después será ella quien la pronuncie.

14

Tarde del domingo 25 de mayo de 1952

Martín, Mario, Alicia, Ramona, Eleonora y Berta avanzan por las Ramblas como una centuria romana, pegados los unos a los otros para no diluirse en el gentío. Los barceloneses nos hemos inventado un verbo, le ha contado Gabriela a Berta, ramblear, que es básicamente eso, pasear por las Ramblas, bajar desde plaza Cataluña hasta el mar y volver a subir. Berta deserta de la formación familiar para ramblear, para ser barcelonesa, para formar parte de la serpiente humana que dibujan cientos de personas. Un limpiabotas famélico y soñador, tres marinos estadounidenses abrasados por el sol, dos señoras rechonchas con mantillas negras agarradas del brazo, un vendedor del quiosco de bebidas, tres señores serios con mucha prisa y poca vida... Y muchos, muchos, muchísimos curas y monjas. Y extranjeros, de todos los colores y países, a los que miran con disimulo para no parecer maleducadas.

~

A Gabriela le tiemblan las manos en el ascensor de la casa de su tío Hans. Lleva siete años visitándolo y siempre le ocurre lo mismo. Llama a la puerta y le abre un hombre que supera los cincuenta, con una complexión fuerte y atlética, unos ojos de un azul casi transparente y labios afilados. Los frunce con desaprobación y le indica que entre con un gesto de la cabeza. Cierra la puerta y se dirige al comedor sin mediar palabra. Ella lo sigue cabizbaja.

—Desnúdate. —La palabra es un disparo y provoca un respingo en ella.

—Tengo que contarte algo —contesta con suavidad.

—¡Hoy no quiero oír tu estúpida voz! —brama él con un marcado acento alemán—. Hasta que acabemos ¡ni una palabra!

Él no le ha perdonado que no acudiera a la cita del sábado y se lo hará pagar. Siempre es igual. Las excusas sirven de poco y hablar empeora la situación. Pero hoy hay algo importante, muy importante, que debe decirle. Contiene las ganas de llorar porque se lo tiene prohibido. Se desnuda de pie con la cabeza baja mientras él camina a su alrededor. Cuando la ropa se apiña en el suelo, él le da una patada para apartarla. Ni siquiera la insulta y eso significa que está muy enfadado.

~

Berta lleva rato sin abrir la boca, observando todos los detalles. Los gritos de los animales enjaulados que venden en el segundo tramo de las Ramblas le hacen los coros a un anciano sin pierna que toca el organillo. Más abajo, un hombre gordo como nunca había visto antes aporrea un acordeón retando al del organillo. Entremedio, una legión de curas y monjas sigue desfilando. Sotanas y hábitos negros, grises, blancos, alzacuellos, tocas, velos, rosarios, cinturones de nudos...

A Berta le imponen los hábitos. De pequeña pensaba que debajo solo había aire y que las monjas únicamente poseían cara y manos. Cada vez que una religiosa se acercaba a ella, lloraba y gritaba de puro terror, convencida de que eran seres fantasmales, más diabólicos que divinos. Solo dejó de hacerlo cuando sor Encarna le cruzó la cara y el hábito mostró que tras la mano había un brazo.

La joven cierra los ojos por unos segundos y escucha los sonidos de la multitud. En el pueblo solo se oyen los de la naturaleza, que aplastan lo humano. Por un momento siente la paz del griterío, tan humano, tan vivo, tan exótico.

~

Gabriela lleva diez minutos desnuda de pie, contemplando cómo los mocasines de Hans dan vueltas a su alrededor, pues tiene prohibido levantar la cabeza. La desnudez solitaria de su cuerpo la deshumaniza y humilla. Y la llena de rabia hacia él, por hacerle pasar por aquello, y hacia sí misma, por merecerlo, por haberle hecho enfadar, por haberle fallado. Y hay algo más a lo que le cuesta poner palabras, algo inaprensible que remueve su cuerpo con una intensidad única.

La primera vez que estuvo desnuda ante Hans tenía quince años. Habitualmente lo visitaba con su madre y era Úrsula quien leía, siempre novelas históricas ambientadas en la Edad Media, que eran las que exigía el alemán. Hans empezó a pedirle a Gabriela que lo hiciera ella, regalándole un protagonismo desconocido y halagador. Las miradas complacientes que le dedicaba eran un premio adictivo que esperaba todas las semanas. Él lo sabía. Ese era su plan.

El primer día que su madre no pudo ir, Hans le ofreció dulces: unos lazos que eran como galletas y pasteles a la vez, duros y blandos, recubiertos de una capa de azúcar sólida que le cosquilleaba el paladar. *Bretzels*, le dijo que se llamaban. Nunca había probado algo tan delicioso. Come todos los que quieras, la animó él mientras contemplaba el deleite de la niña, que caminaba sin saberlo por el sendero que él había trazado.

La abrazó con una dulzura inesperada, otro premio. El contacto dejó de ser familiar y las manos de él llegaron delicadamente, casi por casualidad, a su sexo mientras le susurraba que no había nada malo en aquello, que era un acto de amor. Ella intuía que sí había algo malo en aquello, de hecho lo sabía a ciencia cierta, pero calló, porque él era el adulto y no iba a contradecirle. Y había algo que se colaba entre la vergüenza y la obediencia que era liberador. Un placer desconocido, oscuro y tentador. Ella no conocía los mecanismos de su cuerpo y él le procuró unas sensaciones que la dejaron sin palabras. La culpa vino después y la asumió como suya, pues no podía decir que no le hubiera gustado.

En su siguiente visita no hubo dulces y él estaba molesto. Ella hubiera hecho cualquier cosa para ganarse de nuevo su atención y sus deferencias. Y lo hizo. Ese día perdió la virginidad. Y no le gustó. Él se apropió de su piel sin muchas contemplaciones, con impaciencia, y a partir de ese día su cuerpo dejó de ser suyo.

~

Ramona intenta avanzar entre el gentío imitando la seguridad de Mario y Alicia. Se cruzan con un niño vestido de marinero de unos ocho años y cara redonda de esos a los que todo el mundo estruja los mofletes.

—Ese —le indica Mario a Ramona con una seguridad que la asusta.

No le queda otro remedio que hacerlo si quiere formar parte del club de los niños asesinos y dejar de ser una pueblerina con alpargatas.

Se acerca al pequeño y le susurra: Te vamos a rebanar el cuello. Lo dice tan atropelladamente y con tan poca convicción que el crío no la entiende, pero se refugia en la falda de volante azul perla de su madre para ignorarla.

—Lo he hecho —alardea ante sus amigos satisfecha—. Ya he superado la prueba. Ya formo parte del club.

Mario suspira.

—No, esto no era la prueba, esto es el juego que siempre hacemos. La prueba es otra y todavía no estás preparada.

~

—¿Sabes por qué estoy enfadado? —le susurra Hans como un profesor que pretende que su alumna mejore su rendimiento.

Gabriela vuelve a esforzarse por no llorar, pues eso le enojaría más.

—Sí —bisbisea.

—Tú y yo tenemos un trato: tienes que venir aquí todos los martes y todos los sábados. ¿Tienes idea del dolor que me causaste? Yo aquí solo y tú en una fiesta con jóvenes de tu edad que podían mirarte, rozarte... Has sido cruel conmigo y mereces un castigo. Pasa a mi despacho.

Gabriela anticipa el dolor. El miedo juega un pulso con la culpa y gana la segunda. Aspira a la redención a través del sufrimiento. Lo teme y lo necesita. Hace mucho tiempo que sabe que aquello está mal y que en su mano está acabar con ello. Sin embargo, es incapaz. Cuando ella cumplió los quince años los abusos de Hans sellaron un pacto indisoluble de amor, excitación, culpa y dolor. Le sigue obedientemente mientras él se desabrocha el cinturón.

~

A Eleonora todo ese gentío la abruma. Le ha interesado durante diez minutos, pero ahora ya tiene ganas de volver a casa. Si Sebastián estuviera ahí sería diferente, porque a ella la cabeza no le da para interpretar lo que está presenciando, y si su esposo estuviera a su lado, seguro que le explicaba lo que sucede a su alrededor y lo que debería pensar de todo aquello. Él es un hombre muy listo y aunque a veces parezca que está ausente no se le escapa ni una, de eso está convencida. Pero Sebastián no está allí y a ella toda esa gente tan diferente la desconcierta y solo tiene ganas de volver a su casa.

~

Hans ha cumplido su promesa y ha sido más cruel que de costumbre, pero ahora, ya en la cama, la embiste con una intensidad que hace que ella se sienta el centro de su mundo. Nunca puede relajarse del todo, porque tiene que seguir los pasos de la coreografía en la que él la ha instruido.

Hace siete años él acercó la mano de ella a su cuello. El dedo índice y el pulgar, con estos es más que suficiente, Gabriela, susurró. La gente no sabe estrangular, utiliza la mano entera y no alcanza los dos únicos puntos necesarios. Pero yo te enseñaré, pequeña. ¿Notas dónde palpita mi cuello? Ella asintió. La clave está en la presión que ejerzas. Aprieta fuerte con tus dedos, pero solo unos segundos, justo cuando yo alcance el placer. En cuanto pierda el sentido, apartas la mano. Eso es muy importante. No lo olvides. Es muy fácil morir así, créeme. Él lo sabía. Ella sabía que lo sabía. Solo unos segundos, recuérdalo, mi niña. No hace falta toda la mano, con dos dedos basta. La gente no sabe estrangular, yo te enseñaré. Pero ¿por qué quieres que lo haga?, preguntó cuando aquello aún le parecía extraño. Porque hay un momento en que el placer, al acercarse la muerte, aumenta, se vuelve vibrante, único. Ya lo entenderás cuando te lo haga yo a ti. Te gustará. Pero ahora tienes que aprender, Gabriela. Porque tú quieres que yo esté orgulloso de ti, ¿verdad? Sí, tío Hans. Y aprendió.

~

Por mucho que su hija le haya insistido, Juana se ha negado a pasear por las Ramblas ese domingo. ¿Para qué? ¿Qué se le ha perdido ahí? A ella nunca le ha gustado Barcelona y no hay semana que no sueñe con Málaga. Eso es lo primero que la unió a Enrique cuando se conocieron: él también era malagueño y sus primeras conversaciones fueron un intercambio detallado de los rincones preferidos de su ciudad. Ahora les unen muchas cosas más, además de la familia. Los dos sostienen una frustración que los aplastaría si no tuvieran otro hombro para repartirla.

—Aprovechemos que no están los García y montemos una comida familiar —ha propuesto por la mañana Juana mirando a su esposo con complicidad, porque los dos saben cómo va a acabar.

~

Gabriela acerca sus pulgares a las yugulares de Hans como le ha enseñado. Él se retira de su interior y ella sabe lo que tiene que hacer. Apretar los dedos, privarle de la respiración para magnificar su orgasmo. Solo unos segundos. Sobre todo, Gabriela, solo unos segundos. Es el momento de apartar los dedos, se dice, pero la mano no responde. Solo harían falta unos segundos más para que todo acabara. Él dejaría de respirar. Para siempre. Los pulgares ceden de golpe y ella se horroriza por lo que ha estado a punto de hacer. Él tose, boquea y la mira sin saber dónde está. Se despierta de la inconsciencia sorprendido y sonriente. Al verla llorar, la besa como si fuera otro. Siempre es así: cuando para él todo acaba, empieza lo que para Gabriela es todo.

Unos minutos después, acaricia su rostro, llora y le susurra que le quiere. Se niega a sí misma que por unos segundos ha querido matarle.

—Te quiero —dice para conjurar lo que piensa.

—Yo también, pequeña. No me gusta ser tan duro contigo, pero es que no soporto la idea de perderte.

Gabriela solo llora.

—Ya está. Ya ha pasado, mi niña —le dice secándole las lágrimas—. Eres mía y nadie te apartará de mí.

~

El trajín de la gente acelera los pasos de Berta hasta separarla de su grupo. No huye del gentío, que le parece ya escaso. Sus ojos se han acostumbrado a la sucesión de caras y gestos y necesita más para saciar el hambre. Se esfuerza en recordar lo que ve, porque no se repetirá. La memoria es engañosa, y tal vez en el pueblo los volantes del vestido blanco y negro de topos de una chica pelirroja que quiere comprar un canario se vuelvan grises y rojos o el hombre altísimo de bigotillo minúsculo y monóculo pase a tener barba y gafas cuadradas cuando recuerde.

El pueblo, sin embargo, se recuerda sin error ni emoción: no más de cien caras con las que se relaciona, cincuenta vestidos a lo sumo, andares discretos, gestos uniformes, historias breves y conocidas, y una geografía de montes sin aceras y de calles sin rótulos de color. No siente nostalgia ni ganas de compartir lo vivido con nadie. Su tierra es un engaño, porque es obvio, paseando por las Ramblas, que el mundo no existe en otro lugar que no sea este.

~

Hans observa extasiado a Gabriela, que no deja de sollozar. Con muchas mujeres ha practicado lo que él denomina sus juegos, pero ninguna es como Gabriela. Ella es su creación. La deseó desde pequeña, luchó por conseguirla y por tanto es suya. Necesitaba tenerla cerca. Exageró sus problemas de visión y le rogó a Úrsula que le leyera y, sobre todo, que la acompañara su hija, que alegraba su viejo corazón. Cuando se lo propone, Hans sabe fingir sentimentalismo como nadie. Durante casi un año, se deleitó en la tortura de no poder tocarla, de sentir su respiración cercana, de aspirar su olor a hurtadillas, de robarle un roce. En esa época, acudía habitualmente a burdeles con

Joaquín, y a cada prostituta le ponía la cara de la hija de su amigo.

El cuerpo de Gabriela cambiaba en cada visita, y había momentos en los que temía no controlarse y abalanzarse sobre ella estando su madre presente. Dedicaba mucho tiempo a trazar planes para conseguir la intimidad que ambos se merecían. Y un día en el que Úrsula se quejó de la cantidad de trabajo que tenía, él le sugirió que enviara a Gabriela y apostilló: Al fin y al cabo, se puede decir que somos familia. Temió que Úrsula detectara la lubricidad de su mirada, pero aquella foca estúpida ni lo miró y respondió que era muy buena idea.

Hans se considera un gran conocedor de la naturaleza humana, de las debilidades y de los miedos ajenos, en especial de los femeninos. El amor de una mujer solo es proporcional al sufrimiento que está dispuesta a soportar. El físico es solo uno de ellos. Ese lo obtenía con las prostitutas pagando un poco más. La sensación de poder era excitante, pero incompleta. Con sus amantes era otra cosa. Tenerlas pendientes de sus cambios de humor, sentir su desesperación cuando las ignoraba para después consolarlas le nutría. La experiencia con Gabriela ha sido la más absoluta, pues la ha modelado a su antojo.

Al principio de su relación, le gustaba torturarla hablando de otras mujeres. El plan funcionó para que ella se esforzara más por complacerle en sus juegos, pero llegó un momento en el que los celos de ella le conmovieron sin que pudiera evitarlo. No quiso que su niña sufriera y renunció a sus amantes. Ahora solo la tenía a ella y no podía perderla.

Se daba cuenta de que la situación era insostenible. Ya había escuchado a la foca imbécil parloteando sobre la necesidad de encontrarle un buen marido y había sentido ganas de estrangularla. Tenía que hacer algo, pero no tenía claro el qué.

~

—¿Vamos a tu casa y me vuelves a tirar las cartas? —le pide Elvira a Nuria mientras caminan por las Ramblas, cogidas del brazo.

La joven lleva el rostro cubierto por la mantilla para ocultar sus cardenales. Tropieza con una joven que camina atontada.

—¡Mira por dónde andas! —la increpa. Y Berta pega un respingo.

—Sí, yo te las tiro, pero es que eres tú la que tiene que decidir qué hacer. Las cartas no van a tomar la decisión por ti, hija. Y yo soy muy mala dando consejos, mira que a mí tampoco me van bien las cosas. Tú no tienes mucho tiempo, porque Soto Mayor te ha conseguido una tregua solo hasta que acabe el congreso... Aprovecha estos días para decidir qué vas a hacer.

—Como si fuera tan fácil —se lamenta Elvira.

~

Gabriela lleva cinco minutos llorando. Hans solo le permite el llanto después del sexo. La joven lo mira y baja la cabeza recordando que ha deseado matarlo. Quiere decirle algo desde que llegó a la casa, pero las palabras se le traban hasta que al final explotan:

—No me ha venido la regla.

15

Noche del domingo 25 de mayo de 1952

Juana, Enrique, su hija Asun y su nieto Manolito llevan desde las cinco y media encerrados en la habitación. Los García han salido a primera hora de la mañana y eso ha permitido a la mujer y los suyos montar una pequeña comida familiar. Asun, que es mejor cocinera que su madre, ha preparado un arroz con lentejas que le ha quedado de rechupete. Su marido, Jacinto, ha vuelto a decir que si le toca la lotería, monta un restaurante y con los guisos de su mujer se forran.

—Pero ¿para qué querremos forrarnos trabajando si ya estaremos forrados? —ha preguntado alegremente ella.

—No me contradigas, mujer, que yo sé de lo que hablo. He visto muchas cosas en la vida. Muchas más que tú. Que el dinero se va muy fácilmente cuando se tiene y se ha de invertir en algo, algo así... —Ha hecho un gesto buscando la palabra, porque Jacinto es corto de miras, largo de obviedades y escaso de vocabulario.

—¿Tangible? —ha apuntado Juana.

—¡Ay, perdone usted! Que desde que tiene trabajo en una oficina, nos suelta palabras cultas para dejarnos como paletos. Con lo que yo he vivido... ¡Para aguantar esto! —ha dicho con desdén y la cara roja por el vino.

Asun le ha cogido el brazo para indicarle que no se embalara y él se lo ha apartado como si le hubiera picado una abeja.

—¡Ya estoy hasta las narices! Es que uno no puede ni comer en paz. Me voy a dar una vuelta.

Ha dado un portazo y se ha caído el picaporte de la puerta.

La escena es un clásico de la familia. En algunas versiones anteriores, Enrique intentaba hacer entrar en razón a su yerno, pero lo único que lograba era prolongar el griterío con idéntico desenlace: el portazo. Así que ya no interviene y todo acaba antes. Lo que ocurre a continuación no varía tampoco ni un ápice: Asun rompe a llorar, abraza a su hijo, Manolito, mientras repite ¡Qué será de nosotros!, ¡espero que no salgas a tu padre! El pequeño, que tiene ocho años, sonríe. Por suerte, el último acto de la obra hace tiempo que no se representa. Asun salía furiosa en busca de su marido y una y otra vez se sorprendía de encontrarlo con sus amigotes en el bar, tonteando patéticamente con la camarera. Porque Jacinto es un hombre muy patético.

A Juana nunca le gustó, pero su hija estaba empeñada porque guapo lo es un rato, casi tanto como vago, conflictivo y mujeriego. Ella duda de si los trabajos le duran tan poco porque se pone gallito o porque es demasiado flojo.

A las cinco y media han escuchado la puerta y se han asustado, pensando que era Jacinto, que se estaba saltando el guion, porque de sus espantadas no vuelve nunca antes de medianoche. Pero el murmullo les ha hecho temer algo peor: García, su mujer escuchimizada que nunca habla y sus cuatro hijos han entrado en la casa. Y en ese mismo momento, Enrique ha ordenado ¡Vamos!, y ha cogido la mano de su mujer, de su hija y las ha conducido a la habitación.

Han dejado la puerta abierta porque el pequeño Manolo los ha seguido caminando más lentamente. Como si fuera una película de aventuras, el niño ha entrado justo a tiempo, antes de que el señor García alcanzara la puerta.

Los cuatro han reído mientras su compañero de piso gritaba: ¡No se atreverán!, dos días seguidos no.

—Ahora no podemos salir, pase lo que pase —ha dicho Juana.

—¿Y cómo cenaremos? —ha preguntado Enrique.

Las dos mujeres han reído.

—Hoy no cenamos, papá, que echamos todo lo que quedaba en la comida.

—¿Y qué pasará cuando vuelva Jacinto? —pregunta Juana.

—¡Que le den! —contesta Asun para regocijo de sus padres.

Ahora que es de noche y que la euforia de su pequeña gesta queda lejana, los cuatro se revuelven en sus pensamientos echados en el jergón. Por suerte son delgados y no hace ni mucho calor ni mucho frío. Enrique se aprieta mucho a su mujer y esta le susurra:

—No quiero ir mañana a trabajar. Me siento sucia formando parte de eso.

—Ojalá pudiera decirte que lo dejaras.

Todo reconforta, incluso las palabras más inútiles.

~

Elvira está contenta, la tarde no puede haber ido mejor, se ha ganado lo que se saca en una buena noche sin tener que trabajar.

—Estás loca —le recrimina Nuria contemplando una exhibición de carteras robadas encima de la mesa de su comedor—. ¡Como te pillen te las vas a cargar!

—Pero no me han pillado. Estas manitas son muy rápidas. —Y mueve los dedos sonriendo.

—Desde luego que son rápidas. Ni yo me he dado cuenta hasta que has robado la tercera. ¡Pero como se enteren Soto Mayor o Antonio te matan!

—¡Ay, calla! Con lo pesado que se pone Antonio con que no robe a los clientes... ¡Como si fueran a decir algo! Y Soto Mayor, ese no me pega, pero capaz es de meterme en el calabozo para darme un escarmiento. Aunque, mira qué bien, ninguno de los dos está aquí para controlarme y —se abanica con tres billetes— ya tengo algo para ir tirando mientras no pueda trabajar. —De repente le tiende uno de los billetes a Nuria—. Toma, que es de buenas amigas compartir.

—¿Segura? —responde la mujer acercando tímidamente la mano al billete.

—Claro, estamos en el Congreso Eucarístico, ¿qué clase de cristiana sería si no compartiera los regalos del Señor?

Las dos se ríen.

—¿Y sabes qué vamos a hacer tú y yo? —dice Elvira—. Nos vamos a ir a las tabernas del puerto a ver los fuegos de artificio y a brindar por los congresistas despistados que nos han alegrado la noche. ¡Date prisa que van a empezar!

~

En el terrado de la casa de Úrsula se han congregado los vecinos del edificio y algunos amigos para contemplar el espectáculo pirotécnico. Ha refrescado y Berta se frota los brazos porque lleva un vestido camisero muy fino y no ha querido cubrirse con la única chaqueta que tiene porque está llena de bolas. Está asomada a la barandilla, alargando el cuello para contemplar la ciudad, que en breve va a explotar en un festival de fuegos de artificio para celebrar la visita de las autoridades eclesiásticas y los congresistas de medio mundo. De repente, siente una presencia y el tacto de una americana que le cubre hombros y brazos. Se gira y encuentra a Carlos. En esa fracción de segundo se enciende una chispa, una descarga de ilusión inesperada que los descoloca.

—No te vayas a enfriar, que ahora que trabajas en la radio no te puedes constipar.

—Gracias —contesta, acariciando la americana con un gesto que tiene algo de sensual.

Úrsula no siente frío. Le encanta el invierno y detesta las altas temperaturas. Sus andares nerviosos, su actividad continua y los sofocos de la menopausia son un termostato interno que provoca que siempre tenga la frente perlada de sudor. A su lado, Joaquín le señala cuál será el mejor lugar para disfrutar de los fuegos artificiales.

—Creo que tendrías que bajar y hablar con Gabriela —comenta sin hacer mucho caso a sus indicaciones—. No puede ser que diga que se encuentra mal y no suba a ver el espectáculo. Sobre todo teniendo en cuenta que hemos invitado a Carlos. Me parece una falta de educación.

Joaquín pone los ojos en blanco.

—A ver, si la niña se encuentra mal, ¿qué quieres hacerle? Le hemos insistido de todas las formas posibles y ya sabes cómo es ella, que hace cualquier cosa por complacer a todo el mundo. Si dice que no puede, es que la pobre no puede.

Ahora es Úrsula la que pone los ojos en blanco.

—Es que no os dais cuenta de nada —dice como siempre, lanzando frases que enlazan con esos pensamientos que no ha verbalizado.

—Vamos, mujer, relájate y disfruta del espectáculo. —Le coge la mano—. ¿Quién nos iba a decir, hace años, que hoy estaríamos aquí y que un Congreso Eucarístico se celebraría en nuestra ciudad después de todo lo que hemos sufrido?

Úrsula apoya la cabeza en el hombro de Joaquín. Es un gesto extraño para la pareja, que no suele tocarse, y menos aún en público. Ninguno de los dos es especialmente cariñoso e incluso en eso coinciden. Y sí, han pasado mucho y, por mucha fe que tuvieron y por mucha confianza que depositaron en que Dios los salvaría, hubo momentos en los que el desenlace no estaba tan claro.

Úrsula y Joaquín decidieron que se casarían en el metro de plaza Cataluña durante un bombardeo en la guerra, aunque ninguno se lo dijo al otro. Se habían conocido antes, más bien se habían visto, porque lo que se dice conocerse estaba prohibido en aquellas circunstancias. Habían coincidido en las reuniones clandestinas de la Falange, en el piso de un amigo común en el que la norma era que los asistentes se presentaran con un apodo. Ella era Orquídea y él Narciso. Les hizo gracia que ambos hubieran escogido nombres de flores y se dedicaron una sonrisa breve y una mirada intensa. No podían encontrarse fuera de aquel piso destartalado y húmedo que quedaba cerca de la Sagrada Familia. No podían intercambiar información personal. Sin embargo, el día en que coincidieron en el metro con las bombas silbando, él se acercó a ella y Úrsula, con el corazón encogido y la cara sudada, soltó:

—Tengo miedo por mi madre. No sé si habrá podido llegar al refugio. —Y apretó las mandíbulas—. No soportaría que le pasara algo, ya perdí a mi padre y a mi prometido.

—Lo entiendo. Yo también he perdido a mi padre —le susurró acercándose mucho, para que nadie le oyera, pero también para estar más cerca—. Algún día pagarán por esto.

En ese momento, ella hizo el mismo gesto que ahora, ladeó la cabeza lentamente hasta apoyarla en su hombro. Supieron que eran tal para cual y que la lealtad y la venganza bien podrían sustituir el amor y la pasión.

Úrsula levanta ahora la cabeza no para mirar los juegos artificiales, sino para fijarse en que Carlos y Berta llevan demasiado tiempo hablando juntos.

—¿Cuál es la prueba? Yo quiero pertenecer ya al club. No voy a esperar más. —La decisión que imprime Ramona a sus palabras desconcierta a Mario y Alicia y a ella misma.

—Tú lo has querido —espeta Mario mientras le tira del brazo hacia la parte trasera del terrado seguido por su hermana.

Le señala una parte muy estrecha sin barandilla. Delante se alza otro edificio, un poco más bajo, separado por unos dos metros.

—Tienes que saltar de un edificio a otro y volver —dice Mario con la mirada tan brillante que centellea en la oscuridad.

El corazón de la niña martillea en su pecho con fuerza y le entrecorta la respiración. Observa una y otra vez el lugar consciente de que el salto no es difícil, pero que si falla podría matarse.

—Ahora no puedo hacerlo. Nos reñirían —dice con voz queda.

—Tiene razón, Mario, mejor en otro momento.

—No, tiene que ser ahora —ordena el muchacho.

Carlos reconoce el vestido camisero verde que lleva Berta, ya que se lo ha visto puesto a Gabriela en más de una ocasión. Pero la forma en que se ciñe a las curvas de la joven le hace pensar que tal vez se equivoque porque parece otro, porque ya no tiene un aire etéreo y angelical, ahora es más contundente, más carnal.

—Me han vuelto a felicitar por tu entrevista —comenta Carlos.

—¿De verdad? —responde ella entornando los ojos y tocándose el pelo. Desde que se lo ha cortado lo hace a menudo, comprobando distraída que su melena ya no está ahí.

En ese momento, Ramona aparece corriendo y le aparta la mano del pelo para sujetarla con fuerza.

—¿Qué pasa, Ramona? —pregunta Berta, molesta por la interrupción.

La niña se ha pegado mucho a ella y se pone de puntillas para susurrarle al oído.

—No quiero ver nunca más a Alicia y a Mario.

—¿Por qué? ¿Qué ha ocurrido? —le pregunta en alto.

Ramona vuelve a susurrarle al oído:

—Me llaman cobardica porque no quiero saltar entre los dos edificios.

—Por Dios, Ramona, ni se te ocurra hacerlo. Vuelve con ellos y proponles otros juegos.

Carlos se ha apartado un poco y Ramona dice en voz alta.

—¡No quiero volver! ¡Quiero que juguemos a nuestro juego ahora!

—Ahora no es el momento —responde Berta tajante.

Carlos se vuelve a acercar e interviene conciliador:

—¿Qué te parece si me enseñas ese juego y jugamos los tres?

Berta se tensa.

—Es que es un juego... no sé cómo definirlo, no es muy correcto, es una cosa nuestra —dice intentando quitarle importancia, y le clava una mirada de reprobación a Ramona.

—Seguro que es divertido. A mí me gustan mucho los juegos —insiste el joven.

Berta le aprieta la mano a Ramona para que calle, pero, pese a eso —o tal vez por eso—, la niña lo suelta:

—Nos imaginamos dos situaciones, que siempre son muy malas, y la otra tiene que decidir cuál prefiere.

—Ramona, por favor, no sé qué va a pensar Carlos de nosotras. —El rubor le sube por las mejillas.

—Me gusta —suelta Carlos—. Voy a intentarlo; y tú, Ramona, me dirás si lo hago bien. Pero debes ser sincera, ¿me lo prometes?

—Te lo prometo —afirma Ramona complacida, mirando de reojo a los niños asesinos, que la observan en la distancia y parecen molestos por la atención que está recibiendo.

—Dos cosas malas... a ver, déjame pensar... Imagina que tienes mucho sueño, pero mucho, se te cierran los ojos, pero tienes que llegar a algún sitio caminando y si te duermes no lo conseguirás. Y por otra parte, tienes un hambre atroz. Llevas todo el día sin comer y las tripas te hacen grrrr. —Se toca la barriga y la niña ríe—. Y entonces tienes que decidir entre parar y dormir y no comer, o no parar, no dormir y comer algo por el camino. Si haces una cosa, no podrás hacer la otra hasta el día siguiente. ¿Qué escogerías? —su voz ha cambiado de registro y parece que esté contando un cuento.

—Pues comería —se queda pensativa—, seguro. Porque si no comiera, tampoco tendría fuerzas para continuar...

—Es muy buena elección —comenta él—. Y ahora, Ramona, tienes que cumplir tu promesa y ser sincera. ¿Lo he hecho bien? ¿Es así el juego?

—Lo has hecho perfecto —responde la niña.

—¿Y tú qué escogerías? —le pregunta a Berta.

Una explosión le impide contestar. Todos han corrido a arremolinarse en la barandilla con la cabeza mirando al cielo, donde una gran bola azul se ha descompuesto en lágrimas doradas y rojas. Alicia se ha acercado a Ramona y le ha cuchicheado algo al oído. La niña ha seguido a su amiga a una esquina. Las bolas de color siguen desmadejándose en colores cada vez más brillantes, en estallidos más frenéticos. Cada nueva aparición es coreada, algunos aplauden, otros sueltan exclamaciones de entusiasmo y los hay que se cogen la mano. Carlos roza la de Berta.

—Me gusta vuestro juego —le susurra.

—Pues a mí me daba mucha vergüenza. Temía que pensaras que estábamos locas.

El siguiente estallido los pilla por sorpresa, y por un momento Berta le aprieta la mano a Carlos. Los fogonazos iluminan el perfil de la chica y él siente un calor en el pecho, una laxitud en los músculos, una euforia vibrante.

—Entonces, ¿no has pensado que lo estamos? —pregunta ella inclinando la cabeza y entreabriendo la boca.

—¡Qué va! A mi hermana también le gustaban este tipo de juegos. Ella los practicaba con todo el mundo... Estoy acostumbrado. —Mira hacia otro lado—. Y siguiendo con el juego, qué prefieres: que te invite a tomar churros con chocolate cuando salgamos de la radio o que me caiga por la barandilla. —Se ladea hacia ella, poniéndose la mano en el pecho en un movimiento muy cómico.

Berta, instintivamente, lo coge del brazo y después se cubre la boca para tapar la risa. Carlos ha escogido minuciosamente sus palabras y espera a saber si con ellas ha empezado una partida o ha perdido la mano. Le mueve un instinto cazador, un impulso que crece con cada roce de Berta, con cada gesto despreocupado de ella, que a estas alturas no sabe si también es estudiado. Tampoco le importa. La chica alarga la respuesta hasta que cae la última lágrima del cielo y entonces se le encara.

—El juego no es así —protesta—. Esa es una cosa buena y una mala. Y, por supuesto, escogería la buena: dejar que me invitaras a churros con chocolate a la salida de la radio —suelta, levantando la ceja.

—Tienes razón, he hecho trampa. Y voy a volver a hacerla: mañana te invito a churros con chocolate.

Berta no contesta; se toca el pelo mirando hacia otro lugar.

16

Mañana del lunes 26 de mayo de 1952

Carmen se está saltando las reglas que rigen su vida. Primero lo hizo ayudando a su hermano y a Elvira, cuando sabe de sobra que las cosas van bien cuando se ocupa solo de sí misma. La siguiente ha sido aún más flagrante: ha madrugado para volver a casa. Madrugar es algo que, además de contravenir todos sus principios, la pone de muy mal humor.

—Anda, quédate un día más —le pide Maximiliano.

—Es que no puedo.

No es la respuesta que quiere oír un hombre que no está acostumbrado a las negativas y que ya lleva acumuladas unas cuantas.

—¿Por qué no puedes? ¿Qué tienes que hacer? ¿Irte con otros? —Él ha subido el tono de voz y agita las manos.

—Tranquilízate, por favor —le pide ella.

Pero sus palabras consiguen justo lo contrario: enervarle aún más. ¿Debería estar tranquilo mientras ella se acuesta con otros hombres? Porque en ese momento de ofuscación en su cabeza no hay otra razón para que Carmen quiera abandonar su casa.

—Te pagaré —asevera con frialdad.

—No seas vulgar —contesta ella tan enfadada como decepcionada—. Además, no podrías.

—¿Te crees que no tengo suficiente dinero? —Se incorpora en la cama para coger su cartera de la mesita de noche y saca unos billetes que lanza sobre la cama—. ¿No es suficiente? ¡Pues tengo más! —Hace el ademán de levantarse de la cama, pero Carmen le sujeta del brazo.

—Yo no me vendo, me alquilo —responde con voz ronca—. Y tú eres un imbécil. No me lo esperaba.

El orgullo acalla la tristeza que le produce tener que irse de aquella manera de la casa. Maximiliano se arrepiente, pero no se mueve. Carmen busca por toda la habitación su ropa y cuando encuentra su vestido, Rulfo lo muerde y tiene que forcejear para recuperarlo. Sin mediar palabra, regresa a la cama y recoge el dinero desparramado sin apenas mirarle.

—Mejor esto que casarme con un imbécil —le dice antes de cerrar la puerta de la habitación.

~

Berta sube por el paseo de Gracia dando grandes zancadas sobre sus zapatos de medio tacón, ignorando las protestas de sus sabañones y esquivando la colmena de curas y monjas que ocupan las aceras. Ya no observa a la gente, se fija en la gente que la contempla. Ya no mira, la miran. Un señor se saca galantemente el sombrero descubriendo su calva y ella le sonríe y luego continúa su camino hacia la casa de Jacqueline. Lleva el traje chaqueta que ella le regaló, y en él radica una parte de la seguridad que derrocha. Otra se debe a la propuesta de Carlos, en la que ha estado pensando toda la noche.

La última porción de seguridad se encuentra en el periódico que lleva bajo el brazo, en el que aparece publicada su entrevista, la confirmación de que ella es diferente. La página 73 del diario es la prueba tangible de ese presentimiento que nunca ha verbalizado. Es un recuadro pequeño con una diminuta fotografía de su rostro y tres preguntas con dos líneas de respuesta por cada una. Durante media hora no ha despegado los ojos de la página. Ahora está asombrada por lo poco que dura el asombro, por lo rápido que lo excepcional se convierte en cotidiano.

A primera hora de la mañana, Jacqueline la ha llamado anunciándole la publicación y la ha invitado a desayunar. Úrsula y Gabriela estaban en la radio y Eleonora había ido a Correos a llevar unas cartas de su prima. Ramona ha protestado por quedarse sola.

—No te quedas sola, están las muchachas del servicio, y mamá volverá enseguida. Dile que vendré a la hora de comer.

—Pero no le has pedido permiso...

—No puedo pedirle permiso porque no está, así que me voy. —Y le ha dado un beso en la frente.

La recibe Jacqueline sin maquillar, con el pelo suelto, una melena escasa pero de rizos graciosos y un sencillo vestido malva. Lleva unas zapatillas con tacón adornadas con unas plumas rosas y etéreas. Con la cara lavada tiene un aire de niña traviesa. La conduce a la cocina, donde se pone a preparar unos huevos fritos. La sartén humea cuando los huevos estallan en ella y se forma una marea de burbujas blancas que Berta observa absorta. Aspira el olor de la fritura cerrando los ojos. Ha perdido la cuenta de cuánto tiempo lleva sin probar un huevo. Jacqueline le sirve dos y tres rebanadas de pan en el plato. Se los comen en una mesa de la cocina mientras conversan.

—Los lunes le doy fiesta al servicio y no lo entienden. Pero es que no comprendo esa costumbre española de tener la casa abarrotada de personas que te traen incluso un vaso de agua. A mí me pone nerviosa —comenta antes de hincarlc el diente a un pedazo de pan bañado en huevo.

Berta asiente por compromiso, pues es un problema que nunca se ha planteado.

—Ya has visto el artículo... Tanto trabajo para que después se quede en un recuadrito de nada. —Pone los ojos en blanco—. Estaba convencida de que sería más largo...

—A mí me ha parecido increíble. No tengo palabras para agradecértelo.

Jacqueline la mira de arriba abajo y sonríe.

—Te he llamado por otra cosa. Un amigo mío me ha encargado la campaña de una crema para el rostro. Como tenía tus fotos, se las he mostrado y le han entusiasmado: quiere que seas la imagen de su marca y protagonices sus anuncios.

—No entiendo... ¿Yo?

Jacqueline prosigue como si no la hubiera oído.

—Necesitaría saber si estás disponible. Porque esto sería... —Deja el tenedor y se acerca a un calendario que cuelga de una estantería—. A ver, la semana del 2 de junio, aún no se sabe el día, porque durante el congreso no se va a poder hacer nada y después vendrán las prisas, que ya me los conozco...

—¿Pero es así de fácil? ¿Te han dicho que sí?

—No es que siempre sea así de fácil, pero has tenido la suerte de que tu imagen es justo lo que necesitaban ahora.

Berta se acerca a Jacqueline y observa el calendario como si concentrándose mucho pudiera cambiar el tiempo y alargar los días de su estancia en Barcelona.

—Mi familia tenía previsto que nos fuéramos el día 2 o, a más tardar, el 3. Podría intentar hablarlo con ellos...

Jacqueline se vuelve a sentar como si hubiera oído llover y acaba de mojar la última rebanada de pan con el huevo para luego llevársela a la boca y limpiarse los labios con una servilleta de cuadros. Coge aire.

—A ver, la cuestión es: ¿qué quieres?, ¿qué puedes hacer o te van a dejar hacer? —No espera la respuesta—. Puedes intentar que te permitan protagonizar un anuncio o encontrar el modo de quedarte aquí y apostar por tener una carrera de más largo recorrido como modelo.

Ahora sí espera una respuesta.

—¿Crees que sería posible que me ganara la vida como modelo? ¿O que pudiera quedarme a trabajar en la radio? —pregunta.

—Yo no tengo una bola de cristal, hija mía —suspira—. Pero apuntas maneras. Tienes un aire entre ingenuo y elegante que es lo que están buscando la mayoría de las firmas. No solo de aquí; yo también veo muchas posibilidades en el extranjero. Allí hay mucho mercado y yo tengo buenos contactos. Pero también es verdad que estas cosas van y vienen, lo que un día triunfa se olvida al siguiente... —Traga saliva—. Ahora mismo puedes volver a tu pueblo tras el congreso y contarles a tus hijos que renunciaste a ser modelo y locutora por ellos, que es lo que hacen la mayoría de las mujeres aquí... y ser feliz así, que muchas lo deben de ser..., o quedarte y quién sabe si fracasar o triunfar... Eso es una lotería, pero si no se apuesta, no hay premio.

Es la primera vez que una mujer le habla de lo que le conviene a ella en vez de lo que se espera de ella. Su cabeza intenta ordenar la información que recibe, pero siempre encuentra el mismo escollo y Jacqueline parece leerle el pensamiento:

—La cuestión principal es si cuentas o no con el apoyo de tu familia, porque eso te facilitaría mucho las cosas. En este país tenéis leyes muy raras... Un poco atrasadas, bajo mi punto de vista. Es absurdo que no puedas tener una cuenta a tu nombre para ingresar lo que ganes si no te autorizan tu padre o tu marido. ¡Es de locos! Y tampoco puedes quedarte a vivir aquí, sola, sin tener garantizados unos ingresos, claro. Tal vez sea mejor que lo olvidemos todo... Te estoy llenando la cabeza de..., ¿cómo se dice?, quimeras...

El portazo que Jacqueline acaba de dar a la vida que ya empezaba a imaginarse hace que Berta reaccione.

—Es que todo lo que dices suena tan bien... Me gustaría, pero no sé cómo hacerlo.

Jacqueline se encoge de hombros y en ese momento Ernesto entra en la cocina.

—Buenos días —dice sin sorprenderse por tener una invitada—. ¿Qué hacéis aquí con el día tan bonito que hace? ¿Por qué no salimos a la terraza? —sugiere.

—Yo ya me iba —responde Berta.

—No tenga tanta prisa, que no muerdo —ironiza Ernesto.

—¡Ay, Ernesto, cómo eres! Pero es verdad que hace un día espléndido. Salgamos un rato a la terraza —anima Jacqueline.

Berta la sigue por el pasillo, sintiendo la mirada de Ernesto en su nuca. Camina con dificultad, porque los malditos sabañones parecen haber despertado y estarse dando un banquete con sus pies.

—Disculpe mi indiscreción —comenta Ernesto cuando ya se han sentado alrededor de una mesa, resguardados por un toldo—. Por su forma de caminar, intuyo que padece sabañones.

—Pues sí. Vengo de un lugar muy frío —responde molesta.

—¿Me permitiría examinarlos? Hay remedios que podrían aliviarla, yo estoy trabajando en ello y quizá tenga una solución.

Le intimida la propuesta y automáticamente mira a Jacqueline, esperando que a ella le resulte igual de inapropiada y le eche un capote.

—Déjale hacerlo —comenta la mujer con su sempiterna sonrisa ladeada—. Él sabe de este tema. No pierdes nada por probarlo. Quítate las medias en el baño.

Berta obedece sin ganas. Se sienta frente a Ernesto, que con suma delicadeza coloca el pie de la joven sobre sus rodillas y extrae el zapato. Berta apenas se atreve a mirarlo, ni a él ni al pie, desentendiéndose de la intimidad que está consintiendo. Ernesto lo mueve con lentitud hacia la izquierda y hacia la derecha. Después se levanta y lo deposita con la misma parsimonia sobre la silla que ocupaba.

—Voy a preparar un emplasto que la aliviará.

—No pongas esa cara, mujer —bromea Jacqueline—. Confía en Ernesto, que aunque a veces tenga un carácter sombrío, para estas cosas es bueno. Y deja de pensar en tu futuro, que te va a salir humo de la cabeza.

Berta sonríe y entorna los ojos.

—Es que estoy hecha un lío. Todo es nuevo para mí. —Hace una pausa—. Y te quería preguntar algo... ¿Por qué me estás ayudando? Quiero decir, que te estoy muy agradecida, pero me sorprende tanta generosidad por tu parte.

—Si te soy sincera, no lo sé. Me da que podrías llevar una vida diferente y que serías capaz de hacerlo, y no me cuesta nada echarte una mano...

Al rato Ernesto se presenta con el emplasto, que aplica sobre la piel de la muchacha con movimientos suaves y una cadencia sensual. El primer contacto del remedio contra su piel provoca un alivio inmediato y la chica cierra los ojos, suelta un suspiro y deja la boca entreabierta.

—Qué bien —dice con la voz queda.

Él sigue aguantando el emplasto contra el pie, examinando sus reacciones a través de las gruesas gafas. Berta lo observa con disimulo y todo en él le parece oscuro: su barba cerrada, sus cejas espesas, su cabello despeinado, la piel cetrina. Solo sus manos blancas y delicadas tienen un destello de luz que contrasta con el conjunto.

—Se lo dejaré puesto durante unos treinta minutos y ya verá cómo mejora.

—Pero tengo que volver a casa.

—Llamaré a Úrsula para que no te esperen a comer, si te parece bien —interviene Jacqueline.

Sabe que a su tía no le va a hacer gracia, pero quiere quedarse.

—¿Y qué tal por la radio? —se interesa Ernesto—. ¿Está contenta de leer lo que le escriben?

—¡Por favor, Ernesto! —protesta Jacqueline—. Cada vez estás más insolente y más amargado. ¿Por qué tienes que hacerle ese tipo de comentarios a nuestra invitada?

—Que no lo digo con mala intención, de verdad. Es muy admirable lo que está haciendo. Pero no entiendo por qué no podemos llamar a las cosas por su nombre.

~

Ernesto Vila no se considera un hombre amargado ni insolente, pero tiene una fe ciega en su mala suerte. La sucesión de desastres en su vida es un hecho incontestable, como lo es también que sin ellos no estaría vivo.

Estudió Medicina siguiendo el camino marcado por su padre, Baltasar Vila, eminente cardiólogo del Hospital General de Cataluña, con una reputada y lucrativa consulta privada que estaba condenado a heredar. Abordó la carrera sin brío, esperando que la vocación le alcanzara como un advenimiento. Algo que contra todo pronóstico sucedió mucho después y en circunstancias por supuesto desastrosas.

—¡Ay, hijo, qué pocas trazas de médico se te ven! —le dijo en más de una ocasión su madre, Cayetana de Castejón—. ¿Estás seguro de que esto es lo que quieres?

Ernesto se encogía de hombros, pues si bien el hecho de ser médico le inquietaba, el estudio del cuerpo humano con esa tendencia inexorable al desajuste y al colapso era una metáfora científica de sus creencias vitales. Estudiar Medicina estaba bien. Ejercer de médico, no tanto.

A su madre, una noble venida a menos de ideas conservadoras, le podría haber confesado su falta de vocación. Cosa que nunca podría haber hecho con su padre, librepensador, republicano convencido y mucho menos respetuoso con el libre albedrío de su único hijo. Ernesto, tras un complicadísimo parto que estuvo a punto de acabar con la vida de su madre y que destrozó su útero, era la única esperanza de perpetuar la estirpe de médicos que había iniciado el abuelo, y esa era una de las pocas cuestiones en las que el libertario Baltasar nunca admitiría una disidencia. Con su padre compartía las ideas políticas, con su madre todo lo demás.

—Yo creo que serías más feliz yéndote a París para estudiar cualquiera de esas especialidades de la mente humana que ahora están tan de moda —le había espetado ella más de una vez.

Acertaba a medias. Ernesto soñaba con vivir en la capital francesa, pero se equivocaba en que tuviera interés alguno por la psiquiatría. Él fantaseaba con abrir una zapatería y que sus manos modelaran los materiales que envolverían los pasos de hombres y mujeres anónimos.

La desgracia ya bordeaba a la familia, y la madrugada del 5 de abril de 1935 Baltasar Vila se levantó con un terrible dolor en el pecho, dio dos pasos y se desplomó cadáver. El especialista del corazón que tan restrictivo era con la dieta de sus pacientes y tan inflexible imponiendo hábitos saludables nunca se aplicó el cuento e ignoró los síntomas que le lanzaba el órgano del que tanto sabía.

El dolor por la pérdida de su padre supuso una oportunidad inesperada para Ernesto e inauguró una constante en su proceder: los hechos más adversos le proporcionarían a partir de ese momento la posibilidad de dar un giro beneficioso en su vida. Como todavía estudiaba, no pudo hacerse cargo de la consulta de su padre. Se libró de la obligación de especializarse en cardiología y optó por la traumatología. La mecánica de huesos y músculos era más impersonal y menos visceral que la del órgano que había traicionado a su progenitor.

La guerra lo sorprendió cursando la especialidad y acortó drásticamente el tiempo que necesitaba para pasar de la teoría a la práctica. El joven estudiante estaba por entonces haciendo prácticas en el Hospital General de Cataluña. Cuando se adentró de nuevo en aquel imponente edificio modernista, el centro sanitario más innovador de la ciudad, que se extendía encima de un pequeño montículo con interminables pabellones comunicados por alegres jardines, tuvo una sensación diametralmente opuesta a la que experimentaba de crío cuando visitaba a su padre. El lugar que albergaba el recuerdo del olor de los dulces con los que le agasajaban las enfermeras de niño y de la loción para la barba de su padre que por alguna razón lo abrazaba más en el trabajo que en casa hedía ahora a sangre y putrefacción. Los profesores nunca le habían hablado del olor a sangre; sabía su composición, pero ignoraba el hedor que desprendía cuando dejaba de circular por venas y arterias para chorrear por pasillos, humedecer sábanas y salpicar paredes.

Por aquella época hubo otro suceso que complicó su situación. Hacía unos meses su madre había iniciado una amistad con el teniente Lucas Jiménez, un militar tosco y decidido, en las antípodas de su difunto marido y de cualquier persona con la que hubiera tenido contacto durante los últimos años, probablemente incluso a lo largo de toda su vida. Afines en el conservadurismo de sus ideas, se enfrentaban en todo lo demás, y esa era la base de una relación tan tormentosa como emocionante. Cayetana, en los meses previos al alzamiento, parecía una adolescente que comentaba sus trifulcas con el militar con las criadas para después hacerlas partícipes de sus reconciliaciones.

Lucas y Ernesto nunca se cayeron bien, aunque tampoco se importaban tanto como para llevarse mal. Al principio, el teniente intentó convencerle de que iniciara una carrera como médico militar. Interpretó el desinterés del joven como desprecio hacia su propia profesión y se ofendió sin aspavientos. Ernesto intuía un interés económico en el pretendiente de su madre. Si bien la familia no estaba en su mejor momento, la señorial mansión ajardinada en el selecto barrio de la Bonanova y la consulta en el Ensanche, que la viuda alquilaba para completar sus ingresos, constituían un patrimonio nada desdeñable para el militar zaragozano, cuarto de seis hermanos, que no conseguía que su carrera en el ejército acabara de despegar.

El joven llegó a aquella conclusión un viernes por la tarde en el que no tenía clases y se quedó en casa estudiando. Su madre y Lucas se reunieron, como era habitual, en un saloncito del palacete a tomar el té. Oyó risas, después murmullos y finalmente algunas palabras ininteligibles que apuntaban a una discusión. Formaba parte de su liturgia íntima: pasaban de la diversión al enfado en cuestión de minutos sin que nadie más que los dos supiera los motivos. Tal vez ni ellos mismos los conocían. En la mayoría de las ocasiones, el pretendiente abandonaba la casa en un arrebato para volver al cabo de unos días como si no hubiera ocurrido nada.

Aquella tarde, Ernesto se dirigió por el pasillo hacia el baño justo en el momento en el que el teniente, con un gesto airado, salía del salón, haciendo el ademán de cerrar la puerta. Observó al joven y después aquel lugar tan lujoso y acogedor. En vez de cerrar la puerta, el hombre se dirigió con largos y confiados pasos al otro lavabo. Cuando Ernesto entró en el salón, su madre disimuló que estaba llorando.

—¿Va todo bien, mamá? —preguntó.

—Sí, claro, hijo. A veces, el teniente Jiménez y yo

somos demasiado apasionados con nuestras opiniones...

Una pequeña sonrisa rejuveneció su rostro. A Ernesto le dolió entender lo viva que se sentía su madre en el conflicto. Al poco regresó el militar, se sentó en el diván, ocupándolo todo no solo con su cuerpo, ya de por sí voluminoso, sino con una seguridad que marcaba aquel territorio como propio. Había hincado su bandera en aquel sofá. Ernesto lo miró a los ojos y el otro sonrió de lado, y ese día supo que el teniente Jiménez había decidido que aquella casa y su madre le pertenecían.

Dos semanas después, le comunicaron su intención de casarse.

—¿Y si le trasladan? ¿Te irás a vivir con él a otra ciudad en un cuartel? —le preguntó fingiendo más curiosidad que tristeza.

Ernesto no necesitaba a su madre, porque ya desde pequeño había sido muy independiente, pero necesitaba que ella lo necesitara a él. Le gustaba protegerla. Y escucharla. Ella no era como las madres de sus amigos, lo cual había sido una cruz en su niñez y un descubrimiento en la edad adulta. Además de una belleza contundente que no se molestaba en realzar y de un porte distinguido que intentaba, sin mucha suerte, disfrazar, sus pensamientos estaban en las antípodas de los de las mujeres de la época. ¿Por qué no nos vamos a vivir a la India durante una temporada?, le había propuesto tras quedarse viuda. ¿Y si dono parte de lo que tenemos a la Iglesia?, sugirió otro día. Voy a contratar a un pintor para que pinte la última cena en las paredes del comedor, ¿no conocerás a alguno?, comentó en otra ocasión.

Ernesto nunca sabía si pensaba en alto o llevaba

tiempo meditando o lanzaba aquellas ideas imposibles como fogonazos esperando que él las apagara. Era como una niña asomándose a lo prohibido con la intención de que él la contuviera. El teniente Jiménez nunca comprendería aquellas excentricidades que formaban parte de su esencia.

—¡Eso no pasará! —respondió categórica—. Además, Lucas está pensando en abandonar el ejército. Yo le digo que podría hacerse representante de rosarios e imágenes religiosas.

—Pero, mamá, ¿no sabes que vivimos en un Estado laico? Hoy por hoy es la peor idea del mundo... incluso podría ser peligrosa.

La madre soltó una carcajada.

—Lo sé. Pero ¿no te parece divertido imaginar al teniente Jiménez ordenando en un maletín un muestrario de rosarios y llamando a la puerta de los conventos? —Imitó el gesto con las manos y esbozó una sonrisa traviesa.

Ernesto rio.

—¡Eres de lo que no hay, mamá!

Ella se acercó, le acarició los rizos como cuando era pequeño y lo abrazó.

—No tienes nada de que preocuparte. Yo nunca me separaré de ti —le susurró.

A los tres meses incumplió su promesa.

17

Tarde del lunes 26 de mayo de 1952

Soto Mayor es uno de los mejores clientes de Elvira. Bueno, cliente por decir algo, pues nunca paga, al menos con dinero. Su protección y algún que otro regalo de escasa valía saldan la cuenta de sus encuentros.

Cuando el inspector cierra la puerta de la pensión, su rostro se acalambra de deseo dándole una apariencia animal. Pero de animal bravo, no peligroso. En ese momento nunca la mira, sino que la palpa asiendo su carne como si estuviera ciego, con más ansia que fuerza. Siempre se coloca una goma, que le regalan en los establecimientos para enfermedades venéreas del barrio chino, porque el inspector rara vez paga algo.

Después, dependiendo del día, se tumba encima de ella o le pide que se coloque a cuatro patas. Soto Mayor es un hombre muy extrovertido en la cama, que gime y, a veces, incluso ruge. Cuando acaba, y no suele ser ni de los más rápidos ni de los más lentos, se tumba de medio lado y coloca a Elvira en la misma postura, dejando apenas un palmo entre sus rostros.

Entonces conversan. Soto Mayor no es de los que monologan sobre las manías de su mujer, las broncas con su jefe o las desgracias de sus hijos, que es lo que hace la mayoría en un ejercicio ridículo por justificar su necesidad de sexo de pago. Como si a Elvira le importaran los problemas o los remordimientos de sus clientes...

El inspector charla. Y de cosas que no se le suele pasar por la cabeza a la mayoría de la gente, con una especial querencia por la geografía, pues al inspector le encantan los mapas.

—¿Cómo crees que debe de ser vivir en el Polo Norte? —le pregunta mientras le acaricia la mejilla.

—Pues como para helarse. —Finge un escalofrío—. Yo, con lo friolera que soy, no duraba ni dos días de esquimala —ríe.

—Seguro que estarías muy guapa con unas pieles y nada debajo... ¡Uy, que me enciendo otra vez!

—Yo me veo más bien en una isla de esas hawaianas, con unos cocos de sostén y una falda de esas de flecos. —Se incorpora y mueve los brazos—. Bailando y diciendo *aloha*.

—¡Me estás poniendo como un toro! —resopla lanzándose de nuevo encima de ella.

Esta vez la coloca a cuatro patas. Soto Mayor es de los pocos que casi siempre repite y en ocasiones más de una vez, sobre todo si llevan tiempo sin verse o por alguna razón tardarán en reencontrarse. Una vez, antes de que el inspector se fuera de vacaciones, lo hicieron cuatro veces, con pequeñas pausas entremedio, y después estuvieron hablando y riendo casi una hora más. Elvira se lo pasó bien, pero hubiera apreciado que le pagara.

Cuando acaba el segundo asalto, vuelven a su postura habitual para su sobremesa sexual.

—¿Qué vas a hacer con lo de Antonio? —le pregunta cambiando tanto de entonación que ahora suena paternal.

La chica frunce el ceño y se incorpora en la cama.

—Es lo que más me angustia, no tengo ni idea.

—Dejar a un chulo se paga, niñita mía —comenta Soto—. He estado pensando en tu situación. —Se incorpora y enciende un cigarrillo. Se mira los nudillos, amoratados de la última paliza que le tocó dar en la comisaría—. Yo no podré defenderte después del congreso, ahora tengo la excusa de que no quiero alborotos en el chino, pero después tendré que dejar que las cosas se regulen sin intervenir, como siempre. La única manera que se me ocurre de que estés un poco protegida es que te metas en un burdel, de esos legales que pagan sus impuestos y suelen tener una clientela fina.

—¡Qué aburrimiento! Estaría todo el día ahí encerrada, como quien trabaja en una fábrica, y no podría pasear por la noche, ni... —Se muerde la lengua porque está a punto de soltar lo de robar carteras—. Además, si tengo que pagar impuestos me quedaría con menos de lo que gano.

—Pero lo importante es que no correrías peligro, que el Antonio ese es muy violento, te lo digo yo —replica molesto—. Mira, conozco a la madame de El Jarrón. Es bastante selectiva escogiendo a sus chicas, pero me debe algún favor y podría intentar que te admitiera.

Elvira hace un mohín de desaprobación.

—¿Y tú cómo conoces a esa madame? ¿Eh?

Curiosamente, Soto Mayor ha acordado con Elvira que nunca recurrirá a los servicios de otra prostituta. Y cumple en el noventa y cinco por ciento de las ocasiones. Muchas son las que para librarse del calabozo regatean con su cuerpo. En el cinco por ciento de las ocasiones en las que acepta el trato, el sexo le produce la satisfacción de un estornudo.

El policía tiene un gran apetito sexual, bastante por encima de la media, que solo sacia con su mujer y con Elvira. Y las necesita a ambas, porque con una se queda corto. Es raro el día en que el buen hombre no folle, pero para que deje de desear hacerlo no le vale cualquiera, tiene que darse una química especial. El cuerpo de Elvira la tiene: cuando se descarga por última vez en él se siente vacío, en paz, sin esa pulsión que le acompaña siempre y que es una comezón. Por eso no puede perder a su mujer, que le produce el mismo efecto balsámico, ni a Elvira.

—Sabes que yo solo voy contigo, tontina —responde halagado por sus celos—. Piénsatelo. Te podrías mudar a alguna pensión del Ensanche, que ahí no va a subir ningún chulo. Saben que en ese barrio se aplica la ley, que ahí no hacemos la vista gorda como en el chino. Y yo iría a verte muy a menudo, por eso no te preocupes. Piénsatelo. —Suena a orden.

Se lo ha pensado una vez y ha rechazado la idea. Elvira odia a poca gente, pero a los escogidos los odia mucho y en ese grupo está todo aquel que huela a señoritingo o señoritinga, que es lo que se va a encontrar en ese burdel de finolis. Niñatos de papá y viudas criadas entre algodones que inmolan su cuerpo para sacar a sus hijos adelante. A esa gente no la soporta.

Después, lo ha pensado una segunda vez. Y aunque a ella lo que le gusta es abordar a los clientes y hechizarlos con sus curvas y su simpatía, ha recordado los últimos inviernos, en los que su sonrisa era una mueca para no tiritar, y le ha parecido un poquito mejor.

Vuelve a darle vueltas cuando regresa a la casa de Carmen. Se le cae el ánimo imaginándose lejos del chino, en un barrio silencioso sin tabernas ni caras ajadas y conocidas.

~

—Mi madre quiere verte —le dice Gabriela a Berta, casi sin mirarla.

—¿Ha pasado algo? —pregunta la chica.

—No sé, estaba muy seria. Creo que no le ha sentado bien que no vinieras a comer. Ve a su despacho, por este pasillo a la derecha —le indica.

Son las cuatro y Berta acaba de llegar a la radio con antelación, pues no la entrevistarán hasta las cinco, con un propósito: permanecer todo el tiempo que pueda en ese lugar al que quiere pertenecer. Así como aprendió los entresijos de la aguja observando a las costureras más avezadas, se ha propuesto repetir la jugada en la radio. Entender el trabajo de los guionistas y locutores consiguiendo que su presencia se haga familiar. La charla que le tiene preparada Úrsula desbaratará sus intenciones.

—A ver, jovencita —le dice en cuanto entra en su despacho, sin saludarla—, tu conducta está dejando mucho que desear.

La voz de Úrsula se parece a la de una de aquellas monjas que la mortificaban en el colegio. No hay ni un atisbo de familiaridad, porque para ella no es familia, sino la hija adoptiva de su prima, que a saber de dónde salió.

—Estoy muy decepcionada contigo porque tu comportamiento es impropio de una señorita. Y no he dicho nada porque para eso está Eleonora y porque te he dado la oportunidad de que te corrigieras, pero ya veo que no va a ser así.

Berta no comprende nada. Recuerda que hace un par de días la felicitó.

—¿A qué se refiere? ¿Qué la ha molestado? —pregunta desconcertada.

Úrsula resopla.

—Es que eso es lo más preocupante. —Suelta con hartazgo un lápiz que sostenía—. Es que ni siquiera te das cuenta. ¡Mírate! Tú viniste aquí guiada por el espíritu cristiano y la fe del Congreso Eucarístico. Te suponía una buena chica católica, pero en un día te cambias el peinado, aceptas vestidos de una desconocida, te pasas la noche hablando con un hombre y te vas a comer fuera sin pedir permiso a nadie. Pareces una, una..., mejor que no lo diga.

—Siento haberla importunado —contesta sin atreverse a levantar la vista—. Jacqueline insistió tanto en que me quedara a comer que me pareció de mala educación negarme.

—Yo no sé qué pájaros te está metiendo en la cabeza esa señora extranjera, pero aquí las cosas funcionan de otra manera y lo sabes. Tú no puedes quedarte a comer en su casa sin que te autoricemos. ¿Y qué es eso que me ha dicho Jacqueline por teléfono de que estabais hablando de un trabajo como modelo? —Se pone las manos en la cabeza—. Ese es un trabajo de... de fulanas.

Hay más rabia en Berta que arrepentimiento. Aprieta los puños hasta clavarse las uñas y fantasea con abrirle la cabeza con el pisapapeles de mármol que tiene sobre el escritorio.

—He intentado encontrar a alguien que te sustituyera en esas entrevistas que te hace Carlos Santamaría, pero no he encontrado a nadie disponible. Así que tendrás que venir a la radio... Pero en cuanto acabe tu intervención a casa, a rezar y a participar en los actos del congreso, a ver si recuperas la decencia y la fe sin que tengamos que tomar otras medidas. —Úrsula está gritando y ha apoyado las dos manos sobre el escritorio, mirándola desafiante como una serpiente a punto de picar.

—No se preocupe, no tendrá ninguna queja de mí —responde Berta sabiendo que es la única forma de que aquello acabe, porque ya ha descartado abrirle la cabeza con el pisapapeles—. Si no tiene nada más que comentarme, me iré a preparar la intervención.

Al salir del despacho, la intercepta la guionista rubio platino del día anterior.

—No hagas ni caso, Berta —le dice tendiéndole el guion, sin disimular que ha escuchado la bronca—. A todos los que trabajamos en la radio nos ha gritado alguna vez. Esa mujer es... insufrible. —Se tapa la boca—. ¡Ay, perdona! Que me olvidaba de que es tu tía.

—No pasa nada.

—Me llamo Genoveva. —Le tiende la mano—. Puedes repasar el texto en el estudio dos. Te acompaño, que esto es un laberinto. En cuanto llegue Santamaría, grabamos la entrevista. Ya verás que tienes tres guiones, porque vamos a grabar la sección hasta el jueves. Con el congreso esto va a ser una locura, así que mejor tener el trabajo adelantado.

—Gracias —responde con la voz queda mientras la sigue—. De verdad que me has animado —dice cuando llegan a la sala.

—Para eso estamos. Hoy por ti, mañana por mí. —Y le guiña el ojo.

Le gustaría conocer más a aquella chica, que fuera

su compañera de trabajo, y eso es justamente lo que sabe que nunca le permitirá Úrsula. No quiere llorar, pero se le escapan dos lagrimones. Disimula cuando Carlos entra, pero no sirve de mucho.

—Ya me he enterado de que doña Úrsula la ha tomado contigo. No le hagas mucho caso, a veces le sale el mal carácter. —Se ha sentado a su lado, le ha sujetado la mano y ha sacado el pañuelo para secarle una lágrima. Después, le ha dejado el pañuelo de lino blanco que lleva sus iniciales—. Bebe agua para que se te aclare la voz y recuerda que después vamos a tomar chocolate, que si no me caeré por una barandilla.

—Creo que eso no podrá ser. Me ha dicho Úrsula que tengo que ir directa a casa.

—Ya te dije que a veces se tienen que hacer trampas. Y vamos a tener que hacer una para tomarnos ese chocolate.

—¿Estáis listos? —pregunta por el micrófono el técnico que está al otro lado del cristal.

Los dos asienten.

~

A la vuelta de su cita con Soto Mayor, Elvira se encuentra en casa con Carmen, que barre furiosamente el comedor. La chica la abraza y la otra la aparta.

—Te he echado de menos, no sabes lo que me ha pasado mientras estabas fuera —dice Elvira sin ofenderse.

Carmen no lo sabe, y con el mal humor que se trae no tiene demasiadas ganas de que se lo cuente. Pero como tiene claro que lo hará, suelta la escoba con desgana en mitad del comedor y se sienta en el sofá. Elvira la imita y la pone al día de su encuentro con Andrés y su navaja.

—Ya te dije que te anduvieras con cuidado —le recrimina Carmen con sequedad—. Ese Andrés es muy peligroso. Y lo peor es que se ha convertido en el jefe de los chulos y todos le obedecen. Dicen que también está dando palos y robándoles joyas a las ricachonas que van al Liceo. No tendrías que haber salido de casa.

—¡No me riñas! ¡Que casi me cortan el cuello! —protesta Elvira—. ¿Y tú dónde has estado? —suelta con un tono cantarín—. Ya veo que pronto voy a ir de boda, porque me invitarás, ¿verdad?

Carmen resopla.

—No va a haber boda y, lo único que importa, no va a haber *champagne* durante una temporada.

—¿Qué ha pasado con Maximiliano? —pregunta Elvira preocupada.

—Que es un imbécil, aunque lo disimule mejor que el resto.

Miente, porque el *champagne*, por mucho que le guste, no es lo que más va a echar de menos.

~

A Berta el miedo a ser descubierta con Carlos en una cafetería cercana a Radio Barcelona le oprime el pecho y le cosquillea el estómago. Es un miedo nuevo, diferente, confuso como un mareo, que viene y se va un poquito, pero nunca del todo. Y que contiene algo demasiado vivo, único, arrollador para ser miedo.

—Úrsula se ha ido a una reunión y no volverá. Gabriela está grabando el consultorio. Es el momento. —Carlos ha sonreído de lado—. Yo salgo antes y tú bajas cinco minutos después a la cafetería de la esquina. Fingiremos que nos encontramos por casualidad.

—Me perderé el consultorio —ha comentado ella haciendo un mohín.

—Pero te ganarás un chocolate con churros —ha atajado sonriente.

No es una excusa. Realmente tiene ganas de estar en la grabación del programa, pero ni de lejos le causa la emoción de ese plan prohibido, inusual y excitante. Pero hay otra cosa, un sentimiento rebelde que ha tomado el mando. Rebeldía contra la bronca que ha recibido, contra la prohibición de dar un paso sin permiso de alguien, contra la imposibilidad de tomar sus propias decisiones. Porque la obediencia solo la conducirá de vuelta al pueblo, a una vida de silencio y hedor con Roque Escartín, y ella quiere otra vida y va a jugar sus cartas para conseguirla.

El impulso de rebeldía ha languidecido en cuanto ha traspasado la puerta de la cafetería, tanto por el temor a ser descubierta como por los nervios de estar a solas con Carlos. Él también está cohibido. Siempre que se acerca a una mujer siente un escalofrío en el espinazo, un temblor leve en las manos, un no saber qué decir y unas ganas de escapar que supera gracias a un control férreo de sus impulsos. Berta le produce aún más miedo que cualquier otra, le desconciertan esa coquetería innata, esa espontaneidad imprudente, tozuda, genuina, y esa mirada hambrienta, que a veces parece un poco alocada, pero que es lo más vivo que ha visto en su vida. No quiere que vuelva al pueblo y tampoco sabe qué puede ni qué quiere hacer para que eso no ocurra.

—¡Qué casualidad, señorita Berta, encontrarla aquí! —exclama en voz alta guiñándole el ojo—. ¿Sería tan amable de compartir mesa conmigo?

—Por supuesto. —Berta mira a lado y lado y reconoce en la barra al recepcionista de la radio apurando un coñac, pero sigue a Carlos hasta una mesa al final del establecimiento.

—No te vas a arrepentir, los churros de aquí están riquísimos —asegura Carlos después de que el camarero tome nota del pedido.

Se produce un silencio incómodo. Los dos sonríen, los dos piensan que ha sido una mala idea, que las expectativas eran más fluidas que la torpe realidad. Carlos sabe cómo empujarlas.

—No hagas caso de lo que te diga Úrsula. Es una gran profesional, pero a veces es un poco dura... Tus entrevistas están teniendo muy buena acogida y es admirable que siendo la primera vez que te pones ante un micrófono lo hagas tan bien. Quédate con eso.

Berta se atusa el pelo y entorna los párpados.

—Gracias. Es que, pese a la bronca, esto es lo más increíble que me ha pasado en la vida. —El camarero les sirve los churros con chocolate y ella sujeta el tazón para aspirar el aroma con un gesto sensual—. Vuélveme a contar, por favor, lo que te ha dicho la doctora Francis. ¡No me creo que ella sepa quién soy!

La voz de Carlos vuelve a ser la de un locutor, impostada, profesional, grave y envolvente, masticando sin prisa las sílabas:

—Por supuesto que sabe quién eres. Ella escucha todas las intervenciones de la radio y me dijo lo que te comenté, que eres una chica muy sensata, que ojalá todas las jóvenes fueran como tú.

Ella suelta una risita de niña traviesa.

—¿De verdad? Ya sé que me repito, pero ¡es que me parece tan increíble! Cuéntame más cosas de ella. ¿Cómo es? ¿Cómo se viste? ¿Cómo se peina?

Carlos carraspea y traga saliva.

—Mi relación es básicamente telefónica, pero tenemos mucha confianza y nuestras conversaciones sobre los guiones del consultorio son muy largas.

—Eso es algo que no acabo de entender. Yo pensaba que ella respondía las cartas y se leían tal cual. No imaginaba que detrás hubiera un guionista.

Esa es otra de las cosas que le gustan de ella. Esa pregunta, soltada así, a bocajarro, no se atrevería a formularla otra mujer. Tiene un punto casi insolente al cuestionar su trabajo del que ni siquiera es consciente. O si lo es, no le importa porque le puede la curiosidad. Y ha vuelto a poner esa mirada un poco loca y un mucho viva, entreabriendo la boca.

—Claro que es ella la que contesta a las cartas. Pero ten en cuenta que muchas de las consultas que nos llegan se tienen que volver a redactar. Algunas mujeres no saben escribir bien y para que la audiencia comprenda sus dudas tenemos que arreglar la redacción, respetando el contenido, por supuesto, pero dándole una forma más radiofónica. —Su voz adquiere un tono didáctico, de profesor paciente con su alumna consentida—. En cuanto a la doctora, es ella la que responde, brillantemente, porque además de dar muy buenos consejos escribe francamente bien. Pero en ocasiones tenemos que ajustar alguna cosilla para que el consultorio dure exactamente el tiempo del programa. Son cosas de la radio...

—¿Y ella se pasa alguna vez por la emisora? Me gustaría tanto conocerla y pedirle consejo...

—De vez en cuando se pasa, pero es una mujer muy atareada, ya te digo que básicamente tenemos contacto telefónico con ella.

La admiración con la que Berta mira a Carlos inyecta seguridad al hombre, pero sabe que ahora tiene que avanzar hacia un terreno más íntimo.

—Pero ¿qué consejo podría necesitar una joven guapa, sensata y brillante como tú?

Berta sonríe tímidamente sin atreverse a contestar. Carlos ha encontrado la entrada a la madriguera por la que quiere colarse.

—Permíteme la indiscreción, pero ¿te preocupa algún pretendiente que te está esperando en tu pueblo?

Berta desvía la mirada porque Carlos tiene los ojos clavados en los suyos y es demasiado intenso.

—No, no es eso, es otra cosa —musita.

—Ya me extrañaba a mí, porque ningún hombre en su sano juicio dejaría escapar a una joven como tú.

Ya está. Carlos ha conseguido decir lo que piensa sin mojarse demasiado.

—No, no tengo ningún pretendiente. —Carlos sonríe porque el halago ha llegado justo a donde él pretendía—. Es muy amable por tu parte, pero soy una chica muy normal.

Él resopla.

—¡Qué va, Berta! Permíteme que te diga, ahora que sé que no estás comprometida y con el mayor respeto, que para mí no eres para nada una chica normal, eres excepcional. —Duda un instante y se lanza—: Igual te parece una tontería porque acabamos de conocernos, pero me gustaría que no tuvieras que volver a tu pueblo y pudiéramos conocernos mejor.

La andanada la paraliza y se queda sin palabras, concentrada en su rostro, que ahora no es solo atractivo, sino luminoso, absorta en sus movimientos: en cómo coge el tazón de chocolate para darle un sorbo, solo uno y muy breve, mientras sus ojos sobresalen achinados; en cómo lo deja muy despacito sobre la mesa y se limpia la boca con la servilleta, dando ligeros golpecitos, y quiere que esa cadencia exótica sea familiar, sea suya, forme parte de ella, la envuelva, segura de que por mucho que se repita no perderá su brillo. Pero sigue petrificada, con el pecho agitado y las piernas rígidas, aguantando no sabe qué para que no se escape a no sabe dónde.

—Gracias —susurra—. Yo también quiero quedarme —baja la voz hasta convertirla en un murmullo apenas audible—. Y conocerte mejor.

Carlos sonríe con los ojos, que son ahora de niño soñador.

—¿Qué podríamos hacer para conseguir que te quedaras?

Ella se encoge de hombros, se acaricia el pelo, mira por la ventana mordisqueándose el labio hasta que le clava la mirada ladeando la cabeza.

—Necesitaría un trabajo. Jacqueline me ha ofrecido hacer de modelo para un anuncio, pero es para después del Congreso Eucarístico y yo ya me habré ido. Tenía la esperanza de que mi familia se quedara unos días más para que pudiera hacerlo y ver si de ahí podían salir otros encargos. —Es la primera vez que ordena sus pensamientos en voz alta—. Y también he pensado en la radio: me encantaría poder trabajar aquí. Pero... Úrsula me ha hecho ver que todo eso son quimeras. Esa es la palabra que utilizó Jacqueline el otro día y tiene razón. Supongo que tengo que hacerme a la idea de que por mucho que lo desee, me tendré que ir —concluye Berta con la intención de provocar al joven para que reaccione.

—Eso no tiene por qué ser así. En la radio siempre salen trabajos y a ti ya te conocen y te valoran. No sería difícil que consiguieras uno. Yo te ayudaría. Y eso es mucho mejor que el trabajo de modelo, que no es tan adecuado para ti.

—Pero aunque consiguiera un trabajo, tampoco tendría dónde vivir. Estoy segura de que mi tía Úrsula no consentiría que me quedara en su casa, con todo lo que me ha dicho hoy...

—Es que no puedes irte —exclama el joven.

Ella lo mira fijamente, entornando los ojos, y él siente que le ha lanzado un mensaje. Y así es. Acaricia su rostro por unos segundos y a ella le recorre un escalofrío. Él le sujeta la barbilla y la besa. Los dos se separan de inmediato, como si les hubiera dado un calambre eléctrico.

—Lo siento, ha sido un impulso —se disculpa.

Y entonces es ella la que se acerca decidida y le da otro beso, aún más corto, aún más sorprendente. Después, sin mirarle, se levanta nerviosa.

—Es muy tarde, Gabriela debe de estar a punto de acabar el programa y tenemos que volver —suspira—. Esto es una locura —murmura encaminándose hacia la puerta.

Él la sigue, le coge el brazo para retenerla y, cuando lo consigue, pone sus manos en las mejillas de la chica.

—No, no es una locura. Por favor, Berta, prométeme que intentarás que nos veamos a solas.

—Es difícil, pero lo intentaré.

Berta se jura que lo conseguirá, que le importan poco las broncas de Úrsula, los pucheros de Ramona y los lamentos de Eleonora. Tardará dos días en lograrlo, dos días decisivos en su vida.

18

Noche del lunes 26 de mayo de 1952

Juana llega tarde del trabajo y ya sabe cuál es su penitencia. Pero Enrique la libra de la condena llamándola para compartir el pequeño jergón con ella y que así no tenga que dormir de pie.

—¿Cómo ha ido hoy? —le pregunta muy bajito su marido, que se ha pegado a su espalda para que quepan mejor.

—Mal, Enrique, mal. Ese trabajo es... es hacer algo que no está bien.

El hombre le acaricia la cabeza, ese cabello cada vez más cano y menos abundante, pero que a él sigue pareciéndole bello.

—Me gustaría decirte que lo dejaras —le susurra con tristeza—. Pero en la obra ya me han avisado de que para el siguiente trabajo van a contratar solo a los más jóvenes. Piensa que lo que tienes ahora es un trabajo digno, en una oficina.

—Mira, más digno es el de mi sobrina; la Elvira hace la calle pero no engaña a nadie —espeta Juana.

—¡A dormir! —ordena uno de los hijos de García.

—Mañana hablamos —sisea Enrique sin dejar de

acariciar con devoción el cabello deslucido de su esposa.

~

Berta está convencida de que Gabriela sabe lo que ha pasado. Ese conserje chafardero debe de haberla visto besándose con Carlos y le habrá ido con el cuento. Seguro. Iba a contárselo a su prima, esperando que la comprendiera. Se equivocaba. A la vuelta de la cafetería se ha encontrado a una figura de cera que no le ha dirigido la palabra. Es que ni siquiera le ha preguntado cómo está después de la bronca de Úrsula. Ha subido paseo de Gracia tan rápido que a Berta, con los zapatos de tacón, le costaba seguirle el ritmo. Gabriela fingía que no se daba cuenta, imponiendo un silencio tan espeso, acompañado del ceño fruncido y los labios prietos, que Berta no se atrevía a soltar palabra. Cuando lo ha intentado, comentando lo bonitos que están los balcones con las banderas españolas, las guirnaldas con el símbolo de Víctor y los motivos religiosos, la única respuesta ha sido un *sí* tan distante como un adiós susurrado en un tren en marcha.

Esa es su forma de recriminarle su comportamiento, se convence. Y si tenía dudas, si aún albergaba alguna esperanza de poder sincerarse con ella cuando llegaran a casa, se ha esfumado. Solo estaba el servicio, porque Eleonora y Ramona han ido a casa de los vecinos y Úrsula y Joaquín cenan con unos amigos. ¿Han aprovechado, como sería lógico, para hablar? Pues no. Gabriela se ha dirigido a una pequeña salita con gesto compungido y le ha propuesto que pasara el rosario con ella. El mensaje que le lanzaba no podía estar más claro: que ya le convenía rezar después de haber pecado.

—El rosario, ¿ahora? Podríamos charlar un rato, ya que estamos solas.

—Es que estoy un poco nerviosa y es lo que más me calma —ha contestado la otra con un tono afectado que bien podía ser dramático o acusador.

—Ahora mismo no me veo con ánimos. —Y se ha ido a la habitación.

Se echa en la cama pensando en Carlos. Eres excepcional. Es que no te puedes ir. Prométeme que intentarás que podamos vernos a solas. Y el beso. Los dos besos. A ella misma le ha sorprendido su iniciativa. Besos mucho más recatados de los que se había dado con Roque, pero más excitantes, porque ahora ha descubierto qué supone que un hombre te guste de verdad.

Se levanta de la cama y camina por el dormitorio hasta que se le hace pequeño y se dirige hacia la salita en la que Gabriela pasa el rosario, sentada, balanceándose de detrás hacia delante mientras susurra una avemaría con esa cara de figura de cera que se le ha quedado. Quiere que acabe. Quiere hablar con ella. Quiere aclarar las cosas. Quiere que siga siendo su amiga, porque aunque haga tan poco que la conoce, es su amiga. Tal vez la mejor amiga que haya tenido nunca.

~

Dios te salve, María, llena eres de gracia, el Señor es contigo, bendita tú eres entre todas las mujeres y bendito es el fruto de tu vientre, Jesús... Gabriela no ha mentido: el rosario es lo único que la calma desde hace años. Su madre elogia lo piadosa que es, pero ella sabe que no es así, que las letanías no ahuyentan a los demonios, pero sí los pensamientos. Esta vez no funciona. De hecho, lleva ya dos días sin encontrar ese vacío mental tan plácido que alcanza gracias a la oración.

Santa María, madre de Dios, ruega por nosotros, pecadores, ahora y en la hora de nuestra muerte... Y la calma no llega porque los pensamientos no callan. Se sobreponen impertinentes al rezo, como un niño que interrumpe una conversación de adultos. Son pensamientos fragmentados, inconexos, fugaces, y sin embargo el malestar que provocan parece eterno. El infierno debe de estar hecho de esos días de músculos agarrotados, de mente acelerada incapaz de fijarse en lo que ocurre fuera de ella. Por la tarde ha temido que su cuerpo explotara. Y también lo ha deseado, porque hace mucho que siente que su cuerpo no es suyo, pero desde que sabe que está embarazada detesta cada centímetro de esa piel extraña que la recubre. Por la mañana ha vomitado por las náuseas y después se ha lavado los dientes. Al mirarse al espejo le ha parecido que tenía las manos de otra persona. No eran las suyas, no las reconocía. Ha salido corriendo del baño.

Dios te salve, María, llena eres de gracia, el Señor es contigo, bendita tú eres entre todas las mujeres y bendito es el fruto de tu vientre, Jesús... Tal vez si pudiera compartir con Berta lo que le ocurre. Pero no, es demasiado vergonzoso, y además, no hay nada que hacer. Pero sí que es cierto que la comprensión que se ha creado entre ellas estos días tal vez no sea el remedio, pero sí un bálsamo que nunca había probado.

Santa María, madre de Dios, ruega por nosotros, pecadores, ahora y en la hora de nuestra muerte... Lo que quiere hacer Hans tal vez sea la penitencia que se merece, pero le da miedo y no quiere aceptarla. Y finalmente, ¿qué importa lo que quiera ella? Santa María, madre de Dios...

~

¿Qué pretende Gabriela?, se pregunta Berta sin dejar de observarla. ¿Demostrarle lo santurrona que es rezando con ese vaivén poseído? ¿Qué se cree, que es santa Teresa de Jesús y que en cualquier momento empezará a levitar? ¿Cuánto le faltará para que acabe ya de pasar el maldito rosario?

~

Dios te salve, María, llena eres de gracia, el Señor es contigo, bendita tú eres entre todas las mujeres y bendito es el fruto de tu vientre, Jesús... Los pellizcos no sirven para calmarla. Ayer cogió la navaja de su padre, tocó el filo haciéndose un ligero corte en el dedo, que sangró mucho y no dolió nada. Sintió un alivio al ver la sangre brotar y quiso más. Se hizo un corte ligero en el muslo, al lado de los pellizcos, y el bienestar fue inmediato. Repitió tres veces más, pero la recompensa fue más tibia. Le entraron ganas de acuchillarse la pierna para volver a sentir aquella paz gloriosa del primer corte, pero su madre aporreó la puerta del baño y rápidamente guardó la navaja y se secó la sangre.

Santa María, madre de Dios, ruega por nosotros, pecadores, ahora y en la hora de nuestra muerte... Recuerda las palabras de Hans, su plan, y se golpea el vientre con la cruz del rosario, se clava la punta con fuerza, se muerde el labio hasta notar el sabor a hierro de la sangre.

~

Una mano la sujeta con fuerza y al abrir los ojos ve a Berta.

—¿Qué haces, Gabriela, por Dios? Te vas a hacer daño. —Separa la cruz de su vientre.

—No sé, no sé qué ha pasado —responde mintiendo a medias, porque los hechos se le escurren por la frontera entre lo que piensa y lo que hace.

Se pone a llorar y se abraza a su prima. Hay algo catártico en el tacto de la otra, en esa complicidad muda.

—¿Estás mejor, Gabriela? —pregunta preocupada.

—Sí, es que son muchas cosas... —Los puntos suspensivos se le atragantan y no puede liberarse de ellos para continuar la frase.

—Te has enterado, ¿verdad? —pregunta Berta.

Gabriela recupera la compostura, se seca las lágrimas con el dedo índice, se alisa la falda y la mira extrañada.

—¿De qué me tendría que haber enterado?

En ese momento la puerta de casa se abre y distinguen a lo lejos las voces de Ramona y Eleonora.

—Es igual, luego te lo cuento. Necesito saber una cosa: ¿vas a mantener tu promesa de acompañarme a conocer a mi madre?

Los pasos avanzan por el pasillo.

—Claro —responde aturdida Gabriela.

—Tendríamos que hacerlo mañana, cuando empiece el Congreso Eucarístico, aprovechando la llegada del cardenal Tedeschini.

Gabriela asiente.

—¿Qué tal, chicas? ¿Cómo ha ido el día? —pregunta Eleonora sonriente.

~

Ernesto sorprende a Jacqueline esnifando una raya de cocaína en el laboratorio fotográfico de su casa. Ese es su espacio privado y él apenas lo traspasa, pero es tarde y quería darle las buenas noches antes de retirarse a su dormitorio.

—¡Otra vez, Jackie! —recrimina.

Ella se ha levantado avergonzada y le ha acariciado la nuca:

—No me riñas. Es que estoy muerta de sueño y aún tengo que acabar de revelar las fotos de la boda de los Gispert de Cominges. No voy a poderlo hacer durante el Congreso Eucarístico, con la de trabajo que se me viene encima.

Pone un mohín de niña buena. Hay dos mujeres en Jacqueline: la del cuerpo, atlético, decidido, más funcional que bello, y la de la cara, redonda, achatada, más afable que hermosa. Dos mujeres que no suman, sino que se superponen sin saber nunca con cuál estás hablando.

—Mañana lo dejo, prometido. Si ya sé que no me conviene...

—Haz lo que quieras. Es que no entiendo que con lo rica que eres tengas que trabajar hasta tan tarde.

—Es que me gusta lo que hago. Tampoco sabría qué hacer si no. No puedo estar quieta, ya lo sabes —suspira—. Ven, mira la expresión de los novios.

Ernesto se inclina sobre el cuentahílos para ver el negativo de una pareja, él muy bobo, ella muy joven. Jacqueline se tapa un agujero de la nariz y aspira fuerte para acabar de esnifar la raya.

—Las fotos de boda siempre tienen un aire de expectativa, algo que está por estrenar. No me interesa retratar el romanticismo ni todas esas tonterías del amor eterno, sino esa ingenuidad que les va a durar tan poco. Yo creo que la gente pone las fotos de su boda en casa porque si no, no recordarían por qué se casaron ni qué hacen aguantando a la otra persona. Hay algo monstruoso. Es como exponer un cadáver, una imagen que nunca volverás a ser...

Cuando toma cocaína Jacqueline habla mucho, pero dice cosas interesantes. Con droga o sin ella, siempre observa la vida desde un ángulo insólito, y esa es una de las cosas que Ernesto más admira de ella.

—No sé qué decirte, yo he ido a pocas bodas —responde sombrío.

~

Ernesto Vila se perdió la boda de su madre con el teniente Jiménez. Debía celebrarse el 26 de julio de 1936, y a principios de ese mes Cayetana viajaría a Zaragoza para conocer a la familia de su futuro esposo acompañada de su hijo. Pero aquel verano él empezó a hacer prácticas en el Hospital General de Cataluña con el equipo del prestigioso doctor Josep Trueta, que había sido profesor suyo y amigo de su padre. Era una oportunidad única, pues el médico era una auténtica eminencia en cirugía traumatológica, por lo que Ernesto le comentó a su madre que no podría acompañarla.

—Entonces no puedo ir. No estaría bien visto que me alojara en su casa sola sin estar todavía casados —respondió ella sin mucho pesar.

Es probable que el decoro la llevara a tomar aquella decisión o que simplemente quisiera poner a prueba la paciencia del teniente Jiménez. Fuera por la razón que fuera, aquello dio lugar a una sucesión de tempestuosas peleas entre ambos con apasionadas reconciliaciones. Y finalmente el militar, que había pedido permiso para visitar a su familia, se fue a Zaragoza dejando en suspenso la boda. A partir de ese momento siguieron peleando y reconciliándose por teléfono. Cuando su hijo regresaba del hospital, tanto podía encontrarla ovillada en el diván, llorando, como dando saltitos eufórica y contando los días que faltaban para la boda.

Los vaivenes sentimentales de Cayetana edificaron una realidad tupida donde no quedaba lugar para la auténtica tragedia, la de la agitación social que preocupaba al resto de la población. Ernesto sí que era consciente de que la situación podía estallar en cualquier momento, pero el trabajo en el hospital y los desmanes de su madre no le dejaban tiempo para angustiarse.

Y entonces sucedió: el 18 de julio de 1936 tuvo lugar el alzamiento militar, que fue sofocado en los tres días siguientes dejando un reguero de heridos. Ernesto estaba aterrado, no por lo que pudiera sucederle, sino porque el hospital se llenó de cuerpos seccionados, de vísceras sanguinolentas que se suponía que tenía que recomponer. Estuvo a punto de salir corriendo. De admitir que no tenía vocación y que por mucho que fantasease nunca la tendría. Y entonces ocurrió el milagro.

Se encontraba en un quirófano improvisado, frente a un hombre de unos veinticinco años, con unos zapatos rotos, empapados en sangre, que una enfermera le estaba quitando.

—Si no le corta la pierna, morirá de gangrena —le dijo la joven.

Se llamaba Valentina, había coincidido con ella en varias ocasiones y la recordaba, entre otras razones, porque era de las pocas que no era monja. Los milicianos habían impuesto que las religiosas no llevaran hábitos, pero eran fácilmente reconocibles como hermanas aun con sus nuevas ropas, igual de austeras que las anteriores. Constituían el grueso del cuerpo de enfermería. Después estaban las enfermeras laicas, siempre más jóvenes y en un número muy inferior, que acababan de salir de la facultad y que se enfrentaban con menos experiencia a los pacientes. Valentina era la excepción: se atrevía a aconsejar a los médicos inexpertos.

Ernesto la miró atemorizado. Nunca había llevado a cabo una amputación. De hecho, no había realizado ninguna intervención quirúrgica y solo había asistido a otros cirujanos. La posibilidad de que la vida de aquel hombre estuviera en sus manos le desbordó. Buscó la puerta. Podía huir. Alguien acabaría por atender a aquel hombre y así salvaría su vida.

—Vila, deja de mirar a ese hombre como un pasmarote y coge la sierra —le gritó el doctor Fernández, que le llevaba unos tres años—. Piensa que estás cortando un filete.

—¡Nooo! —El grito enérgico del doctor Trueta, que acababa de entrar en la sala, se sobrepuso a los alaridos de fondo—. El futuro de este hombre dependerá de lo que hagamos hoy aquí.

Ernesto miró desconcertado a su mentor, un hombre de estatura media, cabello claro, ojos azules y sonrisa afable que rondaba los cuarenta.

—Es el momento de aplicar la técnica que te he enseñado —le dijo con calma, deteniendo el tiempo y la urgencia, conteniendo el caos en el detalle.

El doctor Josep Trueta instruía a sus alumnos en una técnica que sus colegas consideraban peligrosa: evitar a toda costa las amputaciones. La alternativa, a la que muchos ya llamaban el método Trueta, consistía en lavar a conciencia la herida, limpiarla recortando la zona gangrenada, incluyendo músculos y tendones si no quedaba otro remedio, para dejarla abierta y drenarla introduciendo una gasa e inmovilizarla luego con un vendaje.

—Puedes hacerlo, Ernesto —le susurró el médico—. Yo estoy a tu lado. —Se giró hacia la enfermera—. Valentina, prepara gasas, que nos ayudarás con el drenaje.

Todo se fundió a negro para Ernesto: gritos, olores, ruidos, y únicamente quedaron iluminadas sus manos, la herida y la voz del doctor Trueta. Aquella herida de bala ya no era solo un pedazo de carne. Ernesto pensó en las caminatas que daría por el parque algún día con sus nietos, en todas las escaleras que subiría a lo largo de su vida, en los calcetines y en los zapatos que llevaría hasta el día de su muerte. Esa visión, en vez de paralizarle, le impulsó. Y justo cuando acabó la intervención, sintió que aquello era lo que más deseaba hacer en el mundo. La vocación había llegado tras el desastre, como siempre en su vida. La sensación era tan poderosa que sintió un calor reconfortante en el pecho y sus propios pies más enraizados en el suelo, indicándole que aquel era su lugar.

—Lo habéis hecho muy bien —felicitó el doctor Trueta a Ernesto y Valentina.

—Es que ha cambiado algo... Tus palabras me hicieron ver las cosas de otro modo —comentó confundido el joven médico.

Trueta sonrió. Llevaba más de un día y medio trabajando y el cansancio había hecho mella en su expresión, pero no en sus modales. Recordaba el nombre de todos los que trabajaban con él y de buena parte de los pacientes. Respiró hondo mientras se secaba el sudor con un elegante pañuelo de lino.

—Esa es la clave de todo, Ernesto, dejar de ver cuerpos despojados de humanidad; ver vidas... y también ver muertes y aceptarlas. Pero no es el momento de filosofar. Tenemos trabajo. Me gustaría que, de ahora en adelante, vosotros dos os encargarais de hacer este tipo de tratamiento a cuantos heridos podáis. Si alguien os pide llevar a cabo una amputación, os negáis y le decís que seguís mis órdenes.

Valentina y Ernesto las siguieron durante un día más, en el que llegaron a desarrollar una complicidad profesional que les permitía entenderse con una mirada. De hecho, apenas hablaron.

Cuando tres días después Ernesto volvió a casa, la puerta estaba abierta. Era de noche y tuvo que encender la luz para descubrir que habían desvalijado la mansión. Se habían llevado candelabros, la cubertería de plata y alguna estatuilla. Todo lo demás estaba desordenado, como si buscaran algo de valor que no habían encontrado, pero apenas había nada roto. Sabía que muchos milicianos habían entrado en casas de enemigos personales o políticos para llevárselos o simplemente para robar. El miedo borró el cansancio.

—Mamá —gritó varias veces sin obtener respuesta mientras subía de tres en tres los escalones.

La habitación de Cayetana estaba revuelta y observó que faltaban tres maletas que guardaba en lo alto del armario. Corrió a la suya y en el caos encontró un sobre rosa en el suelo en el que ponía «Para mi hijo». Lo abrió rápidamente.

> Ernesto, me voy a Zaragoza. Lucas se ha puesto insoportable con esto del alzamiento y con que es mejor que esté con él, en fin, ya sabes cómo es. Me llevo a Merceditas conmigo y al resto del servicio le he dado permiso para que vuelva a sus casas, que estaban todos muy nerviosos con esto de los militares. Me llevo las joyas y el dinero, porque la casa se va a quedar sola y no me fío de lo que pueda pasar. Reúnete con nosotros en cuanto vuelvas del hospital. Discúlpame por no haberte esperado; es que de verdad me voy a volver loca si tengo otra discusión con Lucas.
>
> Besos. Mamá.

La primera reacción de Ernesto fue reír. El mundo podría explotar y su madre seguiría pendiente únicamente de su romance. Pero después se preocupó: ¿habría llegado bien? ¿Cómo lo habría hecho cargada con tres maletas y objetos de valor y acompañada solo de una criada para cruzar la ciudad en llamas y llegar hasta Zaragoza?

Bajó hasta la entrada y echó el cerrojo para darse cuenta de que de poco serviría, porque habían roto la cristalera que rodeaba la puerta para abrirla. Estaba sudando y se tocó la frente, que le hervía. Subió las escaleras zigzagueando como un borracho hacia su habitación. Se sentó. Todo daba vueltas. Al rato oyó el timbre del teléfono. No sabía cuánto tiempo había pasado durmiendo, pero debían de ser horas, porque la luz del día se filtraba por las cortinas. Corrió hacia la habitación de su madre para descolgar el supletorio.

—Hijo, ¿cómo estás?

—Estoy bien, mamá, pero ¿cómo estás tú?

—¡Ay, otra vez de morros con Lucas! Ahora le ha dado con que nos casemos a toda prisa aquí mismo y yo quiero una boda en Barcelona. ¿No te parece que sería más elegante?

—¡Mamá! —exclamó—. No me refiero a eso, sino a cómo has llegado.

—Bien, nos llevó un vecino hasta cerca de Lérida y allí me encontré a unos jóvenes muy simpáticos que nos subieron a un camión. Creo que eran brigadistas, pero del otro bando, de los que quieren acabar con toda esta locura de la República... Y cuando les dije que me iba a casar con un militar, me trataron como a una reina. Fue entretenido...

Ernesto ladeó varias veces la cabeza.

—¿Tú crees que debería casarme aquí? Dicen que esta revuelta va para largo, pero es que yo no me veo mucho tiempo en casa de Lucas —bajó la voz—. Mi futura suegra es un poco brusca, ahora entiendo a quién ha salido él. Y aquí no hablan de nada interesante, solo de la guerra, la guerra, la guerra... Son un poco exagerados.

—No, mamá, no son exagerados: hay una guerra.

—Ay, hijo, ¿tú también tan pesimista? Bueno, lo importante, pase lo que pase, es que te vengas aquí, que los militares lo tienen todo controlado y hay mucho orden. Algún trabajo encontrarás, que médicos siempre faltan y tenemos dinero para ir tirando.

—Mamá, no voy a ir. Me necesitan en el hospital, es el lugar en el que tengo que estar. Y yo soy republicano.

La llamada se cortó y nunca supo si su madre le había oído. A partir de ese día, las comunicaciones cayeron y no pudieron volver a hablar.

Empezó a ordenar la casa. Por primera vez en su vida estaba solo. Por primera vez sabía lo que quería.

~

Valentina no estaba sola y no tenía tan claro qué quería. Remaba sin rumbo guiándose por la intuición, porque si se paraba, se hundía. Cargaba en su barca a su hermano Carlos, de doce años, y a su tía abuela, Segismunda, de sesenta y dos. La soledad era un lujo fuera de su alcance.

Si todo hubiera salido bien, no habría sido enfermera. Su padre era un boticario que aspiraba a que sus contactos le granjearan un buen matrimonio para la hija y sus ganancias una carrera para el hijo. Los planes se truncaron cuando su cuerpo fue arrollado por un tranvía. Durante las semanas en las que estuvo ingresado, precisamente en el hospital en el que ella trabajaba ahora, las monjas enfermeras entretenían a la pequeña encargándole pequeñas tareas que la mantenían ocupada. Tras la muerte de su padre, Camila, la madre, tuvo que traspasar la botica y mudarse con sus hijos a casa de la tía Segismunda, que vivía en el Borne, en una vivienda estrecha y húmeda no muy lejos del mar que nada tenía que ver con el piso del Ensanche que ya no se podía costear.

—¡No sé qué va a ser de nosotros! —exclamaba a menudo Camila.

Pocas alternativas había. El camino de descenso en el escalafón social fue rápido, sin obstáculos y sin vuelta atrás. Para contrarrestar aquellos lamentos sin rumbo de la madre, Valentina se puso a estudiar Enfermería. Las monjas que había conocido en el hospital mientras su padre agonizaba, en especial una, sor Visitación, la ayudaron a conseguir una beca. Camila no pudo asistir al acto de su graduación porque para entonces la tos y el ahogo apenas le permitían levantarse de la cama. Murió de tisis a los dos meses, justo una semana después de que Valentina empezara a trabajar en el Hospital General de Cataluña.

—¡He pasado mucho miedo! —le dijo Carlos, su hermano, aferrándose a ella cuando volvió a casa aquel 21 de julio de 1936.

Ella le acarició la cabeza.

—No voy a dejar que nada malo te ocurra, Charles.

Valentina tenía la costumbre de traducir al inglés los nombres de las personas a las que más quería. El doctor Ernesto Vila pasó a ser Ernest, con acento en la primera e, un año después.

Segunda parte

I

Mañana del martes 27 de mayo de 1952

Barcelona se despierta temprano y por sus calles engalanadas desfilan curas, monjas, congresistas y también ciudadanos que ya no hablan de otra cosa que del congreso, de la llegada del nuncio papal, el cardenal Federico Tedeschini, ese hombre alto como una torre, enérgico y sonriente que se dirige en tren a la ciudad y que transformará Barcelona. Nadie pierde tiempo hablando de miserias. La euforia se contagia tan rápidamente como el desánimo y, aunque dura menos, es más intensa. Los barceloneses se han acostumbrado al desánimo, llevan tanto tiempo conviviendo con él que han olvidado la luz que en otros tiempos tuvo su ciudad. Algunos, los más jóvenes, han aprendido a amarla así: oscura, temerosa, inclinada. Una ciudad que hoy renace sobre los restos de las chabolas arrasadas, sobre las putas desterradas, sobre los vagabundos encarcelados. Maquillada para encubrir el desánimo y la miseria de los que nadie quiere hablar. Porque hoy solo se habla de la llegada del nuncio papal.

~

Berta y Gabriela esperan el momento de poder hablar a solas, y no precisamente del cardenal Tedeschini. Hay algo que las preocupa más: planificar cómo llegarán a conocer a la mujer que podría ser la madre de Berta. Hasta hace un par de días, aquella posibilidad era una finalidad en sí, una forma de reconstruir el relato borrado de la identidad de la chica. Algo que Berta quería consultarle a la doctora Elena Francis porque no sabe cómo abordar a su supuesta madre. Y sin embargo, ahora, aquello que parecía imprescindible se ha convertido en un simple medio no ya para saber quién es, sino para ser quien quiere ser. Porque si esa mujer fuera su madre, podría vivir con ella en Barcelona, trabajar en la radio, ser modelo, decidir sobre su vida.

—Va a ser difícil, Berta. Estaremos con nuestros padres, Ramona y los vecinos. ¿Qué vamos a inventarnos para separarnos del grupo? —pregunta Gabriela, desbordada porque, por mucho que desee concentrarse en los problemas de su amiga, su mente la ancla a los suyos.

Ambas se han acomodado en la mesa sin encender las luces, con los rayos de luz de la madrugada filtrándose con aires de clandestinidad. Berta, como si fuera una estratega, despliega el plano de la ciudad al lado de la guía del congresista, que contiene los datos más destacados del evento.

—Lo tengo todo pensado —asegura—. Esta tarde, cuando estemos con todos en plaza Cataluña esperando la llegada de monseñor Federico Tedeschini, nosotras diremos que queremos verle más de cerca para recibir su bendición y bajaremos por las Ramblas hasta el Liceo, torceremos por la calle Hospital —la señala en el mapa— y llegaremos a la plaza de San Agustín, que es donde está la casa de la mujer que creo que es mi madre.

Gabriela chasquea la lengua.

—Es una locura —espeta—. Suponiendo que lo consiguiéramos, será dificilísimo abrirnos paso entre la riada de gente para llegar a la casa. Y si lo logramos, ¿qué garantías tenemos de que no haya salido a celebrar la llegada de Tedeschini?

—También podría ser que, viviendo tan cerca, esperara al último momento —insiste Berta sin conseguir la reacción esperada. Así que repliega el plano de la ciudad y suspira—. Tienes razón, es una locura. Tendremos que dejarlo para otro momento. O ya lo haré yo sola.

—No. Lo intentaremos juntas. Al fin y al cabo es el Congreso Eucarístico: tal vez se produzca un milagro.

La frase no es improvisada, porque antes de que su vida derrapara con el inesperado embarazo, Gabriela esperaba que el congreso le trajera un milagro con tantas ganas que estaba dispuesta a inventarlo. Mientras su madre y ella comentaban con entusiasmo las informaciones que aparecían, bueno, más bien mientras Úrsula las enumeraba, Gabriela tramaba cuándo y cómo se produciría el milagro que anunciaría en algún momento del congreso.

—El legado papal será el cardenal Tedeschini. ¡Y tenemos que ir todos a recibirle! ¡Es nuestro deber, ya lo dicen los diarios! ¿No te parece increíble? —le preguntó su madre al saber la noticia.

Gabriela sonrió y para adentro pensó si sería ese el mejor día para que ocurriera el milagro que estaba orquestando. Conforme pasaban los días, su madre parecía un vendedor de periódicos voceando titulares futuros: «Al día siguiente viene Franco. ¡En barco desde Valencia!», «¡Se llevará a cabo la mayor ordenación de curas que se ha hecho jamás!», «¡La comunión llegará a los enfermos de todos los hospitales de la ciudad!».

Gabriela le ponía imágenes a lo que iba a ocurrir. El lema del congreso, «La Eucaristía y la Paz», la transportaba a una mística comunión colectiva en la que el dolor se adueñaría de los congresistas para estallar en un arrepentimiento redentor. Y lo más importante: la indulgencia plenaria. Desde que supo que en el congreso se ofrecería la indulgencia plenaria, el perdón no solo de la culpa, como se logra mediante la confesión, sino de la pena que comportan los pecados tras la muerte, su pecho se ensanchó. Su cuerpo, que le había sido embargado, nunca le sería devuelto, pero su alma aún podía salvarse.

En ese momento se produciría su milagro: oiría la llamada de Dios, de la Virgen María y del Espíritu Santo, que le pedirían que lo dejara todo y se hiciera monja. Y si no la oía, se la inventaría. Huiría de todo y de todos y, en especial, de Hans. Pero aquella puerta se había cerrado abruptamente con el embarazo. Su cuerpo seguía siendo de Hans y de una prolongación de él que crecía en su interior.

—Pues confiaremos en el milagro de encontrar a mi madre —dice Berta sonriente.

~

Carmen detesta los madrugones y las despedidas y se tiene que enfrentar a ambos a la vez. Su hermano se ha despertado a las siete y recoge sus pertenencias con parsimonia atrasando el momento de irse. Lanza los últimos objetos con rabia a la maleta y la cierra de un golpe seco.

—Me voy —le susurra a Carmen, que está acostada en el sofá.

Sonríe y ese gesto molesta a su hermano.

—¿Qué es lo que te hace tanta gracia?

—Tú. Estás cambiado.

Hay algo muy sutil en su expresión que se ha deshecho y ya no cabe en el molde, pero tampoco ha encontrado una nueva forma y es como una bruma que flota alrededor de su cara.

—¿Seguro que te quieres ir? —pregunta Carmen acariciándole la mano.

—Lo que yo quiera hacer es irrelevante —comenta él con un temblor en el labio superior—. Aquí lo que cuenta es lo que tengo que hacer.

Carmen sisea una risa.

—¡Qué manía tenéis todos con el deber!

—Sí, Carmen, es que aunque para ti sea inconcebible, hay gente que tiene obligaciones, familia, cosas que importan... Tú no lo puedes entender —espeta, clavándole los ojos con resentimiento.

—Claro que lo puedo entender, hermanito —responde entornando los ojos y soltando una nueva risita que le crispa—. Tú has estado seis días rodeado de fiesta, alcohol y —ríe de nuevo— pollas. Eres como un cachorro de león que se ha asomado a la jungla y ahora tiene que volver a su jaula en ese circo en el que vive.

El hombre sacude la cabeza de lado a lado.

—Por cierto, ¿cómo ha acabado tu... historia con Rafael?

Sebastián se encoge de hombros.

—Creo que me odia —responde sin mirarla—.

Nada ha salido como imaginaba —repite por enésima vez.

Carmen acaricia su mano.

—Nunca nada sale como uno se imagina, hermanito. A mí tampoco me están saliendo las cosas como me imaginaba.

Él se levanta y ella le acompaña a la puerta. Antes de abrirla la abraza.

—Gracias por todo. De verdad. Sé que durante años no...

—Para, para, para —interrumpe ella—. Estoy contenta de haberte visto de nuevo y de haber compartido este tiempecito contigo. Déjalo ahí, anda. —Le da un beso antes de ver como avanza con los hombros hundidos hacia su circo.

Después de cerrar la puerta, se dirige de nuevo hacia el sofá y le sale al paso Elvira.

—¿Se ha ido ya tu hermano? —le pregunta.

—Sí.

—¿Estás triste?

—¿Te lo parezco? —responde con ironía—. Tenéis mucha manía con eso de tener a las personas a mano, como si fueran objetos. No entiendo esa necesidad. —Aunque sí la entiende y le gustaría volver a tener muy a mano a Maximiliano e, incluso, le gustaría que las cosas hubieran salido como las había imaginado—. Además, volverá. Estos días le ha contado a su familia que estaba haciendo negocios en una fábrica de Terrassa. Y va a volver a utilizar esa excusa durante el congreso.

—¿Te lo ha dicho?

—No. Él no lo sabe. Pero ya te digo yo que este vuelve.

~

Hans Fuchs se caracteriza por una escasa determinación y una gran lentitud. Lo primero se debe a su falta de ideas, que ha suplido con una entrega entusiasta a las de los demás, con la que se ha forjado una reputación de hombre sereno, competente y leal que le ha beneficiado.

La lentitud es su otro defecto, que en este caso no ha sabido manejar con tanto tino. Tardó demasiado en afiliarse al nacionalsocialismo como para prosperar y también le dio demasiadas vueltas a la deserción como para recuperar una vida civil en su país. Tuvo suerte de rodearse de hombres más decididos a los que siguió como una comparsa discreta hasta el exilio. Una vez en España no tomó a tiempo las decisiones que le hubieran permitido hacerse con un trabajo bien remunerado, pero la buena fortuna le sonrió cuando se reencontró con Joaquín, falangista y miembro de la División Azul, con quien había compartido trinchera, frío y hambre en la ofensiva rusa. Este movió los hilos para encontrarle un piso en Vía Layetana esquina con la calle San Pedro, espacioso y sombrío, que conservaba en su declive la distinción apedazada de tiempos mejores, y un trabajo como intérprete de alemán en actos oficiales. Percibe un sueldo fijo que no es comparable al de sus camaradas más decididos que han medrado en el mundo empresarial, pero es bastante superior al de cualquier barcelonés. Hace años que nadie requiere sus servicios, pero la retribución se mantiene intacta.

Hans Fuchs se despierta hoy asombrado y animado por haber tomado una decisión, como un niño que ha aprendido a ir en bicicleta y siente que son sus piernas las que mueven el mundo.

A las ocho de la mañana se dirige a paso ligero a casa de su colega Carl Neugebauer, que es la máxima autoridad de los alemanes afincados en Barcelona. Un rubio altísimo siempre sonriente y tan eficaz como letal. Cualquier petición de un miembro de su comunidad es resuelta al instante. Pero cualquier falta grave es castigada con contundencia. Hace poco tuvieron un ejemplo de ello: se llamaba Otto Meyer e iba acompañado de quince puñaladas que atravesaron su cuerpo, según publicó *La Vanguardia* en un breve en el que se atribuía el crimen a un delincuente habitual. El testarudo Meyer había desoído una y otra vez las órdenes de sus compatriotas para que dejara de traficar en el mercado negro. Hans apenas lo conocía, pero cuando leyó la noticia no le quedaron dudas de que la mano de su amigo Neugebauer estaba detrás. Este había sido un caso extremo, porque por lo general Carl se encargaba de cuidar del bienestar de sus camaradas y hacer realidad sus peticiones.

—¿Estás seguro de que eso es lo que quieres hacer? —le pregunta Carl en el salón de su casa después de darle un sorbo al café.

—Completamente —contesta sonriente.

—Así que, si no te he entendido mal, tu intención sería viajar a Argentina con esa... joven española.

—Efectivamente —afirma enfatizando su cantarín acento austriaco.

—Y esa joven... ¿contará con la autorización de sus padres para viajar?

Hans se atusa el cabello, completamente blanco y sin apenas entradas.

—No lo creo. Ya sabes cómo son los españoles

—resopla—. Esas creencias católicas suyas, tan de raza inferior, no los dejan ver más allá. Por eso necesito vuestra ayuda. No sé bien cómo se puede solucionar, tal vez con una documentación falsa... Ella está completamente de acuerdo.

Carl se levanta suspirando y mira distraído por la ventana.

—La que están montando con su fe católica —dice señalando la calle. Se queda pensativo, pasea por la sala y se vuelve a sentar. La cucharilla de su interlocutor tintinea en un movimiento repetitivo contra la taza, dando vueltas como sus pensamientos.

—Te voy a ser sincero. Lo que me pides no tiene fácil solución. Esa joven española proviene de una buena familia que cuenta con contactos en el Gobierno de Franco. Y eso es un problema. Este es de los pocos países que nos ha acogido y debemos ser discretos.

Hans se remueve en el asiento.

—¡Es solo un documento de salida del país! Se lo habéis concedido a muchos, que están viviendo a cuerpo de rey por toda Sudamérica —contesta elevando el tono de voz.

—Cierto. Tú puedes viajar cuando quieras y te apoyaremos. Encontrarás un buen trabajo en dos días, eso te lo aseguro. Y la comunidad alemana te recibirá con los brazos abiertos. Pero el problema no eres tú, sino esa joven española. —Cada vez que lo dice, su labio superior se frunce molesto—. Por una parte, como te digo, no queremos que nada pueda enemistarnos con las autoridades de aquí. Y fugarte con una ciudadana española sin el permiso de sus padres nos plantea un escenario diplomático complicado. Y por otra, no te voy a engañar, algunos compatriotas no ven con buenos ojos tus amoríos con esa chica.

Ahora es Hans quien se levanta y da unos pasos enérgicos por la sala. Había confiado en que ocultar el embarazo de Gabriela sería suficiente para soslayar la acusación de *blutschande*, el delito de contaminar su sangre aria con la de una raza inferior, algo que tenía sentido cuando el Tercer Reich estaba en auge y soñaba con que su imperio duraría mil años, pero ahora mismo resulta ridículo. Sí, él es un nazi convencido de la superioridad de su raza y por eso mismo le parece absurdo que no pueda unirse a un ser impuro si así lo desea.

—Yo ya he cumplido y lo sabéis —argumenta—. Me casé con una mujer cuya pureza de sangre era incontestable y tuve dos hijos arios. Que ella hiciera lo que hizo después no es mi responsabilidad. La guerra ha acabado y ya va siendo hora de que flexibilicemos algunas costumbres. ¿No crees?

—¿Quieres un poco más de café? —interrumpe Carl agarrando la cafetera mientras Hans niega con la cabeza—. Insistiré en tu petición, a ver si prospera, pero ya te advierto de que es difícil.

Tras aquellas palabras, los dos tienen ganas de concluir la conversación. Se despiden minutos después con un *Heil Hitler* que a ambos los conmueve.

Las calles le parecen ahora tan deprimentes como su estado de ánimo. Cuando Gabriela le dijo que estaba embarazada temió que no fuera suyo, pues siempre toma precauciones, y la presionó para que le dijera la verdad. Sabía cómo hacerlo. No le quedó la más mínima duda y entonces fantaseó, incluso, con que podía ser un milagro. A ver si los católicos van a tener razón. Ahora Gabriela es más suya que nunca: nadie la querría embarazada de otro hombre. Ni siquiera su familia. El peligro de que se la arrebataran ha desaparecido. De ahí surgió la idea: los dos empezarían de cero en Argentina. Ella ha puesto muchas objeciones, pero da igual, al final hará lo que él le ordene. No tiene otra salida.

Lo que no esperaba es la reacción de Carl, pero se convence de que cambiará de parecer.

2

Tarde del martes 27 de mayo de 1952

Son las cinco de la tarde y no se distingue el suelo de las Ramblas, que ha sido reemplazado por un mosaico de pies y sillas.

El plan de Berta ha salido bastante bien; con una excepción, y la excepción se llama Ramona, que ha insistido tanto en acompañarlas que se ha salido con la suya. Las tres chicas avanzan en fila, cogidas de la mano mientras se disculpan y piden permiso para avanzar.

La aglomeración humana no es solo una suma de cuerpos, sino de estados de ánimo. Hay algo efervescente que emana de la multitud, que se mezcla con el olor a sudor y tortilla de patatas y que es solemne e íntimo a la vez, pero sobre todo es agudo, como una nota musical que se superpone a la gravedad de cada individuo.

—No me sueltes la mano, Ramona —le grita Berta a la niña mientras tira de ella y se adentra en la espesura humana.

Ramona sabe que su hermana no quería que las acompañara y está disgustada, no solo por eso, sino porque no se quita de la cabeza las palabras de Mario. Por la mañana no ha podido ir a jugar con él ni con su hermana porque llegaba su padre. Tenía ganas de verlo, pero solo llegar ha dicho que quería descansar, que no tenía la cabeza para nada. Y cuando ya parecía que la tenía para algo y se ha levantado de la cama, no se ha notado mucho la diferencia porque tampoco hablaba ni escuchaba demasiado. Pero antes de comer se ha sentado con ella en el sofá y la ha abrazado durante mucho tiempo sin mediar palabra. A primera hora de la tarde, Alicia y Mario han bajado a su piso para ir todos juntos hasta la plaza Cataluña, y por el camino han jugado a ver quién amenazaba de muerte a más niños. Ha ganado Mario, como siempre.

—Tendríamos que dejar el juego, que como nos pillen nuestros padres nos va a caer una buena —ha comentado Ramona.

—No seas cobardica —le ha espetado el chico—. Además, ahora que lo pienso, no has pasado la prueba, y si no lo haces hoy, dejarás de ser nuestra amiga.

—Hoy no puedo hacerlo, que ha venido mi padre —se ha excusado ella.

—¿Y qué más da eso? Tendrías que haberlo hecho el día de los fuegos de artificio... Eres una cobardica. Ya no quiero que vengas con nosotros. ¡Ojalá te hubieras quedado en tu pueblo roñoso!

Eso le ha dicho, sin venir a cuento, y le han entrado unas ganas enormes de pegarle, pero no podía porque estaban todos los adultos delante. Se ha apartado de los niños asesinos, se ha cogido de la mano de Berta y no ha permitido que la dejara allí con su familia. Se ha salido con la suya y ahora corre por las Ramblas tras su hermana y su prima.

Gabriela va en cabeza de la fila de las tres chicas, que serpentea entre el gentío.

—¿Quién es esa mujer que crees que es tu madre? —le ha preguntado por la mañana a Berta.

—Es la hermana de mi padre adoptivo. Antes de venir aquí, encontré un papel en casa en el que él había apuntado su nombre y su dirección. Le pregunté a Eleonora si ya que estábamos en Barcelona visitaríamos a nuestra tía. Se incomodó, porque nunca se habla de ella en casa. Padre alguna vez nos cuenta historias de cómo él y su hermana se escondían en el bosque cuando habían hecho alguna travesura y el abuelo los perseguía cinturón en mano. Pero cuando preguntamos dónde está la tía, nos responden que en Barcelona y cambian de tema. Una vez le pregunté a Eleonora si se escribían con ella y me respondió que no, que ella había hecho cosas que no estaban bien. Por mucho que insistí, solo repitió que no hay que remover el pasado. Yo creo que cuando mi padre biológico murió ella pensó que era mejor para mí que me criaran su hermano y su mujer.

No habría llegado a aquella conclusión sin la inspiración de la radio, y en concreto del serial «Amor de madre». No había despegado la oreja de la radio durante la emisión de aquella historia de una joven embarazada que enviudaba antes de dar a luz. Su marido, un valeroso soldado caído en el frente, contaba con una familia adinerada que no veía con buenos ojos a la protagonista, pero que se ofrecía a criar a su hija. Ella, por el bien de la pequeña, la cedía en adopción a sus cuñados. Muchos capítulos y peripecias después, la joven, que acababa de criada, se casaba con el señor y ambos recuperaban a la hija, que estaba siendo maltratada por sus padres adoptivos. Esa historia hizo que llorara mucho y pensara más. Y se convenció de que se podía parecer a la trama de su vida.

—Podría ser —le ha respondido Gabriela cogiéndole la mano y deseando, sin mucha convicción, que no se equivocara.

Tardan casi treinta minutos en un trayecto que cualquier día hubiera supuesto no más de diez. Se plantan en la plaza de San Agustín, ante un edificio sucio con la puerta abierta por la que se cuelan las tres.

—¿Adónde vamos? —pregunta Ramona.

—Ahora tienes que quedarte aquí, sin moverte. —Berta señala nerviosa la oscura y húmeda portería del edificio—. No salgas a la calle ni hables con desconocidos. Y sobre todo no le cuentes a nadie que hemos estado aquí. Nosotras tenemos algo importante que hacer —le dice Berta con un tono imperativo que disgusta aún más a la niña.

Oye como suben tres pisos y por el hueco de la escalera distingue sus figuras plantadas en el portal derecho.

A Berta el corazón le late con tanta fuerza que teme que se le escape por la camisa que Jacqueline le ha regalado. Instintivamente se atusa el pelo y busca la mano de Gabriela.

Los segundos que median entre que se abre la puerta y articulan la primera palabra son angustiosos. Aparece una chica de su edad, con una combinación que asoma bajo una bata transparente, con unos rulos y maquillada en exceso.

—¿Y vosotras quiénes sois? —dice rompiendo el silencio Elvira, que se las queda mirando con el desdén habitual que le despiertan las señoritingas.

—Estamos buscando a la señora Carmen Gascón.

—¿Y para qué? —salta a la defensiva.

Al poco, Carmen se acerca por detrás de la joven.

—Yo soy Carmen Gascón —dice en un tono neutro.

—Necesito hablar con usted —comenta Berta en un susurro que esconde una necesidad imperiosa. Carmen les indica que pasen con un gesto de cabeza.

La única que no parece convencida es Elvira, que las sigue mientras grita por el pasillo:

—¿Y de qué quieres hablar con doña Carmen? Nos estábamos acabando de arreglar para salir a recibir a monseñor Tedeschini y no tenemos mucho tiempo que perder.

A Carmen las situaciones inusuales siempre le parecen divertidas y aquella no es una excepción. Les ofrece asiento en el sofá y se sienta en una silla enfrente de las chicas. Elvira asoma detrás de ella.

—¿Qué se os ofrece? —comenta Carmen con una entonación tan natural que hace que todo resulte aún más extraño.

—Me llamo Berta Gascón. Soy la hija, bueno, la hija adoptiva de su hermano Sebastián. Y quería saludarla. Ella es Gabriela Riera, mi prima —titubea esperando alguna reacción por parte de su interlocutora, que permanece impávida.

—Encantada de conocerla, señora —interviene respetuosamente Gabriela.

—Y yo de conoceros a vosotras —responde la mujer con amabilidad, pero sin hacer el gesto de levantarse para abrazarlas.

—¿Estáis buscando a Sebastián? —espeta Elvira antes de que Carmen la haga callar con una mirada de reprobación.

—No, él está en plaza Cataluña, con mi madre adoptiva... Yo, yo, es que quería conocerla..., saludarla, porque somos familia... y no nos hemos visto nunca.

El silencio de Carmen, a la que todas miran en busca de una respuesta, tensa la cuerda de un arco que se podría disparar en cualquier momento. La mujer, elegantemente vestida con una blusa de crepé verde oscuro y una falda lápiz negra, no ha tenido tiempo de maquillarse y, curiosamente, a cara lavada parece más joven. A Berta le despierta simpatía, pero ninguna emoción, como había imaginado. A Carmen también le cae bien Berta; hay que echarle valor para hacer lo que está haciendo la muchacha, aunque no tenga ni idea de qué diantres está haciendo. Traga saliva con parsimonia dispuesta a contestar, pero en ese momento llaman a la puerta. Elvira sale a abrir.

—Es una niña —grita desde el minúsculo recibidor, que es casi una prolongación del comedor.

Berta se levanta y se dirige a la entrada.

—Te he dicho que nos esperaras abajo —susurra esforzándose por no levantar la voz.

—Es que se ha ido la luz, estaba muy oscuro y tengo miedo. No me riñas, por favor. —La pequeña se abraza a su cintura y Berta avanza con ella hacia el comedor.

—Es Ramona, la hija de Sebastián y Eleonora —dice Berta, pero la niña tiene la cabeza hundida en su pecho.

Gabriela se levanta y coge la mano de Ramona, que se despega de su hermana para aferrarse a ella.

—Si te parece bien, Berta, me voy con Ramona para que podáis hablar tranquilas. Te esperamos abajo. Ha sido un placer conocerlas.

—No hace falta que esperéis en la portería. Podéis quedaros en mi habitación. —Carmen se dirige a Ramona—: Encima de mi cama tengo una muñeca muy bonita que me regaló un amigo. Seguidme.

Las acompaña a la habitación y se asoma sin entrar a la puerta del salón:

—Elvira, ven un momento a la cocina conmigo —comenta, y se dirige a Berta—: Si nos disculpa.

Solo traspasar el umbral, le ordena:

—Arréglate y no aparezcas por el comedor. Sobre todo, pase lo que pase, ni se te ocurra decir que Sebastián ha estado aquí.

—¿Crees que sospechan que él... ya sabes... de lo que es?

Carmen suspira.

—No tengo ni idea, pero podría ser una explicación a todo esto, que no sé a qué viene... —Se queda pensativa—. Pero no sé, hay algo que me dice que no. Tú, por si acaso, la boca bien cerrada.

Los pasos de Carmen al volver al comedor, elegantes y seguros, confunden a Berta, como lo hace también la sonrisa que le dedica cuando se sienta delante de la chica y cruza las piernas.

—Me alegro mucho de conocerte, Berta —dice pausadamente—. Y me gustaría saber qué es lo que verdaderamente ha motivado esta visita, además de conocerme. Se te nota que hay algo más —sonríe—. No te pongas nerviosa, que somos familia.

—Ya, todo el mundo me dice que soy demasiado transparente, que no sé disimular. Estoy un poco nerviosa —se sincera y suspira—. Es que no sé por dónde empezar.

—Mira, empezaremos sirviéndonos una copita de vino, que siempre calma los nervios.

Se vuelve a levantar y regresa con la botella y dos copas. Berta nunca bebe, pero agradece empezar a hacerlo en ese momento.

—Mire, sé que le parecerá extraño, pero es que a mí

no me han contado nunca qué les ocurrió a mis padres. Y yo no tengo recuerdos, porque era muy pequeña... y... por otra parte, en casa nunca hablan de usted y tampoco me parece normal que no la hayamos conocido antes siendo familia... que no quiero decir nada en contra de mis padres... bueno, de mis padres adoptivos... —No encuentra la forma de enhebrar las palabras para dar la puntada.

—¡Bertaaaaa! —El grito alarmado de Ramona corta la conversación y las dos mujeres corren hacia la habitación.

Elvira ha llegado antes que ellas y está en cuclillas al lado de Gabriela, que está echada en el suelo, en el estrecho pasillo que separa la cama de la puerta.

—Se ha levantado y de repente se ha desmayado —dice llorosa Ramona.

Gabriela está muy pálida, abre los ojos e intenta incorporarse sin lograrlo mientras Elvira le sujeta la mano. Berta se agacha:

—¿Cómo te encuentras? —pregunta alarmada.

—Ha sido un vahído, ya estoy mejor —murmura.

—No te levantes, espera a recuperarte —ordena Carmen—. Nena —se dirige a Ramona—, ve al armario del baño y coge algodón y alcohol.

Ramona cumple la orden y Elvira le pone la mano en la frente.

—¡Uy! Esto no es un vahído... Tú estás embarazada, que estas cosas yo las veo, que yo soy muy bruja —suelta de sopetón.

Berta recuerda los vómitos por la mañana y esa expresión de figura de cera que se le pone a veces y ata cabos.

—Por favor, no se lo digáis a nadie —dice antes de volver a cerrar los ojos.

—Rápido, nena, que se ha vuelto a desmayar —grita Carmen.

Ramona entra corriendo con el algodón y el alcohol y la mujer lo impregna con el líquido y lo coloca taponando la nariz de la chica, que abre los ojos casi al momento.

—Vamos a subirla a la cama —ordena Carmen.

Elvira la coge por los hombros, las otras dos por las piernas, y en un movimiento rápido la colocan en la cama.

Tres tracas seguidas hacen temblar el piso y provocan vítores en la calle. El bullicio vuelve aún más irreal la escena.

—Nos vamos a perder la llegada de Tedeschini —musita Gabriela—. Voy a intentar levantarme, que ya estoy mejor.

—De eso nada. —Carmen le pone la mano en el hombro para impedir que se incorpore—. Tú aún no estás bien, tienes que reponerte, que ya hemos tenido suficientes sustos por hoy. —Se ha sentado a su lado en la cama y le está apartando el pelo de la frente para que no le moleste.

Aún sigue en suspenso la razón por la que se han presentado allí, pero eso ya no importa. Y las chicas se dedican a analizarse mutuamente.

Será una señoritinga, pero debe de estar pasándolo mal, la pobre, me acuerdo de cuando yo supe que estaba embarazada..., piensa Elvira. Cómo no he podido darme cuenta de lo que pasaba, tan metida en lo mío, se dice Berta, qué va a hacer ahora Gabriela. No te metas en los problemas de los demás, que a ti te va bien cuando vas a la tuya, decide la dueña de la casa. Ya has hecho lo que podías, ahora que la muchacha se recupere, que la otra te diga qué quiere y que ellas sigan su camino y tú el tuyo. Es lo que se dice, pero sigue sintiendo cierta simpatía por aquellas chicas caídas del cielo. Tal vez es porque con todo este jaleo he dejado de pensar en Maximiliano, se justifica.

Ramona no piensa, tiene demasiado miedo de que a Gabriela le pase algo, y se abraza fuerte a Berta mojándole el vestido con sus lágrimas.

—Tranquila, Ramona, que a Gabriela no le pasa nada grave. Es solo un mareo.

—Vamos a hacer una cosa, nena. Elvira va a bajar contigo y vais a recibir al cardenal Tedeschini y te comprará unos dulces. Y nosotras vamos a esperar a que Gabriela se reponga y os pasaremos a buscar —propone Carmen.

~

Las salvas que dan la bienvenida a monseñor Tedeschini son la mecha que prende una explosión de entusiasmo en la plaza Cataluña. Las voces lo vitorean, los cuerpos se agitan y todos parecen conectados por un vibrante hilo invisible.

Eleonora observa de soslayo a Sebastián, que parece ajeno a todo y sobre todo a ella. Sebastián nota la presión de la mano de Eleonora y la de la culpa en el pecho. Su esposa le susurra que aquello es increíble, que nunca le podrá agradecer lo suficiente que las haya llevado ahí y él asiente con los ojos cuajados de lágrimas. Lo abraza y su cuerpo es como su mano, de trapo.

~

—Por fin hay alegría en esta ciudad —le comenta Jacqueline a Ernesto mientras le tiende una copa en la terraza del ático.

Él sacude la cabeza y suelta un bufido. Hoy, su aspecto es especialmente desaliñado: no se ha afeitado y si se ha peinado no ha tenido demasiado éxito.

—¿Alegría? No te engañes, Jackie, ya no queda nada alegre en esta ciudad. Y esto es una pantomima, pan y circo para gente que no tiene qué comer. ¿Cómo va a ser alegre una ciudad que lleva años pasando hambre? —Agita las manos—. ¿Es que no ves que hay ciudadanos de primera y de segunda? Miles de familias que han visto como fusilaban a los suyos y que nunca podrán acceder a un trabajo digno porque respaldaron un Gobierno legítimo. Están condenados a una vida miserable, en una tierra miserable, llena de odio y venganza hacia ellos. Sin derechos, marcados para siempre: ellos y sus hijos. Y ahora viene el Vaticano a decirnos que todo esto está bien y a dar un espectáculo para hacernos olvidar lo que ha pasado... Y la gente es tan imbécil que aplaude y se siente más católica que nunca porque en esta vida no tienen nada que hacer. Nada. Se creen las patrañas de que si bajan la cabeza tal vez en la otra les irá mejor.

Jacqueline lo mira con condescendencia. Entorna los ojos y suspira.

—Ya estás con lo mismo... ¿Sabes cuántas veces me has repetido este discurso?

—Es que no hay nada más que lo mismo. Y tú no lo quieres ver.

Se retira las gruesas gafas cansado y sus ojos brillan con intensidad.

—Estás siendo injusto conmigo, Ernesto. No soy esa extranjera superficial que no se entera de nada, como algunos creen —dice taxativa—. Todo esto es un montaje. Sí. Un montaje atroz, porque la Iglesia apoya al régimen, porque ahora el demonio ya no es el fascismo, sino el comunismo —habla muy rápido—. ¿Y qué? Lo importante es que esta gente durante unos días tendrá algo en que creer y esperanza, que es lo que más necesitan.

Ernesto niega moviendo la cabeza de lado a lado.

—¿Cómo puedes decir eso? Ahora Franco le otorgará la educación a la Iglesia y habrá una generación o varias de hombres y mujeres a los que les lavarán el cerebro, a los que les dirán lo que tienen que hacer y lo que tienen que pensar para no ir... al infierno. ¡Como si esto no fuera el infierno! ¿Sabes todo lo que conseguimos con la República? ¿Sabes cómo era la enseñanza? Queríamos educar a los niños para que pensaran, no para que obedecieran y tuvieran miedo. Libertad. Eso es por lo que luchamos. Y perdimos. Tú no viviste la Barcelona de entonces, cuando sí era una ciudad alegre. Una ciudad de la que estar orgulloso, en la que querías vivir... —Se queda mirando al infinito.

—Y lo que pasó después, ¿qué? Vosotros enfrentados los unos a los otros: comunistas, anarquistas, socialistas... pocos y mal avenidos. ¡Vaya, que le hicisteis un favor a Franco! Y no solo eso: los asesinatos, la persecución a los curas, el miedo de la gente... Barbaridades se hicieron en los dos lados, eso no se puede olvidar.

—Eso fue la guerra y no la empezamos nosotros.

—No sé por qué hablas tanto de la guerra si ni siquiera combatiste en ella.

Jacqueline se arrepiente al instante de sus palabras, pero es tarde. Ernesto estampa la copa contra el suelo y, cuando ella intenta apoyar la mano en su hombro, él la aparta.

—Lo siento, de verdad, no quería decir eso —se disculpa.

Él suspira sin mirarla:

—Ya me hubiera gustado combatir...

~

La guerra de Ernesto empezaba y acababa cada día en el Hospital General de Cataluña, donde pasaban también otras cosas. La comunión silenciosa y eficaz con la que el médico y Valentina, la enfermera, trataban a los pacientes desembocó en una atracción igual de silenciosa. Una noche coincidieron a la salida del hospital y caminaron por los jardines que separaban dos pabellones. Ella le cogió la mano, él la atrajo hacia sí y la besó. Con la misma urgencia con la que buscaban una sala para llevar a cabo sus intervenciones, encontraron un hueco rodeado de matorrales. Las manos inexpertas de ambos buscaron el placer en el otro y la urgencia suplió la falta de pericia.

—Valentina... —empezó a decir él mientras acariciaba los mechones de cabello rebelde que habitualmente la chica escondía en un moño.

Ella se puso el índice en los labios indicando que callara.

—Estas son las cosas que nos podemos permitir en el fin del mundo —respondió.

El fin del mundo era una expresión que Valentina utilizaba a menudo: decía que estar en el hospital era como tener un palco en el fin del mundo, en el apocalipsis.

—La función es tan larga que nos hemos acostumbrado a ella —había comentado no hacía mucho.

Las tareas diarias del fin del mundo eran muy absorbentes: recibir a los heridos, buscar dónde atenderlos, intentar hacerse con los escasos recursos, muchas veces compitiendo con otros médicos, convencidos de que su enfermo tenía más derecho a vivir que el del otro. A ello se le sumaba la presencia de los milicianos que buscaban enemigos y que, cuando los encontraban, apenas esperaban a que se recuperaran para llevárselos sin decir adónde. La injusticia de curar a alguien que no viviría mucho más llenaba de impotencia a los médicos, por muy republicanos que fueran.

—Me gustaría que vinieras a mi casa —le propuso Ernesto a Valentina la tercera vez que hicieron en el descampado esas cosas que se podían permitir en el fin del mundo y que se limitaban a unas caricias que cada vez eran más certeras.

Valentina lo abrazó y después le acarició levemente la mejilla.

—Para eso tienes que hacer una cosa y debemos compartir tres secretos —respondió divertida, sorprendiendo a Ernesto—. Nuestras escapadas aquí son el primero de ellos, pero faltarán dos más.

—¿Y qué es lo que tengo que hacer?

—Prometerme que no vas a ir al frente. Me he enterado de que quieres alistarte.

—Valentina, sería por un tiempo. Esto es una guerra, yo soy republicano, quiero hacer algo por los míos.

Ella ni le miró.

—Aquí haces mucho. Esa es la primera condición si quieres que algún día vaya a tu casa.

Ernesto accedió. Renunciar, en aquel momento, no le dolió tanto como lo haría durante los años siguientes.

—¿Y qué es eso de los secretos?

Sonrió.

—Pues eso. Que tenemos que compartir dos secretos más antes de que vaya a tu casa.

Se atusó el pelo, le dio un beso y empezó a caminar. Tenía un cuerpo pequeño y andares desgarbados, aunque peculiarmente elegantes. Ernesto la acompañó hasta el tranvía sin saber muy bien a qué se refería ni qué pretendía. De hecho, nunca acabó de comprender aquel juego ni de conocer a aquella mujer.

~

Ernesto ha vuelto a mirar a Jacqueline sin enojo, pero con una tristeza que a ella le duele. Está cansada. Las discusiones con Ernesto siempre habían sido estimulantes, pero de tanto repetirlas le aburren y le cuesta cargar con tanta amargura.

—Esto no va a cambiar, Ernesto. Y tú no puedes seguir viviendo en un lugar que odias. —Su voz es suave ahora—. No quiero verte así. Tú y yo nunca nos enamoraremos, pero te quiero y deseo que seas feliz. Aquí nunca lo serás. Tienes que irte.

Ernesto se acerca a ella y le acaricia la mejilla mientras otra tanda de tracas regurgita la alegría colectiva.

—¿Y qué quieres que haga? A mí nunca me darán un salvoconducto para viajar. No puedo demostrar mi adhesión a la Falange o que voy a misa todos los domingos. Y eso es lo que piden, entre otras muchas cosas. Por no hablar del tema del juicio, que podría ser peligroso.

—Tal vez encuentre alguna manera de lograr que cumplas tu sueño de ir a París. —Levanta la copa—. Brindemos por ello.

—No tengo copa.

—Ve a buscar una y cambia esa cara —ordena la mujer con cariño.

~

Juana tampoco comparte la alegría de la ciudad, y aún menos la de la gente reunida en la avenida del Generalísimo, que le repugna tanto o más que a Ernesto. Y cuando pasa por la plaza Pío XII y ve ese mastodóntico altar, esa grotesca cruz de más de treinta metros, esas gradas triunfantes el asco le revuelve el estómago.

—Hay que ver qué bonito ha quedado, qué moderna es nuestra ciudad —les comenta una señora muy alta a sus dos hijos.

La rabia le oprime la garganta. Esa cruz que apenas durará unos días, tan moderna, tan fascista, se ha edificado sobre lo que fue su casa, sobre un asentamiento de chabolas miserable, pero digno, que era mucho más confortable que el piso de veinte metros que tiene que compartir con los García. Le cuesta reconocer dónde, exactamente, estaba la suya y entiende que esa es la intención de esa faraónica estructura: borrar la memoria, la de Barcelona, la suya propia, la de su vida de los últimos años, hasta que llegue un día que ella misma la olvide y piense que siempre ha vivido en Can Clos. Todos los que vitorean las salvas ya han olvidado. Falta ella. Solo es cuestión de tiempo que acabe aceptando todo aquello, que deje de asquearle su trabajo. Pero antes de que eso pase, mira a lado y lado y escupe con rabia en el suelo, sabiendo que ese escupitajo es su último gesto de libertad.

~

Gabriela sigue echada en la cama, con Berta y Carmen vigilándola. El color está volviendo a sus mejillas.

—Por favor, no se lo digáis a nadie —repite.

—Tranquila, confía en mí —responde Berta acariciando su mano—. Te ayudaré en todo lo que pueda.

—No hay mucho en lo que ayudar —se lamenta.

—Niña, ahora no pienses en eso. Todo, de una manera u otra, se acaba arreglando. Y si le das más vueltas, te vas a volver a marear y vas a tener que acabar viviendo aquí, y eso no puede ser —sonríe Carmen.

Gabriela mira el reloj.

—Es tardísimo. Mis padres se van a preocupar. Tendríamos que volver.

Ni Carmen ni Berta se sienten con ánimos para continuar la conversación que tienen pendiente.

—¿Podría venir a visitarla otro día?

—Sí, por supuesto. Te apuntaré mi teléfono para que me avises. Y déjame tu dirección, por cualquier cosa que pudiera pasar.

Ramona, Berta y Gabriela enfilan las Ramblas sin apenas hablar después de hacerle prometer a Ramona otra vez que no le contará a nadie dónde han estado. La ciudad les parece alegre, pero sus vidas no lo son y ya no confían en que la fe pueda cambiarlas.

3

Noche del martes 27 de mayo de 1952

Gabriela desea estar sola y le angustian las miradas de complicidad de Berta, que busca un momento de intimidad. Ella ya ha tomado una decisión, y ni siquiera la única amiga que ha tenido nunca podría entenderla.

Sebastián no quiere estar solo, pero donde menos desea estar es ahí, cenando con su familia, sintiendo clavada en la nuca la necesidad de intimidad de su esposa, porque su cabeza está en las tabernas del puerto. Eleonora intenta llamar la atención de su marido siguiendo los consejos de la doctora Francis, pero algo no funciona, porque sigue sin hacerle ni caso.

Ramona quiere que Berta le haga caso, poder contarle lo que le está ocurriendo con los niños asesinos, jugar a su juego de siempre, y que le aclare de una vez quiénes eran esas extrañas mujeres a las que han visitado. Le duele el rechazo porque es obvio que lo último que desea hacer su hermana es hablar con ella. Ni siquiera la ha mirado en toda la cena.

Úrsula parlotea sin freno, pero tiene la cabeza en el ascenso en el Patronato de la Mujer, que no la ilusiona porque la nostalgia de la radio no se lo permite. Joaquín solo espera a que acabe la cena para poder irse a la cama. Está cansado y le interesa poco la conversación de su mujer.

—Así que mañana, a primera hora, nosotros nos iremos al puerto a recibir a Franco —dice Úrsula—. Por cierto, Gabriela, me ha llamado tío Hans para invitaros a su casa a ver la llegada.

—Es que nos habíamos comprometido a ir a casa de Jacqueline.

Gabriela miente, la fotógrafa la ha invitado, pero ella no ha confirmado su asistencia.

—¿Otra vez vais a ir a su casa? —comenta Úrsula molesta, pero sin ganas de ocupar sus pensamientos con los planes de su hija.

—Sería de mala educación cancelar en el último momento.

Úrsula tuerce la boca.

—Tienes razón. Pero la próxima vez no te comprometas sin consultarme.

Joaquín disimula un bostezo. Nadie está donde quiere estar.

~

Carmen preferiría estar con Maximiliano, pero tampoco está mal sentada en el sofá de su casa charlando con Elvira.

—¿Qué crees que querían esas chicas? —le pregunta su amiga.

Se encoge de hombros.

—No tengo ni idea, pero me da la impresión de que para Berta era algo importante. Me ha desconcertado esa muchacha... —Se queda pensativa—. De todas formas, aunque no creo que su visita tenga nada que ver con Sebastián, tenemos que avisarle. Ella volverá y ya te he dicho que no me extrañaría nada que mi hermano también. Solo faltaría que se encontraran, que no quiero un vodevil —suspira—. ¡Es que no sé qué hago yo preocupándome tanto por historias que ni me van ni me vienen!

—¿Y cómo vas a avisarle? —pregunta Elvira.

—No voy a hacerlo yo, porque me podría encontrar a mi cuñada y se descubriría el pastel. Vas a hacerlo tú.

—No sé para qué pregunto...

—Le escribiré unas líneas contándole lo que ha pasado y tú se las llevarás a casa. Seguro que se aloja en uno de esos pisos finos con portero, así que le dices que le avise y se la das en mano.

—¿Y con qué excusa?

—Pues dices que tienes que hacerle llegar un encargo urgente de la fábrica de Terrassa.

No sabe si es la sugerencia o el alcohol lo que le desencadena la risa tonta.

—Como que va a colar que yo soy una oficinista —contesta carcajeándose.

—Te dejaré un traje chaqueta y te maquillas sin exagerar, lo justo para cubrir ese ojo morado.

—¿Y si me encuentro a alguna de las chicas?

—Pues te inventas algo —ordena taxativa.

—¿Y qué me voy a inventar?

La mujer resopla y pone los ojos en blanco y da la conversación por zanjada cambiando abruptamente de tema.

—Y ahora brindemos por la vida que llevamos.

—Pues yo no sé qué tiene de buena. Somos unas putas desgraciadas —resopla la chica.

La otra la mira con aire socarrón.

—¿Eso es lo que crees? Párate un momento a pensar en esas chicas... En Gabriela, que está embarazada y no sabe qué hacer. De familia bien, sí, pero ahora mismo mucho más desgraciada que nosotras. A saber quién es el padre y lo que le espera... Por cierto, ¿cómo has adivinado que estaba en estado?

—Ya sabes que soy un poco bruja, pero, si te digo la verdad, ha sido porque al desmayarse se ha puesto la mano protegiendo la barriga. Tenía una mirada tan triste. A mí las señoritingas no me dan pena alguna, que conste, pero esa, no sé, no la veía tan señoritinga, la veía más, salvando las distancias, como nosotras... una chica que hace lo que puede y no puede hacer mucho.

—Está mucho peor que nosotras... porque nosotras somos más libres. —Carmen se sirve otra copa mientras las pulseras de oro tintinean, los ojos le brillan y las palabras le patinan—. Yo no me cambio por ninguna señoritinga, te lo aseguro. Prefiero ser puta y hacer lo que quiera.

—Ahora no te pongas estupenda, que sabes que ser puta no es ninguna ganga. Y libres, libres, lo que se dice libres, no somos, hija. Y mírame a mí, que yo soy puta y apaleada —dice, molesta, Elvira.

—Tú vas a tener que aceptar la propuesta de Soto Mayor y entrar en el burdel ese, hija. Y yo te llamaré cuando necesiten que lleve a una acompañante a esas fiestas para que te saques unos cuartos de más.

—¿De verdad? —La abraza—. Eres la mejor amiga del mundo... Pero aún no veo claro lo de entrar en el burdel —susurra.

Carmen se zafa del abrazo.

—¡Ay, niña, no te pongas sentimental! Es solo por trabajo. Y deja de lamentarte de tu situación, anda.

En el burdel estarás mejor que en la calle recibiendo palizas.

~

Berta finalmente se ha salido con la suya y las dos chicas se han quedado a solas. Todos duermen, y han salido al balcón para que no las oigan. Gabriela tiene y no tiene ganas de hablar. Berta tiene ganas de escuchar. Aunque se conocen hace poco, hay algo muy reconfortante en su relación, muy de hermanas, muy de náufragas remando en la misma dirección. Remando sin dejarse arrastrar. Remando en compañía. Sin embargo, a Gabriela eso le llega muy tarde. Ella ya ha tomado una decisión definitiva.

—¿Cómo te encuentras? —pregunta Berta.

—Ahora mejor, pero me voy a sentar —responde sentándose en el suelo del estrecho balcón.

Berta la imita.

—¿Lo sabe el padre? —Por el respingo que da su amiga comprende que ha sido demasiado directa.

Gabriela tiene ganas de contárselo todo. Que sí, que lo sabe el padre, que pretende que se fuguen a Argentina y que no sabe qué hacer, aunque en verdad ya lo tiene decidido y no se lo puede decir. Quiere contarle que ella no es una, sino dos. La Gabriela responsable y piadosa y la otra, la oscura, dolorosa, iracunda, destructiva y sumisa. Una que quiere huir de Hans y la otra con él. Una tan desquiciada que a veces quiere matarlo y otra que lo ama y necesita que sus despiadadas manos contengan su cuerpo. Que hay dolor, sí, pero también un placer enfermizo, que es el único que ha conocido.

—Sí, lo sabe —murmura—. Él me quiere, pero...

—Las palabras que quisiera pronunciar son demasiado lacerantes para deslizarse por su garganta y calla.

—Si te quiere os podéis casar y tener el bebé. Nadie tiene que saber que estabas embarazada antes de la boda. Ya verás como todo se arregla.

—¡No! Yo no quiero a ese bebé. Yo no quiero ser madre, y menos de... —se toca la barriga con un gesto de desdén— de esto, de esto, de esto, que es el fruto de algo malo...

Gabriela se derrumba en el hombro de Berta, que acaricia su cabeza y de repente recuerda a Úrsula durante la cena diciéndole a su hija que tiene que visitar a su tío Hans. Rememora la expresión de Gabriela, su palidez, su gesto de morderse el labio. Es el único hombre que hay en la vida de Gabriela.

—¿Es tu tío Hans?

La chica asiente y Berta simplemente le sujeta la mano, sin apretarla pero sin soltarla.

—Tú no quieres, ¿verdad? —pregunta guiada por una intuición—. Quiero decir... que no querías... que él te forzó.

Su expresión le recuerda a la de una de sus mejores amigas del pueblo, Eugenia, que siempre se quejaba de su padrastro, que hablaba de matarlo con una rabia serena y constante sin que le pesara el estupor que provocaban sus palabras. Eugenia a días parecía también una estatua de cera. Y en otras ocasiones explotaba de ira y se pegaba con niñas mayores sin importarle los golpes que recibiera. Sin embargo, la rebeldía de Eugenia nunca asustó tanto a Berta como sus silencios, que eran idénticos a los de Gabriela. Apenas había cumplido trece años cuando le anunció que se iba a servir a Zaragoza. No le habló de su nuevo trabajo, solo repitió que estaría lejos de su padrastro. Berta intuyó que había algo que su amiga le había querido decir o que le había dicho sin ponerle palabras, esperando que ella las encontrara. Pero Berta no las encontró y la chica se fue. Le falló a Eugenia y no quiere repetir el error con Gabriela.

—Al principio era por obligación... ahora ya no sé por qué es...

—¿Y qué vas a hacer?

—Él quiere que nos vayamos a Argentina y yo prefiero morirme antes que hacerlo... Te pareceré un monstruo, pero es que yo no quiero tener a ese hijo ni esa vida.

Berta no ha dejado de sujetarle la mano.

—No me pareces un monstruo. Nadie tendría que llevar una vida que no quiere.

Gabriela esboza una sonrisa.

—Si nos oyera mi madre, se pondría las manos en la cabeza. Debes seguir la voluntad del Señor —dice imitando su voz aguda—. No se trata nunca de lo que quieres hacer, sino de lo que debes hacer... —sigue imitándola levantando el índice—. Yo solo quiero entrar en un convento y que me dejen en paz y ni siquiera eso podré hacer.

—¿De verdad? —La mira con los ojos muy abiertos—. Estás aquí, en una ciudad en la que siempre pasan cosas, trabajando en la radio... Entiendo que lo del embarazo te preocupe, pero ¿cómo puedes desear huir de un mundo en el que pasan tantas cosas y dedicarte el resto de tus días a rezar? ¿Por qué alguien desearía algo así?

Gabriela se levanta y apoya la espalda en la barandilla hasta colocarse enfrente de su amiga, que sigue en el suelo.

—Ya sé que te parecerá extraño... sobre todo a ti,

que estás tan llena de... no sé cómo llamarlo... vida, ilusión, ganas de probar cosas nuevas... De ese alboroto con el que miras cómo pasa la vida —prosigue—. Eres como la protagonista de una novela de Emilio Salgari o de Julio Verne. Quieres avanzar y dejar el pasado atrás.

—¿Tú crees? Me da la impresión de que me conoces mejor que yo misma.

—Me fijo mucho en las personas. Me gusta hacerlo. Todas tienen algo que yo nunca tendré, porque todo el mundo siempre quiere algo: dinero, amor, felicidad... Yo no. Yo no quiero nada más que una vida de obediencia sin sobresaltos. Ni siquiera sé si he oído la llamada de Dios, solo sé que no quiero escuchar durante más tiempo la del mundo. Quiero que esto pare. —Una lágrima baja discretamente por su mejilla—. Por favor, Berta, si quieres ayudarme, no me hagas hablar de mí. Cuéntame tú lo que vas a hacer, no me vuelvas a preguntar más por el embarazo ni por Hans ni por nada de todo esto. Te lo suplico.

—Como quieras, pero si te puedo ayudar en algo, por favor, cuenta conmigo.

—Sí, me puedes ayudar hablando de lo que ha pasado esta tarde. ¿Tú crees que Carmen es tu madre?

La chica se gira por un momento para contemplar las estrellas.

—Me gustaría que lo fuera... Hay algo diferente en esa mujer, no sé cómo explicarlo. ¿Y tú? ¿Tú crees que lo es? Si lo fuera, igual habría actuado de otra forma, ¿no? En ningún momento pareció conmovida, estaba muy tranquila.

—Tienes razón. Yo pensé lo mismo.

Berta chasquea la lengua.

—Ya..., pero todo sería más fácil si lo fuera.

Gabriela eleva las comisuras de los labios sin llegar a sonreír.

—Mañana llamaremos a Carmen y la visitaremos. Ojalá sea tu madre. Y si no, buscaremos alguna solución para que puedas quedarte.

Es lo que desea hacer. Es lo último que quiere hacer antes de poner en práctica su plan. Lo tiene todo pensado. Después de cumplir su compromiso con su prima, saltará del terrado de su casa y se acabarán todos los problemas.

4

Mañana del miércoles 28 de mayo de 1952

Las veintiuna salvas que atruenan desde el destructor Magallanes provocan veintiún pequeños sobresaltos en Úrsula. Don Francisco Franco y doña Carmen Polo acaban de desembarcar en el puerto, aunque la mujer es tan bajita que por mucho que alargue el cuello no alcanza a distinguirlos. Tras las salvas, la multitud explota: ¡Franco! ¡Franco! ¡Franco! El himno nacional le devuelve la calma y le humedece los ojos. Joaquín le ofrece su pañuelo y ella coquetamente se seca el amago de lágrimas para que no estropee el maquillaje. Desde la gradería reservada a las autoridades, las Ramblas parecen un enorme hormiguero cubierto por una multitud uniforme, trabajadora, entregada a la fe y a la patria, se dice a sí misma.

—Querida Úrsula, estoy impresionada por su trabajo. Estos días tendremos tiempo para hablar de su futuro.

Eso le ha dicho una hora antes la mismísima Pilar Primo de Rivera, sonriente, amable, familiar, y el orgullo le ha ensanchado el pecho hasta achicar la añoranza por la radio.

~

Juana está contenta con la llegada de Franco por una razón muy diferente de la del resto de la ciudad: se ha declarado fiesta desde las doce de la mañana hasta la misma hora del día siguiente para que los barceloneses acudan a recibir al Generalísimo. Pero no tiene ninguna intención de hacerlo, y ella y Enrique son los únicos que permanecen en el edificio. Su esposo, a primera hora de la mañana, se ha puesto a restaurar una mecedora rota que encontró tirada en la calle. Es muy habilidoso reparando muebles que después vende por cuatro céntimos. La excusa es el dinero, pero en el fondo se lo pasa bien. La coloca a la entrada del edificio y le pide a Juana que la pruebe. Ella sonríe mientras se mece.

—¿Quieres que nos la quedemos? Te veo muy a gusto en ella, ya encontraré algún otro mueble para vender...

—No —deja de sonreír—. ¿Dónde la íbamos a poner? En la casa no cabe y aquí nos la robarían.

Pero sigue meciéndose y está tan a gusto que va a buscar el viejo cuaderno en el que escribía cuentos. Relee, balanceándose, unas palabras que no reconoce como suyas porque seguramente no lo son, las escribió otra persona que ocupó su cuerpo hace mucho. Entonces deseaba ganarse la vida escribiendo. Ahora cobra por escribir y preferiría hacer cualquier otra cosa. Y encima debería estar agradecida porque no podría haber accedido a un trabajo de oficina si no hubiera sido por la recomendación de doña Enriqueta. Una exconvicta que vive en las chabolas está abocada a la prostitución o a hacer limpiezas de casas pobres, porque las ricas tienen chicas de servicio con recomendaciones.

Al principio temía que comprobaran sus antecedentes; los antiguos, y quién sabe si alguno nuevo, porque desconoce si tiene alguna cuenta pendiente con la justicia. Hace unos años, en las chabolas de la plaza Pío XII, varias mujeres, al saber que había sido matrona, le pidieron consejo. De manera informal, organizaron algunas reuniones en las que ella las informaba de cómo podían prevenir un embarazo y cuestiones similares. Hasta que una de las chicas le advirtió que su madre quería delatarla y dejaron de celebrar aquellos encuentros. Si finalmente la denunció o no es algo que la inquieta. Pero eso no es nada comparado con lo que le podría ocurrir si descubrieran que ha practicado abortos. Cinco en total. Por dinero, porque no tenían qué comer. Por pena, también, aunque nunca fue la causa principal. Siempre teme que, aunque haya pasado tiempo, alguien se vaya de la lengua y la metan de nuevo en la cárcel.

—¿Seguro que no quieres quedarte la mecedora?

—Pues mira, sí. Le pondremos un papel con nuestro nombre, a ver si así no nos la roban y los fines de semana me sentaré a que me dé la fresca... como en Málaga. ¿Te acuerdas?

~

El estruendo de las salvas ha llegado intacto a la terraza de Jacqueline, y es coreado por el aplauso de sus invitados. No son tantos como en el guateque: unas quince personas entre las que se cuentan Eleonora, Sebastián, Ramona, Gabriela, Berta y Elvira, que aún no sabe qué hace ahí.

A las ocho de la mañana ha salido de casa de Carmen, sin ganas y con una resaca bastante manejable, para cumplir con la misión de entregar la carta en mano a Sebastián. Al doblar la esquina ha visto a Andrés apoyado en la pared pelando una naranja con la navaja. Ha apretado el paso, esperando camuflarse entre la riada de personas, pero una voz ronca y desagradable la ha advertido de su fracaso.

—Corre, corre, que ya te pillaremos cuando acabe el congreso y te vas a enterar. ¡No te va a reconocer ni tu madre!

Las hazañas de Andrés que se cuentan en el chino dan cada vez más miedo. Ahora no se conforma con sus chicas, les pide dinero a todas las putas del barrio. Mientras, el resto de los chulos agacha la cabeza. Y sí, ha corrido hasta adentrarse en las Ramblas sorteando una marea de niñas vestidas de blanco y niños de marinero. Hoy es el día dedicado a la eucaristía y a la paz familiar, y a las nueve de la mañana cientos de infantes se disponen a celebrar su primera comunión. El espectáculo es impresionante: los críos, que llevan sus cirios con solemnidad, discurren de forma ordenada por el carril central de la vía mientras sus familias se arremolinan en los laterales. Ella recuerda dos cosas de su primera comunión: que el vestido de su prima le venía estrecho y que su tía Juana le regaló un reloj. Sus compañeras habían recibido muchos obsequios más: misales anacarados, muñecas con impolutos vestidos blancos, peonzas de madera pintada, pulseras de oro y de plata, cruces de marfil y lápices de colores, sobre todo lápices de colores, que al día siguiente desplegaron en la escuela para fastidiarla. Yo no he querido traer mis regalos para que no se me estropeen, soltó Elvira, provocando las burlas de la Antoñita, la hija del alcalde, que sostenía un precioso lápiz granate, ni rojo ni rosa, un color que ella no había visto nunca. Se lo arrebató de las manos y lo rompió. Y luego vino lo que vino, la zurra desmedida de su padre, como siempre que bebía, que era casi siempre.

El recuerdo se desvanece rápido ante la realidad que Andrés le ha arrojado a la cara como un jarrón de agua helada en una mañana de enero: pende sobre ella una sentencia aplazada hasta después del congreso. Pero eso tampoco es mucha garantía, que cuando a Andrés se le mete algo entre ceja y ceja, no respeta nada. Tendrá que hacer tiempo para volver a casa, decide, pues a media tarde va tan borracho que es él quien no reconocería ni a su madre.

La plaza Cataluña es un manto blanco de niñas con sus trajes inmaculados. Se fija en una que se mordisquea las uñas y observa huraña a sus compañeras. Seguro que a esa cría nadie le ha regalado una caja de colores. Ojalá tenga una tía Juana que al menos le obsequie con un reloj.

Hace tiempo que no camina por el paseo de Gracia. Hay para ella una frontera invisible que le impide franquear la avenida de José Antonio Primo de Rivera, salir del barrio viejo y adentrarse en los confines de los señoritingos y señoritingas, con esas pastelerías de postín y esas *boutiques* que brillan más que el color granate del lápiz de Antoñita. Y son igual de inaccesibles.

El traje chaqueta azul cielo y la camisa blanca que le ha prestado Carmen le van tan estrechos como el vestido de su comunión, pero se siente cómoda enfundada en esa ropa y jugando a ser una oficinista con un recado urgente.

Tal y como suponía su amiga, el edificio tiene portero, un hombre calvo a quien todos los pelos se le han concentrado en unas cejas tan gruesas que le entierran los ojos. Las levanta con esfuerzo para echarle un repaso antes de repetir:

—¿Así que tiene un recado urgente para el señor Sebastián Gascón? —pregunta masticando con sorna la palabra *urgente*.

—Sí, eso mismo —responde ella con chulería—. De la fábrica de Terrassa donde trabajo. Soy oficinista, ¿sabe?

La repasa de nuevo antes de indicarle el camino.

—Al fondo a la derecha está el ascensor, señorita. —Ha vuelto a masticar con retintín la última palabra.

Elvira no tiene tiempo de contestar, porque en ese momento se abre la puerta del ascensor. La expresión de Sebastián se enturbia cuando la ve, y la sujeta del brazo para sacarla a la calle.

—¿Qué haces aquí? Mi familia está bajando ahora por el otro ascensor, que no cabíamos en el mismo —susurra agitando las manos.

—Toma. —Y le mete la carta en el bolsillo—. Ayer vinieron tus hijas a casa de Carmen. He venido a avisarte.

—¿Cómo?

Los dos se giran al oír el timbre del ascensor y se separan bruscamente. Ramona sale corriendo como una bala hacia Elvira.

—¡Hola! —Se abraza a ella—. ¡Qué ilusión verte! ¿Volverás a comprarme esos dulces tan ricos?

La cría comprende que ha metido la pata cuando la taladra la mirada acusadora de Berta, pero tampoco sabe muy bien qué hacer, así que hunde la cabeza en la falda de la chica para hacerse invisible. Gabriela ha hundido la suya en el gres del vestíbulo.

—¿Quién es? —le pregunta por lo bajo Eleonora.

Piensa rápido, piensa rápido, se repite Berta antes de coger aire para soltar:

—Una amiga de Gabriela que nos encontramos el

otro día por la calle. —Y se dirige a ella con voz impostada—. ¿Qué tal, Elvira? ¿Qué haces por aquí?

Sebastián se ha encendido un cigarrillo, dando la espalda a la escena sin dejar de pensar en por qué irían a visitar a Carmen. Apura la calada para recobrar la serenidad. A ver, Sebastián, ellas no te han visto nunca ni con Carmen ni con Elvira, así que haz como siempre, como que la cosa no va contigo. Suspira cansado. Nada sale nunca como él lo imagina.

Piensa algo, piensa cualquier cosa, Carmen te dijo que te inventaras lo que fuera, piensa, piensa, se repite ahora Elvira, que es buena en el arte de la mentira pero torpe en el del disimulo.

—Pues que como me hizo tanta ilusión vernos el otro día, pasaba por aquí y... he pensado en saludaros.

~

La radio está prácticamente desierta, quedan los compañeros de informativos y la recepcionista. Carlos tiene trabajo atrasado y no se ha podido tomar fiesta. El teléfono le sobresalta.

—Dígame. Hola, María, ¿qué tal? —Escucha atentamente durante un buen rato—. No se preocupe por nada. Espero que le vaya muy bien todo y cuando quiera, pásese a visitarnos.

Los ojos le brillan cuando cuelga el auricular, que inmediatamente descuelga para llamar a Berta, pero nadie contesta. Tiene que hablar con ella como sea.

~

La sucesión de diálogos y gestos que ha culminado con la presencia de Elvira en la terraza de Jacqueline han encadenado miedo y torpeza. Torpeza la de Eleonora, que ha insistido en que la amiga de Gabriela las acompañara.

—¡Qué bonito que os hayáis encontrado aquí, en el congreso! Eso es una señal del Señor. ¿Por qué no se viene con nosotras, señorita Elvira? Doña Jacqueline os ha dicho que podíais llevar a quien quisierais, ¿verdad?

Han asentido. El miedo de Elvira a volver a encontrarse con Andrés ha hecho el resto.

—Por Dios, no digas nada de lo que sabes —le ha susurrado Berta mientras recorren el paseo de Gracia.

—Claro que no. ¿Por qué iba a hacer algo así? No te preocupes.

—Pero ¿por qué has venido?

Piensa, Elvira, estrújate la mollera. Pero como no lo consigue, se repite:

—Ya os lo he dicho. Me preocupaba Gabriela. Quería saber si se encontraba mejor y, para quedarme más tranquila, me he acercado a verla.

Muy tranquila no está, pero al menos sí más segura fuera del radio de acción de Andrés. Tiene razón Carmen, las señoritingas estas son tan desgraciadas como ellas. Solo hay que mirar a Gabriela, con ese moño tan alto y esos ojos tan apagados, como de ciego que mira sin ver. Se la ve sensible y buenaza, seguro que es cáncer. En cambio sobre Berta tiene más dudas. Ayer la vio muy tauro, noble y tozuda, pero hoy camina ligera sin rozar apenas el suelo, como solo lo hacen las alocadas géminis. Es guapa la chica, sí, seguro que si le diera por hacer la calle las dejaba a todas sin trabajo. Se nota que también le han prestado el traje chaqueta que lleva, que se le ciñe al pecho y a las caderas, aunque dibujando una figura elegante con una nota ligeramente carnal. Es como Carmen, que tiene más estilo que brío, pero más brío que armonía. Ninguna de las dos es de rasgos simétricos ni falta que les hace para ser guapas.

~

—¿Qué os parece? —les pregunta Jacqueline cuando llegan al comedor y les muestra un enorme acuario—. Lo instalaron ayer.

—Ha quedado muy bonito —responde Berta.

Las chicas contemplan embobadas las plantas, que se mueven sinuosas mientras los peces, gordos, achatados, de colores estridentes, de estampados imposibles, avanzan con la boca abierta ajenos a las miradas.

—¿Ellos nos ven a nosotros? —le pregunta Ramona a Jacqueline, que suelta una risita.

—No, ellos no nos ven. Están ahí para ser vistos. Y para que los alimentemos. —La norteamericana coge un bote de una estantería y lanza un pellizco de polvo en el agua. Los animales persiguen el alimento con la boca abierta—. Esta es la comida para peces que mi empresa distribuirá en España. Estoy segura de que será un éxito.

—Pero ¿hay tanta gente que tenga peceras en España? —Elvira formula la pregunta sin despegar la nariz del cristal.

—Sí, y mucha más que habrá.

—Pero ¿por qué? ¿Por qué la gente pagaría por tener una jaula de agua? —insiste la chica sin advertir la incomodidad que provoca en todos menos en Jacqueline, que vuelve a responderle animada.

—Por muchas cosas. Es bonito, decora, cubre la necesidad de cuidar de un ser vivo sin tantos esfuerzos como requieren otras mascotas...

—¿Y los peces no están tristes? —interviene Ramona—. Siempre ahí, como si a mí me encerraran en una habitación muy bonita pero ya no pudiera salir nunca más de ella.

—¡Qué cosas tienes, Ramona! —interrumpe Eleonora—. Están con su familia, protegidos, no les puede pasar nada malo, tienen todo lo que necesitan y además los admiran desde el otro lado del cristal. ¿Qué más pueden pedir?

—Pues nadar en mar abierto, digo yo —responde Elvira.

Todas se quedan unos instantes calladas, en especial la anfitriona.

—Seguidme a la terraza —propone, aún pensativa.

~

Gabriela sonríe para sus adentros imaginando el estupor que sentiría su madre si pudiera verla ahora. Con una prostituta, porque ella tiene vista a Elvira de las obras de caridad que hace en el chino, y por mucho que ahora lo disimule, no se le escapa que se gana la vida con el oficio más antiguo del mundo. Contempla a la chica sin entender por qué las ha visitado y qué hace ahí. Tampoco importa mucho. De hecho, nada importa ya.

~

—Estoy encantada de conocerlos. Su hija me ha hablado mucho de ustedes —miente Jacqueline a Eleonora y a Sebastián mientras Berta asiente siguiéndole la corriente.

Los cuatro están asomados a la barandilla de la terraza, observando a vista de águila el hormiguero de gente que recibe al caudillo, esperando el momento en que el coche presidencial enfile el paseo de Gracia.

—No sé si ustedes son conscientes de que aquí tienen un diamante en bruto. —Pasa cariñosamente la mano por el hombro de Berta—. Esta chica posee un gran talento.

—Sí, no sabe lo orgullosísima que me siento de sus intervenciones en la radio. Mi niña hablando para miles de personas. Es un regalo del cielo que nunca pude imaginar que sucedería. —Eleonora sonríe comedida porque la norteamericana y aquella lujosa casa le imponen.

—Ahora tenemos que pensar qué vamos a hacer con todo este potencial.

—¿A qué se refiere? —Eleonora maldice el gallo que le ha salido.

—Pues que Berta podría tener mucho futuro tanto en la radio como en el mundo de la publicidad.

—¿Qué quiere decir con *el mundo de la publicidad*? —Eleonora fracasa en el intento de no parecer alarmada.

—Su hija podría trabajar como modelo. —Eleonora mira a Sebastián como si le hubieran dado una descarga eléctrica—. Ya sé que la profesión de modelo no está bien vista en algunos ámbitos —se avanza Jacqueline—, pero las cosas están cambiando. La propia palabra *modelo* lo indica: un modelo que seguir. Las mujeres necesitamos modelos, chicas decentes que se ocupen de su apariencia sin caer en la vanidad. Berta posee esa cualidad innata.

La aludida no sale de su asombro. Esos son los mejores argumentos para convencer a sus padres, aunque duda mucho de que la norteamericana los suscriba.

—Como sabrán, yo soy fotógrafa, y me he permitido mostrar unos retratos de su hija a un amigo que tiene una agencia de publicidad. Y está muy interesado en que protagonice un anuncio en la prensa justo después del Congreso Eucarístico. Podría ser el inicio de una carrera prometedora para Berta, por no hablar de la oportunidad que también podría tener en la radio si se quedara. Y, evidentemente, ambos trabajos, por supuesto, serían bien retribuidos.

Jacqueline ha pisado el acelerador demasiado rápido.

—¡Uy, pero eso no va a ser posible porque nosotros tenemos que volver al pueblo! —responde Eleonora—. Le agradezco muchísimo su interés y sus palabras sobre Berta. La verdad es que me emocionan, pero me temo que nuestra vida es otra...

—Espérate, Eleonora —interviene su marido—. No podemos precipitarnos.

—Tómense su tiempo para pensarlo. Yo solo les digo que Berta tiene mucho talento y que sería una pena que se desperdiciara. —Jacqueline se asoma al balcón y lanza un gritito—. ¡Ahí está! El coche presidencial.

Tres coches recorren el paseo de Gracia rodeados por los jinetes de la Guardia Mora, que desfilan a caballo con sus exóticos turbantes. Desde la altura parecen de juguete, soldaditos minúsculos, cochecitos que uno podría aplastar.

Las dos copas de *champagne* francés y esos bocadillos que llaman canapés y que están hechos del pan más suave que ha probado en su vida, que se funde en la boca como la eucaristía, le sueltan la lengua a Elvira.

—Oye, Gabriela, ¿qué es lo que Berta le quiere decir a Carmen?

—Eso es algo entre ellas dos. Entiéndeme, no estaría bien que yo me metiera en medio —responde la otra con suavidad.

—¿Y por qué no? —insiste.

—No sé, porque sentiría que traiciono a Berta. Y puestos a hacer preguntas, ¿de verdad has pasado a ver cómo me encontraba? Ya viste que el mareo se me pasó. ¿Por qué no me dices tú a qué has venido?

La muchacha se encoge de hombros. Piensa, piensa, Elvira, y no metas la pata, que Carmen te mata.

—Pues no sé por qué lo ves tan raro. Me quedé preocupada. Es que imagino cómo debes de sentirte y me sabe mal...

—Gracias, pero supongo que me lo he buscado.

—¡Ay, hija, no te culpes, que bastante tienes! Y sí, será pecado y todo eso, pero tampoco es que hayas matado a nadie por acostarte con alguien.

—Por Dios, baja la voz —le pide alarmada Gabriela, aunque la otra está susurrando.

—Tranquila, chica, que nadie me oye. Que yo soy muy discreta para estas cosas. —Baja aún más la voz—: Lamento lo que te pasa. Créeme, te entiendo.

~

Jacqueline está cansada de sus invitados. Siempre es así: le encanta montar fiestas, pero después se aburre y desearía que todos desaparecieran con un chasquido de dedos. Apenas ha bebido ni se ha drogado desde que empezó el Congreso Eucarístico y eso lo hace todo aún más tedioso.

Se escabulle de sus invitados para colarse en la habitación de Ernesto. Lo encuentra sentado en el escritorio, doblando cartulinas con las manos. Lleva toda la mañana así, haciendo figuritas de papel que forman un pequeño ejército de animales dispuesto encima de la mesa. Apoya la mano sobre su hombro.

—¿Aún lo conservas? —pregunta señalando el libro que tiene sobre el escritorio.

Amor y pedagogía de Miguel de Unamuno en una edición muy antigua, la única que contiene un prólogo dedicado a la papiroflexia.

—Sí. —Su sonrisa no es tierna ni amarga, es otra.

—Los invitados están a punto de irse.

—Ahora voy, ¿cuántas mujeres hay?

—Nueve.

Ernesto saluda a los invitados y les obsequia a ellas una figura de papel. Ramona abre mucho la boca y los ojos cuando le tiende una ranita verde.

—¿Lo hace usted? —Él asiente sonriente—. ¡Me encanta! ¡Mil gracias!

—¡Uy, qué bonita! Una pajarita. ¡Qué graciosa! ¿De verdad es para mí? —eleva la voz Elvira, que no está acostumbrada a recibir regalos y menos de un hombre que pese a su aire descuidado a ella le resulta atractivo.

—Por supuesto, es una tontería. Es una forma que tengo de matar las horas.

A Berta le ha reservado un elefante rosa.

—¡Es precioso! Muchísimas gracias. No sospechaba que fuera usted un artista.

—Ya me gustaría ser un artista. Yo solo copio. Por cierto, ¿cómo van sus sabañones?

El recuerdo de la desnudez de sus pies le hace agachar la cabeza.

—Mucho mejor, le estoy muy agradecida.

—No tiene por qué. Fue un placer poder ayudarla. ¿Cómo siguen sus intervenciones en la radio? —pregunta distraído.

—Bien, mañana tengo que volver a grabar.

—Es una pena que tenga que leer lo que le mandan. Seguro que usted tiene cosas más interesantes que decir.

—¿Por qué piensa eso?

Ernesto resopla y ríe a la vez.

—Fíjese en la pregunta que ha hecho. Otra se hubiera quedado callada. Usted tiene cosas que decir y es una pena que no se lo permitan. Pero, bueno, todo el mundo tendría cosas que decir si pudiera hablar... Y a usted le toca leer.

Tendría muchas cosas que decir y una de ellas sería que no lo soporta.

~

Carlos no consigue hablar por teléfono con Berta, pero cuando Úrsula vuelve a la radio la convence de que le permita llevar aquella noche a la chica junto con Gabriela y Ramona a la misa multitudinaria de la plaza Pío XII, aunque su intención secreta es conducirlas después al espectáculo de las fuentes luminosas de Montjuic. Tampoco le comenta la noticia que le dará a Berta porque intuye que a su jefa no le hará mucha gracia.

Quiere compartirla con ella, pero sobre todo quiere verla. Necesita verla. No puede pensar en otra cosa.

5

Tarde del miércoles 28 de mayo de 1952

Ernesto vuelve a su habitación y ojea las instrucciones del libro de Unamuno, aunque ya se las sabe de memoria, y observa una cartulina azul. ¿Y tú qué eres? Tienes pinta de león. Aunque igual preferirías ser un ratón.

~

Hasta principios de 1937 a Ernesto Vila nunca se le ocurrió preguntarle a una lámina de papel qué quería ser. Entonces, una cartulina era solo una cartulina y, aunque todo era más difícil, las cosas estaban más claras. Él era médico. Un médico que quería ir al frente, pero había prometido no hacerlo. Que esperaba compartir dos secretos más con Valentina para despertarse a su lado. Todo era más difícil, pero las cosas estaban más claras.

Su casa en la Bonanova se había convertido en una pensión para médicos, con la salvedad de que nadie pagaba por el alojamiento. Cada cual aportaba lo que podía de su cartilla de racionamiento y Luisa, la esposa del doctor Benavente, se encargaba de aprovechar al máximo los alimentos, aderezándolos con generosas dosis de imaginación. Tortillas sin huevo, estofado sin carne. Luisa Benavente era una auténtica ilusionista de la cocina. Nada por aquí, nada por allá, pero mira qué plato te vas a zampar, solía bromear. El matrimonio fue el primero en mudarse después de que su edificio fuera el único que quedara en pie tras un bombardeo.

—No hay que tentar a la suerte —argumentó el doctor cuando le rogó que los alojara.

Vivir en el barrio viejo era tener demasiados números en la lotería de la mala suerte. Los aviones que despegaban desde Mallorca hostigaban la parte baja de la ciudad, la que tenían más a mano, la más pobre, la más revolucionaria... Rara vez se aventuraban por los barrios altos, pese a que la defensa antiaérea de la ciudad brillaba por su ausencia. Los Benavente iniciaron sin proponérselo un peregrinaje de médicos con sus familias, que permanecían unos días o una temporada allí alojados. Nunca quedaban habitaciones desocupadas, y en algunas ocasiones el comedor se cubrió de colchones y personas que Ernesto ni siquiera conocía. La casa de su infancia se había convertido en otra cosa, más suya, más coherente con el fin del mundo.

Valentina era la única que se resistía a ser su inquilina y la única que él realmente deseaba que lo fuera. Se le escurría, con sus silencios y sus juegos. Desde que le soltó aquella enigmática propuesta de compartir tres secretos, se esforzó por ganar la partida.

—Copié en el examen de acceso a la universidad. Eres la única persona que lo sabe. Ya compartimos un secreto —le susurró mientras los dos buscaban vendajes en el almacén.

Ella sonrió, se acercó, miró a lado y lado, lo besó rápidamente y le susurró:

—Buen intento. Pero ese es un secreto tuyo. No tiene que ver conmigo. Tiene que ser un secreto de los dos.

Entonces fue él quien la besó y tuvieron un encuentro rápido e intenso.

Unas semanas después, a la salida del hospital, sin mediar palabra, como ya era tradición, él se encaminó hacia el discreto jardín de siempre para hacer lo de siempre.

—No —dijo ella sujetándole el brazo—. Hoy necesito hablar contigo. Vamos a la cafetería de la esquina.

Una vez allí, Valentina se quedó un rato mirando el cristal del establecimiento antes de tragar saliva y estrenar una mirada cómplice, brillante y directa:

—Necesito un favor. Sor Visitación, bueno, la enfermera Visitación a secas, ahora que no se la puede llamar sor, tiene neumonía. Está muy mayor y no sobrevivirá si no se le administra penicilina. Yo he intentado cogerla de la botica, pero los milicianos la controlan y no van a permitir que la desperdiciemos en una monja anciana. Tienes que ayudarme a robarla.

No esperó respuesta. Le expuso el plan que había urdido: ella entretendría al vigilante y él entraría a por el medicamento. No se lo estaba pidiendo y tampoco se lo ordenaba. Era algo que debía hacer. A ojos de Ernesto, consolidaba el vínculo que mantenían. Y le alegró.

—Este es nuestro segundo secreto —le susurró Valentina cuando él deslizó el frasco de penicilina en el bolsillo delantero de su delantal.

El tercero llegó a finales de 1937, cuando escuchó las quejas de un hombre con la pierna derecha cubierta de sangre espesa.

—Herida de bayoneta en el muslo —informó Valentina.

Los brigadistas lo habían descubierto escondido en el sótano diminuto de una casa y cuando intentó huir le habían clavado el arma ocasionándole aquel corte profundo con muy mal pronóstico.

—A este lo dejáis para el final, que es un cerdo capitalista —había ordenado un miliciano—. Primero atended a los nuestros.

Aquel hombre se estaba desangrando y no llegaría vivo a la tarde.

—Llévalo al pabellón dos, que hoy está más tranquilo, y yo me reuniré contigo en cuanto pueda —le susurró el médico a la enfermera para que no le oyeran.

Valentina ya estaba moviendo la camilla en dirección al pabellón indicado antes de que acabara la frase. En el trabajo, como en sus escarceos, los dos se avanzaban a las necesidades del otro. Cuando Ernesto se reunió con ellos, Valentina ya le había administrado una sedación mínima, pues la anestesia era un bien escaso. El hombre estaba despierto, aunque tenía la mirada vidriosa.

—Sería mejor que me dejaran morir, la verdad, porque si no lo acabaré haciendo en la cárcel y sin pierna —comentó sereno, casi irónico, mirando muy fijamente al médico como si fueran amigos de toda la vida.

—Ahora no es momento de morir. Y tampoco de perder piernas. De eso me encargo yo —decretó Ernesto.

Cumplió su promesa. La operación no fue complicada, pese a que la carne había empezado a gangrenarse alrededor del músculo. Siguiendo el método

Trueta, amputó únicamente la necrosis, drenó la herida e inmovilizó la pierna. Para la recuperación del paciente hacía falta algo de lo que no disponían, y esta vez no por culpa de la carestía: tiempo, pues los milicianos acostumbraban a revolotear como buitres alrededor de los enfermos del otro bando.

José Ángel Palacios, que es como se llamaba, era un hombre pequeño y fornido de unos cuarenta y muchos o cincuenta y pocos, con una mirada chispeante bajo unos párpados caídos, una piel extremadamente rosada y una portentosa capacidad para contemplar la vida desde los ángulos muertos y las costuras, captando detalles que nadie comprendía y dándoles sentido. Pero sobre todo era un tipo simpático, de esos que caen bien sin esforzarse, que siempre tienen una broma ingeniosa a punto. Incluso los milicianos le reían las ocurrencias.

—Si me habéis hecho un favor, chicos —les decía—. Prefiero que acabéis fusilándome antes que pasarme el resto de la guerra en ese sótano tapiado al lado de un cura, muy buena persona, eso no se lo quito, pero más aburrido que un día sin pan. ¡Me obligaba a pasar el rosario a diario! No, hijos, eso sí que era una condena. Prefiero cantar *La Internacional* que volver a pasar el rosario...

Los milicianos no eran los únicos que coreaban sus gracias; lo hacían los pacientes y las enfermeras, en especial las enfermeras, e, incluso, las que habían sido monjas no podían contener una sonrisa. José Ángel Palacios aprovechó su notoriedad para pedir un favor: diarios viejos, cartones de cajas de medicamentos o cualquier folleto de propaganda. Y ahí aumentó aún más su popularidad obsequiando a todo el que se acercara a su camilla con una figurita de papel.

Anda, José Ángel, hazme una serpiente para mi hijo, le pedía un miliciano. Y a mí una flor para mi novia, solicitaba otro. Y el hombre consultaba *Amor y pedagogía* de Miguel de Unamuno para satisfacer las demandas de su público. Por la noche, apretaba el libro contra el pecho por miedo a que se le cayera de la camilla. Un día el jefe de los milicianos pasó de largo por su lado, pero después reculó y le arrebató el ejemplar.

—¡Unamuno es un traidor! ¡Y tú también por leerlo! —gritó enfurecido—. Voy a quemar este libro y a ti te vamos a llevar al calabozo.

José Ángel se encogió de hombros.

—Tranquilícese, que a Unamuno ya le gustaría ser un traidor, que el hombre está que no se aclara, hay que ver... tanta inteligencia y tanta indecisión.

—Que no es un traidor, que le plantó cara a Millán-Astray —apuntó otro enfermo.

—Y lo de quemar libros no les pega a ustedes, los republicanos... Es más típico de los cerdos capitalistas como los míos —soltó una risita—. Ya se han quemado demasiadas cosas en esta guerra, no quemen ustedes sus principios.

El miliciano apretó las mandíbulas y le devolvió el libro. Ernesto, que había presenciado la escena, entendió entonces que ser un tipo simpático era más útil para la supervivencia que el dinero, las influencias o la ideología. Y deseó que su paciente no acabara en el paredón.

—Hijo, eres muy afortunado, no la dejes escapar —le espetó a Ernesto en una de sus visitas.

—¿A qué te refieres? —respondió él.

Paciente y médico se tuteaban de forma natural desde el primer día.

—A Valentina, ¿a quién me voy a referir? —comentó molesto—. Que una mujer como ella te haya elegido es un honor.

—¿Te lo ha dicho ella? —preguntó Ernesto.

—No, pero hablamos mucho y yo soy perro viejo para estas cosas.

—¿Habláis mucho? —interrogó extrañado y celoso.

José Ángel soltó una carcajada, que acabó en una mueca de dolor porque se resintió la herida.

—¡Claro que hablamos mucho! Y nunca de ti, por eso lo sé.

Ernesto esperó a que continuara la frase, pero abrió su libro y se sumergió en una cartulina.

—¿Tú qué crees que quiere ser este trozo de periódico, un ratón o un león? —le preguntó al poco.

A Ernesto le importaba poco la papiroflexia, su vida era menos fácil, pero más clara en aquellos tiempos como para permitirse tener una afición.

—Pues ni idea —respondió sin mucho interés—. Un león.

—¡Ay, doctor, cómo eres! Me has contestado sin mirar la cartulina y así seguro que no encuentras ninguna respuesta. Todos, incluso una triste cartulina, merecemos ser mirados. Todos queremos ser algo y acabamos siendo otra cosa. U obligando a los demás a que sean lo que queremos. Así nos va... —Levantó la ceja con complicidad para luego bajar la voz—. En la política y en el amor. Tú no puedes decidir qué quieres que sea Valentina, tendrías que averiguar qué quiere ser ella... No se puede convertir a un león en ratón ni a un ratón en león.

No entendió hasta mucho más tarde aquellas palabras.

—Estás listo para que te dé el alta y estoy alargando la recuperación en los informes..., pero ya no sé cómo hacerlo —le comunicó con tristeza días después.

—Tranquilo, hijo, ya has hecho lo que has podido. Al menos moriré entero, con mi pierna —empujó una sonrisa más sarcástica que irónica.

Un par de días antes Valentina ya había decidido que aquel no sería el final de José Ángel Palacios. Cada mañana y cada noche lo trasladaba a otro pabellón para despistar a los milicianos. Su prioridad hasta entonces había sido no meterse en líos por las consecuencias que supondría para su hermano y para su tía que ella perdiera el trabajo. Pero por una vez se saltó la norma.

—Tenemos que sacarlo del hospital —le dijo a Ernesto.

—Llevo días pensando en lo mismo... Tendríamos que llevarlo a mi casa, pero ahí no podría quedarse mucho tiempo.

—Eso no es problema. Él tiene contactos que lo llevarán a la zona nacional. Solo tenemos que trasladarlo a tu casa durante una noche y los suyos vendrán a por él. Lo tengo todo hablado.

No le quedó duda de que hablaba con José Ángel mucho más que con él, pero eso eran niñerías: estaba en juego la vida de un hombre.

Dos noches después, los tres entraron en la casa de la Bonanova.

—¡Caray con el médico republicano! Tienes una casa más grande que la mía, la de un cerdo capitalista —bromeó José Ángel.

Se habían encerrado en la habitación de Ernesto, la más espaciosa, la que antes había ocupado su madre. No querían levantar sospechas entre los doctores que vivían en la casa: una denuncia en esos momentos daría al traste con su plan.

—¿Por qué lo habéis hecho? —les preguntó.

Médico y enfermera habían insistido en que se echara en la cama, pero él prefirió sentarse en el diván. Las rayas rosas y blancas de la tapicería, que tan de moda habían estado en su momento, tenían algo grotesco en el contexto de la guerra.

Valentina, sentada en la cama, balanceaba caprichosamente las piernas. Ernesto se había quedado de pie, cerca de la puerta, fumando un cigarrillo. No quedaba en él rastro del inseguro estudiante de hacía un año y pico. Todos sus gestos destilaban seguridad, e incluso su gran nariz y sus gruesas gafas le conferían un toque que ella consideraba muy atractivo.

—Porque nos cae bien el cerdo capitalista —bromeó el médico.

—Es muy frustrante salvar a alguien para... —Valentina dudó— para que no sirva de nada.

José Ángel sonrió.

—Gracias. —Se quedó callado por unos instantes—. ¿Habéis pensado en qué vais a hacer cuando acabe la guerra?

Valentina se levantó y miró por la ventana a través de la cortina.

—Cuesta pensar que acabará —musitó.

—Pero lo hará, queridos míos, y no será fácil para vosotros, que vais a perderla.

Verbalizó algo que los dos sabían. Ernesto se acercó a Valentina y le rozó suavemente el hombro. Ella se volvió y le acarició la mejilla.

—No pensemos en eso ahora —dijo Ernesto girándose hacia el paciente—. En la bodega tengo escondida una botella de whisky y no se me ocurre mejor ocasión para abrirla.

Al poco, los tres estaban brindando con unos delicados vasos de cristal tallado.

—Por el fin del mundo —dijo Valentina antes de beberse el whisky de un trago.

—Y por lo que venga después —apostilló Ernesto.

—Vamos a soñar. ¿Qué os gustaría que os pasara? No digo lo que ocurra con la guerra, sino en vuestra vida —comentó la enfermera mientras llenaba de nuevo los vasos.

Valentina tenía la extraña habilidad de escaparse de la realidad, reduciéndola a un juego que solo ella comprendía. Aquel dio mucho de sí. José Ángel reconoció que su sueño sería mudarse a Estados Unidos.

—España se convertirá en un lugar invivible para los que perdáis la guerra, pero también será muy deprimente para alguien como yo, que aunque sea rico lo que quiero es disfrutar de los placeres de la vida. —Apuró el tercer vaso—. Yo no quiero ser el más rico del cementerio, me gusta idear negocios, tratar con gente y también ir a fiestas y comprarme lo que deseo sin sentirme culpable por ello. Supongo que eso es lo que me convierte en un cerdo capitalista.

Los tres rieron antes de que le tocara el turno a Ernesto, que revivió su antiguo sueño de abrir una zapatería en París. Valentina, que tenía las mejillas encendidas, soltó una carcajada y le preguntó por qué.

—Hay algo mágico en los pies. Nos sostienen, son la parte de nuestro cuerpo más alejada de la cabeza y de las ideas... la más terrena y pura.

Los tres volvieron a reír sin saber si la razón era el whisky o aquella elegía a los pies. José Ángel y Ernesto le preguntaron a Valentina cuál era su sueño y la chica ladeó la cabeza y se tocó el cabello. Estaban sentados en el diván, ella en el centro y ellos clavándole la mirada a la espera de una respuesta que la joven aplazaba con coquetería. Apoyó la cabeza en el hombro de José Ángel y acarició la pierna de Ernesto. El paciente pasó la mano inocentemente por la cabeza de la chica, que le devolvió una mirada confusa e intensa. Lo abrazó, a la vez que atraía al médico hacia su pequeño cuerpo, aún más pequeño entre los de aquellos dos hombres corpulentos, pero mucho más poderoso y esencial en aquel instante. Besó a José Ángel y se giró lentamente para detenerse, como si el tiempo hubiera desaparecido, antes de hacer lo mismo con Ernesto. Se los quedó mirando y soltó una risa ebria llena de significado que desencadenó una secuencia de movimientos torpes al principio, apasionados al poco y desesperados todo el tiempo.

Aproximadamente una hora después, los tres, desnudos en la cama, se pasaban la botella, ya sin copas por medio.

—No puedo imaginarme el futuro, me gusta la libertad del fin del mundo... —dijo Valentina mirándolos a los dos antes de acurrucarse en el pecho de Ernesto.

José Ángel se apartó un poco y los observó con ternura de invitado agradecido o de padre protector. Al cabo de unas horas, cuando el médico y la enfermera se despertaron, el paciente ya no estaba con ellos. Encima de la cama, el libro de Unamuno y dos figuritas: un león y un ratón.

A partir de ese día, Valentina empezó a llamar Ernest, con acento en la primera e, a su pareja, traduciéndolo al inglés, como solo hacía con la gente a la que quería. Y aceptó mudarse a su casa.

6

Noche del miércoles 28 de mayo de 1952

—¡No me lo puedo creer! —exclama Berta—. No será una broma, ¿verdad?

Abre los ojos de esa forma tan loca y tan viva, y Carlos siente una sacudida, como si una mano invisible le estrujara el estómago.

—Yo no bromearía con algo de trabajo..., con algo que personalmente también me hace mucha ilusión —asegura.

Berta tiene ganas de abrazarlo, pero las contiene y lo hace con Gabriela, que no sabe muy bien qué decir, y después con Ramona, que lo tiene más claro.

—Pero volverás al pueblo con nosotros, ¿verdad?

No contesta porque en ese momento resuena el himno del congreso en la plaza Pío XII, presidida por el faraónico altar, con esa cruz iluminada en mitad de la noche como un faro sin puerto que guía a miles de congresistas rendidos ante la fe orquestada por decenas de curas y monaguillos con sus hábitos de gala, de seda, de puntillas, rebosantes de fe, exultantes de orgullosa humildad católica. Están en una multitudinaria misa nocturna donde la religión se ha transformado en emoción. Y sin embargo, en ese momento no hay nadie más emocionado que Berta por razones absolutamente terrenales.

Los cuatro han cogido el tranvía para llegar hasta allí, pero como estaba a rebosar han bajado tres paradas antes. A Carlos le quemaba en la garganta la noticia que tenía que darle.

—Tengo algo que contaros que os va a gustar. En especial a Berta. Justo ayer, cuando estaba en la radio, me llamó María, una de las locutoras.

—Es una chica muy maja, se encarga de las presentaciones del consultorio —le ha aclarado Gabriela a su prima.

—¿Qué son las presentaciones del consultorio? —ha preguntado Ramona.

—Es esa voz que dice: Y ahora vamos a pasar a leer la consulta de una oyente preocupada o Son las siete y diez y están sintonizando el consultorio de la doctora Elena Francis. —Gabriela imita el tono radiofónico y a Ramona no le hace falta más.

—Pues bien, a lo que iba, ayer me llamó muy afligida.

—¿Le ha pasado algo?

—A ella no, a su hijo —suelta con impaciencia—. El niño tiene sarampión.

—¡Pobrecito! Ese crío nunca ha tenido muy buena salud —comenta Gabriela.

—Es justamente lo que me ha dicho ella. No se siente cómoda trabajando fuera de casa y esta ha sido la gota que ha colmado el vaso, así que ha decidido dejar la radio.

—¡Qué pena, porque ella disfrutaba con lo que hacía! Siempre iba con prisas, pero cuando se ponía delante del micrófono se la veía feliz.

—El caso es que... —mira a Berta— su puesto ha

quedado libre. Y como ahora soy el guionista del consultorio y tengo que encontrarle reemplazo, he pensado pedirte, Berta, que tú sustituyas a María durante estos días del congreso, en los que no hay ni una locutora libre. Estoy convencido de que después no será complicado que te ofrezcan su puesto.

Mientras suena el himno del congreso y durante la misa, Berta repite la conversación una y otra vez. Ramona la sujeta del brazo muy fuerte y le susurra: Qué preferirías, conseguir ese trabajo o casarte con el amor de tu vida.

—Ramona, ahora no es el momento, que estamos en misa.

La niña se aparta un poco de ella y se acerca a Gabriela, que le acaricia la cabeza. Le gustaría chasquear los dedos y regresar al pueblo. Y sobre todo, que Berta volviera a ser la misma, porque por muy orgullosa que se sienta de ella, cada vez la siente menos ella.

Las tres chicas lloran al final de la ceremonia como los feligreses, que lo hacen llevados por la emoción del acto. Pero las lágrimas de ellas obedecen a otras razones que poco tienen que ver con la fe.

—Y ahora vamos a las fuentes de Montjuic —propone Carlos.

—Se ha hecho un poco tarde —contesta Gabriela.

—Es una oportunidad única para que tus primas disfruten de uno de los espectáculos más bellos de esta ciudad; algo que además no pasa todos los días. ¿Tú las has visto?

Asiente. Sí, vio las fuentes luminosas años atrás con sus padres y con tío Hans. Él le regaló una nube de azúcar y no despegó la mano de su hombro en un gesto cariñoso y protector que la llenó de orgullo. Eres una niña muy buena, le repitió aquel día, que ella recordó durante un tiempo como uno de los mejores de su infancia y que ahora adquiere el tinte insano de la premeditación. Pocas semanas después fue cuando tío Hans les pidió que fueran a leerle a su casa.

Las fuentes son las mismas, pero ella ya no sabe quién es, aunque sí quién querría ser: aquella niña que observaba boquiabierta el espectáculo con la piel intacta. Esa niña que es ahora Ramona, que suelta grititos de sorpresa con cada nuevo color que surca las fuentes. El rojo, que parece más bien rosado, es el que más ovaciona, provocando alguna sonrisa entre los que se apiñan a su alrededor y le roban el aire a Gabriela.

—No me encuentro bien —le susurra a Berta.

Ella en ese momento no puede encontrarse mejor. Nunca ha visto un prodigio similar. La fuente dispara chorros en una danza endiablada y cada nuevo color que los ilumina provoca un aplauso. El rumor del agua es atronador, primitivo y salvaje. Cuando cierra los ojos aquel rugido nace de las entrañas de la tierra, y cuando los abre el agua la envuelve en un baile que representa la elegancia de la ciudad y la domesticación de la naturaleza. Y ahí está Carlos, su respiración, el roce de su cuerpo, su olor...

—Me estoy mareando —insiste Gabriela con una palidez iluminada por el azul de las fuentes.

—Ramona, acompaña a Gabriela fuera de aquí, a la plaza de toros —ordena Berta antes de dirigirse a Carlos—. Quiero subir las escaleras para ver mejor el espectáculo.

La niña tiende el brazo esperando que su hermana la sujete, pero eso no ocurre. Gabriela y Ramona no tienen tiempo de reaccionar porque Berta se separa de ellas seguida de Carlos y la multitud la engulle. Se miran confundidas y se abren paso con dificultad entre el gentío en dirección a la plaza de toros de las Arenas, el lugar en el que han quedado en reunirse si se perdían. Pero no se han perdido y avanzan perplejas por su actitud.

Carlos también está sorprendido por el comportamiento de Berta, que no mira atrás y se abre paso entre la maraña humana para alcanzar las escaleras y hacerse un lugar entre los cuerpos plantados que a regañadientes apuran el escaso espacio que los separa para hacerles un sitio.

Berta observa el espectáculo con los ojos muy abiertos, centelleantes de esa locura que a Carlos le parece tan viva. La mira, pero sobre todo la siente. El roce de sus caderas, el olor azucarado de su melena ondulada y el tacto de su brazo, que se acerca como por casualidad haciéndole olvidar que están rodeados de gente. El estruendo del agua y el griterío son la música de fondo de su agitación, igualmente impetuosa y descontrolada. Porque no, Carlos no ha experimentado algo así antes; porque por mucho que rebusque en sus recuerdos ninguno tiene esa intensidad que le sacude de la cabeza a los pies, una intensidad que no le gusta porque le hace sentir como un niño desvalido, pero a la vez le gusta porque le hace sentir como un niño temerario.

No, eso no lo ha experimentado antes, aunque había algo muy parecido en el inicio de sus relaciones anteriores, en esa borrachera de expectativas previas a la resaca de la decepción.

Ahora, al lado de Berta, que de puntillas junta las manos como si le rezara al agua, siente la plenitud que le ofrece su cercanía. Ella, que abre los ojos como una loca que devora el mundo, que muestra sus costuras en los vestidos prestados y en los trompicones de sus andares, es la única que puede completarle. Eso no lo ha sentido nunca antes.

Las columnas de agua apuntan sólidas al cielo en el grandilocuente final del espectáculo, estallando en colores que cambian abruptamente. Berta aplaude más que nadie y echa atrás la cabeza esparciendo una fragancia de azúcar.

—¡Es lo más increíble que he visto en mi vida! —exclama.

Carlos no la escucha; apoya sus manos en esas caderas demasiado anchas y hunde los dedos en la cabellera ondulada sosteniendo su cabeza para besarla, no para rozar sus labios, sino para abrirse camino, para entrar a través de su boca en sus pensamientos, en sus costuras, en su futuro.

A Berta nunca la han besado así ni ha experimentado una excitación como la que le recorre el cuerpo y la deja temblando abrazada a Carlos.

—Te quiero, Berta Gascón —declara Carlos antes de volver a acercarse a su boca con un movimiento más lento, menos precipitado, más profundo.

—¡Qué vergüenza! ¡Alguien debería denunciar esto! —grita una mujer desde lo alto de las escaleras.

Los dos se giran y ven cómo la señora baja las escaleras con el índice apuntando al cielo y repitiendo: Que los detengan.

Carlos coge de la mano a Berta y corren escaleras abajo apartando a los que encuentran a su paso.

—Camina despacio, si corremos levantaremos sospechas.

Ella asiente, con las mejillas enrojecidas, dando grandes pasos sin mirarlo hasta que se acercan a la plaza de toros.

—¿Has pasado miedo? —pregunta él preocupado.

—Sí y no —dice risueña—. Tenía miedo, claro, pero cuando hemos corrido... ha sido emocionante...

Carlos se para un momento para mirarla y ella entorna los ojos en un gesto que encierra la misma locura que cuando los abre mucho.

—Eres un peligro.

—¿Yo? —Se señala en el pecho teatralmente para después levantar la mano para saludar—. Ahí están Gabriela y Ramona, a ver si se ha recuperado ya.

Él se acerca un poco, lo suficiente para repetirle al oído: Te quiero, Berta Gascón.

7

Mañana del jueves 29 de mayo de 1952

Es la peor mañana del mundo. Ramona está completamente convencida de que no ha habido ninguna en sus doce años de existencia que se compare en fatalidad, vergüenza y decepción.

—¡Salta! ¡Salta! —jalean Mario y Alicia desde el terrado.

Es la prueba definitiva: o salta o no pertenecerá nunca al club de los niños asesinos y volverá a ser una pueblerina. El espacio entre los dos edificios no es mucho, pero ella nunca ha sido muy hábil, por no decir que sabe de sobra que es una niña patosa. Tiene que hacerlo. No puede hacerlo.

Lo que ha ocurrido antes de llegar a este instante anunciaba el desastre al que ahora se enfrenta. Berta estaba esquiva y ni siquiera cuando se han quedado a solas en la habitación, mientras Gabriela estaba en el baño, ha logrado su atención.

—Qué preferirías: ¿hacer algo peligroso para conseguir una cosa que deseas mucho o no hacerlo y perder la oportunidad?

—¡Ay, Ramona, creo que hemos jugado tantas veces a este juego que ya no nos hacemos preguntas interesantes! No entiendo a qué te refieres.

El baño ha quedado libre y Berta se ha ido sin responder, dejándola ahí con la duda.

—¡Salta! ¡Salta! —repiten, y por mucho que los mire al borde del llanto no hay ni un atisbo de piedad en ellos.

Se aleja para coger impulso. Tiene que hacerlo. No puede hacerlo. Lo hace. Corre. Justo cuando está a punto de llegar, frena. Resbala por la inercia, sus pies se deslizan sin que pueda pararlos y el corazón se le sale por la boca, convencida de que va a caer, de que va a morir. El cuerpo se resiste hasta que su espalda se arquea y cae al suelo. Los pies asoman al precipicio y se convence de que podría haber muerto.

—Lo sabía, eres una cobardica —le dice Mario.

Alicia, en cambio, se agacha para ver cómo está.

—¡Podría haberse hecho daño! —le recrimina a su hermano.

—No si hubiera saltado —dice él—. Mira, es así de fácil. —El niño retrocede y corre para saltar ágilmente al otro edificio.

Lo hace tan rápido y sin dudar que Ramona se siente aún más estúpida y rompe a llorar.

—¿Lo ves? —grita desde el otro edificio—. ¡Ahora tú, Alicia!

La niña, que hasta ahora le sujetaba con cariño el brazo, se levanta solemne, se encamina hasta el extremo del terrado y tras una larga carrera da una zancada perfecta que la sitúa al lado de su hermano.

—Inténtalo otra vez, Ramona, no es tan difícil —la anima Alicia.

Pero ella aún recuerda la fuerza de la inercia engulléndola hacia el abismo y el dolor en la cadera por la caída. No quiere estar ahí, no quiere que sus amigos le digan que no puede formar parte del club de los niños asesinos. No quiere oírlos más y echa a correr, esta vez hacia la puerta de salida, y baja los escalones de tres en tres hasta llegar a casa de su tía. Berta sabrá qué hacer. Pero Eleonora le cuenta que se ha ido con Gabriela y la niña aprieta los puños con rabia: le había prometido que la esperaría. Y siempre que Berta no está con ella le suceden cosas malas.

~

Es el tercer día que Carmen no tiene noticias de Maximiliano y lo que más le molesta es seguir esperándolas.

—¿Por qué no vas a comprar vino a granel a la taberna del Toño? Ahora vendrán las chicas y no tengo nada que ofrecerles.

—Esas chicas no tienen pinta de tomar vino por la mañana —replica Elvira, porque parece mentira que su amiga no sepa que cuanto menos salga menos posibilidades tendrá de encontrarse con Andrés—. Con un vaso de agua van servidas.

—Pero yo no —ríe—. A saber qué me quieren decir, y sea lo que sea siempre pasa mejor con un vinito. Tú ya estás arreglada. —Mira el reloj—. ¡Uy, me voy a adecentar un poco, que vienen dentro de diez minutos! Anda, coge dinero del jarrón de la entrada y hazme ese favor, que no vas a tener tanta mala suerte de volverte a encontrar con Andrés.

Carmen entra en el baño sin esperar respuesta y la chica rebusca con tanto ímpetu en el jarrón que se le caen todas las monedas y suelta un grito de rabia. Sale a la calle y respira aliviada al ver que Andrés no está. Camina deprisa hacia la taberna y Toño le rellena la garrafa de cristal sin apenas mirarla, cuando normalmente bromea con todo el mundo. Él también lo sabe, él también le recrimina que haya dejado a su chulo. Pero el silencio del tabernero no es nada en comparación con los gritos de Andrés, que ahora sí está apostado en la calle Hospital, a pocos metros de la casa de Carmen, y la única forma de llegar allí es sortearlo.

—Tú no puedes pasear por el barrio. —Mastica las palabras y algunas se le atragantan—. ¿Qué te crees, que después de lo que has hecho eres libre de ir y venir como te plazca? Una cosa es que no vayamos a por ti hasta después de esta mierda de congreso y otra que vayas provocando, moviéndote por donde te dé la gana. ¡Te vas a enterar! Ya puede decir misa Soto Mayor —farfulla el chulo, que parece un poco borracho.

Ella está paralizada, mira a lado y lado sin saber qué hacer. El hombre da tres pasos y se detiene. Solo puede correr en dirección contraria, alejarse de la casa y esconderse Dios sabe dónde, porque nadie la va a ayudar.

Antes de recular, siente la fuerza de dos brazos que la cogen, uno a cada lado, y la impulsan adelante.

—¡Corre! —grita Berta tirando de ella.

El otro lo sujeta Gabriela. Las tres chicas, agarradas del brazo, corren en dirección a la portería. Cuando pasan a la altura de Andrés, este hace un amago de atrapar a Berta, que es la que tiene más cerca.

—¡Déjenos! —grita la chica, y lo empuja con todas sus fuerzas.

El hombre pierde el equilibrio y trastabilla.

—¡Putas! —alcanzan a oír mientras entran en el portal y suben las escaleras a toda prisa; no abren la boca hasta que traspasan el umbral de la casa.

Las respiraciones de las tres chicas se entrelazan aceleradas como un coro desafinado. A Gabriela le tiemblan las manos, a Elvira las piernas. Berta se coloca la palma de la mano en el pecho, intentando calmar los latidos del corazón. Entran en el comedor y le relatan atropelladamente lo sucedido a Carmen, que finge no saber quién era ese hombre y qué pretendía mientras las observa con la curiosidad con la que un entomólogo analizaría un insecto sin acabar de comprender su extraño comportamiento, pero fascinado por él.

—¿Por qué me habéis ayudado? —les pregunta Elvira después de que tomen asiento en el comedor.

—¿Qué otra cosa podíamos hacer? Yo estaba muerta de miedo, pero Berta me ha dicho que te agarrara del brazo izquierdo y echara a correr. —Gabriela repite el gesto—. Y yo le he hecho caso.

Las tres chicas están sofocadas y no ofrecen demasiada resistencia a la copa que les sirve Carmen para calmar los nervios. El miedo ha cedido ante una sensación épica y poderosa. Elvira disfruta recordando la huida, flanqueada por dos desconocidas que no iban a dejarla en la estacada. Y, por supuesto, con lo pasmado que se ha quedado Andrés, que hace unos días le repetía aquello de ¿Crees que a alguien le importa lo que le pase a una puta como tú? Pues sí, por una vez, y aunque sea una excepción, a alguien le ha importado. Te jodes.

La primera copa ha pasado rápida, incluso para las que nunca beben, y antes de que se den cuenta, la anfitriona las ha rellenado. Los detalles y las impresiones, los agradecimientos y las explicaciones van apagándose y se impone la cuestión que las ha llevado allí.

—Tenéis un gran corazón y habéis sido muy valientes. Ha sido providencial que aparecierais justo en este momento... y os agradezco mucho que ayudarais a Elvira. Por eso —clava la mirada en Berta— quiero que sepas que estoy a tu entera disposición para contestar a las preguntas que te han traído hasta aquí.

—Bueno, verá usted...

Carmen levanta la mano indicando que no continúe.

—Por favor, tutéame, que somos familia.

Berta coge aire y escruta a Carmen buscando rasgos en común, algo que indique que es su madre, algo que le dé fuerzas para continuar.

—Como ya te comenté, tu hermano, Sebastián, y tu cuñada, Eleonora, me adoptaron siendo yo muy pequeña, porque, según me contaron, mis padres murieron durante la guerra. Me han dado todo su amor y les estoy inmensamente agradecida. Y sé que a ellos les duele en cierta forma que yo quiera saber quiénes fueron... o son mis auténticos padres. Pero es una pregunta que yo no puedo evitar hacerme. Y, bueno, he pensado que tal vez usted, digo tú, supieras quién es mi madre... porque tengo la sospecha de que ella no ha muerto.

La mujer está tan aliviada porque no se trate de nada relacionado con Sebastián como sorprendida porque crea que ella puede tener aquella respuesta.

—Pues, Berta, lo siento, pero no tengo la más mínima idea. Hace años que no veo a Sebastián; mi familia no se tomó bien, por decirlo finamente, que me fuera del pueblo. No sé qué te habrán contado, si te han contado algo —niega con la cabeza—, pero digamos que soy la última persona a la que nadie del pueblo le confiaría nada. Siento no poder ayudarte.

El goteo del vino que cae en las copas aligera el silencio. Berta le da un sorbito a la suya sintiendo un calor en las mejillas y una confianza que le permite continuar a tientas, sin ser capaz de juntar las palabras definitivas.

—Es que yo había pensado que tal vez la razón por la que viniste a Barcelona podría estar relacionada con... conmigo.

Carmen frunce el ceño durante unos instantes sin acabar de entender, hasta que de repente suelta una carcajada.

—¿No estarás pensando que yo podría ser tu madre?

Berta asiente cabizbaja y la mujer le coge la mano con cariño.

—Querida, perdona que me haya reído; entiendo lo importante que es esto para ti. Pero no. Yo nunca he sido madre. Nunca he querido serlo. —La chica la mira con un desconsuelo tan grande que la conmueve, por lo que añade—: Si lo hubiera sido me hubiera encantado tener a una hija como tú, pero no es así.

La decepción de Berta espesa la atmósfera: el techo parece achicarse y las paredes estrecharse. Aunque tal vez es porque todas empiezan a estar un tanto mareadas por el alcohol.

—Bueno, me alegro mucho de haberte conocido. Te rogaría que no les dijeras nada a mis padres si en algún momento los volvieras a ver... No quiero molestarte más.

Sin embargo, no hace el gesto de levantarse, incapaz de renunciar tan rápido a lo que durante tanto tiempo ha creído.

—Antes de que os vayáis, os quería hacer una pregunta —interrumpe Elvira, que ya ha dado por zanjada la cuestión—. El otro día, en la fiesta de esa señora norteamericana, oí conversaciones sobre la radio. Que si la radio arriba, que si la radio abajo. —Agita los brazos—. Y yo, que soy muy prudente, pues no quise preguntar y que pensaran que soy una chafardera, que no lo soy. Pero me quedó la curiosidad. ¿Alguien de los que estaban allí trabaja en la radio?

—Sí, yo trabajo en el consultorio de la doctora Elena Francis.

Elvira suelta un gritito emocionado y se tapa la boca.

—¿De verdad? No me lo puedo creer. ¡Nunca había conocido a una famosa!

—Yo... yo no soy famosa, mi voz es un instrumento de su labor; yo únicamente leo las cartas que recibimos.

Gabriela se siente apabullada por la atención, que siempre es la misma cuando alguien averigua cuál es su profesión.

—¿Y cómo es ella? ¿Alta? ¿Baja? ¿Está casada? —pregunta animada Carmen.

Suspira. Es la pregunta que siempre le hacen.

—Es normal. Ni muy alta ni muy baja. Y no habla de su vida personal, es una persona muy discreta. Yo he tratado poco con ella, porque es mi madre la que es guionista del programa y la persona con la que tiene más relación.

—Pero tú la tienes a mano, podrías preguntarle todo lo que quisieras. —No espera respuesta—. ¡Eso sí que es una suerte!

—No. Ella está muy atareada y los del equipo del programa tenemos prohibido molestarle con cuestiones personales.

—¡Pues anda que yo no me saltaría esa prohibición! Me pasaría el día persiguiéndola para que me diera consejos.

—¿Y qué le preguntarías? —comenta irónica Carmen—. La doctora aconseja a un tipo de mujer muy concreta...

—Yo creo que la doctora puede ayudar a cualquiera —interviene Berta—. De hecho, cuando yo venía para Barcelona, me hubiera gustado hablar con ella para que me dijera cómo tenía que plantearte la pregunta de si eras o no mi madre...

La anfitriona suelta una carcajada que prende una mecha de risitas. Carmen se ha encargado de que sus invitadas vayan por la cuarta copa de vino. Las dos primeras han pasado rápido con la excusa de atemperar los nervios. La siguiente ha caído por no rechazar el amable y sobre todo insistente ofrecimiento de la dueña de la casa. La cuarta no saben cómo ha sido. Berta y Gabriela flotan en un ánimo festivo.

—Pues mira, lo has hecho muy bien solita. Yo sigo el consultorio y me encanta, pero sin quitarle el mérito que tiene, hay algo que siempre echo en falta. —Carmen levanta el índice anunciando que lo que va a decir es importante, pero tarda en acompañar el gesto con palabras, y el lapso revela el efecto del vino. Sonríe y sacude la cabeza—. A ver, la doctora siempre recomienda lo que se debe hacer, pero nunca cómo hacer lo que una quiere...

—¿Qué quieres decir? ¿Qué diferencia hay? —pregunta Gabriela.

Carmen, a la que el alcohol vuelve más lúcida, más directa aún y menos paciente, resopla.

—Ese es el problema: ya no vemos la diferencia. Vamos a poner un ejemplo: que cada una haga una pregunta que le preocupe. Una que podría enviar al consultorio. Empieza tú, Elvira —ordena, porque el vino la vuelve más mandona.

—Yo no sé... le preguntaría... —Elvira mira a las chicas—. Pues que no sé cómo dejar la... fábrica... en la que me explotan, porque mi jefe me ha amenazado para que no la deje y sé que si lo hago tendré que cambiar mi vida, porque no va a permitir que encuentre otro trabajo similar.

—¿De verdad? Eso es terrible. ¿Y si lo denuncias?

—No puede hacerlo, Berta, es la palabra de una trabajadora contra la de su jefe. No le darían nunca la razón. ¿Y quién le garantizaría que no cumpliría esas amenazas? —responde Gabriela.

—¿Qué creéis que le aconsejaría la doctora Francis? —pregunta Carmen.

Gabriela traga saliva y emplea un registro radiofónico para continuar, aunque las palabras se tropiezan al salir de sus labios:

—Querida amiga, debes tener paciencia, complacer a tu jefe sin llevarle la contraria, demostrar tu interés por el trabajo. De vez en cuando, si tus obligaciones familiares te lo permiten, podrías quedarte a hacer algunas horas de más para que él nunca pusiera en duda que eres una persona trabajadora y sacrificada. Deberías, también, evitar hablar con tus compañeras durante la jornada laboral y aún menos criticarlo con ellas, pues es probable que algunas acaben traicionándote, lo que añadiría nuevos problemas a tu delicada situación. Intenta no darle razones para tener queja alguna sobre ti y verás como muy pronto las cosas mejorarán. De todos modos, en cuanto te sea posible, abandona ese trabajo para estar en el hogar, que es el lugar en el que debemos estar las mujeres para cuidar de nuestras familias.

Carmen aplaude y ríe.

—Es exactamente lo que hubiera contestado la

doctora. Se nota que trabajas con ella. —Levanta la copa y le da un trago antes de proseguir—. Pero ¿os dais cuenta de lo que os comentaba? Ese consejo beneficia a todos menos a la pobre Elvira. Su jefe la explota, y por tanto es él quien hace algo que no está bien, y aun así sale ganando. Porque él va a pensar: cuando exploto a una trabajadora se porta mejor, voy a hacerlo con todas.

—Entonces, ¿qué tendría que haber contestado según tú? —replica Elvira molesta, porque si algo no soporta en el mundo es que duden de la doctora Francis y de su programa preferido de la radio. En más de una ocasión Antonio se ha reído de ella y de sus compañeras por esa devoción ciega que profesan a una doctora que da consejos a señoritas decentes, a mujeres que poco tienen que ver con su realidad. Pero a Elvira le es indiferente, es la única que habla a las mujeres y se preocupa por ellas.

—Mira, si hubiera una antidoctora Francis le diría: Chica, habla con tus compañeras y entre todas le ponéis claras las cosas a ese gañán: o se porta bien con todas o nadie va a trabajar. —Se ha puesto de pie y extiende los brazos de forma muy graciosa—. Y si así no aprende, pues te vas a otro trabajo, a otra ciudad o... —levanta el dedo muy alto, como si estuviera dando una arenga mientras todas ríen— a otro país.

—¿Te imaginas? Un consultorio que anima a la huelga nunca pasaría la censura —comenta Gabriela muerta de la risa.

—Y de poco serviría —añade con sequedad Elvira—, porque las mujeres nunca se unirían para plantarle cara al jefe. Y el jefe acabaría cumpliendo con sus amenazas. Y ya me dirás qué alternativa es esa de mudarse a otro país sin un duro.

—Sigamos —anima Carmen sin reparar en el comentario—. Tú, Berta, aparte de cómo hablar con tu supuesta madre, que ahora ya sabes que no soy yo —sonríe—, ¿qué más preguntarías?

—Pues que vengo de un pueblo y que... me aburro en él, que me gustaría vivir otra vida y que tengo la oportunidad de hacerlo, que podría trabajar en algo que me gusta mucho, pero que eso implica no volver con mi familia y llevar una vida... —Busca la palabra.

—¿Libre? —apunta Carmen—. Anda, Gabriela, haz de doctora Francis.

A la joven le entra la risa floja y su mirada anda algo perdida.

—Te diría... —Frunce la boca haciendo morritos y poniendo una voz exageradamente grave—: Querida amiga, tú sabes que el lugar de una mujer está en su hogar y junto a su familia. La ciudad está repleta de peligros que la imprudencia de tu juventud no te deja vislumbrar. Pero puedo asegurarte que sería un error que lamentarías mucho con el paso de los años. Apelo a tu sentido de la responsabilidad para regresar con los tuyos y olvidar esos sueños que más pronto que tarde acabarían convertidos en pesadillas. —Recupera su entonación normal y se dirige a Carmen—. ¿Y qué diría la antidoctora Francis?

Se levanta de nuevo.

—Querida Berta, el pueblo es un aburrimiento. Allí ya sabes lo que te espera. En cambio la ciudad está llena de nuevas experiencias y solo vas a tener una vida, qué narices. ¿Quieres pasarla arrepintiéndote de todo lo que no has hecho? Pues vuelve con tu familia. Si no, no hagas caso a nadie más que a ti misma y quédate en la ciudad. ¡Hay que echarle huevos!

El coro de risas no anima a Berta. Su euforia se ha

convertido en algo pastoso y denso. Todo lo que hace unos instantes le parecía tan divertido ahora le produce una pena intensa.

—Pero eso no se puede hacer. Ojalá...

—Claro que se puede hacer. Mírame a mí. Yo lo hice. Otra cosa es que eso no se pueda decir... y menos en la radio.

—No sé. Hubiera sido todo más fácil si tú... hubieras sido mi madre.

Carmen la abraza con emoción etílica.

—La verdad es que no. No estarías muy orgullosa de mí si fuera tu madre. Además, ¿qué más da? Claro que es bonito saber quién es tu familia, pero lo que te tiene que importar ahora es saber quién eres tú y qué quieres.

Entre la nebulosa le ha parecido que Carmen se ha convertido en Jacqueline o al revés.

—Ahora te toca a ti, que ya sabemos tu secreto. —Carmen se dirige a Gabriela, que da un respingo—. Vamos, qué crees que te recomendaría la doctora que hicieras con tu... problema.

La muchacha se encoge de hombros y responde sin impostar la voz.

—Pues que tuviera al niño y lo diera en adopción para que el bebé no tuviera que pasar por el bochorno de tener una madre soltera..., que evitara el escándalo y que intentara llevar una vida decente... Qué sé yo, algo así diría. —No finge la voz de la doctora, lo dice con hartazgo.

—¿Y tú qué querrías que pasara? —le pregunta con suavidad Carmen, que cada vez se divierte más con esas chicas extrañas y perdidas.

Gabriela no sabe si habla ella o el vino.

—¿Lo que querría? ¿La verdad? Que Dios me

perdone, pero me gustaría caerme o tener cualquier accidente que me provocara un aborto natural y después de eso entrar en un convento.

—¿De verdad? ¿Entrar en un convento? ¡Qué aburrimiento! —suelta Elvira—. Eso sí que es la muerte en vida...

Carmen le sujeta la mano para que no continúe.

—Es lo que ella quiere. No deja de ser una forma de estar al margen del mundo... Ella escoge la suya y nosotras escogimos la nuestra.

—¡Carmen, que cuando bebes te pones muy filósofa!

—Eso no es ser filósofa. Mira, Gabriela... —además de filósofa se ha puesto intensa—, si te hubieras quedado embarazada durante la guerra no habrías tenido ningún problema.

—¿Qué quieres decir?

—Pues que en Barcelona y en la zona republicana el aborto fue legal durante un tiempo.

—Eso no es posible... Eso es pecado. —Las palabras le resbalan a Gabriela.

—Ay, niña, lo que es pecado es que nazcan niños que no van a ser queridos, que haya mujeres que mueran abortando ilegalmente o que otras carguen con críos a los que no pueden dar de comer. Eso es pecado.

La joven sacude la cabeza.

—Estás defendiendo el aborto...

Carmen levanta los hombros y ladea la sonrisa.

—Yo no defiendo nada. Yo solo te digo que ninguna mujer quiere abortar, pero que debería poder decidir si hacerlo o no. Que es su cuerpo, coño.

—Ya, yo siento que mi cuerpo está invadido. Pero viene de antes, desde que... —La voz se le quiebra.

—Desde ¿qué? Chica, que aquí estamos en confianza, no es por ser cotilla, que conste —comenta Elvira.

—Nada. Son cosas mías. Tendríamos que irnos ya —se dirige a Berta, que se ha quedado callada, muy blanca y temblando a cada respiración.

Gabriela se levanta y todo le da vueltas. Los muebles de la casa desentonan unos con los otros, no hay orden ni concierto en ese mobiliario pobre y destartalado, y eso le produce una súbita pena.

—Siéntate, que no estás tú para moverte —ordena Elvira—. Carmen, estas chicas no están acostumbradas al vino y tú venga a servirles. ¡Y encima por la mañana! Ya me dirás cómo van a volver ahora a su casa.

Gabriela y Berta se miran asustadas. Son conscientes de que no son conscientes, de que el mareo que hace poco iba y venía ahora solo viene. De repente, Berta echa a correr al baño y la oyen vomitar mientras Gabriela se acurruca en la silla como un pajarito a punto de ser devorado.

—Tienes razón —admite Carmen—. No podéis volver así a casa —se dirige a Gabriela—. Tenéis que dormir la mona, aunque sea un poco.

—¿Dormir la mona? —pregunta Gabriela antes de oír la siguiente arcada de su prima.

—Sí, echaos en la cama, bebed mucha agua y dentro de un ratito ya estaréis mejor —asegura Elvira.

Ni Gabriela ni Berta recordarán la sucesión de acciones que vendrán a continuación cuando una hora y media después se despierten, en la habitación de Carmen, con la boca más reseca que un estropajo y con un sentimiento de culpa encogiéndoles el pecho.

8

Tarde del jueves 29 de mayo de 1952

Carlos Santamaría está sentado ante la máquina de escribir con las manos planeando sobre el teclado como un pianista a punto de arrancar una sinfonía que se le resiste. No es por falta de inspiración: en su mente están claras las palabras que quiere escribir, pero es uno de esos días en que su meticulosa lista de tareas pendientes se enfrenta una y otra vez a los imprevistos. Y una y otra vez pierde la batalla.

Solo llegar le han pedido que locutara una noticia para informativos y no se ha podido negar, cuando él hubiera preferido acompañar a Berta, que paseaba por la radio con una expresión de desconcierto encantadora. Lo harás muy bien, le ha animado antes de entrar en el estudio.

Después tampoco ha podido comprobar si su vaticinio se ha cumplido porque Úrsula le ha llamado a su despacho y una vez más, ya no sabe cuántas van, le ha repetido las consignas que deben seguir los guiones del consultorio. El lenguaje debe ser culto, pero cercano; las cartas escogidas tienen que ser variadas e incluir desde consultas de belleza hasta temas más personales; si tienes alguna duda, me llamas, que yo siempre estaré disponible... Y él no quiere que esté disponible ni tiene la más mínima intención de llamarla. Esta es la oportunidad que lleva tiempo esperando y quiere librarse de la sombra de Úrsula para disfrutar de su triunfo.

Cuando se ha colocado ante la máquina de escribir, le ha interrumpido Genoveva.

—Perdona que te moleste, Carlos.

—Dime —ha soltado impaciente.

—Es que está aquí el tío de Gabriela, que pide hablar con ella urgentemente, y no la encuentro. ¿Tú sabes dónde está?

—La última vez que la he visto estaba en el estudio cinco.

Pero al cabo de un cuarto de hora, la chica le ha llamado por teléfono.

—Disculpa que te vuelva a molestar, pero dice el jefe que no han llegado las fotos de Jacqueline y que si puedes reclamárselas.

Ha soltado un bufido acompañado de un De acuerdo y ha llamado a su casa.

—¿Dígame?

La voz de Ernesto Vila ha sido más que un imprevisto. Los dos se han comportado como si no se conocieran.

~

Se conocieron en 1938, en la casa de la Bonanova, cuando Carlos tenía catorce años y Ernesto veintisiete.

—¿Y no voy a volver a la escuela? ¿Qué voy a hacer sin mis amigos? —le había preguntado a su hermana el día antes de que se mudaran allí.

Valentina volvió a contarle que no era seguro vivir en la Barceloneta, que los bombardeos se cebaban en su barrio y no respetaban las escuelas, y que aquella era la única forma de que tanto él como la tía Segismunda estuvieran a salvo... Pero eso no le importaba mucho, más bien al contrario: evitar el peligro, más que un premio, era un castigo.

Los dos hermanos no se parecían en nada y lo tenían todo en común. Él era alto, moreno, de ojos negros, con un cuerpo compacto, casi pétreo pese a su edad, y una piel que se volvía cobriza con el más tímido rayo de sol. Ella era más bajita, delgada, con una engañosa apariencia de fragilidad, de cabello claro, piel traslúcida y luminosa, salpicada de pecas. Uno había salido a la madre y la otra al padre, y con el cambio de género la herencia genética los había favorecido. Aunque ninguno de los dos poseía una belleza explícita, los envolvía un atractivo peculiar que los hacía parecidos sin serlo en absoluto. El carácter también los hermanaba: ambos se reinventaban para adaptarse al presente, olvidando el pasado para avanzar más rápido, como árboles sin raíces. Compartían andares decididos y despreocupados, de los que no hunden el pecho ni encorvan la espalda, porque nada les pesa mucho. Árboles sin raíces.

Las únicas que tenían no se hundían en el suelo, sino que los envolvían hasta no saber dónde empezaba el uno y dónde acababa la otra. Se querían, sí, pero los unía algo por encima del amor y la necesidad. Las conversaciones, los besos y los abrazos que se daban, que siempre fueron muchos, eran la puesta en escena de un sentimiento más hondo, más esencial. Aunque estuvieran separados, seguían conectados, estaban convencidos de que podían sentir las emociones del otro.

Antes de la guerra, Carlos era un estudiante mediocre, que cambió una escuela privada del Ensanche por una pública en la Barceloneta, en la que destacó más por su encanto que por sus méritos académicos. Se granjeó el favor de los profesores y la admiración del resto de los alumnos, forjándose una seguridad que le acompañó cuando aquel entorno se desmoronó. Las bombas cayeron, el conocimiento perdió lustre ante la habilidad para la supervivencia y el pillaje y Carlos aprobó con nota en ambas asignaturas.

Las sirenas de los bombardeos interrumpían las clases y los profesores guiaban a los alumnos, como a conejos asustados, a las madrigueras. Los pequeños se acostumbraron a los silbidos y al estrépito de las bombas sin darles mayor importancia que la del tiempo que los obligaba a permanecer encerrados bajo tierra. Al salir, vagabundeaban por los edificios destruidos, sus nuevos patios de recreo, donde jugaban a rapiñar y a familiarizarse con la muerte, que al principio tenía algo de exótico. Exhibían su hombría jactándose de los muertos que habían visto.

—Hoy he visto a tres y a uno le faltaba la cabeza —fanfarroneó Carlos un día con sus amigos.

Sin embargo, su supuesta insensibilidad y la de sus compinches se vino abajo el día en que a pocos metros del refugio descubrieron los cadáveres de Manuel, un vecino que les llevaba tres años, y de Candela, su madre, conocida en el barrio porque cantaba todas las mañanas. Algunos la acusaban de presumir de su voz, otros de frívola, pero ella hacía caso omiso y a las ocho y media, cuando el marido se iba a trabajar, empezaba con su repertorio. Últimamente le había dado por *El manisero* de Antonio Machín. Si te quieres por el pico divertir, cómete un cucuruchito de maní. Qué calentito y rico está. Ya no se puede pedir más... Y su voz se expandía por el patio de luces. ¡Qué vergüenza! ¡Cállese, haga el favor!, gritaba una vecina. ¡Ay, caserita, no me dejes ir, porque después te vas a arrepentir y va a ser muy tarde ya!, respondía ella.

Manuel, el hijo, había heredado el gusto por la música, pero no cantaba, tocaba la armónica y nunca lo hacía en casa, sino en alguna plaza cercana. Siempre solo, porque nunca había tenido demasiados amigos.

Hacía unas semanas Carlos había coincidido con ellos en el refugio, cerca de la calle Escudellers, un largo pasillo en el que se hacinaban más de cien personas con ese húmedo olor a miedo. No la vio, pero la oyó. Ande, doña Candela, cántenos *La Internacional*, oyó que pedía un vozarrón cazallero. Uy, no, que yo solo canto canciones divertidas, respondió la mujer. Haga el favor, ordenó el hombre. Arriba los pobres del mundo, en pie los esclavos sin pan, alcémonos todos al grito: ¡Viva la Internacional!, respondió su voz, que de tan clara y limpia, dolía. En la siguiente estrofa, se unieron la armónica de Manuel y las voces de los que estaban en el refugio, que se cogieron de las manos en el momento en que las bombas arreciaban en el exterior. La canción acabó justo con los bombardeos, y cuerpos viejos, jóvenes, sudados, temblorosos, asustados y rabiosos se fundieron en un abrazo.

—Parecen dormidos —dijo Carlos observando los cuerpos de Candela y Manuel.

—Eso es porque les ha explotado el cuerpo por dentro por la onda expansiva. Todo. El corazón, el hígado... pero por fuera no se ve nada —contestó Luis, su mejor amigo.

—Calla —ordenó Carlos, que no podía dejar de mirar la armónica a unos metros de los cadáveres.

La muerte había dejado de ser algo que les pasaba a

los desconocidos. No hicieron ningún comentario y cada cual enfiló el camino a casa, pero Carlos reculó y cogió la armónica. Al llegar al piso, abrazó a la tía Segismunda, que se quedó perpleja ante tanta efusividad. Acarició su cara, repasando sus hondas arrugas, tan profundas que parecían llegar al hueso, y después la estrujó de nuevo. Entre sus brazos tenía tan poca consistencia, estaba consumida como si fuera hueca por dentro, sin órganos, como Candela y Manuel. Luego se palpó el bolsillo para comprobar que llevaba la armónica. La anciana se quedó con la barbilla alzada, como si aún la estuviera acariciando, y una sonrisa bobalicona.

La mujer había perdido la razón y eso había supuesto un gran alivio para Carlos y Valentina. Cuando se mudaron a su casa, Segismunda tenía la cabeza clara y el genio desbordado. Sus normas eran tan estrictas como incomprensibles. Y su tacañería, pese a que pagaban su manutención, rozaba lo enfermizo. Las raciones que les servía eran tan escasas que los dos hermanos tampoco notaron mucha diferencia con el hambre que se pasaba en la guerra.

Por aquel entonces Camila, la madre, aún vivía e intercedía por ellos, pero en muchos casos agachaba la cabeza y se disculpaba, aunque no tuviera culpa, para apaciguar su ira. Y es que cuando Segismunda consideraba que estaban hablando demasiado o que le estaban faltando al respeto (mirarla fijamente o traspasar la puerta de la cocina entraban en esa categoría de faltas), la mujer estallaba de forma tan temible como grotesca. Gritaba, no palabras, sino las vocales a, e, i, o, u alargándolas en un alarido. Después profería insultos y amenazas y juraba que a la próxima los echaría para que se murieran de hambre en la calle y lloraba desconsolada, asegurando que a este paso la iban a matar. Pasada la explosión, que se alargaba más si intentaban replicarle, pero que nunca llegaba a la media hora, se recomponía y actuaba como si nada hubiera sucedido. A lo sumo, comentaba cantarina: A ver si os portáis mejor y no me hacéis perder los nervios, que yo os quiero mucho.

—Tendríamos que habernos ido a casa de mi hermana. Me he equivocado en todo... —le confesó la madre a la hija poco antes de morir.

Camila y su hermana, Dolores, nunca se habían llevado bien, y aunque esta le había ofrecido acogerlos en su casa, rechazó su ofrecimiento por orgullo. Dolores visitaba de vez en cuando a sus sobrinos sin hablar ni media palabra con su hermana, pues no le perdonaba el desaire. La mujer no había podido ser madre y tenía una especial predilección por Carlos, al que regalaba ropa y juguetes. Camila, al ver la ilusión de su hijo, se ponía celosa y soltaba algún comentario desafortunado para que se fuera. Con la tía Dolores los niños hubieran estado mejor y Camila se había equivocado. Pero no era el momento de decírselo.

Poco antes de empezar la guerra, la cabeza de la anciana había dejado de funcionar, para su tranquilidad y la de los dos hermanos. Su carácter se dulcificó hasta encarnarse en el de una niña. Voy a comprar caramelos con mis amigas. Tengo miedo de que la profesora descubra que no he hecho los deberes. Prometo que de ahora en adelante me portaré bien y no volveré a mentir... Muy pronto aquellas frases dejaron de alarmar a los hermanos para infundirles ternura. Les gustaba mucho más la tía Segismunda loca que la cuerda y le seguían la corriente para que no se fuera. Olvidaron a la bruja que había sido y se encariñaron de veras con aquella vieja-niña asustada y cariñosa.

—Igual antes estaba loca y ahora se ha curado —le dijo Carlos a su hermana.

Ella rio.

—Sea como sea, que no cambie —rogó ella.

Por eso, el día en que Carlos vio los cadáveres de Candela y Manuel se abrazó a ella con un afecto sincero. Aquella noche también se lanzó a los brazos de Valentina. Al niño le aterrorizaba que la muerte alcanzara a su hermana, la persona a la que más amaba.

—No te preocupes, Charles, no voy a dejar que nada malo te ocurra.

Aquella frase que Valentina repetía como una letanía no perdía su efecto balsámico en el niño. Ella, que salvaba vidas a diario en el hospital, era la persona más poderosa del mundo y nunca se equivocaba. Sin embargo, cuando le anunció que se mudarían a una casa con gente desconocida en la Bonanova, la odió.

Carlos dedicará buena parte de su vida adulta a distorsionar lo que había vivido en la guerra, pero en ese preciso momento le encantaba y no quería que se acabara. Era el perfecto patio de recreo para un niño como él. La ciudad mutaba a cada bombardeo, dejando un nuevo paisaje sembrado de posibilidades. Nuevos descampados, casas medio destruidas en las que reunirse con sus amigos, cráteres en el suelo que desvelaban las entrañas de la tierra. El entorno estaba vivo y casi a diario se transformaba con la única intención de que ellos lo descubrieran.

Casi todo dependía del pillaje, y la pandilla que lideraba Carlos, con cinco niños de su edad, funcionaba como un reloj. Entraban los últimos en el refugio y así eran los primeros en salir y podían rapiñar entre los escombros. Más adelante, empezaron a hacerlo con los cadáveres.

—Dice mi madre que si robas a un muerto, te persigue toda la vida —había advertido Luis al principio de la guerra.

Muchos le creían. Pero a medida que avanzaba la guerra, y con ella el hambre, el miedo a los muertos no había podido competir con el miedo a estar muerto. Al principio solo robaban los enseres que encontraban a su paso: un bolso, una cartera, una bolsa de la compra. Después se atrevieron con relojes, joyas, zapatos, ropa..., lo cual suponía tocar los cadáveres y llevarse impresa la huella de su tacto. Nunca hablaban de ello y cada cual lidiaba con la sensación como podía. De lo que sí habían hablado era de la conveniencia de cambiar de barrio. En el suyo todos eran muy pobres. Pero la verdad era otra: temían encontrar a un muerto conocido, un muerto querido, un muerto suyo, tan suyo como Manuel y Candela.

Así iniciaron su ascenso: primero al barrio chino, después al Ensanche, a Gracia, y se aventuraron por los barrios altos. La edad jugaba a su favor: demasiado críos para que los consideraran delincuentes.

Conocían a los estraperlistas del barrio chino, que les pagaban su botín con alimentos, la única moneda que no se devaluaba. Carlos era audaz en el cambalache y desplegaba un juego de máscaras: la del niño suplicante, la del adolescente rebelde, la del hombre en ciernes que no se amilanaba. La rapidez y la naturalidad con la que cambiaba de una a otra desconcertaba a sus interlocutores, que en la mayoría de los casos se plegaban a sus demandas.

Cuando la jugada había salido bien, volvían a la Barceloneta cargados de comida, que repartían entre sus vecinos sintiéndose héroes. Si la cosa iba mal, se dividían los alimentos entre ellos y como mucho le llevaban lo que sobrara a alguna anciana enferma o alguna muchacha guapa.

A Carlos le hacían encargos: Tráeme algo de leche para mi hijo, que está enfermo, Consígueme unos huevos para mi abuela, Por lo que más quieras, anda, sé bueno y tráeme algo de harina. Siempre que podía, el niño cumplía, embriagado por el protagonismo y el agradecimiento con el que le pagaban.

No quería renunciar a aquella vida. Por ello, la primera vez que saludó a Ernesto Vila, en su casa de la Bonanova en 1938, detestó a aquel hombre.

~

—Ahora Jacqueline no está, pero no se preocupe que le daré el recado en cuanto vuelva —contesta Ernesto, que también finge no conocerle.

~

El día que Ernesto Vila estrechó por primera vez la mano de Carlos Santamaría, en su casa de la Bonanova en 1938, sintió la rabia del crío. El médico detectó en la expresión hierática del niño mucho resentimiento y una arrogancia defensiva.

Desde la noche en que José Ángel Palacios había desaparecido de sus vidas, Valentina, con la que ya compartía tres secretos, le visitaba a menudo para escabullirse de su cama al alba. El silencio de la enfermera, que tan misterioso y excitante le había parecido al principio, empezaba a crisparle.

—¿Se puede saber por qué nunca te puedes quedar a dormir? —le espetó en su cama, molesto, la mañana del 3 de febrero de 1938, tras cuatro días trabajando sin descanso en el hospital.

El 30 de enero el hospital se había convertido en un

reguero de cuerpos cercenados que entre estertores anunciaban el peor bombardeo de la guerra. Era habitual: las víctimas siempre mantenían que habían vivido el peor ataque, que siempre quedaba superado por el siguiente. Aquel se ganó el título: la aviación italiana barrió la Barceloneta y el centro de la ciudad. La plaza Sant Felip Neri se convirtió en un cráter gigantesco y los que se escondieron en el refugio subterráneo de la iglesia que daba nombre a la plaza murieron aplastados por el derrumbe. El tránsito de la mesa de operaciones a la morgue era rapidísimo para los médicos, que, como demiurgos caprichosos, decidían quién tenía más posibilidades de vivir, en quién canalizar sus esfuerzos y a quién ignorar hasta que sus alaridos cesaran.

Valentina reconoció entre los heridos a varios vecinos suyos, a los que les preguntó por su familia, pero nadie pudo contestarle, y aquella noche se escapó del trabajo, sin decirle nada a nadie, ni siquiera a Ernesto, y se fue a su casa. Estuvo a punto de perderse en la oscuridad, pues los edificios habían desaparecido. Manzanas enteras convertidas en un laberinto de escombros. Olía a sangre y a muerte y, por muy acostumbrada que estuviera a aquel hedor, la intensidad con la que le llegaba a través de la brisa de la noche le provocó una arcada y después un vómito agrio y corto que le recordó que no había comido nada en todo el día. Su edificio, con desperfectos, era de los pocos que seguía en pie, como un gigante decrépito en un asilo desierto.

El pillaje salvó a Carlos, que había decidido con sus amigos peinar los barrios altos. La locura de la tía Segismunda también la libró a ella de la muerte: su nueva excentricidad consistía en pasar el día en la playa, recorriendo el litoral, rebozándose a ratos por la arena y, según rumoreaban los vecinos, bañándose desnuda. Los aviones no habían desperdiciado bombas en la playa.

Carlos y Segismunda estaban ya durmiendo. Valentina entró en el cuarto de su hermano y lo abrazó, le tocó la cara, no acariciándola, palpándola, comprobando que estaba entero, que el suyo no era otro de esos cuerpos desgajados que desfilaban por el hospital. Él se asió a su hermana y ambos se quedaron muy quietos, en un abrazo que hacía que les crujieran las costillas y con el que aspiraban a convertirse en una sola cosa.

—Os voy a sacar de aquí como sea —le susurró antes de volver al hospital.

Valentina, que estaba tumbada en la cama, se encaró a Ernesto:

—De eso quería hablar contigo —dijo sin contestar a su pregunta—. ¿Aún sigue en pie tu propuesta de que me venga a vivir aquí con mi familia?

—¡Por supuesto! —contestó el hombre.

Le había hecho decenas de veces aquel ofrecimiento y ella nunca había contestado, se limitaba a cambiar de tema o a mirar en otra dirección como si no le hubiera oído.

—Bien, pues a finales de semana nos instalaremos, Ernest.

Le desesperó aquella respuesta tan directa y desabrida, tan falta de ilusión.

—¿Te quieres casar conmigo? —preguntó de sopetón el hombre.

Ella primero lo miró, después se atusó el pelo y finalmente tocó su mano con una presión ligerísima, la misma con la que al poco sus dedos acariciaron su rostro. La cadencia cálida del movimiento culminó con una sonrisa y con un brillo inesperado en sus ojos que disipó las dudas.

—Te prometo que si sobrevivimos, nos casamos. —Y se acurrucó en su pecho muy lentamente.

—¿Por qué no puedo dormir contigo? —le espetó Carlos a Valentina cuando le condujo a la habitación que compartiría con tía Segismunda.

La chica se sentó a su lado en la cama y le acarició la cabeza, pero él se apartó bruscamente.

—¡Eres una puta que se acuesta con ese médico de mierda!

Carlos dominaba el lenguaje vulgar de la calle como quien aprende un idioma nuevo y quiere demostrar que es su lengua nativa. Conocía la sintaxis de la virilidad, la gramática del maltrato a las mujeres, el léxico del insulto humillante, pero nunca lo había utilizado con su hermana. Ella respondió con un bofetón, el único que le daría en su vida, y salió de la habitación sin mirar atrás.

Carlos sintió una losa que le aplastaba el pecho y aunque respiraba estaba convencido de que le faltaba el aire y lo aspiraba deprisa, temiendo que cada inhalación sería la última. Se levantó. Estaba mareado, todo era confuso en su cabeza: la enormidad de aquella casa, que le recordaba a las que desvalijaba con sus amigos, sus amigos..., ¿dónde estarían? ¿Y si se escapaba y se reunía con ellos? Olvidó sus caras para después reemplazarlas por las de los muertos. Su cabeza hervía como una olla en la que los alimentos burbujean y emergen a la superficie sin orden ni concierto.

Su cuerpo se desbordó: el corazón le martilleaba el pecho, los pulmones lo oprimían, los músculos se solidificaron y le costaba reconocer sus piernas. Iba a morir. Tenía que pedir ayuda, pero no podía: la voz estaba enterrada en su garganta; en ese momento se abrió la puerta y solo pudo susurrarle a Ernesto:

—¡Me estoy muriendo!

El médico no se alarmó como él esperaba; le pidió que se tumbara y colocó sin urgencia los dedos índice y corazón en su cuello mientras miraba el reloj.

—No vas a morir —le dijo con una tranquilidad que le exasperó.

—Sí, voy a morir en esta casa de mierda —respondió indignado—. No noto las piernas, he aspirado demasiados gases de los bombardeos.

La mano de Ernesto se posó en su frente. Después en sus piernas, presionando los músculos agarrotados. El tacto le tranquilizó.

—No vas a morir, Carlos —diagnosticó con serenidad—. Tienes un ataque de nervios, es normal, has vivido muchos cambios. Confía en mí. Intenta respirar hondo, aguanta el aire y suéltalo poco a poco.

Lo estaba engañando, él tenía algo grave, algo que le conduciría a una muerte nada heroica. No, él no podía ser tan débil como para inventar que su cuerpo eclosionaba aplastado por sentimientos que no se podía permitir. Pero siguió las indicaciones de Ernesto, que le sujetaba la mano, concentrado en la respiración, en el aire pausado que se filtraba en su cuerpo dándole una tregua. Se revolvió intentando incorporarse.

—Sigue respirando, hijo. Confía en mí —repitió el médico logrando que se volviera a tumbar.

Pasados unos minutos que a Carlos le parecieron horas, recuperó su cuerpo. Los músculos le respondían con una laxitud plácida y el cuerpo respiraba sin que tuviera que ordenarle que lo hiciera. Estaba exhausto, pero le impulsaba una extraña alegría de estar vivo.

—¿Por qué no bajas al salón? Hemos preparado una pequeña cena para celebrar que estáis aquí, y así conocerás al resto de las personas que viven en la casa.

La inquietud de enfrentarse a lo desconocido provocó una réplica del terremoto que había vivido, que Ernesto adivinó.

—No te va a volver a pasar lo mismo. Confía en mí, que para algo soy médico. Estarás mucho mejor acompañado que aquí solo.

—No se lo digas a nadie —suplicó.

—¿El qué? Yo solo he venido a avisarte de que la cena está lista —sonrió.

Le cogió de la mano para guiarle bajando la escalera, y Carlos volvió a ser el niño que era y que se negaba a ser.

En el comedor habría unas diez personas, que se servían lentejas de un perol muy grande y sonreían cansados. Al lado de su hermana había un lugar vacío, en el que se sentó el niño.

—Lo siento —murmuró.

Valentina le acarició la cabeza.

—Todo va a ir bien, Charles.

Aquella noche Ernesto tocó el piano y la que más bailó fue la tía Segismunda. Los dos hermanos se plantaron en la casa como árboles sin raíces que eran, olvidando el pasado sin esfuerzos. De hecho, Carlos no recordará el nombre de los amigos de su barrio, únicamente el de Luis, y probablemente no lo reconocería si se lo cruzara por la calle.

9

Noche del jueves 29 de mayo de 1952

Hans Fuchs cuelga el teléfono de un golpe seco y lanza un grito cavernoso que rebota en las paredes de un comedor con escasos muebles. Arranca el aparato del enchufe y lo lanza contra la pared. El terminal le desafía desde el suelo, intacto en su negrura. Arremete contra él: los pisotones furiosos tampoco dañan lo suficiente la estructura sólida del aparato, aunque por el auricular asoman unos cables despanzurrados. Concentra todas sus fuerzas en la última patada y empieza a dar zancadas por la estancia.

Maldice a sus compañeros masticando en voz baja, en una letanía que al principio destila odio y que acaba en desesperación. Me cago en la *blutschande*, payasos de mierda, de qué nos ha servido tanta sangre aria, tantas leyes para no contaminarla, si al final hemos perdido la guerra.

Las palabras de Carl Neugebauer aún le silban en los oídos.

—Sí, compañero, si yo lo entiendo, pero no puedes instalarte en Argentina con esa... chica española. De sobra sabes las razones, y a los mandos les ha sorprendido tu insistencia. Que yo te comprendo, pero es que tu petición contraviene nuestras leyes, qué te voy a contar. Y no solo eso, precisamente esa... chica española es intocable. Su familia tiene muchos contactos y todos de alto nivel, eso ya te lo advertí en nuestra última conversación. Desde entonces he hecho más averiguaciones y no se puede hacer nada. Ya te podrías haber fijado en una criada sin familia... Date cuenta de que es un capricho que a tu edad y en tu posición no debes permitirte. Ahora no, Hans, este país nos acoge y no podemos morder la mano que nos alimenta secuestrando a las hijas de los que nos cobijan. Los nuestros no te lo perdonarían... Y esto no es como Berlín, pero seguimos siendo soldados e impartiendo justicia. Lo comprendes, ¿verdad? Dime que lo comprendes, Hans.

—Lo comprendo —ha respondido escueto—, claro que lo comprendo.

—Así me gusta, amigo. Ya veremos qué pasa cuando llegue el Cuarto Reich, pero por el momento esto es lo que hay. Tú no te preocupes, en Argentina te sentirás muy a gusto en la comunidad alemana, y seguro que ahí conoces a otras mujeres...

Recorre tres veces el pasillo de su casa, se desploma en el butacón y, tras apretar las mandíbulas y los puños cerrando muy fuerte los ojos, recobra la serenidad. El lunes, cuando acabe el congreso y los visitantes regresen a sus países de origen, él y Gabriela se irán a Argentina sin llamar la atención y desde luego sin acatar las órdenes de Carl. Por él como si resucita el mismísimo Führer. Tendrá que ser en barco, mala suerte, porque sin el apoyo de sus colegas, no están para despilfarrar en un avión. Gabriela ya tiene instrucciones precisas: el lunes por la noche, cuando todos duerman, bajará al portal de su casa, donde él la estará esperando.

Está molesto con la chica, parece mentira que después de tanto tiempo aún le cueste cumplir las órdenes más sencillas. Como la de contestar inmediatamente a sus llamadas. Tres días lleva saltándose esta norma sagrada, y aunque no quiere ser muy duro porque está embarazada, tendrá que pagar por ello. Le ha obligado a desplazarse hasta la radio y ha vuelto a contrariarle. ¿Cómo se ha atrevido a recriminarle su presencia allí? Ha tenido que dar un golpe en la mesa para demostrar quién manda y para que Gabriela le hiciera caso, porque tenía la mirada ausente, como si estuviera en otro mundo. A partir de entonces cada respiración de la chica iba acompañada de un imperceptible temblor, un ligerísimo movimiento de hombros absolutamente encantador.

—Tengo miedo —ha dicho ella con un hilo de voz.

Él le ha pasado la mano por el hombro con un detenimiento delicado que ha hecho que ella apoyara por unos segundos la cabeza en su hombro.

—No te preocupes, pequeña, yo voy a cuidar de ti. El lunes seremos libres y empezaremos la vida que nos merecemos juntos.

No le ha gustado la seguridad con la que se ha levantado, lo ha acompañado a la puerta y ha regresado a la radio sin girarse. Le desagrada que Gabriela trabaje, y no solo por los celos que le produce que otros hombres la miren, sino porque en la emisora parece otra, una mujer que no lo necesita.

~

Eleonora no entiende el fervor devoto que esta noche se ha despertado en Sebastián, al que se le ha metido entre ceja y ceja asistir al oficio multitudinario de la plaza Pío XII, exclusivo para hombres. Y no se ha bajado del burro por mucho que Joaquín haya argumentado que es una misa castrense, solo para militares. Él ha respondido que fue militar. Qué bochorno le ha producido a Eleonora la mirada condescendiente de Úrsula mientras su marido le daba un sorbo al café y se sumergía en el diario como si oyera llover. Qué pequeñito se le ha hecho Sebastián, que en casa es tan grande. En el pueblo lo que dice va a misa. Aquí ni se molestan en contestarle.

Para Eleonora tampoco nada está saliendo como se lo imaginaba. Y lo que imaginaba era que lejos de su casa se reencontraría con el Sebastián que hace unos años le acariciaba la espalda mientras se dormían, se pegaba mucho a su cuerpo y le susurraba que la quería. Muy bajito y muchas veces. Y le acariciaba el pelo y musitaba que gracias a ella era mejor hombre. Se le ponía una voz de niño triste muy tierna. Se acurrucaba entre sus brazos, hundía la cabeza en su hombro y la dulzura suplía la pasión que se anunciaba con esos gestos y sin embargo nunca despegaba.

Pero no, la ciudad y las vacaciones como las de los ricos no han resucitado a ese Sebastián. Sigue siendo el hombre ausente y a ratos malhumorado de los últimos tiempos, y ella ya no puede engañarse más, solo hay una posible razón, que lo sabe ella, que ya lo ha escuchado muchas veces en el consultorio de la doctora Francis: la está engañando. Pruebas no tiene, pero el comportamiento de su marido es el que describen las oyentes que han descubierto que su esposo tiene una querida.

Y la culpa es suya, ya lo dice la doctora, que al marido se lo debe cuidar, hacerle sentir el rey de la casa, para que no necesite buscar otro lugar en el que reinar. Por eso quería ella hablar con la doctora, para que le aconsejara cómo recuperar al Sebastián que le acariciaba el pelo y se acurrucaba en su hombro. Para salvar su matrimonio.

~

El alcohol y la improvisada siesta en una casa desconocida forman parte, para Gabriela, de algo sucedido hace meses, incluso años. El tiempo ha adquirido un ritmo caprichoso desde que ha decidido que ya no tiene más tiempo. Se expande en los detalles y se contrae en los hechos.

La forma de abrir los ojos de Berta, como si levantara dos persianas sin cortinas; el gesto de ladear la cabeza de Carmen, tan familiar y desafiante; el lenguaje basto y a la vez considerado de Elvira y sus involuntarios suspiros angustiosos; la manera en que Ramona la estruja de la cintura con miedo y cariño; el modo en que Eleonora acelera sus pasos tan pequeños: todos esos instantes se eternizan.

En cambio, por alguna razón que se le escapa, la borrachera, que ha durado mucho más, ha quedado sepultada bajo el espesor mental que la ha acompañado al entrar en la radio y se ha diluido como un azucarillo en el oleaje del trabajo.

Gabriela había decidido quitarse la vida después del congreso y disfrutar de ese tiempo que en ocasiones se expande y en otras se contrae. Hans Fuchs se lo ha impedido. Ha detonado el tiempo que le queda. Se ha presentado en la radio y lo ha devorado. Hans, con su No te preocupes, pequeña, yo voy a cuidar de ti, con su El lunes seremos libres y empezaremos la vida que nos merecemos, ha puesto día a la sentencia: aquí y ahora.

Los pensamientos se suceden en ráfagas, y son tantos y tan fugaces que es imposible ordenarlos. Se escurren por su cuerpo, le oprimen la garganta y le emborronan la vista: la habitación en la que intenta dormir, su habitación de toda la vida, parece un dibujo, la representación de una realidad que ha dejado de ser cierta.

Se levanta de puntillas y camina sin reconocer los silbidos de su propia respiración. Tropieza torpemente y se queda inmóvil, esperando que nadie la haya oído. Sube las escaleras con unos pasos solemnes de novia que se dirige al altar. Y sigue caminando de ese modo cuando se asoma a la terraza del edificio y se sienta en la barandilla, con los pies planeando por la ciudad. El cabello revuelto le acaricia el cuello movido por la brisa, que ondula el camisón blanco como si fuera una bandera de paz que ondea su rendición.

—Gabriela, ¿qué estás haciendo?

Siente miedo. Mucho. Repentino e inesperado. Como si la que hubiera subido allí fuera otra y ella acabara de despertar. Berta le tiende el brazo y se aferra a él. Las piernas de Gabriela se hacen barro, y lentamente se desmorona hasta quedarse sentada en el suelo, con un sollozo casi imperceptible, un hipido que sacude su cuerpo a cada respiración. Berta la abraza y durante un rato, que ninguna de las dos podría medir en minutos, permanecen así, sin decir nada.

—No puedes hacerlo. —Hay más de súplica que de orden—. No puedes.

La mira con esa máscara de cera que se ha comido la expresión de su rostro. Berta, que se ha sentado para estar a su altura, le zarandea suavemente los hombros.

—¿Me oyes? No puedes hacerlo.

Con la palma de la mano, Gabriela se seca las lágrimas.

—¿Y qué quieres que haga? ¿Que me vaya a Argentina con Hans? Esa es otra manera de morir, más larga, más dolorosa, más dura. —Su voz suena metálica, oxidada—. Lo he pensado mucho, créeme, y es lo mejor.

Berta levanta la mano haciendo un aspaviento.

—¿Lo mejor?

La chica está aterrorizada y articula frases cortas en las que confía poco. Y mira a su amiga con un interrogante en los ojos.

—No hay otra solución. —Gabriela traga saliva y fija la vista en un punto del infinito—. Es culpa mía.

—No digas eso. Es culpa de ese mal nacido. Tú no podías hacer nada...

—Sí que podía. Bastaba con que le hubiera insinuado a mi madre que Hans me incomodaba. Buena es ella para estas cosas... No hubiera hecho falta que diera más detalles, ya se habría encargado de que no tuviera que volver a su casa. Y él no me ha puesto una pistola en la cabeza para obligarme a ir. Ojalá, porque eso, aunque te parezca extraño, me resultaría más fácil. Podría defenderme libremente. Él tiene otra forma de amarrarme. Es como si durante estos años hubiera tejido un hilo invisible, un hilo de perversa complicidad, la que necesito que él sienta por mí, la que yo siento por él..., por complacerle, porque esté orgulloso de mí, porque me mire y, sí, porque me acaricie como lo hace algunas veces, con una intensidad única. Y en ese hilo hay mucho dolor y mucha culpa, pero es que yo ya no sé vivir sin eso. —Expulsa el aire lentamente por la nariz—. Hay muchas cosas que no te puedo contar, me dan demasiada vergüenza. Una vergüenza que se me ha pegado a la piel y si me la quito, me la arrancaría. Ese hilo solo se romperá si yo muero o si él muere. Por eso, el otro día... hubiera sido tan fácil... —No puede continuar.

—Pues ojalá ese hombre muriera y pagara por todo lo que te ha hecho.

Da un respingo como si se sorprendiera de que alguien escuchara su monólogo. Prosigue sin apartar la mirada de un punto que solo ella ve en el infinito.

—La Gabriela que camina, que sonríe, que hace obras de caridad, que trabaja en la radio es una máscara que me cuesta mucho esfuerzo sostener porque ya no quepo en ella. Hasta ahora quería pensar que esa era yo, pero me engañaba. Yo soy la otra Gabriela, la que tiene una vida que depende de los deseos de un hombre atroz al que no puedo dejar de amar.

—Por favor, Gabriela, no digas eso. Tú no le amas.

—Ya no lo sé...

Berta le aprieta muy fuerte la mano.

—Gabriela, escúchame bien. No puedes hacerlo. Yo te voy a ayudar. Solo te pido que esperes, al menos hasta después del congreso. Prométello. Júrame que no harás ninguna tontería hasta entonces.

—Lo intentaré.

—No —se enfada—. Lo tienes que hacer. Me lo debes.

Gabriela asiente para no alargar más un momento que parece eterno.

Berta se cree capaz de salvar a su amiga. Y tiene un plan para lograrlo.

10

Mañana del viernes 30 de mayo de 1952

A las nueve de la mañana, Úrsula camina sonriente por el paseo de Gracia, contemplando las guirnaldas y las banderas que cuelgan de los balcones, y se siente orgullosa de su ciudad. Barcelona, que durante tantos años fue oscura, está llena de luz y fe, se repite. El congreso está siendo un éxito y debería alegrarse, pero hay un punto negro, un sentimiento de nostalgia que se lo pone difícil. No le gustan los cambios, pero sobre todo no le gusta tener que dejar la radio.

Cuando llega a la emisora, Carlos ya está tecleando en el cubículo de la sala de redacción.

—Carlos, te van a tener que poner una cama aquí, porque eres el último en irte y el primero en llegar —le comenta.

—Es que tengo mucho trabajo atrasado y con el congreso esto se ha convertido en una locura.

—Lo estás haciendo muy bien, tienes aptitudes... No sé si me entiendes... Bueno, en cualquier caso, quería comentarte algo. Me he enterado de que le has propuesto a mi sobrina que ocupe el puesto de María.

—Sí, es que teníamos que cubrir su baja rápidamente y ella ha demostrado ser muy buena locutora.

—Entiendo que ahora mismo es difícil encontrarle un reemplazo a María y no quiero darte más trabajo, pero tendrás que buscar a otra persona porque ella se irá en cuanto acabe el congreso.

—Es una lástima, porque la chica tendría futuro en la radio...

—Esa chica tiene futuro en su casa, en su pueblo y con su familia —espeta Úrsula—. Y tú, en cambio, tienes un futuro muy prometedor aquí... Ya me entiendes —reitera, porque la expresión de Carlos es la de no querer entender.

—Sí, por supuesto —responde sin la mínima intención de hacerle caso.

—Tienes un trabajo muy bonito. A mí me encanta escribir guiones —dice siguiendo el hilo de unos pensamientos que no ha comunicado—, pero hay una magia especial en ponerse delante de un micrófono. Yo no tengo esa cualidad, y te la envidio.

~

Carlos Santamaría se paró a escuchar su voz cuando tenía catorce años. Al poco de mudarse a la casa de la Bonanova, en 1938, la tía Segismunda enfermó. Tras un apresurado viaje al hospital, Ernesto diagnosticó que su locura había sido el primer síntoma del declive de su organismo. Probablemente un tumor cerebral se había abierto camino alimentándose de su cuerpo, reduciéndolo a un fino pellejo grapado a los huesos. Pero eso era solo una posibilidad. Las pruebas necesarias para hacer un buen diagnóstico se reservaban a los cuerpos abiertos en canal que escupían sangre, pus y esputos. Tía Segismunda había escogido un mal momento para ser vieja.

El niño tuvo un mes para acostumbrarse a la pérdida ocupándose de retirar la cíclica y maloliente putrefacción de alguien que ya no estaba allí gracias a los calmantes que Valentina robaba del hospital. Ella le acompañó en el último tramo, plagado de impaciencia contemplativa. Morir era normal en aquellos tiempos, pero hacerlo pausadamente parecía, a ratos, una desconsideración, acaso el último capricho de la tía Segismunda, la buena y la mala, que se fue sin que los hermanos supieran cuál estaba loca y cuál estaba cuerda.

La muerte de tía Segismunda dejó en Carlos el vacío de las horas huecas, sin obligaciones.

—¿Por qué no les lees a las niñas? —sugirió Valentina.

A la casa habían llegado tres crías de cuatro, siete y ocho años.

—Hay un montón de libros en el estudio de mi padre —apuntó Ernesto.

Estaban cenando en su habitación. Lo hacían a menudo: las diferentes unidades familiares que poblaban la casa buscaban la intimidad de las puertas cerradas. Los tres imitaban el comportamiento de una falsa familia: Valentina y Ernesto de padres y Carlos de hijo.

Sin mucha convicción, Carlos rebuscó en la biblioteca los libros más adecuados para las pequeñas —*Peter Pan*, *Alicia en el país de las maravillas*, *Tarzán de los monos*, *La isla del tesoro*, *Veinte mil leguas de viaje submarino*, *Viaje al centro de la Tierra*— y probó suerte. Las crías cayeron hipnotizadas ante su voz, sus pausas dramáticas y la entonación que confería a cada uno de sus personajes para diferenciarlos.

Se esforzaba en perfeccionar la técnica, ya no solo para mantener la atención de su público, sino para atar corto la suya propia descubriendo nuevas fórmulas de modular la voz para construir un mundo en el que todos se refugiaran. Porque pronto los adultos le reclamaron que les leyera, y algunas noches representaba para ellos obras de teatro de Shakespeare o de Calderón de la Barca sin más atrezo que el de los registros de su voz.

Así como en otro tiempo había representado el papel del joven espabilado capaz de negociar con estraperlistas y de dirigir una banda de pequeños ladrones, ahora se metía en la piel de mil personajes. Y del mismo modo que antes los vecinos le respetaban, ahora los habitantes de la casa, con sus halagos, le brindaban ese protagonismo que tanto bien le hacía, que tanto necesitaba entonces y necesitaría durante el resto de su vida.

Era feliz y, si por él hubiera sido, habría detenido el tiempo siendo para siempre el solícito lector dispuesto a atender las peticiones de su público, sintiéndose el alquimista que convertía los despojos del fin del mundo en entretenimiento.

Pero su voz fue destronada a principios de 1939, cuando no pudo contener el avance ni de la realidad ni de las tropas sublevadas, que estaban ganando la guerra. Muchos abandonaron la casa; otros llegaron, a veces solo por unos días. Por entonces él dormía en la habitación de Valentina y Ernesto, en la misma cama, sintiendo el reconfortante calor de sus cuerpos. La pareja había renunciado a la intimidad plácida del hogar, cambiándola por la de unos encuentros voraces, desesperados y excitantes en los jardines del hospital.

Los habitantes de la casa se movían sin saber a dónde ir, discutían, se amenazaban, lloraban rápido, reían huecos, hacían maletas y las deshacían, lanzaban consignas políticas con una solemnidad trivial, se peleaban con el teléfono, que llevaba toda la guerra sin funcionar, remendaban ropa que no se iban a poner, abandonaban la casa decididos y volvían encogidos, hablaban poco pero sus gestos decían mucho, porque en esos días las palabras y las voces habían perdido valor.

—Charles, vamos a tener que separarnos por un tiempo —anunció Valentina con una entonación serena, más impostada que la de sus lecturas—. Nos reuniremos pronto, te lo prometo.

No quiso oír más; el hombre que pretendía ser se desmoronó en el llanto del crío de quince años que era; se aferró a su hermana, sollozando hasta el ahogo, temblando, con las manos arañando sus hombros. Ella lo abrazaba sin que ninguno de sus esfuerzos por mantener a raya su propio llanto surtieran efecto.

—No voy a dejar que nada malo te ocurra, Charles.

Valentina seguía hablando, pero para Carlos sus palabras eran un ruido de fondo.

—Me he puesto en contacto con la tía Dolores, ¿te acuerdas?, la hermana de mamá, la que te traía regalos a casa de la tía Segismunda. Siempre has sido su ojito derecho. Ella y su marido, el tío Avelino, te darán una buena educación. —Se secó las lágrimas.

—¡A la mierda la educación! ¡Que se mueran esos tíos! ¡Yo solo te quiero a ti! —gritó Carlos.

—Cariño, confía en mí. Será solo un tiempo. Yo me tengo que ir. Si me quedo, me llevarán presa.

—¡Mentirosa! —se encaró él sacudiéndose del abrazo—. Tú no has hecho nada malo, solo has salvado a gente. Te quieres ir con Ernesto porque te molesto, porque ya no me quieres.

Carlos se arrepentirá siempre de aquellas palabras, porque algo se rompió en ese momento. Y como si el dolor del corte fuera físico, Valentina soltó un alarido, una *a* alargada que retumbó en la casa. Se asustó. Se volvió a abrazar a ella y le acarició el cabello mientras le susurraba: Perdona, perdona... Los dos tragaron saliva y se cogieron de las manos para mirarse y coser sus rostros a la memoria.

—Charles, si me quedo, me acusarán de roja, de haber servido a los republicanos, y me llevarán a la cárcel. No me lo invento. Es lo que ha pasado en otras ciudades. Tenemos que huir ahora que aún podemos. Iré a Francia con Ernesto y cuando las cosas se tranquilicen, que será pronto, porque este país no puede soportar más dolor, vendré a buscarte, te lo prometo. Te lo prometo. Te lo prometo.

Durante cinco años, Carlos esperó que cumpliera esa promesa.

11

Tarde del viernes 30 de mayo de 1952

Elvira no es muy sensible a los olores, pero el que le está embotando la nariz es tan insoportable que se la tapa con un pañuelo. Las laderas de Montjuic son un vertedero gigantesco y ella lleva ya más de veinte minutos subiendo un lodazal que conduce a Can Clos, donde le han indicado que vive su tía Juana. A medio camino se arrepiente del esfuerzo, pues tampoco sabe si servirá de algo.

Tenía razón Carmen, no debería meterse en asuntos que no son los suyos.

—Haz lo que quieras, pero a mí no me líes. Yo no quiero problemas con la ley. Ya te he dicho muchas veces que la única forma de sobrevivir es ir a la tuya, y ya llevo demasiado tiempo preocupándome de los demás.

Esa es también su filosofía, pero no se puede quitar de la cabeza la expresión de Berta por la mañana y lo que les ha contado. Carmen tiene razón: son tan desgraciadas como ellas. Están tan jodidas como ellas. Gabriela más. Y es famosa. Una chica famosa que la cogió del brazo y corrió con ella para defenderla del cabrón de Andrés. Una famosa también presa de un verdugo.

La petición de Berta, tiene razón Carmen, podría llevarlas a la cárcel. Porque una cosa es emborracharse y hablar de aborto y otra muy diferente es lo que va a hacer ella: pedirle a tía Juana que le practique uno a Gabriela. Ella es la única persona que sabe hacerlo, que no pondrá en peligro su vida, pero otra cosa es que quiera.

~

—¿De verdad, Juana, cree que se puede enviar esta carta? ¿Sabe qué es esto? ¿Lo sabe? —Don Paco, el jefe, se levanta de la silla y agita la carta a un palmo de su nariz mientras la mujer agacha la cabeza—. Esto es mierda comunista. Mierda feminista. Mierda —grita alargando cada sílaba—. Y vosotras, a seguir tecleando —les indica a las once chicas que han interrumpido su trabajo.

—¿No será usted comunista?

—No, señor, desde luego que no.

—Pues esta respuesta sí que lo parece. ¿Me puede decir qué se le ha pasado por esa atolondrada cabeza suya para escribir esta... mierda? —Esgrime de nuevo el papel ante el rostro de Juana.

—Es que me ha parecido que es lo único que se le podía aconsejar a esa mujer. Su marido la está maltratando y teme que la mate a ella y a sus hijos. Por eso he pensado que lo más adecuado era sugerirle que se fuera a casa de sus padres o de algún familiar para protegerse...

Paco no está acostumbrado a que una mujer hable tanto tiempo seguido, y aún menos a que le replique. Estalla.

—Una mujer debe estar al lado de su marido.

A este paso les va a aconsejar usted que se divorcien. ¡Esta respuesta es inadmisible! Siéntese usted aquí y mecanografíe lo que le voy a dictar.

—No. —Ella misma se asusta de esa sílaba que se le ha escapado.

—¿Cómo se atreve? Le aseguro que si no coge ahora mismo la máquina y se sienta aquí a teclear lo que le voy a dictar la pongo de patitas en la calle. Y la acuso de roja, porque esas ideas suyas no tienen otro nombre.

Juana Alarcón imprime furia en cada paso que da en dirección al ridículo pupitre donde está su máquina, y la lleva de vuelta sin que sus compañeras dejen de teclear.

—Aquí se camina despacito y con discreción. ¡Habrase visto! —vocifera el hombre—. Empecemos: Querida amiga, ante todo quiero recordarle que hemos venido a este mundo a sufrir. Y cada uno lleva su cruz, igual que con ella cargó Nuestro Señor Jesucristo. Estas líneas se las pongo para que tenga resignación. Escríbalo bien: *resignación*, y grábese esa palabra en la cabeza... —Se levanta, pasea por la tarima, moviendo las manos como si estuviera ofreciendo un gran discurso, inflando aún más la barriga y acariciándose el bigote—. Para que tenga resignación, pues el matrimonio es una cosa muy seria, siendo un lazo de unión que no puede romperse de ninguna manera. Seguramente usted también ha contribuido de algún modo a la reacción violenta de su marido y debe rectificar inmediatamente esa actitud por el bien de su familia. Le aconsejo que procure complacer a su esposo aun en los más pequeños detalles. No le lleve la contraria y demuéstrele afecto y respeto. Esa será sin duda la mejor forma de que él se sienta a gusto, valorado, y no tenga que recurrir a la violencia. Es importante, además, que usted no le recrimine su actitud, que intente mostrar su mejor cara y su mejor ánimo incluso después de esos accesos de ira, pues ese será el camino más rápido para la reconciliación. Si es necesario, recurra al maquillaje para no mostrar las señales de esas disputas. También le recomiendo que exponga su caso al padre confesor; sabido es que los hombres tienen respeto por los santos hábitos. Mucha resignación, querida. Rece y pídale a Dios, que él no la dejará de su mano. —Respira complacido y sonriente—. ¿Lo entiende ahora? —la increpa sin encontrar respuesta, porque Juana es un mar de lágrimas—. No llore, mujer. —Le tiende su pañuelo con una sonrisa de ratón—. Vuelva a su lugar y continúe con el trabajo, que ahora ya ha aprendido y espero que la próxima vez lo haga mejor.

Juana Alarcón llora aún más porque la próxima vez no quiere hacerlo mejor. Llora por lo que acaba de escribir, por la mujer que recibirá esa carta, por ella, que tiene las yemas de los dedos llenas de mierda. Porque eso sí que es mierda. Llora por ser cómplice de una mentira. Porque la doctora Francis no existe. Porque unos guionistas en la radio han creado un personaje que no ayuda a las mujeres, sino que las aplasta para que sigan los principios del régimen, para que no se rebelen. Y eso no es lo peor, al menos para ella, pues no tienen suficiente con adoctrinar a las mujeres desde la radio. También lo hacen respondiendo una a una las cartas desesperadas que reciben. Fingiendo que la doctora ficticia se preocupa por todas y cada una de ellas y les responde personalmente a su domicilio con cartas que deberían consolar, pero que solo constriñen y aíslan a sus destinatarias. Cartas que escriben ella y sus once compañeras y que repasa don Paco y que firman como Elena Francis, convirtiéndose en cómplices del gran engaño.

Llora por su silencio, por el de las chicas que siguen tecleando y agachando la cabeza. Por el miedo. Por la resignación. Porque sí, porque es una roja y una traidora a las rojas. Sobre todo una traidora a las rojas. Y en cada carta en la que se hace pasar por Elena Francis las traiciona un poco más.

Llora no solo por el silencio de sus compañeras, sino por todo el silencio, el de los mercados, el de las casas, el de las calles, el de la entrada de los colegios y el de la puerta de las iglesias. Por los pasos pequeños que dan las mujeres que han olvidado que hubo un tiempo en que taconeaban por las calles bulliciosas. Y llora sobre todo por las sonrisas. Porque ahora las mujeres ríen curvando las comisuras de los labios sin enseñar los dientes y esa sonrisa comedida, femenina y discreta le da mucha pena.

De joven Juana reía a carcajadas a todas horas: cuando quedaba con sus amigas para pasear por Málaga, cuando algún muchacho le soltaba un requiebro, cuando ayudaba a una madre a parir y empapada en sudor le tendía a su hijo, pero ahora está mal visto que las mujeres rían a carcajadas y la sonrisa comedida y complaciente que se estila nunca ha sido lo suyo.

Nada de lo que hay ahora es lo suyo y no entiende que pueda ser lo de nadie. Y por eso llora, porque lleva demasiado tiempo sin llorar y aguantando. Y de tanto aparentar el rictus las arrugas se han hecho más profundas aún. Esos surcos se abrieron paso en la cárcel de mujeres, en el Caserón de la Goleta de Málaga, en los tres años que estuvo encarcelada. Porque haber sido comadrona era delito y tenían que depurar al colectivo. A las mujeres que ayudaban a parir. A las mujeres que se atrevían a trabajar. Y a carcajearse en sus ratos libres. Depurar. Meterlas en la cárcel. Fusilarlas acusadas de rojas y de feministas. Ella fue roja y feminista y, sí, señor, votó en las elecciones, no una vez, sino dos, en el 33 y en el 36, cuando reía a carcajadas y cuando los españoles podían votar. Hombres y mujeres. Juntos.

Llora lo que no lloró en la prisión de la Goleta, cuando le quedaba orgullo para reírse por dentro de la obligación de asistir a misa y masticaba verduras podridas y cáscaras de naranja sin quejarse porque no iba a alimentar a esos hijos de puta con sus lágrimas.

No llora por haber saltado de un tren en marcha con su hermana para llegar a Barcelona, pero sí por el miedo que cada día siente a que la descubran. A que sepan que recomendó métodos anticonceptivos en lo que llamaban células clandestinas, que no eran más que mujeres desesperadas con los úteros destrozados de tanto parir y los oídos sangrando de tanto escuchar llantos de hambre. Desgraciadas y desesperadas, como lo eran las que dejaron en sus manos los restos sanguinolentos de feto y placenta de un aborto.

No llora por el olor fétido que desprenden los lodazales que hacen las veces de aceras del barrio donde está su piso compartido a medio construir. Ni siquiera por dormir de pie. Ni por el hedor que desprenden las axilas sin jabón, las cabezas con sarna o los pies con fístulas. Está acostumbrada a las vísceras, a la sangre y al pus, a las placentas, a los bebés que llegan al mundo envueltos en sangre y a los fetos que se escurren viscosos entre sus dedos: esos olores no le repugnan porque son humanos; y en cambio la náusea más profunda le regurgita en la garganta viendo las cabezas gachas, los andares de puntillas de esa plaga de mujeres invisibles que ahora habitan España.

Llora también por los años que pasó pensando en que podría volver a abrir la boca y soltar una carcajada, convencida de que aquello solo podía ser provisional, que cuando los aliados ganaran la guerra derrotarían al dictador. Porque no podía entender que su país caminara para atrás y que a todos les pareciera normal. Sobre todo que a todos les pareciera normal. Que ella fuera la única sorprendida. Y las otras repetían como autómatas: el niño mirará al mundo, la niña mirará al hogar. Pensó que fingían, como ella. Pero con el tiempo se rindió a la evidencia: se lo habían creído. Y llora también por ellas, y por todos los don Paco del mundo, patéticas bolsas de sebo sudorosas que sermonean alzando la mano al cielo y hundiendo la mirada en los escotes de las mujeres a las que el miedo les ha congelado la sonrisa. Los don Paco que ríen como ratones que son, mordisqueando los tobillos de las que caminan con pasos pequeños, aferrados a las butacas del poder, dando lecciones en la escuela de la ruindad.

Llora aún más por los hombres que no son don Paco, los que aunque hayan salido de la cárcel siguen en la cárcel, y por los que no fueron a la cárcel pero cuyo miedo es su cárcel. Por los rojos humillados que gritaron No pasarán y ahora susurran No te metas en líos.

Llora por tanto y por tantos y tantas que se tiene que secar las lágrimas con la manga de la chaqueta rosa que le ha prestado doña Enriqueta en agradecimiento por el aborto que le practicó a su hija. Y sorbe los mocos de un llanto que lleva conteniendo desde hace dieciséis años, cuando España empezó a caminar hacia atrás y nadie pareció sorprenderse.

Dos horas después, cuando llega a casa, ya no le quedan lágrimas para expresar la emoción de abrazar a Elvira, su sobrina preferida, a la que hace tanto que no ve, aquella niña a la que le regaló un reloj para su comunión, aquella joven que tuvo mala suerte y que deambula por las calles. Con una carcajada siempre a punto, porque nadie espera nada de ella que no sea que se mantenga al margen, que no perturbe con su presencia al ejército de sonrisas planchadas. Y tal vez por eso, cuando le expone el caso de esa señoritinga que necesita abortar, que es una desgraciada y que está desesperada como todas, no hace caso de Enrique, que le ruega que no se meta en líos.

—Mañana por la mañana lo haré.

12

Noche del viernes 30 de mayo de 1952

—Esa chica, Berta, tiene posibilidades como modelo. ¿Qué te parece? —pregunta Jacqueline mientras cenan en la terraza de su casa.

—¿Qué quieres que me parezca? —responde Ernesto.

—Es guapa, ¿verdad?

Ernesto no está enamorado de Jacqueline. La quiere, la admira y hay veces, como ahora, en que la mataría. Comparten muchas cosas, y entre ellas unos encuentros íntimos placenteros que no son incompatibles con otros encuentros igualmente placenteros con otras personas. Jacqueline acostumbra a tomarle la delantera con cuerpos más jóvenes y mentes menos atormentadas. Ernesto nunca alcanza a compensar la balanza ni lo pretende. Tiene una fijación por las mujeres libres, descaradas, valientes, y esas no abundan. Mujeres como Valentina, como Jacqueline y como intuye que es Berta. Y ahora mismo mataría a Jacqueline por formular la pregunta, porque se ha propuesto no comprobar si su intuición a propósito de Berta es cierta. Es guapa, sí, pero tiene algo más que prefiere obviar para vivir tranquilo.

—No vayas por ahí, que te conozco... ¿Es por eso por lo que la estás ayudando? ¿Pretendes hacerme de alcahueta? —Levanta la ceja mientras pincha un pedazo de berenjena asada.

Jacqueline se limpia la boca, da un sorbo a la copa de vino tinto y le sostiene la mirada, desafiante.

—No, no es por eso por lo que la ayudo. Me cae bien. No se conforma y me gusta la gente así. Yo le he abierto una puerta y la veo capaz de traspasarla, pero igual me equivoco.

—Ya lo estás haciendo otra vez.

—¿El qué?

—Observar a la gente como si fueran animalitos de laboratorio.

—¿Y qué mal hay en eso? —Frunce las cejas con una mezcla de ingenuidad e ironía.

Ernesto no responde, esa conversación la han mantenido demasiadas veces. Como casi todas.

—No te enfades, Ernest.

—Ya sabes que no me gusta que me llames Ernest.

—Perdona... Ernestooo —enfatiza—. Quería saber tu opinión. El otro día la observé con Carlos Santamaría y no me gustó la pareja que hacían. Y no me mires así, que me vas a volver a decir que hago eso de los animalitos de laboratorio, que yo también te conozco a ti. —Pone un mohín de niña enfurruñada y suelta la servilleta con brusquedad.

—No sabía que tuvieran algo.

—Y no deben de tenerlo aún. Pero se gustan y se equivocan.

—¿Y tú cómo puedes saberlo? —le recrimina, aunque por experiencia le consta que rara vez se equivoca en sus vaticinios.

—Santamaría no es el hombre que quiere ser.

Ernesto no se olvidará de aquella frase.

—Dejemos ese tema, que hay otro más importante que tratar. Lo que hablamos el otro día, ¿te acuerdas? La posibilidad de que te fueras a Francia...

—¿Me estás echando? —sonríe, y le sujeta la mano con suavidad.

—Claro que no, pero tienes un poso de amargura que va creciendo y creciendo y que te está reconcomiendo. Y un día ya no quedará nada más que esa amargura. —Él ha desviado la mirada y ella ha proseguido sin darle importancia a la tristeza de sus palabras—. Tengo el contacto de un falsificador. El mejor. Se encarga de preparar salvoconductos para los estraperlistas.

—No quiero que corras peligro tratando con falsificadores por mí.

—No lo haría yo. Deja eso de mi mano y piensa en qué quieres hacer con tu vida...

—Lo sabía, me estás echando. —Ladea una sonrisa.

—¡Qué pesado te pones! Ya te lo he dicho. No quiero que te vayas, pero te quiero y detesto verte infeliz. No entiendo por qué no te fuiste a Francia cuando podías.

Se encoge de hombros.

—Ya sabes que soy un hombre con muy mala suerte.

~

A principios de 1939, las conversaciones en el hospital se reducían a cuatro preguntas: cuándo te vas, adónde te vas, cómo te vas, con quién te vas. Nadie se creía las respuestas. Cuanto más hablaban de marcharse, menos querían irse. Envolvían las palabras con puntos suspensivos y gestos que daban por hecho un rápido regreso, como quien habla de unas vacaciones.

—No quiero irme. —El doctor Trueta fue el único en verbalizarlo—. Pero no tengo ni tiempo de pensar en eso... Lo importante ahora es organizar la evacuación de los enfermos hasta la frontera de La Junquera para poderlos entregar en condiciones a las autoridades francesas. Y los informes. Los informes de todo lo que hemos hecho aquí —les comentó a Valentina y a Ernesto mientras recogía los documentos y los colocaba en tres maletas abiertas en el suelo de su despacho.

Le ayudaron en aquel gesto que daba sentido al sinsentido. Preservar los logros que habían alcanzado, las historias anónimas de los que habían escapado de la amputación, las evidencias científicas de que la medicina podía despegarse del cuerpo de los pacientes y alcanzar la humanidad de sus vidas. Rápido. Estos papeles. Aquellos informes. Nombres. Protocolos. Eran muchos los que se habían beneficiado de no andar por la vida con el cuerpo cercenado, conservando sus miembros, su movilidad, su dignidad... Y podían ser más.

Cuándo te vas, adónde te vas, cómo te vas, con quién te vas. En aquel acto de recoger los informes también había un por qué te vas. El tacto de aquellas carpetas amarillentas de letra garabateada con urgencia contenía una respuesta más heroica que la propia supervivencia: para que otros vivan con dignidad, para que nuestro trabajo no desaparezca como lo hará nuestra insignificante huella en esta ciudad y en este país. Esa era la única victoria que se llevarían.

Ernesto recordará durante toda su vida el tacto de aquellas carpetas como lo único reseñable de aquellos momentos. Y seguirá siempre de cerca las investigaciones del doctor Trueta, sintiéndose parte de ellas, sintiéndose menos insignificante.

—¿Cuándo os vais? —les preguntó.

—Mañana por la mañana. En un camión que sale a primera hora —contestó ella—. Le esperaremos en La Junquera para ayudar con la evacuación de los enfermos.

Valentina era la única mujer en la camioneta, y al subir se zambulló en el pecho de Ernesto. Él la abrazó en el banquito descubierto donde se sentaron mientras el resto de los hombres la observaba con detenimiento.

No, por favor, esta vez no, esta vez no puede perseguirme la mala suerte, esta vez no, con ella no, aquí no, rezaba Ernesto. Cuando arrancó el motor, sintió un vacío que le pesaba en el estómago. Su madre. No había podido comunicarse con ella durante toda la guerra. La imaginaba discutiendo con el teniente Jiménez, a estas alturas su esposo. Volviendo a la casa y quejándose de lo desordenada que estaba. Arreglando el teléfono para que él pudiera llamarla. Escribía mentalmente las cartas que le enviaría.

Sin embargo, lo que no tenía previsto era el tipo de tristeza que le produjo separarse de Carlos. Intensa e incontrolable, que le calaba por dentro. Se había sentido padre, hermano e incluso amigo de aquel niño desgarbado y errático que desprendía la misma luz oscura que su hermana.

Le había enseñado a tocar la armónica en mañanas desafinadas, porque Carlos nunca lograba extraer las notas precisas, pero eso era lo de menos. El niño guardaba el instrumento como un amuleto, así que sus primeros ofrecimientos para enseñarle a tocarlo obtuvieron una negativa airada, similar a la que tenían todas las propuestas con las que Ernesto pretendía ampliar el estrecho círculo que unía a los dos hermanos para hacerse un discreto lugar. La música lo logró, creó un lazo entre los dos sin la pinza de Valentina.

—No hace falta que la cojas tan fuerte, que no te la vamos a quitar —comentó mordaz un miliciano que se había sentado muy cerca de Valentina y la miraba más como algo que como alguien.

No, ahora no, ahora no puedo tener mala suerte, se repitió mientras ella se hundía más en su pecho, como si pudiera traspasarlo y camuflarse en su cuerpo para dejar de ser la única presencia femenina. Ella apenas hablaba, como siempre, pero establecía un diálogo fluido con Ernesto gracias a la presión de sus manos diminutas en sus hombros o mediante las caricias leves que dedicaba a su barba o a su espalda.

Cuándo te vas, adónde te vas, cómo te vas, con quién te vas. Aunque las respuestas eran obvias, aquellas preguntas seguían siendo el tema de conversación de los compañeros de viaje, que respondían mirando de soslayo a la chica, cada vez menos interesados en la charla y más en la desconocida.

La ciudad había quedado atrás, congelada, todavía suya, de todos los que la abandonaban. Los dos hombres sentados enfrente de Valentina y Ernesto empezaron a discutir. Primero en voz baja, después con gestos airados y, por último, a gritos.

—¡Que la culpa es vuestra! Que podríamos haber pactado una paz digna en vez de huir como ratas —espetó uno con resentimiento.

—¡Traidor! ¡Cobarde! ¡Tendríamos que haber luchado hasta el final! ¡Podríamos haber resistido!

—El hombre se palpó el bolsillo y a Ernesto le pareció distinguir el abultamiento de un objeto punzante.

—Hemos perdido la guerra por vuestra culpa —se encaró el otro.

La camioneta frenó en seco en un arcén de la carretera. No, ahora no, no es el momento para la mala suerte, se repitió Ernesto mientras ayudaba a Valentina a bajar. Brillaba un ridículo sol estival para ser invierno, para haber perdido una guerra, que le daba una nitidez casi irreal a aquel recodo de carretera que Ernesto recordará durante el resto de su vida.

—Diez minutos para estirar las piernas y hacer vuestras necesidades. Ni uno más, que yo me marcho sin esperar a nadie —vociferó el conductor.

Muchos orinaron en el arcén mientras Valentina, incómoda, buscaba un lugar más apartado. Ernesto la acompañó sin sospechar que cada una de las elecciones de aquel momento estaba marcada por su mala suerte. Valentina se puso en cuclillas bajo un árbol, pero sus intentos fueron fallidos.

—Anda, vete más lejos, que si te tengo cerca me da vergüenza y no puedo.

Ernesto sonrió:

—Como si no te hubiera visto antes...

Cumplió la orden y se plantó unos cuantos pasos más adelante sin dejar de observar la camioneta. Algunos ya habían subido. Tres hombres observaban descaradamente los movimientos de Valentina con una postura chulesca. Ernesto avanzó y se plantó como un escudo. Los dos hombres de la camioneta seguían discutiendo justo enfrente de los otros tres, que no le quitaban ojo a la chica.

—¡Cabrón! Deberías estar muerto. —El hombre sacó la navaja del bolsillo y la blandió a cierta distancia del otro.

Se aproximó lentamente a su rival con los ojos achinados por la rabia. Cada vez estaba más cerca y el otro, para defenderse, le lanzó con todas sus fuerzas una piedra que el contrincante esquivó con un movimiento ágil. La trayectoria de aquella piedra cambiará para siempre la vida de Ernesto Vila.

13

Mañana del sábado 31 de mayo de 1952

Ramona está furiosa. Berta y Gabriela se han vuelto a ir sin esperarla; mejor dicho, mintiéndole descaradamente a la cara como si fuera una estúpida. A las siete de la mañana, cuando ha entrado en el baño, le han prometido que la esperarían, y diez minutos después ya se habían ido. Les va a caer una buena bronca, porque por la conversación que ha escuchado, su madre y tía Úrsula también están enfadadas.

—A ver, Eleonora, no lo entiendo. ¿Qué excusa han dado para no esperarnos?

—Que se iban a pasar por la iglesia y que ya nos reuniríamos con ellas en el estadio de Montjuic.

—Pero ¿cómo nos vamos a reunir con ellas en el estadio? ¿Qué te piensas, que es como el de tu pueblo? Eso si tenéis, claro... Esto es la ciudad. Aquí es imposible que nos encontremos. Tendrías que haberles ordenado que no salieran solas.

Tiene toda la razón, ha pensado Ramona. Llevan días hablando de la ordenación de curas en el estadio de Montjuic. Ochocientos veinte, dicen los diarios. Uno de los actos más solemnes y emocionantes de todo el congreso y ella no va a poder compartirlo con su hermana. Eleonora es demasiado blanda.

—Es que yo... no se me ha ocurrido... Lo siento, Úrsula.

—¿Y cómo has quedado con ellas para después?

—Por lo que he entendido, por la tarde acudirán a la catedral para la bendición del altar por los mártires de la guerra. Lo siento, Úrsula, no te enfades conmigo.

—Ahora no quiero hablar de esto, pero por la noche vamos a tener una conversación muy seria con Berta, porque estas cosas mi hija no las hace y esa chica está siendo una mala influencia. Sé que tú la has educado todo lo bien que has sabido, pero hay que enderezarla antes de que sea demasiado tarde.

Sin embargo, nada de eso importa ahora que Ramona, más asustada que enfadada, está en el terrado del edificio con Mario, Alicia y Manuela, una niña finolis que acaba de pegar un salto grácil para ingresar con una ovación en el club de los niños asesinos. Alicia la ha avisado minutos antes: Yo quiero que sigas siendo nuestra amiga, te echo de menos, pero si no saltas, no hay nada que hacer, le ha soltado la niña con un tono melodramático de serial radiofónico.

Ahí está, llena de rabia, con ganas de pegarle una torta a la chiquilla nueva, que lleva un vestido precioso que se ha arremangado para dar el salto con el porte de una pantera. Ramona coge carrerilla, pero justo antes de llegar al borde del edificio frena y cae, como si se diera contra una puerta invisible.

—Ya te he dicho que era una pérdida de tiempo, es una pueblerina cobardica —le dice en voz alta Mario a su hermana.

Y ríen. Ellos tres. El club de los niños asesinos, de los niños de la gran ciudad que tienen muñecas y trenes, casas con calefacción, pan blanco y ropa sin remiendos. Se levanta, resopla, calcula la distancia que la separa de ellos, de sus cajones con juguetes, de sus platos rebosantes. Corre hacia ellos, corre hacia lo que no puede envidiar, pero envidia, corre hacia lo que quiere ser, y no sabe si es la rabia lo que ahuyenta el miedo, pero salta ese pequeño precipicio y ríe, se tumba en el suelo caliente y sigue riéndose. Y ellos también.

—Ahora solo tienes que dar el salto de vuelta y entrarás en el club de los niños asesinos —sentencia Mario.

~

En un mundo ideal, como el que pintan los diarios y los programas de radio, en una España casta y creyente como la que describe la Sección Femenina de la Falange, ni Gabriela ni Berta ni Elvira ni Juana ni Carmen estarían ahora en casa de esta última. Porque en un mundo ideal Gabriela no estaría embarazada y Berta no tendría que haberla convencido durante una larga noche para que abortara. Por Dios, Gabriela, te ibas a suicidar, el bebé habría muerto de todas formas, no tienes nada que perder, ha argumentado sorprendida de hablar del suicidio y el aborto como si ya no la escandalizaran, porque la crudeza del suicidio y del aborto escandalizan a los que viven en un mundo ideal, que no es el caso.

En un mundo ideal, Elvira tampoco se hubiera pasado la madrugada bebiendo con Carmen para persuadirla de que prestara su casa para hacer algo que puede llevarlas a la cárcel. En cambio, en un mundo de mierda como ese en el que viven, una puta ha llorado de rabia contándole a la otra cómo un nazi ha abusado de una niña y la otra puta, que vende su cuerpo para no vender su orgullo, no ha llorado, pero le han repugnado las manos ensangrentadas del nazi y todas las manos atroces que ni siquiera pagan por los cuerpos y almas que destrozan. Y en un mundo ideal, la puta que tiene casa y orgullo no hubiera acabado la botella de vino barato con su amiga añorando las burbujas de *champagne* francés junto a Maximiliano. Y tampoco habría eructado, completamente ebria, para después sentenciar: De acuerdo, hay que echarle huevos, sin tener muy claro que haya que echarle huevos a una vida que no sea la suya, pero decidida en su borrachera a no alimentar un mundo de mierda.

En un mundo ideal, Juana no hubiera pasado la noche en vela, no por tener que dormir de pie, a lo que ya está acostumbrada, sino por haber decidido que no era buena idea meterse en líos por unas desconocidas, que Enrique tenía razón, que ya bastante tienen con lo suyo, que no se meta en líos. En un mundo de mierda, Juana hubiera ido a comer al Campo de la Bota con su hermana, fingiendo no oír los tiros de los fusilamientos. Hubiera olvidado la promesa que le había hecho a su sobrina, a la que le regaló un reloj por su comunión. Con su dinero. Porque entonces trabajaba y se carcajeaba y no tenía que aguantar a don Paco con su sonrisa de ratón, que prefiere que una mujer muera a que se separe del que la va a matar. Juana asume que vive en un mundo de mierda, en el que las manos limpias sobre una máquina de escribir son más sucias, traidoras y letales que las que se manchan de sangre. Sabe que si ahora se lava las manos no podrá dormir ni de pie ni echada en la mejor cama del mundo y que ayudar a una señoritinga a abortar no lo cambia todo, pero cambia algo.

En un mundo ideal, ni Gabriela ni Berta ni Elvira ni Juana ni Carmen estarían ahora en casa de esta última. No habría motivos. En un mundo de mierda, ni Gabriela ni Berta ni Elvira ni Juana ni Carmen estarían ahora en casa de esta última. No les importarían los motivos. En la frontera de los dos mundos, cinco mujeres pueden acabar en la cárcel y tienen miedo.

~

A Ramona le arden las mejillas y el corazón le martillea el pecho. Quiere ser la primera en dar de nuevo el salto, en planear sobre un precipicio, en hacer por segunda vez en su vida algo prohibido. Coge carrerilla y esta vez no hay una puerta invisible contra la que darse de bruces, esta vez vuela, y en esas fracciones de segundo en las que está suspendida en el cielo algo falla. No sabe si el miedo ha vuelto o si simplemente es una pueblerina patosa, pero algo falla. Y sus pies no se posan como los de Manuela, que salta como una pantera, ni como los de Alicia, que lo hace como una bailarina, ni como los de Mario, que es un águila imperial. Los suyos son los de una chiquilla de pueblo, y el izquierdo se tuerce y se quiebra cuando se apoya en el suelo del terrado. Suelta un alarido, y otro y muchas lágrimas, porque el dolor es insoportable. Y Mario salta como un águila, Manuela como una pantera y Alicia como una bailarina para auxiliarla. Pero ni con su ayuda se puede poner en pie y no le importa que la vean llorar y gritar.

—Tenemos que pedir ayuda. Ni se te ocurra decir que hemos saltado. Diremos que te has caído jugando —ordena Mario.

~

No haber dormido o estar de resaca disminuye la tensión del momento; al menos hasta que todo explota y Juana está a punto de irse.

Y eso que al llegar la comadrona ha hablado con Gabriela en un tono maternal y tranquilizador. Y todo iba bien. Todo lo bien que podía ir en una circunstancia como esa:

—Ahora tienes que tomarte esto —le ha tendido un pequeño frasco—, que provocará que dilates el útero y tengas contracciones, y, con un poco de suerte, expulsarás el feto. ¿Cuántas faltas has tenido?

—Solo una —ha respondido Gabriela después de tragar el líquido, que sabe a rayos.

—Bien, entonces tienes más posibilidades de que con el líquido sea suficiente. Pero si no es así, te provocaré el aborto. El problema es que no tengo anestesia y no podrás gritar, hija mía. Después deberías quedarte en cama durante un mínimo de una semana, pero eso ya lo veremos. Depende de cómo haya ido todo.

—Yo tengo que volver a casa esta misma noche. Mi familia no sabe nada. —Gabriela la ha mirado alargando el cuello y abriendo la boca, con una expresión desvalida.

Juana se ha llevado las manos a la cabeza.

—Pero eso es muy peligroso. ¿Cómo vas a volver a casa? Tienes que hacer reposo, el riesgo de septicemia es muy alto.

—¿Qué es eso de la septicemia? —ha intervenido Elvira alarmada, pues la palabra suena fatal.

Juana ha resoplado con hartazgo.

—Una infección que podría matarla. Niña, tienes que reposar, invéntate cualquier cosa para no volver a casa, por amor de Dios.

—No podemos —ha respondido Berta—. Cogeremos un taxi y en cuanto lleguemos a casa dirá que se encuentra mal y se meterá en la cama.

—Esto es una locura. Como la visite un médico y descubra que ha abortado, todas nosotras —ha advertido apuntándolas con el índice una a una— acabamos en la cárcel. Si tiene una infección, solo me podéis llamar a mí. ¿Lo tenéis claro? ¿Entendéis lo peligroso que es todo esto?

Todas han asentido.

—Diremos que tiene gripe. Aunque venga un médico no va a... examinarla ahí —ha propuesto Berta.

—Si tienen la más mínima sospecha, no dudes de que lo harán. —Juana se ha arrepentido de estar en esa casa con aquellas desconocidas de las que cada vez se fía menos, pero seguía dispuesta a continuar adelante hasta que Elvira ha abierto la boca:

—No van a sospecharlo. Ella es una señorita de verdad, de buena familia. Y además es famosa —ha sonreído—. Es una locutora del consultorio de Elena Francis.

Juana permanece inmóvil durante unos segundos, sin mirar a nadie, analizando las palabras en busca de un error. Cuando se rinde a la evidencia, ya no queda nada de la Juana maternal de hace unos segundos, sus ojos centellean de rabia y desprecio.

—Hija de la gran puta —grita—. Que te ayuden ahora todas las mujeres a las que has engañado, todas esas a las que les dices que vuelvan con su marido para que las mate o que no digan que el señorito las ha violado o que denuncien a sus amigas. Diles a esas desgraciadas que creían que había alguien que las escuchaba que todo es mentira. Yo no te voy a ayudar, hija de la gran puta... —El labio le tiembla y clava su mirada en Gabriela, que ha hundido la cabeza durante unos segundos antes de empezar a recoger sus cosas.

Nadie presta atención al llanto de Gabriela, porque se impone el estupor que les causa la furia de Juana.

—Pero, tía, ¿qué estás diciendo? La doctora Elena Francis hace lo que puede por las mujeres; si no te gustan sus consejos no tienes por qué tomarla con Gabriela. Hay días que igual acierta más que otros, que es humana.

Juana le dedica una mirada asesina a su sobrina, y todas recordarán que la siguiente frase la dijo gritando, pero no es así; arrastra las palabras con un odio que retumba en sus tímpanos sin necesidad de elevar la voz.

—La doctora Francis no existe.

—Pero qué dice, doña Juana, está usted un poco nerviosa... ¿Quiere una copa para relajarse? —ofrece Carmen, y la otra hace oídos sordos.

—Díselo tú, Gabriela. Cuéntales a tus amigas la verdad. Diles que todas estamos aquí jugándonos la vida por ti cuando tú te dedicas a aplastar a otras mujeres. Ten los huevos de decirles la verdad. ¿Existe la doctora Francis? —Ahora sí que ha gritado.

—No —contesta—. No existe.

Se quiere morir. De vergüenza, de rabia y sobre todo de idiotez. No porque esté a punto de abortar, ni siquiera por Hans. Por idiota. Ha vivido en un mundo ideal donde lo único que no era ideal era ella. Su madre sí que era ideal, la diosa dura y redentora que salvaba a las almas perdidas en el Patronato. Recuerda lo orgullosa que se sintió cuando les comunicó a su padre y a ella que le habían encargado la creación de un programa radiofónico, un consultorio estético patrocinado por un instituto de belleza. Le habían pedido que fuera más allá de los consejos de belleza, que combatiera la degeneración moral, que les enseñara a las españolas que su lugar estaba en el hogar, al servicio de sus maridos, de sus hijos, abrazando ideales nobles. Había alabado la astucia y la inteligencia con la que esculpía el personaje de Elena Francis. Otra diosa justa, perfecta, dura y salvadora. La voz de una mujer sabia que era escuchada, admirada, reverenciada en un país de mujeres sin voz. La doctora Elena Francis hablaría por todas.

Pero en las cenas a las que Úrsula invitaba a los anunciantes del programa, al padre Cebrián, a conocidas de la Sección Femenina de la Falange y a políticos influyentes a los que siempre les agradecía que dedicaran su precioso tiempo a un programa de mujeres, solo se hablaba de política. De aniquilar el modelo de mujer republicana. Por impía. Por vulgar. Por descarada. Por peligrosa. Por puta. Y en esas cenas con cordero, con vino, con pan blanco, tanto ellas como ellos definían a esa mujer nacionalcatólica, esa diosa sumisa, silenciosa, sonriente y discreta, siempre al servicio de Dios, de la familia, siempre mártir, más virtuosa cuanto más sufrimiento fuera capaz de abrazar en silencio.

No había visto mal que se las enseñase a callar. Y a arreglarse un poco, pero no mucho, lo suficiente para mantener el interés de su esposo. El consultorio las instruiría para que perdonaran: perdonar infidelidades, perdonar humillaciones, perdonar golpes, que en el perdón está la salvación. Pero no a perdonarse a sí mismas.

—Sobre todo, que no se fomente la amistad entre chicas —había comentado el padre Cebrián una noche apurando una copa de vino.

—Por supuesto —respondió la diosa implacable—, tendría que estar prohibido que las mujeres cuchichearan, pues es un peligro que las jóvenes escuchen a otras jóvenes, porque a la que hay una manzana podrida, todas se condenan. Por eso la doctora Francis tiene que ser alguien de cierta edad.

—Es una idea excelente —elogió un comensal—, lo de la edad y lo de que les quede claro que la amistad femenina es una vulgaridad, una cosa de rojas que se asociaban para todo...

Las amistades de su madre nunca eran vulgares. Tampoco eran amistades. Aquellas relaciones desprendían una elegante frialdad que Gabriela admiraba. Una sonrisa de compromiso, un sí por delante y un qué se habrá creído por detrás. Y mucho juicio y poca comprensión.

Gabriela quería ser como su madre y no lo ha logrado, por mucho que se mortifique los muslos, porque carga con un pecado por el que nadie podría quererla; sin embargo, Berta no la ha condenado. Tampoco lo han hecho las tres mujeres que tiene enfrente, aunque Juana sí la haya juzgado por lo único que nunca ha considerado un pecado.

Gabriela ya no sabe qué está bien y qué está mal cuando, con la voz quebrada, prosigue:

—No existe, pero es un intento de ayudar a las mujeres.

Juana está de pie, recogiendo sus cosas en un maletín raído, y solo se gira un momento para mirarla con todo el desdén del mundo. Elvira, que se ha tapado la boca con la mano, la retira:

—A ver, tenéis que estar equivocadas. Seguro que lo habéis entendido mal. ¿Cómo no va a existir la doctora Elena Francis? Si sale por la radio. No pueden estar engañando a todo el país. Además, ella misma escribe cartas a las oyentes a las que no puede contestar por la radio y se las envía a su casa. ¿Por qué iban a tomarse tantas molestias para contestar a unas pobres desgraciadas? Eso tiene que hacerlo la doctora, porque tiene un corazón que no le cabe en el pecho. Así que dejad de decir tonterías.

Juana sujeta la muñeca de su sobrina con rabia, dándole la espalda al resto.

—No seas ingenua. Yo contesto esas cartas. Yo y once desgraciadas más. Pero no les decimos lo que le diríamos a una amiga, sino lo que espera un cerdo que cuando no le gustan las respuestas nos las dicta. Y ese cerdo depende de otros cerdos que tienen engañado a todo el país.

—Juana, tranquilízate, que me estás haciendo daño en la mano.

—Perdona. —Y se la suelta para seguir recogiendo sus cosas.

—¿Por qué no me lo habías dicho? —le susurra Berta a Gabriela, que se cubre la cara con la palma de las manos.

De repente, Carmen se levanta y sujeta el brazo de la matrona.

—Juana, usted no se va de aquí —se encara con ella—. Le acaba de dar no sé qué a esa chica y cuando le haga efecto ninguna de nosotras sabrá qué hacer. Y yo no quiero ir a la cárcel —remarca con voz metálica—. Ahora todas estamos en el mismo barco y el timón lo lleva usted.

14

Tarde del sábado 31 de mayo de 1952

Ernesto Vila siempre camina con prisa, como si alguien le esperara, aunque rara vez esto sucede. Hoy acelera el paso para librarse de los congresistas que pululan por las Ramblas con el ritmo perezoso de los turistas que se sorprenden por una ciudad que a él le aburre. Que él detesta.

Se planta en la Barceloneta a las cuatro de la tarde, como cada sábado, para llevar a cabo el mismo ritual de siempre. Pasea un rato por la playa preparándose para una ceremonia más rutinaria que solemne. Un ritual que en otro tiempo exorcizaba la rabia, pero que desde hace meses, incluso años, solo supone una distracción cada vez más tediosa.

Se sienta en la arena, muy cerca del agua, tanto que en más de una ocasión regresa a casa con los pantalones mojados. Con la espalda erguida, procede a la liturgia. Todos los ritos tienen objetos sagrados y él guarda los suyos en una bolsa de tela negra con dos asas largas que pesa mucho y que como un penitente acarrea desde su casa.

Llega el momento. Hurga en la bolsa y saca una piedra. La lanza al mar. Calcula la trayectoria de la piedra. El siguiente lanzamiento debe caer en el mismo lugar. Las últimas siempre las arroja de pie. Nunca calcula el número de piedras, se guía por el peso de la bolsa.

En invierno está solo, pero con el buen tiempo atrae las miradas de los paseantes. Un hombre descalzo, trajeado, que tira pedruscos como un niño no pasa desapercibido. Pero nadie pregunta. Se levanta. Dobla meticulosamente la bolsa y la mete en el bolsillo antes de calzarse los zapatos y abandonar la playa.

~

No pudo medir la trayectoria de aquella piedra en el recodo de una carretera a principios de 1939. Un arma improvisada que tras ser esquivada describió una perfecta trayectoria elíptica, que le encogió el corazón porque al final de su recorrido se encontraba Valentina, en cuclillas, orinando, observada por un grupo de hombres derrotados y hambrientos.

Ernesto Vila respiró aliviado al ver que ella no interfería en la furiosa curva del pedrusco, que rebotó en lo que parecía una piña y cayó a pocos metros de la chica. Un golpe sordo, seguido de un zumbido enervado, reveló que se había estrellado contra un enjambre de abejas, que vagaron durante escasos segundos sin rumbo, para acoplarse luego a la silueta de Valentina, que corrió, no hacia él, sino en dirección contraria, mientras gritaba o más bien emitía unos quejidos apagados por los zumbidos. Parecía una caricatura de sí misma, con el perfil desbordado por las abejas que la atacaban de forma atroz.

Ernesto corrió tras ella, sin entender por qué Valentina lo hacía en dirección contraria. Decenas de agujas le perforaban la piel y el calor que despedía aquella manta voladora le impedía respirar. Boqueaba como un pez fuera del agua hasta que un par de alfileres se le clavaron en la lengua y escupió dos abejas muertas. Fue justo antes de alcanzar su objetivo: un riachuelo de escaso caudal al que se arrojó. Apenas la cubría y se mantuvo pegada al fondo, liberada del dolor por el alivio del agua helada mientras su conciencia se diluía en el líquido y su cuerpo se negaba a responder a la demanda de oxígeno de los pulmones. La ingravidez y la pérdida de conciencia se truncaron abruptamente. El sol la cegó y no supo dónde se encontraba ni qué había pasado. Se movía suspendida en el aire. Los brazos de Ernesto la acompañaron hasta el suelo.

Al poco, las abejas se dispersaron y solo unas pocas permanecieron errantes, picoteando el cuerpo del médico y la enfermera. Ella ni lo notó. La cara de Valentina había dejado de ser la cara de Valentina. El volumen de los párpados y de los labios se había triplicado. La respiración se había convertido en un concierto de silbidos, en una pugna por aspirar aire a través de un conducto que se estrechaba más y más.

—Soy médico —dijo Ernesto para acallar tantas opiniones a su alrededor, mientras incorporaba el cuerpo de la chica—. Traigan mantas.

Sí, era médico, y eso le permitía ver lo que ocurría bajo la máscara hinchada y fruncida de su cara y tras las rojeces abultadas que brotaban a un ritmo endiablado sobre su piel. Choque anafiláctico por alergia a las abejas o por la cantidad de veneno que los insectos habían inoculado en su organismo. Eso era lo que el doctor hubiera diagnosticado en el hospital, y Valentina, sin mediar palabra, le hubiera tendido una jeringuilla con adrenalina. Pero no estaban en el hospital, y, sin antídoto, el veneno consumía el organismo de la chica.

—¿Cómo es el momento de la muerte? ¿Es verdad que recordamos nuestra vida? —le había preguntado Carlos a su hermana el día en que cogió la armónica.

Valentina, muy cansada, no se molestó en acolchar la realidad.

—Déjate de historias: la muerte es un colapso doloroso del cuerpo. No hay muerte digna ni plácida. No sé lo que se piensa en ese momento y ni siquiera tengo claro que se pueda pensar algo. Los que sobreviven en ocasiones cuentan experiencias espirituales, y es verdad que en muchos casos algo cambia en sus vidas, en su forma de actuar, en sus prioridades. Pero yo creo que la única razón es el miedo, la certeza de que en cualquier momento todo puede acabar —respondió.

—Pero... ¿cuáles son las últimas palabras que suelen decir? —insistió el chaval.

—Ese es otro mito. En las películas y en los libros el moribundo lanza una frase lapidaria antes de abandonar este mundo, pero eso no ocurre en la vida real, Charles. Los moribundos suelen estar en coma. Y los que mueren repentinamente no tienen tiempo de decir nada. El cuerpo convulsiona, no se puede ni pensar... —Se arrepintió de su sinceridad al ver cómo Carlos fruncía el ceño con una mezcla de desilusión y temor—. Pero hablemos de cosas más agradables: ¿qué has hecho hoy?

Sin embargo, en aquel momento, ella recordó nítidamente aquella escena.

—La navaja. Dame la puta navaja —le gritó Ernesto al hombre que se había olvidado de que hacía unos minutos la blandía contra su enemigo.

La glotis de Valentina había multiplicado su volumen, como una trinchera que se resistiera al avance del aire. Edema de glotis, diagnosticó mentalmente. Traqueotomía. Un agujero en la tráquea para abrir una ventana al aire, a la vida. Ahora era a él a quien le temblaba la mano: un golpe demasiado brusco y acabaría con sus cuerdas vocales y tal vez con su vida. Uno demasiado precavido también.

Ernesto nunca sabrá si pecó de una cosa o de otra. O si ya no había nada que hacer. El corte no le devolvió la vida. Ni el masaje cardíaco ni el boca a boca resucitaron a aquella muñeca grotesca, inflada, deshumanizada. Veinte minutos en que sus manos apretaron rítmicamente su pecho y su boca insufló aire a unos labios helados. No había pulso, ni sangre corriendo por las arterias, no habría más silencios de Valentina, ni más juegos que solo ella entendía. Cree recordar que le apartaron del cuerpo mientras el hombre de la navaja le cerraba los ojos al cadáver.

15

Noche del sábado 31 de mayo de 1952

A Carmen y a Elvira les inquieta el silencio impuesto por los congresistas: sus murmullos ordenados y sus pasos sincronizados han sustituido la banda sonora del barrio, la de los bramidos de borrachos, las risas estridentes, el griterío de peleas, los taconeos decididos y los zapatos a la carrera. Y, sin embargo, ahora, acomodadas en el sofá, con Berta y Juana sentadas enfrente, sus pensamientos meten tanta bulla que agradecen la mansedumbre exterior.

Carmen ni siquiera pregunta si quieren una copa para calmar los nervios: se la sirve, pero nadie está para entonarse con un poco de vino.

—¿Cómo está? —le pregunta a Juana.

Esta suspira y mira el reloj. Las ocho y cuarto de la noche. Le va a tocar dormir de pie.

Carmen se había ido a la una de casa y no ha vuelto hasta ahora. A ella misma le ha sorprendido la clase de tristeza que se le ha anudado al cuello al descubrir que la doctora Francis es una patraña más. Una como tantas otras jóvenes que se la creen, pero ella suele ser más lista. Ha salido de casa, ha paseado sin rumbo durante horas y a primera hora de la tarde sus pies la han llevado a la playa mientras se negaba a sí misma que la noticia la hubiera afectado. Si ya lo decía yo, que los consejos de esa señora eran insulsos, convencionales, beatos. Si lo sabía yo, que raro era que alguien se molestara en dar un espacio de radio para las mujeres. Si yo lo escuchaba por puro entretenimiento, que conste. Si yo ya ironizaba fantaseando con la antidoctora Francis, que algo me olía. Si ya ves a mí de qué me va y de qué me viene, como si la vida me fuera a cambiar. Claro que no ha cambiado, que yo sigo siendo Carmen Gascón, la reina de las putas del barrio chino, la que luce pieles sintéticas como manto de armiño, la que posee tantas joyas que hasta los chulos se las envidian, la más rica de las meretrices pobres, intocable para los proxenetas que lucen sus nudillos amoratados tras estamparlos sobre sus chicas; y eso sí que le produce más rabia que pena, pero no es asunto suyo. Porque Carmen Gascón es la más lista de las fulanas, la que mira solo por ella aunque haya hecho una excepción y hoy se la haya jugado por unas desgraciadas que tampoco le van ni le vienen. ¿En qué estaría pensando? La culpa ha sido de Elvira, se justificaba, no debería haberla acogido, ni debería haber cedido ante la euforia del vino y correr un riesgo como aquel.

Todo eso le pasaba por la cabeza mientras paseaba esta tarde por la playa y observaba distraídamente a un hombre que lanzaba piedras al mar como si le fuera la vida en ello. Tenía un aire familiar, pero de tan lejos y sin gafas, vete tú a saber. Sus tacones se hundían en la arena y ya no pudo resistir por más tiempo la fuerza centrífuga que la engullía. Se ha sentado con las piernas estiradas y bien juntas, embutidas en una falda tubo, que ella no es una puta vulgar de las que se sienta a horcajadas. No, ella es la reina de las meretrices del chino, la que gana el doble o el triple que el resto porque tiene clase, tanta que los estraperlistas, los políticos y los empresarios la lucen como la cabeza de un arce disecado en sus orgías. Y ella sonríe, incluso cuando su mente se separa del cuerpo y complace los deseos de esos hombres de piel porcina y boca babeante. Deseos tan oscuros que las plebeyas del puterío, las que no tienen clase y se sientan a horcajadas, se niegan con repugnancia a satisfacer.

No se cambiaría por ellas ni por las mujeres que esperan en sus casitas a los hombres de piel porcina, porque Carmen Gascón es más libre que nadie. Ella también tuvo una casita y un hombre de piel porcina, pero le echó huevos. Y todo parecía funcionar, pero apareció Sebastián, y después Elvira y luego Berta y Gabriela. Desde ese momento todo le va y le viene, incluso el destino de Gabriela, que le preocupaba tanto que ha sido incapaz de regresar a casa hasta bien entrada la tarde.

Juana levanta la vista del reloj y contesta:

—Ha sido complicado, ha perdido bastante sangre, pero no ha hecho falta una intervención. Lo que no puedo garantizar es que no acabe desarrollando una infección. Berta, recuerda: es muy importante que, aunque la fiebre no le baje en un par de días, no acuda al médico. Me venís a buscar y ya veré yo qué puedo hacer. No quiero volver a la cárcel.

Juana siente más rabia que pena por no haber escuchado el consejo de Enrique y haberse metido en líos por ayudar a una mujer que no es de las suyas, a una de las que no dudaría en aplastar a las suyas. Su venganza contra don Paco se ha convertido en una venganza de don Paco contra ella, la constatación de que ellos siempre ganan. Ellos y ellas contra nosotros y nosotras. Los ricos y vencedores contra los pobres y los vencidos. Y ella, más pobre y más vencida por pactar una vez más con el enemigo.

—Quedo a la espera de que me pague las doscientas pesetas que me debe. Me ha dicho que no llevaba el dinero encima, pero que me lo daría esta semana. Espero que esto no sea también un engaño...

No le hubiera cobrado, pero su rabia no es gratuita, aunque no se pague con dinero. Berta asiente pensando que con doscientas pesetas cambiaría su vida, aunque ya no tendría mucho que ver con la vida que se había imaginado antes de aquella mañana, cuando ella soñaba con trabajar a las órdenes de la mujer más famosa de toda España, protagonizar anuncios aquí, y quién sabe si en el extranjero, y casarse con un prestigioso locutor y guionista que le había dicho Te quiero ante las fuentes de Montjuic. El mismo que le había asegurado que hablaba a menudo con la doctora Francis, esa que opinaba que ella era una chica muy sensata, muy centrada, un ejemplo que seguir por las jóvenes de este país, regalándole un cumplido que la hizo sentir especial, diferente, única.

Con doscientas pesetas podría mantenerse durante algunos meses en una pensión de mala muerte donde no les importaría que fuera menor de edad si pagaba con regularidad y donde con el tiempo la tratarían con la deferencia que merecen las locutoras y las modelos. Pero ella no tiene doscientas pesetas y solo cuenta con la promesa de un hombre mentiroso para librarse de una vida maloliente con Roque Escartín y demostrarse que es especial. No le importa que Carlos sea un embustero; ella también lo es, ha mentido a miles de españoles falseando sus orígenes. Y mentía a menudo para salirse con la suya, no como una forma de rebeldía que ni siquiera identificaba como tal, sino como una licencia que podían concederse las chicas especiales como ella. Pero sus mentiras tenían un estricto código de honor: nunca por nimiedades, nunca sin intención, nunca sin propósito, nunca por el deleite del engaño. Carlos Santamaría era un embustero sin honor que había conseguido que un *te quiero* valiera tanto como el consejo de una doctora ficticia. Entendía que le hubiera ocultado la verdad sobre Elena Francis, pero no que se hubiera inventado una relación de tú a tú con ella, en la que incluso habían hablado de Berta. Todo el mundo miente, pero no todos traicionan.

Eso ha pensado horas antes, durante este día inacabable en el que ni siquiera ha podido estar todo el rato junto a su amiga.

—Aquí no hacéis nada más que estorbar. Si os necesito, ya os llamaré —le ha espetado Juana a media mañana, pero ella no se ha movido del lado de su amiga—. De verdad, Berta, yo la cuidaré, pero es que esta habitación es demasiado pequeña.

Gabriela ha asentido, indicándole que podía irse.

Elvira y ella se han sentado en el comedor sin abrir la boca. La prostituta ha sido la que peor ha llevado la revelación del engaño de Elena Francis, la que más rato ha invertido en negarlo, como una niña que no cree al niño que le ha soltado que los Reyes son los padres porque es más fácil pensar que miente que admitir que sus padres lo han estado haciendo desde que nació. Pero su tía Juana no es un niño, ella siempre dice la verdad.

—¿En qué piensas? —le ha preguntado a Berta, que escrutaba curiosa los rincones de esa casa demasiado estrafalaria.

—Pensaba en... en que ni Carmen ni tú os habéis casado y no sois familia, ¿verdad?

La chica negó con la cabeza:

—Pero es como si lo fuéramos. Para mí ella es mi hermana mayor y me cuida como si yo fuera la pequeña —ha respondido orgullosa—. Y no, no nos hemos casado.

Elvira sabía dónde quería llegar Berta y le divertía alargar la incomodidad de la señoritinga.

—Y de qué... ¿de qué trabajáis?...

Elvira ha soltado una risotada.

—¿A ti qué te parece? Tú eres una señorita con estudios que trabaja en la radio... Anda, piensa un poco —ha comentado juguetona al ver que Berta cambiaba de posición—. Piensa un poco, chica, dos mujeres que viven en el barrio chino sin marido. Anda, seguro que encuentras la palabra, que tú eres muy lista... —Al no obtener respuesta, ha agitado las palmas de las manos hacia el cielo—. ¡Pues putas, hija! ¿Qué vamos a ser?

Berta ha seguido preguntando para entretenerse y refrenar el impulso de entrar en el dormitorio para cogerle la mano a su amiga y contrariar a Juana, que es lo que le pedían el cuerpo y la agitación nerviosa que intentaba contener con la conversación.

—Ay, niña, qué curiosa eres. —Ha sonreído antes de responder a la pregunta de cómo había acabado ejerciendo el oficio más antiguo del mundo—. Que a mí hace unos años me dicen que acabaría haciendo la calle y le doy un par de sopapos a quien me hiciera esa predicción, que buena era yo para que me faltaran al respeto. —Se ha quedado pensativa—. A no ser que fuera piscis, claro, que los piscis son muy intuitivos, ya se sabe... No, a mí ni se me pasaba por la cabeza, si yo salía corriendo cuando veía a las putas de las chabolas del Somorrostro. Tú igual no sabes dónde está, porque no eres de aquí, quedan justo enfrente de la playa y es donde yo me crie. Bueno, donde recuerdo que me crie, porque nací en Málaga, pero mis padres me trajeron a Barcelona de muy chiquita y no tengo ningún recuerdo de allí. Pero a lo que iba: yo era tan espabilada que con catorce años me metí a trabajar en Textiles Castro, una fábrica donde no cogían a cualquiera, no te creas. Y mis padres estaban tan orgullosos que él dejó de pegarme y ella lo hacía solo muy de cuando en cuando. Todo iba bien hasta que en la empresa entró a trabajar Elías y entonces... todo empezó a ir mejor. Era el chico más guapo de la fábrica y yo creo que el más guapo que he visto en toda mi vida. Alto, con el cabello castaño clarito y cortito y unos ojos negros más grandes que mejillones. Yo por aquella época también era un primor, no como ahora...

—Eres guapa —ha intervenido Berta.

—Quita, quita, que la mala vida se paga. Pero te digo que entonces yo era como una muñequita, y eso que casi no me maquillaba. ¡Y zas! —Repicó con el dorso de la mano izquierda en la derecha—. Elías que viene con cualquier excusa a hablar conmigo, siempre muy educado, y yo que no me lo creía. Porque todas le iban detrás y la Encarni y la Toñi decían que eran novias suyas, pero se lo inventaban. Se ponían verdes de envidia cuando volvíamos todos a casa y él me hacía un gesto con la mano para que nos separáramos del grupo y charláramos a solas un ratito. Y una vez cogió una margarita que encontró por el camino y me la dio. Una flor para una flor, me dijo. Y yo me la puse detrás de la oreja y no me la quité hasta que se marchitó. Después de ese día, ya me cogía la mano, y cuando el grupo se distraía en una esquina, me daba un beso sin que nos vieran. Ahí ya nos hicimos novios y los domingos, que era el único día que librábamos, venía al Somorrostro y paseábamos por la playa; hasta que un día me pidió que nos casáramos. En dos años, dijimos, ahorramos y nos casamos, y tendremos hijos, sí, muchos, gritaba él, tres, dije yo, no, cuatro o cinco, reía él. Pero faltaban dos años y ya nos habíamos acabado los besos y los roces sabían a poco. Un domingo me propuso ir al Tibidabo y yo ya sabía a qué, porque alguna amiga me había contado, ahora no sé quién, que allí había muchos rincones discretos para parejitas. Yo fui decidida, porque Elías era tan guapo que hubiera podido conseguir a cualquier otra chica con solo chasquear los dedos y también, no lo voy a negar, porque sus besos y sus caricias me dejaban con ganas de más. Pero cuando bajé del tranvía me temblaban las piernas como alambres electrificados. Y cuando llegué al descampado temblaba toda yo, y eso que hacía mucho calor porque era verano, de eso me acuerdo, aunque se me ha olvidado el mes. Él me acarició y me susurró que me iba a tratar como a una reina, como a su reina, y entornó esos ojos negros grandes como mejillones. Y los dos, más tontos que andar a pie, que ahora con lo que sé me doy cuenta de que no teníamos ni repajolera idea de nada. Unos torpones éramos. Pero yo la mar de feliz y él más contento... Fue una lástima.

Se ha quedado ensimismada y ha chasqueado la lengua como si diera por finalizada la narración.

—¿Qué fue una lástima?

—¡Ay, chica! Hay que ver, que lo quieres saber todo.

—Hombre, Elvira, no me puedes dejar así... —No solo por la historia, sino porque su voz era lo único que la distraía de lo que estaba ocurriendo en la habitación de al lado.

—Pasaron muchas cosas después. Porque ahí mi vida iba para un lado —con el brazo y la mano estirada apuntó en una dirección—, y a partir de ahí pues fue para otro. Este. —Señaló el suelo—. Todo por culpa de la Dolores, una amiga de la infancia que empezó a trabajar en la fábrica y a tocarme las narices.

—¿Te dejó por ella?

—¡Qué va! La Dolores era más fea que un pecado y más beata que el cirio bautismal. Solo despegaba la nariz del rosario para meterla donde no la llamaban. Que si no te beses con tu novio, que irás al infierno. Que si tú no eras así, que ese chico te está llevando por el mal camino. Y, un día, pues le solté que ella ya estaba condenada e instalada en el infierno, que se iba a quedar para vestir santos y a mí que me dejara en paz, que yo era la mar de feliz. Y algunas cosas más que no fueron muy agradables. —Suspiró—. Que yo, cuando empiezo a insultar, no sé parar, eso también lo tengo que reconocer. Y fui tonta, porque ya me podría haber callado y decirle que sí, que gracias por sus consejos. Porque la Dolores estaba en la Liga Española contra la Pública Inmoralidad y se chivó a la policía. Y un día, a la salida de la fábrica, ¡zas! —dio otra palmada—, allí estaba la policía. Escondidos, eso sí, y a la que Elías me dio un beso, salieron como bichos de su ratonera y me detuvieron. Mi pobre novio les suplicó tanto que le dijeron que no se preocupara, que hablarían con mis padres y que seguramente la cosa quedaría en nada. Pero con mis padres las cosas no se quedaron en nada. Me acompañaron a mi casa con una señora del Patronato de

Protección a la Mujer, que con palabras muy finas les dijo que me tenían que salvar de la degeneración moral, que si no cualquier día volvía a casa preñada, y que si firmaban unos papeles me internarían en un convento donde las monjas me pondrían en vereda, me enseñarían valores cristianos y un oficio.

—¿Y tus padres lo permitieron?

—Pues sí. Y no se lo he perdonado todavía: no he vuelto a verlos. Y hay veces que me da pena... Ahora pienso que lo hicieron porque aquella señora era muy fina y muy convincente y ellos no se atrevieron a llevarle la contraria. El caso es que me encerraron en un edificio con otras chicas de mi edad. Me llevaron al consultorio de un médico que me sentó en una camilla con reposapiés y me preguntó sin mirarme a los ojos y sin dejar de fumar si era virgen. Yo contesté que sí y se rio: Eso dicen todas. Me tocó ahí, donde solo había estado Elías tres veces, que no nos dio tiempo de más, mientras yo no paraba de llorar por la vergüenza y por el miedo, claro. Otra mentirosa, dijo apuntando en mi archivo Incompleta, que es lo que les ponían a las chicas que habían hecho eso con sus novios, y que después supe que era lo peor que te podía suceder, porque entonces era muy difícil que te dejaran salir. Y así fue, sí, señor, por acostarme con mi novio, del que estaba enamoradísima y con el que me iba a casar, me metieron en un convento de los dieciséis a los veinte, y porque me escapé, que ahí te pueden tener hasta que les dé la gana, porque dicen que no estás rehabilitada y te alargan la mayoría de edad hasta los veinticinco. En ese tiempo yo seguía loca por Elías, y con lo poco que sabía escribir le enviaba cartas diciéndole que viniera a buscarme, porque la única forma de salir de ese infierno es que te cases. Pero nada, nunca me contestó, y yo ya no sabía si pensar que no me quería o que, como decían mis compañeras, la madre superiora tiraba las cartas a la chimenea, aunque con lo poco que la encendía y el frío que pasábamos, aún deben de estar ahí. Y sin él no había forma legal de salir. Bueno, había una, pero daba mucha grima. Muchos domingos venían al convento unos hombres, viejos y feos todos, y nos hacían desfilar ante ellos. Algunos nos abrían la boca y nos miraban los dientes como si fuéramos caballos. Y si alguna le gustaba, pues las monjas la convencían para que se casara. A mí me lo ofrecieron varias veces y me negué. Que me daba igual que fuera un viudo rico, que yo estaba enamorada de mi ojos de mejillón. Lo peor eran las represalias. Las monjas se enfadaban tanto cuando rechazabas a un viejo que te podían arrear una buena paliza o dejarte incomunicada durante quince días...

»Así que me tuve que escapar, porque casarme no me iba a casar y meterme a monja, que era la otra salida, aún menos. Cuando ya no pude más de fregar suelos, de que solo nos dejaran hablar quince minutos al día con las otras chicas, de pasar el rosario, de trabajar gratis en el taller de costura y de que me insultaran y me castigaran por todo, porque no sabes cómo eran las monjas, de caridad cristiana con nosotras no tenían ni una pizca, pues lo que te decía, me largué.

»Lo primero que hice fue ir a casa de Elías, porque a la mía tenía claro que no iba, que capaces eran mis padres de denunciarme. La madre de Elías me gritó que me fuera y que dejara en paz a su hijo, que estaba felizmente casado con la Encarni, que era una mujer decente, no como yo. Mira tú a la Encarni, que de tanto inventar que era la novia de Elías al final la puñetera se salió con la suya.

—¿No lo has vuelto a ver?

—Una vez... Iba de putas con unos amigos por las Ramblas y les preguntaban los precios a todas. Yo me iba a acercar, pero cuando vi aquellos ojos como mejillones salí corriendo porque no quería que viera en qué me había convertido.

—Pero cómo te convertiste en...

Elvira ha soltado una carcajada.

—Es verdad, que se me había olvidado que esa era la pregunta que te iba a contestar, pero me he ido por las ramas.

—¿Tú crees que va todo bien por ahí? —Berta ha ladeado la cabeza hacia el dormitorio de Carmen.

—Si algo no hubiera ido bien, nos hubiera avisado Juana, ¿no? —Y ha proseguido el relato—. Pues imagínate, ahí estaba yo con veinte años, después de enterarme de que mi novio se había casado con la bruja de la Encarni, que ya me lo podía haber olido, que nadie te espera cuatro años y que él bien clarito tenía lo que me había pasado, que me detuvieron delante de él. Y que sí, mucho les suplicó a los policías, pero una vez que me encerraron no se le vio el pelo. Yo me convertí en un problema y los hombres no quieren problemas. ¿Por qué los van a querer si siempre hay una mujer dispuesta para ellos?

»Y yo sin saber adónde ir, vagando por el chino como un alma en pena. Mi plan era ir con tía Juana, que sabía que ella no me denunciaría. Tenía que llegar a la plaza Pío XII, pero quedaba lejos y estaba agotada. Subí las Ramblas y no sé si fue la casualidad o el destino, pero me di de bruces con Antonio. No es una forma de hablar, choqué con él. Los dos íbamos despistados y nos dimos un pequeño golpe en el hombro. Él me sonrió y no tenía los ojos como mejillones, Antonio los tiene más bien hundidos y pequeñitos y le falta medio diente, pero aun así es bien parecido. Y al chocarnos pensé que solo podía ser cosa del destino. Me invitó a un café, y cuando le confesé que me había fugado del correccional, se le escapó que eso era bueno, que así era libre. Aquella noche me ofreció que me quedara en su pensión y no me tocó. Se comportó como un caballero, aunque después lo he visto hacer lo mismo con otras chicas y no es más que una táctica para que confíen en él. Y le funciona, porque yo me levanté agradecida, pero también un poco mosca, pensando que no le atraía. A la siguiente noche sí que pasaron cosas y fue muy dulce, aunque no tanto como con Elías. No me decía que yo era su reina ni nada parecido, pero también te digo que sabía latín y que no tenía nada de torpón. Y yo ya me había dado cuenta de que era un chulo. ¿Qué otra alternativa tenía? Yo no he estado nunca enamorada de Antonio, pero le he querido mucho, esa es la verdad. Porque tiene cosas muy buenas y durante mucho tiempo fui su preferida. El problema es que últimamente no hay quien lo aguante, se le ha agriado el carácter o no sé, igual soy yo, que me he vuelto más rebelde. Y el miércoles pasado hui de él y me vine a casa de Carmen. Y ese tipo que me amenazaba el otro día cuando vinisteis, Andrés, es amigo de Antonio y me la tiene jurada, porque lo peor que puede hacer una puta es dejar a su chulo.

—¿Y qué vas a hacer?

—Me voy a tener que meter en un burdel y no volver a poner los pies en el barrio chino, que me da mucha pena. Es la única alternativa que tengo, aunque apetecerme no me apetece. Pero mañana acaba el congreso y no me queda otra. Me mudaré a una pensión del Ensanche que me ha conseguido un amigo mío que es policía. Y no sé cómo me las ingeniaré, porque esos locales son legales y tienes que pagar un montón de impuestos y me va a quedar menos dinerito... ¿Y qué voy a hacer yo lejos de aquí? Todo esto me asusta. —Se ha colocado la mano sobre la nariz para contener el llanto.

—Necesito más paños —ha pedido Juana desde la habitación devolviéndolas a la realidad.

Berta los ha buscado, ha entrado en el dormitorio y se ha colocado al lado de Gabriela.

—No te preocupes, se ha desmayado, es mejor para ella, que así no sufre.

Unos segundos ha durado el alivio antes de que la chica volviera a abrir los ojos para contraer el rostro en una mueca de dolor. Berta le ha secado el sudor de la frente con un pañuelo.

—Ya está, Gabriela, ahora tienes que descansar —ha ordenado Juana casi con dulzura.

—¿Cómo te encuentras? —ha preguntado Berta.

Los labios de Gabriela, que ya de por sí son delgados, no se distinguían en la blancura azulada de su rostro.

—Vacía. Me duele mucho, pero ya está —ha susurrado—. Quiero volver a casa.

—Tienes que esperar un poco. Al menos una hora. Intenta dormir —le ha recomendado Juana antes de salir del dormitorio.

Al poco, Gabriela se había quedado dormida y Berta ha permanecido a su lado una media hora hasta que ha notado que le dolía la espalda de estar tanto tiempo en la misma posición, inclinada sobre su amiga, y ha regresado al comedor. Carmen por entonces ya había vuelto.

—Lo dicho, yo me voy —comenta Juana.

Elvira se levanta y la abraza.

—Gracias por todo.

Al poco, Gabriela aparece en el salón.

—Me quiero ir a casa —le susurra a Berta.

Una hora después, Carmen y Elvira, ya solas, disfrutan del silencio hasta que la primera se levanta, abre la ventana y empuja el aire con la mano, abanicándose sin lograr refrescarse.

—Ya se ha acabado —exclama.

—Ojalá sea así. Pero ahora tengo un mal presentimiento y mis presentimientos nunca fallan.

—Ahora no estoy para malos presentimientos, así que guárdatelos, haz el favor, Elvira.

16

Mañana del domingo 1 de junio de 1952

El timbre suena demasiado temprano para Carmen. El congreso le ha hecho perder la fe en que algún día podrá levantarse a la hora que le plazca. Apenas ha pegado ojo en toda la noche. Oye la voz de Elvira y otra masculina. Se levanta como un resorte, se enfunda en una bata desteñida que solo se pone cuando no tiene clientes y en el corto trayecto que separa su dormitorio de la entrada recuerda el presentimiento de su amiga, se atusa el cabello y respira hondo. Y cuando ve quién está en el descansillo, suelta una carcajada.

—Ya sabía que volverías, pero no te esperaba tan pronto. Anda, pasa.

El hombre que entra, erguido y sonriente, poco tiene que ver con el Sebastián cabizbajo y penitente del que se había despedido hace apenas cinco días. Aquel hombre que solo le había pedido a la vida seis días en los que no tener que fingir, en los que nadar en mar abierto, es otro.

—No te vas a creer lo que ha pasado.

La pálida piel del rostro se ha desprendido del tono amarillento, como la suciedad de una sábana que recupera un blanco uniforme que no es el original, es otra cosa. Las arrugas siguen achicando su mirada y custodiando los labios y sin embargo al nuevo Sebastián le dan un aire maduro e interesante.

—¿Te he despertado?

—Pues claro, no te jode, son las diez.

—Es que es el único momento en el que me podía escapar. Tengo que contarte algo. Y después me tienes que contar tú qué vinieron a hacer mis hijas aquí.

Carmen desvía la mirada.

El Sebastián que habla es otro. La suma de los que fue, pero, sobre todo, la resta de los que ya nunca será. Y el origen de su cambio está en Berta. Berta, hija de la amiga de Eleonora, a la que adoptaron por caridad cristiana, dijeron. Qué iban a decir. Un bálsamo con el que mitigar los remordimientos de su esposa, que ocupaban demasiado lugar en una casa demasiado pequeña y hacían demasiado ruido para un marido dispuesto a cuidar de su mujer, pero incapaz de atenderla. Una casa demasiado pequeña para los tres mundos que orbitaban en ella: el suyo, infranqueable y resignado; el que él le ofrecía a Eleonora, grato y frío, y el de su mujer, pedigüeño y complaciente. El acto de adoptar a Berta, esa miniatura de su madre con el cabello enmarañado y las piernas cosidas a cicatrices, pretendía armonizar su universo, librarle del deber de consolar el remordimiento de su mujer, que no hubiera dejado espacio para el suyo, pero nada salió como imaginaba.

Aquella niña no fue balsámica, al menos para él, que nunca pudo discernir si su descaro era natural o planeado, y si esa libertad rabiosa de la que se apropiaba en cada uno de sus gestos era inocente o premeditada. Berta siempre se salía con la suya y eso debilitaba al cabeza de familia.

—Empieza tú; cuéntame, que me tienes en ascuas —exige Carmen.

La norteamericana de la que no recuerda el nombre apuntó el camino. Berta puede ser modelo, puede ser locutora, pero sobre todo puede ser su pasaporte a la ciudad, a las tabernas del puerto, un puente entre dos mundos, entre dos Sebastianes: el que debe ser y el que no puede dejar de ser.

Es una gran oportunidad para la niña protagonizar ese anuncio, le había soltado a Eleonora en cuanto llegaron a casa. No sé, Sebastián, a Úrsula no le parecerá bien que abusemos de su hospitalidad quedándonos más días y no verá con buenos ojos que la niña se dedique a una profesión... tan... tan en el límite de la decencia, no nos engañemos. Y por otra parte, ¿de qué serviría? Haría ese anuncio y volvería al pueblo con la cabeza más llena de pájaros, que a esta ya me la conozco yo, había respondido Eleonora. Eso ya lo he pensado. Ya te he dicho muchas veces que tendría que viajar más, que tengo que llegar a acuerdos con los fabricantes, que están aquí. Son más gastos, pero sin inversión no hay beneficios. Yo puedo acompañar a Berta si le surgen más trabajos, y con lo que ella gane y lo que yo consiga, sufragaríamos los viajes. Si a tu prima no le parece bien que nos quedemos en su casa, ya buscaré yo alguna pensión decente en la que ella pueda estar bien atendida si mis cenas con los empresarios se alargan más de la cuenta, había respondido él sonriendo con la firmeza de los hombres que toman decisiones inapelables. El silencio que vino a continuación no fue el de una mujer que acepta una decisión inapelable. Y sus palabras, salpicadas de gallos, tampoco. Sebastián, no necesitamos que trabajes más. No es el momento de ser avariciosos, el congreso nos está dando una gran lección sobre la importancia de la familia y eso es lo que me gustaría que entendieras: te necesitamos en casa.

La gravedad de Eleonora intentando modificar una vez más la órbita de Sebastián. Somos una familia, claro que somos una familia, y precisamente por eso Berta me necesita y yo debo protegerla ahora que tiene esta gran oportunidad. El resoplido de Eleonora tampoco había sido el de una mujer que acata decisiones inapelables. Dejemos las cosas tal y como están, Sebastián. Había callado, dispuesto a que las cosas no siguieran tal y como estaban.

—Han pasado muchas cosas desde la última vez que nos vimos. Y algunas, por desgracia, han sido malas —comenta Sebastián a su hermana con una sonrisa que desentona con sus palabras.

El sábado era el día que Sebastián se había fijado para salirse con la suya y eso pasaba por hablar con Úrsula y con Joaquín. Ya había perdido suficientes batallas para saber que, si bien su mujer no era un enemigo que tener en cuenta, no podía subestimar a Úrsula. Joaquín, en cambio, podía ser una presa fácil y Sebastián había planificado una estrategia para que la camaradería masculina de dos cabezas de familia aplastara la resistencia de las dos mujeres. Sin embargo, no había sido necesario. Nada había salido como lo había imaginado: por primera vez salía mejor de lo que se imaginaba.

Cuando los hijos de los vecinos le avisaron de que Ramona se había caído jugando en el terrado, estaba a punto de librar la batalla. Pero hay contiendas que no se ganan en el campo: el viento, la lluvia, el frío o el diagnóstico de un médico pueden arrojar una victoria inesperada. Los rayos X mostraron una fea rotura en el tobillo de Ramona, que solo se soldaría enyesándolo y manteniendo reposo absoluto. Cualquier movimiento podía provocar un desplazamiento del hueso que requeriría una operación y el riesgo de una cojera de por vida.

—Pobre niña —exclamó Elvira al saber la noticia—. ¿Y cómo está ahora?

—Está bien, ya se le ha pasado el dolor. Úrsula la ha trasladado a otra habitación para ella sola, para que esté más cómoda. Sus amigos le han regalado bombones y se siente muy mimada. La próxima visita del médico es dentro de quince días, y entonces nos dirá cómo ha evolucionado la fractura y si podemos volver al pueblo.

—Y a ti te va de perlas —adivina Carmen.

—Bueno, ya le he dicho a mi familia que aprovecharé para tener algunas reuniones con las fábricas de Terrassa —sonríe pícaro—. Y quería saber si me volverías a acoger algún día de esos en los que se supone que estoy fuera.

—Caray con mi hermanito. Qué rápido te has espabilado... Puedes quedarte aquí. ¿Vas a avisar a Rafael?

—No creo que sea necesario. Él tendrá obligaciones con los suyos...

Carmen suelta una carcajada.

—Al final voy a pensar que esto del puterío nos viene de familia. Oye, ¿y cómo estás en la casa? ¿Todos están bien? —Se esfuerza por no delatar que su interés esconde algo más que cordialidad.

—Sí. Bueno, Gabriela, la hija de la prima de mi mujer, debió de coger una insolación o una gripe, vete a saber, porque está en cama. Y Úrsula, la prima, está hecha un basilisco porque culpa a Berta de que pasaran el día solas sin pedirles permiso... Y ahora me toca a mí preguntar: ¿por qué vinieron las chicas a verte?

—Querían conocer a su tía. ¿Tan extraño te parece?

—Pues sí, la verdad. Primero, no sé cómo pudieron localizarte. Y además no entiendo por qué.

—Por lo visto, Berta encontró algún papel tuyo en el que aparecía mi dirección y ató cabos. Tienes unas hijas muy majas, la verdad.

Sebastián aún no sale de su asombro.

—Pero a ver, no lo entiendo, se presentaron aquí, ¿solo para saludarte?

Carmen le sostiene la mirada impertérrita y sabe que no conseguirá que deje de preguntar.

—Sí y no. Berta se había montado una película, creía que yo era su madre. Tuve que desengañarla. ¿Por qué no le habéis contado quiénes son sus padres y lo que pasó con ellos?

—Eso son cosas de Eleonora... Ella no quiere recordar el pasado y no se siente cómoda con todo lo que pasó. Son historias de la guerra —contesta él despreocupado.

—Fuera lo que fuera, esa chica se merece saberlo.

—No es asunto mío —zanja.

Se despide minutos después, tras acordar que el próximo martes se quedará a dormir en la casa después de hacer una excursión nocturna al puerto. Elvira se despide definitivamente, porque el martes ya no estará ahí. Hoy mismo ha quedado con Soto Mayor para que la acompañe a una pensión en el Ensanche. Cuando cierran la puerta, Carmen es la primera en hablar.

—Parece que nadie sospecha nada.

—Por ahora, que yo el mal presentimiento no me lo quito del cuerpo.

—Eres un poco ceniza, Elvira.

—Igual no tiene que ver con eso, porque tampoco estoy muy fina con lo de tener que irme. ¿Me echarás de menos?

Carmen esquina una sonrisa.

—Un poco, la verdad. Estos días han sido muy intensos. Y cuando te vayas, voy a notar aún más la ausencia de Maximiliano.

—¿Por qué no lo vas a ver tú? Seguro que se muere de ganas de verte, pero no quiere bajarse del burro.

—Lo he pensado, pero para eso tendría que bajarme yo de mi burro y no sé si vale la pena.

—Ese hombre te gusta. Y si no quieres admitir eso, piensa que lo haces por el *champagne* francés.

—Es un buen pretexto.

—¿Vendrás a verme al Ensanche?

—Sí, iré, porque tú ten claro que no puedes poner un pie en el barrio chino. Eso que te quede claro.

—Lo sé —se lamenta Elvira—. No sé cómo lo voy a hacer.

—Echándole huevos.

—No me vas a contar cómo has conseguido tener un chulo que te protege y no te pega antes de irme, ¿verdad?

—No.

17

Tarde del domingo 1 de junio de 1952

Úrsula está cansada de caminar. Lleva dos horas de procesión eucarística y ya no le emociona la fe del populacho, que hubiera preferido apreciar desde el terrado de casa. Pero Joaquín ha insistido en que debían seguir la procesión hasta la plaza Pío XII, cruzar la ciudad como peregrinos, y ha apuntado que incluso la propia Carmen Polo de Franco se iba a sumar a la marcha. Ella no aguanta más y no tardará mucho en anunciar que regresa a casa en metro y espera que Joaquín se ofrezca a acompañarla. Y si no, se vuelve ella sola, que ya ha tenido bastante de tanto peregrinaje.

Del brazo de su marido, desfila sin quitarles el ojo a Carlos y a Berta, que a escasos metros de ella charlan animados sin que Eleonora ni Sebastián reconvengan a su hija. Ella tenía previsto poner a la chica en su lugar ayer por la noche, pero el accidente de Ramona y la repentina enfermedad de Gabriela se lo impidieron. Debería ser su hija la que estuviera al lado de Carlos. Ha intentado animarla para que los acompañara, convencida de que exageraba su enfermedad, pero los labios violáceos y los ojos vidriosos la han sacado de su error. La frente le ardía, temblaba bañada en sudor, como cuando enfermaba de niña. La nostalgia de aquellos tiempos se ha entrelazado con la pena de ver a Gabriela sufrir, pero hay algo más que su intuición de madre no ha conseguido concretar. No es algo nuevo, sino una señal de alerta que aumenta con unos actos que deberían enorgullecerla y, sin embargo, le producen el efecto contrario. Como cuando Gabriela enfila cabizbaja el camino a misa a primera hora de la mañana o entra en una especie de trance pasando el rosario; ella detecta una desesperación que le da mala espina.

Esta mañana apenas hablaba, y solo lo ha hecho cuando ella ha decidido llamar al doctor Muñoz, y para suplicarle que no lo hiciera, que solo necesitaba descansar. De todas formas, ha telefoneado al médico, que le ha prescrito aspirina cada ocho horas y le ha rogado que lo mantenga informado.

—No te preocupes, mamá, pronto me pondré bien. Berta se quedará conmigo, cuidándome.

—No, me quedaré yo contigo.

Berta, además de representar lo que más detesta en una mujer, interfiere en la intimidad con su hija. Ella es su madre, pero también su mejor amiga. Verla salir de casa tan alegre acompañada de esa chica de belleza explícita y vulgar la pone celosa. Mucho más que cuando descubrió que Joaquín acudía regularmente a un burdel. Entonces miró hacia otro lado. Si una oyente hubiera descrito su situación a Elena Francis, eso es lo que le habría aconsejado que hiciera, aunque habría añadido que le dedicara todo tipo de atenciones. Eso es justo lo que ella no hizo. Él nunca recibió un reproche, y las que pagaron por la afrenta fueron tres prostitutas menores de edad del burdel que su esposo frecuentaba, que fueron a parar a un convento del Patronato de Protección a la Mujer.

—No hace falta, mamá, de verdad. Ve a la procesión.

Al final ha cedido, más por la insistencia de Joaquín que por la de su hija.

—Berta se quedará a cuidar de las niñas —ha aceptado finalmente Úrsula venciendo sus celos por la insistencia de su hija y mirando de reojo a la chica, que se había puesto uno de los vestidos que le ha regalado la norteamericana y se había pintado los labios de un rojo bermellón.

—Tía Úrsula, por la mañana ha llamado Carlos Santamaría y me ha dicho que pasaría a recogernos, y que durante el camino aprovecharía para explicarme lo que tendré que hacer en el programa durante los próximos días.

Si no hubiera tenido a la familia delante, le hubiera cruzado la cara a esa joven insolente, pero antes de que pudiera contestar lo ha hecho su marido:

—Las chicas del servicio se encargarán de cuidar a Gabriela y a Ramona, mujer. No hace falta que Berta se quede. Vámonos ya.

Pero hacía falta y Berta lo sabía. Apenas ha dormido. Su amiga, sentada en la cama, con las manos enroscadas en el abdomen como si quisiera aplastar el dolor, no quería hablar, pero sí sujetarle la mano. Y ella tenía que aguantarle la bacinilla en la que vomitaba a cada rato. Después, de puntillas, vaciaba en el baño el contenido para volver a la habitación. Al principio preguntaba: Cómo te sientes, qué puedo hacer por ti... Pero la chica levantaba la mano para que callara. Por favor, Berta, no quiero hablar, solo necesito que estés a mi lado. Y ahí ha estado. A media noche Gabriela se ha puesto a temblar y ella la ha abrazado sintiendo el frío de sus hombros a través del camisón. No, por favor, ha balbuceado mientras se escabullía del contacto cubriéndose la cabeza con la manta. Y a partir de entonces, solo ha vuelto a verle la cara un par de veces más en las que ha vomitado.

—Solo quiero que te quedes hoy conmigo —le ha rogado al alba mientras le estrechaba la mano.

Algo similar le ha pedido Ramona cuando la ha ido a visitar a su habitación.

—He pasado mucho miedo. No deberías haberte ido sin mí. Cuando tú no estás, pasan cosas malas. —Se ha abrazado muy fuerte a ella—. Prométeme que hoy te quedarás conmigo.

Sin embargo, ha incumplido las dos promesas. Berta necesita ver a ese hombre que miente y descubrir si su *te quiero* vale lo mismo que un consejo de la doctora Elena Francis. Ha fantaseado con que repare la mentira, que en un ataque de sinceridad comparta con ella el secreto mejor guardado de España para que su *te quiero* recupere el brío que la dejó sin aliento en las fuentes de Montjuic. Y si no ocurre, se tragará la decepción sin reproches que le incomoden, como una perfecta discípula de la doctora Francis, y no escatimará esfuerzos en atraer a aquel hombre que es su tabla de salvación. Ese es su plan, porque si se quiere quedar en Barcelona, tiene que aprender a ser fría. Como Jacqueline y como Carmen.

Carlos Santamaría camina a su lado mientras ella se atusa el cabello con coquetería, y sus halagos le causan un efecto más profundo del que ella misma esperaba. No porque se los crea, justamente por lo contrario. Ya no se siente decepcionada por la mentira, ya no espera que confiese. Tampoco puede sostener su propósito de mantener una frialdad manipuladora. La imperfección de Carlos, la certeza de que es capaz de mentir sin inmutarse despiertan en ella una sensación de peligro excitante, un amor imperfecto mucho más real, que convive a gusto con los fríos propósitos de Berta.

—¿Cómo está tu hermana?

—Está mejor, los médicos dicen que si hace reposo, la fractura se soldará bien. Ella está aburrida y solo quiere que yo esté a su lado.

—Es normal, los hermanos pequeños siempre están muy unidos a los mayores.

~

En el momento exacto en el que Valentina dejó de respirar, Carlos se desmayó, como si la única raíz que tenía, la que le unía a su hermana, al cortarse le hubiera convertido en una marioneta sin hilos. O tal vez fue una casualidad, como dijo su tía Dolores mientras impregnaba un algodón con alcohol:

—¡Ay, Avelino! Han sido muchos cambios de golpe para el pobre crío.

—A ver si nos va a venir con algún problema de salud, lo que nos faltaba... —comentó sombrío su marido.

A Avelino no le hacía demasiada gracia hacerse cargo del sobrino de su mujer. Él hubiera querido ser padre, por supuesto, pero aquello era otra cosa que poco tenía que ver con su sueño truncado: un adolescente de quince años que arrastraría vete a saber qué traumas de la guerra. Pero como siempre consintió los deseos de su mujer. Y como siempre, lo hizo sin demasiado entusiasmo.

La tía Dolores introdujo el algodón con alcohol en la nariz del recién llegado y el niño sintió una irritación insoportable que le devolvió a la conciencia para hacerle vomitar, manchando un sofá tapizado con flores descoloridas en un piso del barrio de Las Corts.

Carlos no descubrirá hasta años después la sincronía mística entre su desmayo y la muerte de Valentina. Entonces seguía convencido de que ella estaba viva y no entendía por qué le habían dejado allí, con aquellos parientes a los que apenas recordaba, hasta el punto de que le producía una pereza tremenda esforzarse en fingir gratitud.

Todavía faltaban cinco años para que supiera lo que le había ocurrido a su hermana, un periodo en el que gestó un desarraigo definitivo por un camino de emociones contradictorias. De la excitación por la espera de una carta de Valentina pasó a la tristeza. Luego vino el tiempo de los reproches, que le obligó a reconstruir parte de sus recuerdos, desmitificando la relación. Ella nunca le había querido. Él siempre había sido una carga. Mientras, su vida avanzaba en el colegio de los jesuitas de Sarriá, que lo obligaban a asistir a diario a misas que eran mortalmente aburridas, hasta que su voz lo condujo al púlpito, pues fue elegido entre todos sus compañeros para leer los salmos. Las lecturas de las cartas de san Pablo a los corintios fueron de lo poco que le animó en aquella época, en la que aprendió a mimetizar los comportamientos de sus compañeros y a interpretar lo que sus tíos esperaban de él para convertirse en el perfecto hijo adoptivo.

La máscara era tan cómoda que costaba trabajo desprenderse de ella, y por eso a lo largo de los años solo lo hizo en una ocasión: cuando se encontró con Ernesto Vila una fría mañana de marzo de 1944 e intentó estrangularlo.

18

Noche del domingo 1 de junio de 1952

Una vigilia muy espesa o un sueño muy ligero. Para Gabriela es difícil distinguir si duerme o piensa, pero es lo que menos le preocupa. Hace casi tres horas que no vomita y eso la angustia. El alivio de vaciar su cuerpo marcaba el tiempo, liberaba el caos de líquidos que burbujeaban por su interior. El dolor ya no es tan agudo y eso deja espacio para esa seminconsciencia extraña y angustiosa.

El último viaje al baño la ha dejado exhausta. Allí se coloca una toalla y limpia la sangre de la anterior, para después esconderla bajo la cama, como le ha indicado Juana que hiciera. Esa mujer vulgar y despiadada a la que ha tenido que entregar su cuerpo para que lo manipulara como si fuera el de un muñeco. Después de insultarla, Juana había intentado en vano tranquilizarla: No te preocupes, yo mi trabajo lo voy a hacer bien y voy a intentar que sufras lo mínimo posible. Pero su voz era más fría que sus manos.

Durante la tarde, tres veces ha llamado a la puerta Reme, la cocinera, para avisarla de que la telefoneaba tío Hans. Dile que me encuentro mal. Insiste en que es muy urgente que hable con usted. Ya le llamaré yo más tarde.

La última arcada sin vómito le deja el regusto de una revelación. No hay nada que la encadene a tío Hans: ni sus amenazas, ni su amor, ni la necesidad de su aprobación. Todo eso ha muerto, como su hijo. Ahora su cuerpo no es suyo, pero tampoco es de Hans. Esta misma noche piensa anunciar a su madre su repentina vocación. Sí, justo esa tarde, le dirá: Dios me ha llamado. Ella ya no volverá a la casa de Hans ni contestará a sus llamadas. Gabriela Riera ha dejado de ser la muchacha de quince años a la que le compró una nube de azúcar pocos días antes de destrozarle la vida.

~

Ramona abraza la Mariquita Pérez que le ha dejado Alicia y se refresca la cara acariciándola con el plástico del rostro de la muñeca. Ya ha entrado en el club de los niños asesinos y, por primera vez desde que llegó, ya no quiere volver al pueblo. Nunca había tenido una habitación para ella sola, ni le habían regalado bombones, ni había podido pasarse un día entero en la cama sin hacer nada, rodeada de visitas que buscaban su comodidad como si ella fuera una gran marquesa al mando de su séquito.

Incluso tía Úrsula, cuando volvieron del hospital ayer por la tarde, había estado un buen rato en la habitación, leyéndole el cuento de *Pinocho*.

—Mira qué cosas tan terribles les pueden pasar a los niños que mienten. Pero eso no te pasará nunca a ti, que eres una niña muy buena que nunca cuenta mentiras, ¿verdad?

—Verdad, tía Úrsula.

Ella nunca miente, se dice para sí, porque de tanto repetir la causa de su accidente se ha convencido de que se había resbalado jugando. Y ya no es mentir. Úrsula le acaricia los rizos que le cubren el hombro.

—Así me gusta. Yo soy muy amiga de las niñas que siempre dicen la verdad y no tienen secretos... Y las amigas se lo cuentan todo, ¿verdad?

—Verdad, tía Úrsula.

—¿Quién es tu mejor amiga?

—Berta, mi hermana —se apresuró a responder la niña.

—Es una pena que Berta no esté aquí, a tu lado, ahora que la necesitas, ¿verdad?

Ramona asintió triste.

—¿Y sabes dónde han ido Berta y Gabriela esta mañana?

—No lo sé, pero me han mentido. Se han ido sin esperarme. Si Berta hubiera estado aquí, nada de esto me hubiera pasado.

—Lo que ha hecho tu hermana no está bien. Su lugar está a tu lado, cuidando a una niña tan buena como tú.

Ramona asintió varias veces con la cabeza.

—Ya sabes que yo quiero lo mejor para todas vosotras, para Berta también, pero para ayudarla, para que entienda que el mejor lugar que puede ocupar es el que le corresponde al lado de su familia, a tu lado, para que no te pasen cosas malas, tienes que confiar en mí y contármelo todo. Tienes que decirme si Berta ha ido a algún sitio o ha hecho alguna cosa extraña estos días...

—Ella está un poco rara desde que llegamos a Barcelona —duda por un instante—, pero no ha hecho nada malo, no ha ido a ningún sitio al que no debería ir.

—¿Seguro? Yo entiendo que es tu hermana y no

quieres que la riñan, pero yo nunca haría eso, yo quiero ayudarla. Así que ahora no hace falta que me digas nada, pero si estos días recuerdas algo que nos sirva a las dos para poder echarle una mano, me lo deberías explicar para seguir siendo una niña buena. Y ahora tómate un bombón, que te lo has ganado, preciosa. Mañana seguiremos hablando.

Ella no quiso contarle ayer lo de la casa, el mareo de Gabriela y aquellas dos señoras que le compraron dulces porque su hermana le había dejado muy claro que no podía hacerlo. Pero ahora que la ha dejado sola otra vez no está tan convencida de que merezca su silencio.

~

—Señorita Gabriela. —Los nudillos de Reme tocan la puerta.

—No, no puedo ponerme al teléfono, ya llamaré yo más tarde —responde con una contundencia en la voz y un hastío en la entonación que le sorprenden hasta a ella.

—No, no es eso, ¿puedo pasar?

—Sí.

Reme es pequeña y ovalada como una madeja de lana y siempre parece nerviosa por algo, pero ahora más.

—Es que está aquí, su tío Hans. Yo le he dicho lo mismo que le dije por teléfono, que no se encontraba bien, que los señores estaban en la procesión y que llegarían tarde, pero él dice que necesita verla; me ha propuesto incluso entrar en su dormitorio, pero no me ha parecido apropiado y le he pedido que la espere en la salita.

Primero siente miedo, pero después se da cuenta de que es un miedo antiguo, el de la costumbre. Ahora ya solo tiene rabia. Hacia él y también hacia sí misma por no haberle ahogado cuando tuvo la oportunidad. Ya no es la dulce niña que dice que sí a todo. Hans no es el hombre todopoderoso. Ayer todo cambió. Y Hans se ha equivocado al ir a su casa, porque está en su terreno.

Se envuelve en la bata y se recoge el pelo en un moño desaliñado, pues no tiene ningún interés en mostrarle su mejor cara.

—¿Qué haces aquí? —Gabriela no reconoce la contundencia de su propia voz.

Él tampoco y se inclina ligeramente hacia atrás.

—¿Cómo que qué hago aquí? No me has cogido el teléfono y sabes que eso está mal.

—No me encontraba bien. —No se disculpa, escupe las palabras—. No tendrías que haber venido.

—Yo puedo ir donde quiera, Gabriela. Y además, si no te encuentras bien, sabes que yo te cuidaré. —Intenta ponerle una mano en el hombro, repetir ese gesto cariñoso, y se sorprende cuando ella se aparta—. Sé que lo estás pasando mal, pequeña —cambia de táctica, desconcertado—, pero todo esto acabará pronto. Mañana. Mañana por la noche, a las doce, cuando todos duerman, te vendré a buscar y cogeremos un barco. Quería que fuera un avión, porque sabía que te hacía ilusión volar, pero no ha podido ser. Lo importante es que mañana empezará nuestra nueva vida, seremos una familia.

—¡Calla! —No eleva el volumen de su voz, pero sus palabras tienen la fuerza de un grito—. No me voy a ir contigo a ningún sitio.

Los dos están de pie. Pese a que le cuesta mantenerse erguida, no quiere sentarse, porque aquello no es una conversación, sino una despedida.

—No digas tonterías. —Él, que está acostumbrado a gritar, muerde las sílabas con rabia—. Nos vamos a ir. ¿Qué otra cosa puedes hacer? —Baja la voz, pero recalca cada palabra—: Estás embarazada.

Se le ha acercado tanto que puede oler ese aliento rancio tan familiar, mezcla de los puros que fuma y de algún problema digestivo.

—No, tío Hans, justo hoy me ha venido la regla. Fue una falta.

Hans mira a Gabriela sin reconocerla. La dulzura y la entrega ya no habitan ese cuerpo que ahora parece un árbol reseco y hueco. Y la mirada temerosa no se vislumbra en esos ojos que están vacíos. Está tentado de zarandearla para que reaccione, de darle un par de bofetadas para que despierte de ese hechizo violento que se la ha arrebatado.

—Y ahora, por favor, vete. Y no vuelvas a llamarme si no quieres que hable con mi madre y le diga que has intentado propasarte conmigo. —Es consciente del tono hiriente de sus palabras y lo disfruta.

Hans no se va a ir sin recuperar a su niña, porque es suya. Solo hay una explicación a su comportamiento.

—Tú has abortado. Por eso te encuentras tan mal.

Solo entonces un atisbo de la antigua Gabriela, de su niña asustada, se cuela en la mirada de la muchacha.

—¿Cómo te has atrevido a hacerlo sin mi permiso? Tú no puedes decidir no darme un hijo.

—Te equivocas. —Ahora murmura—. Ya te he dicho que la menstruación solo se había retrasado unos días. Piensa lo que quieras, pero te ruego que te vayas —contesta ya sin tanta seguridad, mirando al suelo.

Hans la agarra del brazo y en un rápido movimiento la pone contra la pared, apuntándola con el dedo índice.

—Yo no me voy a ningún sitio sin ti. Tú, digas lo que digas, has abortado, y si no haces lo que te mando, te denunciaré, a ti y a quien te haya ayudado. No sé si sabes lo que les pasa a las mujeres que abortan... Irás a la cárcel. Y no solo eso; piensa en el escándalo, en el dolor que causarás a tu familia.

Gabriela no sabe si la que tiene que contener el llanto es la niña de quince años, pero tiene claro que la que habla es la mujer de veintiuno.

—Me mataré —responde sosteniéndole la mirada, haciendo esfuerzos por contravenir la orden de bajar siempre la cabeza y callar cuando él está enfadado.

Encontrar el punto débil de cada persona, la forma de humillar y rendir al enemigo, es algo que no le cuesta esfuerzo al viejo nazi, y este momento no es una excepción.

—No lo harás —ordena Hans—. Yo mañana te vendré a buscar y tú y yo nos iremos a vivir a Argentina. Si no estás en el portal de tu casa a las doce de la noche, sea porque no quieras o porque hayas cometido una locura, tus padres acabarán en la cárcel. —Hace una pausa para valorar su grado de sorpresa, de miedo, y prosigue satisfecho con lo que ve—. En cuanto llegue a casa voy a escribir una carta, como buen ciudadano que soy, exponiendo que sospecho que unos amigos míos, los Riera, han ayudado a su hija a abortar. ¿Tú sabes el escándalo que supondrá para tus padres? La piadosa Úrsula, tan querida por la Sección Femenina de la Falange, tan activa en el Patronato de la Mujer, involucrada en un delito tan abyecto. Si te suicidas, solo darás más argumentos en el juicio contra tus padres. Llevaré la carta en el bolsillo y si mañana por la noche no estás aquí, la enviaré.

En ese momento oyen el repiqueteo de unos tacones por el pasillo y la voz de Úrsula hablando con Reme. Ha vuelto antes y está molesta porque nadie la ha querido acompañar.

—Siéntate —le ordena Hans a Gabriela, y ella obedece justo antes de que Úrsula entre en la salita.

—Hola, Hans, ¿qué haces tú aquí? —El reproche y la falta de cortesía no son accidentales.

—Estaba preocupado por Gabriela. He llamado y me han dicho que estaba enferma y que todos estabais en el congreso, por lo que he pensado en pasarme para ver si necesitaba algo.

Úrsula está malhumorada y Hans le cae mal. Aborrece a ese hombre por muy compañero de armas que fuera de su esposo. Es un nazi, y lo del Holocausto es un crimen contra Dios. Los españoles nada tienen que ver con esa pandilla de asesinos altivos que se pasean por las calles de España mirándolos por encima del hombro. El fascismo es otra cosa. Es orden, es patria, es Dios. Aquí nadie mata a inocentes, solo rojos, que son demonios. Pero todo eso se lo tuvo que callar cuando a su marido le dio por ayudarle y sobre todo cuando le pidió que fueran a leerle para hacerle compañía. Cuando descubrió que aquel hombre era el compañero de las visitas a los burdeles de su esposo, ya no pudo más. Se escudó en el trabajo y Gabriela la libró del compromiso de tener que verlo. Desde entonces lo evita, aunque tampoco se tiene que esforzar demasiado, porque mucha insistencia en verla a ella y a su marido nunca ha mostrado el hombre, por suerte. Úrsula está muy malhumorada y hoy Hans le cae aún peor.

—Hans, como comprenderás, yo no voy a dejar a

mi hija si no estoy convencida de que estará bien atendida. Tiene al servicio y yo he vuelto antes que los demás para estar a su lado. Te rogaría que, si quieres pasarte por casa, me avises antes.

—Por supuesto, querida. No quería importunaros —contesta encaminándose hacia la puerta, para girarse en el último momento y clavar su mirada en la chica.

—Por supuesto que no lo has hecho, Hans. Te acompañaré a la puerta —responde Úrsula.

~

—El dedo índice y el pulgar, con estos es más que suficiente, Gabriela. La gente no sabe estrangular, utiliza la mano entera y no alcanza los dos únicos puntos necesarios. Pero yo te enseñaré, pequeña. ¿Notas dónde palpita mi cuello? —Ella asintió—. La clave está en la presión que ejerzas. Aprieta fuerte con los dedos, pero solo unos segundos, justo cuando yo alcance el placer. En cuanto pierda el sentido, apartas la mano. Eso es muy importante. No lo olvides. Es muy fácil morir así, créeme. —Él lo sabía. Ella sabía que lo sabía—. Solo unos segundos, recuérdalo, mi niña. No hace falta toda la mano, con dos dedos basta. La gente no sabe estrangular, yo te enseñaré.

Y aprendió. Hubiera sido tan fácil como no apartar los dedos y todo hubiera acabado. Ahora ya es tarde. Él ha vuelto a ganar. Mañana embarcará rumbo a Argentina.

19

Mañana del lunes 2 de junio de 1952

Úrsula Canals de Riera no recuerda la última vez que lloró. Ni se le pasa por la cabeza romper con esa tradición mientras recoge sus objetos personales del despacho de Radio Barcelona, aunque la saliva se le reseca en la garganta y los ojos le escuecen como si nadaran en sal. Mi despacho, se dice, incapaz de separar el *mi* del *despacho*, incapaz de censurarlo. Seguramente esa es la única palabra que no ha podido censurar en trece años de trabajo en la emisora.

Un *mi* que es incapaz de desprenderse de la diminuta habitación sin ventana con una mesa de formica, una incómoda silla giratoria de madera recubierta de cojines que ella misma tejió, una máquina de escribir portátil Lettera 22 de Hispano Olivetti color caqui último modelo, dos sillas aún más incómodas y un archivador metálico que proyecta la sombra de un gigantesco dolmen. Mi despacho. Cuatro paredes en el limbo, mirando al cielo de los despachos de madera oscura y alzándose sobre el infierno de los cubículos en los que se hacinan el resto de los empleados. La única mujer que cierra una puerta a sus espaldas del único despacho sin ventana. Úrsula, la jefa insufrible y odiosa y la empleada disciplinada y dócil que nunca ha cuestionado las órdenes de sus superiores. Sin embargo, hoy las cuestiona.

Trece años de felicitaciones por su buen hacer ocupan poco en la caja de los objetos que recoge sin brío. Lo que no cabe, ni se puede llevar, es la emoción. Técnicos, locutores y ella misma corriendo por los pasillos porque algo ha fallado, porque la noticia no puede esperar y en ese momento no hay nada tan importante, ni su marido ni su hija ni su vida. Esa adrenalina desbocada no la va a encontrar en el Patronato de la Mujer. Ayudar a muchachas caídas es necesario pero es más aburrido.

No quiere dejar de controlar las palabras que escuchará toda España, escoger la voz que las pronunciará, proponer programas que pasan de su mente a las ondas, creando una realidad que no sería la misma sin ella...

Recoge una pequeña góndola de cristal de Murano que le regaló su cuñado tras un viaje a Venecia. Y las fotografías: la que encargó en un estudio fotográfico cuando Gabriela cumplió dieciocho años y la de su boda. Después le toca el turno a una virgen de Montserrat, herencia de su madre, y a una carta de amor de su primer novio que esconde en el cajón del escritorio.

Le cuesta arrancar aquellos objetos enraizados en el despacho sin ventana, que desprende una luz más intensa que la del amplio comedor de su casa, que la de la abigarrada sala de reunión del Patronato de Protección a la Mujer o que la de las lámparas de lágrimas de los restaurantes en los que ella y su marido cenan con conocidos, donde por discreción no habla de lo único que le interesa: su trabajo en la radio.

Llaman a la puerta.

—Adelante. —Depende de quien sea, va a pagar su frustración por haberla interrumpido—. Padre Cebrián, qué ilusión, pensaba que estaría en el congreso.

—No, hija, no tengo ninguna obligación hasta la clausura de esta noche y he aprovechado para resolver algunos asuntos pendientes. ¡Y cuál es mi sorpresa cuando me dicen que mi Úrsula anda por aquí! Hija mía, ¿cómo es que no estás ya en el Patronato de la Mujer?

—He venido a recoger mis cosas. Me está costando —suspira buscando por primera y última vez la comprensión de su amigo—. Es que... no me imagino fuera de aquí. Estaba pensando que tal vez podría hablar con el director para que yo continuara trabajando algunas horas en el consultorio. Creo que puedo ser de ayuda.

Él levanta la mano para que no continúe.

—Hija mía, el trabajo del Patronato es mucho más adecuado para una mujer y es el camino que ha elegido el Señor para que lo sirvas. La radio no está hecha para una señora de tu posición. Has sido de gran ayuda durante estos años, sobre todo en el consultorio, porque necesitábamos una visión femenina, pero ahora que ya has cumplido con tu cometido, debes retirarte a trabajar con esas pobres ovejas descarriadas que te necesitan y dejar el programa en manos de hombres... de personas capaces. ¡No pongas esa cara, Úrsula! Que deberías estar agradecida por el prestigio del cargo que te han ofrecido.

Cuando se cierra la puerta, la mujer lanza con tanta fuerza el retrato de Gabriela a los dieciocho años a la caja que el cristal se rompe justo a la altura de los ojos, dibujando una mirada quebrada que la inquieta.

~

Elvira ha acabado de colocar sus pocos vestidos en la maleta de cartón con la que llegó a casa de su amiga cuando llaman a la puerta.

—¿Y ahora quién será? —grita Carmen desde su habitación.

—Berta —responde Elvira—. Entra, hija, que parece que no conozcas la casa.

—He venido a traerte el dinero... el que le debía Gabriela a tu tía Juana. —La chica le tiende los billetes con la parsimonia de alguien que no quiere desprenderse de ellos y que unos minutos antes ha fantaseado con no hacerlo.

—Pues yo ahora no me voy a pegar la caminata hasta Can Clos. Vamos a hacer una cosa: unas pesetitas de ese dinerito van para el taxi que nos llevará hasta allá.

—¿Que nos llevará? A mí me esperan en casa.

—Sí, nos llevará, has oído bien, que a mí no me paran los taxis, y cuando lo hacen ya te puedes imaginar cómo se quieren cobrar la carrera. En cambio la cosa cambia si voy acompañada de una... una...

—Dilo, que ya estoy acostumbrada, de una señoritinga.

—No —sonríe irónica—. Iba a decir de una pueblerina.

—¿Tanto se me nota? —pregunta Berta levantando la ceja complacida por la palabra, que denota confianza.

—¿Tanto se me nota a mí lo que soy?

Berta asiente para chincharla, porque en verdad no se le nota. Desde que Elvira no hace la calle y vive en casa de Carmen tiene un aire incluso inocente. Aunque sigue pintándose más que una señoritinga.

—Date prisa, que la pueblerina tiene poco tiempo de acompañar a la... a la...

—Dilo, que se te atraganta.

—A la puta a coger un taxi.

Las dos se ríen.

~

La sonrisa de cristales rotos del retrato quebrado de Gabriela se clava como un alfiler en el pecho de su madre. Y esa intuición que le ronda la cabeza desde hace tiempo se concreta en una sospecha.

Recuerda la insistencia de Hans para que le regalara precisamente una copia de aquel retrato, que ahora preside el comedor del alemán. Y abre la puerta a muchas insistencias más: la de que los martes y los sábados fuera a leer a su casa, la de las llamadas en las que remarca que le urge que le responda lo antes posible, la de que su hija acuda para su cumpleaños porque le ha comprado un regalo, que para eso es su sobrina, casi una hija —y el obsequio siempre es muy caro—; y también la insistencia con la que pide, más bien ordena, que lo visite cuando está enfermo, aunque para cuidarle ya cuenta con su criada... Y además está la forma en que la miraba ayer, cuando ella irrumpió en la salita, que en principio le pasó inadvertida, pero que ahora rememora con inquietud.

Con la respiración entrecortada, coge el teléfono y llama a Ana María Latorre, su amiga de Acción Católica, que la impacienta felicitándola por su nuevo cargo. Por fin encuentra el momento de plantear el tema que le preocupa.

—Querida, te llamaba porque me han llegado unas informaciones un tanto preocupantes sobre Josefina, la criada de Hans Fuchs.

Nota la excitación que siempre producen este tipo de cotilleos al otro lado del cable.

—¿Josefina? ¡Dios mío! Nunca lo habría sospechado. Pero si es una mujer mayor que va a misa todos los domingos. ¿De qué se trata? Comprobé personalmente sus credenciales.

Úrsula lo recuerda perfectamente. Encontrar servicio para un hombre que vive solo siempre es una cuestión peliaguda, sobre todo si es una interna. Tuvieron la suerte de que Hans se conformara con una criada de día, pero aun así buscaron una de cierta edad y de moralidad intachable. Josefina, una viuda de guerra que vivía con su hermana y que no se molestaba en depilarse el vello del bigote y de la barbilla, siempre vestida de negro, fue la candidata ideal.

—Si te soy sincera, yo tampoco. Es algo que me cuesta mucho creer. Dicen que la han visto en un local de alterne, pero tengo muchas dudas de que se trate de una información fiable. Me temo que o bien es fruto de una confusión o bien la persona que me informó quiere difamarla. En cualquier caso, debo tomar cartas en el asunto. Y como tú te encargaste de los detalles, te quería preguntar. ¿Qué días libra en casa de Hans? Necesito saber si coinciden con los que supuestamente fue vista en ese antro.

—Martes y sábados. Y por lo que me contó, a veces le da libre alguna que otra tarde más. Ya sabes que estos alemanes tienen reuniones con los suyos y que las llevan con mucha discreción. —Sequedad esperando la respuesta—. ¿Estás ahí?

—Sí —se esfuerza en contestar, porque el aire no le llega a los pulmones.

—¿Entonces?

—Entonces, ¿qué?

—¿Coinciden esos días con los que te han dicho que han visto a Josefina en ese bar de alterne?

—No, quédate tranquila. Ahora, si me disculpas, tengo que descubrir por qué alguien intenta ensuciar la reputación de la pobre Josefina.

—Desde luego, Úrsula. Quedo a tu disposición para lo que necesites.

Martes y sábados. Durante años todos los martes y sábados Gabriela ha estado a solas en casa de un hombre. ¿Cómo ha podido ser tan estúpida para no comprobarlo antes?

La culpa y la rabia juegan un pulso. Úrsula redime mujeres caídas, mujeres que, presas de la degeneración moral, han infringido el sexto mandamiento. La culpa es de ellas, nunca de los hombres, que ya se sabe que tienen sus instintos. Y de sus madres, que no han sabido educarlas en los valores morales. Y sin embargo ella no ha sabido proteger ni a su hija.

~

—¿Cómo está Gabriela? —le pregunta Juana.

—Hoy ya no vomitaba y le ha bajado la fiebre, pero está muy débil —contesta Berta mirando con el rabillo del ojo ese comedor lleno de jergones y esas paredes que parecen a punto de derrumbarse.

Juana cuenta los billetes.

—Hemos descontado lo del taxi —se disculpa Elvira.

Berta quiere irse lo antes posible, porque teme que

el conductor no las espere y ya no sabe qué inventarse para excusar una nueva ausencia. También porque teme a aquella mujer esquelética que recuenta el dinero como un ave rapaz.

—Es importante que estés a su lado estos días. —Juana la sorprende con una voz suave—. Físicamente lo pasará mal. Es posible que tarde en recuperarse un mes, incluso más. Pero hay heridas que no se ven y que cuesta más sanar. Tener a una buena amiga, a alguien que esté a su lado, la ayudará.

Aunque los ojos ahuevados que se han clavado en los de Berta ya no desprenden dureza, la chica se siente juzgada, tanto que tiene ganas de confesar que ayer no fue tan buena amiga.

—¿Y tú cómo es que estás aquí? Imaginaba que estarías trabajando y me encontraría a Asun —interrumpe Elvira.

—Me han castigado. —Juana esquina una sonrisa—. Como a una niña pequeña. Un par de días expulsada y sin paga para que reflexione. Y si no me despiden definitivamente es porque en este país de analfabetos hay pocas mujeres que escriban sin faltas y sepan mecanografía.

Cuando las dos chicas se van, Juana mira el fajo de billetes y recuerda lo que era ganar dinero con su trabajo. Media hora después sale de la casa, sonriente.

—¿Adónde vas, mamá? —le pregunta su hija.

—Tengo cosas que hacer —responde guiñándole el ojo, pues no quiere que su nieto descubra sus planes.

Dentro de un mes es el cumpleaños del niño y va a comprarle un trenecito, que es lo que lleva pidiendo a los Reyes desde que tiene uso de razón.

~

Gabriela no hace la maleta. Se va a ir con lo puesto. Porque se va a ir, no tiene alternativa. Hans siempre cumple con sus amenazas y no le temblaría el pulso a la hora de destrozarle la vida a su familia y a sus amigas. Su cuerpo retorna a manos del alemán. El hilo de necesidad que la unía a él y que ella cortó en la casa de Carmen vuelve ahora convertido en una tupida telaraña. Solo hay una forma de desprenderse de ella y fantasea con saltar por la borda del barco y morir en mar abierto.

~

El taxista, al que le habían pagado para que las esperara en la puerta, había encendido el motor en cuanto las chicas se habían adentrado en el destartalado edificio.

—Menudo cabrón, ahora tendremos que bajar a pie.

—Espero que tía Úrsula no esté en casa, porque si no, no sé qué me voy a inventar.

Avanzan con dificultad por el camino arenoso con el sol del mediodía apuntando a sus cabezas.

—Qué bien que tu familia se quede quince días más. Es una pena que Ramona se haya roto el pie, pero, como dicen, no hay mal que por bien no venga. Y así tú podrás protagonizar ese anuncio. ¿Cuándo es la sesión de fotos?

Berta se para en seco y levanta la ceja.

—¿Y tú cómo sabes todo eso?

—Ay, que ya he metido la pata. No digas nada, que Carmen me mata, pero tu padre vino a verla el otro día. Es normal... son hermanos.

A Berta no le parece nada normal, pero conoce tan poco a su padre adoptivo que tampoco puede concluir que no lo sea.

—Mañana por la mañana. Esta tarde voy a casa de Jacqueline para que me cuente qué tengo que hacer. Por suerte, las fotos serán en su terraza, así al menos estaré en un lugar conocido.

—¿Y no estás nerviosa?

—Estoy hecha un flan. Aunque lo que más miedo me da es que Úrsula convenza a mis padres en el último momento de que no me dejen hacerlo.

—¿Y ya sabes cuánto cobrarás?

—Pues no. Mi padre me acompañará mañana; a mi madre le daba vergüenza y supongo que él se encargará de las cuestiones económicas.

—Estaba pensando... igual es una locura... pero es que me encantaría ver cómo se hace un anuncio. Yo me mudo esta noche, pero hasta el miércoles no empiezo, ya sabes..., con mi nuevo trabajo, y estaré aburrida. ¿No podría acompañarte? —Junta las manos como si rezara—. Por favor, por favor, te prometo que seré muy discreta. E iré con la cara lavada, no me pintaré ni los labios.

Berta sonríe.

—No veo por qué no. Si te hace ilusión.

~

La siguiente llamada que hace Úrsula es a Madrid. Mentalmente ha redactado un guion, el más difícil en los trece años que ha trabajado en la radio.

—Querida, perdona que te moleste, imagino que estarás muy ocupada con tu trabajo en la Sección Femenina de la Falange.

—Nunca es molestia hablar contigo, queridísima Úrsula. Trabajo siempre hay, tú lo sabes mejor que nadie, que eres una trabajadora incansable. Y ya que hablamos, aprovecho para felicitarte de nuevo por tu cargo en el Patronato. En Madrid nos quedamos muy tranquilas sabiendo que tú estás ahí, para salvar a esas almas perdidas... Espero que el congreso les esté dando la fe que necesitan. Realmente ha sido algo espléndido, yo lamenté mucho haberlo disfrutado tan pocos días, pero es que mis obligaciones aquí me reclamaban.

—Realmente ha sido un privilegio que nuestra ciudad haya acogido un acontecimiento así y espero, como tú dices, que haya insuflado esperanza y fe en las mujeres que tanto lo necesitan. —Coge aire—. Lamento robarte tiempo con una cuestión... una cuestión trivial, pero que me preocupa.

—Cuéntame, Úrsula, que ninguna cuestión es trivial.

Carraspea.

—Se trata de Hans Fuchs. Como ya sabes es un gran amigo de mi marido. Pero últimamente, yo no sé si es por la edad o por los problemas de salud que tiene, el pobre hombre está perdiendo la visión y tiene cada vez más achaques que creo que están afectando a su comportamiento.

—¿De qué modo?

—De un modo..., no sé cómo definirlo, porque sabes que es como de la familia, de un modo un tanto inapropiado, no demasiado decoroso.

—Continúa —espeta su interlocutora con sequedad.

—Me han llegado rumores en este sentido por parte de algunas de las prostitutas a las que intentamos apartar del mal camino. Y no solo eso... Josefina, la criada que le asignamos, el otro día me pidió que le encontráramos otro trabajo y la noté especialmente nerviosa...

—Entiendo tu preocupación, pero es muy complicado que podamos hacer algo al respecto. Podría comentárselo a Carl Neugebauer, que es el jefe de la comunidad de los alemanes en Barcelona, pero dudo mucho que pudiera hacer algo si no se concretan estas sospechas... ¿Tienes alguna prueba más?

Úrsula ya sabía que el testimonio de unas prostitutas y de una criada no sería suficiente para importunar a un amigo del régimen, y aun así ha disparado esa munición con la esperanza de ahorrarse la peligrosa artillería pesada que no le queda más remedio que emplear.

—Me resulta muy embarazoso contarte esto, pero confío plenamente en tu discreción. Estoy preocupada porque sospecho, cómo decirte, que ha importunado a mi hija. Gabriela, tú lo sabes, es una joven piadosa, religiosa y de moral irreprochable. Tal vez Hans haya pretendido tomarse algunas confianzas, que no digo que sean malintencionadas, y pueden ser fruto de la familiaridad con la que siempre le hemos tratado, pero estoy inquieta.

—Entiendo. —La pausa, demasiado larga, entiende aún más—. No te preocupes, que hablaré con Carl hoy mismo. Él es un hombre muy juicioso y discreto al que sin duda Hans escuchará.

—Sobre todo, te ruego que la cuestión no trascienda. No le he comentado nada a mi marido...

—Has hecho muy bien, Úrsula. No es necesario poner en una situación incómoda a tu marido con su amigo, pero es imprescindible proteger la reputación de tu hija, que ya sabemos de sobra lo frágil que es la de una chica a su edad. Olvídate totalmente del asunto, Carl está muy agradecido por la hospitalidad que brindamos al pueblo alemán y solucionará la cuestión con la máxima discreción.

Minutos después, cuando cuelga el teléfono, Úrsula, la mujer que no recuerda la última vez que lloró, nota el cosquilleo de dos lágrimas que ruedan por sus mejillas.

20

Tarde del lunes 2 de junio de 1952

Desde que se ha despedido de Elvira, el día de Berta no ha hecho más que empeorar. La puntilla se llama Ernesto Vila, que abre la puerta de casa de Jacqueline y la informa de que ella se retrasará.

—La acompaño a la terraza y aprovecharé para cambiarle el emplasto del sabañón —dice en un tono neutro que no le deja alternativa.

Lo sigue por el pasillo recordando los acontecimientos de las últimas tres horas. La única buena noticia ha sido que Úrsula se ha entretenido más de la cuenta en la radio y no ha descubierto su retraso. Pero Eleonora se ha encargado de recriminárselo.

—Hija, está muy bien que vayas a misa, que te confieses, que busques la bendición del legado papal, pero el espíritu cristiano no se demuestra únicamente orando, también cuidando de los que te necesitan. Y aquí hay dos personas a las que puedes ayudar mucho. Yo con Gabriela ya no sé qué hacer. No quiere que nadie entre en su habitación y únicamente pregunta por ti. Y tu hermana no para de llorar. Está convencida, la pobre, de que ya no la quieres. Así que haz el favor de ir a hablar un poco con las dos.

Con Gabriela ha hablado poco, aunque cuando la ha visto aparecer por la puerta se ha esforzado por sonreír. Esa sonrisa forzada custodiaba un silencio protector: para su amiga y también para ella. Porque la chica no le tiene tanto miedo a la muerte como a la decepción. Ya se ha resignado a que esta noche se fugará con Hans y tirará su vida por la borda, ya sea en sentido figurado o literal. No puede confiarle la decisión a su prima, que no se resignará, que tramará, para librarla de la condena, una nueva argucia que también fracasará. Porque Hans siempre gana. Y ella siempre pierde.

—¿Cómo te encuentras? —le ha preguntado sentándose con mucho cuidado en su cama.

—Duele, pero menos que ayer...

—¿Y cómo andas de ánimos? ¿Qué puedo hacer por ti? —Recuerda el consejo de Juana.

—Estar un rato conmigo. No soy muy buena compañía, y ya sé que tienes muchas cosas que hacer, pero solo te pido un ratito. No quiero hablar, me hace bien sentir que estás aquí.

—Claro, Gabriela, lo que tú quieras.

~

Ernesto mueve el pie de Berta con un respeto indiferente, ajeno al acto de intimidad que para ella supone.

—Está mucho mejor.

—Le agradezco mucho lo que ha hecho. Realmente me ha aliviado.

—No hay nada que agradecer, señorita Berta. —Amaga una sonrisa—. El favor me lo está haciendo usted, que, disculpe la confianza, es mi conejillo de Indias.

—¿Yo?

Él ha seguido retirando el emplasto.

—Sí. Como sabrá, trabajo para la empresa de Jacqueline, y uno de sus múltiples negocios, del que yo me encargo, es el mercado farmacéutico. Hace años que estamos desarrollando un remedio para los sabañones, que es justamente el que le estoy aplicando. Por eso me interesan sus impresiones.

—Pues efectivo lo es un rato. Y desde luego será de gran ayuda, porque hay mucha gente que los padece.

—Eso es lo que más me motiva. Es un trabajo que puede ayudar a la gente.

Se ha quitado las gafas para observar de cerca su pie y por primera vez Berta se fija en sus ojos, oscuros, como todo él, cansados, pero con un punto brillante.

—No me lo esperaba. —Habla antes de pensar, como siempre.

—¿Que me interese encontrar un remedio para aliviar parte del sufrimiento de mis conciudadanos?

—No quería ofenderle. Es que no tenía ni idea —se justifica.

—No me ofende. Ya estoy acostumbrado.

~

Gabriela solo le ha dirigido la palabra media hora después de permanecer a su lado inmóvil en el dormitorio.

—He pensado una cosa, Berta; esta noche sería mejor que durmieras en la habitación de Ramona, en la cama de al lado, que ya está hecha.

—¿Por qué? Yo quiero estar aquí, contigo, por si necesitas cualquier cosa o tienes ganas de hablar.

—Es que preferiría estar sola. Tú tienes que madrugar mañana por el anuncio y yo no me duermo hasta muy tarde. Y Ramona también te necesita. Hazme ese favor.

La noticia ha alegrado a Ramona, pero no ha frenado su avalancha de reproches.

—No entiendo por qué te has ido a misa esta mañana y has tardado tanto, pero, igualmente, esta tarde ya te podrías quedar conmigo y solucionar lo que sea con Jacqueline por teléfono. Aún estoy enfadada porque te fueras con Gabriela sin decirme nada, yo no entiendo lo que te pasa desde que viniste a la ciudad, haces cosas muy raras, como el otro día en las fuentes, cuando no te importó que Gabriela se encontrara mal...

Berta no ha respondido a la retahíla de acusaciones, se ha limitado a esperar a que acabaran, porque conoce a Ramona y sabe que no puede sostener su enfado con ella durante demasiado tiempo.

—¿Por qué no jugamos a nuestro juego? —ha propuesto para apaciguarla.

—¿Preferirías que tu hermana se rompiera el tobillo o protagonizar un anuncio?

—Ay, Ramona, qué cosas tienes. Claro que no prefiero que te hayas roto el tobillo —ha mentido—. Y tú, qué preferirías: ¿mentir y decir que te has caído porque has hecho algo muy peligroso que tenías prohibido o decir la verdad sabiendo que los van a castigar?

La niña ha cogido la muñeca y le ha dado la espalda a su hermana.

—Ya no quiero jugar.

—De acuerdo, voy a la radio, después a casa de Jacqueline, y te prometo que dormiré contigo. —Se ha agachado para darle un beso a la niña, que se ha girado para cogerla del cuello con lágrimas en los ojos.

—¿Se lo vas a contar a mamá?

—Claro que no. Las hermanas se guardan los secretos.

La respuesta ha entristecido a Ramona, pues ella no ha guardado algunos secretos en sus conversaciones con Úrsula, que la visita muy a menudo y siempre le hace muchas preguntas.

~

Tras envolver la piel en el emplasto, Ernesto deposita su pie en el suelo.

—Ya está listo. Yo creo que ese sabañón no volverá a molestarla.

—Mil gracias.

—Disculpe, que no le he ofrecido nada. ¿Le apetece algo de beber o de comer?

—No, se lo agradezco, estoy bien.

—Jacqueline estará al caer. ¿Cómo lleva usted eso de que mañana se convertirá en la protagonista de un anuncio?

—¿La verdad? —No espera respuesta—. Estoy hecha un manojo de nervios. Y hay momentos en que no sé si está bien lo que estoy haciendo.

—¿Por qué no va a estar bien? No deje que le inquieten con eso: usted no va a hacer nada malo. Y seguro que será un éxito. Tampoco es tan difícil.

~

Ese hombre la crispa. Cuando parece que va a ser amable, suelta un último comentario que lo estropea todo.

Esas mismas palabras, sin la coletilla final, hubieran encajado mejor en los labios de Carlos, al que ha visto en la radio antes de acercarse a casa de Jacqueline. Ella estaba nerviosa, tenía que sustituir a Gabriela en la lectura de las cartas del consultorio, y aunque el programa es grabado, sabía que se la jugaba. Si lo hacía bien se le abrirían muchas puertas, según Carlos.

Había repasado a conciencia los guiones de las preguntas de las oyentes. De las supuestas oyentes, porque desde que sabe la verdad ya no se cree nada. La revelación del engaño del consultorio no había tenido para ella el mismo efecto que para sus amigas. La radio es un mundo de ilusión, eso le había quedado claro cuando traspasó el umbral de la emisora y contempló a aquel hombre batiendo unos cocos, cerró los ojos y oyó el trote de un caballo. La radio era un truco de magia y ella ya no era una espectadora, sino parte de ese espectáculo de ilusionismo.

La certeza de que nunca conocería a Elena Francis tampoco la ha preocupado: aunque existiera nunca la habría conocido. Y el mensaje resentido de Juana le era ajeno. Ella quiere seguir formando parte de aquel espectáculo, desea, más que nunca, ser la ayudante del mago, aunque su mago ha perdido parte de su encanto y no tiene visos de recuperarlo, como constataría poco después.

Carlos nunca había sido un hombre celoso y ni él mismo ha entendido el disgusto que le ha golpeado ante la noticia de que Berta protagonizaría un anuncio.

—No lo veo claro, ¿estás segura? La radio es una cosa, pero hacer de modelo es otra muy diferente. Yo te aconsejo que te concentres en la oportunidad que tienes en la emisora, un trabajo mucho más adecuado para ti... y para tu reputación. —Ni él comprende cómo se le habían colado aquellas palabras finales.

Ella ha abierto mucho los ojos, pero él no ha sentido el hechizo de esa mirada loca tan viva. Y ella le ha visto la trampa al prestidigitador.

—Este proyecto puede ser una fuente de ingresos que me permita quedarme aquí. Al fin y al cabo, estoy soltera, no tengo ningún pretendiente formal y mis padres me han autorizado. Así que no entiendo esa alusión a mi reputación.

—Sabes que eso no es así... Ya te he dejado claros mis sentimientos. No digas que no tienes ningún pretendiente. —Más que enfadado Carlos estaba triste.

—Tú también sabes lo que yo siento, perdona si he sido brusca. —Le ha acariciado por unos segundos el brazo—. Todo está sucediendo tan rápido... —Se ha apartado el pelo de la cara y sus ojos centelleaban—. Temo que las oportunidades se vayan como llegaron si no las sé aprovechar. Tal vez tengas razón; después de este anuncio, si logro un trabajo fijo en la radio y mi situación sentimental también es más estable... —ha hecho una pausa para remarcar lo que acababa de decir— quizá me plantee rechazar la oferta de Jacqueline.

Si ese mensaje lo hubiera suscrito cualquier otra mujer, Carlos Santamaría hubiera huido a la carrera por miedo al compromiso. Pero era Berta, y por primera vez el papel de pretendiente formal le había gustado.

La chica ha ensayado dos veces la lectura de la carta y la ha grabado sin cometer ni un solo error. Su seguridad le ha inquietado y le ha fascinado, sin haber podido distinguir cuál de las dos sensaciones le resultaba más excitante.

21

Noche del lunes 2 de junio de 1952

Jacqueline despide a Berta con un abrazo y con una frase que ha repetido varias veces durante la conversación.

—Tú no te preocupes por nada, vas a hacerlo muy bien.

Regresa al comedor y besa rápidamente en la boca a Ernesto, que está leyendo en una butaca al lado de la pecera.

—¿Les has dado de comer a nuestros pequeñines? —pregunta.

—¿Nuestros pequeñines son los peces? —comenta él, socarrón.

—¿Qué otros pequeñines tenemos?

—Se me ha olvidado, disculpa, no me acostumbro a que tengamos pequeñines...

—Tranquilo, ya me encargo yo.

Él ya se ha levantado y ella ha cogido la bolsa del alimento. Los dos tienen la nariz pegada al cristal. Un pez de rayas azules y blancas se bambolea despreocupado hasta que Jacqueline vierte el alimento y el animal se lanza como un proyectil a la superficie, donde flotan las virutas. El resto de sus compañeros le ha tomado la delantera y él menea la cola graciosamente para hacerse un lugar. Ernesto pasa cariñosamente la mano por el hombro de Jacqueline.

—Tienen algo hipnótico, los peces.

—Pero ¿tú crees que es justo tenerlos en una pecera?

—Son peces. Mucho sentido de la justicia no creo que tengan...

—Ya, pero el otro día una de las chicas, ahora no me acuerdo de cómo se llama, comentó que no le gustaría estar encerrada en una habitación y que todo el mundo la mirara. Y su madre le respondió que así estaría protegida. Pensé que igual era cruel tener a los peces encerrados.

Ernesto rebusca en la bolsa que sostiene ella y les lanza una pizca más de comida. El pez azul y blanco se hace con ella.

—A nosotros no nos basta con estar protegidos porque somos humanos, pero tus pequeñines parecen la mar de felices.

—¿Y si todos fuéramos peces en un acuario gigante y no lo supiéramos? ¿O hubiera gente encerrada que no supiera que hay mar ahí fuera?

Ernesto pasa el dedo índice por la nariz de ella.

—¡Qué ideas! Tienes la cabeza más original que conozco.

—Eso me decía siempre mi marido.

—Y no le faltaba razón a mi buen amigo.

—Pero a lo que íbamos. ¿Saben los peces que están en un acuario?

—Depende, si los cogieron en el mar, y suponiendo que tuvieran memoria, deberían recordarlo. Pero sí, sus descendientes creerán que el mundo es un acuario.

—Te parecerá una tontería, pero después de oír a esa niña, pensé que las mujeres de este país son como peces en un acuario. Yo no cuento porque soy extranjera y tengo dinero, hablo de las españolas de a pie. —Ernesto la mira atentamente. Le encantan esas comparaciones inesperadas—. El Gobierno y la Iglesia las han convencido de que su deber es estar en casa, cuidando de los suyos, protegidas de los supuestos peligros que las acechan al traspasar la puerta de su casa. Y observan la calle a través del cristal de su ventana, igual que mis pequeñines. —Acaricia la pecera—. Las han convencido de que ese es su lugar, de que deben ser *ángeles del hogar*. Ángeles del hogar... qué ridícula me ha parecido siempre esta expresión. Ángeles dulces, obedientes... complacientes. Ángeles amargos que juzgan a las mujeres que nadan en mar abierto sin saber tampoco muy bien qué es eso. Te estoy aburriendo, ¿verdad?

Él le acaricia la mejilla.

—No, Jackie, eres de las pocas personas que nunca me aburren; y me encanta oírte hablar, aunque te lleve la contraria a menudo —suspira—. Tendrías que haber vivido aquí antes de la guerra. Hubiéramos cambiado tantas cosas si llegamos a ganar.

—No lo creo. Si la hubierais ganado en vez de Franco, habría ahora un dictador comunista y las mujeres estarían como siempre jodidas. —Hay algo gracioso en su forma de pronunciar la jota y en su vehemencia al renegar en una lengua que no es la suya.

—No discutamos de política; nunca nos pondremos de acuerdo: yo soy rojo y tú franquista.

—¡Yo no soy franquista! Qué manía tenéis los españoles de que solo se puede ser fascista o comunista. Te repito lo de siempre: a mí me va bien que haya estabilidad en este país. El idealismo no es bueno para los negocios —él pone los ojos en blanco—, pero hablo de otra cosa. Los hombres empezáis las guerras y unos las ganan y otros las pierden, pero las mujeres, sean del bando que sean, siempre pierden. Fíjate en lo que ha pasado en Europa, e incluso en mi país. Cuando ellos estaban en el frente, ellas trabajaban en las fábricas, salían de la pecera, dejaban de mirar el mundo a través del cristal de la pecera o de la ventana de su hogar. Y entonces se las reconocía y se hablaba de sus libertades. Promesas. En cuanto acabó la guerra, las convencieron de que lo más patriótico era volver a encerrarse en casa para ser madres, para reponer a los soldados muertos repoblando su país con los futuros soldados que morirán en la próxima guerra.

—Señorita Allen, la veo a usted muy tremendista y feminista —bromea él acariciándole la mejilla—. Supongo que tienes razón, pero aquí es peor, y no solo para las mujeres. Este país es una mierda.

—Señor Vila, le veo a usted muy derrotista y muy rojo. —Se tapa la boca—. ¡Uy, no, que eso no se puede decir!

Los dos sonríen.

—Yo conocí a mujeres que nadaban en mar abierto. Había muchas antes de la guerra, créeme.

—Eso es lo que más me sorprende: que después de tener el mar, se hayan acostumbrado a una pecera. —Sacude la cabeza—. Eso no va a cambiar, estas mujeres van a criar en cautiverio a sus hijas durante generaciones...

—Esas sí que no sabrán que viven en una pecera. A no ser que llegue la revolución.

—Ahora te estás poniendo idealista. ¿Aún confías en la revolución?

—No hay que ser idealista para confiar a estas alturas en una revolución, hay que ser un auténtico idiota. No. El tiempo de cambiar las cosas pasó hace mucho.

Jacqueline le coge de la mano y lo conduce a la terraza.

—Sentémonos en el balancín, que quiero ver las estrellas.

Los dos se reclinan en los cojines del balancín que ella se hizo traer expresamente de Estados Unidos y él se mueve para columpiarlo. Ella entrelaza los pies con los suyos.

—¿Y qué le ha pasado a la señorita Allen hoy para que me haya venido tan revolucionaria, tan feminista, tan defensora de los derechos de los peces?

—No te burles de mí.

—Eso no lo haría jamás.

—Me he enterado de algo. Algo que no me esperaba, y mira que de este país me lo espero todo.

—Me tienes en ascuas.

—Te lo contaré, pero primero prométeme que no te enfadarás conmigo.

—¿Por qué me iba a enfadar?

—Porque me he enterado en casa de Maximiliano.

Ernesto separa los pies y se sienta erguido en el balancín.

—Yo no soy tu padre ni tu marido, pero teníamos un trato: durante un mes no íbamos ni a beber ni a tomar cocaína.

—Lo sé y lo siento. Después de la sesión de fotos de mañana, te prometo que cumpliré el trato. Es más, si sobra algo, lo tiraré al baño.

—O a la pecera —suelta él sin mirarla.

—Igual los peces se vuelven locos con la cocaína.

—En serio, Jackie. —Ahora sí la mira y ella baja los ojos—. Yo no soy nadie para reprocharte nada, pero el médico te dijo que no te convenía.

—Lo sé y te prometo que me portaré bien a partir de mañana. —Le acaricia la barbilla y él se lo permite de mala gana—. No sé qué voy a hacer sin ti.

—¿Qué vas a hacer sin mí? ¿Me estás echando otra vez? Aún no me he decidido...

—Sí, te echo. —Ríe y le da un manotazo en la pierna—. No te echo, tonto, pero después de contarte lo que he descubierto en casa de Maximiliano, tenemos que hablar de un tema más.

—¡Me estás asustando! Esto parece una reunión de empresa, con tanto asunto pendiente. Empieza por lo de casa de Maximiliano. Soy todo oídos, señorita que no cumple sus promesas. —Esboza una sonrisa y vuelve a entrelazar sus pies con los de ella.

—Maximiliano estaba con Carmen, ya sabes, la mujer del otro día, que seguramente es una puta, pero a mí me cae muy bien.

—A mí también, la verdad.

—Y yo, para darle un tema de conversación, he comentado que continúo intentando entrevistar a la doctora Francis, que es de lo que habíamos hablado la otra vez. Y ella, muy suelta, me ha dicho: no pierda el tiempo, que esa mujer no existe. Tal cual. Me he ido de la casa convencida de que era una fantasía de Carmen, pero por el camino me he puesto a reír de lo tonta que he sido todo este tiempo. ¡Claro que no existe! Es imposible que con todos los contactos que yo tengo y la lata que he dado para entrevistarla no haya encontrado a nadie que la conociera o que conociera a alguien que la conociera.

—¿Estás segura? —Ella asiente y él se queda pensativo y resopla—. Tiene toda la lógica del mundo. No sé cómo no hemos visto antes que era un engaño... ¡Qué asco de país!

—Sí y no.

—¿Cómo que sí y no? Millones de mujeres escuchan ese programa, confían en que esa doctora cuide de ellas, las escuche, y no existe... —Mueve las manos como clamando al cielo.

—Son un asco el engaño y la manipulación, sí. Pero ¿qué cambia que esa mujer exista o no? Sus oyentes se sienten reconfortadas, que es lo que importa. Y si existiera, fuera quien fuera, daría idénticos consejos porque debería pasar la censura y porque este país, hoy por hoy, no quiere otro discurso que el oficial.

Ernesto se levanta y se echa el pelo hacia atrás, moviendo la cabeza de lado a lado con incredulidad.

—Pero ¿cómo puedes decir eso? Estás justificando que la dictadura se haya inventado a esa doctora para formar a mujeres obedientes.

—No te pongas paranoico. Dudo que sea un plan del Gobierno. Se trata de un programa de radio patrocinado por un instituto de belleza que pretende ganar dinero y audiencia y que cuenta con un equipo de personas convencidas de que están haciendo lo mejor por las mujeres de este país. Y es una mierda. Eso no lo voy a negar. Pero las cosas son lo que son y no van a cambiar. Y al menos así muchas mujeres se sienten menos solas, más escuchadas..., mejor atendidas.

—¿Mejor? Es justo lo que decías antes. Esas mujeres criarán a sus hijas en una pecera y esas ni siquiera se preguntarán qué hacen ahí, porque no conocerán el mar.

—Eres demasiado buen hombre para estos malos

tiempos, Ernesto. Lárgate de esta ciudad antes de que te conviertan en un mal hombre.

—Ya me dirás cómo.

—Ese es el último punto del orden del día de nuestra reunión, como te advertí. —Sonríe con tristeza—. Dentro de dos días el mejor falsificador de Barcelona me entregará un salvoconducto a tu nombre para viajar al extranjero. Tiene una vigencia de seis meses. Tienes ese tiempo para decidirte.

Ernesto sonríe pero no responde.

~

A las doce de la noche se oyen las salvas que dan por acabado el Congreso Eucarístico. Gabriela se escabulle silenciosamente de su casa con lo puesto. No hace frío, pero ella tiembla.

22

Mañana del martes 3 de junio de 1952

La luz azulada de la madrugada sobre la ciudad vacía es muy diferente de la del campo, donde no hay farolas ni perfiles de edificios, pero la mínima claridad tiene más brío y el silencio tiene más peso, piensa Berta, que si no fuera por los nervios que tiene ahora mismo se metería de nuevo en la cama, y eso no le ocurre nunca en el pueblo. En Barcelona, esto no es madrugada, es noche, y en el puerto no hay silencio fúnebre, sino un bullicio alegre que se resiste a morir, piensa Sebastián mientras sube por el paseo de Gracia junto a su hija adoptiva, pero con la mente puesta en la próxima velada, la que pasará en las tabernas que secuestran la noche hasta el alba. Padre e hija caminan en silencio; nunca se han dicho mucho, y tienen ganas de decirse algo pero no saben el qué.

Para Elvira, que camina sola, la madrugada es un epílogo de la noche, y convertirla en un prólogo del día la confunde. Aunque desde que ayer se mudó a la pensión del Ensanche todo la confunde. Y no es que algo esté mal: Soto Mayor le ha conseguido la mejor habitación y el halo de protección del policía se ha hecho notar en el trato de favor que ha recibido. Nada está mal, pero todo está en otro lugar que no es el suyo. Y se dirige a otro lugar que tampoco es el suyo mientras la asaltan las dudas, que ya me dirás qué hago yo en una sesión de fotos con una chica que no es de las mías y a la que apenas conozco, que no sé por qué me he emperrado en venir aquí, se dice pensativa.

—Estoy muy orgulloso de ti. —Sebastián rompe el silencio porque cree que es lo que toca decir y porque lo cree.

Berta, con su nuevo peinado y su ropa cosmopolita, es tan distinta de la que conoce que le resulta más fácil identificarse con ella. Ninguno de los dos encaja en su casa. Y ninguno de los dos ha sido capaz de verse en el otro. Ahora fluye entre ellos una comprensión torpe, por la falta de experiencia, pero comprensión al fin.

El halago que Sebastián ha lanzado a bocajarro, porque creía que era lo que correspondía decir y porque lo cree, descoloca a la chica, que musita un Gracias. Pero cuando están en el zaguán le sujeta la mano, entrelazando los dedos fríos entre los de su padre, aún más fríos, apretándola para conjurar los nervios. Y él también se la aprieta, ya no sabe si para protegerla o protegerse, en un gesto que estrenan.

Cuando avanzan por la suntuosa portería, un taconeo se cuela por la puerta de hierro forjado negro, que aún no se ha cerrado.

—Esperadme —pide Elvira.

En casa de Jacqueline es de día. Las luces de la casa no los deslumbran tanto como el trajín de personas y de objetos desconocidos para ellos. Focos, ventiladores, burros con vestidos, cajas, maletines que un pequeño ejército de unas quince personas desplaza como artillería. Jacqueline es la gran capitana, y conduce a

Elvira y a Sebastián al comedor. Agita una campanilla y la criada aparece al momento.

—Pidan un café, un té, o si quieren prueben la Coca-Cola, un nuevo refresco típico de mi país... Lo que les apetezca.

Ahí se quedan Sebastián y Elvira sin saber muy bien ni qué decir ni qué hacer mientras la anfitriona coge del brazo a Berta y la conduce al baño. Dos focos enormes y varios maletines que despliegan pisos y pisos de maquillaje han tomado el lavabo de gres marrón claro veteado de blanco y presidido por una bañera faraónica. Allí la espera una chica joven, bajita, de pelo corto y rizado y muy bien arreglada.

—Esta es Mayte, la maquilladora. Ella es Berta, la modelo. —Las dos dudan sobre si darse la mano y acaban besándose sin apenas tocarse—. Quiero que le des un aire muy natural, es un anuncio de crema hidratante para la cara y tiene que parecer que se acaba de levantar. Nada de sombras de ojos de colores estridentes ni de labios rojos, por favor... —Y deja la frase en suspenso para irse deprisa y corriendo.

La chica le coloca una banda acolchada en el pelo y masajea su rostro con dos algodones impregnados en tónico. A partir de ahí, todo es muy rápido, aunque parezca muy lento. Transcurren tres horas en las que pierde no solo la noción del tiempo sino la de sí misma, que es descompuesta en unos pedacitos milimétricos que el ejército se encarga de pulir. Los labios un poco más rosados, ordena la fotógrafa a la maquilladora. Las ondas menos marcadas, le pide a la peluquera. ¿Puedes estrechar un poco más esa blusa?, le pregunta a la chica de vestuario, que ya está enhebrando la aguja. Ponles un poco más de brillo a las uñas, le manda a la manicura. Mírate, este tono de colorete te realza los pómulos, que los tienes muy bonitos. Mírate, el cabello con un toque de laca brilla más. Mírate, el azul de la blusa te sienta de maravilla. Mírate, tienes manos de pianista.

Mírate, mírate, mírate. Y se mira. Y se gusta. Y le gusta aún más que la miren y les guste. Este es don Francisco Sevilla, anuncia Jacqueline, el director de la agencia de publicidad, y le tiende la mano un hombre bajito y regordete con un traje oscuro y una corbata de seda verde al que todos reverencian, pero escatima sonrisas hasta que ella aparece. Es un buen fichaje, le comenta a la fotógrafa como si ella no estuviera presente. Tengo un par de anuncios en los que puede encajar, rubrica el hombre mientras se afianza el nudo de la corbata. Ya te lo dije, Francisco, sabía que te encantaría. Y a Berta le encanta encantar y se mueve encantadora, con una elegancia cautelosa en la que sostiene los cuidados recibidos. Te presento a Raimundo López, el anunciante, y el hombre, muy alto y muy enjuto, con un traje gris claro y unos mocasines relucientes, también le da la mano mientras la escruta. Es la imagen que estábamos buscando, le dice a Jacqueline como si ella no estuviera allí. Y a ella le encanta ser el centro invisible de conversaciones en las que no sabría cómo desenvolverse. Ser y estar por todos, para todos, de todos. Y entre todos asoma Ernesto, apoyado en el quicio de la puerta del comedor, más alto y más familiar de lo que lo recordaba. Avanza hacia él con los pasos de siempre, menos elegantes y más frágiles, y se queda plantada sin saber muy bien qué tendría que decir, y él la rescata.

—Lo va a hacer muy bien —se limita a comentar.

—Gracias —responde.

Es el único que no la ha felicitado por lo guapa que está.

—Qué guapa está Berta —comenta Elvira a Sebastián, que asiente—. Esto es increíble. Quién me iba a decir a mí que acabaría viendo cómo se lleva a cabo un anuncio de publicidad. Cuando aparezca en las revistas podré decir: yo estuve aquí, esta es amiga mía. Bueno, ya me entiendes, amiga amiga tampoco, pero eso, un poco amiga, sí.

—Te entiendo. Nunca me habría imaginado que Berta y tú os hicierais... un poco amigas.

—Claro, para ti debe de ser raro. Pero tranquilo —se inclina para susurrarle al oído—, de lo tuyo nunca sabrá nada de nada. —Y piensa: Y de lo suyo aún menos, que no queremos acabar todas en la cárcel.

Él sonríe incómodo.

—Mira que imaginar que Carmen podría ser su madre... Pero estaría bien que le dijerais a la chica qué pasó con sus padres.

El hombre eleva el pecho antes de dejar escapar un suspiro.

—Eso es cosa de mi mujer... Bueno, Elvira, ¿y qué tal en la pensión?

—Pse..., está bien, pero echo de menos a Carmen. —Hace una pausa—. Oye, he pensado una cosa, que no sé si te parecerá bien o mal, tú me lo dices con toda confianza, ¿vale?

—Dime.

—Si Berta viene a Barcelona, pues que me gustaría darle mi dirección y mi teléfono, por si un día se quiere pasar a verme. Que igual no quiere, que también lo entendería, que ahora que va a ser famosa tendrá sus cosas y cómo va a perder el tiempo conmigo. Pero igual, de vez en cuando, quién sabe, le podría apetecer charlar con alguien...

—Dásela, por supuesto, y seguro que ella te visita. Pero ¿por qué me lo preguntas?

—Bueno, porque tú eres su padre e igual no te hace mucha gracia que tenga una amiga como yo, ya sabes.

—Creo que ya no sé nada, Elvira. Nada de nada.

Pero sí sabe mucho: sabe que ha vivido en una pecera, como Berta, y ninguno de los dos va a volver a ella.

23

Tarde del martes 3 de junio de 1952

Juana lleva todo el día de mal humor. Mañana tiene que volver al trabajo. Enrique lleva todo el día de mal humor. Mañana no tiene trabajo al que volver porque lo han despedido.

Han salido a pasear por la pestilente ladera de Montjuic, llena de barro y basura, y llevan media hora sin hablar.

—¿Y si nos vamos? —propone él.

Ella suelta una risa triste.

—¿Adónde? ¿Y cómo?

—Mi hermano está en Francia y no le va tan mal.

—Pero ¿cómo vamos a salir de España?

—Con el dinero que has ganado podemos pagar para que nos pasen.

A ella se le ilumina la mirada por primera vez en mucho tiempo.

—Es peligroso, pero...

—Sí. —Ella le coge la mano—. Hagámoslo.

No es la primera vez que fantasean con exiliarse, pero es la primera vez que tienen dinero para hacerlo.

~

—¡Va, déjame tomarme otro cóctel, Ernesto, no seas malo!

—Eres mayor de edad, querida, yo no soy nadie para decirte nada.

Con el pretexto de que el servicio debía ordenar la casa después de la sesión de fotos, Jacqueline ha arrastrado a Ernesto a la coctelería Boadas, que hace esquina con las Ramblas, y lleva dos dry martini de ginebra Giró, que es la que bebía su marido.

—Yo creo que aún no habrán acabado, tendríamos que dejarles el tiempo de una copa más. Tú no sabes el trabajo que supone limpiar y ordenar una casa tan grande como la mía. —Balancea la copa y el líquido salpica la mano de Ernesto.

—Te lo creas o no, lo sé. Tuve una casa aún más grande que la tuya.

—¿Por qué no me hablas nunca de tu pasado?

—Precisamente por eso, porque es pasado.

—Yo creo que es para no ponerte triste, porque aún echas de menos ser médico. —Las palabras le patinan, pero con el acento no se nota tanto.

—Es lo único que no echo de menos.

~

La vocación médica que Ernesto Vila tanto había rogado para que llegara fue tan intensa como corta: dos años y medio, los que duró la guerra. Se despidió de ella sin reproches, como de una amante que regresa con su marido. Y de nuevo en su desgracia estaba su suerte: la que no tuvieron sus compañeros de profesión represaliados que se quedaron sin la vocación que amaban y los definía.

Eso no supuso ningún alivio, porque no había alivio en aquella época en que las ráfagas de desgracias se sucedían como meses antes lo habían hecho las de las metrallas. Tampoco lo fue descubrir que aunque hubiera salvado a Valentina, aunque hubiera hecho aquella traqueotomía a tiempo y correctamente, ella estaría muerta. Y él también. El camión en el que viajaban se despeñó antes de llegar a su destino. La bendición de su mala suerte, una vez más.

Regresó a su casa de la Bonanova y tres días después llamaron a la puerta con tanta insistencia que se vio obligado a levantarse de la cama, en la que apenas dormía pero de la que no podía ni quería salir. No había motivo. Ya no había motivo para nada.

Por la desagradable expresión que puso el hombre que tenía enfrente, entendió que su aspecto físico debía de ser deplorable.

—Dios mío, Ernesto, ¿te encuentras bien? —preguntó el tipo sin pararse en saludos y sin esperar respuesta, más bien como un reproche.

La visión de aquel individuo a quien, a juzgar por el aumento del volumen de su barriga, la guerra le había sentado de maravilla, le despertó de la pesadilla continuada de los últimos días para proporcionarle otra de dimensiones colosales.

—¿Y mi madre? —le preguntó al teniente Lucas Jiménez oteando por encima de su hombro.

—¿Puedo pasar? —Jiménez traspasó el umbral sin dar ni esperar respuesta y se dirigió a la salita en la que solía reír y discutir con Cayetana de Castejón.

Se sentó, y antes de que Ernesto hiciera lo mismo, levantó la mano en un gesto casi marcial.

—Hijo, tenemos que tratar de varios temas. ¿Por

qué no te das un baño, te despejas y hablamos en condiciones? —Era más una orden que una pregunta.

—Pero ¿y mi madre?

Volvió a levantar la mano.

—Tiempo habrá para hablar de todo —dijo acercándose a la ventana para abrirla, arrugando la nariz con incomodidad.

Ernesto entró en el baño, oyendo de fondo el taconeo del teniente Jiménez, que entraba y salía de las diferentes estancias. No había agua caliente, de hecho era un milagro que hubiera agua corriente. El frío le despejó y, por una fracción de segundo, Ernesto se dijo: Tengo que avisar a Valentina de que el agua está helada. No se perdonó ese pensamiento por ridículo, por patético, pero sobre todo por reconfortante. Esas milésimas de segundo en las que su mente lo engañó fueron las únicas de paz en meses.

Que el teniente Jiménez hubiera vuelto le devolvió la música de fondo: No, esta vez no, mi madre estaba lo suficientemente lejos para que mi mala suerte la haya tocado.

—¿Ha vuelto mi madre contigo? —preguntó al entrar de nuevo en la salita.

Lucas chasqueó la lengua y respondió a bocajarro saltándose también las convenciones sociales.

—Me temo que no. Tu madre murió al poco de casarnos, el 10 de diciembre de 1936, de una neumonía.

Su entonación parecía la de un parte de guerra, lo que revestía la noticia de un aire irreal.

Durante la guerra había pensado lo justo en su madre, porque ella pertenecía a otro mundo que había quedado suspendido en el aire, planeando a la espera de que el conflicto acabara para descender de nuevo a su realidad. Había fantaseado con cómo le detallaría a Valentina las peculiaridades de su madre con cierto orgullo de compartir aquel punto estrafalario y único con el que Cayetana seducía a todos los que la conocían. También había imaginado cómo su madre aceptaría a la joven silenciosa y decidida en la familia, elogiando virtudes que al resto le pasaban inadvertidas, con esa capacidad tan suya para ensalzar lo accesorio hasta convertirlo en fundamental. Se llevarían bien; una hablaba de más y otra de menos, pero tenían mucho en común: eran dos mujeres libres y decididas.

Esos encuentros a los que nunca asistiría le quemaban la garganta mientras el teniente Jiménez proseguía con su discurso. Ernesto quería que aquel hombre se fuera lo antes posible, pues se negaba a compartir con él ese dolor que aún no había hecho suyo porque seguía negándose para sus adentros que su madre estuviera muerta.

—Fue una pérdida terrible, mi Cayetana... Aún la lloro cada noche..., cada noche, créeme.

La imagen de Lucas en pijama, tal vez con un gorro de dormir, llorando a moco tendido por su madre como un niño desconsolado era tan grotesca que rozaba la hilaridad y Ernesto tuvo que reprimir una carcajada sardónica. Y las ganas de pegarle un puñetazo. Aquella descripción ridícula era un preámbulo estudiado para pasar al asunto que le importaba.

—Pero ahora, lamentablemente, todos tenemos que pasar página, y en memoria de tu difunta madre yo te voy a permitir quedarte un tiempo en esta casa y te voy a echar una mano, en la medida de mis posibilidades, con tus problemas legales.

Con una sola frase, Lucas se quitó la careta de viudo afligido y liberó al ave rapaz. Ernesto, que era muy buen jugador de ajedrez, avanzó los movimientos de aquella partida que iba a perder. Apretó los puños, contuvo el dolor y se propuso enervar a su interlocutor.

—¿A qué te refieres? No entiendo por qué deberías permitir que me quede en mi casa.

Lucas carraspeó nervioso mientras se inclinaba hacia delante entrelazando los dedos.

—Bueno, hijo, yo soy el marido y por tanto heredero de Cayetana.

—Eso no está tan claro; no sé si mi madre te informó de que, desde que enviudó, yo soy el heredero de la casa y ella era la usufructuaria.

El militar cambió de tema.

—A ver... Tu situación legal, por lo que he podido investigar, es..., digamos, preocupante. —En ese momento abrió un maletín negro de piel tan brillante que seguramente estrenaba aquel día y extrajo un documento—. He tenido acceso a tu expediente, a los cargos que en breve te imputarán, y son bastante preocupantes. —Extrajo unas gafas de la casaca y con parsimonia se las caló—. La Ley de Responsabilidades Políticas que acaban de aprobar es bastante clara, y a ti te acusan de colaborar con el bando republicano y ocupar un cargo público. El comité de depuración de tu hospital ha abierto también una investigación sobre tu comportamiento y tus tendencias políticas durante la guerra y esos, créeme, no se andan con chiquitas. —Lucas observó a Ernesto por encima de las lentes y se llevó un chasco al no encontrar atisbo de preocupación.

No era ninguna sorpresa, de hecho no entendía por qué aún no le habían detenido. Poco le importaba. En lo único en que pensaba era en su madre. Y lo único que le permitía aliviar el dolor era desquiciar al teniente Jiménez.

—Yo soy médico y he cumplido con mi deber. Si

los tuyos quieren llamarle justicia a la venganza, no es asunto mío.

—Es que creo que no lo entiendes.

—Te entiendo perfectamente. Me van a juzgar y puede que acabe en el paredón o en la cárcel.

—Sí, pero yo, por amor a tu madre, voy a interceder para que eso no ocurra.

—¿A cambio de qué? —espetó abruptamente Ernesto.

La voz potente del teniente Jiménez se suavizó cuando reveló que pretendía que le firmara unos documentos por los cuales renunciaba a la herencia en su favor. A cambio, se comprometía a mover sus hilos para rebajar la condena.

—Al fin y al cabo, en cuanto empiece el juicio, se incautarán de la casa, ya sabes, por reparación moral a la patria. Yo podría, además, darte una pequeña cantidad para que al menos pagaras a los abogados y te costearas una pensión —propuso con una sonrisa.

—Largo de mi casa, rata inmunda —gritó Ernesto, levantándose y haciendo el gesto de echarle con sus propias manos—. ¿Cómo te atreves a venir a decirme que mi madre ha muerto y acto seguido querer sacar provecho? ¡Espero que te pudras en el infierno!

Lucas no replicó, cogió sus papeles y se dirigió a la entrada sin mirarle, pero antes de cerrar la puerta soltó:

—Esto no va a acabar así.

Cuando cerró la puerta, estampó contra la pared una taza con restos fosilizados de café que alguien había dejado en la entrada quién sabía cuándo. Luego estrelló contra el suelo un jarrón de flores marchitas. Se plantó en el salón y empotró una silla contra la mesa. El tapizado se abrió en canal, dejando al descubierto las tripas, que Ernesto arrancó con furia para después seguir golpeándola una y otra vez, hasta que las patas fueron astillas y por sus manos corría sangre. Solo entonces pudo llorar, como una persona que había perdido su casa a manos de un gañán, como un republicano que había perdido una guerra, como un niño que había perdido a su madre, como un hombre que había perdido a su amor. Un perdedor sin pasado y sin futuro.

24

Noche del martes 3 de junio de 1952

Nadie sabe cómo reaccionar ante la noticia a excepción de Berta. Úrsula es incapaz de contener el estupor. Es el colofón de un día en el que no se ha despegado la sensación de impotencia a la que tan poco acostumbrada está.

Por la mañana, en su nuevo trabajo, le esperaba una pila de expedientes aburridos y tres reuniones aún más tediosas de esas en las que se habla mucho y se resuelve poco. Mucha señora con collar de perlas y pulsera de oro paseándose con la intención de echar la mañana, comentando el éxito del congreso y escupiendo obviedades. Aburriéndola para no aburrirse en su propia casa. A todas ellas querría verlas en la radio, que no iban a durar ni media hora.

A Úrsula le irrita la gente que no hace su trabajo, tanto mujeres como hombres. En especial ellos: los que calientan asientos de cargos oficiales, los hijos de, hermanos de, esposos de y un largo etcétera de *des*: de corrupción, de amiguismo, de incompetencia. Esa es la única crítica que le pone al Gobierno, tan glorioso por todo lo demás. Le exaspera la falta de ética de algunos, quiere pensar, pero sabe que son muchos. No ganamos la guerra para esto, le comenta a Joaquín, que no responde. La falta de ética no se puede perdonar, aunque venga de los nuestros, suele reiterar sin conseguir que su esposo levante la vista del diario. Con esa impotencia se ha acostumbrado a lidiar. En cambio, la de hoy ha sido la gota que ha colmado el vaso. Hay mucho trabajo que hacer y esas señoronas solo entorpecen. Si por ella fuera, las echaba de malas maneras a todas.

Y la impotencia de no hacerlo la ha alterado, aunque no tanto como enterarse de que Berta estaba sustituyendo a Gabriela en la radio y no había sido informada. Ha llamado a Carlos Santamaría, ese chico trabajador y con talento, sí, pero que no sería nadie en la radio sin ella. Y su respuesta la ha sacado de sus casillas:

—Úrsula, discúlpeme, es que ahora mismo estoy muy liado y agradezco mucho su ayuda y su interés, pero nos es imposible prescindir de Berta, mil gracias, ya hablaremos.

A punto ha estado de llamar al director de la radio para que ponga a Santamaría de patitas en la calle, y si no lo hace es porque aún tiene esperanzas de que se convierta en su yerno. Esperanzas que empezaban a hacer agua, porque al muchacho le falta interés por Gabriela y le sobra por Berta.

Poco después de colgarle el teléfono a Carlos, cuando aún tenía las mandíbulas bien apretadas de rabia, la ha llamado Josefina, la criada de Hans Fuchs. La mujer le preguntaba si tenía idea de dónde estaba su patrón, que había desaparecido vaciando el piso de ropa y de enseres personales.

—Pues no sé qué decirte, Josefina. Yo no sé nada del señor Hans. ¿No te había comentado si tenía algún viaje pendiente?

—No, señora, el señor nunca viaja, y estoy convencida de que si lo hubiera hecho, me habría avisado.

—Lo siento, Josefina, ahora mismo tengo mucho trabajo, seguro que vuelve esta noche, y si no es así, no dudes en llamarme mañana.

El día ha culminado con la noticia que le ha hecho olvidar todo lo demás. Aquella noche han trasladado a Ramona al comedor con una silla de despacho con ruedas que han colocado al lado de Berta, que no ha tenido ni la decencia de lavarse la cara y lucía un maquillaje de modelo, decía, pero que es de fulana. Eleonora, sin Sebastián, que se ha ido a no se sabe qué reunión en Terrassa, ocupaba la esquina del sofá en el que ella y Joaquín se habían sentado. Entonces ha aparecido Gabriela, con un camisón blanco que resaltaba la palidez de su rostro, surcado por unas abultadísimas ojeras moradas.

—Antes de la cena quiero comentaros algo, ya que estamos en familia. Porque para mí, además de mis padres, vosotras también sois mi familia...

Ha empezado a hablar pausadamente, tanto que si hubieran estado a solas, Úrsula le hubiera dicho, Gabriela, por favor, ve al grano. Porque se iba por las ramas, que si el congreso, que si la fe, que si la revelación. Pero ha asentido pacientemente hasta que su hija ha pronunciado la dichosa frase: He sentido la llamada de Dios. Ha dado un respingo, esperando que la siguiente oración avanzara en dirección opuesta a la que apuntaba. Pero Gabriela ha seguido con lo suyo, concretando los detalles de aquel plan inesperado: novicia, monja, convento, quién sabe si misiones, y dale con la llamada de Dios y la iluminación del congreso, y más conventos y votos, y más llamada de Dios y un final abrupto:

—Esta es mi decisión. Dios así lo ha querido y quiero compartir con vosotros la gran alegría que siento y que espero que os haga tan felices como a mí.

A Berta no le sorprende la noticia, pero se queda impresionada con las dotes de actriz de su amiga, que les ha puesto mucho sentimiento a sus palabras. Pero Gabriela no ha actuado. Durante las tres horas que esperó anoche sentada en el portal a que Hans pasara a recogerla, sin dejar de temblar pese a que no hacía frío, había rezado, pasando las cuentas de un rosario imaginario y rogando un milagro. Nadie apareció. Cuando el campanario marcó las tres de la madrugada, el milagro se había obrado. Gracias a su fe. Gracias a Dios, que la llamaba y que había derribado todos los obstáculos para que corriera a su lado. Ya no importaba que hubiera iluminado a Hans para que se arrepintiera de sus pecados y renunciara al viaje o lo hubiera convencido de que embarcara sin ella. El camino que hubiera escogido el Señor no le incumbía, pero aquello, conociendo la insistencia del alemán, únicamente podía haber sido fruto de una intervención divina. Un poder celestial que la acogía en su seno, aupándola hacia una vida de penitencia para que purgara el pecado mortal que había cometido. Los ojos se le llenaron de lágrimas, como lo están ahora.

Úrsula apoya la mano en la rodilla de su marido, rígida como una estatua de sal, que se gira para clavarle una mirada estupefacta.

—¿Por qué no decís nada? —pregunta Gabriela rompiendo el silencio.

—¡Felicidades! —suelta Berta sin saber qué se dice en un caso así, y se levanta a abrazarla.

Eleonora la imita, pero la voz de Úrsula interrumpe la escena.

—Gabriela, me conmueve enormemente tu fe y me enorgullece que los valores cristianos con los que te hemos educado hayan calado tan hondo en ti, pero te ruego que me escuches atentamente —dice Úrsula—. Hija mía, esta decisión es muy seria y me hubiera gustado que tuviéramos tiempo de meditarla conjuntamente antes de anunciarla a toda, a toda... la familia. Es un paso muy importante el que te dispones a dar y no puedes decidirlo de la noche a la mañana. —Hace una pausa y su marido la mira sorprendido y desesperado a la vez.

Berta la observa con cinismo: ¿cómo no ha sospechado que ella estaba detrás de la doctora Francis? Si se expresa igual que ella. Es la misma conclusión a la que llega Gabriela, que sabe que no le habla a ella, sino a la audiencia que tiene delante, porque a solas su reacción nunca hubiera sido tan mesurada.

—Debes confirmar que esa llamada de Dios sea real, pues puede haberte influido la euforia de la fe que todos hemos experimentado durante el congreso. Y a todo ello debes añadirle tu enfermedad, que la fiebre conduce a estados de ánimo confusos. Te ruego que te concedas un tiempo para meditar tu decisión.

—Mi decisión no va a cambiar, mamá.

Al estupor de la noticia se suma el de la réplica tan tajante, que no es propia de su hija.

—Hija mía —a Joaquín le tiembla la voz—, te ruego que escuches a tu madre y recapacites, porque... porque... porque puedes servir a Dios de otras maneras. Tómate un tiempo y ya lo volveremos a hablar.

—No necesito más tiempo. Dios me ha llamado.

—Tenemos que seguir hablando de ello —insiste Úrsula—. Pero ahora es mejor que vayamos al comedor, que la cena está servida. Ya abordaremos mañana la cuestión.

—No hará falta —responde imperturbable mientras avanza hacia el comedor.

El silencio es tan denso en la cena que para romperlo Úrsula finge interés por el trabajo de Sebastián en Terrassa y Eleonora balbucea respuestas inconcretas entre gallo y gallo.

La impotencia desborda a Úrsula cuando llega al dormitorio y le pregunta a su marido:

—¿Qué vamos a hacer?

—No lo sé, no es esto lo que quería para ella. Pero poco podemos hacer si es el camino que ha escogido. No podemos impedírselo.

—Claro que podemos. Mañana hablaré con el padre Cebrián para que nos ayude a convencerla de que está equivocada.

—Ojalá lo consiga.

Lo tiene que conseguir, porque ella no se va a quedar sin nietos, no va a permitir que su hija confunda al demonio de Hans con la llamada del Señor. Si es necesario, mantendrá con ella esa conversación que hace unas horas había decidido eludir de por vida, y si es preciso la encerrará en casa cuando se vayan esas molestas parientas que solo traen desgracias para que entre en razón. Nadie le va a arrebatar a su hija, a su creación, ni el diablo ni el mismísimo Dios.

25

Mañana del miércoles 4 de junio de 1952

Úrsula regresa a casa con unos caramelos redondos, pequeñitos y de colores envueltos en un papel muy fino. Los regalan a los niños en la farmacia de la esquina. De pequeña a Gabriela le encantaban y, como era muy tímida, le susurraba al oído que pidiera unos cuantos más. Hoy ha vuelto a repetir aquel ritual, conjurando el tiempo.

La noche en vela ha disipado la rabia. Se ha rendido a lo inevitable y siente nostalgia por su hija y lástima por ella misma.

—¿Cómo te encuentras? —le pregunta tendiéndole los caramelos.

—Mejor. ¡Los caramelos de la farmacia! Mis preferidos eran...

—Los de fresa. —Úrsula pone la palma de la mano sobre su frente—. No tienes fiebre.

A Gabriela por primera vez no le cuesta imaginar a la anciana en la que se convertirá su madre, encorvada al lado de la cama, con la piel descolgándose de las mejillas, un fruncido encima del labio y unos ojos cansados.

—Hija... —dice con una voz que ya no es de mando, sino de la anciana prematura que asoma.

—Mamá, por favor, no intentes convencerme. Te lo suplico.

—No, Gabriela, no he venido para convencerte de nada; solo quiero pasar tiempo contigo. —No miente.

La chica le sujeta la mano y la madre le acaricia la barbilla. Nunca han sido de darse muchos besos en su familia, tampoco de tocarse, y ese gesto tímido, casi apuntado, contiene más amor y más dolor que las palabras que no se dirán.

—Yo solo quiero preguntarte una cosa. ¿Te quieres refugiar en el convento porque tienes miedo de algo? Porque si es así tienes que saber que yo, quiero decir, que tu padre y yo siempre te protegeremos, que pase lo que pase te creeremos, te ayudaremos, no permitiremos que nadie te dañe. Lo sabes, ¿verdad? Solo tienes que decirnos lo que... te preocupa y nosotros estaremos a tu lado. Siempre.

Gabriela no dice nada, pero le acaricia la mano.

—A veces pienso que quizá he sido una madre demasiado exigente, pero créeme que lo hacía por tu bien.

La abraza para que no sostenga esa pena sola, para que aguante la suya.

—Mamá, lo sé. No me quiero meter a monja porque hayas hecho nada mal. Esto es lo que deseo. —Duda por la falta de costumbre—: Te quiero.

—Yo también te quiero, hija mía.

Ambos *te quiero* encierran más dolor y más amor que el resto de las palabras que no dirán, que les queman en la garganta y se precipitan estómago abajo, plomizas, indigestas, oscuras. Úrsula preguntaría qué le había hecho Hans y se taparía los oídos para que la respuesta no los hiciera sangrar. Le suplicaría de rodillas que no se fuera, tirándole del camisón con la fuerza de sus manos y la desesperación de sus dedos. Gabriela le mostraría los cardenales de los pellizcos como ofrenda de un amor de hija, tan comedido en la forma y tan desmedido y salvaje en todo lo demás que requiere de los muros de un convento para que no la devore.

Úrsula camina con la espalda encorvada como la anciana que será, y a Gabriela se le encoge el corazón.

~

—Muy bien, Juana, esta carta es excelente. Ha aprovechado usted para recapacitar en estos días de suspensión de empleo y sueldo. Rectificar es de sabios. —El aliento de don Paco es incluso tan nauseabundo como sus palabras.

Juana se sienta con sus compañeras, que no levantan la cabeza, y sigue tecleando al tiempo que masca la rabia. Pero sabe que es una rabia con fecha de caducidad y que muy pronto no tendrá que volver a ver la sonrisa de ratón de don Paco.

~

—Eso es maravilloso. Podrías empezar en la radio sustituyendo a Gabriela y a la larga acabar consiguiendo un puesto fijo. Así no necesitarás hacer de modelo.

Berta abre mucho los ojos, pero ya no con viveza sino con estupefacción. ¿Es Carlos, el atractivo locutor y hombre de mundo que tiene ante ella en el estudio de radio, quien pronuncia esas palabras que lo hacen menos atractivo y menos hombre de mundo? El desacierto de la respuesta marca cada palabra, cada coma, cada pausa. Porque no, la decisión de Gabriela no es maravillosa. Ella acaba de compartir con él la pena inmensa que le produce que su prima se confine en los muros de una cárcel de fe, que se corte su bonita melena, que nunca vuelva a lucir sus elegantes vestidos... Y que desaparezca de su vida. Nada de eso es maravilloso.

Podrías empezar en la radio sustituyendo a Gabriela y a la larga acabar consiguiendo un puesto fijo. Ya ha empezado, hay una vacante y tres palabras, cuatro sílabas, a-la-lar-ga, piden un tiempo del que ella carece. ¿No es él el guionista principal del consultorio? ¿No están contentos en la radio con su trabajo? ¿A qué viene, pues, ese *a la larga*? Deberían contratarla ya.

El Así no necesitarás hacer de modelo ha sido la puntilla. Porque el trabajo de modelo sí que es maravilloso. Y ha empleado precisamente ese adjetivo, que ahí encajaba a la perfección, trufándolo de momentos maravillosos, de emociones maravillosas, de sorpresas maravillosas, de maquillaje maravilloso, de vestidos maravillosos, para compartirlo con él, para que él habitara en ese mundo aunque fuera *a posteriori*. Carlos le ha acariciado el brazo. Me alegro, me alegro mucho, ha dicho, como al descuido. Ella se lo ha creído y ya no sabe si pensar que era una nueva mentira o que ni siquiera le ha prestado atención. Tampoco le ha hecho demasiado caso cuando ella ha comentado que esa misma tarde visitaría a Jacqueline para ultimar los detalles de un nuevo trabajo y que no podía estar más ilusionada.

Berta hace cuentas: por el anuncio ha cobrado quinientas pesetas. Una auténtica fortuna que a su padre, tal como exclamó el hombre al guardar el sobre con el dinero en el bolsillo, le cuesta un mes de trabajo ganar. De vuelta a casa, Sebastián le expuso que en esa ocasión el dinero sería para la familia, que habían tenido muchos gastos con el congreso y que esa suma era un milagro para la economía de casa. Maná caído del cielo, apostilló frotándose las manos. Sebastián le prometió que en su próximo trabajo ella dispondría de la mitad y la otra parte se destinaría a los gastos derivados de la estancia en Barcelona, y lo que sobrara, si sobraba algo, iría a parar a las arcas familiares. Y todo en esa frase le gustó. La estancia en Barcelona lo que más, pero lo del dinero también era importante. Mentalmente, ya le ha comprado a Eleonora una mantilla de delicados bordados como la que lucen las señoras a las que su madre envidia en secreto. También ha entrado en la juguetería del pueblo y ha pagado el importe de una Mariquita Pérez para Ramona y le ha cosido a la muñeca unos graciosos vestidos que han dejado con la boca abierta a su hermana. Así no necesitarás trabajar de modelo... ¿Por qué no va a necesitar algo que le encanta y que le procurará una pequeña fortuna?

Sigue haciendo cuentas. La minuta de su trabajo en la radio, con las entrevistas y las sustituciones que ha llevado a cabo hasta el momento, asciende a setenta y cinco pesetas. Berta no es codiciosa, pero los números hablan por sí solos y le dicen muchas cosas. Hablan de mantillas, de muñecas, pero sobre todo de pasear por la ciudad sabiendo que su libertad llena la olla de su familia. Y eso no se consigue con el sueldo de la radio.

Nunca hubiera pensado que el atractivo locutor que tiene enfrente pudiera sentirse celoso porque ella protagonizara anuncios. ¿No se suponía que era un hombre de mundo? Todo eso piensa y nada de eso dice. Y no valora ni por un instante la posibilidad de hacerlo, porque no sabe cómo y porque no se hace.

—Sí, tienes razón —contesta modosita.

Si Berta hubiera sabido argumentar sus opiniones, Carlos quizá habría matizado su respuesta. Él aprecia a Gabriela y la chica le ha confiado su deseo de hacerse monja. Y le parece maravilloso que lo haya logrado, aunque también la echará de menos, pero eso se lo calla. También le habría contado que en la radio escatiman los contratos, que pese a lo bien que está haciendo su trabajo, formar parte de la plantilla es un proceso lento, que no depende únicamente de su decisión. Y que teme que la sombra de Úrsula, que ha esquivado hasta el momento, se cierna sobre su trayectoria en la radio.

Se habría sincerado confesando que sí, que al principio se sentía un poco celoso por su carrera de modelo. Habría admitido que la posibilidad de que cientos o miles de hombres disfrutaran de su belleza le había molestado. Pero había sido un impulso, sí, de celos, sí, que ahora le parece ridículo e incluso le avergüenza. No necesitarás hacer de modelo... no tenía que ver con eso, sino con su pasión por la radio. Carlos ama su oficio por encima de todas las cosas. Sin su trabajo en la radio se moriría de pena, porque para él redactar guiones y locutar es mucho más que una forma de ganarse la vida: es un privilegio, una aventura que se renueva cada mañana y que le hace sentir tan vivo como la mirada loca y fascinante de la mujer que tiene enfrente y que estudia atentamente el guion que dentro de unos minutos leerá para miles de personas. Solo él sabe lo que siente. Solo con ella puede compartir la pasión por su oficio. Carlos desea para Berta lo que a él le hace tan feliz. Trabajar de modelo podría apartarla de la radio. Ya puede oír lo que dirían sus jefes: Aquí necesitamos a profesionales entregados, no a personas que están de paso; por qué tendríamos que contratar a una mujer que ya tiene otro trabajo; una modelo no es el perfil que buscamos. Porque sí, porque aunque sea injusto, las cosas son como son y la profesión de modelo no está bien vista.

Se instala un silencio tenso hasta que Carlos suelta:

—Berta, quiero conocer a tus padres... No me mires con esa cara de susto. Ya sé que es pronto, pero tenemos poco tiempo. Quiero presentarme para que entiendan que mis intenciones son serias y nos permitan salir de vez en cuando, aunque sea con carabina.

—Ahora eso será difícil, porque Gabriela y Ramona están enfermas en cama.

—Me da igual. Se lo pediré a Genoveva o a cualquier otra chica de la radio. Quiero pasar tiempo contigo sin que eso sea un problema para ti. Quiero, quiero... pasar todo el tiempo contigo.

Ella entorna los ojos y comprueba que ha ganado una partida.

~

Rulfo arranca las sábanas que tapan a Carmen mientras Maximiliano, de pie al lado de la cama, se sirve un whisky.

—Dile a tu perro que haga el favor de no destaparme.

—Querida mía, debo confesarte que lo tengo adiestrado para que lo haga. Es una crueldad que me prives de la visión de tu cuerpo perfecto. ¿A que sí, Rulfo? —Se inclina sobre el perro, que levanta la pata y se la ofrece—. Chico listo.

Carmen lleva desde la tarde del lunes en su casa y solo cruzar la puerta negociaron las condiciones de la paz: él no la presionará para que se quede y ella se tomará en serio su propuesta de matrimonio. El armisticio está resultando más divertido de lo esperado.

—Por cierto, sabes que quiero mucho a Rulfo, pero me da vergüenza tener un perro que lleva un collar de brillantes.

Él suelta una carcajada mientras le tiende la copa.

—¡Pensaba que nunca lo dirías! Ahora que vas a ser mi esposa, te voy a confesar la verdad: el collar es falso. Corrió el rumor de que era de diamantes y yo no me molesté en desmentirlo. ¡Menudo gilipollas tendría que ser para comprarle joyas a mi chucho!

—¿Y por qué no me lo habías dicho antes?

—Porque no me lo habías preguntado y porque me parecía encantador que me quisieras aun pensando que era un gilipollas que tiraba el dinero comprándole joyas a su perro.

Se echa a su lado en la cama y baja la sábana con la que ella se ha vuelto a cubrir hasta dejar un pecho descubierto.

—Sigamos hablando de nuestro contrato matrimonial, querida. ¿Qué más dudas tienes?

—No sé qué hacer con Gonzalo.

—¿Tu chulo?

—A ver, no es que sea un chulo, solo está conmigo. Es el hijo de una amiga y el chico no tiene muchas luces. Vive en el piso de debajo del mío, le doy algo de dinero y él me protege.

—Perfecto, justo necesito un portero en la oficina. Otro asunto solucionado. Ya tiene un modo de ganarse la vida. ¿Qué más tiene que solucionar la futura señora López?

—Suena raro. —Carmen ladea la cabeza—. Es que no te pega, con un nombre tan distinguido como Maximiliano, un apellido tan común como López.

—Pues esa es de las pocas cosas que no puedo cambiar, como comprenderás. Pero prosigamos, ¿qué vas a hacer con tu piso?

—Pues no sé, ahí se va a quedar.

—Ahora quieres que pague el alquiler de un piso en el que no vas a vivir. ¿No te parece que ya he cedido en mucho?

La ironía esconde un reproche. Porque Carmen Gascón no se ha bajado del burro, aunque poco le faltó cuando se fue Elvira. Aún duda de si lo hubiera hecho o no. Y nunca lo sabrá, porque al poco recibió una caja con seis botellas de *champagne* francés y una nota: Rulfo te echa de menos. Me ha amenazado con suicidarse si no vuelves.

—El piso es mío, de propiedad.

—¿Por qué no me lo habías dicho nunca?

—Porque no me lo habías preguntado y me resultaba encantador que me quisieras sin propiedades —ríe—. También tenía miedo de que quisieras casarte conmigo por mi dinero. —Suelta una risotada que sacude la copa que tiene en la mano y salpica su escote, que Maximiliano lame en un movimiento certero.

—¡Qué rico! ¿Y de dónde sacaste el dinero para pagarlo?

—De la herencia de mi marido. El muy idiota se había olvidado de desheredarme. ¿Te lo puedes creer?

—¿Has estado casada? ¿Eres viuda?

—Sí y sí, pero basta, cariño: no se habla del pasado.

Ese es el otro pacto al que han llegado: no hablar del pasado. Los dos se consideran suficientemente abiertos de miras para que no les dañe lo que el otro hizo, pero no es necesario ponerse a prueba.

—¿Y qué vas a hacer con el piso? Podrías alquilarlo; con la escasez de vivienda que hay, te sacarías un buen pico.

—Lo pensaré. Tengo algunas ideas.

—Entonces ya está todo hablado, ya podemos poner fecha.

—Hay otra cosa. ¿Qué voy a hacer yo?

—¿Cómo que qué vas a hacer tú?

—Ya está claro que no voy a trabajar de puta. Pero ¿qué voy a hacer todo el día? Yo no me imagino encerrada en casa, esperando a que vuelva mi maridito. Me aburriría como una ostra.

—Yo tampoco te imagino haciendo obras benéficas como las mujeres de mis amigos, la verdad. Puedes trabajar en mi despacho, pero no te lo recomiendo: aquello es muy aburrido y mis negocios son un tanto turbios.

La carcajada de ella es sonora y cristalina.

—¿Más que los míos?

—Hemos dicho que no íbamos a hablar del pasado, querida. ¿Quieres que te monte una tienda?

Se queda pensativa.

—¿De qué te gustaría?

—De pinturas. Pero no de brocha gorda, de las de los artistas. Cuando llegué aquí tenía muchos amigos pintores y me gustaba.

Él le pone el índice en los labios indicándole que calle.

—Nada del pasado. Ya pensarás de qué la quieres, pero tendrás que contratar a alguien, porque tengo un par de negocios que me van a hacer inmensamente rico, más rico de lo que soy, y me apetecerá viajar por el mundo con mi mujercita. —El perro ladra—. No te pongas celoso, Rulfo, que te llevaremos con nosotros.

Maximiliano se abalanza sobre ella y Carmen lo

abraza muy fuerte y se convence de que si la caja de *champagne* francés no hubiera llegado, ella se habría bajado del burro, porque mejor no se puede estar.

~

Joaquín nunca llama a Úrsula y esta coge el teléfono extrañada.

—Tranquilízate, que no estoy entendiendo nada —le pide.

—Me ha llamado la policía porque Josefina les ha contado que Hans no tiene amigos y que yo soy como de la familia.

—¿Y qué te han dicho?

—Es que no me lo puedo creer, Úrsula. Hans se ha tirado desde el edificio del Banco Español de Crédito.

La mujer suelta un grito y se tapa la boca.

—¿Se ha suicidado? ¿Está muerto?

—Sí —responde su marido con la voz quebrada.

Tras colgar, Úrsula pasea por su nuevo despacho con ventana, sintiendo que el corazón repica contra su pecho. Algo no cuadra. El hombre recogió sus cosas, desapareció y se ha suicidado al cabo de dos días. Pero ahora no importa. Ella no es de renegar y le sorprende la frase que suelta en alto: Hans, hijo de puta, ojalá te pudras en el infierno.

26

Tarde del miércoles 4 de junio de 1952

Berta no ha visto ningún lugar ni remotamente parecido a la salita donde la recibe Jacqueline. La mesita, el tresillo, las butacas carecen de elegantes filigranas, pero esa sencillez las vuelve más elegantes. De los cuadros no se puede decir lo mismo. Brochazos de niño de cinco años, colores estridentes, formas geométricas sin gracia tan alejadas de la realidad que a Berta la ponen nerviosa. Pero pronto se olvida de dónde está porque las palabras de la fotógrafa la sumergen en el dónde podría estar. En el reino de los anuncios bien pagados, ungida reina por la corona que Jacqueline está a punto de colocarle en la cabeza. De momento, le confirma una sesión de fotos para la semana que viene que catapultará su imagen, que entrará en miles, incluso millones, de hogares españoles y que incrementará su caché. Berta no se atreve a preguntar qué es eso, pero por el contexto deduce que es una buena noticia.

El encargo nada tiene que ver con la anterior sesión de fotos. Será una auténtica locura, advierte la mujer. Un catálogo para una importante firma de moda en el que trabajará con otras modelos y que no se llevará a cabo en su casa, sino en exteriores y en un estudio profesional de fotografía.

—Quieren que esté listo dentro de cuatro días, pero es muy justo y yo les voy a pedir seis —ha comentado.

Berta duda porque eso supondría renunciar a la radio, pero se deja convencer cuando mil quinientas pesetas aparecen en la conversación.

—Voy a intentar que te paguen un poco más, pero no sé si lo lograré, que el anunciante está forrado, pero es un tacaño.

Mil quinientas pesetas y tacañería son dos palabras que la chica no logra conjugar.

—Y eso solo es el principio —sentencia la norteamericana, haciendo una pausa estudiada que ha sumido a Berta en una euforia en la que no cabe el posible disgusto que Carlos pueda tener por aceptar ese trabajo.

Tras la pausa, que parecía más un redoble de tambores, la maga ha extraído cuidadosamente un conejo de su chistera.

—Estoy cerrando una sesión en Francia que sería para dentro de quince días y que estaría mucho mejor pagada, que allí los sueldos no son los de aquí, que allí por un día de trabajo te embolsas tranquilamente dos mil pesetas y el encargo sería como mínimo de tres días. ¿Podrías viajar a Francia?

—No lo sé. Mi padre el otro día me comentó que era una oportunidad muy buena porque estaba en Barcelona, que no queda tan lejos de donde vivimos, que otra cosa hubiera sido Madrid. No sé qué opinará de Francia, la verdad —comenta. La forma en que su interlocutora frunce los labios y la frialdad que aparece en sus ojos le demuestran a Berta, una vez más, que debe aprender a no ser tan directa y sincera.

—Querida mía, esto es un negocio serio en el cual se mueve mucho dinero y en el que tienes una posibilidad de entrar. Pero a esta gente yo no les puedo decir que la modelo no viene porque su mamá no le deja. Entiéndelo. El mercado extranjero es el sueño de cualquier modelo. Pero si no puedes asumir el compromiso, no me hagas perder más el tiempo.

—No, no quiero que pierdas el tiempo, pero necesito hablarlo con mi familia.

Jacqueline chasquea la lengua, pone los ojos en blanco y resopla. No es la respuesta que esperaba.

—Mira, Berta, yo ahora me tengo que ir, que tengo asuntos importantes que resolver. Háblalo con tu familia y dame una respuesta mañana o pasado mañana a más tardar.

Berta sale del edificio cabizbaja. Tanto que no ve a Ernesto Vila entrar en el hall.

—Buenas tardes, señorita Berta. —Ella levanta la cabeza sin muchas ganas de hablar.

—Buenas tardes, señor Ernesto.

Ya en el ascensor, el hombre se contempla en el espejo. Jacqueline tiene razón: la amargura le está cambiando no solo por dentro, también por fuera. Cada vez le cuesta más reconocerse en la imagen que le devuelve el espejo. Parece otro. Es otro.

~

Ernesto Vila se convirtió en otro ante un juez el 23 de marzo de 1939. La cárcel te convertirá en otra persona, pero al menos te librarás del paredón de fusilamiento, había pronosticado el teniente Jiménez con palabras tan condescendientes como equivocadas, tal y como se demostraría tan solo unas horas después.

Ernesto había firmado los papeles de cesión de la casa y el militar se había comprometido a mover sus hilos para que no fuera condenado a muerte. Pocos hilos podía mover aquel fantoche que tras una guerra no había conseguido ascender ni un mísero grado en su carrera militar. Jiménez seguía siendo un teniente de segunda, nada apreciado por sus superiores, aunque poco le importaba ahora que poseía una lujosa mansión en la Bonanova. El médico no confió nunca en que pudiera echarle una mano y tras una semana en la cárcel Modelo compareció en el juicio convencido de que la prisión era su nuevo hogar. ¿Por qué no te exiliaste tú que podías?, le había preguntado su compañero de celda sin obtener respuesta.

En aquel momento ya no era Ernesto Vila, sino el número de su expediente; y ni siquiera eso, porque esa cifra no le definía solo a él, sino a siete acusados que serían juzgados en bloque sin derecho a la individualidad, privados incluso del protagonismo final.

Ernesto no conocía a los otros seis hombres que le acompañaban en aquel trámite amañado que, como había vaticinado el teniente Jiménez, los transformaría en otros hombres, eso si había suerte y no los convertía en cadáveres. No se miraron entre sí, pero sí atendieron al abogado defensor, un hombre menudo, calvo y escuálido que representaba su papel con escasas dotes para la actuación.

—Pediré clemencia y apelaré a la caridad cristiana, a ver qué puedo conseguir —les había dicho sin mucha convicción.

Justo antes de entrar en la sala, un hombre alto, impecablemente vestido, se acercó al juez y ambos hablaron en voz baja. De mala gana, el juez, antes de empezar la sesión, dijo:

—La defensa de Ernesto Vila, por razones excepcionales, será llevada a cabo por el ilustre letrado Adolfo Osorio, por lo que primero resolveremos las causas de los otros acusados y posteriormente su caso.

El abogado elegantemente trajeado le dedicó una mirada cómplice que Ernesto no supo cómo interpretar. Le extrañó mucho que el teniente Jiménez hubiera contratado a un defensor, aunque no cabía otra explicación.

El juicio a sus compañeros no duró más de veinte minutos y ninguno fue condenado a muerte, pero sí a penas de prisión, todas de más de veinte años. Algunos lloraron, otros apretaron los puños y todos fueron conducidos de nuevo a la cárcel.

Entonces entró una mujer alta, rubia, de andares atléticos y mirada despierta. Vestía un traje chaqueta gris con una blusa de seda blanca y sus tacones repiquetearon captando la atención del juez, de los dos abogados y del fiscal, que eran los únicos que quedaban en la sala. La mujer levantó tímidamente la mano, saludando a Ernesto con familiaridad. Él imitó el gesto con desconcierto.

El fiscal y el abogado elegante y espigado se acercaron al juez y cuchichearon. El fiscal, visiblemente molesto, se apartó de la conversación para regresar a su lugar.

—Este es el caso más extraño que ha llegado a este tribunal —comentó el juez con una claridad en el lenguaje que nada tenía que ver con el intrincado léxico judicial del que había hecho gala hasta el momento—. Pero como aquí estamos para que se haga justicia, le ruego al abogado defensor que exponga sus argumentos.

La sala era muy pequeña y el estrado no era más que una desvencijada mesa de escritorio.

—Gracias, señor juez. Vaya por delante mi absoluto respeto por el trabajo de la Fiscalía y de las fuerzas del orden, que están llevando a cabo una labor imprescindible para la patria. —Su voz era aflautada, casi femenina, y contrastaba con su aspecto varonil—. Pero nos encontramos ante un caso, como lo ha definido el señor juez, extraño, que de ninguna manera empaña el esfuerzo patriótico que distingue la labor de este tribunal.

El juez miró el reloj con impaciencia: era la una y treinta y cinco y aún tenía otros dos juicios pendientes y mucha hambre. Pero el abogado obvió el gesto y siguió hablando con parsimonia.

—La razón de que mi defendido haya sido encausado no es responsabilidad de nadie y así quiero que conste. Es fruto de un cúmulo de errores a todas luces imprevisibles.

Ernesto estaba más impaciente que el juez y deseaba, al igual que él, que el abogado abreviara su discurso y alcanzara una conclusión. El corazón le palpitaba con fuerza, pues en su derrotismo habitual se había colado una chispa de esperanza, una sensación desconocida. La incertidumbre de lo que ocurriría aquel día no era una variable que hubiera contabilizado en la ecuación que debía conducirle a la cárcel o a la muerte. La mujer volvió a lanzarle una mirada, que acompañó de una sonrisa de medio lado. Parecía divertida, ajena a la sordidez de la oscura sala y al olor húmedo a miseria humana de las paredes.

—Mi defendido no ha cometido otro delito que llamarse Ernesto Vila. Es cierto que hay un Ernesto Vila que debería ser condenado por este tribunal, un médico que, como reza este expediente —levantó la carpeta que tenía sobre la diminuta mesa—, colaboró con los republicanos, ayudó a los brigadistas, apoyó a los que se opusieron al glorioso alzamiento. Y ese hombre merecería ser juzgado y condenado.

¿Qué pretendía aquel abogado que parecía un personaje de una película de Hollywood? ¿No se daba cuenta de que sus argumentos eran tan estériles como ridículos?, se preguntaba Ernesto, temiendo que aquella actuación grotesca agravara la condena.

—El hombre que comparece ante este tribunal no es médico ni republicano, se lo puedo asegurar. Es un honrado defensor de la patria que padeció como tantos otros el atroz reinado del terror bajo la barbarie roja que azotó esta ciudad. Él trabajaba como contable en una fábrica textil que fue expropiada. Como se negó a colaborar con los comunistas, tuvo que esconderse para salvar su vida, y si hoy está vivo fue gracias a esta mujer, a la que presento como testigo y que es la esposa del que fuera su patrono. Esa señora se apiadó de Ernesto Vila y lo escondió en su casa, en un pequeño sótano, encerrado como un animal durante toda la guerra.

Ernesto estaba perplejo. El dramatismo del abogado peliculero había dejado de sorprenderle y ahora solo podía preguntarse quién había orquestado todo aquello y sobre todo para qué.

—La testigo contestará a las preguntas que se le requieran.

El juez miró de nuevo el reloj.

—No será necesario. El acusado queda absuelto bajo la condición de que cumpla con su deber patriótico de abstenerse de interponer ninguna demanda.

La extrañeza desapareció y una oleada de agradecimiento cercana al júbilo tomó el mando. La mujer se acercó decidida, apoyó con familiaridad su mano en el hombro del hasta entonces acusado y le susurró: Finge que nos conocemos y camina hacia la puerta. El perfume caro le recordó a su madre. Ernesto cumplió sus órdenes y la siguió hasta la puerta del juzgado con el abogado defensor a la espalda. Ella rebuscó en su bolso y sacó un sobre que le tendió al hombre.

—Mil gracias, Adolfo.

—A ustedes. Todo ha sido muy fácil. Pero no hay nada como tener untado al juez. —Soltó una carcajada tan desconcertante como todo en él y se fue.

—Ven —indicó la rubia risueña mientras empujaba al médico hacia la calle, donde los esperaba un coche negro con un chófer y un pasajero que no pudo distinguir. Abrió la puerta con decisión y le invitó a que entrara.

—¡Estamos en paz, Ernesto! —exclamó sonriente el pasajero.

José Ángel Palacios tenía mucho mejor aspecto que la última vez que se habían visto.

—Te presento a mi mujer, Jacqueline —dijo divertido ante la cara de estupefacción del médico.

Ese día Ernesto Vila se convirtió en otro Ernesto Vila.

27

Noche del miércoles 4 de junio de 1952

Carmen se queda sin palabras al abrir el estuche de terciopelo que Maximiliano le acaba de regalar. Una gargantilla de brillantes engarzados en platino.

—Es preciosa. Con lo que a mí me gustan las joyas.

—Lo sé, querida. Y los brillantes son auténticos, no como los del collar de Rulfo.

El hombre se sitúa detrás de ella para colocarle el collar y siente su respiración agitada como la de una niña. A Carmen le encantan las joyas y en el chino es famosa por ello. Poco le importa que la acusen de ostentosa, porque ella disfruta con el brillo de los metales y las piedras preciosas en su piel. La mayoría son regalos de clientes generosos. Tiene dos pulseras de oro macizo y unos pendientes de brillantes que le obsequió un joyero que después de enviudar requería sus servicios de forma continuada al principio y obsesiva al final. El hombre no era tan atrevido como Maximiliano y no hubiera osado proponerle matrimonio, pero no podía soportar la idea de que otros la tocaran. Le llegó a proponer ponerle un piso en el que ella esperara sus visitas, pero Carmen se negó. Ella alquila su cuerpo, pero no lo vende.

La colección de pulseras aumentó con otras dos, una de platino y la otra de perlas cultivadas, que le regaló un político muy beato de puertas afuera y con unas perversiones de puertas adentro que solo Carmen estaba dispuesta a satisfacer.

Anillos no faltan en su colección, todos de gran valor, según se comenta en el barrio bajo, donde las joyas de Carmen dan para muchas conversaciones. Ándate con ojo, que cualquier día te pegan un palo como a la Broto, que hasta el mismo nombre tenéis, le comenta a menudo Elvira aludiendo a Carmen Broto, una famosa prostituta de lujo a la que dos amigos mataron para robarle las joyas.

—Cuando se la enseñe a Elvira se va a quedar con la boca abierta —comenta Carmen.

—¿Qué sabes de ella?

—Pues hoy debe de estar a punto de empezar a trabajar en el burdel. Y mejor que no se mueva de ahí, porque Antonio, su chulo, ya ha vuelto al barrio.

~

No queda el más mínimo atisbo en Úrsula de la anciana que asomaba en sus gestos hace apenas unas horas ni de la mujer rendida y desesperada que había sentido más amor y dolor por su hija en unos segundos que en toda su vida. La que camina altiva y abre la puerta del Patronato de Protección a la Mujer vuelve a ser la diosa justa e implacable de siempre y taconea el suelo de la oficina con tanta fuerza que podría hundirlo. No hay nadie, las ociosas señoras que la han aburrido durante el día ya han regresado a sus casas, y por eso ha escogido esa hora para recibir al inspector Roberto García, empeñado en tratar con ella un asunto que requería la máxima discreción.

No parece discreto ese hombre vulgar que camina con las piernas arqueadas como si acabara de desmontar de un caballo y que no ha conseguido ni siquiera una esposa que le planche la ropa. Se desparrama en la silla que le ofrece, ante la mesa de despacho en la que ella se parapeta, descolgando el brazo en el respaldo con las piernas abiertas mientras se hurga los dientes con un palillo. Los preámbulos de cortesía duran poco porque el inspector García no posee el don de la palabra y está acostumbrado a ir al grano.

—Este es un asunto muy grave, señora, que podría tener consecuencias inconmensurables. —Ladea la sonrisa, orgulloso de la rimbombante palabra—. Por ello, he tenido la deferencia de tratarlo antes con usted para ver si podemos llegar a un acuerdo. Ya sabrá que el señor Hans Fuchs saltó esta mañana del edificio del Banco Español de Crédito.

Úrsula contiene la respiración.

—Por supuesto, lo sabemos. Mi marido era uno de sus mejores amigos y mi familia está consternada por la pérdida y por lo azaroso de las circunstancias. Ahora mismo me disponía a volver a mi casa con mi familia para hallar el consuelo en la oración.

—Lo entiendo y lo lamento. Y no quiero robarle más tiempo del necesario, créame. Pero antes de cerrar el expediente de este caso tan sencillo que nos han ordenado que no practiquemos siquiera la autopsia, cosa rara, pero que yo no cuestiono porque soy un mandado, he tenido que recoger los enseres personales del difunto. —Un destello asoma a su mirada—. Y mire usted lo que he encontrado —suelta sacando del bolsillo interior de su americana arrugada una carta que planifica sobre la mesa.

—¿Qué es? ¿Una carta de despedida?

—Pues eso es lo que pensé yo en un primer momento, pero no. Es la carta de denuncia que demuestra que el difunto era un buen ciudadano, alguien que no quería que quedara sin castigo un delito abyecto. —Se complace con la palabra sintiéndose culto de nuevo—. Un delito en el que... está implicada su hija.

Úrsula se queda paralizada por unos segundos, conteniendo sus gestos en una mueca para no mostrar la más mínima reacción. Con una parsimonia estudiada, se cala las gafas, abre el sobre, despliega la carta y la lee, apretando fuerte las mandíbulas. Se prepara para leer una confirmación de sus sospechas, un ataque a la reputación de su hija. Ha leído muchas cartas así. Hombres que denuncian a jóvenes por haber mantenido relaciones ilícitas para que el Patronato las interne en un convento. Chicas díscolas que se entregan a la lujuria. Solo por un instante, apenas una fracción de segundo, todas las culpables a las que ha encerrado le parecen víctimas y la invade la rabia de saber que los hombres nunca van a pagar por, como dice el policía, su abyecto delito.

La lectura de la carta disipa cualquier otra consideración y Úrsula aprieta disimuladamente los puños, clavándose las uñas para contener el asco que siente en ese momento hacia su hija.

—Como comprenderá, esto requeriría una investigación para detener tanto a su hija como a la mujer que practicó el aborto. Por no hablar de la implicación que ustedes pudieran tener en este asunto, porque, como habrá podido leer, el difunto insinúa que contó con el apoyo de la familia. Y ocupando usted el cargo que ocupa, sería un escándalo de consecuencias inconmensurables. —Esboza una sonrisa, ufano por volver a utilizar la palabra.

—¿Cuánto dinero quiere?

—Había pensado en trescientas pesetas —responde el hombre, decepcionado por la rapidez de la respuesta, mientras la mujer rebusca en un monedero de piel de cocodrilo hasta encontrar los billetes, que le tiende.

—Cierre la puerta al salir.

Cuando el comisario desaparece, Úrsula pega un grito. Después, más tranquila, quema la carta y por unos segundos la seduce el movimiento hipnótico de esas llamas en las que querría que el mundo entero se consumiera.

Úrsula no recuerda cómo ha salido del despacho, ni siquiera si ha cerrado o no con llave. Tampoco qué camino ha cogido de vuelta a casa. Lo que no olvidará nunca es lo que ocurre después de ese lapso de amnesia.

Entra en la habitación de Gabriela y, sin mediar palabra, le da un bofetón con todas sus fuerzas y la chica se cubre la mejilla pero no se escabulle.

—¿Cómo has podido? ¡Asesina! —dice mientras le tapa la boca y le apunta con el índice.

Solo ve los ojos de su hija, desorbitados como los de un cervatillo herido que no puede considerar humano. Tampoco recordará con exactitud las palabras que pronunciará, pero sí su intención. Quiere saber quién lo ha hecho, quién ha matado a su nieto, quién ha convertido a su hija en el monstruo sin redención que será a partir de este momento para ella.

Unos minutos después, frente al espejo del baño donde se ha encerrado para que no la vea su marido, recupera la calma, una calma tensa que le permite analizar la situación. ¿Cómo y cuándo lo ha hecho? ¿Cómo ha podido contactar su refinada hija con una asesina de bebés? Berta. Ella y todas las asesinas que la han ayudado pagarán por el crimen que su hija no hubiera cometido si no fuera por su mala influencia. Se santigua y junta las palmas de las manos para rogarle a Dios que sea implacable haciendo justicia y que la ilumine para ser su brazo ejecutor.

28

Mañana del jueves 5 de junio de 1952

Cristina González se sabe el brazo ejecutor del Señor. Tiene una titulación que lo acredita: celadora del Patronato de Protección a la Mujer. Enmarcada en plata y presidiendo el comedor de su piso de noventa metros cuadrados en la avenida Infanta Carlota juntamente con el marco de la fotografía de su marido con veintiún años recién cumplidos; esos son los únicos vestigios de la plata que en otro tiempo iluminó la estancia. Los marcos con filigranas plateadas cayeron uno a uno, como los hombres de su familia durante la guerra. El metal precioso fue la avanzadilla de las joyas que se transmutaron en coliflores, tomates, muchas lentejas y algún huevo con los que frenar la extinción del clan, preservando a las mujeres porque por los hombres poco se pudo hacer.

Al protagonista del único retrato, con el que habla todas las noches, Mijulio —así, todo junto, todo suyo, lo llama—, se lo arrebataron el día del glorioso alzamiento, e incluso los dientes de oro le arrancaron los rojos antes de abandonar su cuerpo en la carretera de la Rabasada con dos tiros en la nuca. Sus tres hijos mayores huyeron a Zaragoza y solo llegar allí se alistaron para vengar la muerte de su padre. Los tres murieron en el intento con un año de diferencia entre cada uno, mientras Cristina González convertía las joyas de la familia en alimento para que no murieran de hambre las dos hijas que le quedaban. Porque ella ya estaba muerta.

Rezaba día y noche para que el Señor se apiadara de ella y se la llevara de una vez. Sus plegarias fueron atendidas sin mucho tino al acabar la guerra cuando un coche la arrolló enfrente de su casa; y mientras se debatía entre la vida y la muerte vio a su marido y a sus hijos: Cristina, vuelve ya, dijo Mijulio, que tienes que cuidar a las niñas. Nuestras hijas están bien y yo no puedo más, respondió. No hablo de nuestras hijas, hablo de todas las niñas. Así se lo dijo en sueños su marido mientras ella yacía en el hospital con un yeso del pecho a los tobillos y sus dos hijas al lado, metiendo mucha bulla con sus lloros y sus rezos, pero sin mentar la causa del atropello y negándose a creer que su madre hubiera perdido la fe y hubiera atentado contra su vida.

Tengo que cuidar a las niñas, le repetía al cura que la visitaba a diario en un delirio que ni los médicos se explicaban, porque aquella mujer había pasado semanas sin despertar de la anestesia de la operación, en un trance de gritos demoníacos y cantos religiosos que diagnosticaron como locura transitoria.

Mientras se soldaban los huesos y los médicos convencían a sus hijas de que la siguiente parada para su madre era el manicomio, Dios la visitó. Nadie más lo vio, porque todos dormían y porque él había ido a verla a ella, a nadie más. Era alto, con unas espaldas anchísimas y una barba oscura tupida, y debía de rondar los cuarenta años. La bata blanca la deslumbró mientras el Todopoderoso humedecía un algodón con el que le ungió los labios agrietados. Algo divino debía de llevar porque en ese momento recobró el sentido. Descansa, Cristina. La voz era tan dulce que la mujer se durmió al instante, pero al día siguiente abrió los ojos libre, con la cordura intacta y con una misión. Estaba claro que Dios le ordenaba que descansara para que pudiera cumplir con la empresa que le encomendaba, la que le había transmitido Mijulio en el sueño, la de cuidar a las niñas.

La recuperación milagrosa no convenció a los galenos, que pretendían añadir el vía crucis del manicomio a su penitencia, hasta que el cura y sus hijas los convencieron de que la salvación estaba en el convento. Y ahí la encontró, entre ejercicios espirituales, oraciones y silencio. Renació, como ella misma cuenta. Aquel alumbramiento acabó con la esposa viuda, con la madre huérfana de hijos, con el dolor que ya no volvería a sentir porque ya no lo sentía: solo servía al Altísimo.

Ingresó como seglar en la Orden de San Francisco de Asís y en 1942 Dios volvió a iluminar su camino. En esa ocasión no se le apareció, lo que hubiera sido un abuso, pero su señal fue clara. El Patronato buscaba mujeres «con una religiosidad acendrada, una moralidad intachable y una ferviente adhesión a la causa nacional». La buscaba a ella, que ya no era nada más que eso, pues ya no le quedaba otra cosa que la definiera que aquel enunciado. Fue la elegida, la llamada a la mesa del Señor: de entre cuarenta y cuatro mujeres únicamente diecinueve obtuvieron el título que preside el comedor y que la acredita como el brazo ejecutor de Dios. Ese día se bautizó a sí misma. Cuando nadie la veía, sumergió una pequeña taza en la pila bautismal de la iglesia de su barrio y al llegar a casa la vertió sobre su cabello. Después, se lo cortó casi al cero mientras repetía: Cristina, tú ahora eres Cristiana. Y es así como se refiere a sí misma cuando ejerce de salvadora de niñas caídas a las que espía en cines, playas, cafés y calles, anotando las señales que anuncian la llegada del Maligno: un escote muy pronunciado, la cercanía de un hombre que no sea de su familia, unas amigas de moral dudosa, mucho baile y poca misa... Se pasea de cacería, husmeando el pecado como un perro en busca de su hueso. Y siempre lo encuentra.

En ocasiones, como ahora, le indican quién es su presa. La denuncia de un buen católico o de una piadosa dama afina su objetivo: si una chica está en peligro de caer, ella la sigue recogiendo las pruebas que le permitirán avisar a la policía e internarla para salvar su alma. Los lloros y las súplicas no ablandan su corazón, firme como una lanza, la lanza de Yahvé. La lanza que vengará a su marido y a sus hijos deteniendo el avance de la inmoralidad que desencadenó la guerra. Cada chica encerrada, cada futura roja aislada, es un triunfo, pero también una venganza que alimenta su alma, tan llena de fe como de resentimiento.

—Llevo dos días controlando a esa chica, Mijulio. El encargo viene de arriba, me han dicho. Demasiado mona y coqueta —comenta con la mirada fija en el retrato—. Y anda muy suelta por la calle. Imagínate, a su edad. Pero con eso no basta, debo encontrar alguna prueba más contundente. Es cuestión de tiempo. Ahora me tengo que ir, pero no te preocupes, que volveré por la noche.

Besa el retrato, se mete en el bolso el informe de Berta Gascón y se va de caza.

~

El padre Cebrián, con una sonrisa de oreja a oreja que muestra unos dientes diminutos y ennegrecidos, revisa los guiones del consultorio que le ha pasado Carlos Santamaría.

—Están perfectos; a este paso lo va a hacer tan bien que me va a dejar sin trabajo.

—Eso es imposible, usted es una pieza imprescindible en la radio. —El joven ordena los papeles meticulosamente antes de introducirlos en una carpeta de piel negra.

—No se vaya, Carlos, que hay otro tema que le quería comentar.

—Dígame.

—Se trata de esa chica, la sobrina de Úrsula... No recuerdo el nombre.

—Berta.

—Esa, Berta. Está viniendo mucho por la radio y creo que no tiene ninguna formación.

—Por el momento está sustituyendo a Gabriela. Aunque carece de formación, posee un talento innato y el equipo está muy satisfecho con su trabajo. Tanto que estoy planteándome pedirle al director que la contrate, porque ya sabe cómo vamos siempre de trabajo y nos irían muy bien un par de manos más. Sobre todo ahora que ya no podremos contar con Gabriela.

El cura se inclina sobre la mesa, entrelazando sus manos y alargando el cuello, con la mirada clavada en Santamaría.

—Si quiere hacer caso del consejo de un amigo, que esas manos que necesita no sean las de la señorita Berta.

Carlos frunce el ceño pidiendo una aclaración.

—Para empezar, se ha producido un lamentable error con su retribución que ya se ha podido subsanar. Al no ser una profesional no se le puede pagar como a tal. ¡Imagínese el revuelo que organizarían las otras trabajadoras!

—Pero se pactó un salario con ella; yo personalmente hablé con Contabilidad y después se lo comuniqué.

—Pues ahora le tendrá que comunicar el cambio. Cobrará exactamente la mitad y ya es mucho. Ni siquiera hace falta que se tome la molestia. Ya lo descubrirá mañana viernes cuando vaya a cobrar su última colaboración.

—¿Última? ¿Lo han decidido sin comunicármelo?

—Nadie ha decidido nada, pero es lo que a usted le conviene. Ya sabe cómo funcionan aquí las cosas y también a quién debe usted su puesto. Y esa persona, aunque no esté ya en la radio, cena cada mes con nuestro director y él la escucha atentamente, porque es una señora muy juiciosa y también muy capaz, como ha demostrado consiguiendo varios patrocinadores y anunciantes que buenos ingresos han reportado a esta casa. Y aunque ahora, por fin, hemos conseguido que encuentre otra ocupación mucho más adecuada, dudo mucho de que ella se desligue del todo de la emisora y rezo a Dios para que así sea y que siga trayéndonos de vez en cuando más empresarios generosos con ganas de publicitarse.

—Se refiere a Úrsula.

El hombre se reclina en el sillón y abre una pitillera con parsimonia, enciende el cigarrillo, da tres caladas en silencio y exhala dos perfectos círculos de humo. La sucesión de gestos muestra que el cura se está tomando su tiempo para escrutar al guionista, que le sorprende con una expresión atenta y amable que no delata ni un conato de emoción.

—Se dice el pecado, pero no el pecador. Y en este caso no se trata de ningún pecador, sino de una señora que con mucho criterio nos recomienda sabiamente que prescindamos de una joven sin experiencia ni formación para darle una merecida oportunidad a alguna de las locutoras que colaboran en esta casa. Una señora que me ha tenido más de media hora al teléfono, lo que me hace intuir que esta cuestión es de gran importancia para ella, y, conociéndola como la conozco, sé que no cejará en su empeño.

Carlos juguetea con el portafolio de los guiones sin inmutarse en apariencia por la conversación que le está quemando por dentro.

—Le agradezco muchísimo el consejo, pero ahora mismo no hay locutoras disponibles y la señorita Berta nos está siendo de gran ayuda. Como le digo, ni yo ni el equipo tiene ninguna queja, antes al contrario.

El padre Cebrián ladea la silla y lanza un círculo de humo que perezosamente se deshace en el aire mientras él lo contempla como un niño que acabara de lanzar una pompa de jabón. De repente, se gira hacia su interlocutor.

—Hijo, no me entiende. Ya le he dicho que esta chica debe acabar su trabajo mañana, coincidiendo con el final de la semana laboral.

—¿Es una orden entonces? Pensaba que tenía cierta libertad para escoger a mi equipo. —Las palabras de Carlos tienen un punto de sorpresa y fingida inocencia que rebajan el tono tenso de la conversación. El joven está forzando al límite sus habilidades diplomáticas.

—Ahora no es ninguna orden, que no estamos en el ejército. —El cura suelta una risita—. Pero usted es un hombre muy inteligente y ya sabe cómo van estas cosas. Hoy es una sugerencia que alguien agradecerá que tenga en cuenta. Mañana podría ser la orden del director, molesto con que ese asunto haya llegado hasta él porque usted no ha sido capaz de gestionarlo. Nadie le dará la razón, reconózcalo, no es muy profesional, como ya hemos dicho, empeñarse en contratar a una chica sin formación y sin experiencia. Su causa es indefendible, a no ser que haya otras razones... que es algo que ya ha empezado a rumorearse. Eso, querido amigo, sería un punto negro en un expediente brillante como el suyo, que podría ensuciarse y no permitirle alcanzar las metas que está destinado a lograr.

—Muchas gracias por el consejo, padre Cebrián. Lo tendré en cuenta.

—Téngalo muy en cuenta. —Enfatiza el *muy* y no da por zanjada la conversación—. Es un consejo de amigo. Usted se ha abierto paso con su talento, con su trabajo, y debe estar muy orgulloso de ello, porque no ha medrado gracias a sus contactos, como la mayoría de sus compañeros, que tal vez no tengan tanto oficio ni capacidad de trabajo como usted, pero cuentan, por decirlo de algún modo, con unas agarraderas muy firmes. Por ello no debe molestar a la gente que le ha puesto donde está. Debe tener en cuenta que si cayera en desgracia, que Dios no lo quiera, y perdiera este trabajo, los tentáculos de los que le han aupado podrían impedir que le contrataran en otra emisora. El mundo de la radio es muy pequeño y todos se conocen. ¿Y qué haría usted si no pudiera trabajar en la radio?

Nada más que ser un desgraciado. Tan desgraciado como si perdiera a Berta.

29

Tarde del jueves 5 de junio de 1952

Berta arrastra su confusión por las calles de Barcelona, que parecen otras sin la presencia de curas, monjas y congresistas y sin la compañía de su familia. Caminar sola no entraba en sus planes hace quince días, citarse con una amiga, aún menos. La enfermedad de Ramona y de Gabriela y el trabajo en la radio han levado sus anclas, y es ella quien lleva el timón cuando entra en el bar Alegría. La imagen que le devuelven los espejos modernistas no es ya la de una pueblerina apurada por librarse de un pretendiente y por desvelar la identidad de una madre perdida. Se parece cada vez más a la de una barcelonesa. O eso le gusta pensar.

—¿Hace mucho que me esperas, Elvira? —pregunta sentándose enfrente de la chica.

—No te preocupes, tú has llegado a la hora, pero como me aburría tanto en la pensión me he venido antes. Y me he pedido un té. —Suelta una risita—. Nunca lo había probado y mucho no me gusta, pero me ha parecido que es lo que toman las amigas finolis cuando quedan.

—Pues me pediré otro. Yo tampoco lo he probado ni tengo idea de lo que se piden las amigas finolis...

cuando quedan. Y no quiero que me vuelvas a decir que se nota que soy una pueblerina.

—Ni yo que tú me digas que soy ya sabes qué.

Las dos sonríen y el camarero le toma nota a Berta.

—La sesión del otro día fue increíble... Yo no me imaginaba que para una simple foto hubiera tanta gente, que si maquilladores, que si iluminadores. Aquello parecía una boda.

—Sí, yo tampoco tenía ni idea.

—¿Y cuándo vas a rodar el siguiente?

Elvira escucha la respuesta con la atención que pone cuando va al cine, y lo que su amiga le cuenta está tan alejado de su vida como las historias de la gran pantalla.

—Pero eso es estupendo. Aunque la Jacqueline esa se haya puesto un poco dura, no hagas mucho caso. Solo tienes que convencer a tu padre.

—Sí. Él ha hablado conmigo esta mañana; debe de haber sido la conversación más larga que hemos tenido en la vida. Pero a lo que iba: me ha dicho que Carmen se va a casar y le va a dejar la casa para cuando vengamos a Barcelona. ¡Ha dado por hecho que seguiremos viniendo a Barcelona!

—Pues qué bien —contesta Elvira, pero la expresión de su cara no es la de algo que le parece bien.

Si no estuviera amenazada por los chulos del barrio, esa casa sería para ella, porque Carmen es como su hermana y ella ha sido la primera en enterarse de la boda. Que ha venido a verla expresamente para contárselo. Con lo bien que estaría ella en el piso, porque en la pensión estará a salvo, pero cualquier día la encuentran fiambre víctima de un ataque de aburrimiento.

—Sí. Ha sido curioso, porque yo he fingido que no

sabía quién es Carmen para que no me riñera. Y él me ha dicho: No disimules, que ya sé que conoces a tu tía. Me he quedado blanca. Porque yo no tenía ni idea de que se veía con Carmen y que tenían tanta relación como para que le deje su casa. ¿Por qué no me lo habías dicho? —Elvira desvía la mirada sin contestar y ella prosigue—. Bueno, es normal que quisiera ver a su hermana y que no se lo dijera a Eleonora, porque... ahora ya sé por qué nunca se habla de mi tía en casa. Hemos quedado en que a mi madre le contaremos que nos alojamos en una pensión. Me ha hecho mucha gracia porque ha dicho que en casa de Úrsula no nos quedaríamos de ninguna manera, que es una bruja. Una bruja —sonríe—. Mi padre nunca habla así. Y es que la mujer es una bruja. Ahora me evita, lleva un día que ni me habla. Que con su pan se lo coma, que pronto no tendré que aguantarla más. —Se queda pensativa con la mirada en la taza de té, que sigue prácticamente llena—. Me ha dicho algo como que yo podía ser libre y que él me ayudaría, pero no he acabado de entenderle. Sin embargo, con lo de ir al extranjero... eso me ha dicho que no, que no se nos ha perdido nada fuera de nuestro país —suspira.

—Pues yo tampoco le veo el problema. Acepta el trabajo de la semana que viene y lo vas convenciendo poco a poco. Los ricos os preocupáis por unas cosas... —Amusga la mirada—. Pero tú llevas algo más entre ceja y ceja, que a mí no se me escapa ni una, ¿verdad?

Berta esboza una sonrisa a medias.

—Sí, hay otra cosa. Si acepto el trabajo, que durará varios días, tendré que renunciar a la radio.

—Pero ahí te pagan peor...

—No es solo una cuestión de dinero. Es que me gusta mucho. Estar en un estudio de radio es mágico.

Leer un texto y saber que me escuchan miles de personas... es algo que no te puedes imaginar.

Elvira tuerce el gesto.

—Y engañar a millones de mujeres.

La chica niega con la cabeza.

—No te puedes quedar solo con eso; la radio es mucho más.

Elvira no quiere seguir por ahí, porque aún no se ha quitado el disgusto de saber que su admirada Elena Francis es un engaño.

—Y ese chico de la radio, el que te gusta..., cómo se llama...

—Carlos Santamaría.

—Ese. ¿Él qué dice?

—A Carlos no le hace gracia que trabaje de modelo... Y ahora además quiere presentarse a mis padres para poder salir conmigo, para formalizar la relación...

Elvira suelta un gritito y después se tapa la boca.

—Eso es estupendo.

—Sí.

—Pero tú no estás poniendo cara de que sea estupendo.

—Sí, sí que es estupendo. Pero es que hay algo que no me quito de la cabeza. Me mintió —baja la voz y se inclina sobre la mesa para acercarse a ella—. Me aseguró que había hablado con la doctora Francis de mí y que le había contado que yo le parecía una joven muy centrada.

La reacción de Elvira es justamente la contraria que esperaba Berta. No solo no se escandaliza por la mentira sino que suelta una carcajada. Las tres señoras elegantes de la mesa de al lado la miran con reprobación.

—Eso no es una mentira. Lo dijo para halagarte y

para hacerse el interesante porque conocía a una famosa. ¡Cómo sois las señoritingas! A cualquier cosa la llamáis mentir... Y el pobre chico encima quiere ir a hablar con tus padres y tú desconfiando de él por una tontería así. —Se pone las manos en la cabeza—. ¿Ya lo has hablado con Gabriela? ¿Qué opina ella? Y por cierto, ¿cómo se encuentra?

—Está mejor, pero muy triste. Ya ha anunciado que se mete a monja, pero ni eso la ha animado. Me paso horas a su lado, pero me dice que no quiere hablar y no me he atrevido a contarle esto. Es como si ella ya estuviera en otro mundo.

—Es normal, pobrecita. Lo debe de estar pasando muy mal...

Las dos le dan un sorbo al té.

—Tienes razón. Está malísimo.

—Quedará muy fino, pero no hay quien se lo beba. Igual tendríamos que haberle echado azúcar. Por cierto, ¿has vuelto a ver al chico ese que estaba en la casa, a Ernesto?

—Sí, siempre anda por ahí, con esa cara de vinagre.

—Pero ¡qué dices! A mí me parece muy atractivo. Hija, qué poco ojo tienes para los hombres. Cuando me regaló esa pajarita de papel me temblaban las piernas. Tiene la mirada de los que van de duros y atormentados, pero que en el fondo son muy tiernos. Que lo calé yo a la primera. Y en la sesión de fotos volví a hablar con él y volvió a mirarme así —pone una mirada profunda con las cejas fruncidas—, y pensé: qué lástima que esté con la norteamericana esta, tan amable ella, porque si no le plantaba un beso en todos los morros.

Berta suelta una carcajada y se tapa la boca.

—Cómo eres, Elvira. Y tú, ¿qué tal estás?

—Bien, pero no sé qué hacer con las horas. No puedo salir y charlar con mi gente. Yo esto no lo voy a aguantar mucho, la verdad. Y es que, no sé, tampoco es tan grave lo que le hice a Antonio. Me fui una semana en la que no podía trabajar, y eso tampoco es para tanto. Igual si hablo con él... Es muy bruto, pero también tiene buen corazón a veces. —Chasquea la lengua—. Deja de mirarme con esa cara de susto, que parece que hayas visto un fantasma.

—Es que me da miedo que te haga algo.

Elvira sonríe.

—Eso es que te importo. ¡Tengo una amiga famosa a la que le importa lo que me pase! —proclama cantarina.

—Pues claro.

—A mí me pasa contigo y con Gabriela. Y mira que yo intento hacer como Carmen e ir a la mía. —Su mirada se ensombrece repentinamente y se queda callada.

—¿Qué te pasa? ¿A qué viene esa mirada? Ahora parece que la que ha visto un fantasma seas tú.

—Son cosas mías... Es que yo soy un poco bruja, ¿sabes? A veces, no es que vea cosas, es que las presiento, y estos días tengo un mal presentimiento, un mal fario, y no me lo quito de encima.

—Por favor, Elvira, que esas cosas no existen. Estarás nerviosa por todos los cambios.

—No te lo creas si no quieres. Pero en estas cosas nunca fallo.

—Si tú lo dices... —cambia de tema porque Berta no es nada supersticiosa—. Seguiré tu consejo, mañana por la mañana llamaré a Jacqueline e intentaré convencer a mi padre. ¿Te imaginas que al final lo consigo y viajo a otro país? Yo que hasta hace quince días no había salido de mi pueblo...

—Me alegraría mucho por ti. Escucha, te quería pedir una cosa antes de irme, que se me está haciendo tardísimo y no puedo retrasarme mi segundo día de... trabajo. Es que me lo pasé muy bien la otra vez en la sesión de fotos. ¿Tú crees que podría acompañarte a la próxima?

—No sé si será posible, pero se lo preguntaré a Jacqueline.

—Muchas gracias. Y, por cierto, si te enteras de que el tal Ernesto no está con la fotógrafa, avísame, que yo le hago un favor y sin cobrar.

~

Gabriela tampoco está acostumbrada a caminar sola y lo hace con la cabeza baja, apretándose de vez en cuando el abdomen, que le lanza punzadas a cada paso. Tiene el cuerpo entumecido y la mente anestesiada. Su madre no le habla y se ha enterado de la muerte de Hans por Reme, la cocinera, que ha entrado en su habitación con una bandeja de comida y dos lagrimones. No ha hecho falta que preguntara, porque si algo le gusta a la mujer es hablar por los codos.

—Es que no me quito de la cabeza lo de su tío Hans. Lo sabe, ¿verdad? —Ella ha negado con la cabeza y la mujer se lo ha hecho saber—. Que se ha tirado del edificio del Banco Español de Crédito, en plena plaza Cataluña. —Se ha santiguado—. Lo pone en el diario en una noticia muy chiquita. Y yo es que aún le veo sentado en la salita con usted el domingo pasado. ¿Quién nos iba a decir que haría algo así?

No ha contestado, tampoco ha llorado. La rabia y

la pena se han alternado durante las horas siguientes en un combate que ha quedado en tablas. Se ha levantado de la cama y sin despedirse de nadie ha enfilado en dirección a las Ramblas. Ahora, a punto de entrar en la parroquia de San José y Santa Mónica para rezar por el alma de Hans, le sorprende una alegría a la que no puede mirar de frente, y por eso baja la cabeza y se esfuerza por contener una sonrisa mientras reza.

El suicidio de Hans le permite rezar por su alma y despojar al hombre de su maldad. Y hay algo más. Gabriela en su suicidio interpreta un arrepentimiento cercano al amor. Renunció a llevársela obligada a otro país y no pudo vivir con sus pecados. Eso la consuela, pero al salir, la alegría que siente es otra. Está muerto y ella es libre. Hans ha perdido. Ella ha ganado.

~

Carmen está acostumbrada a caminar sola y a encontrarse conocidos en el chino. Pero el que le sale al paso es el que menos ganas tiene de ver. No traga a Andrés, y no solo por lo que le ha hecho a Elvira: ese chulo es un ladrón y está muy loco. Ya se las ha tenido varias veces con él. La más reseñable fue una madrugada en la que aporreó la puerta de su casa y aún se arrepiente de haber abierto. Carmen, que ya sabes que yo soy el mandamás de los chulos del barrio, dijo borracho. Y a mí también me tienes que dar algo, por mucho que tengas tu protector. Estamos hartos de que te pasees con esas pieles y esas joyas como si fueras una gran señora, mirándonos por encima del hombro, le dijo tan cerca que ella podía oler el aguardiente barato de la taberna del Toño. Le sujetó la mano, intentando abrir el cierre de una de sus pulseras de oro mientras su compinche se le pegaba a la espalda. Ella forcejeó. Lárgate, que como pegue un grito, Gonzalo os convierte a ti y a tu amigo en carne picada. Pero seguía apretándole la muñeca y ella gritó el nombre de su chulo. Gonzalo. Alto y claro. Y vamos si se fueron rápidamente. En cuanto Gonzalo soltó un Qué pasa, corrieron como liebres.

Andrés se planta delante impidiéndole avanzar.

—Qué collar de brillantes más bonito lleva la señora. —Acaricia su cuello—. Y qué aires se trae...

Carmen le aparta la mano de un manotazo y sigue caminando.

—No se puede tener tanto y dar tan poco, zorra. Ni esconder a las putas que dejan a su chulo —vocifera.

Carmen aprieta el paso y se alegra de que de ahora en adelante sus visitas al chino serán escasas, porque no es buen asunto que Andrés te la tenga jurada. Por eso es mejor que Elvira no regrese al barrio.

Entra en el portal y sube las escaleras, pero no hasta su piso, se queda en el rellano donde vive Gonzalo. Quiere darle en persona la noticia de su nuevo trabajo como portero. No sabe cómo va a reaccionar porque al chico a veces le cuesta entender las cosas. Y también quiere contarle que se va a casar. Por segunda vez, y ahora le tiene que salir bien. Que anda que no tuvo que echarle huevos para librarse de su primer marido.

~

Carmen Gascón, desde pequeña, siempre le echó huevos a todo, demasiados para una familia de clase acomodada. El hijo mayor, Sebastián, salió educado y obediente; la pequeña, fiera y respondona. Y muy orgullosa. A ella nadie la hacía de menos sin pagarlo caro, porque ya fuera rico o pobre, musculoso o enclenque, la fiera respondona le asestaba golpes, ni fuertes ni certeros, pero tan decididos e iracundos que desconcertaban al rival.

Los correazos de su padre y los milimetrados reglazos en la punta de los dedos de la maestra no domaron a la cría, que solo renunció a la vida salvaje por decisión propia a los dieciséis años. Descubrió que su belleza subyugaba más que sus puñetazos y no requería tanto esfuerzo.

No le faltaron pretendientes que le declararon su amor, pero ella era incapaz de sentir con la misma intensidad que iluminaba la mirada de aquellos jóvenes cuyos nombres ha olvidado. Pero recuerda los regalos: muchos perfumes, pero pocas joyitas, que era lo que más le gustaba por entonces. A los diecinueve se casó con el más rico, que le prometió una vida de lujo, además de pagar las deudas de su familia. Esa fue la última vez que se dejó engañar. Su marido resultó ser un hombre atroz que la maltrató con una naturalidad que no sorprendió a su propia madre. Es una prueba del Señor, tienes que tener paciencia, le decía. Ni prueba del Señor ni niño muerto, se dijo ella, yo me largo de aquí y que salga el sol por Antequera. A echarle huevos. Su hermano, el único que se apiadaba de ella, le dio el poco dinero que había podido ahorrar para casarse y ella le robó un buen pico a su marido, además de las joyas de su suegra, cuatro alhajas más bien horteras que vendió en cuanto llegó a Barcelona.

Tenía el dinero justo para mantenerse cuatro meses en la pensión pulgosa donde conoció a Rubén, un pintor bohemio, tan divertido y cariñoso como muerto de hambre. Con él descubrió un sexo placentero, goloso, egoísta. En aquella época no le importaba madrugar, y bien temprano corría alborotada, con el pelo aún revuelto y el olor de Rubén pegado a la piel, a la orilla de la playa. Se descalzaba y chillaba cuando el agua le lamía los pies. Por las noches acompañaba al pintor a encuentros con sus amigos artistas, en los que bebían vino y, si había dinero, absenta. Eran ingenuos, arrogantes y pobres como ratas, pero con familias adineradas que los sacarían de la ratonera cuando se les pasara la tontería.

Gracias a aquel grupo consiguió un trabajo como modelo en la Escuela de Artes y Oficios que le dio cierta estabilidad. Tenía que desnudarse en un aula repleta de estudiantes que garabateaban sus sinuosas curvas en los cuadernos. La dirección del centro estaba encantada con ella, pues era puntual, cedía su cuerpo al arte con frialdad y no aceptaba las propuestas de los alumnos que le ofrecían dinero para acostarse con ella. ¿Para qué? Con lo que ganaba tenía suficiente para pagar la pensión, disfrutar del amanecer en el mar y salir con Rubén y sus amigos, que era lo que la hacía feliz y sobre todo libre.

Los estudiantes eran todos hombres a excepción de tres muchachas que iban siempre juntas, como pegadas con cola, aunque no tenían nada en común y tampoco hablaban mucho entre ellas. Cuando Carmen se desnudaba, salían de la clase farfullando alguna excusa con las mejillas ruborizadas, provocando la risa de sus compañeros.

Un día, una de ellas se despegó del grupo y se quedó en el aula a dibujarla. Se llamaba Lucía y le llamó la atención por su edad, pues era mayor que el resto de los alumnos, y también porque se pasó toda la clase con el ceño muy fruncido, chasqueando la lengua y lanzando hojas a la papelera. Era castaña, pequeña y entrada en carnes. No era guapa, tampoco fea. Tenía los dientes muy salidos y las palas separadas, lo que, según como la miraras, podía parecer un defecto o una virtud.

Pocas semanas antes de que el curso tocara a su fin, Lucía se acercó a la tarima de la modelo con una inusual propuesta: quería que posara en privado para ella para aprobar la asignatura de Anatomía, que tan mal se le daba. Le propuso que quedaran en la playa para concretar el trabajo.

Carmen no se esperaba que se presentara acompañada de un crío enorme en todos los sentidos. No estaba gordo, era alto, fuerte, mastodóntico. Debía de tener unos trece años y rebasaba el metro ochenta: un niño gigante salido de un circo ambulante con una cara inquietantemente aniñada y dulce. Correteaba por la arena y a cada paso provocaba un pequeño terremoto de polvareda. A Carmen no le gustaban los niños y se le notó.

—Hoy mi suegra no ha podido quedarse con él —se disculpó Lucía.

Le sorprendió la voz de la mujer, a la que solo había oído susurrar; se la imaginaba aguda y sin embargo era recia, grave, cavernosa, casi masculina. Y su verborrea incontinente. Porque no dejó de hablar, trufando sus palabras de una risa que no venía a cuento.

—... Es que a mí lo que me gusta es pintar bodegones. En eso soy buena, la verdad, los ilumino bien, tanto que parecen de verdad, dan ganas de comérselos. —Y soltó una carcajada—. El cuerpo humano no es lo mío. A veces me sale, pero en la mayoría de las ocasiones acabo dibujando un engendro con los pies enormes y el cuello corto —rio, tapándose la boca como si hubiera dicho una inconveniencia malévola—. Y claro, no me van a dejar en paz esos profesores puñeteros, no, no me van a permitir que solo dibuje mis bodegones, con lo que a mí me gustan. —Un soplido precedió a la risa—. Y con lo que me ha costado entrar en la escuela, ahora tengo que aprobar sí o sí.

Mientras, el niño, sin que la madre se inmutara, arremetía contra una pandilla de pequeños que se habían burlado de él. Regresó caminando despacio para cogerse a la mano de Lucía, que le acarició la cabeza para después darle un beso ignorando los gritos que daban sus víctimas.

La larguísima conversación se concretó en una cita donde vivía la alumna, en una casita pequeña en Gracia decorada con colores estridentes y esculturas estrafalarias, en la que había un diminuto estudio con vistas al jardín, igual de diminuto, por el que corría el niño, que ahí aún parecía más gigantesco.

Carmen se sentó en una pequeña tarima que había dispuesto la pintora y ella se situó detrás del caballete sin dejar de hablar durante toda la sesión.

—Ya sé que puede resultar raro que una mujer casada y madre se ponga a estudiar pintura. Eso es lo que repite siempre mi suegra, una mujer insufrible. —Y soltó una carcajada—. Pero es lo que siempre he deseado hacer y en mi casa, uf, mis padres no querían ni oír hablar de eso. —Una nueva risa ronca—. Y mi marido, que me quiere ver feliz, qué suerte tengo, pues me animó. Y esos profesores... uf, son tan insufribles como mi suegra o peor. —Suspendió la frase con un carcajeo—. A las mujeres no nos perdonan ni una, siempre nos ponen calificaciones más bajas, pero, en fin, qué le vamos a hacer...

Antes de que se acabara la sesión, se presentó un

hombre alto, con una expresión aniñada y fiera, idéntica a la del niño.

—Encantado, señorita Gascón. Soy Gerardo Puig, el marido de esta mujer tan linda. —Le pellizcó la barbilla, en un gesto cariñoso—. No quería interrumpirlas, solo vengo a comprobar que mi mujer esté cómoda —dijo en un tono campechano, casi cantarín—. ¡Uy, fresita mía! ¿Seguro que estás cómoda? ¡Que la ropa ajustada no se lleva bien con el arte, que es libertad!

Lucía respondió con una carcajada, y sin añadir más, Gerardo abrió su blusa y rebuscó en el sujetador hasta dejar los dos pechos al descubierto.

—Así estarás mucho más cómoda y mucho más inspirada, fresita.

Fresita siguió pintando, charlando y riendo, mostrando sus pechos con indolencia, y Carmen no abrió la boca. Aquello muy normal no era, pero mientras le pagaran... En la segunda visita la aparición del marido se hizo esperar mucho menos: entró al poco de que ella se hubiera desnudado y repitió la operación de despechugar a su mujer.

—¡Ay, fresita, que la ropa te aprieta mucho, pobrecita mía!

Pero esta vez se quedó detrás de ella, sobándole las voluminosas tetas como quien amasa el pan durante un buen rato.

Carmen contemplaba la escena con reparo, porque temía que su clienta y su marido, más que estrafalarios, estuvieran locos y fueran capaces de cualquier barbaridad. Pero Lucía seguía hablando con la misma voz ronca como si tal cosa. Aquel día, antes de salir del estudio, se enfundó el sostén y le cogió la mano.

—Me está siendo de gran utilidad. Estoy mejorando mucho. Y es muy agradable tenerla aquí. Yo soy muy charlatana, pero me tiene que prometer que en su próxima visita me contará cosas de usted. ¿Por qué no se queda a merendar conmigo y con mi hijo?

—Es muy amable.

Aceptó porque llevaba toda la sesión oliendo a chocolate y canela y hacía días que comía poco y mal. Se sentaron en la cocina y el niño lo hizo en un taburete más bajo. Al no verse su corpulencia desmesurada, parecía un angelito.

—No me gusta que venga gente a casa, pero usted me gusta. Usted es buena —soltó el crío.

Había algo extraño en él que Carmen no supo si catalogar como un retraso o fruto del ambiente excéntrico en el que se había criado. Antes de irse, Lucía le pagó dos horas de más.

—Así le compenso por las... curiosas costumbres que tenemos.

En la siguiente sesión se repitió la liturgia de las dos anteriores, con la liberación de los pechos de Lucía, pero con un ritual añadido que no se esperaba. Gerardo levantó la falda de volantes que llevaba su esposa y la embistió. Carmen estuvo a punto de levantarse, pero ambos estaban delante de la puerta, por lo que no podía escapar. Y por otra parte, ¿adónde iba a ir desnuda?

—Míranos —ordenó Lucía.

Carmen obedeció sin saber muy bien qué cara poner. La función acabó rápido, porque en cuanto fijó su mirada en ellos la pintora lanzó un grito ronco y su marido uno más agudo.

—Sigue con lo tuyo, fresita. Y no se preocupe, señorita Gascón, que tenemos nuestras cosas, pero aquí siempre se la tratará bien y se le pagará mejor.

Lucía se alisó la falda y miró a Carmen contrariada.

—Es usted cruel, querida, me había prometido que esta vez no me dejaría hablar y no ha abierto la boca. Ya sé que igual la hemos dejado un poco traspuesta, pero ya se lo ha dicho mi marido, somos buena gente. Así que ahora le toca cumplir con su promesa y contarme algo de usted.

Ahora fue Carmen quien soltó una sonora carcajada antes de tomar la palabra:

—La verdad es que son ustedes el matrimonio más curioso que he conocido en mi vida. Y después de lo visto, creo que nada de lo que le cuente va a suscitar su interés.

—Vamos, no sea modesta —la animó—. Cuénteme, por ejemplo, cómo llegó aquí.

Les contó muchas cosas a la madre y al hijo durante aquellas visitas. El niño era el que más preguntas le hacía, porque de tonto no tenía un pelo, aunque a veces callaba con la mirada perdida o se levantaba como una furia y peleaba con un enemigo imaginario en el jardín.

En la casa del barrio de Gracia aprendió dos cosas que la acompañarían toda la vida: a no juzgar las perversiones ajenas y a aceptar dinero por participar en ellas. Porque, sesión a sesión, la retribución aumentó en función de lo atrevidas que se hicieron las prácticas de sus anfitriones.

La barrera invisible que separaba la tarima de la modelo del caballete de la pintora fue franqueada primero por un chorro de pintura azul. Por aquellos días, los coitos de la pareja eran más frenéticos y no era extraño que se embadurnaran cara y cuerpo con las pinturas. Pero Carmen no se esperaba que aquel día Lucía, mientras era embestida por su marido, untara una brocha de color azul y la lanzara al aire con tanta fuerza y puntería que salpicó su cuerpo. Por un momento no supo qué hacer, sobre todo cuando vio a Gerardo armado con otra brocha y blandiéndola para repetir la acción de su mujer. La pintura no me va a hacer ningún mal y seguro que me pagan más, así que a echarle huevos y a aguantar la lluvia de colores, se dijo.

Más adelante, la frontera entre modelo y pintora fue franqueada por los cuerpos de sus primeros clientes, que ella aún no calificaba así, pues disfrutaba del sexo estrambótico pero respetuoso que compartían. Como también gozó de las primeras fiestas, que en verdad eran orgías de ricos, a las que le propusieron asistir.

Allí conoció a buena parte de los clientes que hoy día la siguen invitando a esos encuentros de gente adinerada, aburrida y de gustos inusuales y perversos. Digan lo que digan, los ricos son los mismos: lo eran en la República y lo son ahora. Los mismos perros con diferentes collares.

Durante la guerra, el tranquilo barrio de Gracia se convirtió, por las fábricas que albergaba, en objetivo de los bombardeos.

—Despídase de Gonzalo —le dijo un día Lucía después de merendar juntas, mientras Carmen intentaba librarse de un chorretón de pintura verde en la mano.

Había hablado mucho, como siempre, pero esto no se lo había contado. El niño se le abrazó muy fuerte y ella le secó una lágrima y frunció el ceño pidiéndole una explicación a su madre.

—Temo por su vida. Y no es bueno que se críe entre bombas y muertos. Lo enviamos a Francia, a un campamento de la República, para que esté a salvo —le dijo compungida.

A Carmen, la mujer a la que no le gustaban los niños, le dolió despedirse de aquel gigante de circo con cara angelical, que la miraba absorto y que esperaba su visita para contarle todo lo que le había ocurrido durante la semana. En ocasiones, Gonzalo se presentaba en casa de Carmen, que gracias a los ingresos que percibía ya se había alquilado un piso, con un pastel para que merendaran juntos. A ella le conmovía la inocencia salvaje del crío, tal vez heredada de los padres, tal vez debida a algún desarreglo por el que podía ser violento y tierno a la vez. Como un león capaz de desgarrar a un conejo y después de juguetear con sus cachorros.

—Volveré pronto y lo primero que haré será venir a verte —le prometió.

También le apenó la marcha de sus padres, cuatro meses después.

—Tendríamos que habernos ido con mi hijo. Aquí no se puede vivir, los bombardeos son diarios. ¿Por qué no se viene con nosotros? Iremos a Francia, recogeremos al niño y nos instalaremos en París hasta que toda esta locura acabe.

—Se lo agradezco mucho, Lucía, pero yo no tengo medios para vivir allí.

—No se preocupe por eso. Nosotros correríamos con su manutención y... ya sabe —por primera vez en mucho tiempo sonrió—, los franceses son muy libertinos y más generosos que los catalanes.

—Se lo agradezco de verdad, pero no puedo aceptar.

—¿Por qué no? Sería lo mismo que hasta ahora...

—Para mí sería completamente diferente. Hasta ahora ustedes han comprado generosamente mi tiempo. Yo les he cedido mis horas y ustedes las han llenado con el color de sus fantasías. Les he alquilado mi cuerpo, pero si me fuera con ustedes se lo vendería.

Lucía arqueó las cejas intentando comprender aquellas palabras.

—¿Y no es lo mismo?

—No, mi cuerpo es una cosa y mis sentimientos y mi cabeza otra, y ojalá pudiera hacer algo para que circularan por el mismo carril y poder largarme de esta maldita ciudad.

Se encogió de hombros.

—¿Y qué va a hacer ahora?

—Echarle huevos —sonrió.

Las dos mujeres, que sesión a sesión habían conocido los más mínimos detalles de la vida de la otra, que habían memorizado cada milímetro de su piel, que nunca se habían tuteado y que no se habían definido como amigas aunque lo eran con una lealtad y un amor inusuales, se abrazaron por última vez.

Un mes después se encontró a Gonzalo en la puerta de su casa. Se había escapado del campamento porque quería volver con sus padres, pero no había rastro de ellos, que justamente habían ido a buscarle a él. El niño y sus padres jamás volverían a encontrarse. Carmen acogió en su casa a Gonzalo, que superó el dolor de la pérdida de sus padres apalizando a medio barrio y ganándose el respeto del vecindario. Tres años después, Carmen se hizo puta y lo convirtió en su chulo. Medio año después, supo que su marido había muerto y, sin mucha convicción, reclamó la herencia. Cuando se la concedieron estalló en carcajadas que sorprendieron al notario y al director del banco.

—Ahora que ya eres rica, no me necesitarás —le dijo Gonzalo aquella noche.

—Pues claro que sí. Yo no voy a cambiar mi vida.

Me divierte así. La única cosa es que quiero vivir sola —Gonzalo la miró alarmado—, pero tenerte cerca. Con el dinero de la herencia me compraré el piso en el que vivo y con lo que ganemos con mi trabajo te alquilaremos el de abajo. ¿Te parece bien?

El chico asintió.

~

Ese hombre de treinta y un años conserva una cara de niño ajado y un cuerpo de gigante furioso.

—No me gusta. No me gusta. No me gusta —grita desquiciado—. ¿Y si te pasa algo? ¿Y si ese marido nuevo es tan malo como el otro?

—No, este no es malo. Te va a dar un trabajo. No puedes seguir encerrado en casa y pendiente solo de mí. Conocerás gente y cobrarás un buen dinerito.

—No me gusta. No me gusta. No me gusta.

Tercera parte

I

Noche del jueves 5 de junio de 1952

Oscuridad. Tan densa que la chica que acaba de entrar en el dormitorio no distingue la mesita de noche ni la silla que ha visto fugazmente antes de que apagaran la luz. El sonido de una llave en la cerradura es más de lo que puede aguantar. Se levanta de la cama y aporrea la puerta.

—¡Ábranme! —Golpea con los puños—. Tengo que salir de aquí.

—¡A dormir! —grita una voz de mujer—. Tienes una bacinilla para hacer tus necesidades.

—Escúcheme, se lo suplico, yo no puedo estar encerrada.

A los seis años, sor Conchita la encerró en el armario de clase por hablar con otra alumna. Era pequeña, pero el armario era diminuto, un cajón grande en el que se ovillaba envuelta en la madera. Estaba convencida de que las paredes se estrechaban en un movimiento lento que acabaría por aplastarla. Lloró, gritó, pero sor Conchita ya se había ido. El corazón martilleaba tan rápido que se ahogaría antes de que la sacaran de ahí. La encontrarían muerta. Dio una patada a la puerta, pero no sirvió de nada.

—Claro que puedes. Descansa y mañana será otro día. —Los pasos se alejan.

—¡No! ¡Por favor! No voy a escaparme, solo necesito que abran la puerta un poquito, se lo suplico.

El armario era más estrecho que la habitación, pero tenía una pequeña rendija por la que se colaba la luz del atardecer. Sus compañeros ya estarían en casa, incluida Magdalena, la niña con la que había hablado y que muy seria la señaló a ella como la culpable. La creyeron. Todo el mundo creía a Magdalena porque su padre era un rico empresario. Sor Conchita le había acariciado la cabeza, le había dicho que era una niña muy buena y que no debía dejarse llevar por las malas compañías. La cara sonriente de la profesora se convirtió en una mueca furiosa cuando se dirigió a ella y la arrastró de la oreja hasta empujarla sin muchas consideraciones al interior del armario. Los alumnos opinaban que sor Conchita era la mejor de las maestras porque no pegaba nunca a sus alumnas con la regla, solo las encerraba en el armario. Y ella había estado de acuerdo hasta que experimentó ese castigo.

—Ábranme, por amor de Dios —grita golpeando con las palmas de las manos la puerta cerrada.

Se toca las muñecas, surcadas por las marcas que han dejado las esposas. Ella esposada. Custodiada por la policía. Y nadie ha hecho nada. Ni sus padres. Mañana pensará en ello, ahora solo puede sentir la sangre bombeando por sus arterias a la velocidad del pánico.

—Calla —dice una voz desde la habitación de al lado—. Si armas jaleo es peor.

—Pero necesito salir de aquí —contesta.

—Chica, no vas a salir por mucho que grites. Al revés, te vas a quedar más tiempo.

—¿Dónde estamos?

Sor Conchita se había olvidado de ella y hubiera pasado la noche ahí si sus padres no hubieran ido a buscarla al colegio. Cuando abrieron la puerta, se echó a los brazos de su madre, que la apartó. Espero que hayas aprendido la lección y no vuelvas a avergonzar a la familia con tu mal comportamiento, y ya no le dirigió la palabra en el camino de vuelta.

—En el infierno, chica, en el infierno —responde la voz.

—¿Cuándo podré volver a casa?

Oyó una risa.

—Dentro de muuuucho tiempo. A no ser que te escapes. Pero te cogerán. Yo ya es la tercera vez que me fugo. ¿Es tu primera vez aquí?

—Sí.

—Esto es un centro de observación. Si eres buena y virgen, a lo mejor tienes suerte y te llevan a algún convento no muy estricto. A mí seguro que me ingresan en las oblatas, que son unas hijas de la gran puta.

~

A Carlos Santamaría le criticaron y le envidiaron por alquilarse un piso de soltero. Lo que tendrías que hacer es sentar la cabeza y casarte. Anda que no sabes tú, si las paredes de tu piso hablaran... Si lo hicieran hoy, no desvelarían nada escandaloso, solo hablarían de un hombre muy malhumorado que cierra la puerta de un golpe antes de desplomarse en un sofá de dos plazas que compró de segunda mano. Con un rápido movimiento de pies se desprende de los mocasines y con otro de manos afloja el nudo de la corbata. Su cuerpo se desparrama: abre las piernas y reclina la cabeza hacia atrás, liberándose de ese gesto rígido de hombre comedido dispuesto a acudir corriendo para solventar cualquier problema.

Al cabo de unos minutos, se sirve un whisky con esa misma laxitud que solo se permite en casa. Se lo merece. El día ha sido nefasto. Todo lo que podía salir mal ha salido peor. La conversación con el padre Cebrián ha marcado la curva descendente. Sin frenos. Porque él ya no pilotaba el vehículo, era un pasajero más, tan idiota como para haberse creído que era el conductor. Le ha quedado claro que su ascenso supone más trabajo, más responsabilidad, alguna palmadita en la espalda, pero el poder lo siguen ostentando otros. Los que llevan el volante. Los de buena familia. Los que tienen contactos. Los enchufados. Los de las agarraderas, como ha dicho ese cura gordo que sirve a quien le sirve un buen plato y, sobre todo, un buen vino, y a quien poco le queda de siervo del Señor. Y sin embargo lleva razón: Berta no tiene formación ni experiencia y él es suficientemente inteligente como para no perder el trabajo que ama en una batalla que tiene perdida de antemano.

Te prometo que más adelante podrás volver a la radio, pero ahora no es posible. Y lo del sueldo... bueno, al menos han retribuido tu trabajo. No muchas mujeres pueden decirlo. Así ha intentado zanjar la cuestión con Berta tras exponerle las últimas noticias. No estaba preparado para la reacción de la muchacha. Caminaban por las Ramblas, los dos solos. Ella había avisado en su casa de que tenía trabajo pendiente y llegaría un poco más tarde. Él buscaba un callejón poco transitado, una esquina oscura para asir esa cintura tan estrecha y besar esa boca que suele abrirse desconcertada, ávida, caprichosa. Pero hoy esa boca soltaba culebras. Tú me dijiste lo que iba a cobrar por mi trabajo en la radio, ¿por qué no has protestado? Es injusto que me paguen menos si yo he cumplido con mi cometido. ¿Qué tipo de autoridad tienes si no respetan los acuerdos que tú alcanzas? Y ¿qué hubiera pasado si yo no tuviera la oferta de Jacqueline y te hubiera hecho caso apostándolo todo por la radio? Me habría quedado sin nada...

Carlos se ha quedado callado, con la rabia en el cuerpo. ¿Sabe Berta lo que le costó a él trabajar en la radio? ¿Quién se ha creído que es? Una chica bonita venida de un pueblo con una voz preciosa y un talento innato. Sí. Pero con una arrogancia desmedida. El mundo no está a tus pies, Berta Gascón. Ándate con cuidado, que las puertas que se abren también se cierran. Esa arrogancia tan impropia te puede perder. Puede hacer que me pierdas.

La espontaneidad de Berta, tan encantadora, se ha convertido en otra cosa. Peligrosa. De mujer que te puede meter en líos. De las que no saben callar a tiempo. De las que te complican la vida. Y no sabe si por eso o a pesar de eso le han entrado aún más ganas de asir esa cintura estrecha y besarla apasionadamente.

Ella ha dado media vuelta en dirección a su casa y ha subido las Ramblas taconeando sobre esos zapatos en los que antes zozobraba, dando por acabado unilateralmente el paseo. Berta, no sé qué te pasa, pero no es culpa mía. Tendría que haber dicho otra cosa. Algo menos complaciente. Algo más firme. Ella se ha girado, le ha cogido de la mano y ha fruncido los labios en un mohín. Tienes razón. Disculpa. Es que no soporto las injusticias. Pero no te preocupes. Al menos tengo el trabajo de modelo. Y ese sí que está bien pagado. Ha dado un saltito, cogida de su brazo, pero ha seguido queriendo volver a casa. Ahí la ha dejado. Eran las ocho y media y había dicho que volvería a las nueve. Tiempo para un beso había, pero no. Ese beso era suyo y ahora quiere besarla más que nunca, tapándole la boca para acallar esos reproches de niña caprichosa.

Quiere ese beso. Quiere a esa chica, pero de otra manera. Quiere volver a quererla como antes, con la piel erizada y con esa emoción desconcertante. Ella, la mujer especial. Sí, sí que es especial, tiene que serlo, se dice con el segundo whisky, esto no lo he sentido antes. Le asalta el miedo al abandono. A que lo deje sin aquel beso que le pertenece. Haría bien en huir de esa niña caprichosa antes de sentir su rechazo. Haría mal en huir ahora que la ha encontrado. Al tercer whisky solo tiene ganas de abrazarla, de besarla ya sin rabia, con dulzura. Mañana hablará con ella. Mañana todo se arreglará. Mañana no tendrá ganas de huir de su lado.

~

Mañana huirá, aunque no sabe a dónde. A casa no puede. Ya no hay casa. Pero aquí no se queda.

—¿Cómo te llamas?

—Chica, es mejor que no sepas mi nombre. Es mejor que no preguntes.

—¿Por qué?

—Ellas no quieren que nos hagamos amigas.

—¿Por qué?

—Deja de preguntar y duerme.

2

Mañana del viernes 6 de junio de 1952

Eleonora no ha podido dormir. Sola en la cama, con ese dosel siniestro y con la culpa agarrándole los intestinos, que se quejan ruidosos y la arrastran una y otra vez al baño. Calambres como patadas en el abdomen que Sebastián insiste en que un médico podría aliviar pero ella sabe que no.

Empezaron hace trece años. Los retorcijones eran idénticos, pero no se oía su burbujeo, aplastado por los tambores de la victoria, por el jolgorio de sus vecinos celebrando el final de la guerra. Ella se había asomado al balcón para vitorear a los vencedores. Pero al final de la comitiva encontró una imagen terrible que quedó grabada para siempre en su mente y su vientre.

Ella había rezado para que la guerra acabara pronto y que la ganaran los sublevados, no por cuestiones ideológicas, que de eso no entendía, sino porque Sebastián combatía en el bando nacional. A ella la República le gustaba porque se veía que la gente estaba más contenta, había más fiestas y Clara repetía con los ojos encendidos que era lo mejor que le había sucedido a España.

Clara era la profesora del pueblo, una maestra llegada de Madrid de andares elegantes, melena cobriza y unos ojos tan grandes como desafiantes. Era la comidilla del pueblo, que si se da aires, que a ver quién se piensa que es, que el otro día entró en el casino y se pidió un café, que si ya me dirás qué hace una mujer leyendo el diario... Tal vez fueron los alumnos, que la adoraban, o ella, que repartía sonrisas sin darse por enterada, lo que apagó las críticas y encendió los halagos. Consultémosle a Clara, que ella siempre sabe qué hay que hacer, pasó a ser la letanía del pueblo, y la recitaban tanto mujeres como hombres.

Cualquiera hubiera querido ser amiga de aquella mujer y el honor recayó en ella, que andaba por entonces de novia de Sebastián. Un día la profesora se presentó en casa de sus padres.

—Me han dicho que sabes tocar el piano y me gustaría que enseñaras a mis alumnos.

Los abuelos maternos de Eleonora habían amasado una modesta fortuna que fue demasiado modesta para el desbocado tren de vida de su tío, pues la dilapidó al año de percibir la herencia. Los padres de Eleonora se colaron en la casa el día antes de la llegada de los acreedores y cargaron con el piano, con el que la madre enseñó a tocar a la hija. El mejor recuerdo de su infancia era el de ella tocando a dúo con su madre mientras su padre aplaudía. Él trabajaba de encargado en una fábrica y repetía que si no se hubiera enamorado de su madre, habría sido músico ambulante, aunque lo más curioso es que no sabía tocar ningún instrumento.

Los padres no se opusieron y Eleonora siguió a Clara en aquel caluroso día de verano.

—¿Hay alguna poza por aquí? —preguntó, camino a la escuela.

—Sí, tenemos que desviarnos unos cinco minutos.

—Perfecto, hace demasiado calor. Vamos a bañarnos.

No bromeaba. Al llegar a la poza, se descalzó, subió a una roca muy alta y, vestida como iba, se lanzó al agua.

—Está buenísima, ¿por qué no te bañas? La ropa se secará en nada.

—No, gracias, estoy bien así.

—¿Qué dices? Pero si estás sudando. Date un baño y verás qué rica está el agua.

Tenía razón. Estaba muy rica. Pero se equivocaba en lo de que la ropa se secaría enseguida; tuvieron que dar varias vueltas y finalmente acabaron echándose en una era cercana a la escuela.

—Ha sido increíble. ¡No me bañaba en la poza desde que era niña!

—Eso sí que es increíble. ¿Por qué?

—Porque los adultos no lo hacen.

Las dos se quedaron calladas mientras el sol secaba sus vestidos.

—¿Quieres que lo hagamos cada vez que vengas a la escuela?

El sí con el que contestó tenía gallos pero no le avergonzó. Con Clara había pocas cosas que la avergonzaran.

El siguiente verano los baños en la poza se espaciaron. Ella estaba con los preparativos de la boda y Clara no se separaba de Jorge, un abogado sindicalista recién llegado. Eran la pareja más guapa que había pisado aquel pueblo.

—Te daré el ramo de flores, para que seas la próxima —le comentó Eleonora uno de los días en que se escaparon a la poza.

—¡No! —dijo riendo—. Yo no me caso. Ya se lo he dicho a Jorge y está de acuerdo. Nosotros somos compañeros, pero sin papeles por el medio.

—Clara, ¿estás segura? Que la gente murmura. ¿Qué tienen de malo las bodas, con lo bonitas que son?

La mujer soltó una carcajada.

—Estoy segurísima, tanto como que me voy a tirar de esa roca tan alta. —Y corrió a cumplir su promesa.

Así de segura continuó cuando se quedó embarazada y ni se inmutó por las habladurías del pueblo. La madre de Sebastián pretendía que su hijo le prohibiera a su Eleonora que se juntara con aquella pecadora.

—Tú haz lo que quieras, pero que no se entere mi madre —le rogaba su marido.

Vivían en la casa de la suegra, que vestía de luto, tenía siempre las persianas bajadas y no salía bajo ningún concepto a la calle.

—No quiero encontrarme a mi pobre yerno ni escuchar los cuchicheos por la deshonra de mi hija Carmen —afirmaba la mujer antes de fingir un sollozo.

—De pobre nada. Él era un mal nacido y bien hizo tu cuñada en escapar —le comentaba su amiga—. Ahora ya nos podemos divorciar: la República es lo mejor que le ha pasado a España.

Cuando empezó la guerra, su pueblo permaneció en el bando republicano.

—Yo me voy a morir del disgusto —vaticinó la suegra el mismo día del alzamiento. Y se cumplió: un mes después la enterraban con una ceremonia sin cura, porque los que no habían sido asesinados estaban escondidos.

Eleonora no podía dormir por las noches. El crujido de la madera, el crepitar de un árbol, el murmullo del viento contra los postigos de las ventanas cerradas eran el anuncio del fin. De su detención. Porque en el pueblo se sabía que su marido combatía con los nacionales y por menos de eso muchas habían acabado en la cárcel. A punto estaba de volver a casa de sus padres cuando Clara le propuso mudarse ella a la suya con la niña, que era muy pequeña.

—Tu casa es más grande y, además, si la abandonas, te la requisarán. Conmigo estarás más tranquila porque te defenderé.

Así lo hizo hasta tres veces en que soldados, brigadistas y sindicalistas, respectivamente, aporrearon la puerta para interrogarla sobre su marido.

—Soy la compañera de Jorge de la Fuente, y si quieren sacar a esta señora de su casa, me van a tener que llevar a mí por delante. La guerra no la vamos a ganar deteniendo a mujeres.

Eso dijo en cada una de las ocasiones.

—No le des tanta importancia. Es lo que tú harías por mí. Si no nos ayudamos entre nosotras, ¿quién lo va a hacer? —contestó a sus agradecimientos, con esas mismas palabras, las tres veces.

La muerte de Jorge apagó el brillo de su mirada y encendió otro más oscuro. Ya no abría tanto los ojos, los amusgaba, juntando las cejas.

—No pueden arrebatarnos lo que hemos conseguido. No quiero que mi hija crezca sin libertad. Eleonora, si me pasa algo, prométeme que la cuidarás, que no dejarás que le digan lo que puede o no puede hacer. Júramelo, que tú eres creyente.

Se lo juró asegurándole que no le iba a pasar nada. Las dos callaron sabiendo que sí pasaría algo. Planeó huir a Francia, pero el camino era demasiado duro para la niña. Cuando llamaron a la puerta y los soldados preguntaron por Clara, Eleonora imitó a su amiga:

—¿No tienen nada mejor que hacer que detener a mujeres? —preguntó, haciendo gallos y sin el arrojo de Clara.

—Ahora me va a decir usted a mí lo que tengo que hacer. La señora se va al cuartelillo, que tenemos un informe sobre ella tan largo que podría empapelar esta casa. —Soltó una carcajada—. Y como abra la boca, usted la acompaña. ¿La niña de quién es?

—Mía. —Un nuevo gallo.

—¿Y su marido?

—Es soldado nacional.

—Pues no creo que le gusten las amistades que ha hecho usted mientras él combatía por la patria. Pero no se preocupe, que ya la llamaremos a declarar contra esta... roja. Su testimonio y la posición de su marido la salvarán de la cárcel.

Quince días se resistió, pero la presión de sus padres, que a diario le contaban cómo encarcelaban a sus vecinas por mucho menos, hizo que declarara en el juicio. Solo afirmó que Clara vivía en pecado, que no era creyente y que estaba a favor de la República. Treinta años. Antes de que se la llevaran de nuevo, Clara hizo el gesto de que se acercara. Eleonora le giró la cara y salió corriendo.

Berta no dejó de llorar durante días, preguntando por su mamá. El día en que se celebraba el fin de la guerra, por suerte la niña no salió al balcón y no vio al final de la procesión aquella imagen que a Eleonora le quedó grabada en la memoria y en las tripas. Clara, rodeada de mujeres vestidas con harapos y con la cabeza rapada. Se metió dentro, tapándose la boca para no gritar. Y así es como recuerda a Clara, por muchos esfuerzos que haya hecho por sustituir a esa mujer vencida por la profesora de Madrid de andares elegantes, melena cobriza y unos ojos tan grandes como desafiantes.

Clara murió tres años después sin que ella reuniera el valor suficiente para visitarla. La reclusa solo le escribió una vez, cuando firmó los papeles de adopción de la niña, acompañados de una nota: Los firmo porque no quiero que la niña crezca en esta prisión. Cumple tu promesa y críala para que sea una mujer libre.

Esa promesa tampoco la pudo cumplir. Nadie hubiera podido cumplirla.

No te atormentes, eras muy joven. Eso es lo que le dice Sebastián para que se calme, porque aunque haya pasado mucho tiempo no se le va de la cabeza y él es el único con quien comparte su pena. Pero no, no era cuestión de edad, sino de cobardía. Hace pocas horas ha vuelto a traicionar a Clara.

3

Tarde del viernes 6 de junio de 1952

A media tarde, Berta cabecea en misa y una compañera le da un codazo que la devuelve a la realidad. Una realidad espesa por la falta de sueño. A las cinco de la mañana no la han despertado, porque no había dormido. Había pasado la noche extendiendo manos y pies para asegurarse de que no estaba encerrada en un armario. El sonido de la llave en la cerradura y el chirrido de la puerta han marcado el inicio de un día que no es un día, es la continuación de una noche larga y oscura. Ha visto durante escasos segundos a una monja tan baja, tan delgada y tan apresurada en sus movimientos que le ha parecido una sombra.

—Ponte esto y sal al patio. —La voz aguda y chillona la ha sobresaltado.

La mujer ha dejado en el suelo una camisa azul y unos pantalones que le venían enormes. La tela era áspera y olía a desinfectante.

Veinte chicas se agolpaban en una pequeña extensión de arena que hace las veces de patio. Una instructora marcaba los ejercicios y gritaba Más aprisa. Ha mirado al resto de las chicas.

—¡Gascón, concéntrese!

El grito de esa desconocida enjuta y briosa que sabía su nombre le ha hecho perder el ritmo.

—Gascón, se quedará a repetir el ejercicio.

Ha llegado tarde a un comedor en el que las otras chicas ya desayunaban.

—No quiero oír ni una palabra —ha gritado una monja que daba pasos a lado y lado del comedor como un militar.

Algunas, como ella, ladeaban la cabeza para observar a sus compañeras, hasta que la monja militar le ha pegado una sonora colleja a una.

—Aquí no se mira más que al plato.

Cuando han acabado la comida les han concedido tiempo para conversar sin alborotar. Solo quince minutos en los que se han formado grupitos con la misma dinámica: una chica más veterana hablaba y las demás escuchaban.

—La primera vez es la más dura. Yo ya me he escapado de varios conventos, pero siempre te pillan. Igualmente vale la pena, aunque sea por unos días. —La líder del grupo al que se ha acercado Berta tiene el pelo muy corto, cortado a trasquilones.

—¿Cuándo podremos ver a nuestra familia? —pregunta una que no supera los doce años.

—Aquí te tienen unos cinco días, dependiendo del caso, y te observan para decidir dónde te llevarán. Así que pon cara angelical, a ver si tienes suerte. Y a tus padres, uf, cuando les dé la gana a las monjas. Eso si ellos aún te quieren ver, que una vez que entras aquí muchos se lavan las manos y se olvidan de ti.

La chica está a punto de llorar, pero la veterana la ataja.

—No llores. Les molesta que lloremos. Y es mejor que no les des ese gusto. A mí me dejaron el pelo así

—se señala los trasquilones—, y todo porque una vez no pude más y me eché a llorar.

No se formulan más preguntas por miedo a las respuestas.

—Se acabó el tiempo. Ahora a misa y después a pasar el rosario —ordena la monja.

Esa ha sido la primera misa. Ahora está en la segunda y siente el codo de la chica del pelo trasquilado, que se le clava en las costillas. Entiende que estaba a punto de quedarse dormida y con una mirada agradece el favor.

~

Cristina González se levanta cada día a las cinco y media de la mañana, incluso las noches que ronda los barrios bajos hasta bien entrada la madrugada. Desde el accidente, nunca duerme mucho, a veces ni siquiera está segura de haber dormido. Se ducha con agua fría y se pone un vestido gris. Tiene tres prácticamente idénticos colgados en un enorme armario.

Esta mañana ha limpiado la casa a conciencia. Luego ha comido un plato de lentejas y ahora se sirve un café con leche y se dispone, como siempre, a pasar la sobremesa con el retrato de Mijulio enfrente.

—Ya he cazado a la chica esa que llevaba vigilando dos días. No es como las demás, es peor, te lo digo yo, porque es de familia bien, y que una chica con posibilidades caiga en la degeneración moral no tiene perdón de Dios. No veas la escandalera que se montó. Yo contaba con suficientes pruebas, así que avisé a la policía y nos presentamos en su casa. Bueno, no es su casa, es la de su tía. ¿Y a que no sabes quién era la dueña? Úrsula Riera, una jefaza del Patronato. Casi me cuadro cuando la vi.

Yo no sé si sería ella quien la denunció, porque parecía sinceramente sorprendida. Pero te digo que era un chivatazo. La chica no había llegado, porque ya sabes que yo siempre prefiero hacerlo así. Hablo con la familia para que firmen todos los papeles y así los policías, que siempre andan con prisa, se la pueden llevar en cuanto llega. El factor sorpresa es muy importante para que no opongan resistencia, que las hay muy rebeldes. Suerte que lo hice a mi manera, porque me tiré un buen rato para convencer a la familia. La madre dudaba de mi informe, que cómo iba a mezclarse su hija con una prostituta. Y yo que sí, que con estos ojos que se tiene que tragar la tierra la vi en un café con una que ya me la conozco yo del barrio chino. Después la vi pasear con un hombre. A solas. Por las Ramblas. Tal cual te lo digo. Y le cogió la mano. Y la madre se calló, pero la chica daba guerra, venga a decir, la muy descarada, que qué había de malo en lo que había hecho. Eso es típico de las de pueblo, como ahí no llega el Patronato porque no hay tantas tentaciones, vienen a la ciudad y se piensan que esto es jauja. No entienden que hay cosas que no se pueden hacer... Y cuando se calló, empezó la prima. Salió hecha una furia insultando a su madre, y el padre tuvo que llevársela a la habitación. La señora, digo, la madre de la oveja descarriada, no quería firmar hasta que volviera su marido al día siguiente. Pero las cosas no van así, que yo no puedo tener a los policías yendo y viniendo. No sé qué se habrán creído. Doña Úrsula la hizo entrar en razón, gracias a Dios, pues lo mejor que le puede pasar a esa criatura es que la encierren una buena temporada para que no contamine a otras, se redima y abrace la fe. Claro que es duro, pero es que sin penitencia no hay redención. ¿Estás orgullosa de tu esposa?

Se levanta y besa el retrato.

~

Berta observa el bigotito de la mujer y los pelos que salen disparados de su barbilla. La piel reseca, los ojos vacíos, el vestido gris que no es un hábito, pero lo parece. La chica está de pie en un pequeño cuartito mientras la otra, parapetada tras una mesa de despacho y sentada en una silla de madera, lee unos papeles sin mirarla. Finalmente, levanta la vista.

—Quiero que comprenda que estoy aquí para ayudarla. Ya me presenté ayer noche, me llamo Cristina, aunque todo el mundo me llama Cristiana. Las faltas que se le imputan son graves, pero ahora tiene la oportunidad de rectificarlas. Es importante que sea completamente sincera al contestar las preguntas que le formularé.

—Por supuesto, doña Cristiana.

—Llámeme Cristiana a secas. ¿Qué hacía usted en un café con una prostituta?

—Tiene que creerme, yo no sabía que era una prostituta.

Escribe en el informe: Mentirosa.

—¿Y cómo es que conocía a esa... mujerzuela?

—La conocí en una fiesta, en casa de la señora Jacqueline Allen. Días después me invitó a tomar un café. No pensé que estuviera haciendo nada malo.

—¿Acude usted a muchas fiestas?

—Es que no era exactamente una fiesta. Estábamos en la terraza de esa señora para celebrar la llegada de Franco a Barcelona.

—¿Había alcohol en esa fiesta?

—Sí, pero yo no probé ni una copa.

Juerguista y bebedora, apunta.

—Yo, si me lo permite, Cristiana, querría hacerle

una pregunta. ¿Qué es lo que pasará de ahora en adelante? ¿Me someterán a un juicio o algo parecido? ¿Podré defenderme de algún modo de estas acusaciones?

—No. Ya le he dicho que nosotras estamos aquí para ayudarla. Valoraremos su caso y decidiremos qué es lo mejor para usted.

—Pero ¿hay alguna posibilidad de que salga libre? Es que le aseguro que todo esto es un gran malentendido. Tiene que creerme, Cristiana.

Conflictiva, anota.

—Hábleme ahora de ese hombre con el que paseaba por las Ramblas. ¿Qué relación mantienen?

—Él es solo un compañero de trabajo. Yo vine al congreso y por una serie de casualidades acabé trabajando en la radio. Ese hombre con el que me vieron, Carlos Santamaría, es el locutor y guionista del consultorio de la doctora Elena Francis y quería comentarme algunos detalles del trabajo.

Fantasiosa. Desequilibrada. Traza un círculo alrededor de la segunda palabra.

—¿Y por qué no lo hizo en las oficinas?

—Aquel día todos los estudios estaban ocupados y me propuso que diéramos un paseo.

Díscola, garabatea.

—¿Ha mantenido relaciones con ese hombre o con cualquier otro?

—Por supuesto que no.

Subraya Mentirosa.

—¿Se ha prostituido alguna vez?

—No, válgame Dios.

Degenerada, escribe.

—Gracias por todo, ya se puede retirar.

—¿Me puede decir qué me ocurrirá ahora?

Descarada.

—Eso solo lo sabe el Señor. Rece para que le otorgue la fortaleza necesaria para alejarse de la tentación.

—Me gustaría saber también cuándo podré ver a mi familia. Estoy segura de que ellos intercederán por mí.

—Yo no estaría tan segura. Ya vio que su madre... bueno, su madre adoptiva firmó los papeles de su ingreso. Ahora su futuro depende de lo que decida el Patronato. Puede retirarse.

La chica cierra la puerta y la celadora escribe: Recomiendo que sea trasladada a un convento de las Hermanas Oblatas y que sea tratada con firmeza. Rubrica su firma y sonríe.

4

Noche del viernes 6 de junio de 1952

Es la tercera vez que el inspector Soto Mayor visita a Elvira desde que se mudó. En la pensión que comparte con otras prostitutas no están permitidas las visitas masculinas, pero la dueña hace una excepción con el policía.

—¿Se puede saber qué hacías tú en el bar Alegría con una tal Berta Gascón? —comenta después del primer asalto, en su habitual sobremesa sexual.

—¿Y tú cómo te has enterado? ¿Ahora te dedicas a seguirme? ¿Y cómo sabes quién es Berta?

—Ya me gustaría, niñita mía, tener tiempo para seguirte y ver cómo se cimbrean esas caderas por la calle. Pero prefiero invertir mis horas libres en tocarte más que en observarte de lejos —bromea—. No, no te he seguido. Pero anoche me llegó el informe de una celadora del Patronato. ¡Cómo odio a esas mujeres que nos mandan aquí y allá para detener a niñas, como si no tuviéramos nada más importante que hacer! Además, esa celadora, Cristiana González, es especialmente pesada y para mí que le falta un tornillo. La mujer acusaba a la chica de haberse encontrado con una prostituta del barrio chino llamada Elvira. Y para que no te metan en líos, pedí que borraran tu nombre. Pero aún no has contestado a mi pregunta. ¿Qué hacías con esa chica? —No está enfadado, siente una genuina curiosidad.

—Es amiga mía y solo tomé un té que sabía a rayos. Pero ¿qué le ha pasado a Berta?

—Pues ¿qué quieres que le pase? Que la han detenido y se la han llevado al centro de observación del Patronato.

Elvira se tapa la boca.

—Tienes que ayudarla, Soto. Tienes que hacer algo para que la saquen de ahí. Te lo suplico. Es muy buena chica, trabaja en la radio y de modelo y yo..., a mi manera..., la aprecio.

El inspector levanta la ceja con escepticismo y le da una calada al cigarrillo.

—Lo intentaré, pero poco puedo hacer. Cuando están en el Patronato, y tú lo sabes mejor que nadie, esas arpías no sueltan su presa ni a Dios que bajara a la tierra. A los policías nos tienen como perros de caza, y una vez que hemos perdido nuestro precioso tiempo con sus tonterías no nos dan ni las gracias.

—Soto, te lo suplico, ayuda a Berta. Seguro que tú algo puedes hacer.

—Ya veré. Y ahora volvamos a lo nuestro, dejemos la cháchara para después, que hoy me muero de ganas de estrujar esas tetas.

~

Las cuatro paredes del piso de Carlos Santamaría hoy pasan la crónica de un hombre a ratos triste, a ratos, los más, iracundo. Un hombre sin un beso que era suyo y que ha dejado de serlo a media mañana por una llamada de teléfono.

—Carlos, tendrás que buscar a una locutora para esta tarde porque Berta se ha vuelto al pueblo con su familia.

No ha reaccionado.

—¿Me escuchas?

—Sí, Úrsula. Pero eso no es posible. Se habría despedido... de la gente de la radio.

—Ha sido una decisión repentina de su familia. Ramona ya está recuperada para viajar y al padre le reclamaban del trabajo. Sé que es una faena encontrar a una locutora con tan poco tiempo, pero estoy segura de que no será un problema grave para un profesional como tú.

—Sí, claro, gracias por avisarme. Pero ¿podría facilitarme un teléfono de Berta para despedirme de ella y su familia?

—¿Por qué tendría que hacer algo así? Sería inapropiado. Te ruego, Carlos, que te concentres ahora en tu trabajo, que me demuestres que mereces la confianza que deposité en ti para que no me arrepienta. —Su voz es suave, casi maternal—. Disculpa, que ahora tengo mucho trabajo. Ya hablaremos en otro momento.

Ha colgado el teléfono sin darle tiempo a réplica. Tres horas después ha vuelto a llamar a su casa preguntando por Gabriela, pero ha sido Úrsula nuevamente quien le ha atendido.

—Gabriela no puede ponerse. Agradezco tu interés por su estado de salud, que mejora día a día. Pero como sabrás, ella ha decidido ordenarse monja y ahora mismo resulta inapropiado que tenga contacto con nadie.

Ha utilizado dos veces la palabra *inapropiado*. Inapropiada es ella, con sus órdenes estúpidas, con sus amenazas veladas, con su voz de bruja y sus trajes de catequista. Berta se pondrá en contacto con él, no le queda la menor duda. Solo tiene que llamar a la radio para localizarle. Pero ese beso ya no es suyo. Y las paredes hablan de un hombre triste, tumbado en su sofá de dos plazas de segunda mano, un hombre que se transforma en un individuo iracundo, que da largos pasos descalzo y que reniega en alto. Me cago en todo. ¿Cómo ha podido irse así? Lo mismo que Valentina, recuerda por un instante. Estampa contra la pared un libro de poemas de Vicente Aleixandre que le había comprado para obsequiarle el día que le presentara a sus padres.

~

Gabriela y su madre no han estado a solas desde que le dio la bofetada. Cuando detuvieron a Berta, suplicó, gritó y finalmente la insultó. Eres un monstruo. Eso dijo antes de que su padre la arrastrara a la habitación y la obligara a tomar una pastilla para dormir mientras le gritaba que en su vida volviera a hablarle así a su madre.

Ha pasado un día y no ha salido de la habitación. Reme le ha llevado la comida y le ha dejado claro que sus padres no la esperan en la mesa. Pero, después de cenar, desobedece. Su madre está haciendo ganchillo en el comedor y su padre ya se ha ido a dormir.

—¿Qué haces levantada? —espeta con sequedad.

—Perdona, mamá, es que tengo que hablar contigo.

La mujer pone los ojos en blanco.

—Lo único que quiero oír de ti es una disculpa. ¡Cómo pudiste avergonzarme así!

—Lo siento, mamá, perdí los nervios. No quería decirte algo tan horrible, créeme.

—Acepto tus disculpas. Siéntate, pero ya te advierto que no quiero oír nada de Berta ni de esa familia que nunca tuvimos que acoger en esta casa.

—Mamá, perdóname, pero es que tengo que hablarte de Berta. Ella no merece estar encerrada. Estoy convencida de que si tú intervinieras, podría salir, se iría a su pueblo y no volverías a verla.

—Te he dicho que no volvieras a sacar el tema. Pero tú lo has querido. Esa joven es un despojo moral que ha cometido pecados infames. —Se ha bajado las gafas. Gabriela no puede sostener esa mirada fría—. Tú lo sabes mejor que nadie. Tú sabes las cosas horribles que ha hecho y que te ha arrastrado a hacer.

—Mamá, no la culpes a ella de mis pecados.

—Estoy hablando, no me interrumpas. —Ha pegado un manotazo en la butaca y ha tensado los labios en una mueca—. Yo no puedo hacer nada por esa niña. Su destino está en manos del Señor. Reza por su alma.

—Pero, mamá, si tú pides que la suelten, lo harán.

—¿Y por qué tendría que hacer algo así?

—Porque te lo pido, te lo suplico. —Hinca las rodillas en el suelo y coge la mano de su madre.

—¡Por Dios, Gabriela, levántate! Solo hay una cosa por la que haría lo que me pides. —Amusga la mirada—. Si me dices el nombre de la persona que te ayudó a hacer... esa barbaridad, ese pecado mortal.

—No me pidas eso, por favor.

—Es la única forma de que yo intervenga en favor de Berta. Tienes tiempo para decidir, la chica estará unos pocos días en el centro de observación. Piénsatelo bien, porque después ni yo podré hacer nada por ella.

~

Las veteranas aseguran que una se acostumbra a dormir con la puerta cerrada con llave. Algunas de las novatas no lo encuentran tan terrible. Para Berta sí lo es. En la oscuridad recuerda a Eleonora llorando, firmando los papeles, prometiendo que solo sería por unos días, que cuando volviera Sebastián ya verían qué hacer. Es por tu bien, pronto solucionaremos todo esto y volveremos a casa, le dijo la embustera. Y no se apiadó de ella ni cuando Ramona se levantó con las muletas y se le abrazó fuerte. Mamá, no dejes que se vaya. Mamá, ella no ha hecho nada malo, ¿por qué la han esposado? Berta, te quiero, te quiero, te quiero, no me dejes.

Eleonora apartó a la niña y le tapó los ojos para que no viera cómo se la llevaban. Y lloraba, sí, lágrimas de cocodrilo. Su familia no la va a sacar de aquí. Su única esperanza es Carlos. Su último encuentro fue tenso, pero él vendrá.

Ahora la puerta está cerrada y ella agita brazos y pies para cerciorarse en la oscuridad de que ningún armario se va a encoger hasta aplastarla. Se queda paralizada en la cama y oye un chillido inhumano. Ratas. Le han comentado que hay ratas. Imagina la habitación infestada de ratas que en cualquier momento se encaramarán a la cama y treparán hasta su cara. Le arrancarán las orejas, le mordisquearán los pies y la encontrarán muerta. Y ni así se conmoverán esas brujas de cuento que persiguen a las niñas para encerrarlas en calabozos, para comerles cuerpo y alma hasta que solo les quede una mirada vacía. Un nuevo chillido desafinado de rata. Pero no es solo una. Ella es la capitana, la que guiará a las demás hacia su presa. Está convencida. Las ratas están a punto de devorarla en su cama. Lo presiente. Lo sabe. La puerta está cerrada. No puede huir. Y grita. Varias veces.

La monja pequeña, delgada y rápida como una

sombra está frente a ella. Le sujeta las manos. Y al poco llegan otras sombras.

—Niña, eres muy rebelde, si no te calmas, te ataremos a la cama —suelta una sombra amenazadora.

—Lo siento, lo siento. Es que he tenido una pesadilla.

—Que no vuelva a pasar porque aquí no damos segundas oportunidades, ¿estamos? —es lo último que oye antes de que la llave cierre la puerta.

5

Mañana del sábado 7 de junio de 1952

Jacqueline no esperaba a nadie. Lleva un camisón azul, una bata de seda blanco roto, unas zapatillas con plumas y una resaca que le martillea en las sienes. Le cuesta reconocer a la chica que tiene delante. Le suena de alguna fiesta, pero es incapaz de ubicarla. Ella lee su confusión.

—Hola, señora Allen. Soy Elvira Cruz. Estuve el otro día en su terraza celebrando la llegada del caudillo y después acompañé a Berta Gascón en la sesión de fotos.

—Ah, sí, te recuerdo. Perdona, pero es que por las mañanas no soy persona. ¿Te apetece un café?

—Si es tan amable.

La sigue al comedor, donde las espera Ernesto, que interrumpe la lectura para saludar a la invitada. Ella sonríe coqueta.

—¿Y qué se le ofrece? —pregunta Jacqueline después de que la criada les sirva el café—. Estaba esperando la respuesta de Berta para un trabajo, pero he supuesto que no le interesaba.

—Señora, es que Berta no puede ponerse en contacto con nadie porque la han encerrado en el Patronato.

—¿Cómo? —Ernesto no hace una pregunta, lanza un grito.

—Sí, don Ernesto. Y lo que más me duele es que la denunciaron por tomarse un té conmigo en un bar. Imagínese que la embustera de la celadora, que no tiene otro nombre, se atrevió a afirmar que yo era... era una prostituta.

Jacqueline entorna los ojos.

—Pobre Berta. ¿La acusan solo de eso?

—También de caminar por la calle con un compañero de la radio.

—¿Carlos Santamaría? —aventura Ernesto.

—Imagino que sí...

—¿Solo por caminar? —La norteamericana se lleva la mano a la cabeza—. Este es un país de locos. ¿Qué cree que podríamos hacer por ella?

—La verdad es que no lo sé, porque del Patronato solo se sale con una boda. Si alguien se casara con ella, la liberarían de inmediato. Pero he pensado que usted es una mujer muy influyente y que tal vez conozca a personas con poder para hacer algo. Perdone mi osadía, pero es que no sé a quién recurrir.

Pese a que Elvira lleva toda la mañana ensayando el discurso, le ha costado mucho soltar tantas palabras seguidas.

—Jackie, ¿crees que podrías hacer algo? —le pregunta Ernesto.

—Lo veo difícil, si te soy sincera.

—¿Carlos Santamaría está al corriente de lo que ha ocurrido? —pregunta Ernesto.

La chica se encoge de hombros y alarga el cuello, como si se disculpara.

—Yo no lo conozco.

~

Sebastián regresa arrastrando los pies y con los hombros caídos a casa de Carmen, que ya no es la casa de Carmen, sino el lugar donde ahora se alojan él, Eleonora y Ramona.

Su esposa le espera llorando. No ha hecho otra cosa desde que él regresó al piso de Úrsula ayer por la tarde. ¿Cómo había sido capaz de firmar aquellos papeles? Esa fue la pregunta que desencadenó un llanto que todavía no ha cesado. Úrsula, sonriente, respondió: Es lo mejor para la niña. ¿Lo mejor que podemos hacer por nuestra hija es encerrarla? Los sollozos de fondo de Eleonora acompañaron la agria discusión, en la que Sebastián hizo alarde de una seguridad que le sorprendió a él mismo. Nosotros nos vamos de aquí. Agradezco tu hospitalidad, Úrsula, pero nos vamos de un lugar donde se considera que recluir a nuestra hija es lo mejor que podemos hacer por ella, le soltó a la bruja. Tenía las llaves del piso de Carmen y Eleonora hizo las maletas sin dejar de llorar. Y las deshizo llorando.

—Tranquilízate, por Dios. Siento haberte reprochado que firmaras los papeles. Sé que Úrsula te presionó y la culpa fue mía por no estar ahí. —Le acarició la cabeza—. No pasa nada. Esto lo vamos a arreglar. La vamos a sacar de ahí y vas a poder cumplir con la promesa que le hiciste a Clara de educarla como una mujer libre. Porque cuando salga de ahí la vamos a apoyar en todo. No llores, mujer; ahora te necesito fuerte para arreglar este entuerto.

Pero el entuerto no se arregla. Esa es la conclusión a la que ha llegado Sebastián tras su visita al Patronato de Protección a la Mujer. Los papeles que firmó Eleonora suponen una renuncia a la patria potestad. El hombre no quiere decírselo a su esposa para no echar más leña a sus lágrimas.

—Está complicado —le comenta—. El lunes visitaré a un abogado que me ha recomendado Carmen. Yo soy su padre legal y no he firmado los papeles. Algún derecho debo de tener, digo yo.

Eleonora asiente.

—Yo quiero ver a mi hermana. Ir a donde esté y abrazarla —exclama Ramona—. Todo es culpa mía. Si yo no me hubiera caído, habríamos vuelto al pueblo. Prométeme que lo arreglarás, papá. Prométeme que traerás a Berta de vuelta, nos marcharemos al pueblo y todo volverá a ser como antes.

—Te lo prometo, Ramona.

~

—Ernesto, a mí en el Patronato me odian. Si no fuera mayor de edad, esas amargadas me encerrarían y tirarían la llave bien lejos. No puedo hacer nada. Me da mucha pena la chica, pero... ¿por qué te ha afectado tanto? —El hombre se mueve de un lado a otro del comedor como un gato enjaulado.

—No aguanto más injusticias... Esa chica no es solo esa chica: son todas las chicas.

—Ernesto, te entiendo, pero ¿qué quieres hacer? Este país va servido de injusticias, querido.

—Ya lo sé. No se pueden combatir todas las injusticias, pero al menos una... Berta estaba a punto de lograr hacer lo que se había propuesto, ser todo lo libre que se puede ser en este país de mierda. Y quería hacerlo: es valiente, es diferente a la mayoría de las jóvenes de su edad. Se parece más a las que conocí cuando yo tenía veinte años...

—A mí también me lo había parecido. Me hubiera gustado ayudarla... Seguiré intentándolo. —Le acaricia la mejilla—. ¿Cuándo te vas?

Es la pregunta que no se ha atrevido a formular desde que le entregó el salvoconducto que le permite viajar al extranjero. Entonces, él la besó en la frente y le dio las gracias. Ella intuyó que sería pronto.

—A finales de la semana que viene.

—Júrame que tendrás cuidado, que nunca has tenido mucha suerte. —Se cuelga de su cuello.

Él la abraza con fuerza contra su pecho mientras la rabia sigue latiéndole en las sienes.

~

—¿No puedes intentar hacer algo por esa chica? De verdad que no lo entiendo, con la de contactos que tienes.

—¿Qué ha sido de la Carmen que solo se ocupaba de ella misma? Me traía muchos menos quebraderos de cabeza.

—Maximiliano, no estoy para bromas. Lo que le han hecho a Berta es una putada.

—Como lo que les hacen a cientos de jóvenes en este país. No sé de qué te sorprendes.

—Pues yo no puedo hacer nada por cientos de jóvenes, pero sí por Berta, y tú me vas a ayudar.

—Ya le he dado a tu hermano el teléfono del mejor abogado de Barcelona. Yo correré con los gastos, pero poco más puedo hacer. No es que no quiera. Sí, tengo muchos contactos, pero en otras esferas. Nadie en los círculos católicos va a escuchar a un estraperlista de vida disipada. Créeme, sería contraproducente para ella.

—Tienes razón. No sé por qué me preocupa tanto lo de esa chica, pero la verdad es que me afecta. Perdona, sé que no puedes hacer más y eso me cabrea.

~

—No me quito a Berta de la cabeza —insiste Ernesto mientras les da de comer a los peces.

—He vuelto a hacer un par de llamadas y nada. No creo que podamos sacar a Berta de la pecera. —Jacqueline se acerca a él y le acaricia la mejilla mientras observa los peces.

—Tengo que hablar con Carlos Santamaría.

—¿Me contarás alguna vez lo que pasó entre vosotros?

—Antes de irme, quizá.

—¿Y qué le vas a decir?

—Él puede ayudarla.

—¿Crees que lo hará?

—No lo sé, no pierdo nada por intentarlo.

—¿Y si te denuncia? Él sabe quién eres, ¿verdad?

—Si no lo hizo entonces, no creo que lo haga ahora.

Hace años que Ernesto se pregunta por qué no lo denunció en su momento.

6

Tarde del sábado 7 de junio de 1952

Las manos de Ernesto se deslizan por el papel, se concentran en los pliegues y se expanden en los movimientos precisos que requieren los leones, las ranas, los elefantes, las pajaritas, las flores y las mariposas, todas esas figuras que deposita en la estantería de madera. Una detrás de otra. A un ritmo frenético que no consigue su propósito de acelerar las horas.

Ha llamado un par de veces a la radio y Carlos Santamaría estaba ocupado. Ha preguntado a qué hora acababa su trabajo. A las ocho. Él saldrá a las siete y cuarto de casa para esperarle en la puerta de la radio.

No quiere anticipar su reacción. No puede evitar anticipar su reacción. No le gusta nada la reacción que anticipa. La papiroflexia es el muro de contención de sus pensamientos, pero sobre todo de sus manos. De joven lanzaba objetos, estampaba vasos y golpeaba con saña las paredes. Ahora solo hace papiroflexia y arroja piedras al mar. Hoy será el primer sábado en años que rompa con esa costumbre. Quizá no la recupere. En París no hay mar y él ya ha seguido la trayectoria de suficientes piedras para toda una vida.

Sus manos son una máquina que fabrica figuritas

para matar el tiempo. Son las cinco de la tarde y en esas dos horas y cuarto viajará al pasado y al futuro varias veces.

~

Carlos Santamaría intentó estrangular a Ernesto Vila el 22 de marzo de 1944. Un premonitorio círculo rojo en el calendario de pared de su diminuta habitación distinguía al 22 del resto de los días del mes. El 22 estaba destinado a brillar por encima del 21, del 20, del 19 y a marcar una línea ascendente de la que se beneficiarían el 23, el 24 y sus subsiguientes compañeros. Era el día en el que debutaría como locutor de radio. Apenas dos líneas en un serial radiofónico no era gran cosa, pero era mucha cosa en su meditada estrategia para medrar en la radio.

El 22 suponía la culminación de la primera etapa, que había empezado un año atrás con su negativa a estudiar Derecho.

—No lo entiendo, con esa labia que tienes serías un gran abogado —se lamentó tía Dolores, que se resistía a renunciar al lustre que imprimiría a la familia contar con un universitario.

—¿Y qué vas a hacer? Porque aquí vagos no queremos —le advirtió Avelino, fingiendo enojo y aliviado por no tener que costearle la carrera—. Hablaré con algunas clientas mías, a ver si saben de algún trabajo.

—¿Y por qué no lo llevas contigo a la papelería? —sugirió su mujer.

Avelino era el dueño de una próspera papelería ubicada entre dos colegios que había heredado de su padre y este de su abuelo. Cada vez que Dolores lanzaba aquella propuesta chocaba con una negativa impropia de su marido, que en casa siempre se plegaba a su voluntad. Había mostrado idéntica obstinación cuando ella, años atrás, se había ofrecido a trabajar con él. Para Avelino la papelería era un territorio independiente de la familia, un pequeño reinado de libertad endulzado por las jóvenes dependientas que contrataba y por alguna que otra clienta con la que coqueteaba sin pretensiones.

—Quiero trabajar en la radio. Es lo que más deseo en el mundo —dijo Carlos con una convicción que no los convenció pero que evitó una riña matrimonial.

—Tú habla con alguna clienta tuya, a ver si le encuentra algo al chaval, que tiene la cabeza llena de pájaros —le ordenó Dolores a su marido aquella noche en la cama.

Sin embargo, los pájaros aterrizaron en la puerta del estudio de Radio Barcelona en la calle Caspe, a la que Carlos había llamado con una insistencia tan estudiada como encantadora. No hubo chico de los recados tan solícito como él, que se ganó una oportunidad como asistente de un técnico de sonido al que invitaba a cervezas después del trabajo y que acabó de guionista de cuñas publicitarias, convirtiéndose en el confidente del director del departamento, que lo premió con aquellas dos líneas de diálogo en el serial de más éxito de la emisora.

Carlos Santamaría sabía qué decir, qué hacer, cuándo sonreír y cuándo poner cara de estar muy ocupado. Aunque no trabajara, siempre parecía que lo estuviera haciendo, y la frase que más repetía era: Tranquilo, yo me encargo. La primera etapa de su estudiado plan culminaba el día 22, con ese papel secundario que no era gran cosa y que era mucha cosa.

La mañana del 22 de marzo de 1944 a Ernesto se le había quedado mal cuerpo después de visitar a José Ángel y a Jacqueline. La gratitud mutua que sentían los dos hombres se había transformado en una amistad sólida, cómplice e igualitaria, pese a que uno era el jefe del otro. Música, alcohol y cocaína hasta el amanecer sellaban la relación. A menudo, Jacqueline pretendía arrastrar a Ernesto a fiestas donde había más música, más alcohol y más cocaína, pero él ponía como pretexto su situación legal y la temeridad de prodigarse en ambientes donde podría ser reconocido. Era una excusa. Las juergas de los vencedores le hacían hervir la sangre y prefería la compañía del matrimonio. Nunca ocurrió entre los tres nada similar a lo que vivieron los dos hombres con Valentina, y la relación con Jacqueline se gestó a fuego lento después de que enviudara.

—No pinta bien, ¿verdad? —le había preguntado José Ángel tras mostrarle unas radiografías de su hígado en las que se distinguía un tumor.

—Yo solo sé de huesos y hace mucho que dejé de ser médico...

Hacía cinco años que Ernesto Vila se había convertido en el otro Ernesto Vila, y esa transformación imponía tres reglas inquebrantables: no tener contacto con ningún conocido, no salir del país y, por supuesto, no volver a ejercer la medicina. Esta última era la restricción más llevadera. De su antigua vida solo echaba de menos a una persona. En cambio, hubiera dado cualquier cosa por mudarse bien lejos. Él no quería vivir en España, pese a que su posición era privilegiada: contaba con un trabajo bien remunerado gracias a José Ángel Palacios y vivía en un piso que este le había cedido. Sospechaba que aquel periodo sería una excepción en su vida y que todo acabaría yendo a peor, como siempre. Era difícil que, viviendo en la misma ciudad y habiendo sido médico, no se encontrara a alguien que le reconociera. Las campañas de publicidad del régimen premiaban la denuncia, ensalzándola como un deber patriótico, por lo que cualquiera podría acusarle en el momento más inesperado. En este país no hay nada que no se pueda comprar, lo tranquilizaba José Ángel. Pero odiaba vivir en un país en el que todo se pudiera comprar.

No tenía de qué quejarse. Incluso le gustaba su trabajo y eso a ratos le parecía también una condena. José Ángel era un empresario vivaz y creativo, era capaz de anticiparse a lo que el público demandaría. Una de sus ideas para ampliar el negocio fue una incursión en el sector farmacéutico, del que se encargaba Ernesto, con una misión que parecía hecha a su medida: supervisar la investigación y planificar la futura comercialización de un remedio destinado a aliviar los sabañones, el mal de la miseria y el frío. No podría ser zapatero en París, pero se ocupaba del bienestar de los pies, de esa parte del cuerpo que le seguía fascinando por lo alejada que estaba de la cabeza y de los pensamientos.

—Vamos, Ernesto, no me trates como a un niño, ¿cuánto tiempo de vida crees que me queda? —insistió José Ángel Palacios haciendo esfuerzos por disimular el miedo.

Un año, calculó.

—Hay tratamientos, pero yo no los conozco; mi especialidad nunca ha sido la oncología.

—Mientes fatal, querido amigo. Vamos a tomar un trago —propuso el hombre, acercándose al botellero con forma de globo terráqueo ubicado en el centro de aquel amplio despacho que olía a madera—. ¡Hay que joderse!, que me habré muerto sin vivir en Estados Unidos. Suerte que al menos me casé con una norteamericana.

Bebieron en silencio y repasaron asuntos del negocio como si nada hubiera pasado. Pero sí había pasado: un tumor avanzaba por el cuerpo del único amigo que Ernesto tenía.

Comieron con Jacqueline. A ella no le digas nada por el momento, le había pedido José Ángel. Aquella tarde Ernesto volvió sin ganas a la oficina ubicada en el barrio de Las Corts. Se encerró en su despacho y le pidió a su secretaria que no le pasara llamadas. Salió hacia las seis, una hora antes de su horario habitual. No le apetecía otra cosa que no fuera tomarse una copa o unas cuantas. Y quería hacerlo sin compañía, no se veía con cuerpo de llamar a Nieves, una viuda de buena posición y de mala reputación a la que le unía una pasión morbosa y una conversación escueta. Se sentó en la terraza de un bar despojado del glamur de los locales a los que le arrastraba su pareja de amigos, solo, pues el resto de los parroquianos se calentaba en el interior del establecimiento.

~

Carlos había recibido las felicitaciones de sus compañeros y una promesa del director del serial para representar un nuevo papel, esta vez de cinco páginas. Caminó hasta su casa dando largas zancadas, sintiendo que la ciudad era suya, del locutor de radio en el que se iba a convertir en breve. Y, como siempre, su mente le jugó una trampa y le susurró lo contenta que se pondría Valentina cuando lo supiera. Pero no, su hermana nunca lo sabría porque le había olvidado, y él debía vencer ese impulso inconsciente que le hacía más daño que otra cosa porque Valentina le había olvidado. La caminata lo dejó exhausto, y antes de llegar a casa decidió tomarse una copa para celebrar el triunfo estratégico. Y sí, estaba a punto de empezar una nueva etapa en su vida, pero no la que imaginaba. A la vuelta de una esquina encontró una terraza. Demasiado frío para quedarse ahí, mejor entrar en el bar, pensó. Y antes de hacerlo reparó en el hombre que estaba sentado fuera.

—¿Ernesto? —soltó atónito, con una ilusión que nació enmarañada, empujada por un montón de conclusiones apresuradas: Han vuelto y no me han dicho nada, estaban a punto de avisarme porque hoy es mi día de suerte, él está solo porque Valentina ha ido a casa a buscarme...

La confusión también golpeó a Ernesto, que tras la alegría de ver a la única persona que echaba en falta de su antigua vida, entendió que tendría que desenterrar a Valentina para volver a enterrarla, y que eso les causaría mucho dolor a los dos. Sin embargo, el sentimiento le desbordó: se levantó y lo abrazó fuerte. El otro se dejó llevar durante unos segundos confortantes que acabaron abruptamente. Se zafó del abrazo.

—¿Qué haces aquí? ¿Dónde está mi hermana?

Ernesto cerró los ojos por unos segundos.

—Siéntate. Hay muchas cosas que no sabes.

La esperanza se fue desvaneciendo de la mirada de Carlos mientras el relato avanzaba, y cuando descubrió que su hermana, a la que había odiado por abandonarle, era inocente, cuando supo que todo el sufrimiento que había sentido era una minucia y que ahora tendría que enfrentarse al auténtico, al de su pérdida definitiva, estalló:

—¿Por qué no me lo has dicho en todo este tiempo? ¿Por qué no viniste a buscarme? ¿Cómo has podido vivir sabiendo que yo pensaba que estaba viva? ¡Eres un hijo de puta! ¡Un cabrón!

Carlos nunca había tenido, ni tendrá en el futuro, una reacción tan vehemente. Había fingido una furia arrogante de puertas afuera para atemorizar a los estraperlistas que intentaban timarle o para que sus compañeros le obedecieran, pero siempre había actuado. Sin embargo, en ese momento la rabia le impidió continuar hablando y agarró a Ernesto del cuello. Cuanta más presión ejercía, mejor se sentía. Lo había arrinconado contra la ventana del bar y ya no veía nada más, los contornos de la realidad se desvanecían porque su cerebro había perdido la capacidad de procesar imágenes, inmerso en los impulsos. Apenas notó el puñetazo certero que le asestó Ernesto en la mandíbula ni la fuerza con la que le sujetó las manos.

—Tranquilízate, por amor de Dios —le imploró.

Tampoco se había dado cuenta de que algunos hombres del bar habían salido y le preguntaban a Ernesto si se encontraba bien.

—¡Déjennos! —respondió él, y los hombres, que no querían problemas, entraron en el establecimiento, observando la escena de reojo.

Carlos se llevó la mano a la cara y notó la humedad de un hilillo de sangre en la comisura del labio. Sin embargo, lo peor fue haber sido reducido. Volver a ser ante Ernesto el niño que siempre perdería.

—Dime dónde está. Dónde la enterraste —gritó.

~

Cuando Valentina dejó de respirar, el hombre que le había prestado la navaja le susurró:

—La enterraremos aquí. No podemos retrasarnos más, pero el conductor nos esperará.

—No, no la voy a dejar en la carretera, voy a enterrarla en la ciudad —respondió él.

El conductor y otros pasajeros intentaron sin éxito convencerle. ¿Cómo pretendía regresar a Barcelona cuando todo el mundo huía de allí? Aquella era su última oportunidad de escapar. Debía huir con ellos. Él era médico, aún podía hacer mucho por los enfermos que le necesitaban en la frontera. ¿Qué era un cuerpo sin vida? Ella ya no estaba ahí...

Todo aquello le repitieron y todo aquello lo sabía mejor que nadie. El alma, el espíritu y la vida después de la muerte eran supercherías, cuentos a los que se aferraban los enfermos, promesas que los sacerdotes lanzaban para amansar a su rebaño. La muerte no era el principio, ni siquiera era un final como tal, sino el colapso arbitrario y doloroso de una maquinaria frágil y con pretensiones de trascendencia. El cuerpo de Valentina no era más que un despojo al que intentaba no mirar para no recordarla hinchada, deformada como todos los cadáveres que había visto en su vida. La muerte no tenía nada de digno, pero para él había un acto de dignidad en el gesto de retornar aquel amasijo de carne y huesos que en breve se descompondrían a una tierra conocida. La que Valentina tanto amaba. No lo hacía por ella, lo hacía por él.

Por eso ningún argumento de los que esgrimían los milicianos conmovidos y desesperados para que se subiera a la camioneta venció su tozudez y el vehículo partió con sus pasajeros sumidos en el silencio y en la ignorancia de que unas horas después aquel camión se precipitaría por una cuneta y estarían todos muertos.

Se quedó al borde de la carretera, pensando en el

futuro inmediato, en cómo llegaría a Barcelona, en enterrar a Valentina en el mausoleo familiar de los Vila... Cosas que en otro momento le hubieran parecido absurdas.

Al cabo de unas horas, un camión cargado de sacos irrumpió zigzagueando en dirección a Barcelona. Ernesto levantó la mano sin mucha convicción y el vehículo frenó en seco. El conductor no tenía más de dieciséis años.

—¿Está herida? —preguntó desde la ventanilla, ladeando la cabeza en dirección a Valentina.

—No, está muerta, quiero enterrarla en Barcelona.

El joven ladeó la cabeza con un gesto negativo.

—Mal asunto. Yo puedo ayudarle a enterrarla aquí. Pero llevar un cadáver, no sé... —Mantenía un tono jovial, como si estuviera hablando de transportar un mueble, con esa soltura ajena a la tragedia que la guerra imprimía en los niños. Se quedó pensativo un momento—. ¿Usted sabe conducir?

Asintió. La familia de Ernesto tenía un coche, uno de los pocos que circulaban por la ciudad, que había sido requisado al principio de la guerra.

—Entonces suba, conduzca usted y nos llevamos... al fiambre.

Discutieron porque el chico impuso dos condiciones que él se negaba en un principio a aceptar: que el cuerpo viajara en la parte de atrás y que lo hiciera cubierto por un saco. Ernesto al final cedió y el joven le ayudó sin mostrar demasiados remilgos al introducir el cuerpo rígido de Valentina en dos sacos, uno de las piernas a la cintura y otro de la cabeza a la cadera. Ernesto movió el retrovisor de tal forma que pudo observar su cuerpo durante el trayecto mientras oía al joven parlotear.

—En mi familia somos campesinos, ¿sabe? A nosotros quién gobierne poco nos importa, bastante tenemos con no morirnos de hambre... —decía el chico, y seguía hablando de la vida en su pueblo, de los cultivos, mientras Ernesto vigilaba atento el cuerpo de Valentina—. Y en esas veo que los republicanos habían dejado este camión abandonado, vaya usted a saber por qué. Estaba yo con el Lagarto, ese amigo mío, el que antes le he mentado, el que no tiene muchas luces pero es muy buena gente. Y ahí estaba la cosecha y mi madre me dice que su hermano está en Cornellá, que le va muy bien de estraperlista, que podemos sacarnos unas perras antes de que acabe todo esto, y se me enciende la bombilla y pienso que si otros lo han hecho, por qué no podemos nosotros, que necesitamos más que nadie sacarnos unas perras. Y cuando me subí al trasto este, ¡qué miedo, madre de Dios! Digo, a ver si me voy a matar, que no he conducido en mi vida. Pero es que yo soy muy espabilado, ya lo decía mi abuela. Y la otra, la de por parte de padre, estaba convencida de que tenía un ángel que me vigilaba. Y mire que tenía razón, voy y me lo encuentro a usted, que encima sabe conducir...

Ernesto solo habló cuando llegaron al cementerio de Montjuic y le indicó al muchacho el camino a Cornellá. Antes de sentarse de nuevo en el asiento del conductor, el chaval le ayudó a bajar el cuerpo de Valentina, despachándolo con la misma indiferencia con la que acostumbraba a acarrear sacos. El sepulturero se acercó al médico:

—¡Aquí solo enterramos a los que nos traen los militares o de los hospitales! ¡Y bastante trabajo tenemos!

Estaba anocheciendo y tras el hombre se dibujaba un hormiguero gigante de nichos, la ciudad donde moría la ciudad. Hacía frío, pero Ernesto no lo notaba, sudando aún por el esfuerzo de acarrear el cadáver.

—Le pagaré bien. —Sacó unos billetes de su bolsillo y se los enseñó—. Y le mostraré el mausoleo de mi familia.

El sepulturero cogió los billetes de un manotazo.

—Yo solo puedo meterla en la fosa común y eso haciéndole un gran favor. Son las órdenes que tengo.

El hombre se fue y volvió con una carretilla.

Ernesto lloró de rabia contra sí mismo, por la futilidad de su intento, por el fracaso de su último gesto, que ya no le parecía digno sino estúpido.

~

—En la fosa común.

La mirada de Carlos tenía un brillo salvaje. Ernesto sintió una profunda compasión, tan errática que no supo si era por Carlos o por sí mismo.

—Te denunciaré. Pagarás por esto.

—Hazlo —respondió sin cinismo, deseando que cumpliera su amenaza.

Ernesto Vila nunca entendió por qué Carlos Santamaría no lo había denunciado. Carlos Santamaría tampoco.

7

Noche del sábado 7 de junio de 1952

Elvira camina deprisa por las Ramblas mirando de lado a lado, y cuando alcanza la calle Canuda echa a correr hasta el portal de Nuria.

—Estás loca. ¿Cómo se te ocurre venir? ¿Y si te encuentras con Antonio? —pregunta su amiga.

—Él hasta aquí no sube. Esto no es el chino, estamos al lado de plaza Cataluña, y si yo no vengo, tú no mueves el culo ni que te maten para visitarme. Además, he venido corriendo.

—Anda que no va a llamar más la atención una mujer corriendo como una loca por las Ramblas. Pasa, pero hoy no me pidas que te tire las cartas, que llevo una resaca que no me aguanto.

Media hora después Nuria se cala las gafas de ver de cerca, con el celo uniendo el cristal con la montura, y baraja las cartas.

—¿Te puedo preguntar por una amiga?

—Sí, concéntrate en ella y en lo que quieres saber. —Elvira cierra los ojos y respira hondo—. ¿Ya? —Asiente con solemnidad—. Pues corta.

Nuria dispone cinco cartas boca abajo y las va descubriendo con cautela.

—¿Ves aquí los enamorados? Tu amiga o está enamorada o tiene que tomar una decisión. Esa carta representa las dos situaciones. Yo te diría que más bien se trata de una decisión. La muerte, no pongas esa cara, que te he dicho mil veces que no es una mala carta...

—Es que con ese nombre muy buena prensa no puede tener, hija.

—La que tira las cartas soy yo. Así que calladita o las recojo. —Con el índice en el centro de la montura se ajusta las gafas—. La muerte indica que algo se acaba, pero es que si unas cosas no se acaban no pueden empezar otras... es ley de vida. Y tiene que andar con cuidado, porque la luna en esta posición me da mala espina. Traición. Engaño. Cosas que no son lo que parecen. Pero no tiene de qué preocuparse, que al final tiene el mundo, que significa éxito, tal vez algún viaje. Pero vamos, que todo bien. Te puedes quedar tranquila.

—Ojalá sea verdad. ¿Me las tiras a mí?

~

Dos horas y media dan para muchas conjeturas, y sin embargo Ernesto Vila no ha acertado con ninguna. Tras el Tenemos que hablar no ha habido una avalancha de insultos, no ha tenido que perseguir a Carlos Santamaría por la calle, y ni siquiera el joven ha intentado volver a estrangularlo. Vamos al bar de la esquina. Esa ha sido la respuesta. Como si se hubieran visto el día anterior.

—Voy a pedirme un vino. ¿Tú qué quieres, Ernesto?

—Otro.

Se acerca a la barra y regresa a la mesa, imperturbable.

—¿Quieres, Carlos? —Le ofrece la cajetilla de tabaco.

—Gracias, me he dejado los míos en la radio.

Los dos encienden sendos cigarrillos con parsimonia. Carlos no se parece a Valentina en nada y se parece en todo. Sobre todo en esa expresión afable y neutra que no da pistas de lo que le está pasando por la cabeza.

—¿Qué se te ofrece?

—He venido a hablarte de Berta.

Carlos frunce el ceño en un gesto entre molesto y sorprendido.

—¿De Berta? ¿Qué tienes que ver tú con ella? Además, no hay mucho de que hablar: Berta ha vuelto al pueblo con su familia. —Le da una calada al cigarrillo.

—No sé quién te ha dicho eso, pero te ha mentido. Berta no se ha ido al pueblo. A Berta la han encerrado en el Patronato de Protección a la Mujer.

Suspira con hartazgo.

—Eso no es verdad —espeta con frialdad—. ¿Por qué la iban a encerrar ahí? No tiene ningún sentido, no ha hecho nada malo. —Un destello de indignación se ha colado por unos segundos en su fría mirada.

—¡Por Dios, Carlos! —Ernesto baja la voz, pero dispara las palabras—. En este país no hace falta que hagas nada malo para que te encierren. Por lo que sé, la han acusado de tomar té con una amiga que dicen que es prostituta y de pasear por las Ramblas a solas con un hombre, que imagino que eras tú.

Los dos se miran sosteniendo el silencio. Ernesto espera una reacción, que tarda, pero finalmente llega con un chasquido de lengua y una sacudida de cabeza.

—Maldita Úrsula Canals de Riera.

Hace media hora le ha vuelto a pedir la dirección de Berta y ella le ha clavado sus ojos diminutos. Carlos, déjalo ya. Esa chica está mejor donde está y tú estás jugándote tu futuro en la radio. La amenaza ya no tenía nada de sutil.

—No sé de quién es la culpa, pero ahora es lo de menos. Tenemos que hacer algo por esa chica.

Carlos levanta una ceja con cinismo.

—¿Tenemos? ¿Qué pintas tú en todo esto?

Ernesto suspira y sus hombros se descuelgan con cansancio.

—Yo no tengo nada que ver con Berta. La conozco por Jackie, pero me parece una putada lo que van a hacerle. El único que puede hacer algo por ella eres tú. —Carlos alarga el cuello, baja el mentón y levanta las cejas sin contestar, instándole a proseguir—. Esa chica te gusta, ¿verdad?

—Eso no es asunto tuyo.

—Vamos, Carlos, deja de poner esa cara de que nada te afecta, que te conozco. —Apoya una mano en su brazo y el otro se la quita de encima como si ahuyentara una mosca.

—Te repito que no entiendo tu interés en este asunto. Ni que vengas a meterte en mi vida después de tantos años. No sé cómo no te da vergüenza. Es que no sé qué hago sentado aquí contigo... Con lo que me hiciste...

Ernesto se echa atrás el pelo con las dos manos y acaba sosteniéndose la cabeza.

—Carlos, lo que le pasó a tu hermana fue horrible, pero no eres el único que sufrió su pérdida... —Frunce las cejas en un gesto triste y suelta un suspiro cansado.

—Al menos tú sabías por qué tenías que sufrir.

—Quise decírtelo, y por una parte me excusaba en el temor a que me delatases, pero sé que era un pretexto: no tuve los huevos de plantarme delante de ti y contártelo. Fui un cobarde. Lo siento, Carlos.

La confesión pilla desprevenido a Santamaría y siente un temblor en el labio.

—Pero yo no estoy aquí para hablar del pasado. Ya eres un adulto y puedes entender que todos sufrimos. Vengo a hablar de Berta. La van a encerrar en un convento de monjas para reeducarla, para convertirla en una planta de decoración, en... en un pez de pecera. Va a sufrir mucho. Y si la quieres, tienes que hacer algo ahora, antes de que sea demasiado tarde.

Carlos se queda pensativo, ajeno a la urgencia de Ernesto, que ladea la cabeza esperando una respuesta. Todo se ha detenido, hasta su respiración, y solo fluye la sonrisa de Berta, sus pasos frágiles y seguros y aquellos ojos abiertos, atentos, vivos. Quiere darle un beso y muchos más, abrazarla, esconderla en su pecho, acariciar su pelo azucarado. Y quiere escupirle en la cara a Úrsula, a las monjas y a las cacatúas con abrigos de astracán y collares de perlas del Patronato.

—¿Y qué puedo hacer yo?

—Casarte con ella. Es la única forma de que salga de ahí.

Berta en su casa. Berta despertándose a su lado con esa sonrisa que aún no sabe si es inocente o estudiada, y con una vida entera para descubrirlo. Berta paseando a su lado por la calle, provocando la envidia de hombres y mujeres. Él recogiendo sus cosas de la emisora. Él de dependiente en la papelería de su tío. Él escuchando la radio y maldiciendo, sin que nadie lo escuche porque ya no tiene un micrófono. Berta discutiendo como el otro día, incapaz de dominar sus impulsos, con un talante oscuro y egoísta. Berta, la chica que apenas conoce y que quiere liberar a cambio de su esclavitud. Vuelve a respirar muy hondo. Quiere abrazarla, quiere ser el hombre que la ha liberado y lo quiere mucho, pero lo quiere ahora. Solo ahora. Mañana no lo sabe. Se conoce. Y se teme.

—¿No podría Jacqueline, con sus contactos, hacer algo por ella?

—Ya lo ha intentado y no ha servido de nada. Sus padres han contratado a un abogado, pero no tienen posibilidades...

Locutar un guion y pensar en Berta encerrada en una habitación. Teclear furiosamente la máquina de escribir mientras castigan a Berta. Volver a casa, servirse un whisky, tragándose el remordimiento. Reír con otras mujeres, bailar con otras mujeres, besar a otras mujeres mientras Berta lo espía escondida en un recodo de su mente.

—Iré a hablar con el Patronato, les contaré que soy su novio formal, que no pueden retenerla por pasear conmigo. Hablaré con su familia para que ratifiquen mi versión —piensa en voz alta.

—Por favor, no seas ingenuo. —Ernesto levanta la voz con una autoridad que de algún modo Carlos reconoce—. Es el Patronato. Tú puedes decir misa. De ahí no va a salir.

—Eso lo dices tú, pero no se sabe. Iré a hablar con la madre superiora, la visitaré todos los días que me lo permitan, intercederé para que rebajen el tiempo de condena...

Se ha convencido de que esa es la mejor solución. No renunciará a su trabajo ni tampoco a Berta.

—No te vas a casar con ella, ¿verdad? —Los ojos de Ernesto desprenden una mezcla de condescendencia y tristeza.

—¿Tú qué coño te crees que sabes? ¿Cómo te atreves a venir aquí, después de tantos años, a decirme que me tengo que casar con una mujer a la que quiero, sí, pero que acabo de conocer?

—No busques excusas y responde a la pregunta.

—No tengo que contestar a ninguna pregunta. Voy a pensármelo. No puedo tomar la decisión ahora.

El joven apura el vino, se levanta y se va sin mirar atrás. Ernesto se pide cuatro copas más, las dos últimas de coñac. Santamaría no es el hombre que quiere ser y acabarán de un modo u otro traicionándose, como le dijo una vez Jacqueline. Cuánta razón llevaba la puñetera.

~

—Anda, que mucho pegarme la bronca cuando bebo yo, pero tú vienes fino. —Jacqueline deja sobre la mesita al lado de la tumbona el libro que está leyendo.

—¿Qué lees?

—Una tontería sobre peces tropicales. Ya sabes que yo no tengo la cabeza para novelas complicadas... No soy como tú.

—¿Te puedo pedir una cosa? —Ella asiente—. No vuelvas a tener más peces. Cuando estos mueran, no compres más.

—Te lo prometo. Y no lo haré solo por ti, también por mí: cada vez me dan más pena. ¿Cómo ha ido con Carlos?

—Ha dicho que se lo pensaría, pero no creo que vaya a hacer nada.

—Tampoco se le puede recriminar. Tú eres un idealista, querido. Y este no es un país para idealistas. Yo hoy he hablado con el padre Cebrián. Le he insinuado que yo podría donar una suma para su parroquia, a ver si así consigo algo. Es una mierda... —Lo abraza—. Quiero hablar de otra cosa contigo. Tengo mucho miedo de lo que te pueda ocurrir en la aduana. Tienes el salvoconducto, pero tu nombre puede aparecer en alguna lista...

—Confiaré en mi mala suerte.

—Voy a sobornar a un funcionario, que me parece más práctico —ironiza—. ¿Te he dicho que te voy a echar de menos?

—Unas diez veces, pero me gusta oírlo. —Se queda callado—. Te voy a echar mucho de menos, Jacqueline Allen.

—¡Pensaba que no lo ibas a decir nunca! ¿Lo celebramos con una copa y... ya sabes?

—*Champagne*, cocaína y lo que quieras. Hoy quiero olvidarme de todo.

Pero no se olvida de nada.

8

Mañana del lunes 9 de junio de 1952

En algún momento del domingo a Eleonora se le acabaron las lágrimas. Su rostro continuó encendido y desencajado como si siguiera llorando, pero ya no brotaba líquido de sus ojos y cuando hablaba se la entendía, aunque mucho no decía. Hoy no abre la boca mientras Sebastián relata su encuentro con el abogado, una sucesión de expectativas frustradas que se resumen en que incluirán en el expediente de Berta una declaración favorable de sus padres, de Gabriela y de Jacqueline.

—Eso rebajará la pena. Con un poco de suerte, el abogado cree que saldría dentro de seis meses.

Ahora la que llora es Ramona.

—Papá, prometiste que la sacarías, dijiste que se volvería con nosotros al pueblo. ¡Me mentiste! —grita mientras patalea con los puños al aire.

Sebastián le sujeta las manos y se arrodilla al lado de la butaca en la que está sentada con el pie escayolado sobre un reposapiés.

—No te he mentido. Creía que lo conseguiría, pero no he podido. Hay cosas que no se pueden cambiar y no nos queda más remedio que aceptarlas. —Ramona cruza los brazos y mira a su padre con la cabeza inclinada, como un toro a punto de embestir—. El abogado presentará la documentación hoy y me ha recomendado que la visitemos mañana, cuando ya hayan leído los informes. Dentro de un par de días nos dirán aproximadamente cuánto tiempo estará recluida. Después regresaremos al pueblo. Se la podrá visitar una vez al mes si tiene buen comportamiento. Yo aprovecharé mis viajes de trabajo para verla. Es muy importante que entre todos convenzamos a Berta de que se comporte, de que haga todo lo que le digan, porque cualquier pequeña falta aumentará su condena.

~

Berta ya ha acumulado un par de faltas. Una monja la ha acusado de desafiarla con la mirada y otra de descarada y rebelde por haber pedido un libro. Aquí no estás para entretenerte, aquí se viene a hacer penitencia. Lo único que necesitas es el rosario. El castigo fue pasar el domingo recluida en su habitación sin comer. El encierro empezó después de una misa de dos horas que le obligaron a presenciar de rodillas.

A media tarde, cogió carrerilla y se dio un cabezazo contra la puerta. Luego se quedó sentada en el suelo sintiéndose idiota. No por el golpe, sino por lo que estuvo a punto de conseguir y sobre todo por creerse tan especial como para lograrlo. Ella, que no se conformaba con Roque Escartín, ahora sí que tiene una vida de mierda.

~

Gabriela ha perdido los dos pilares que ordenaban su vida: Hans y su madre. No reza por el alma del alemán porque no se atreve a pedirle a Dios que se pudra en el infierno. Su madre, la diosa justa e implacable, no es más que una mujer vengativa y oscura que la chantajea. Cada noche la hostiga para que revele el nombre de la mujer que le practicó el aborto a cambio de la libertad de Berta. Cada noche se niega, cada mañana duda. Y esta no es una excepción. Una mujer por otra. Berta por Juana. Un trato justo en un mundo injusto en el que las mujeres siempre pierden.

~

—Estimado Santamaría, a usted quería verle, que tengo muy buenas noticias. —El padre Cebrián sonríe, mostrando sus dientes ennegrecidos en el pasillo donde han coincidido—. Un pajarito me ha dicho que le han propuesto para un ascenso. Jefe de departamento, nada más y nada menos. Y con el aumento de sueldo correspondiente. A finales de semana se hará oficial. Usted, por si acaso, sea extremadamente cauteloso estos días, ya me entiende. También en su vida personal. Mis pajaritos me han informado de que eso es lo más importante ahora mismo: que su comportamiento sea intachable. No sé a qué se referían, pero seguro que usted sí. Y pronto podremos celebrarlo con una copita de un anís muy rico que guardo en mi despacho.

—No, no le entiendo. Yo no tengo nada que celebrar. —Da media vuelta airado.

—Esta juventud —murmura el cura—. Ya aprenderán...

~

—Jackie. ¿Te ha contestado ya el padre Cebrián?

—Nada de nada. Y es un mal síntoma, porque cuando huele el dinero me tiene horas al teléfono —suspira—. A mí también me está afectando lo de esa chica y aún no sé por qué. Es como si, por una vez, un equipo de fútbol que siempre pierde estuviera a punto de ganar el partido y pensaras: esta vez sí, esta vez lo conseguiremos, y en el último momento los árbitros se inventaran un penalti...

—Tus comparaciones nunca dejarán de sorprenderme. Es exactamente así. Los árbitros de este país están comprados. Pero sigamos jugando el partido hasta el último minuto... Quién sabe.

~

—¿Cómo está? ¿Lo has visto?

Nuria recoge el tarot soltando un bufido.

—No me hagas hablar, Elvira.

—Eso es que te ha dicho algo, que te conozco y ya me lo estás contando ahora mismo.

—Sí, me encontré a Antonio en la taberna del Toño y me preguntó por ti, pero por lo bajini, y me pidió que disimulara. Los otros chulos se ríen de él por no haberte dado un escarmiento. Él me dijo... Ay, es que no te lo quiero repetir, que ese hombre se las sabe todas y seguro que me engañaba.

—Por Dios, Nuria, ¿qué te dijo?

—Que le gustaría que volvieras. Pero después vino Andrés y a voz en grito dijo que te iba a matar de una paliza. Yo creo que Antonio le tiene miedo.

—Ese tío es un asqueroso.

—Sí. Es que está loco. Se rumorea que el otro día le robó a una puta, una que no trabajaba para él. La chica estaba la mar de contenta porque le habían regalado unos pendientes. ¿Y sabes qué hizo? Le arrancó uno estirándolo y le abrió el lóbulo...

A Elvira la sacude un escalofrío.

—¡Qué horror! Pero, por favor, cuéntame más de Antonio. ¿Cómo está?

Nuria le sujeta la mano a Elvira y le clava la mirada.

—Como siempre. Déjalo ya; júrame que no vas a hacer ninguna tontería y no te vas a acercar por el barrio chino.

—Te lo juro, pesada.

~

—Úrsula, mi tía Ángela necesita nuestra ayuda. Es muy mayor ya y no puede valerse por sí misma —comenta Joaquín durante el desayuno.

Ella asiente de mala gana. La tía Ángela es una mujer insufrible, mandona, caprichosa y despótica por la que su esposo siente adoración. Lo que dice la anciana va a misa y ella tiene que morderse la lengua para no contrariarla.

—A finales de semana se mudará a casa.

—¿No crees que podríamos encontrar otra solución? Me refiero a que ella en su casa está bien, el servicio la cuida y yo podría visitarla regularmente.

—No, Úrsula. No. Ya lo tengo decidido —contesta él con impaciencia—. Ella necesita compañía constante, ya sabes cómo es, alguien de la familia que esté pendiente de ella continuamente. Tú ahora tienes tiempo. Has dejado la radio, aunque nadie lo diría, porque sigues pasando por ahí a diario. Eso se acabará cuando se instale con nosotros. Lo importante es que estés con ella. Que la acompañes a pasear por las mañanas, que le des conversación durante la comida, que juegues a las cartas con ella por la tarde. Ya sé que es un poco peculiar y no tiene muy buen carácter, pero tú no la contradigas. Es una mujer mayor y pese a sus achaques tiene una salud de hierro. Es nuestro deber cristiano procurarle una vejez plácida. En vez de ayudar a esas jóvenes descarriadas, ahora el Señor te pide que lo hagas con tía Ángela. Y no se pueden contradecir sus designios, como tú muy bien dices. El lugar de una mujer está en su hogar, cuidando de su familia. Lo harás muy bien, querida. Y aunque ya sé que no será lo mismo, servirá para que ocupes el vacío que nos dejará Gabriela cuando ingrese en el convento.

~

Carlos Santamaría ha vuelto a casa. En el trabajo ha dicho que se sentía mal. Se siente fatal, eso sí que es verdad. Ha abierto la botella de whisky y lleva casi la mitad. Esto es un juego, se dice, cree que mentalmente, pero va tan borracho que también podría estar hablando en alto. ¿Cómo le contó Ramona que funcionaba? Sí, se trataba de imaginar dos escenarios, los dos muy adversos, y decidirte por uno. Qué preferirías: ¿renunciar al amor de tu vida y saber que perderás para siempre a la única persona con la que podrías ser feliz o quedarte con ella y perder todo lo que te importa, un trabajo que es una vocación y que echarás en falta el resto de tus días? ¿Eliges cubrir la ausencia de esa persona con otras o te resignas a abrazar una vida sin más brillo que el del papel satinado de una papelería de mala muerte?

Vamos, Charles, escoge. Vamos, Charles, no te mientas. ¿Es esa la cuestión? Quizá no. El enunciado lo es todo. Las palabras lo son todo. Las palabras, los guiones, las consultas, los consejos lo son todo. Doctora Francis, ayúdeme. He conocido a una chica que me parece diferente al resto y que me provoca un sentimiento único. Estimada doctora, ¿debo renunciar a mi carrera profesional para salvar a la persona a la que amo?

El matrimonio es algo muy serio, hijo mío, es para toda la vida. No puede precipitarse sin conocer bien a esa persona. O tal vez: Querido oyente, hemos venido a este mundo a sufrir, como nuestro señor Jesucristo, que murió en la cruz por nuestros pecados. Afronte su sacrificio sin quejas ni lamentos, con el orgullo de cumplir con su misión, y salve a esa chica.

A Berta la van a encerrar en un convento de monjas para reeducarla. Para convertirla en una planta de decoración, en... en un pez de pecera. Va a sufrir mucho. Y si la quieres tienes que hacer algo ahora, antes de que sea demasiado tarde. ¿Por qué se ha colado la voz de Ernesto? ¿Qué haces tú aquí? Vete, vete, no quiero tocar la armónica contigo.

Suena el teléfono. Y es él. Ernesto Vila. Sin armónica. Con una pregunta: Qué vas a hacer.

9

Tarde del lunes 9 de junio de 1952

Once mujeres teclean en silencio en una nave industrial en el extrarradio de la ciudad. Falta la número doce, Juana, y nadie se atreve a preguntar hasta que llega la hora de la comida y, siempre en voz baja, comparten sus hipótesis.

—La habrán despedido, por rebelde.

—O se habrá ido ella, que muy contenta con el trabajo no se la veía.

—Pues a mí me han dicho que la han detenido, a saber qué habrá hecho. La policía la fue a buscar a su casa, que me lo ha contado una vecina.

—¿Qué dices? Habrá encontrado otro trabajo mejor pagado, porque con la miseria que cobramos aquí...

—¡A callar! —grita don Paco—. Ya es hora de volver al trabajo.

~

Cristina González revisa la ropa de Berta y arruga la nariz. Una blusa de seda gris y un traje chaqueta azul marino estudiadamente discreto, escandalosamente elegante. Alta costura, buena tela. Nada que ver con los de confección baratos que se amontonan en el armario de las chicas caídas. La suavidad del género es obscena y aun así la mano no se despega de él. Cristina González poseía decenas de trajes similares cuando tenía marido, cinco hijos y cordura. Se dirige a la habitación de la chica y le tiende la ropa con desgana.

—Cámbiate y arréglate, que tienes visita. —Y deposita encima de la cama un neceser que contiene un lápiz de ojos, polvos de arroz y un pintalabios rosa palo.

Berta lleva cinco días sin mirarse a un espejo y la imagen que le devuelve podría ser de una prima lejana. Extremadamente pálida y con ojeras. Pero en lo que más le cuesta reconocerse es en la mirada, hueca como la de un animal encerrado en un establo.

Se reúne con el resto de sus compañeras en una pequeña salita de paredes manchadas de humedad. La observan con una mezcla de curiosidad, envidia y desprecio.

—Aprovecha la oportunidad —le aconseja la veterana de cabello trasquilado—. He oído que viene a visitarte un hombre.

No tiene tiempo de preguntar más porque Cristiana González la conduce a una salita confortable, con un papel de pared pintado con pequeñas flores blancas y rosas y unas butacas coquetas. Es la sala de visitas y no hay nadie más.

—Aquí la tiene —comenta la celadora, que aparece al cabo de unos minutos acompañada de un hombre que se sienta frente a ella.

La mujer se dispone a tomar asiento a su lado.

—Le rogaría que nos permitiera un poco de intimidad. Deje la puerta abierta y la llamaremos si la necesitamos —ordena taxativo el hombre, y ella obedece.

—¿Qué hace usted aquí? —pregunta Berta.

—Entiendo tu decepción, ya sé que no soy la persona que esperabas ver, y si me lo pides, me iré. Me gustaría hablar contigo. Y, por favor, tutéame. —Ernesto Vila cruza las manos mientras el pie se le mueve descontrolado.

—Perdona, no quería parecer brusca. Es que eres la última persona que esperaba encontrarme. ¿Cómo te has enterado de que estaba aquí?

La respuesta a esa y a las siguientes preguntas despierta la viveza de su mirada. La preocupación de su familia y de sus amigas, y sus intentos fallidos y tozudos por sacarla de ahí, la conmueven.

—¿Y sabes algo de Carlos Santamaría? —pregunta sin mirarle.

—Él conoce tu situación y esta mañana me ha dicho por teléfono que le será imposible visitarte hasta dentro de un mes como mínimo, pero que su intención es hacerlo. Me ha pedido que te diga que no te olvida y te ruega que tengas paciencia.

—Si hablas con él, dile que ni se le ocurra visitarme. No quiero volver a verle en mi vida.

Carlos Santamaría está muerto y enterrado, se repite, intentando borrar el brillo de sus ojos en las fuentes de Montjuic.

—Comprendo. Pero no sé si podré decírselo porque a finales de esta semana me voy a vivir a Francia.

Berta abre los ojos en un gesto que formula una pregunta.

—Estoy cansado de estar aquí. Como dice Jackie, me estoy amargando y no quiero que mi vida sea esto.

—¿Y has venido a despedirte?

—No, he venido a hacerte una propuesta. —Ernesto traga saliva. No sabe por dónde empezar—. Es una canallada que estés aquí, me hierve la sangre y quiero hacer algo. —Ella abre los ojos expectante y él vuelve a tragar saliva, sin saber por dónde continuar—. La única forma de que te liberen, ya lo sabes, es que te cases. Es repugnante, pero es la única salida que tienes. Así que te propongo que te cases conmigo.

Berta se queda sin palabras, con la boca entreabierta y los ojos como platos.

—No pongas esa cara, por Dios, que parece que hayas visto un fantasma.

—¿Me estás pidiendo que me case contigo? —Pronuncia la frase con la lentitud de un niño que junta sílabas para leer por primera vez sin entender el significado de las palabras.

Él se pasa la mano por el pelo y coge aire.

—Mira, Berta, yo no me voy a casar, no soy creyente, y no quiero que nadie esté conmigo porque haya firmado unos papeles. Pero casarme contigo te daría la libertad que pretenden robarte. A mí no me cuesta nada y me haría feliz saber que tú lo eres. Siendo tu marido, podría firmar la autorización para que trabajaras, para que viajaras, para que hicieras lo que te viniera en gana, y lo más importante: saldrías de aquí. Lo único que tienes que valorar es que renunciarías a casarte con otra persona. Me temo que el matrimonio es hasta que la muerte nos separe.

Ella se queda unos instantes callada.

—¿Y por qué harías algo así por mí?

No es solo por ella. Es también por él, que lleva demasiado tiempo conspirando con la injusticia, aceptando que lo intolerable es lo que corresponde, distrayendo la mirada de las viudas republicanas que desfilan famélicas con una bolsa de la compra que parece pesar más que ellas mismas y vale aún menos que sus ideales, encogidas, consumidas, rendidas. Es por mirar hacia otro lado mientras detienen a hombres en mitad de la calle y se los llevan a empellones para torturarlos. Y por asentir cuando alguien comenta que algo habrán hecho.

Es por él y por las mentiras que todos tragan con mansedumbre. Mentiras de un Gobierno que prometió paz y consumó una venganza atroz. Mentiras a granel en columnas y más columnas de diarios que convierten la miseria en orgullo patriótico. Mentiras de doctoras de pacotilla, hadas de un cuento tramposo que transforman el consuelo en sumisión, reduciendo a las mujeres a un animal de compañía, un perro fiel al que enseñar a agradecer los palos de su amo. Mentiras consagradas que aúllan los hombres con sotana desde un púlpito.

Es por todos los chivatos a los que condecoran por cumplir con su deber patriótico, los mezquinos que inventan denuncias o los crédulos que señalan a sus vecinos con el sueño intacto. Y ambas opciones le producen la misma tristeza. Idéntica rabia. Es por el Baja la voz que nunca sabes quién te escucha. Por el No te metas en líos que esto no va contigo.

Es también por Barcelona. La ciudad que ama mucho más de lo que es capaz de admitir. Tan bella aun destruida, con sus callejuelas de hambre sin asfaltar, con sus avenidas asfaltadas de codicia, arrullada por un mar pestilente de chabolas. Brillante en su devastación. Invivible en su reconstrucción. Nada queda de la Barcelona altiva que fue y todo permanece intacto como escarmiento constante.

Es por todo eso, pero es también por Berta Gascón.

—Por muchas cosas, Berta, que no vienen al caso.

La muchacha desvía la mirada y él puede oír el engranaje de su mente, de los cálculos apresurados con los que ella mide la oferta.

—¿Y qué me pedirías a cambio?

Con un suspiro él ladea la cabeza, y levanta una comisura del labio con un apunte de sonrisa entre irónica y cansada.

—Nada que tú no quieras. Yo a finales de semana me iré a París. Tú, si lo deseas, puedes venir conmigo. Jacqueline mantiene la oferta de trabajo que te hizo: podrías trabajar y obtener una cantidad de dinero que te permitirá cierta independencia durante una temporada. Luego puedes volver a Barcelona. O regresar a tu pueblo. O quedarte conmigo y conocerme. Puedes decidir, Berta, puedes hacer lo que te dé la gana. Yo no te estoy comprando, estoy comprando tu libertad.

La chica sacude la cabeza intentando ordenar sus ideas.

—¿Y tú qué querrías? —pregunta, inclinando la cabeza y levantando las cejas.

—Yo querría que te quedaras conmigo, Berta.

—¿Por qué?

—Te voy a ser sincero. Irme me aterra —sonríe mostrando una dentadura imperfecta—. Me gustaría compartir esa experiencia contigo para sentirme menos solo.

—¿Y hay algo más?

—¿Qué quieres decir?

Clava sus ojos en él.

—¿Qué sientes por mí?

Él suspira y sonríe divertido.

—Siento que me gustan las mujeres que se atreven a hacer preguntas como esa. Mira, Berta, no te puedo decir que te quiero, porque sería mentira, apenas te conozco. Pero me gustas.

—¿Te gusto? ¿Por qué?

—Hay algo especial en ti, Berta, que tampoco puedo concretar —ella sonríe por primera vez—, pero que me atrae. Sé que no es mucho y que no suena muy romántico, pero es la verdad. La decisión es tuya. Yo no te voy a pedir nada.

—¿Y qué pasa con Jacqueline? ¿Lo sabe ella?

—Sí. Berta, hay muchas clases de amor, y definirlo es empobrecerlo, pero supongo que es algo que necesitas saber para tomar tu decisión. Quiero a Jackie como a una amiga, como a una hermana, como a una compañera hacia la que siempre sentiré lealtad, agradecimiento y un afecto peculiar. Durante estos últimos tiempos hemos traspasado esa frontera y hemos ocupado el espacio de una pareja. Independientemente de si te casas conmigo o no, de si te quedas en París o no, los dos hemos decidido que esto se ha acabado. Ella sabe que yo estoy aquí y se alegra. Es la única persona que he conocido tan generosa y tan libre para querer sin poseer.

Tarda bastante en contestar.

—Gracias, Ernesto. —Su voz es una hebra.

Él espera que el final de esa frase sea un punto y seguido continuado por un *pero*; sin embargo, ella decide que sea un punto final.

—¿Quieres decir con eso que te quieres casar conmigo?

—Sí, quiero —sonríe, y él le coge la mano y no sabe por qué le da un beso en la barbilla.

Se quedan muy cerca, intentando interpretar el significado de la mirada del otro. Ella le da un beso en el centro de la mejilla. Él acaricia su mejilla y la besa en la comisura del labio hasta que oyen la tos impertinente de Cristina González.

—La boda sería el jueves en la iglesia de San Agustín. No he conseguido que te dejen salir antes, tendrás que quedarte aquí dos días más —dice mientras se despide desde la puerta.

10

Mañana del jueves 12 de junio de 1952

El diminuto piso de Carmen parece aún más pequeño por la cantidad de gente que se ha reunido en el comedor, todos sentados, pero levantándose a cada momento. Sebastián, Eleonora, Ramona, Gabriela, Elvira y Carmen cuchichean con la mirada fija en el reloj de pared. Faltan cinco minutos.

—No tendrías que haber venido, hija, a ver si vamos a tener un disgusto —le susurra Carmen a Elvira.

—¡Y dale! Te repites más que el ajo. Como si fuera culpa mía que se case justo enfrente de tu casa. Estamos todas juntas, no me va a pasar nada. Y Antonio está más tranquilo. Quiere hablar conmigo...

—Ni se te ocurra. Es que no tendrías que haber vuelto al barrio chino. —Carmen mueve la cabeza de lado a lado.

—Como que me iba a perder yo una boda, que no he ido a ninguna. A ninguna. ¿Me invitarás a la tuya?

—Ahora eres tú la que se repite más que el ajo, que ya te he dicho que sí.

—Carmen...

—¿Qué?

—Tengo que pedirte un favor, pero ahora no, después de la boda.

~

Berta camina tan aprisa que a Cristiana González le cuesta seguirla. Le complace observar de reojo cómo la mujer, encendida por el esfuerzo, respira agitada.

—Más despacio, hija, que me vas a matar.

—Más aprisa, más aprisa, eso era lo que nos decía la instructora de gimnasia. Más aprisa, más aprisa, que mortificar el cuerpo eleva el espíritu. —La expresión de indignación de la celadora calma sus ansias de venganza y aminora el paso.

—Hija, vamos a aprovechar el tiempo que nos queda para que te instruya en el sagrado sacramento del matrimonio, que comporta unas obligaciones hacia tu marido que debes conocer para llegar a ser una buena esposa.

Berta se para en seco y se encara con Cristina.

—No, usted no me va a instruir en nada, no va a volverme a dar una orden ni yo le voy a obedecer a usted ni a nadie. ¿Le ha quedado claro? Así que calladita todo el camino, como nos dicen a nosotras que tenemos que estar. Y en cuanto lleguemos a la casa, usted se queda en la portería, que no es bienvenida, y si se aburre, pasa el rosario.

~

La primera que abraza a Berta es Eleonora, que se cuelga de su cuello, y la chica la sostiene por miedo a que se caiga.

—Lo siento, hija, yo no sabía... —solloza.

—Ya está, mamá.

Por primera vez en su vida no la llama madre y por primera vez la entiende.

—¿Me perdonas? —insiste.

—Claro que te perdono.

Le da un beso en la mejilla y se funde en los besos y abrazos de los que la reciben.

—Dejad un poco de Berta para mí —protesta Ramona desde la butaca.

Cuando abraza a su hermana, se le saltan las lágrimas.

—No quiero que te vayas esta noche a Francia. No sé qué voy a hacer sin ti.

Berta le acaricia la barbilla:

—Volveré. No sé cuándo ni por cuánto tiempo, pero te lo prometo. —La niña sigue enfurruñada y ella le susurra—: A ver, qué prefieres, que esta noche me vaya a Francia o que me quede encerrada en un convento...

—Si lo pones así, ya sabes la respuesta —suelta Ramona, secándose las lágrimas.

Gabriela se ha quedado en una esquina del comedor, disimulando la desazón que le produce aquella casa. No parece ella sin maquillaje, con el pelo recogido en una coleta baja y un sencillísimo vestido camisero azul marino abotonado hasta el cuello. Se acerca a su amiga y la sujeta del brazo llevándola hacia un cuartito diminuto.

—Tengo un regalo de boda. —Abre la puerta del estrecho dormitorio, con una cama individual encima de la cual hay dos maletas: una enorme de color negro y otra verde no tan grande—. Son todos mis vestidos. Ahora ya no los necesitaré. Los de la maleta negra son para ti.

Berta se precipita encima de ella, la abre, saca los vestidos, se los acerca al pecho, da vueltas mientras la otra la observa desde el dintel.

—¿Estás segura de lo que vas a hacer? Mira que si

te arrepientes no te los devuelvo —bromea, sin dejar de sacar y meter ropa.

—Estoy muy segura.

La abraza.

—Gracias, Berta.

—¿Por qué? Si eres tú la que me acaba de hacer el mejor regalo de mi vida...

No tiene tiempo de continuar la frase porque Elvira irrumpe en la habitación.

—¿Qué me estoy perdiendo?

—Le estaba dando el regalo de bodas a Berta. Pero también hay uno para ti. Todo lo que hay en la maleta verde.

Los grititos de la muchacha retumban por el patio de luces.

~

Carlos Santamaría, sentado en la sala de reuniones de Radio Barcelona, no presta atención a las elogiosas palabras de su jefe ni a las palmadas en la espalda y las felicitaciones de sus compañeros. Solo escucha a Úrsula, que ha acudido por última vez a la radio para despedirse:

—Las buenas acciones siempre tienen su recompensa, Carlos.

Tiene ganas de despeñarla por la ventana de la sala, de salir corriendo rumbo a la iglesia, de gritar que él tiene algo que decir y que no va a callar para siempre. Tiene ganas de ser el hombre que quiere ser.

~

Eleonora y Sebastián han acompañado a Ramona al médico. Las chicas están contentas de que las hayan dejado solas. La propuesta de Carmen de brindar con *champagne* francés es atajada por Berta.

—No, que ya me emborrachaste una vez y no quedará muy bien que la novia llegue al altar achispada.

Elvira la secunda, pero Gabriela se apunta a la copa.

—Gabriela, ¿estás segura de lo que vas a hacer? —le pregunta Carmen.

Ella pone los ojos en blanco:

—Sí, sí y sí. Por favor, dejad de preguntármelo una y otra vez.

—Perdona, hija, ya sabes que yo no juzgo a nadie, pero es que hay tantas cosas que te vas a perder. Debe de haber algo que vayas a echar de menos...

—A vosotras, a mi madre... No me miréis así, es mi madre y la quiero pese a todo. Y bailar swing.

—¿De verdad que tú, tan modosita, bailas swing? —Carmen levanta la ceja.

—Siempre que puedo.

—Pues tengo un disco, vamos a ponerlo.

Ríen y bailan, pero sobre todo miran a Gabriela, que entra en trance, olvidándose de ellas, moviéndose al ritmo de la canción con una libertad de movimientos asombrosa, cerrando los ojos y sonriendo. Berta quiere recordarla siempre así.

~

Ernesto cierra la segunda maleta cuando Jackie entra en el dormitorio.

—¿Me prometes que tendrás mucho cuidado en la frontera?

—Pondré cara de un recién casado que empieza una nueva vida. A ver si puedo actuar para que no descubran que soy un republicano amargado que se caga en su país.

—Escúchame bien. Debes llegar antes de las diez de la noche a la aduana. Pregunta por Casimiro Álvarez, dices que es pariente de tu tía y que aprovechando que vas a Francia te ha dado una carta para él. El hombre está avisado. En el sobre está el dinero acordado. Él te hará pasar sin comprobar la documentación. La falsificación es muy buena, no deberías tener ningún problema, pero... pero es que le temo a tu mala suerte.

—Yo también.

—Me voy que no quiero llegar tarde.

~

Gabriela ha agotado a sus amigas. Ha sido la última en dejar de bailar y sentarse en el sofá con las mejillas encendidas.

—Pero, a ver, Berta, acláranos una cosa: ¿es un matrimonio de compromiso o de verdad? —pregunta Carmen.

—No lo sé.

—¿Cómo que no lo sabes? Con lo atractivo que es Ernesto —suelta Elvira. Gabriela y Berta la miran con incredulidad—. Es que Dios da pan a quien no tiene dientes. Después de la noche de bodas, ya verás como cambias de opinión.

—No sé si ni siquiera va a haber noche de bodas... Pararemos con el coche en Colliure y ha reservado un hotel con dos habitaciones.

—¿Y eso es lo que quieres? ¿Pasar tu noche de bodas sola? —Elvira agita las manos—. Di la verdad.

Berta sonríe.

—No, lo que quiero es que esta noche se quede conmigo. Y luego ya se verá. —Se tapa la boca.

—¡Pues díselo! Si necesitas consejos para la noche

de bodas, tú pregunta, que tienes dos expertas... —Elvira suelta una carcajada.

Berta baja la cabeza y se sonroja.

—¿No te pone nerviosa no saber si te quedarás a vivir en Francia o volverás a España? —interviene Carmen—. A mí me mata no saber qué va a pasar al día siguiente...

—Ya sé que va a sonar raro, pero no. Es lo que más me gusta. No sé lo que va a pasar porque por primera vez soy yo quien lo decidirá. Aunque ahora mismo no tengo ni idea. —Suelta una carcajada—. Es una locura. ¡Pero soy libre!

—Brindemos por ello, por la libertad, la amistad, el dinero y las tiendas de pinceles.

—Carmen, creo que vas un poco borracha —apunta Elvira.

—Te equivocas, querida. Es algo de lo que quiero hablar contigo, pero este no es el momento. ¿Te gustaría ser la dependienta de una tienda de pinceles y pinturas?

—Definitivamente, has bebido demasiado.

~

Úrsula entra en el dormitorio de Gabriela, del que ha desaparecido casi todo. Ha donado la mayoría de sus cosas a Acción Católica. La habitación aún huele a su hija, una mezcla de dulce y salado que ya tenía desde pequeña. El pecho se le llena de una tristeza inesperada, traicionera, nostálgica e incluso cursi que no puede controlar y que por unos instantes, solo unos escasos segundos, ahoga la rabia que siente porque esté en la boda de Berta y por todo lo demás. Se tumba en la cama hasta que la rabia vuelve a asomar; se levanta y cierra de un portazo.

Al poco oye el timbre. Lo primero que hace tía Ángela es quejarse de que ha tardado demasiado en abrirle.

~

—¿Quién será? Es muy pronto para que hayan vuelto del médico —comenta Carmen.

—Hola, Carmen, ¿qué haces aquí? He venido a ver a Berta; me han dado esta dirección, no sabía que os conocierais —comenta la recién llegada.

—Sí, pasa, Jacqueline, Berta es mi sobrina. Casi una hija —sonríe—. ¿Quieres una copa?

—Sí, gracias. —Y se la bebe como si fuera agua.

La chica se levanta cohibida, sin saber qué esperar, con el sentimiento de haber hecho algo malo, de haberle quitado el novio a la norteamericana. Las dos se quedan inmóviles en el centro del salón hasta que la fotógrafa abre una bolsa que ha traído.

—Es mi regalo de boda. La mantilla con la que me casé. —Berta acaricia los perfectos encajes y el relieve del minucioso bordado—. A mí me trajo suerte, pues fui muy feliz con mi marido. Espero que tú también lo seas con Ernesto.

La norteamericana no está muy acostumbrada a los abrazos, pero como Berta se ha quedado paralizada hace una intentona tan torpe que las dos se ríen.

—Siéntate, que te relleno la copa —ordena Carmen.

Carmen y Jacqueline se toman unas cuantas más antes de que llegue la familia de Berta. Los padres de la chica invitan a comer a la norteamericana y la mujer disimula con estilo su ebriedad.

II

Tarde del jueves 12 de junio de 1952

Cristina González sale indignada de la iglesia de San Agustín, donde ha cumplido con su deber de constatar la celebración de la boda. Boda por llamarla alguna cosa. ¿Cómo se han atrevido a exigir que la ceremonia fuera tan corta? ¿Cómo es posible que el novio no comulgue y que algunas invitadas llegaran borrachas? La mujer se ha ido a toda prisa, antes de que lanzaran el arroz, aunque tampoco tenía mucho más que hacer allí porque no la han invitado al convite, que no es ni un convite, sino una merienda en la granja Dulcinea de la calle Petritxol, porque por lo visto los novios tienen prisa. Se santigua mientras enfila las Ramblas. Por suerte, hay muchas más chicas a las que enderezar y muchas van a tener que pagar por el mal humor que lleva encima.

Berta y Ernesto se besan bajo la lluvia de arroz. Ella se cuelga de su cuello y él rodea su cintura.

—Quiero dormir contigo esta noche —le susurra.

—Los deseos de mi esposa son órdenes para mí —sonríe.

El grupo permanece unos minutos en la puerta de la iglesia organizándose. Berta quiere regresar a casa de Carmen a dejar la mantilla, y Gabriela, Jacqueline y Elvira se ofrecen a acompañarla.

—Carmen, ¿te acuerdas de que te tenía que pedir un favor? —le pregunta Elvira por el camino en un momento en que se quedan un poco rezagadas del grupo.

—Sí, claro. —Se había olvidado por completo.

—Antonio me ha llamado porque quiere quedar conmigo. Me ha prometido que no me hará nada.

—Ni se te ocurra. —Levanta el índice.

—Escúchame, por favor. Porque aquí muchos brindis por la libertad, pero la única que no puede hacer lo que quiere soy yo. Antonio me ha pedido que vaya contigo a la taberna del Toño. Tú te quedas fuera esperándome y así yo estoy más protegida. Mira que es considerado, que él mismo me lo ha propuesto, porque sabe que somos amigas, prácticamente hermanas. —Le encanta repetirlo—. Y si eso no es prueba de que nada malo va a pasar, pues ya me dirás tú...

—No sé, Elvira, me da miedo que te haga algo, que sea una trampa.

—Carmen, no va a pasar nada. Él sabía que estaba aquí por la boda, que en el chino no hay secretos. Y no se ha presentado por sorpresa. Me ha pedido que nos veamos para que no me asustara.

—No lo veo claro. Y además, ¿qué les vamos a decir a las chicas?

—Que bajamos a comprar vino para brindar por última vez antes de separarnos. Y yo te prometo que no me entretendré más de diez minutos.

Jacqueline las oye de fondo mientras observa a Gabriela y a Berta cogidas del brazo. Son curiosas, las españolas. Estas, más curiosas que ninguna. Son las primeras que nadan como pueden en mar abierto.

~

—Recuerda, Berta, es muy importante que estéis en la frontera antes de las diez de la noche —repite Jacqueline cuando las tres entran en la casa.

—¿Por qué es tan importante?

—Tu marido tiene una extraña suerte y es mejor no tentarla.

—¿Qué quieres decir? ¿Podría pasarle algo malo a Ernesto?

—No. En cuanto pase la frontera estoy segura de que solo le pasarán cosas buenas, pero confía en mí: llegad a la frontera antes de las diez.

La chica asiente y Gabriela esboza una sonrisa triste. Tiene ganas de que todo acabe, está cansada de obligarse a fingir que está bien y solo desea encerrarse en el convento con su dolor y su culpa. Pero, por otra parte, quiere retener cada uno de los últimos instantes que pasará con las únicas amigas que ha tenido.

~

Antonio está sentado en la taberna del Toño, al lado de la enorme cristalera que da a la calle por la que Elvira y Carmen avanzan.

—No sé, Elvira, no lo veo claro. ¿No tienes algún mal presentimiento de esos tuyos? Porque yo no seré bruja, pero tengo uno que me ha dado escalofríos.

—Eso es porque vas muy despechugada, como siempre, y ha refrescado —le suelta Elvira, cogiéndole la mano—. Sé que te preocupas por mí, pero Antonio no me va a hacer nada malo, que yo lo sé. Tú espérame aquí, que dentro de diez minutos salgo.

Carmen se queda en la puerta observando la entrada de Elvira a través de la cristalera. Enciende un cigarrillo y mira para otro lado porque no tiene ganas de saludar a Antonio ni de lejos. Cuando se case, añorará muchas cosas del chino, pero los chulos no se contarán entre ellas.

Antonio se levanta cuando Elvira entra en la taberna. Se quedan de pie, como dos pasmarotes, hasta que ella le da un beso y él se deja. A estas horas la taberna parece otra, sin el barullo de la noche y con tan poca gente: solo una mesa con dos chulos jugando al dominó y el Toño al otro lado de la barra, limpiando las copas con parsimonia. La voz de Antonio retumba en el silencio.

—Elvira, me alegro de verte. Vamos a sentarnos a tomar un vino.

—Yo también, Antonio. —Le coge la mano y él agacha la cabeza—. ¿Ya no estás enfadado conmigo?

Resopla.

—En el momento te hubiera matado. ¿Cómo se te ocurrió largarte sin decirme nada? Eso no se hace, Elvira.

—Lo sé. Es que soy muy impulsiva y... —baja la cabeza como una niña pequeña—, no quiero que te ofendas, pero llevabas unos meses en los que te enfadabas por todo.

El hombre apura la copa.

—Si es que en eso tienes razón..., no te lo voy a negar. Y me sabe mal... Pero de ahí a escaparte hay un trecho.

Ella le pone la mano encima de la suya.

—Perdóname, por favor. ¿Quieres que vuelva?

~

—¡Qué curiosas sois las españolas! Ahora a Elvira le ha dado por ver a su chulo —comenta Jacqueline.

—¿Cómo? —pregunta Berta.

—Eso he oído que le decía a Carmen por lo bajo... ¿Y no podría haber escogido otro día, digo yo?

Berta resopla.

—No sé en qué tendrá la cabeza Elvira, pero me da mala espina. Vamos a bajar ya y nos tomamos la última copa en la taberna con ellas.

Antonio resopla, pero ya no tiene los ojos fieros. Hay algo que a Elvira la descoloca, un brillo en su mirada que no conoce, que no ha visto antes. ¿Arrepentimiento? ¿Miedo? Está muy raro Antonio, pero al menos no tiene los ojos fieros.

—Elvira, puedes volver conmigo, pero me tienes que prometer que no robarás y que no volverás a escaparte.

Ella, con el índice de una mano y el pulgar de la otra, dibuja una cruz y la besa.

—Por esas que son cruces, lo juro.

Antonio se atusa el pelo engominado y chasquea la lengua.

—Es que todos los chulos se han reído de mí... Dicen que tengo que darte un escarmiento, que si no cualquier día sus chicas también se les suben a las barbas... —Antonio tiene la cabeza baja, ni siquiera la mira.

—Pero me has prometido que no me harías nada.

El hombre levanta la cabeza.

—Y es lo que voy a hacer. Eres la que más trabajas, las otras son unas vagas. Ahora tengo que recuperar el dinero que he perdido durante el congreso. Y tú, Elvira —esquina una sonrisa—, eres una máquina de hacer dinero. Pero si quieres volver, durante un mes me quedaré el setenta y cinco por ciento de lo que ganes.

—Eso es mucho. Ya te quedas el sesenta...

—Será solo por un mes. Como castigo. Y después volveremos a lo de antes...

La chica se lo piensa. No lleva ni cinco minutos con él y como siempre ya quiere salir ganando.

—¿Me prometes que me tratarás un poco mejor?

—Ahora —grita uno de los chulos de la mesa de atrás.

El Toño atranca la puerta con una pesada balda de madera. Elvira corre hacia la puerta para escapar y Antonio la sigue. Alarga los dos brazos hacia las axilas de Elvira para inmovilizarla. La chica grita y se gira hacia la vidriera.

—Elvira, me pones de los nervios; ya te he dicho que no voy a hacerte nada.

La suelta y la chica da palmadas furiosas contra el cristal.

—¡Carmen! —grita.

Pero la otra no la oye.

~

—Espera, que me he dejado el sombrero en la casa —exclama Gabriela justo cuando están a punto de salir a la calle.

—Date prisa, por favor —le pide Berta.

Jacqueline y Berta oyen el taconeo de la chica de fondo.

—No sé por qué Elvira ha tenido que ir a ver a Antonio. De verdad, parece que sea tonta. Con lo que él le ha hecho... No sé en qué estará pensando. Lo que debería hacer es apartarse de él para siempre y acostumbrarse a su nueva vida lejos del chino y no darle tantas vueltas a todo —comenta Berta.

Jacqueline ladea la cabeza en un gesto negativo que repite varias veces.

—No puedes hacer eso...

—¿El qué?

—Pues juzgar a una amiga. Decidir lo que es mejor para otra mujer. Es lo que hace la doctora Francis y lo que predican sus seguidoras, esas chicas Francis. Ni tú ni nadie está aquí para decirle a Elvira lo que puede o no puede hacer. Lo que se hace con las amigas es apoyarlas, incluso en sus errores.

La chica se queda pensativa unos segundos para después gritar:

—Por amor de Dios, Gabriela, baja ya.

~

Carmen ha acabado de fumarse el cigarrillo y lo apaga, de espaldas a la cristalera. Escucha unos pasos rápidos y levanta la cabeza. Un hombre se acerca a ella a gran velocidad. Sin gafas cada día ve peor, pero juraría que es Andrés. El chulo se planta delante de ella y sin mediar palabra le pega un bofetón. Ella se tambalea desconcertada.

—Puta, ya me estás dando todas tus joyas —grita. Lleva un objeto en la mano, pulsa un botón y se abre una navaja retráctil que le pone en el cuello—. Que la señora es tan fina que ahora solo viene a visitarnos para ir de boda.

—Vete a la mierda, Andrés.

Él aprieta la navaja y la hoja está tan afilada que le produce un pequeño corte.

Elvira tiene las palmas de las manos enrojecidas de tanto aporrear el cristal. Antonio está presenciando la escena detrás de ella. La chica se gira y le golpea en el pecho, más bien lo intenta, pero los reflejos de él son más rápidos y en un par de movimientos le sujeta las manos mientras ella las agita furiosa.

—Cabrón, era una trampa para Carmen —grita—. ¡Déjame salir!

Antonio la empuja con todas sus fuerzas y ella se clava el canto de una de las mesas en la espalda. Se levanta dolorida.

—Tranquilízate, Elvira, por amor de Dios, lo he hecho por ti.

—¿Por mí? —pregunta mientras se frota el golpe.

—Ese es el trato. Tú vuelves conmigo, nadie te hace nada y a cambio Andrés le roba las joyas a Carmen y le da una buena paliza para que se sepa quién manda en el chino y ninguna puta vaya de lista, como tú y como ella.

La chica intenta pegarle de nuevo, pero los dos chulos se la llevan en volandas al otro lado del local.

—Estate tranquilita —le dice uno—. Que aún te vas a ganar una paliza.

—¿Crees que Andrés necesita ayuda? —le pregunta el otro.

—Ha dicho que nos quedemos aquí, que le tenía ganas a la puta, que se la dejáramos para él solo.

—Pues vamos a ver el espectáculo —comenta el hombre, pegando la nariz en el cristal.

—Carmen, dame todas las joyas o te rajo. —La sonrisa sádica de Andrés no obtiene respuesta—. Esto se puede hacer por la buenas o por las malas, tú decides.

Carmen solo sabe hacer las cosas de una manera: echándole huevos. La niña respondona e iracunda a la que nadie se atrevía a pisotear, porque aunque sus golpes no fueran los más fuertes ni los más certeros eran tan decididos e iracundos que desconcertaban al rival, le da una patada en la espinilla con todas sus fuerzas. Él maldice mientras extiende el brazo para agarrarle el pelo y le clava el cuchillo en el costado. Ella no se lo espera. La herida no es demasiado profunda, pero sangra mucho.

Jacqueline, Gabriela y Berta distinguen a Carmen a pocos metros de distancia. Ella tapona la herida y contempla la mano ensangrentada mientras Andrés la mantiene sujeta de la cabellera. Aprieta el botón y la cuchilla se esconde en la navaja. La envuelve con su mano y le da un puñetazo a Carmen en el estómago que la tumba en el suelo.

—Dame las joyas, puta.

Berta echa a correr hacia ellos y las otras dos la siguen.

—Déjala, por amor de Dios, la vas a matar. —La joven se ha plantado delante del chulo.

El hombre la mira extrañado sin saber si lo que le sorprende más es la osadía o la inutilidad del gesto. Mientras tanto, Carmen se agarra a la pared, como si escalara una montaña, para incorporarse. Andrés se acerca a ella y vuelve a abrir la navaja y se la pega al cuello.

—Si te acercas, la mato —le dice a la chica, cabreado.

Berta se queda inmóvil. Jacqueline y Gabriela se colocan detrás de ella.

Antonio aprieta con fuerza las muñecas de Elvira, que intenta liberarse.

—Por Dios, Antonio, la va a matar —le suplica—. Tiene una herida en la barriga.

—No es asunto tuyo ni mío.

Los otros dos chulos se frotan las manos.

—Andrés, deja a las chicas. Te daré las joyas. —Carmen tose ahogándose mientras se pelea con el cierre de una de las pulseras intentando desabrocharla. Lo consigue—. Toma. —Se la mete en el bolsillo.

El hombre se mueve como un púgil en un ring para controlar a las tres mujeres blandiendo la navaja. Está nervioso, pero a la vez disfruta de la situación. Esa puta altanera se merece un escarmiento y él se lo va a dar. Y encima va a quedarse con sus joyas.

—Así me gusta, Carmen. Pero has tardado mucho. Demasiado. Y eso tiene un precio.

Repliega de nuevo la navaja y con la fuerza del acero bajo su mano le asesta un puñetazo tremendo en la nariz y se oye un crujido. Carmen aúlla mientras se tapa con la mano la nariz ensangrentada. Las chicas intentan acercarse a su amiga, pero Andrés sonríe mientras niega con la cabeza y les muestra el mango de la navaja.

—Ni os acerquéis.

Carmen sigue gritando y el eco de su voz solo obtiene una respuesta: el del sonido de las ventanas que se cierran y las persianas que se bajan a toda prisa.

—Grita lo que te dé la gana, nadie va a preocuparse por una puta.

Le pega dos puñetazos más en la cara. La sangre le chorrea caliente por el rostro. Los alaridos de la mujer sacuden como descargas eléctricas a sus amigas. Se miran asustadas y Jacqueline inclina sutilmente la cabeza en un gesto que las otras dos interpretan como una señal de ataque. Las tres se precipitan sobre Andrés. Intentan inmovilizarlo, pero él se las quita de encima como moscas y ellas vuelven a la carga, pegando con la poca fuerza que tienen, convencidas de antemano de que no tienen nada que hacer contra él. Berta se aparta de la pelea y se acerca a Carmen.

—Vámonos de aquí —le susurra.

Levanta a su tía del suelo esperando que sus amigas contengan al chulo y así poder llegar hasta las Ramblas. Media calle. Eso es lo que la separa de la salvación. Una vez allá, con el gentío, Andrés no se atreverá a detenerlas.

—Vamos, Carmen, tienes que caminar más rápido.

La otra no contesta, todos sus esfuerzos se concentran en ignorar el dolor para seguir el paso apoyada en su sobrina.

Andrés le da un puñetazo en la mandíbula a Jacqueline y acto seguido otro en el vientre a Gabriela. Las dos se tambalean y el chulo corre hacia Carmen y Berta. El hombre vuelve a pulsar el botón de la navaja. Un clic seco. Saben qué significa, pero ninguna de las dos se gira. Queda tan poco. Las Ramblas están a escasos metros.

A partir de ahí, todo sucede muy rápido. Carmen grita y Berta se gira a mirarla. Contempla a Andrés con el rostro desencajado, levantando la navaja para clavarla con todas sus fuerzas en la espalda de Carmen. Una vez. Dos veces. Tres veces. Jacqueline se tapa la boca. Berta hace un ademán de detener al hombre, pero es solo el gesto, porque la mirada más animal que humana la aterroriza. Se queda agarrotada y grita tanto y tan fuerte que no se reconoce la voz.

Carmen se desmorona en el suelo e intenta avanzar hacia las Ramblas arrastrándose. Berta se acerca a ella, pero Andrés le pega un empujón y se aproxima otra vez a su víctima. Se reclina sobre Carmen con esa sonrisa suya tan sádica. La cara de la mujer es una masa sanguinolenta en la que destacan sus ojos desorbitados. Carmen se maldice por no haber hecho caso de su mal presentimiento, le escupe y expulsa un diente.

—Por Dios, quédate con las joyas y déjala, la vas a matar —suplica Jacqueline, que es la única que es capaz de articular palabras.

El siguiente movimiento de Andrés es rápido, certero y desgarrador. Sujeta a Carmen del pelo y con la otra mano le raja el cuello de lado a lado. Ella parece no entender lo que sucede: permanece unos instantes tapando la sangre que brota de su cuello hasta que se queda inmóvil, como congelada y con la sangre aún saliendo a borbotones en una cascada macabra.

El hombre se gira rápidamente y blande la navaja hacia las tres chicas. Ellas ya no razonan, la rabia las inunda. Carmen no se mueve. Carmen no se casará con Maximiliano. Carmen no ofrecerá más copas para calmar los nervios. Carmen no se merecía un final así. Carmen ha muerto. Carmen no tendría que haber muerto.

Ni se miran, pero están conectadas entre ellas o al menos así lo siente cada una en ese instante en el que un poder nacido de la rabia, de la impotencia, del silencio y del dolor toma el mando. El miedo se queda sin espacio ante la ira que las impulsa contra él. Jacqueline y Berta lo empujan a la vez con tanta fuerza que lo derriban. La navaja rueda por el suelo y Gabriela la aparta con el pie. Jacqueline le da una patada en los testículos y el hombre se pliega, y Berta aprovecha para cogerle del cabello y estampar su cara contra el muro. Y repite la jugada dos veces más. Los gritos del chulo la reconfortan.

Andrés se queda en el suelo, aturdido, y Gabriela se acerca como un ángel sigiloso. Lo observa por unos segundos, aunque en verdad no lo ve, tiene la mirada vacía cuando se sienta a horcajadas sobre él. El dedo índice y el pulgar son más que suficientes, Gabriela. La gente no sabe estrangular, yo te enseñaré. Y aprendió. Coloca los dedos presionando ambas yugulares, donde el cuello palpita. Aprieta. Él le asesta un bofetón, pero lo encaja sin que sus dedos se muevan un milímetro. Solo unos segundos para que pierda el sentido, no más, Gabriela. Pero no van a ser unos segundos solo, Hans. No voy a retirar la mano, Andrés. Gabriela sonríe.

—Lo vas a matar —le parece oír muy a lo lejos.

Y sí, lo va a matar. Aún podría retirar la mano, pero no va a hacerlo. Nunca ha estado tan segura de algo en toda su vida. Todo se ha difuminado excepto su mano y la garganta. La garganta de Hans. La garganta de Andrés. No oye a sus amigas intentando mover el cuerpo de Carmen, gritando que necesitan una ambulancia. Solo siente, un poco después, unos brazos que la arrancan del cadáver de Andrés. Antonio se la lleva en volandas en un intento inútil por salvar a su jefe, y se queda atónito ante la mirada más fría que ha visto en toda su vida. La aparta de un empujón como si estuviera endemoniada. Se gira hacia Elvira, que está detrás de él.

—Lárgate, Elvira, llévate a estas locas lejos de aquí. Largaos antes de que llegue la policía —le grita antes de correr calle abajo.

Elvira coge del brazo a Gabriela y se la lleva como si fuera una muñeca inerte hasta el lugar donde Carmen yace en el suelo, rodeada por las dos chicas.

—No hay nada que hacer, está muerta —sentencia Jacqueline.

Oyen un coche de la policía.

—¡Vámonos! ¡Vámonos ahora mismo! —grita Jacqueline, tirando del brazo de Gabriela, que la sigue hierática.

Las cuatro chicas corren hasta el piso de Carmen.

12

Noche del jueves 12 de junio de 1952

La mala suerte siempre favorece a Ernesto Vila, que no estaría vivo en la aduana de la Junquera si no fuera por la sucesión de desgracias que han marcado su existencia hasta ese preciso momento. Son las nueve y cincuenta y cinco de la noche cuando un policía le pide la documentación.

—Me gustaría hablar con Casimiro Álvarez.

—Le he dicho que me dé su documentación —responde el hombre, que acto seguido le arranca los papeles en un gesto airado, tomándose un tiempo para revisarlos minuciosamente.

Solo despega la vista de ellos para pegarle un repaso a Berta de arriba abajo con mucho menos disimulo del que pretendía. Ernesto le sujeta la mano, ella la aferra y la aprieta aún más. Después la suelta, lo coge del brazo y se pega a él, situándose detrás como si su marido fuera un escudo. No, por favor, ahora no, no puede volver la mala suerte.

~

Pero no volverá. Al menos en ese momento. Cuatro mujeres así lo han decretado en un piso del barrio chino unas horas antes. Jacqueline ha tomado la iniciativa y su voz clara de acento marcado se ha impuesto a los sollozos y lamentos de sus amigas.

—Escuchadme bien. Nadie tiene que saber qué ha pasado. Nadie.

—Pero si nos ha visto un montón de gente, estábamos en mitad de la calle. —Berta movía nerviosa las manos.

—Nadie hablará con la policía. Y si pregunta, la gente dirá que no ha visto nada, esto es el barrio chino —ha ratificado Elvira secándose las lágrimas con un pañuelo que le ha esparcido el rímel por el rostro.

—No tendríamos que haber huido, no tendríamos que haber dejado a Carmen ahí —se ha lamentado Berta.

—Carmen estaba muerta. No podíamos hacer nada. Nada —ha repetido la fotógrafa—. Y la policía nos hubiera metido en la cárcel. —Ha tragado saliva—. Lo mío hubiera sido un escándalo: Viuda norteamericana rica cómplice de un asesinato en los barrios bajos. Podría contratar al mejor abogado, pero de poco me serviría. En este país todo se puede comprar y yo tengo muchos enemigos que se encargarían de untar a jueces para verme entre rejas. —Ha mirado a Elvira y a Berta—. Yo iría a la cárcel. Y vosotras también. Una prostituta y una chica recién salida del correccional, amigas de una puta asesinada... El juicio no duraría ni diez minutos y no saldríais en décadas, si es que salís.

En este momento, Gabriela, que estaba apoyada en el quicio de la puerta, con el pelo enmarañado y la mirada perdida, ha avanzado como si levitara sobre el suelo hasta el centro de la sala. Ha tragado saliva antes de hablar.

~

—Y usted, ¿por qué quiere ver a Casimiro Álvarez? —pregunta el policía sin despegar la vista de los papeles.

—Da la casualidad de que es familiar de una tía mía y ella me ha pedido que le haga llegar una carta.

—Una carta, ¿no? —replica el hombre, clavando la mirada en Ernesto—. Muchas cartas recibe Álvarez. Este chico es demasiado popular.

Ernesto le sostiene la mirada encogiendo los hombros.

~

Gabriela, con su vestido camisero azul marino, el pelo despeinado y la mirada ausente, parecía un fantasma.

—He sido yo quien ha matado a ese hombre. Yo me entregaré.

Jacqueline la ha sujetado del hombro, más impaciente que preocupada.

—Que no, que no puede ser. Que investigarán lo que pasó y acabaremos todas en la cárcel.

Elvira ha roto a llorar.

—Ese hijo de puta ha matado a Carmen. Es que no me hago a la idea... Carmen... Se iba a casar... No puede estar muerta.

Berta la ha abrazado y las dos chicas han llorado hasta que Jacqueline ha dado un manotazo a la mesa del comedor:

—Escuchadme bien.

~

—¿Me puede aclarar las razones por las que usted y su mujer viajan a Francia?

—Por supuesto. Es por motivo de negocios. Yo represento a la compañía Palacios y Asociados. —Rebusca unos documentos en su cartera, que le tiende al policía.

—Déjeme ver el certificado de matrimonio.

—Desde luego. ¿Hay algún problema, señor?

El hombre sonríe con sorna.

—En la frontera siempre hay problemas, señor y señora Vila.

~

—Nunca ninguna de nosotras contará nada de lo que ha pasado. Tú, Gabriela, desaparecerás en el convento. Tú, Berta, te quedas un año en París hasta que las cosas se hayan calmado. Tú, Elvira, regresas a tu pensión y mañana por la mañana te vienes a mi casa con la maleta preparada. Tengo una sucursal en Valencia y te conseguiré un puesto allí. Pero nunca ninguna de nosotras contará lo que ha pasado.

—Es absurdo, Jackie. Nos están esperando en la chocolatería. ¿Qué vamos a decir? ¿Que no sabemos dónde está Carmen? —ha preguntado Berta.

—Eso también lo tengo pensado.

~

—Veo que acaban de casarse. Me parece muy extraño... que el mismo día de la boda abandonen el país por un viaje de negocios. Y a Francia, que muy amigos de hacer negocios con los españoles no son. Tendré que hacer algunas comprobaciones.

Berta avanza medio paso, apoyando la cabeza en el hombro de Ernesto. Sonríe de oreja a oreja, como si no estuviera nerviosa, ignorara que los salvoconductos son falsos, no hubiera perdido a su tía y no fuera cómplice en un asesinato. Ensancha la sonrisa y actúa.

—¿Sabe qué ha pasado? —El policía sonríe por primera vez—. Mi marido me ha dado esta sorpresa como regalo de bodas. Él sabe que estoy loca por visitar París. —Ernesto la contempla tan admirado que el policía concluye que está loco por su esposa—. Y su jefe estaba empeñado en que se reuniera con unos empresarios franceses. Yo opino igual que usted, que se lo he repetido varias veces: hacer negocios con los gabachos, que no reconocen a nuestro Gobierno... Vergonzoso, es una pérdida de tiempo. Pero si el jefe quiere perder tiempo y dinero, es cosa suya, ¿no? Así que mi marido, muy detallista él, no me ha dicho nada. Y justo después del convite, en vez de llevarme al hotel que teníamos reservado en Vilasar de Mar, se me ha quedado mirando muy fijamente y me ha dicho: Berta, mañana conocerás París. Y yo, imagínese, que casi me da un ataque... por poco lo dejo viudo.

El policía asiente sonriente. La historia no se aguanta por ninguna parte, pero la chica tiene su gracia contándola. No tiene intención de interrumpirla hasta que acabe.

~

—Esto es lo que vamos a hacer. Nos vamos a cambiar y arreglar y bajaremos a la calle. Las ambulancias están llegando, se oyen las sirenas, así que iremos por otra calle para que nadie nos reconozca. Y lo que contaremos es que Carmen se había ido a comprar vino y, como tardaba mucho, hemos bajado. Entonces es cuando hemos descubierto que la han matado y hemos ido corriendo a avisarlos. Después podréis llorar su muerte todo lo que queráis.

—Es que yo no me lo creo... —ha sollozado Elvira—. ¿Y qué se hace en estos casos? ¿A quién llamamos?

—Sebastián se enterará al momento, desgraciadamente, y yo avisaré a Maximiliano. —Tras organizarlo todo, se ha quedado ausente y, sin más, ha dado un golpe furioso en la mesa—. Hijo de puta, chulo de mierda... Es que nunca vamos a ganar..., ni siquiera Carmen.

Nadie ha dicho nada y lo han entendido todo.

~

—Pues felicito a los novios, pero igualmente, como comprenderán, tengo que llevar a cabo algunas comprobaciones más. —Duda un momento—. Y no sé cómo aligerar los trámites, aunque imagino que después de una boda deben de estar agotados... Déjeme ver si hay algún modo de ahorrarles tiempo.

Ernesto sacude la cabeza confundido.

—¿Hay algo que podamos hacer nosotros?

—Ya se puede imaginar que en la aduana trato con poca gente. Yo no tengo la suerte de Casimiro Álvarez, que recibe correo de sus parientes lejanos. Y me vendría bien tener yo también alguna carta.

Ernesto sonríe, liberando la tensión de los últimos diez minutos, y, acto seguido, saca el sobre.

—Por supuesto.

En este país todo se puede comprar.

13

Mañana del lunes 14 de septiembre de 1959

Carlos Santamaría entra en la radio a media mañana.

—Tienes una carta a tu nombre —le comenta Genoveva.

—¿No será para el consultorio?

—No, pone tu nombre.

La guarda en el bolsillo y no se acuerda de ella hasta que busca el tabaco a media mañana. La lee sentado en su despacho sin ventana. Encima del escritorio tiene su foto de bodas. En el cajón, la única que conserva de Valentina.

> Querida amiga:
>
> Mi nombre es Berta Gascón de Vila y fui una oyente asidua de su consultorio. Ahora me es imposible escucharla porque vivo en París. Hace ya siete años que me fui de España y le diré que han sido los mejores de mi vida. ¿Sabe por qué? Porque ni usted ni ninguna otra persona durante este tiempo me ha dicho lo que tengo que hacer, lo que se espera de mí. He sido libre para decidir.
>
> Durante este tiempo he hecho todo lo contrario de lo que usted me hubiera recomendado. Para ser libre

me casé con un hombre al que apenas conocía, con el corazón roto por un amor que con el tiempo he comprendido que era poco más que una ilusión. No le tengo el más mínimo rencor a esa persona, porque ahora entiendo que cada cual hace lo que puede y no lo que quiere. Él no tuvo valor y gracias a ello yo encontré el mío para salir adelante.

No me cabe la menor duda de que acerté con mi decisión, porque no tengo un marido a quien servir, un hombre al que complacer, vivo con una persona que me respeta, a la que admiro y de la que finalmente he acabado enamorándome.

Durante unos años me he ganado la vida como modelo. Esa profesión, que tanto critica usted, yo la he disfrutado muchísimo, además de conseguir ganar una considerable cantidad de dinero. Ese dinero es mucho más que un simple fajo de billetes, significa tranquilidad, independencia y, aunque le parezca mentira, amor. Yo amo a mi marido de corazón, entre otras cosas porque no dependo de él económicamente.

Hace tres años fui madre de una niña. Se llama Clara. Cuando ella nació, dejé mi profesión y abrí una pequeña tienda de moda al lado de la zapatería de mi marido. A veces, mi niña se queja de que tenga que ir a trabajar y no pase más tiempo con ella. Yo la abrazo y le digo que algún día entenderá que las mamás no solo somos mamás. Sé que una afirmación como esta le escandalizará, pues usted recomienda a las mujeres que se anulen por los suyos y que se sientan terriblemente culpables por quererse a sí mismas. Porque eso a usted se le da muy bien. Usted y los suyos saben jugar con la culpa y con el miedo, no solo marcando lo que se debe hacer, sino también lo que se debe sentir, entrando en la intimidad y convirtiéndose en una perversa voz de la conciencia. Eso es lo que ha conseguido usted: lavar el cerebro de millones de españolas que le preguntan qué hacer con sus vidas. Y yo también tengo una pregunta para Elena, para la gran Elena Francis...

¿Es consciente de cómo sus consejos influyen en las mujeres de ese país? Imagino que sí. Sé que sí. ¿Y es consciente del daño que hace cada carta que encabeza con un Querida amiga? ¿De las vidas que destroza? Me temo que también.

De sobra sé que nunca podrá radiar una carta como la que le envío, querida amiga, pero yo necesito escribirla por todas las mujeres que no son capaces de hacerlo. Y sobre todo por mi hija. Porque el año que viene pasaremos una temporada en España y no quiero que escuche sus consejos, no quiero que crezca con sus mentiras, convirtiéndose en un pez de acuario. Si tuviera algo de decencia, querida amiga, si realmente quisiera consolar a las mujeres españolas, acabaría con su programa. Ojalá llegue el día en que no volvamos a oír nunca más su voz, porque las palabras matan, y usted lo sabe.

Espero que no olvide esta carta, que la guarde y que la lea de vez en cuando pensando en sus víctimas y también en las pocas, muy pocas, que finalmente hemos ganado alguna batalla, sabiendo que la guerra continúa.

Atentamente,

Berta Gascón de Vila

Agradecimientos

A Mercedes Sebastián y Margarita Oller, mi madre y mi abuela, que escuchaban a Elena Francis mientras cosían, y a todas las mujeres que no lo tuvieron tan fácil como nosotras para nadar en mar abierto. Este libro va por todas ellas y en especial por mi madre, a la que me hubiera gustado poder preguntarle tantas cosas de la época y tantas cosas a secas. Cómo te echo de menos, mami.

A Óscar Sabaté Durá, mi hijo, con quien aprendo más de lo que yo le enseño. Cuando le comentaba que estaba preocupada por algo que no me salía en la novela, me llamaba cariñosamente la escritora furiosa, y nos daba mucha risa.

Una de las fórmulas más típicas de los agradecimientos es la de «Este libro no sería posible sin fulanito/a». Es mentira. Un libro es posible porque al autor o a la autora se le mete entre ceja y ceja y desarrolla una resistencia a la frustración a prueba de bombas. Lo que sí puedo asegurar en mi caso es que este libro no sería el mismo sin Sergi Puertas, quien me ha escuchado, me ha ayudado, ha aportado ideas y, sobre todo, me ha asegurado, con su experiencia como escritor, que no soy la única en el mundo que sufre estados alterados de la conciencia que van de la inseguridad atroz a la euforia desmedida, que son cosas del oficio, que pasa en las mejores familias... Con Sergi nos encerramos durante una semana de noviembre en un apartamento en un lugar estrambótico, imposible, desértico, con una misión: desarrollar la trama de nuestras respectivas novelas sin morir en el intento. Y todo indica que lo logramos.

Aunque hubo momentos en que no las tuve todas conmigo. Cuando me decían que escribir una segunda novela es duro, no imaginaba que al día siguiente de concluir el primer borrador acabaría ingresada durante una semana. Virus desconocido, dijeron los médicos. Virus literario, apostilló un amigo. Tenían razón en eso de que escribir la segunda novela es duro, incluso peligroso, y no solo por este dramático giro final. He querido crear un libro completamente diferente al primero —que transcurría en tres décadas, mientras que este apenas ocupa un mes—, pero con la misma esencia. Y a ratos no dormía: ¿y si es peor?, ¿cómo se escribía? ¡Se me ha olvidado cómo hice el anterior! Bueno, exagero, como toda escritora, pero en esos momentos tuve al lado a mucha gente buena.

A Sebastián Moreno, al que robé el nombre para un personaje, pero no el carácter, por su inmensa generosidad y por los táperes con los que me volvió a alimentar cuando no tenía tiempo de cocinar—ni muchas ganas, que la cocina nunca ha sido lo mío, a quién voy a engañar—. Y a Rosita Esteve, la mejor amiga de mi madre, que, aparte de su amor incondicional, me ayudó con algunas descripciones de la época.

A los dos hermanos que me he agenciado siendo hija única: Manolo Vázquez, mi Bro, que se quedó conmigo cuando ni siquiera yo sé si lo hubiera hecho, y Jordi Oliver, mi compi de aventuras, el fotógrafo con el que fui al fin del mundo y con quien sigo viajando con cada conversación.

A mi hermanita, también agenciada, Mireya de Sagarra, porque en estos años nos ha pasado de todo, pero nunca se nos ha pasado la amistad.

A mis tres haditas: Claudia Bellante, Berta del Águila y Ana Fernández, que me animaron muchísimo después de leerse mi primer libro. Mucho. Y eso fue increíble porque son tres de las personas con más criterio que conozco. Claudia fue el nombre de la protagonista de mi anterior novela. Berta el de esta. Tengo una cuenta pendiente con Ana.

A Sigrid Cervera y a Francina Bou, que multiplican las alegrías y empequeñecen las tristezas. A Pedro Riera, por sus consejos de escritor, pero sobre todo por su amistad. A Josan Hatero, por la escritura, por las risas, por no perdernos.

A David Durà y Marta Ramínez, mi familia española, porque siempre nos faltan horas, porque el tiempo vuela cuando nos juntamos.

A mi familia, a miles de kilómetros de distancia, pero siempre cerca: Montse Maylen Brisha de Bielba, mi tía, mi segunda madre, mi amiga. A Adriana Bielba, Lorena Bielba, Manuel Bielba, Jorge Bielba, Pedro Arzani, Claudia Díaz, Pedro Antonio Arzani, Constanza Arzani, Lorenza González, Jorge Antonio Bielba, José María Bielba, Pablo Bielba y Juan Manuel Bielba. Y a Luis Huacuja e Iván Gutiérrez. Gracias, México, por todo lo que me has dado.

A Niki Navarro, Lupe Pérez, Paula Kleiman, Inma Jiménez, Dàlia Rajmil, Aliénor Bénoist, Rosa Martí, Elena Sacristán, Lourdes Segade, Carlota Coll, Eva Siles, Mónica Artigas, Esther Giralt, Carme del Vado (¡mi acertada lectora beta!), Victoria Bermejo,

Miriam Tejedor, Sandra Ramos, Eva Jordana, Carmeta Comín, Sharon Hofmeister, Óscar del Pozo, Silvia Claret, Cristina García, Xavi Codina, Xavi C., Miquel Armengol, Gerard Solé, Javier Calvo, Isidre Estévez, Mara Lethem, Jesús Cecilia, Ricard Tena, Joan Andreano, Gabriela Wiener, Jaime Rodríguez, Clara de Cominges, Carol París, Carlos Risco, Robert Juan-Cantavella, Aina Mercader, Dora Agrafojo y Jaime Escot.

A los *padres y madres del Hampa*, que cuidaron de mi hijo mientras escribía la anterior novela y que cuando la leyeron me dieron ánimos y algunos canguros para acabar esta: a mi niña valiente, Heidi Itxell Ruiz, a Jacqueline Glarner, Elena Molina, Nora Sala, Carles Pozo, Hélène Léculier, David Casas, Jordi Bernadas, Maite Jané, Xavi Mitjans, Susana García. Y a los papis *tahúres* del dominó mexicano, con los que timba a timba compartía el estado del libro: Pepón Aiguadé, Gabo Català, Laura García Trevesi y Núria Vaquer.

A Jaume Jordana por todo y por siempre.

A Maria Borri, que supo que sería novelista antes que yo misma, que siempre ando un poco despistada. A Justyna Rzewuska, mi agente, que consigue que la soledad del escritor no sea tanta soledad. A Martina Torrades y Anna Soldevila, mis editoras en Destino, profesionales, sabias, pero sobre todo siempre cercanas y entusiastas. Un regalo. Y a los correctores Juan Vera y María García Marco por sus sugerencias y su complicidad.

En memoria de mi abuelo: Eduardo García Gavaldá, de mi amiga Estela Montetes y de Josep Trueta, que hace un cameo en la novela porque sin él yo no hubiera nacido.

Por último, gracias a todos los lectores y las lectoras de *El prodigio de las migas de pan*, que con sus comentarios me ayudaron a continuar cuando mis ánimos flaqueaban.